Josuttis · Der letzte Ball

Für die Familien Weiss und Josuttis, die nach dem Krieg
aus Ostpreußen nach Deutschland geflohen sind und hier
ein neues Zuhause gefunden haben, in dem ich das Privileg hatte,
in Frieden und Freiheit aufzuwachsen.

Konstantin Josuttis

Der letzte Ball

Was 1930 auf der Conte Verde wirklich geschah

Ein Kriminalroman

Arete Verlag Hildesheim

Bibliografische Information der Deutschen Nationalbibliothek
Die Deutsche Bibliothek verzeichnet diese Publikation in der Deutschen Nationalbibliografie; detaillierte bibliografische Daten sind im Internet über http://dnb.ddb.de abrufbar.

1. Auflage

www.arete-verlag.de

Umschlaggestaltung: Composizione Katrin Rampp, Kempten
Titelfoto: akg-images/De Agostini/Foto Studio Leoni
Druck und Verarbeitung: Pressel, Remshalden
ISBN Buch: 978-3-96423-074-4
ISBN E-Book: 978-3-96423-075-1

Dramatis Personae

FIFA

Jules Rimet, FIFA-Präsident
Annette, seine Tochter
Moritz Fischer, Vizepräsident
Jean Langenus, Referee
Henri Christophe, Referee
Thomas Balway, Referee
Henry Delauney, Committee Member

Konferenz der Organisation für interplanetarischen Frieden und Handel

Jean Doyle
Bojan Tarnoff
Madita Jörgensen
Herr Kramer
Herr Fietjestohl
Oberst von Woselitz
Harry Braithwaite (Jeremy Poulston)
Brittany Carlisle

Schiffsbesatzung

Amedeo Pinceti, Kapitän
Piero Calamai, Commandante in secondo, zweiter Kapitän
Abbad, libyscher Steward
Bruto Cavesi, Erster Offizier
Giovanni Giotta, Crewmitglied
Pupo, Maschinist
Trampolini, Maschinist
Dr. Bartoli, Schiffsarzt

Fußballer (eine Auswahl)

Rumänien: Iosif Czako, Alfred Eisenbeisser, Rudolf Steiner, Emerich Vogl, Adalbert Desu, Nicolae Kovacs, Constantin Stanciu, Rudolf Wetzer

Belgien: Bernard Voorhoof, Pierre Braine, Henri de Deken

Frankreich: Lucien Laurent, Marcel Langiller, Raoul Cadron (Übungsleiter)

Brasilien: João Coelho Neto, genannt Preguinho

Sonstige:

Edmund Lowe, Schauspieler
Lilyan Tashman, Schauspielerin, seine Frau
Smeralda Acuña Cortazar, zwielichtige Gestalt
Fjodor Iwanowitsch Schaljapin, Tenor
Marthe Nespoulous, Sopran
Andrea Manza, Faschist
Gunter Velg, deutscher Zahnarzt

Opfer:

Gheorghe Moldoveanu – Rumänien
Trampolini – Maschinist
Hugues Brasson – Frankreich
Tepp van Gertnick – Belgien
Damian Stanciu – Rumänien
Just Azincourt – Schiedsrichter Frankreich
Ignacio Callejo Palmeiro Del Campo – Brasilien

„Ich glaube nicht, dass es notwendig ist, Ihnen zu erklären, dass dieses Schiff in vielerlei Hinsicht außerordentlich und letztendlich einzigartig ist." (Alessandro Baricco, Novecento)

Prolog

Amsterdam, Olympiastadion

Die Amsterdamer Luft war kalt an diesem Sonntagnachmittag, aber Hans sah das als Vorteil an gegen die Urus, die sich bis zu diesem Viertelfinale immerhin gar nicht so schlecht geschlagen hatten, obwohl sie fußballerisch absolut hinterwäldlerisch agierten. Nerz hatte sie noch einmal auf die deutschen Tugenden eingeschworen, Kraft und Stärke, um diese wuseligen Kuhhirten zu besiegen. Das Problem war nur, dass die Deutschen nach dem Anpfiff kaum etwas vom Ball zu sehen bekamen. Die Urus liefen schneller und wenn Hans den Gegner stellen wollte, das ausholende Schussbein parat, dann war der Ball schon wieder bei einem Mitspieler. Als sie endlich einen vielversprechenden Angriff spielten und Hans den Ball auf halbrechter Position annehmen wollte, bekam er auf einmal einen Stoß von hinten, sodass er vornüber fiel. Er stand auf und schubste den grinsenden Gegenspieler seinerseits zu Boden. Der Schiedsrichter, ein Ägypter, gab ihm Gelb. Hans reklamierte und wies auf das vorherige Foul hin, doch fand er, alleine schon deshalb, weil der Ägypter ihn nicht verstand, kein Gehör.

Dann aber erreichte ihn erneut eine Flanke von Hoffmann, die er locker erlaufen konnte und danach würde er freien Zugang zum Tor haben. Hans zog am Gegenspieler vorbei, merkte aber plötzlich, dass er nicht vom Fleck kam. Der andere hielt ihn an den Hüften, die zugegebenermaßen durch ihre Breite auch ein gutes Ziel waren, fest. Wieder blickte Hans auf den Schiedsrichter, der aber keine Anstalten machte, das Spiel zu unterbrechen. Der gegnerische Verteidiger grinste ihn an. Hans stützte seine Arme auf die Knie und holte Luft. Er bekam nicht mit, wie die Urus das Tor erzielten, aber nun wurde ihm zum ersten Mal bewusst, dass der Einzug ins Halbfinale des olympischen Turniers gefährdet war. Er hetzte zur Mittellinie und flüsterte Hoffmann ins Ohr, dass er den Ball direkt in die Spitze spielen sollte. Er würde sofort loslaufen.

Der Plan schien zu klappen. Die gegnerische Mannschaft war nach dem Torjubel zu verdutzt, um zu bemerken, wie Hans auf das Tor zulief, den Ball am Fuß. Er sah in die zusammengekniffenen Augen des Torhüters und holte aus. Das nächste, an das er sich erinnern konnte, war, dass er auf dem Boden lag. Sein Schienbein schmerzte. Neben ihm lag ein Verteidiger, der sich ebenfalls das Bein hielt und laut stöhnte. Das war, so wusste Hans, unsinnig, denn der Mann hatte ihn ja mit den Stollen gegen das Standbein getreten. Noch während der andere den Kopf hin und herschwenkte, jaulend, blickte er Hans dabei immer wieder grinsend an. Der Schiedsrichter entschied auf Freistoß für die Urus. Hans stand auf und bot dem anderen die Hand, um ihm hochzuhelfen. Dieser spuckte in seine eigene Hand und ergriff dann die ihm angebotene. Hans ließ fassungslos los. Dann ging er auf den Mann zu und trat ihm in den Bauch.

Als die Südamerikaner das Spiel mit 4:1 gewonnen hatten, saß Hans schon in der Umkleidekabine, im Anzug und mit frisch gekämmtem Seitenscheitel. Er wusste, es würde sein letztes Spiel für die Nationalmannschaft sein. Er kannte diesen durchdringenden Blick von Nerz, dem Trainer. Und er wusste auch, dass er mit seinem Platzverweis schuld war, dass sie verloren hatten. Ohne seinen Ausraster hätten die deutschen Tugenden das unqualifizierte Spiel der Urus auseinandergenommen.

18. Juni 1930 – Genua

Der Mann mit dem hohen Stehkragen blickte hinunter auf die noch halb verschlafen im Dunkel liegende Bucht. Er war die ganze Nacht wach gewesen, beim ersten Dämmerlicht aufgestanden und hatte beobachtet, wie sich die Konturen des Stahlmonsters langsam vom Hintergrund des Mittelmeers abhoben. Das Schiff sah aus, als würde es gleich die zu klein wirkende Bucht von Genua auffressen. Es war, als hätte ein kleines Kind ein Bild gemalt, auf dem ein viel zu großes Boot in einem viel zu kleinen Hafen lag. Er zündete sich seine erste Zigarette des Morgens an und wie auf ein Zeichen erwachte auch das Monster zum Leben: Lichter gingen an der dem Festland zugewandten Seite an und dann leuchtete auch die lange Glühbirnenkette, die über die gesamte Länge des Schiffs reichte.

Der Mann ging vom kleinen Balkon in sein kleines Zimmer und holte seine Fahrkarte, die ihn als Gast erster Klasse auszeichnete. Er entfaltete das wertvolle Schriftstück, das ihm die Passage nach Montevideo gewähren sollte, und strich es liebevoll glatt. Dann blickte er wieder hinaus auf die sich langsam rötende Bucht. Das Monster gab einen lauten, dumpfen Ton von sich, der das gesamte Umland erzittern ließ. Der Hafen erwachte. Der Mann setzte sich, rauchte noch drei weitere Zigaretten und beobachtete, wie das Treiben langsam seinen Lauf nahm.

Mit kalten Augen schaute er auf die SS Conte Verde und sah, wie Menschen Ameisen gleich Pakete, Koffer und Kisten mit Vorräten die Gangway hinaufschleppten. Ein Lächeln umspielte das in die Dunkelheit starrende Gesicht, ein gefrorenes, grausames Lächeln.

1. Tag, 19. Juni 1930 – Fischer

1.

Die Hitze war schier unerträglich, bereits jetzt am Morgen, als er keuchend und schwitzend durch die engen Gassen Genuas streifte und den trotz des spärlichen Inhalts doch extrem schweren Koffer hinter sich herzog. Er hatte nur leichte Hemden eingepackt und natürlich die obligatorischen Anzüge für die offiziellen Anlässe bei der ersten Weltmeisterschaft, aber dennoch war ein Koffer nun einmal ein Koffer und sollte eigentlich vom Hotelfachpersonal zum Hafen getragen werden. Doch der Hotelbesitzer hatte Moritz Fischer freundlich mit einem mitleiderregenden Lächeln darauf hingewiesen, dass seine Söhne leider schon unterwegs seien, und er, armer, alter Mann, der er sei, daher höchstselbst diesen Kasten tragen müsse. Das hatte er dann auch bis um die nächste Straßenecke getan, sich dann wehleidig den Rücken gehalten und die andere Hand aufgehalten, um ein Trinkgeld zu erbitten, welches Fischer ihm aus einem völlig unsinnigen Reflex heraus auch noch gegeben hatte.

Es gibt, so dachte sich Moritz Fischer, seines Zeichens Vizepräsident der Weltfußballorganisation, zwei Arten von Müdigkeit: eine wohlig angenehme, die einen nach einem ausgiebigen Mahl befällt wie eine warme, weiche Decke, und eine unangenehm schwitzig schweißtreibende, die von einem zehrt, als wäre man ein alter Lastenesel. Leider war er jetzt schon am Morgen von einer Müdigkeit erfasst, die von der zweiten Kategorie war.

Nun stand er hier, im schattigen Dunkel der engen Gasse, nahm den oberen Henkel des mannshohen Gepäckteils und zog. Da er den Koffer hinter sich her hievte, bemerkte er nur an der Wärme, die sich auf seinem Kopf ausbreitete, dass er an einer breiteren Straße stehen musste und von keiner schattigen Häuserwand geschützt wurde. Als er sich umdrehte, blickte er auf eine Kirche, die in schwarz-weißen Streifen vor ihm thronte, und davor einen Platz, der mit allerlei Menschen gefüllt war. Er sah Marktleute, die ihre Waren ausfuhren, Schulkinder mit kurzen Hosen und hochgezogenen Strümpfen, Justiziare mit pomadierten Haaren, die aussahen, als seien sie zu schwarzen Nudeln verklebt, Reisende, die ziellos, aber staunend durch die Gassen irrten, und eine Gruppe zackig in schwarzen Hemden gekleideter junger Menschen, die den Platz durchschnitten wie ein scharfes Messer. Er blickte ihnen nach. Sie sahen sehr zielstrebig aus, als hätten sie ein Versprechen erhalten oder müssten eins einlösen oder vielleicht beides. Ein älterer Mann, der neben ihm stand und den er vorher noch nicht bemerkt hatte, spuckte neben ihm auf den Boden aus.

„Was sind das für Leute?", fragte Fischer, der Italienisch beherrschte, sowie acht weitere Sprachen, was der Hauptgrund dafür war, dass Jules Rimet ihn als Vize der FIFA mitgenommen hatte anstelle von Seeldrayers, der der eigentliche Inhaber dieses Postens war. „Camicie nera – Il Milizia Volontaria per la Sucurezza Nationale."

Fischer begann zu verstehen. „Faschisten", sagte er und nickte. Er hatte schon von diesen Schwarzhemden gehört. Sie versprachen Besserung für alle. Das klang eigentlich ganz gut, fand er. Der Mann neben ihm, der der Gruppe, die soeben in einer dunklen Gasse verschwunden war, grimmig hinterherschaute, schien das anders zu sehen.

„Tolle Ideen sind nur so lange gut, bis ihre Vollstrecker über ihren Größenwahn stolpern", sagte dieser und kratze sich dabei sein unrasiertes Kinn. „Na, die haben auf jeden Fall Großes vor", sagte Fischer zu seinem Nebenmann, der ein weiteres Mal auf den Boden spuckte, seinen Karren mit Kohlköpfen aufnahm und vor sich herschob und „Vero, vero" vor sich hinbrabbelte.

Fischer blickte sich um. Hier musste es doch irgendwen geben, der ihm mit seinem Koffer helfen konnte, dachte er verzweifelt. Aber niemand fand sich. So zog er das turmhohe Gepäck weiter an der Ehrfurcht gebietenden Steintreppe vorbei, an deren zwei Seiten ihn zwei Steinlöwen durchdringend anzusehen schienen. Nun, da er den Platz halb überquert hatte, sah er auf den Hafen und auf das riesige Schiff, das dort lag. Es war so groß, dass es wie ein schlafendes Krokodil wirkte, das sich in einem Flussausläufer auf die Lauer gelegt hat. Immerhin hatte er nun sein Ziel vor Augen. Er musste es nur erreichen. Zwei in schicken Fracks gekleidete Carabinieri mit überdimensionierten Hüten schritten die Straße ab und hielten an dem ein oder anderen Stand an und diskutierten die Qualität der dargebotenen Ware.

Ein Stück die Straße abwärts sah Fischer eine Gruppe von jungen Männern lachend vor einem Laden stehen. Sie hatten alle dunkelblaue Anzüge an und trugen dazu Baskenmützen, auf die ein Abzeichen gestickt worden war. Im Näherkommen erkannte Fischer das rumänische Wappen: ein Adler, auf dessen Brust die rumänischen Provinzen dargestellt waren – Walachei, Moldau, Siebenbürgen, Banat und Dobrudscha. Die Männer schienen sich über den Anblick des Mannes, der offensichtlich mit seinem Koffer zu kämpfen hatte, zu amüsieren. Dann aber löste sich einer aus der Gruppe und kam mit einem gewinnenden Lächeln auf Fischer zu. Er versuchte, ihm in gebrochenem Italienisch Hilfe anzubieten.

„Sie können gerne in Ihrer eigenen Sprache mit mir reden", sagte Fischer, sich die Stirn mit einem Taschentuch abwischend. „Rumänisch, nehme ich an. Oder Ungarisch? Oder Deutsch?" Die Miene des jungen Mannes im Anzug hellte sich auf. Er fuhr sich mit der Hand durch die dunklen, kurzen Haare und reichte sie dann Fischer. „Deutsch ist wunderbar. Ich heiße Alfred Eisenbeisser. Aber Sie können mich auch gerne Fredi nennen." „Donauschwabe?", fragte Fischer. Eisenbeissers Augenbrauen schoben sich in die Höhe. „Woher wissen Sie?" Fischer deutete auf die hinter ihm gaffende Menge, die nun nicht mehr belustigt, sondern eher interessiert schien. „Nun, Sie sind eine Gruppe von Menschen, die entweder Rumänisch, Deutsch oder Ungarisch spricht. Und Sie alle haben das Wappen Ihres Landes an ihrem Jackett. Daher gehe ich davon aus, dass ich es mit der rumänischen Fußballnationalmannschaft zu tun habe, nicht wahr?"

Eisenbeissers Lächeln wurde noch breiter. „In der Tat. Wir sind gestern hier mit dem Zug angekommen. Das war eine lange Tortur sage ich Ihnen. Vier Tage waren wir unterwegs. Holzklasse. Aber nun haben wir das gesparte Geld in ein paar schicke italienische Anzüge gesteckt. Kennen Sie sich etwa aus mit Fußball?“ Jetzt war es an Fischer, entsprechend zu lächeln. „Entschuldigen Sie. Ich hätte mich ebenfalls vorstellen müssen. Moritz Fischer. FIFA-Delegierter. Wir reisen zusammen.“

Sofort bildete sich eine Traube von Spielern um Fischer und einzeln stellten sich die jungen Männer vor, als allererster ein hochgewachsener junger Mann mit ernstem, kantigem Gesicht, der Kapitän der Mannschaft: „Rudolf Wetzer, angenehm.“ Fischer grüßte artig 23-mal zurück, bis er den immer noch grinsenden Eisenbeisser fragte, warum sie sich denn so dicke Wollanzüge hätten schneidern lassen und ob sie denn schon einmal für den Winter in den Karpaten hatten vorsorgen wollen. Eisenbeisser schaute Fischer einen Moment lang verunsichert an, dann lachte er.

„Sie nehmen mich auf den Arm, Herr Fischer, nicht wahr? Es wird, so habe ich gehört, verdammt kalt werden dort unten.“

Nun war es an Fischer, verunsichert zu lächeln. Er vermutete, dass der Rumäne geografisch nicht so versiert war und beließ es bei einem Nicken.

2.

Der restliche Weg war für Fischer kein Problem mehr. Willig stürzte sich die Traube der jungen Männer auf seinen Koffer, nachdem sich jeder einzeln bei ihm vorgestellt hatte, und schob diesen fröhlich zum Hafen, über die breite Mole und dann sogar die steile Gangway hinauf. Das Schiff hatte nicht nur aus der Entfernung pompös gewirkt. Als Fischer davorstand und auf die schwarz glänzende Hülle sah, hatte er allerdings nicht mehr die Vorstellung eines Monsters, eher war er fasziniert, dass diese riesige Maschine, von Menschenhand gebaut, tausende von Passagieren über den Ozean transportieren konnte. Die weißen Lettern „Conte Verde“ strahlten am Bug, als seien sie gerade noch frisch gewaschen worden. Der untere Teil des gewaltigen Schiffskörpers glänzte ölig in Schwarz, ab dem Deck war das Schiff in Weiß gehalten. Fischer blickte auf die riesigen Reihen von Stahl, die sich aufeinanderstapelten und endlich wurde ihm klar, woran das Schiff ihn erinnerte: an eine Stadt.

Er erinnerte sich dunkel an einen Film, den er vor drei Jahren gesehen hatte, damals noch auf Zwischenstation in Deutschland, der Film hieß „Metropolis“ – eine düstere Zukunftsvision von Maschinenwesen, die in einer überdimensionierten Großstadt lebten. Das absonderliche Werk hatte Fischer damals verstört und ihn diese bedrohliche Vision schon am Abend über ein bis vier Gläsern Cognac vergessen lassen, aber nun war die Erinnerung wieder wachgeküsst worden. Die Darstellung der unheimlichen Maschinenwelt ähnelte dem schwimmenden Monument, das vor ihm im Wasser lag. Auch die akkurat gekleideten Schiffsoffiziere, die hinter einem behelfsmäßig aufgebauten Tisch standen und die Tickets kontrollierten, kündeten eine neue Zeit an, eine Zeit der Ordnung, der Technik und er hatte das Gefühl, dass er sich nun wie Laich in einem Fischteich würde entspannen können – orientierungslos aber behütet.

Er hatte sich bei der rumänischen Mannschaft freundlich bedankt und den jungen Männern viel Glück gewünscht, mit dem Hinweis darauf, dass er sich noch ein wenig den Hafen anschauen wollte. Das war gelogen, aber er wollte nicht wie ein alter Mann wirken, neben den jungen, in ihrem Saft stehenden Sportlern, die die Rampe hinauf hüpften wie Hasen. Ein Steward nahm sich seines Koffers an, nachdem Fischer die Kontrolle passiert hatte und so trottete er gemütlich den Holzsteg hinauf, hielt sich immer wieder am gespannten Hanfseil fest und blickte zurück auf die Stadt, die zum Leben erwachte.

Erst jetzt sah er, dass es noch eine zweite Schlange gab, die den Menschenstrom in das Schiff formte. Am Bug des Schiffes gab es eine Planke, die über eine schwarze, geöffnete Tür in den unteren Teil des Schiffes führte. Die Planke war nicht weiß und glänzend, sondern schien eher einer riesigen Holztafel zu ähneln, auf der ein Strom von ärmlicher gekleideten Menschen den Gang in den Bauch des Monsters antrat. Diese Menschen hatten Mäntel an, trugen Taschen und Koffer. Es waren zumeist jüngere Menschen, manchmal ganze Familien, doch auch aus der Entfernung konnte Fischer sehen, dass ihre Augen nicht den Glanz des Abenteuerlichen ausstrahlten, der die Reisenden der ersten Klasse vereinte. Fischer bekam seltsamerweise ein schlechtes Gewissen, als er diese Menschen sah, die unter anderen Umständen als er die Überfahrt antraten. Er wusste, dass er es hier mit den Opfern der durch die Weltwirtschaftskrise ausgelösten Armut zu tun hatte. Diese Menschen gingen nicht nach Übersee, um sich den Freuden eines Spiels hinzugeben, sondern um ein neues, besseres Leben zu beginnen. Er drehte sich wieder dem Aufgang auf das Schiff zu.

Moritz Fischer war gespannt auf diese Reise, die ihn zur allerersten Weltmeisterschaft im Fußball führen würde, fürchtete aber gleichzeitig die Weiten des Meeres, die ihn erwarteten. Zwei Wochen würden sie sich auf diesem unheimlichen Wesen aufhalten, bevor sie in Uruguay erwartet wurden, und Fischer hoffte, dass er genügend Zeit haben würde, um auf Deck zu liegen und seiner Lieblingslektüre zu frönen: Sherlock-Holmes-Geschichten. Seitdem er in London für British Railways gearbeitet hatte, hatte er sich in den Detektiv aus der Baker Street verliebt, der so einen starken Kontrast zu ihm darzustellen schien: Er selbst war kein Meister glasklarer logischer Rückschlüsse, sondern eher ein Liebhaber guten Essens und netter Gesellschaft. Diese Eigenschaften waren es auch, die ihn im Weltverband so weit hatten aufsteigen lassen. Nicht nur war er wortgewandt in der eigenen und versiert in acht fremden Sprachen, er besaß die Fähigkeit, mit Menschen jeden Schlages ins Gespräch zu kommen, sie für sich zu gewinnen, zu umgarnen und ihnen sogar schon nach kurzer Zeit das Gefühl zu geben, dass sie freundschaftlich mit ihm verbunden seien. Er war ein Genießer, und im Gegensatz zu den meisten seiner Art schätzte er die Gesellschaft anderer ebenso wie einen guten Wein oder ein gutes Essen. Es hatte also von Seiten Rimets nicht viel Überzeugungsarbeit gebraucht, um ihn zum Mitkommen nach Südamerika zu überreden. Fischer wusste, dass er das Bindeglied zwischen den Funktionären aus Uruguay und der Spitze der FIFA sein würde und er freute sich ebenso auf die Gespräche auf Spanisch mit den Männern des ansässigen Fußballverbandes wie auf das von Rimet als ausgezeichnet beschriebene kulinarische Erlebnis auf dem Schiff. Fischer sah schon Pfifferlingssteaks und in Rotwein gebratene Wachtelschenkel vor sich, bis ihm klar wurde, dass er sich nun direkt vorm Schlund des Schiffes befand. Zwei schwarze Türen waren aus dem Inneren herausgeklappt worden und Fischer hatte das Gefühl der Unausweichlichkeit, als er einen Schritt über den letzten Teil der Gangway tat, wobei er bemerkte, dass sich in einem kleinen Schlitz zwischen Planke und Schiff das glitzernde Wasser erblicken ließ, das beängstigend weit entfernt schien. Schluckend trat er über die Schwelle und fühlte sich von einem biblischen Tier verspeist, wobei er sich selbst nicht ganz klar darüber war, ob dies nun ein gutes oder ein schlechtes Zeichen war. Schnell dachte er an weitere Köstlichkeiten, die die Kombüse des Dampfers hervorbringen würde: Einen in Armagnac flambierten Ochsenrücken mit Kohl, eine Tarte mit frühen Kartoffeln und feinem italienischem Käse – der erste Anflug von Angst war auf gutem Wege, bekämpft zu werden.

„Signor Fischer?“ Eine hohe, sympathische Stimme riss ihn aus seinen Vorstellungen. Er drehte sich um und sah einem hoch gewachsenen, dürren Maat in die großen Augen. Der Mann stellte sich mit einer tiefen Verbeugung vor und bot sich an, Fischer zu seiner Kabine zu führen. Fischer nahm dankend an und trippelte sofort den militärisch akkuraten Schritten seines Führers hinterher. Der Raum, in den sie getreten waren, wirkte auf den ersten Blick imposant. Der Fußboden und die Wände waren mit glänzendem Holz getäfelt, wobei die Wände immer wieder mit Stuckmustern und putzigen Putten verziert waren. Während sich Fischer das Innere des Wals, in den er eingestiegen war, dunkel vorgestellt hatte, stellte er nun fest, dass auf den oberen Decks größere Fenster in die Außenwände eingebracht waren, sodass die italienische Sonne sich ihren Weg mühelos zu den luxuriösen Reizen des Dampfers bahnen konnte. Fischer und der Maat passierten einen Empfangsschalter in dem großen Vorraum, den sie betreten hatten, und bogen nach links in einen etwas kleineren Gang ein, der nun seinerseits von in die Wände eingelassenen Lüsterlampen erleuchtet wurde. Dann bogen sie wieder nach rechts ab, bis sie an einer Mahagoniholztür ankamen, die der Maat behände aufschloss und mit einer Verbeugung Fischer den Weg hinein wies, wo zu dessen Überraschung bereits sein Koffer und daneben ein breit grinsender Matrose standen. Fischer bestaunte die Größe des Raumes, der über einen massiven Holzschrank, einen Tisch und zwei mit hohen, sich nach außen stülpenden Lehnen und mit Leder bezogene Stühle verfügte. Direkt gegenüber fand sich eine Chaiselongue, die zu einem Nickerchen einlud, doch Fischer wurde vom grinsenden Matrosen noch in das Nebenzimmer zur Linken geführt, in dem sich sein Bett und ein weiterer Schrank befanden. Erst jetzt fiel Fischer auf, dass er keine Schritte mehr vernommen hatte, weder die eigenen, noch die des anderen Mannes. Der Grund war ein dick gewebter Wollteppich mit orientalischem Muster, der jegliches Klappern oder Knarren von Schuhabsätzen oder Kofferrädern verschluckte. Fischer ging wieder in sein Wohnzimmer. Als er sich umdrehte, um aus dem Fenster hinaus auf die Stadt zu schauen, bemerkte er, dass der Matrose immer noch lächelnd in seiner Kabine stand. „Scusi", sagte er daraufhin eilig, kramte in seiner Jackentasche nach ein paar Lira und schüttete diese dem erfreuten Mann in die ausgestreckte Hand. Erst als der Kerl wieder leise, aber doch mit einer triumphierenden Note, die Tür hinter sich verschlossen hatte, wurde Fischer klar, dass er unsinnig viel Geld in die Hand des Kofferträgers gedrückt hatte. Er huschte zur Tür, blickte hinaus auf den Gang und rief dem Mann hinterher, der sich, immer noch grinsend, umdrehte. „Ich, ähh …" Ein Mann in einem Mantel mit Hermelinkragen stolzierte mit seiner mit Juwelen behängten Frau das blitzblanke Deck herab. Auf einmal war Fischer sein Protest peinlich und so bestellte er schlicht einen Cognac.

3.

Das Nickerchen war wohltuend gewesen, wenn auch unnötig. Er hatte eigentlich an Deck gehen und sich die Stadt noch einmal von der Seeseite anschauen wollen, war aber dann über dem Cognac ein wenig weggedöst. Dieser Ohrensessel lud aber auch geradezu dazu ein, die Sorgen des Alltags gegen einen sanften Schlummer der Vergessenheit einzutauschen. Dazu hatte ihn ein gedämpftes Brummen in den Schlaf versetzt, ein Brummen, das noch immer zu vernehmen war, und es schien ihm, als würde der Boden unter ihm vibrieren. Er tat dieses Gefühl der ihn stetig umgebenden, zittrigen Bewegung als Einbildung ab, als Überbleibsel seines wohltuenden Schlafes. Nun schloss er seine Kabine von außen ab, um erst einmal das Schiff zu erkunden. Ein kleiner Aperitif später an der Bar konnte nicht schaden und dann hätte er immer noch genügend Zeit, um sich vor dem Ablegen die Genoveser Bucht anzusehen.

Er ging den Gang hinab und beschloss, einfach seiner Lust und Laune zu folgen. Daher ging er nach rechts und fand hinter züchtig von roten Kordeln zurückgehaltenen Samtvorhängen einen Raum, der ihn an die Speisesäle der luxuriösesten Restaurants, in denen er mit Rimet diniert hatte, erinnerte. Säulen verzierten die hohen Wände, der Boden war wieder mit orientalischen Teppichen belegt, die Decke war mit einer Himmelsszene bemalt, in der kleine Engelchen frohlockend umherflatterten und in römischen Gewändern gekleidete Damen und Herren auf Diwanen Trauben verspeisten. Ein Ober deckte die Tische ein und verbeugte sich artig, als er Fischer hineintreten sah. In der Mitte des Saales führte eine breite Marmortreppe auf das nächste Deck hinauf und wie in Trance stieg Fischer nach oben, um festzustellen, dass das nächste Stockwerk mit demselben Pomp ausgestattet war, allerdings hier in diesem oberen Speisesaal die Farbe Grün vorherrschte. Die Tische waren in noch breiteren Abständen verteilt und die jeweiligen Außenwände wurden von einem Kamin verdeckt. Über dem Kamin auf der linken Seite prunkte ein wuchtiges Ölgemälde, welches einen stolzen Reiter in einer wilden Regennacht darstellte. Unter dem goldenen Rahmen befand sich ein Messingschild, auf dem der Name des Mannes stand: Conte Verde – der grüne Graf. Dies war offensichtlich der Saal für die besonders ehrenwerten Gäste, dachte sich Fischer und durchquerte den Raum, um an eine Treppe zu gelangen, die nach ein paar wenigen Stufen in einen weiteren Saal führte. Hier herrschten dezente, matte Farben vor, die schweren Wollteppiche, die auf dem blanken Parkett lagen, waren beige und an der Pforte, wieder hinter einem Vorhang, stand ein Steinengelchen, das eine Harfe spielte. Fischer befand sich im Musiksaal. Ein paar wenige Sitzecken standen an den Außenwänden des großen Saales, an dessen Ende, vor einem roten Vorhang, auf einer Bühne ein großer, schwarz glänzender Flügel prunkte. Am Boden der Bühne, auf Augenhöhe des Zuschauers, stand eine kleine Staffelei, in die ein Foto eines imposanten Mannes eingespannt war. Beim Näherkommen sah Fischer, dass das Plakat die kommenden Abende bewarb, an denen Fjodor Iwanowitsch Schaljapin seine Sangeskünste zum Besten geben sollte. Etwas kleiner darunter fand man noch den Namen von Marthe Nespoulos, ebenfalls eine Opernsängerin. Fischers anfängliche Sorge, dass die 16 Tage der Überfahrt ihm aufs Gemüt schlagen könnten, löste sich nach und nach in Luft auf. Er ging langsam, wie verzaubert, zurück in den Speisesaal, von dort aus wieder deckab in den ersten Speisesaal, den er durchquert hatte. Ihn überkam das Gefühl, dass er nun das ganze Schiff für sich entdecken wollte, wie ein Marco Polo, noch bevor die breite Masse auf das Schiff strömen würde. Beflügelt vom eigenen Unternehmungsgeist verließ er den Saal durch eine der hinteren Türen. Er musste sich, auch das stand auf seiner Agenda, noch unbedingt merken, was an Bord Backbord und was Steuerbord genannt wurde. Für ihn gab es zunächst nur rechts und links, aber bevor er zu lange über die Problematik sinnieren konnte, befand er sich in einem weiteren Flur, der Badezimmer für Damen anzeigte, die er fluchtartig mit einer Treppe nach unten zu umgehen versuchte.

Urplötzlich und unvermittelt überkam ihn eine seltsame Angst, nicht fassbar zunächst, eher wie ein Klumpen in der Magengegend, aber trotz des ihn umgebenen Pomps hatte er das Gefühl, von der samtigen Haut der Wände und Teppiche berührt und im Bauch des Wals erdrückt zu werden. Er musste wieder hoch, und zwar schnell. Er stürzte über die in der Mitte des Schiffes liegende Treppe zwei Stockwerke hoch, bis er, vorbei an weiteren Kabinen der ersten Klasse, eine Tür fand, hinter der ihm milchiges Tageslicht entgegenleuchtete. Dann stürzte er an die Reling und blickte hinaus aufs Mittelmeer, das in beruhigender Beständigkeit vor ihm schaukelte und gleichzeitig absolute Ruhe ausstrahlte. Er atmete tief durch und wischte sich mit einem Taschentuch über die Stirn. Die Schiffsbesichtigung musste verschoben werden, das war ihm klar. So machte er sich auf den Weg zu seiner Kabine, diesmal allerdings an der Reling entlang, bis er am Bug eine Treppe nach unten fand, die ihn auf sein Deck führte. Schnell wollte er noch einen Blick auf die Genoveser Küste werfen, fand aber zu seiner anfänglichen Beunruhigung auf der anderen Seite (war es die Backbord- oder Steuerbordseite?) ebenfalls nur Meer vor sich. Erst jetzt wurde ihm klar, was es mit dem durchdringenden Brummen, das ihn seit dem Aufwachen begleitet hatte, auf sich hatte: Das Schiff hatte abgelegt. Er fühlte sich ein wenig betrogen, dabei allerdings auch schuldbewusst, so als ob er vorzeitig ejakuliert hätte. Es schien ihm, als habe er einen essentiellen Teil der vor ihm liegenden Reise verpasst. Aber Fischer wäre nicht Fischer, wenn er den Ärger über die verpasste Abfahrt nicht kurz und schnell abschütteln konnte. Er nahm einen tiefen Luftzug, mit dem er seine Lungen mit einer Prise Meersalz füllte und ging wieder ins Schiffsinnere. Dort angekommen sah er eine Familie an einer Treppe stehen. Trotz der sommerlichen Temperaturen hatten Mann, Frau und Kinder Mäntel an und ihre Blicke schienen leer und ausgemergelt. „Emigrati“ stand auf einem schlichten Metallschild, das über der Tür, durch die die Menschen stiegen, hing. Schnell marschierte Fischer in die entgegengesetzte Richtung, um zu seiner Kabine zu gelangen. Er hatte einen Plan, seiner seltsamen Stimmung Herr zu werden. Den Gang hinablaufend kam er an weiteren Gängen vorbei, lief nun entschlossen zu seiner erdachten Rettung, als er, nachdem er einen Quergang passiert hatte, plötzlich innehielt und sich langsam umdrehte. Vorsichtig schob er seinen Kopf um die Ecke. Er schluckte. Hielt den Atem still.

Moritz Fischer war in einem fürchterlichen Konflikt gefangen. Er wollte sich die Schweißtropfen, keineswegs durch körperliche Anstrengungen verursacht, vom Gesicht wischen, müsste dazu aber in sein Revers greifen, was ihn dazu bewegen würde, sich zu bewegen. Das aber wäre möglicherweise fatal, da es zu unerwünschten Geräuschen führen könnte. Das Bild, das sich vor ihm auftat, wollte er keinesfalls durch eine unbedachte Bewegung zerstören. Im Gegenteil, er wollte diesen Moment trotz seiner Unerfülltheit festhalten und sich das Gemälde, das sich vor ihm auftat, an die Wände seiner Erinnerung hängen. Eine recht junge Dame hatte sich einen der mit gold-rotem Samt bezogenen Stühle an die Gangwand gestellt und nestelte an einem Belüftungsschacht herum. Dabei stand eines ihrer Beine so weit ab, dass Fischer, und das war es, was ihm die Schweißausbrüche bereitet hatte, ihren perfekt geformten Unterschenkel sehen konnte, oder besser gesagt, ihre weißen Strümpfe, ja sogar die Strumpfbänder, die diese hielten. Er hatte das Gefühl, er müsse zu diesen Strümpfen gehen, sie zärtlich berühren, sie streicheln und küssen, zart wie ein Hühnerschenkel taten sie sich vor ihm auf. Auf der anderen Seite wollte er keinesfalls diesen Blick loslassen müssen, der ihm solch wunderbare Gefühle bereitete. Und daher stand er noch eine geschlagene Minute an der Ecke des Ganges und starrte auf die Dame, die irgendetwas an eben jener Belüftung zu suchen schien. Endlich war der Zauber gebrochen – sie quiekte (so wunderbar unschuldig aber, dass Fischer noch mehr Selbstdisziplin aufbringen musste, um sie nicht an sich zu reißen, obwohl er noch nicht einmal ihr Gesicht gesehen hatte) und stieg vom Stuhl herab, wobei sie sich umdrehte und etwas verwundert Fischers Kopf um die Ecke lugen sah. Dieser wiederum war sprachlos. Das Geschöpf, das für ihn vorher nur aus einem Unterschenkel bestanden hatte, welchen er zugegebenermaßen zwar vergöttert, aber in keinster Weise in einen Zusammenhang mit einem menschlichen Wesen gebracht hatte, war auf einmal auf der Evolutionsleiter ein paar Stufen nach oben geklettert für ihn. Er hatte es ohne Zweifel mit einem Engel zu tun. Die Dame, die ihn anblickte, hatte lockiges, goldenes Haar, dünne, zerbrechliche weiße Haut, volle, tiefrote Lippen und die schwärzesten Augen, die er jemals gesehen hatte. Sie trug eine weiße Bluse, die an den Ärmeln weit geschnitten war, die es allerdings nicht vermochte, ihren üppigen Busen zu tarnen, der sich gegen den ächzenden Stoff drückte, als sie den Stuhl herabstieg. Dazu trug sie einen schwarzen, knielangen Rock, der Fischer in Ansätzen träumen ließ. Dennoch bemerkte er wohlgefällig ihre ausladenden Hüften. Als er sie mit eingefrorenem Blick ansah, fing sie an zu lächeln und sagte: „Oh." Fischer, momentan seiner sprachlichen Fertigkeiten beraubt, wiederholte: „Oh." Die Dame, sie mochte Mitte Zwanzig sein, lachte und stellte somit ihre perfekten weißen Zähne zur Schau. Sie deutete zum Schacht und erklärte: „La Chiave." Fischer schluckte. Sie schaute ihn erwartungsvoll an und erzählte ihm dann in gebrochenem Italienisch etwas von Zimmer und Schlüssel. Verzweifelt versuchte Fischer herauszufinden, was er tun sollte. Als er ihr antwortete, kam ein Gemisch aus Ungarisch, Italienisch, Spanisch und Englisch heraus: „I kulcs no cammere." Sie fing an zu lachen, lauthals. Als sie ihn erneut ansprach, stellte sich heraus, dass sie Spanisch sprach und endlich legte sich der Nebel, der sich über Fischers Hirn verdichtet hatte. Er bot ihr an, ihr zu helfen, immer noch unsicher, immer noch um die Ecke blickend, bis schließlich ein Steward den Gang entlanggetrabt kam und der Dame die Zimmertür öffnete.

„Mein Name ist Smeralda“, hauchte sie ihm noch zu, bevor sie sich zur Tür wandte. „Smeralda Acuna Cortazar“. Und mit diesem, von glockenheller Stimme vorgetragenen Namen hüpfte er jubilierend in sein eigenes Zimmer, das nur ein paar Schritte den Gang hinab lag, bevor ihm klar wurde, dass er vollkommen vergessen hatte, sich ihr selbst vorzustellen.

4.

Fischer hatte versucht, seiner Mutter zu schreiben, war jedoch nur bis zu einer liebevollen Anrede gekommen. Nach der Begegnung mit der unglaublich anziehenden Schönen hatte er ein seltsam schlechtes Gewissen gehabt und sich an den Mahagonitisch seiner Kajüte gesetzt. Unzufrieden wedelte er das Papier durch die Luft, damit die Tinte der zwei Wörter trocknete, legte den angefangenen Brief nieder und machte sich auf den Weg.

Der Dinnersaal war halb gefüllt. Moritz war zunächst in den Saal auf seinem Stockwerk gegangen, doch ein freundlicher älterer Steward nahm sich unauffällig seiner an und führte ihn, ohne große Worte zu verlieren, eine Etage nach oben. Zunächst war Fischer gar nicht klar, weshalb dieser Saal eine ganz andere Atmosphäre ausstrahlte als der untere. Dann fiel ihm das Licht auf. Der Saal funkelte in den verschiedensten Farben. Goldene Töne gingen über in satte grüne, welche wiederum von aquamarinem Glitzern abgelöst wurden. Fischers Blick ging an die Decke des Saales. Ein gewaltiger Glaspavillon krönte die majestätischen Säulen, die den Raum umrandeten. Jetzt sah er, dass das Mosaik der zusammengesetzten Glasstücke dasselbe Bild darstellte, das er schon über dem Kamin gesehen hatte: einen Ritter, dessen Pferd sich im Regen aufbäumte. Die untergehende Sonne schoss ihre Strahlen in einem solchen Winkel durch die gefärbten Gläser, dass die bunten Facetten sich auf den Wänden, den Tischen und Stühlen auf zauberhafte Weise spiegelten und der grüne Graf, seiner ursprünglichen Form beraubt, durch den ganzen Saal ritt.

Erst als er ein Hüsteln vernahm, drehte sich Fischer wieder dem Steward zu, der geduldig neben ihm stand und darauf wartete, den Gast an seinen Tisch zu geleiten. Erst jetzt nahm Fischer den Mann richtig wahr: Er hatte ein dunkles Gesicht, das von einem glatten, schwarzen Schnurrbart sauber in zwei Hälften geteilt wurde. Die Augen blitzten ihn schwarz an, die Nase war gerade und groß und der Mund war von einem matten Rot, das nur südländische Menschen auszeichnete. Der Mann hob seinen weißen Arm in einer zarten, schüchternen Geste, um den Gast zu einem der Tische zu geleiten.

„Signore."

Aus irgendeinem Grunde mochte Fischer ihn auf Anhieb, spürte eine Zuneigung, die er in all den Jahren, in denen er sie zu den unterschiedlichsten Menschen in seinem Inneren grummeln hören konnte, nie hatte erklären können, die aber nichtsdestoweniger vorhanden war. Eine der Eigenschaften Fischers, die ihn dazu befähigt hatten, als Vermittler für die erste Weltmeisterschaft auf Reise zu gehen, war seine Fähigkeit, Verbindung zu Fremden herzustellen.

„Sie sind kein Italiener?", fragte er den Steward, als sie gemeinsam auf den mit weißer Tischdecke eingedeckten Tisch zugingen. Als er keine Antwort vernahm, sah er den Mann milde lächeln.

„Ich komme aus Libyen."

„Ihr Italienisch ist ausgezeichnet."

Wieder nickte der Mann nur, ob aus Bescheidenheit oder aus anderen Gründen, vermochte Fischer nicht zu erraten. Der Tisch, an dem er nun saß, war groß und rund. Er hatte Platz für fünf weitere Gäste. Ihm gegenüber saß ein hochgewachsener Herr, der deshalb auffiel, weil er eine Augenklappe über dem rechten Auge trug. Er hatte sauber nach hinten geschniegelte, schwarze Haare und einen Bart, dessen besonderes Merkmal die geschwungenen Enden des

Schnurrbarts waren. Wie Fischer trug er ein Dinnerjacket, dazu ein weißes Hemd und eine Fliege. Der Mann stand auf und verbeugte sich knapp. „Bojan Tarnoff", stellte er sich vor. Fischer verbeugte sich ebenfalls und grüßte zurück. Sie setzten sich und nachdem der libysche Ober ihnen roten Wein aus dem Burgund eingeschenkt und Fischer die Nationalität des Mannes herausgefunden hatte, prosteten sie sich mit einem kräftigen „sa znakómstwa" zu.

Nach kurzer Zeit kam man darauf zu sprechen, was einen auf die Reise auf dem Schiff geführt habe. Fischer erklärte mit der Zurückhaltung eines Bohemians, dass er lediglich zu einem Sportfest in Südamerika eingeladen worden wäre, was den Russen dazu veranlasste, in ausgeschmückter Ausführlichkeit von seiner Mission zu erzählen. Tarnoffs Blick war dabei so intensiv und durchdringend, dass Fischer ganz froh darüber war, dass der Mann eine Augenklappe trug. Zwei Exemplare des Auges, das sich auf ihn heftete, wären schwer erträglich.

„Härr, Fischärr. Sie wissen nicht, was uns alle hiär zusammentreibt. Äs ist aine Sache von außärgewöhnlischär Dringlichkait."

Fischer nickte demütig und von der kaum verhohlenen Eitelkeit des Mannes fasziniert.

„Äs ist nur aine Fraage där Zait, bis äs zum Zusahmenträffän kommän wird."

„Zusammentreffen?"

„Där Kulturän."

„Ahh." Fischer tat so, als verstünde er sein Gegenüber.

„Där Kontakt ist noch nicht härgestäält, abär es wird noch in diesäm Jahrzeähnt dazu kommän. Und dann müssän wir vorberaitet sain."

Wieder nickte Fischer.

„Äs gibt verschiedenste Belegä für außerirdische Kontaktaufnahme. Wir sollten also gewappnät sain."

„Außerirdisch? Sie meinen wahrscheinlich …" Ja, was meinte der Mann?

„Außerirdisch. Genau. Himmälssignale. Lichtzaichen. Inskriptionän. Äs gibt einen Haufen Belegä, abär die Wissenschaft schaut immer noch wääg. Unsärä Gesellschaft wird das Zaitalter där Kommunikation ainlaitän."

„Ihre Gesellschaft."

Tarnoff zückte eine Karte aus seinem Revers. In weißer, geschwungener Schrift las Fischer: „Gesellschaft für interplanetarischen Frieden und Handel". Fischer war augenblicklich so verlegen, dass er sich veranlasst sah, dem ihm gegenübersitzenden Mann zuzustimmen, so unsinnig schien ihm die Angelegenheit, der dieser sich verschrieben hatte. Er stammelte etwas von „vorausschauend" und „weise", wurde rot, brabbelte weitere Unsinnigkeiten vor sich hin und wurde letztendlich durch das Eintreffen der anderen Tischgäste von seinem Dilemma befreit.

Zu Fischers Erstaunen nahm der Kapitän des Schiffes Platz, ein junger, forscher Mann mit einer energisch wirkenden Stirn und einem Habitus, der auf unbestechliche Zielstrebigkeit hindeutete. Sein Gruß war kurz und militärisch: „Amedeo Pinceti". Ohne die Hand in einem kräftigen Griff loszulassen, stellte der Kapitän noch seinen ersten Offizier vor, einen gewissen Bruto Cavesi, der trotz seines eher jugendlichen Alters nur wenige Haare auf dem Kopf hatte, die er allerdings kunstvoll mit Haarwichse von steuerbord nach backbord (oder umgekehrt?) gelegt hatte. Der Mann hatte ein etwas unangenehm breites Grinsen, das er anscheinend, selbst wenn er es gewollt hätte, nicht ablegen konnte.

Nachdem man sich (auf Italienisch) begrüßt hatte, bemerkte Fischer, dass er seine normale Fähigkeit, mit anderen Menschen auf angenehme Art und Weise Belanglosigkeiten auszutauschen, kurzzeitig verloren hatte. Er fühlte sich verwirrt, benebelt und fragte sich, woran das wohl liegen konnte, als er die momentane geistige Ermattung an dem Duft festmachte, der ihn betörte. Es duftete in der Tat nach Rosen. Und noch bevor er sich umdrehen konnte, spürte er eine zartgliedrige Hand auf seiner Schulter, die einmal kurz, aber kräftig, als wolle sie eine Begabung konstatieren, zudrückte. Fischer wusste sofort, wer neben ihm stand. Der Kapitän stand auf und rief erfreut: „Ahh, Signorina Cortazar. Bitte setzen Sie sich doch." Fischer schluckte. Er wusste, dass er verloren war. Die Person, die sich in den für sie vom ersten Offizier nach hinten gezogenen Stuhl setzte, löste in ihm gleichzeitig Panik und vollkommene Erfüllung aus. Nachdem er sich hustend und stotternd vorgestellt hatte, was, wie er sich vollkommen sicher war, die anderen Herren am Tisch zu einem genüsslichen Lächeln veranlasste, schaute sie ihn mit halbgeschlossenen Lidern an und nickte ihm kurz zu. Fischer bildete sich ein, dass er in diesem Moment ihre Gedanken lesen konnte: „Aber das weiß ich doch, du Dummerchen. Wir kennen uns doch schon." Bevor er sich aber weiter in die Auswüchse seiner Anbetung hineinsteigern konnte, wurde er erneut durch den Kapitän gerettet. „Der letzte in unserer Runde. Willkommen, Herr Eisenbeisser." Fischer war durchaus erfreut, jemanden am Tisch zu haben, mit dem er sich, was Kommunikation anging, auf sicherem Gebiet bewegen konnte. Der Saal hatte sich inzwischen allgemein gefüllt und die ersten Gläser klirrten.

„Meine lieben Gäste", so hob Pinceti an, „Lassen Sie mich Sie begrüßen und Ihnen an Bord eine wunderbare Zeit wünschen. Falls Sie sich wundern – als Kapitän dieses Schiffes geselle ich mich gerne zu meinen Passagieren, in abwechselnder Reihenfolge selbstverständlich. Sollten Sie also irgendwelche Fragen an mich haben, zögern Sie bitte nicht, mir umgehend zu sagen, was Ihnen auf dem Herzen liegt. Ich möchte betonen, dass …" Das plötzliche Innehalten des Schiffsführers ließ auch seine Zuhörer für einen kurzen Moment erstarren. Der Tisch schaute den Kapitän gebannt an, welcher wiederum seinen Blick an die Wand heftete. Sein Gesichtsausdruck hatte eine unschöne Härte angenommen. Alle blickten dorthin, worauf sein Blick gerichtet war: An der Wand hing ein Bildnis Mussolinis, der Kopf mit Tarbusch. Der Duce sah durchaus wohlwollend aus.

Bewegungslos zischte der Kapitän: „Wer hat dieses Bild dort aufgehängt?" Cavesi schnellte hinauf wie ein braver Schüler und sagte, immer noch grinsend: „Ich, Herr Kapitän. Unser Duce." Damit deutete er auf das Bild. Mittlerweile schauten auch die Gäste von den Nachbartischen herüber. „Dort", sagte der Kapitän sehr langsam, „hängt das Portrait unseres wahren Herrschers", und nun donnerte jedes einzelne Wort wie eine Kanonenkugel: „Il Principe Vittorio Emanuele Ferdinando Maria Gennaro di Savoia, Principe Ereditario d'Italia." Zum ersten und einzigen Male sah Fischer, wie das Lächeln im Gesicht des Offiziers gefror.

„Mit Verlaub, Capitano, aber Herrscher ist unser allseits geliebter Führer, der Duce." Nun drehte sich zum ersten Male das Gesicht des Kapitäns zu seinem Untergebenen. „Auf diesem Schiff bestimme immer noch ich, wer oder was an den Wänden hängt. Sie hängen dieses Bild von der Wand, Cavesi! Jetzt! Sofort!"

Cavesi blickte seinem Vorgesetzten nur einen kurzen Augenblick ungläubig in die Augen, dann nahmen seine Gesichtskonturen einen verhärteten Ausdruck an, er stand auf und trottete zur Wand, hob langsam, fast zärtlich seine Hände, um das ihm wertvolle Gemälde abzunehmen. Er war sich einen kurzen Augenblick unsicher, wohin er die Reliquie bringen sollte, blickte an den Tisch, wo ihm Pinceti mit einer Kopfbewegung den Weg nach draußen wies. Ohne sich die Demütigung anmerken zu lassen, trabte der Offizier zum Treppenaufgang, kam geraden Schrittes zurück und setzte sich an den Tisch.

Nachdem sie das Schauspiel schweigend beobachtet hatten, führten die anderen Gäste im Saal ihrerseits ihre Gespräche fort. Um die Stimmung etwas aufzuheitern, sagte Fischer: „Nun, die Welt befindet sich im Wandel. Bolschewisten oder Faschisten. Alle scheinen gute Ideen zu haben, wie der Alltag einer modernen Welt aussehen könnte."

Pinceti schnaubte verächtlich. Nun meldete sich Eisenbeisser zu Wort: „Ich für meinen Teil muss dem Kapitän zustimmen. Monarchie hat noch nicht ausgedient. Schließlich haben meine Mitreisenden und ich es unserem König zu verdanken, dass wir diese Reise antreten können." Fischer wusste, was der Mannschaftskapitän der Rumänen meinte. Er beneidete Eisenbeisser um dessen Fähigkeit, die Wogen zu glätten, ohne jemanden dabei zu verurteilen. „Unsere Majestät, Carol der Zweite, ist seines Zeichens selbst ein großer Fan des Fußballsports. Daher hat er persönlich dafür gesorgt, dass die rumänische Mannschaft an der ersten Weltmeisterschaft teilnehmen kann."

Cavesi hustete fast dazwischen, offensichtlich nicht in der Lage, sich zurückzuhalten: „Nachdem er gerade aus dem Exil zurückgekehrt ist, weil er sich mit einer jüdischen Metze verlustiert hat."

Pincetis Gesicht wurde kalkweiß. Doch sein Offizier war noch nicht fertig.

„Jetzt unterwandert der Jude schon die Monarchie. Ist doch unglaublich …"

Pinceti stand auf und legte dabei seine Serviette auf den Tisch.

„Cavesi, was erlauben Sie sich?"

„Selbst auf diesem Schiff hier fuhr diese Negerin mit und hat den Herren die Köpfe verdreht."

„Wenn ich mich recht erinnere, Cavesi, waren Sie der erste, der Josephine Baker bei jeder Gelegenheit hinterhergestarrt hat. Aber das nur am Rande. Sie verlassen diesen Tisch." Die Stimme des Kapitäns, sonst in seiner Ruhe auf natürliche Weise autoritär, hatte nun eine bedrohliche Lautstärke angenommen, die Intensität eines Schiffshorns, das das unerbittliche Kommen des Stärkeren ankündigte.

„Stimmt doch …", setzte Cavesi kleinlaut nach, stand dann aber auf.

„Ab heute werden Sie Ihre Mahlzeiten in der Kombüse einnehmen."

Der Offizier schien sichtlich getroffen zu sein, seine Augenbrauen zogen sich für einen kurzen Moment zusammen und offenbarten den Anflug von Aufruhr, es war aber nur ein kurzer Ausrutscher, dann ging der Mann mit breiten Schritten aus dem Saal. Es dauerte eine Weile, bis an den anderen Tischen wieder das Klirren von Besteck auf Tellern zu hören war und das erste leise Flüstern das erneute Aufnehmen von Konversation ankündigte.

„Ich bitte diesen unschönen Zwischenfall zu entschuldigen, meine lieben Gäste. Der schwarze Schürhaken des Faschismus reicht weit, aber ich versuche, so es geht, auf meinem Schiff Tradition als Wert zu erhalten." Damit setzte er sich wieder.

Smeralda Acuna Cortazar wandte sich mit einem bezaubernden Blick dem Rumänen zu, als sei nichts geschehen.

„Ich liebe Fußball, wissen Sie? Diese mannhafte Art der körperlichen Ertüchtigung. Das Messen der Kräfte auf eine spielerische und doch kämpferische Art ..."

„Unnötig", befand Bojan Tarnoff. „Die Wält hat dringändärä Problämä."

Da noch niemand außer Fischer wusste, welche genauen Schwierigkeiten den Mann beschäftigten, wandten sich die anderen nun dem Russen zu. Erst nachdem dieser seine Ideen ausgeführt hatte, bemerkte Fischer – wie er sich eingestehen musste, mit einiger Zufriedenheit – dass die anderen die Ideen, die die Organisation für interplanetarischen Handel und Frieden vertrat, genauso absonderlich fanden wie er. Immerhin schaffte es Eisenbeisser sein Interesse derart zu heucheln, dass es nicht aufgesetzt klang und dennoch das Thema beendete. „Faszinierend, muss ich sagen. Sie haben Recht, Herr Tarnoff. Wer von uns kann schon ausschließen, dass sich da draußen anderes Leben befindet? Wie lange ist es her, dass wir den Kontinent, den wir nun mit diesem Schiff besuchen werden, Amerika, erst entdeckt haben? Dreihundert Jahre? Und nun findet dort dieses Fest für alle Nationen statt, das, wie Sie vielleicht nicht wissen, meine Damen und Herren, von unserem lieben Herrn Fischer hier ins Leben gerufen wurde." Nun wandte sich die blonde Schönheit, die ihr rüschenbesetztes, tief ausgeschnittenes Dekolleté dem

Fußballer zugewandt hatte, in ihrer vollen Pracht ihrem rechten Sitznachbarn zu. „Sie, Herr Fischer?“ Fischer wurde rot, wurde aber vom Servieren der Suppe gerettet. Es gab eine Sahne-Crevetten-Consommé. Bescheiden wies Fischer das Lob mit dem Hinweis von sich, dass er nur ein ausführendes Organ wäre – nur ein Mitläufer. Danach löffelte die Gruppe schweigend ihre Suppe, als ob die Wucht der vorangegangenen Auseinandersetzung erst verspätet ein stilles Echo fand.

Mittlerweile war die strahlende Sonne draußen einer glühenden Dämmerung gewichen, sodass die Lichtfacetten ihren Ton verändert hatten und nun in einem sanften Leuchten die Gesichter der Anwesenden umspielten. Fischer fiel auf, dass der Ober auch den Platz, an dem Cavesi gesessen hatte, eingedeckt hatte und dort jetzt das Sahnehäubchen auf der Suppe langsam in seinen rosafarbenen Untergrund verfloss.

„Alle sprechen von der Macht des Volkes – aber es ist immer das Volk, das den Preis bezahlt“, nahm unerwartet und plötzlich Eisenbeisser das heikle Thema der Tagespolitik wieder auf. Niemand äußerte einen Einwand, als seien sie alle Verschwörer in einer unsicheren Umgebung. „Ich hoffe“, nahm Fischer das Thema auf, „dass Sie, Herr Kapitän, keinen Ärger bekommen werden.“ Wieder Schweigen. Ein steifes Stück gewalkter Seide drückte sich an Fischers Seite. Eine Hand berührte zart, vorsichtig und kurz die seine. Sein Herz schien stillzustehen. Er hatte die verrückte Idee, dass Smeralda ihn belohnte für sein Mitgefühl.

Die Konversation blieb den Abend über stockend. Eisenbeisser und er tauschten sich noch über moderne Fußballtaktiken aus – dass man statt mit fünf Stürmern nur mit vier spielen könne, um somit in der Verteidigung nicht so anfällig zu sein. Ansonsten beschränkte man sich auf den üblichen Austausch von Belanglosigkeiten. Pinceti schien abwesend zu sein, entschuldigte sich vor dem Dessert und verabschiedete sich in Richtung Deck. Als Fischer endlich seinen Grappa getrunken hatte und sich alleine am Tisch fand, sah er, bevor er sich zum Aufstehen wandte, ein kleines Zettelchen neben sich liegen, auf dem nur eine kurze Information zu finden war: „Zimmer 104". Verwirrt stolperte er in seine Kajüte, zog sich aus, wusch sein Gesicht, zog sich seinen Pyjama an und legte sich in seine Koje. Von draußen kam immer noch ein Schimmer Sonnenuntergangs durch den Vorhang. Er wälzte sich hin und her. Nach einer halben Stunde stand er auf, zog sich seinen Bademantel an und marschierte den Gang hinab.

5.

Sie stand in der Tür, als hätte sie ihn erwartet. Während sie am Abend noch durch den Kontrast des unschuldig weißen Kostüms mit ihren roten Lippen auf Fischer Eindruck gemacht hatte, überzeugte nun die angedeutete Nacktheit ihres fülligen Körpers. Fischer schluckte. Er betrachtete das Negligé in schwarz unter dem lilafarbenen Nachthemd, das so eng auflag, dass man ihre Konturen nicht nur erahnen, sondern förmlich mit jedem Blick erschmecken konnte. Im Zusammenspiel mit ihren offenen blonden Haaren und ihrem engelsgleichen Gesicht, das nun eine teuflische Note um den Mundwinkel zu tragen schien, verkörperte sie das Sinnbild der Sünde.

Musste er etwas sagen? Sich rechtfertigen? Auf einmal kam er sich dumm vor, wie er vor ihr stand und in seinem Kopf kramte er fieberhaft nach einer Ausrede, warum er sie zur Nachtzeit besucht hatte – dass er keinen Waschlappen hätte (nein, das wäre zu anzüglich), dass er ihr noch eine gute Reise wünschen wolle (was für ein Quatsch), dass er noch einmal feststellen wollte, dass er ja nur der Vizepräsident sei, und das auch nur vorübergehend (klang auch lahm). Sie zog ihn am Revers seines Bademantels in ihre Kajüte und drückte ihm ihre feuchten Lippen auf seine. Dann öffnete sie mit ihrer Zunge fordernd seinen Mund und fiel in sein Reich ein wie Napoleon in Belgien. Bevor er sich versah, fand er sich seines Bademantels ledig und am Boden liegend wieder, während sie an den Knöpfen seiner Schlafanzughose nestelte. Ihre vollen Brüste baumelten vor seinem Gesicht wie eine Geburtstagstorte, die es anzuschneiden galt. Er berührte sie, was sie zu einem verzückten Quietschen veranlasste, und dann, bevor er sich versah, hatte sie ihn umfangen, ritt auf ihm, als überquerten sie den stürmischen Atlantik und nicht das seichte Mittelmeer, gurgelte, krächzte, schrie, und ihm schwanden die Sinne und er verlor sich in seinem und ihrem Körper bis zu einer taumelnden Ekstase, die in einer krallenden Umarmung endete. Er saugte noch ein wenig an ihrer pfirsichweichen Haut, sog ihren Rosenduft ein und fiel dann auf dem weichen Teppich in einen erfüllten Schlaf.

Er erwachte unter einer schweren Federdecke. Etwas kitzelte seine Brust, und als er immer noch müde und erfüllt an sich heruntersah, beobachtete er ihre schlankgliedrigen Finger, die seine Brustwarze umkreisten. Vorsichtig drehte er sich zu ihr, um feststellen zu können, ob er schlief oder ob sie vielleicht gar nicht sie war, sondern eine Katze, die ihren Weg an sein heimisches Bett gefunden hatte und ihn aus einem Traum erweckte. Doch er blickte nur in die schelmisch grinsenden Augen von Senorita Cortazar und bevor er sich versah, war ihre Hand in tiefere Regionen gewandert und flocht sich einen Weg durch sein Schamhaar. Er zog die Decke, die sie beide bedeckte, ein wenig nach unten, um ihren Körper besser sehen zu können und stürzte sich mit seinem Mund schon auf ihrem Hals, ihre Schultern und saugte sich den Weg herab, was erneut ermutigende Seufzer aus ihr hervorrief. Das zweite Mal war langsamer, vorsichtiger und er versuchte, mehr bei Bewusstsein zu bleiben, was schwierig war, da er immer wieder an den scheinbar unlösbaren Kontrast zwischen seiner eigenen massiven Körpergröße und ihrer weiblichen Eleganz erinnert wurde, sobald er den Genuss mit den Augen erfahren wollte. Fast sah er sich versucht, sie zu fragen, was denn eine Schönheit wie sie von ihm wollen könne, als sie seinen Namen keuchte und in einen Singsang aus spanischen Wörtern einstimmte. „Oh Moritz“, hauchte sie immer wieder zwischendurch, was ihm auf eine gewisse Art zumindest die Zweifel nahm, dass sie ihn verwechselt haben könnte.

Er schlief wohlig und warm, das Schiff schaukelte und eine Hand strich ihm sacht über den Rücken. Die zwei Male, in denen er kurz erwachte, wünschte er sich, die Zeit möge stehenbleiben und schlief lieber schnell wieder ein, damit er der Bedrohung des Aufwachens noch möglichst lang entkommen könne.

Irgendwann aber zwängte sich ein zarter Lichthauch durch die Vorhänge hindurch und kündigte den unvermeidlichen nächsten Tag an.

Vorsichtig setzte er sich auf, ohne sich umzusehen stand er auf und tastete sich nach vorne. Einen schattenhaften Umriss auf dem Boden erkannte er als seinen Morgenmantel. Er hob ihn auf und schlich zur Tür, wobei er mit einem Bein gegen eine Tischkante stieß. Er biss sich auf die Zunge und öffnete so leise wie möglich die Tür nach draußen. Auf dem Gang empfing ihn eine undurchdringliche Finsternis. Noch bevor er nachdenken konnte, hatte er die Tür hinter sich verschlossen und fluchte leise. Er wusste, wie er zu seiner Kabine zurückfinden konnte (links, rechts und nochmals rechts), aber er wollte nicht noch einmal eine unliebsame Bekanntschaft mit einer Wand oder einem ihn aus der Dunkelheit attackierendes Mobiliar machen. Also begab er sich auf alle Viere und kroch vorwärts. Wenn es einen Beobachter dieser seltsamen Szenerie gegeben hätte, so hätte er Moritz Fischer vielleicht für einen Bären gehalten, aber das keuchende und brummende Wesen, das sich durch die Gänge schlich, war niemand anderes als der FIFA-Vizepräsident. Seine Strategie hatte Erfolg: Ohne sich weiter zu verletzen, kam der Bär in seiner Höhle an, durchquerte sein Vorzimmer, mittlerweile wieder auf zwei Beinen, da das Bullauge die ersten Lichtstrahlen in die Kajüte durchließ, und kletterte auf sein eigenes, noch immer frisch riechendes Bett. Er starrte an die Decke und träumte mit offenen Augen den Traum noch einmal durch, den er diese Nacht erlebt hatte.

2. Tag, 20. Juni 1930 – Smeralda

1.

Sie hatte gemerkt, wie er aufgestanden war, sich heimlich angezogen und verstohlen die Kajüte verlassen hatte. Natürlich hatte sie es gemerkt. Die Fähigkeit, jede Bewegung und jedes damit verbundene Vorhaben des Bettpartners vorauszusehen, hatte sie erst so weit gebracht, wie sie jetzt war. Sie hatte sich diese Fähigkeit in einer harten Schule antrainiert. Danach, als er gegangen war, war sie kurz aufgestanden, hörte ihn zwischenzeitlich draußen auf dem Gang poltern und wusch sich. Sie schüttelte die Bettdecke aus, wobei ihr ein abgerauchter Stumpen einer Zigarre des großen Mannes, den er in der Tasche seines Bademantels gehabt haben musste, entgegengeflogen kam. Als sie hinter die Jalousien blickte, sah sie auf einen frischen Morgen. Ein paar vom Sonnenlicht noch nicht absorbierte Sterne funkelten noch auf der Wasseroberfläche. Sie seufzte und setzte sich an den Mahagonisekretär, in dem sie die Liste der Männer aufbewahrte.

Wie immer nach solch einer Nacht fragte sie sich, ob sie in ihrem Leben die richtigen Entscheidungen getroffen hatte, und wie immer kam sie zu dem trotzigen Entschluss, dass es so sei. Sie befand sich in einer Luxuskabine auf einem Luxusdampfer. In zwei Stunden würde sie sich einen Tee bringen lassen. Sie war, das war unbestritten, eine Schönheit. Sie war glücklich.

Und dann, wie immer, wenn sie innerlich so mit sich rang, schlich sich dieser andere Gedanke an: Aber sie war verloren. Nicht verdorben oder schmutzig, sondern verloren. Das Körperliche, bedrohlich nahe an ihrem Beruf prallte mittlerweile an ihr ab. Es war Teil des Opfers, das sie brachte, Teil der Arbeit und in wenigen Fällen war es zuweilen angenehm. Das, was ihr der Beruf allerdings genommen hatte, war mehr als nur ihre körperliche Unschuld. Sie rühmte sich mittlerweile, nachdem sie in etlichen Etablissements gearbeitet und sich langsam, aber sicher immer weiter in gesellschaftliche Schichten hochgearbeitet hatte, das Wesen des Menschen im Allgemeinen und des Mannes im Besonderen zu kennen. Und das war ernüchternd. Selbst die eloquentesten, bestgekleideten, ehrlichen, ernsthaften und prüdesten Exemplare dieser Gattung waren an einer Stelle verwundbar, hatten diese eine Schwäche, diesen Trieb, der im Zweifelsfall ihr ganzes Tun und Treiben bestimmte. Das war auf mitleiderregende Art erniedrigend für die Spezies Mann. Denn sie hatte ihren Vater so lange geliebt, bis er gestorben war und sie das kleine Dorf am Lago Rincon verlassen hatte. Und sie hatte an das geglaubt, was er ihr immer erzählt hatte, dass alle Menschen Geschöpfe Gottes seien und im Grunde ihres Herzens gut. Aber wenn sie alle so anfällig waren – dann war der Grund ihres Herzens, so rein er auch sein mochte, verfärbt von einer milchig trüben Flüssigkeit, die sich in die Reinheit aller mischte. Nicht dass die Frauen besser wären. Smeralda hatte zwei Typen im Laufe ihres Lebens kennengelernt: Die, die mit allen Mitteln von der Schwäche des Mannes profitieren wollten (zu diesem Typ zählte sie sich selbst), und solche, die Männer für ihre Schwäche abgrundtief verachteten. Es gab natürlich auch welche, die eine Mischform mit Ausgiebigkeit praktizierten. Beide Positionen waren Variationen eines und desselben Gifts, das Desillusionierung hieß. Deshalb war sie verloren. Sie glaubte nicht mehr an das Gute im Menschen. Sie war verloren, weil eine Frau auf die Stärke des Mannes angewiesen war. Aber der Mann war als solcher schwach.

Smeralda strich mit ihrem rechten, schlanken und weißen Zeigefinger über das etwas vergilbte Foto Fischers, der sie anstrahlte. Im grünen Licht der sanft glimmenden Schreibtischlampe wirkte sein Konterfei etwas dicklicher als die Wangen, die sie vor Stunden noch in den Händen gehalten hatte. Von seiner ungestümen Art ließ sich schließen, dass er unverheiratet war, aber das hatte sie schon vorher gewusst. Er war das leichteste Ziel ihrer Arbeit gewesen. Die anderen, sie blätterte weiter, würden sich als schwieriger erweisen, aber keinesfalls – und das war Teil ihres Dilemmas – unmöglich. Auf seine Art war er unschuldig und süß gewesen und sie hatte ihn mit einem ernst gemeinten Kuss belohnt, woraufhin er schleunigst und laut schnarchend eingeschlafen war. Sie stieg, nachdem sie erst jetzt durch einen kurzen Schauder bemerkt hatte, wie kalt ihr war, in frische, seidene Unterwäsche und legte sich ins Bett zurück. Es ist ein gutes Leben, dachte sie sich dabei, ein gutes Leben.

2.

„Signora wünschen noch etwas?"

Smeralda winkte ab. Vor ihr tat sich ein wahres Potpourri kulinarischer Frühstückskunst auf. Sie hatte frische Melonen, gelbbraun gebackenen, duftenden Toast, eine überflüssig große Auswahl an Marmeladen (gelb, orange, rot, hellrot, braun, blau), vorgeschnittene Butterstückchen auf einem weißen Tellerchen, knusprig gebratenen Schinken, Tomaten, Gurkenscheiben, Brot, Salz, Pfeffer, Rührei, gekochtes Ei, gekochtes Wachtelei, eine Tasse Tee und daneben eine Kanne Kaffee (man kannte ihre Vorlieben offenbar bereits) und einen frisch gegrillten Fisch auf dem Tisch. Smeralda kannte sich nicht aus mit Fischen, aber dieser hier sah einladend aus, das verschwommene Auge schien milde zu blicken und der geöffnete Mund offenbarte so etwas wie Absolution. Sie aß langsam, blickte dabei immer wieder in den großen Saal, der ihr diese begehrte Ersatzbefriedigung bescherte. Die großen, orientalischen Teppiche, die üppigen Blumenbouquets, die Kronleuchter, die so zerbrechlich herabhingen, die weißen Säulen, die die Wände zierten, das fluoreszierende Licht, das durch die Glaskuppel in den Saal schien – all das war für sie Illusion genug, um sich innerlich zu entspannen.

Der Saal, in dem sie sich befand, war noch nicht gefüllt, es würden noch Passagiere an Bord kommen, wichtige Passagiere, Passagiere, um die sie sich kümmern würde müssen. Aber immerhin waren es ungefähr die Hälfte aller Menschen, die ihr Frühstück einnahm und über den Saal verteilt an ihren Tischen saß. Sicher waren einige Frühstücksgäste schon früher hier gewesen und wahrscheinlich würden auch noch einige kommen.

Sie schaute sich die Männer an, die hier saßen und die sie alle schon mehr oder weniger offenkundig angestarrt hatten. Selbst in Damenbegleitung zwang sich ein verhuschter Blick wie zufällig zu ihr herüber und sie wusste, dass dieser eine Blick reichte, um den Mechanismus der Fantasie in Gang zu bringen. Das wussten wohl auch die Gattinnen. Die Frau am Tisch schräg vor ihr schlug ihrem Mann mit der Hand auf den Arm, als dieser sich die prachtvollen Ölgemälde an der Wand, die in seinem Rücken hingen, anschaute. Smeralda musste lächeln. Es war nicht so, dass sie sich nicht über die Aufmerksamkeit, die ihr zuteilwurde, freute. Sie fragte sich, als sie den Mann mit dem schwarzen Anzug sah, dessen Nackenspeck sich über den nicht mehr weißen Hemdkragen wölbte, und seine Frau, die kerzengerade auf ihrem Stuhl saß, als wollte sie dem Wind und dem Wetter draußen trotzen, mit ihrem runden, beblümten Hut, der durch zwei Nadeln mit goldenen Köpfen in ihrem Dutt festgehalten wurde, ob diese zwei Menschen sich noch körperlich näherkamen und wenn es so war, wie es sein würde – zwanghaft und pflichtbewusst oder ob sie ihre bürgerliche Spießigkeit in einem wilden Akt vollkommener Enthemmtheit loslassen konnten. Sie musste kichern. An einem anderen Tisch weiter hinten links saß ein stattlicher Mann mit breiten Schultern und bulligem Körper, den er allerdings in den feinsten Zwirn gesteckt hatte. Zumindest deutete seine juwelenbesetzte Krawattennadel, die mit den Manschettenknöpfen am Hemd korrespondierte, darauf hin, dass der Mann wohlhabend war. Falls sie echt waren. Smeralda hatte genügend Männer gesehen, die versuchten, mehr zu sein als sie waren. Das Aufblasen der eigenen Wichtigkeit war überhaupt die Lieblingsbeschäftigung dieser Wesen, bis auf wenige Ausnahmen zumindest. Der Mann hatte ein breites Gesicht und zu einem geraden Scheitel gekämmte, dünne Haare. Seine Nase war etwas krumm, so als sei sie gebrochen worden und im Gegensatz zu seinem scheinbar makellosen äußeren Erscheinungsbild schien er innerlich mit sich zu ringen, denn er starrte mehr auf sein vor ihm ausgebreitetes

Frühstück, als dass er sich mit ihm beschäftigte. Smeralda empfand eine gewisse Sympathie für den Mann, sicherlich eine ihrer Schwächen, die nicht abzuschaltende Hoffnung, es gäbe jemanden, der eine Seele hätte.

Wie also müsste ein Mann sein, den sie als echt anerkannte, als jemanden, der sich der Bezeichnung als würdig erweisen könnte? Es kam letztendlich auf den Geruch an. Im Nahkampf, in der Entblößung war der Moment der Wahrheit gekommen. Wenn der Körpergeruch nicht mehr durch gestärkte Hemden, gebügelte Wollhosen und schützende Unterwäsche abgehalten werden konnte. Wenn sich Achselhöhlen öffneten, um den einzigartigen Paarungsduft abzusondern, wenn die Poren in der Anstrengung des Akts ihre schweißtreibende Arbeit verrichteten und ihren salzigen Saft ausstießen, wenn Münder sich willig öffneten und der Speichel sich zu einem neuen Geschmackskonglomerat vermischte, dann gab es für Smeralda lediglich einen vorherrschenden Sinn: den Geruch. Die Entscheidung darüber, wieviel Überwindung die Ausübung ihres Berufes sie kostete. Der Moment, der zwischen Genuss und Ekel entschied. Die besten Stunden ihrer Arbeit waren die gewesen, in denen sie so erkältet war, dass ihr Geruchssinn durch die verstopften Nebenhöhlen ausmanövriert worden war. Aber es gab auch die leise Ahnung einer kontrollierten Wildheit, einer ausgewogenen Stärke, die sich aus den schweißigen Sekreten eines Mannes erahnen ließ. Es gab Süße, Würze, einen Lockruf der Natur, ein Echo Gottes ureigener Schöpfung.

„Darrf ich misch zu Ihnän sätzän, Madame?"

„Bitte, warum nicht?"

Sie hatte Tarnoff nicht kommen sehen, er war von der Seite hinter einer üppigen Yucca-Palme aufgetaucht. Sein plötzliches Erscheinen löste nicht nur einen kurzen Schreck, sondern auch ein andauerndes Unwohlsein aus. Er war der Typ Mann, der seine eigene Schwerkraft auf andere Menschen in der Form auszuüben suchte, dass diese sich seinem Willen beugen sollten.

„Ich sähe Sie hiär allaine sitzän."

„Das liegt daran, dass ich alleine bin." Sie lächelte ihn freundlich an.

„Ich liebe aine Frau mit Humoor." Trotz seines offensichtlichen Bemühens, Überlegenheit zur Schau zu stellen, hatte Smeralda doch ein wenig Mitgefühl für den Mann, was, wie ihr klar wurde, an dem Akzent lag, mit dem er sie auf Englisch angesprochen hatte.

„Was machen Sie denn so ganz alleine hier, Wertester? Sollten Sie nicht bei Ihrer Organisation sein und Verträge über den Handel mit Wesen aus dem All diskutieren?"

Tarnoff legte seinen Kopf ein wenig schräg, offensichtlich überrascht angesichts der für ihn ungewohnten weiblichen Schnippischkeit.

„Wir machen kaine Verträge. Wir haben noch kaine Handelspartner."

„Was machen Sie denn dann? Das habe ich mich schon seit gestern gefragt. Was macht Ihre Organisation denn so den ganzen Tag?" Smeralda wollte ihn dennoch dafür zahlen lassen, dass er an ihrem Tisch aufgekreuzt war mit dem Gefühl, leichte Beute machen zu können.

Tarnoff kratzte sich am Ohr.

„Nun, ähh, die maistän Mitgliedar sind noch gar nicht an Bord. Aber wir haben großä Plänä."

„So sagten Sie ja bereits gestern. Aber was sind denn das für Pläne, Herr Tarnoff?"

„Ich kann darüba nicht sprechän. Es ist höchst gehaim." Tarnoff blickte sie durchdringend an. Sie blickte unbeeindruckt zurück.

„Tja, in dem Falle, mein Lieber", sagte sie, „haben wir ja leider nichts, worüber wir reden könnten." Mit diesen Worten stand sie auf und schritt mit knisternden Röcken an ihm vorbei.

3.

Die frische Luft auf dem Oberdeck wirkte befreiend. Es gab einen Ausblick, ganz oben, am vordersten Ausläufer des Decks. Davor befand sich der Außenpool, eingerahmt mit rundgeformten Holzbänken. Dieser Ausblick, geschützt durch ein Geländer, zog sich Steuer- und Backbord des restlichen Decks noch jeweils zwei Meter an den Außenseiten entlang, sodass man, wenn man dort stand, einen uneingeschränkten Blick sowohl nach vorne als auch hinten hatte, und dazu das Gefühl, man flöge über das Meer. Sie hätte Stunden einfach dastehen können, das Gesicht in der Sonne, der leichte Fahrtwind ihre Wangen streichelnd, während ihre Hände das Geländer umklammerten, sodass sie sich mit geschlossenen Augen leicht nach hinten fallen lassen konnte und nur noch die Absätze ihrer Schnürstiefel den Boden berührten. Daher war sie anfangs etwas irritiert, als trappelnde Schritte sie aus ihrer Trance erweckten.

Es war ein rhythmisches Tapsen, unterbrochen nur von einzelnen keuchenden Atemstößen. Als Smeralda wieder gerade stand und sich nach der Quelle der Geräuschkulisse umdrehte, sah sie einen ganzen Trupp stattlicher junger Männer in kurzen Hosen und Unterhemden um den Swimming Pool herum laufen, um sich dann auf dem spärlichen Platz hier oben zu verteilen und breitbeinig die Arme nach oben zu strecken. Ein Mann mit weißen Hosen, einem blauen Pullover und einer weißen Kappe auf dem Kopf, deutlich älter als die anderen, stieß in kurzen Abständen in seine an einem Bändel um seinen Hals befestigte Pfeife, wonach die jungen Männer ihre Arme und Beine zusammen- oder auseinanderklappten. Nachdem die Männer zehnmal diese Übung gemacht hatten, hopsten sie, wieder nach dem Rhythmus der Pfeife, auf der Stelle herum, wobei sie bei jedem Pfiff in die Knie gingen und wieder nach oben schnellten. Ein älterer Herr mit breitem Schnurrbart stand in seinem Badeanzug im Pool und hatte die Arme auf dem Poolrand abgelegt, um den eifrigen Treiben zuzusehen. Einer der jungen Männer, auffallend hübsch mit einem kantigen Gesicht und einer verstrubbelten

Frisur, schaute anfangs verstohlen, dann, bei der zweiten Umrundung des Pools, mit weniger Zurückhaltung auf Smeralda. Er hatte strahlend blaue Augen und trotz der offensichtlichen Anstrengung ein schelmisches Lächeln aufgelegt. Als sie seinem Blick nicht auswich, fing er an eine Grimasse zu ziehen: Er verdrehte die Augen nach oben und deutete an, dass er gleich umkippen müsse. Smeralda lächelte. Die jungen Herren drehten wieder eine Runde um den Pool, der Trainer rief ihnen irgendwelche Instruktionen zu und im Vorbeilaufen rief der junge Mann, der sie angesehen hatte, ihr zu: „Heute Abend – beim Konzert."

Smeralda schaute ihm interessiert hinterher, als er erneut eine Runde um den Pool drehen musste und wieder die Stelle kreuzte, an der sie am nächsten stand.

„Halten Sie mir einen Platz frei."

Eine neue Runde.

„Muss jetzt leider gehen."

Dann schimpfte der Mann mit der Pfeife ein wenig herum, wobei der Trupp im Gleichschritt in Richtung Treppe nach unten abmarschierte. Smeralda schaute ihnen hinterher.

Sie versuchte wieder, sich auf die Weite des Meeres einzustellen, doch stellte fest, dass ihr das misslang. Stattdessen, so überlegte sie, würde sie die ihr noch zur Verfügung stehende Zeit nutzen, um sich auf dem Schiff umzusehen. Aber wie vorgehen?

Sie schaute vom Geländer herab und sah die Fußballer von oben im Eilschritt in Richtung achtern abwandern. Ein Schiffsjunge – zumindest sah er von oben so aus – war gerade dabei, das Deck zu schrubben. Die Blicke auf sich spürend, schaute er nach oben in das Gesicht Smeraldas. Dann nahm er seine weiße Matrosenmütze ab und machte eine tiefe Verbeugung. Smeralda musste grinsen. Sie schritt die Treppe nach unten und stellte sich vor den Jungen, der nach wie vor mit viel Liebe und Hingabe die Planken wienerte. Ein Eimer mit trübem Wasser stand neben ihm und er tauchte den Putzlappen dort hinein, zog ihn mit seinen Händen heraus, wrang ihn aus und sprach die Dame, die ihn interessiert beobachtete, in ganz passablem Englisch an: „Wenn Sie mich weiter so beobachten, Madam, dann werde ich noch ganz rot. Ich muss mich doch konzentrieren können.“ Smeralda lachte.

„Ganz schön frech für so einen jungen Kerl.“

„Ich kann ja für meine Gefühle nichts. Kommt nicht alle Tage vor, dass ich verlegen bin, das kann ich Ihnen garantieren.“

„Bei deinem Mundwerk kann ich mir das gar nicht vorstellen.“

„Tja, wo Sie es sagen, Madam, da haben Sie recht. Mein Mundwerk hat auch dafür gesorgt, dass ich hier schrubben darf.“

„Warst du etwas vorlaut deinen Vorgesetzten gegenüber?“

„So ist es, Madam. Sie kennen sich gut aus.“

„Mit manchen Dingen kenne ich mich ganz gut aus, das stimmt. Wie heißt du, junger Mann?“

Der Junge wischte sich die Hände an den Hosen ab und verbeugte sich. „Giovanni Giotta, Madam.“

„Angenehm, junger Mann. Mein Name ist Smeralda Acuna Cortazar. Sag mal, Giovanni, ist das deine erste Fahrt mit dem Schiff?“

Stolz reckte Giovanni seine Brust. „Keineswegs, Madam Cortazar. Dies ist die dritte. Dieses Schiff ist sozusagen mein zweites Zuhause.“

„Musst du denn nicht zur Schule?“

„Schule, pah. Da lernt man ja nichts Richtiges. Nein, Madam. Ich bereise die Weltmeere und dann werde ich ein Restaurant in New York eröffnen.“

„Ah, daher dein gutes Englisch.“

„Danke Madam.“

„Hör zu, Giovanni.“ Smeralda schaute nach draußen, auf die Seeseite in die Leere. Sie wusste, wie man Pausen einsetzen musste, um zu bekommen, was man haben wollte.

„Ich brauche unbedingt jemanden, der mich ein wenig herumführen könnte. Fällt dir irgendjemand ein?“

Sie sah aus den Augenwinkeln, wie der Schiffsjunge mit sich rang.

Als sie ihn wieder direkt anschaute, mit einem zauberhaften Lächeln auf den Lippen, bemerkte sie, dass er errötet war.

„Madam, ich würde, so glaube ich, fast alles für Sie tun. Dummerweise muss ich hier schrubben. Und wenn Cavesi sieht, dass ich nicht da bin, wo ich sein soll, dann lässt der mich kielholen."

Smeralda lächelte noch breiter.

„Ich mache dir ein Angebot, Giovanni. Wenn Herr Cavesi tatsächlich bemerken sollte, dass du nicht da bist, wo du sein sollst, dann werde ich ihm persönlich klarmachen, dass es mein Wunsch war, dass du mich durch dieses Schiff führst. Und wenn er nichts bemerkt, dann haben wir beide eine schöne Zeit zusammen gehabt. Was meinst du?"

Giovanni schluckte.

4.

In einer schier endlos scheinenden Schleife ging es achtern und bugwärts, mittschiffs, Richtung Steuerbord und Backbord, nach Lee und nach Luv, treppauf, treppab durch alle Klassen, vorbei an Fluren, Sälen, Maschinenräumen, Kombüsen, Lagern, Wäschesälen, Vorratszimmern, Billardsalons, Musiksälen, Krankenzimmern, Navigationsräumen, Gepäckablagen, Kohletendern, Brennkammern, Raucherzimmern, Badesälen, Kartoffellagern, Bibliotheken, Kommandobrücken, Luxuskabinen, Emigrantenschlafräumen, Offiziersmessen, Belüftungsschächten, hell, dunkel, sonnenüberflutet, schattig, düster, oberdeck, unterdeck, kreuz und quer, durch enge Gänge und breite Hallen, langsam, bedächtig, hastig, schreitend, stolpernd, staunend, lachend, entnervt, launig, erfreut, summend, schweigend, suchend, immer suchend nach der nächsten Überraschung, dem nächsten Grund zu staunen und zu schwelgen, zu träumen und zu schwärmen. Doch diese Reise durch das Innenleben des Dampfers, in Smeraldas Kopf seit diesem Tag mit all jenen Attributen verankert, soll ausführlicher beschrieben werden, da sie tatsächlich bemerkenswert und ebenfalls von Bedeutung für den weiteren Verlauf der Geschichte ist.

Giovanni hatte sich zunächst vielbedeutend umgesehen, was deutlich zum Ausdruck bringen sollte, wie groß das Risiko war, das er für Smeralda einzugehen bereit war. Dann schritt er, den Putzeimer samt Feudel in eine Ecke schiebend, breitbeinig den Gang hinab, wobei die weiten Ärmel seines weißen Matrosenhemdes im Wind flatterten. Smeralda fühlte sich zehn Jahre jünger, als sie als Mädchen dem dunkeläugigen Enrico die matschige Gasse hinauf gefolgt war, weil er ihr die Leiche eines geköpften Frosches zeigen wollte. Gespannt war sie vorbei an Holzverschlägen in Richtung Feld gegangen und hatte ihn dann als Bezahlung auch die Ansätze ihrer mädchenhaften Brüste ertasten lassen, stolz, dass er daran Interesse gezeigt hatte und dennoch voller Scham, als er über sie gelacht hatte, da sie ihm zu klein schienen. Enrico hatte ein Jahr später Maria aus der Nachbarschaft geschwängert und war in die Stadt gegangen, um dort für seine Familie sorgen zu können. Niemals, so dachte Smeralda, wirst du so viel verdient haben wie ich. Und niemals wieder wirst du so volle Brüste berührt haben, wie ich sie jetzt habe.

Sie begannen ihre Reise auf dem A-Deck, gingen die Promenade backbord entlang und traten in einen dunklen Raum ein, der sich als eine Vorratskammer herausstellte. Wobei Kammer wohl der falsche Begriff war. Der Raum ähnelte in der Größe eher Smeraldas eigener Kabine. Von der Decke hängende Zwiebelstrünke streiften Smeraldas Schulter, als sie an Wandschränken vorbeiging, die mit allerlei Konserven, mit Gemüse gefüllten Eimern und Obstsäcken gefüllt waren, Kartoffelkisten umrundete und anschließend in einen weiteren Raum mündete, der ungefähr die doppelte Größe hatte und mit vier Tischreihen ausgestattet war, die von nicht mehr ganz jungfräulichen weißen Decken belegt waren. Giovanni hatte sich zunächst vorsichtig vorgearbeitet, indem er vom runden Fenster in der Tür vorsichtig in den Raum gespickt hatte. Ein mittelalter Mann mit weißer Schürze zog von einem Tisch eine Tischdecke fort. Er rief Giovanni etwas auf Italienisch zu, was diesen dazu brachte, aus seinem Versteck hervorzukommen. Die beiden unterhielten sich lautstark und der Schiffsjunge deutete Smeralda mit einem Winken an, ebenfalls den Raum zu betreten. „Die Offiziersmesse", kommentierte er. Als der Mann mit der Schürze, klein, mit strubbeligen schwarzen Haaren, Giovannis Begleiterin sah, verbeugte er sich kurz und nuschelte etwas, das wie „Signora" klang. Dann wies er Smeralda mit einer schnellen Handgeste an, an einem der Tische Platz zu nehmen. Sie schaute Giovanni an, welcher mit den Schultern zuckte und sich setzte. Also tat Smeralda es ihm gleich. Kurz darauf kam der Beschürzte mit einem dampfenden Metallkännchen zurück, das den unwiderstehlichen Duft von Kaffee verbreitete. Er setzte noch mit Goldrand verzierte Kaffeetassen ab, sagte etwas, verbeugte sich und ging. Giovanni rief ihm im Gehen hinterher.

„Was hat er gesagt?", wollte Smeralda wissen.

„Ach …"

Nun wurde Smeralda neugierig. „Nun?"

„Er hat Unsinn geredet. Er wünschte mir Glück bei meinem ersten Rendezvous." Giovanni schaute betreten auf den Tisch, während Smeralda lachte.

„Dann wollen wir unser erstes Rendezvous doch genießen, oder?" Und so saßen sie beide da und tranken, bis Giovanni die Stille unterbrach.

„Wenn Cavesi mich hier erwischt, bin ich dran", murmelte er vielsagend.

„Ach, dieser Cavesi. Du magst ihn wohl nicht, oder?"

Giovanni schaute auf. „Er ist verrückt. Das ist er. Und das ist der Grund, weshalb ich ihn nicht mag."

„Nun, er scheint ja auch Schwierigkeiten mit dem Kapitän zu haben. Ich habe erlebt, wie er gestern aus dem Dinnersaal rausgeworfen wurde."

„Der Käptn' is'n feiner Kerl", kommentierte der Schiffsjunge. „Aber seit dem Streit zwischen den beiden ist Cavesi noch unausstehlicher. Und er war schon vorher nicht zu ertragen."

„Was hast du denn gegen ihn?"

Giovanni antwortete nicht. Er schien mit sich zu ringen.

„Ist es seine politische Meinung?"

Giovanni blickte auf. „So kann man es auch nennen. Der Mann ist fanatisch. Ein völlig blinder Eiferer."

„Aber warum stört dich das? Soll er doch glauben, was er will."

Wieder druckste Giovanni herum und senkte sich tief in seine Tasse, um seine Gedanken zu verbergen. Schließlich, nachdem er sie mit einem halb schmatzenden, halb klirrenden Geräusch abgestellt hatte, legte er seine Hände auf dem Tisch zusammen und antwortete.

„Er ist wie meine Mutter."

„Wie?"

„Sein Wahn. Seine Liebe und Unterwerfung. Meine Mutter ist genauso."

Smeralda schaute ihren Gegenüber an. Sie verstand nicht ganz, was der Schiffsjunge sagte, aber aus irgendeinem Grund spürte sie tiefes Mitgefühl.

„Ich komme aus einem kleinen Ort in der Nähe von Genua. Meine Eltern sind einfache Menschen, wissen Sie? Mein Vater fährt jeden Tag aufs Meer raus, damit wir über die Runden kommen. Ich bin mitgefahren, seit ich sechs bin. Aber meine Mutter arbeitet nicht mehr."

„Sie passt sicher auf die Kinder auf?"

„Nein, meine zwei älteren Geschwister sind alle schon weg, so wie ich. Die Kleine ist zuhause. Aber Mama kümmert sich nicht um sie."

„Sondern?"

„Sie schreibt Briefe. Mehrere täglich. Sie sitzt am Küchentisch vor einem Foto unseres Duce und schreibt, wie sehr sie ihn verehrt und dass sie ihn noch einmal sehen will."

„Noch einmal?"

„Ja, sie war einmal bei einem dieser Aufmärsche. Stand in vorderster Reihe. Und rausgeputzt war sie. Wie ein Panettone in der Weihnachtszeit. Kreischte und winkte. Wir anderen, Papa, Beppo, Giuliano, Camilla und ich, standen weiter hinten, aber sie ist irgendwann mal nach vorne gestürmt. Mussolini hat ihr zugewunken. Nachdem er auf seinem großen schwarzen Gaul vorbeigeritten ist, kam später ein Mann in einer schicken Uniform und hat meine Mutter gefragt, ob sie eine Privataudienz bei ihrem Duce del Fascismo haben wolle. Sie drehte sich kurz um und rief uns zu, dass sie nun den Duce sehen werde und weg war sie. Wir haben noch bis zum Abend vor dem Palazzo gewartet, dachten, sie müsse ja nun rauskommen. Tat sie aber nicht. Wir haben den letzten Zug zurück genommen. Am nächsten Tag kam sie am Nachmittag zurück, ganz aufgelöst, mit roten Wangen und einem abwesenden Blick. Danach hat sie meinen Vater noch mehr verachtet als vorher. Also ging er noch früher zum Fischen, kam noch später nach Hause, in der Hoffnung, mehr zu fangen und somit ihr Herz zurückzugewinnen. Aber ihr Herz hängt an einer Erinnerung und einer Fotografie, die in ihrer Kommode steht."

Smeralda umfasste mitfühlend Giovannis Hände. „Du Armer. Das tut mir leid." Er blickte sie an. Und fuhr fort:

„Das Schlimme ist: Ein Teil von mir kann sie verstehen. Wir sind immer arm gewesen. Etwas, das Sie sich nicht vorstellen können, Señora. Aber wenn man immer mit Hunger im Bauch aufwächst, dann zermürbt einen das. Und was wäre, wenn der Duce uns tatsächlich ein besseres Leben geben könnte? Wenn es die Bolschewisten und die Royalisten wären, die das ganze Unglück über uns bringen. Und die Juden? Und die Neger? Ich verstehe das alles nicht, Señora. Aber wenn mir jemand einen Traum gäbe, der mir ein besseres Leben verspricht, einen Traum, der mich zu einem besseren Menschen macht – ich weiß nicht, ob ich ihm nicht auch verfallen würde. Und vielleicht ist dieser Duce ja genau der Mann, der das macht. Der besondere Mann."

Smeralda streichelte einmal über die zusammengefalteten Hände des Schiffsjungen und ließ sie dann los. Sie blickte ihn scharf an, als sie sagte: „Meine Erfahrung, Jungchen, ist, dass Männer sich nicht so groß voneinander unterscheiden. Es kann sein, dass dieser Duce ein ganz toller Kerl ist. Es kann aber auch sein, dass er nur besonders hungrig ist."

Die Kommandobrücke hatte etwas Überirdisches. Smeralda stellte sich so das himmlische Wolkenzimmer vor, in dem Gott saß und auf die Welt herabschaute. Der Raum zog sich fast über die gesamte Breite des Schiffes und lag so hoch, dass man vom Schiff selbst, wenn man am hinteren Ende der Brücke stand, nur noch die Spitze des Bugs sah. Während man nach vorne durch eine nicht enden wollende Glasscheibe, die nur von der Kommandostation in der Mitte unterbrochen wurde, in die Weite schaute, war die Hinterseite seltsam unspektakulär weiß. Lediglich ein Rettungsring mit dem Namen der Conte Verde und eine aufgemalte italienische Flagge prangten von dieser Wand. Ein Mann stand einsam vor dem Schaltrelais in der Mitte des Raumes und starrte nach draußen, verklärt und träumerisch. Er schien die beiden Gäste gar nicht zu bemerken. Erst als sie die Hälfte des Wegs auf ihn zu gemacht hatten, drehte er seinen Kopf und schaute sie an. Giovanni salutierte und erklärte: „Signora wünscht eine Führung durchs Schiff." Der Kapitän nickte. „Freut mich, Sie wiederzusehen, Signora Cortazar. Sie haben sich genau den richtigen Führer ausgesucht. Giovanni kennt jede Ecke unseres Dampfers und wird all ihre Fragen gewissenhaft beantworten können."

Smeralda lächelte. „Sie sind zu gütig, Capitano."

Er lächelte seinerseits und nahm ihre Hand, um einen Kuss anzudeuten. „Nennen Sie mich Amedeo."

Smeralda errötete. Sie sah in das kantige und dennoch zart wirkende Gesicht des Kapitäns und blickte schnell wieder nach vorne, auf die vielen Anzeigen auf den Armaturen. Ein helles Licht schien alles in eine erhabene Dämmerigkeit zu tauchen und sie spürte das eine Gefühl aufsteigen, das sie auf der ganzen Hinreise von Montevideo bis nach Genua und bis zum heutigen zweiten Tag ihrer

Rückreise gekonnt vermieden hatte.

Sie war gekleidet wie eine feine Dame, ihr enganliegendes Glasbatist-Jackenkleid aus Flamenga war verziert mit feinen Bändchen, Schleifchen, kleinen Krausen und Falbeln. Auf ihrem Kopf trug sie eine dunkelblaue Toque, die ihr wellendes blondes Haar nur ansatzweise verdeckte. Sie wusste, dass sie umwerfend schön war, dass ihr rundes, weiches Gesicht, in dem der volle rote Mund und die großen, dunklen Augen hervorstachen, die Männerwelt in Verzückung versetzte. Aber sie wusste auch, dass jeder an Bord wusste, dass sie alleine reiste. Und daher war ihr ihr Beruf auf die Stirn geschrieben. Jedem war klar, was sie war. Und das Gefühl, das sie sonst mit ihrem üppigen Lebensstil vertreiben konnte, die Scham, die sie, seit sie von zuhause fortgerannt war, wie ein unangenehmer Freund begleitete, übermannte sie hier auf der Brücke im Angesicht eines Mannes, der wie die Reinheit in Person wirkte.

Also hörte sie gar nicht richtig zu, als der Kapitän ihr die Armaturen erklärte, den Radar und die Kraft der Maschinen lobte, als er über die Schwierigkeit sprach, die Orientierung auf wilder See zu behalten und die noch größere Schwierigkeit, eine Mannschaft zu führen.

„… durch die Dampfturbinen mit doppelter Reduktion erreichen wir eine Geschwindigkeit von über 18 Knoten und das bei über 18.000 Bruttoregistertonnen." Pinceti schaute ihr erwartungsvoll ins Gesicht und Smeralda schaltete ihr angelerntes Lächeln an. „Das ist faszinierend, Kapitän."

„Es tut mir leid, Signora. Ich langweile Sie hier mit technischen Daten, während Sie sich lediglich das Schiff ansehen wollen."

„Nein, nein." Sie legte ihre Hand auf die seine. „Mir tut es leid. Ihr Vortrag war sehr interessant. Und es ist sehr freundlich von Ihnen, mir Ihre wertvolle Zeit zu opfern." Es kam nicht oft vor, dass ein Mann durch ihre Maske von aufgesetzter Freundlichkeit schaute, was sie zusätzlich verstörte.

„Giovanni. Zeig der Dame unser Schiff. Und lass dich nicht von einem anderen Langweiler wie mir aufhalten." Giovanni nickte devot und Smeralda fiel keine passende Antwort ein, mit der sie dem Kapitän versichern konnte, dass er sie keineswegs gelangweilt habe, und so machte sie einen unbeholfenen Knicks und folgte dem Schiffsjungen.

Die frische Luft tat ihr gut. Die Seebrise, die sich erfrischend auf ihr Gesicht legte, schien sie von ihrem schlechten Gewissen reinzuwaschen und so schob sie mit geschlossenen Augen die Hand am kühlenden Geländer nach unten. Sie hörte Stimmen in verschiedenen Sprachen, die sie nicht verstand, das dumpfe Geräusch von hölzernen Shuffleboardscheiben, die über den Boden zischten, das unendliche Rauschen des vom Schiff in zwei Teile geschnittenen Meeres, und das leise, monotone Dröhnen des Dampfmotors.

Die Dunkelheit im Raum, den sie betraten, war wie ein scharfer, schmerzhafter Schock. Es war auf eine seltsame Art still in diesem Raum und als Smeralda sich an die Schwärze gewöhnte, nahm sie bleiche Gesichter wahr, die sich ihr zuwandten. Jetzt wurde ihr klar, weshalb sie die Stille als sonderbar empfunden hatte: Man hörte das geschäftige Klappern von Besteck auf Tellern, das Knarren von Stühlen, das Kreischen von Messern auf Porzellan, aber keine Stimmen. In einem Raum, der außergewöhnlich klein und beengend wirkte, waren Tische in Reihen aufgestellt, an denen zusammengepferchte Menschen ihr Mittagsmahl einnahmen. Mütter saßen mit Kindern auf ihrem Schoß neben ihren Männern, Schwestern, Brüdern, Cousins und Cousinen (ältere Menschen konnte Smeralda nicht ausmachen), während in Anzügen gekleidete Herren mit pomadigen Haaren eifrig ihre Suppe löffelten. Der Raum wurde nur von schalen Bullaugen erhellt, als blickten die Götter voller Mitleid auf das Treiben der Menschen. Von einem Stahlträger, der sich an der Decke durch die Mitte des Raumes zog, hingen die Kopfbedeckungen der Männer: Seemannsmützen mit Schirm, Herrenhüte oder Schiebermützen. Die Decke war im Vergleich zu den prachtvollen Sälen oben recht niedrig. Ein großer Mensch musste aufpassen, dass er sich an den Stahlträgern nicht den Kopf stieß. Ein paar Flaschen Wein (alle leer) standen auf den Tischen. Die Menschen an der Tischreihe, die sich direkt vor Smeralda auftat, blickten sie schweigend an, was Smeraldas eben noch in den Hintergrund tretendes Unsicherheitsgefühl erneut verstärkte. Giovanni hatte sich still und leise neben die Tür gestellt. Nun sagte er: „Der Essenssaal der Emigranten." Erst jetzt bemerkte Smeralda einen Mann in vorderster Reihe, der sie auf eine etwas zu direkte, fast wahnsinnige Art anstarrte. Seine glühenden Augen, die von einem hellen Gesicht mit schwarzen, zurückgekämmten Haaren eingerahmt waren, wollten sie durchbohren. Dazu grinste er, als kennte er ein Geheimnis, das sie miteinander teilten. Smeralda lächelte unsicher, machte einen ebenso unsinnigen wie unischeren Knicks und stolperte hinterrücks aus der Tür heraus. Ein Windstoß von der Seeseite ließ ihren Hut etwas nach vorne rutschen.

„Giovanni", schimpfte sie, „du kannst doch diese Menschen nicht einfach so beim Essen stören." Fühlte sie sich ertappt und zu plötzlich an ihren eigenen Hintergrund erinnert?

„Tschuldigung, Señora. Dachte, Sie wollten alles sehen", erklärte der Gescholtene. Sie atmete durch. „Nein, ist schon recht", erwiderte sie dann. „Zeig mir nur alles. Man darf keine Seite des Lebens ausblenden. Entschuldige. Die Luft war nur ausnehmend schlecht da drin." „Ja", antwortete ihr Führer, „der Essensraum der Emigranten."

So gingen sie direkt weiter hinab in die Untiefen des Schiffs und landeten, so war es ihr Wunsch gewesen, im dunkel pochenden Herzen des Monsters: dem Maschinenraum. Als sie in der Mitte des Schiffes eine dunkle Treppe hinabgestiegen waren, die nur vom vereinzelten Funzeln flackernder elektrischer Leuchten erhellt wurde, kamen sie an eine schwere Eisentür, die mit nichts außer einem seltsam fein gerundeten Metallhebel, den man zum Öffnen wohl herunterdrücken musste, verziert war. Allerdings bediente sich Giovanni keineswegs dieses Hebels, dessen abgegriffene Oberfläche sich vom metallischen Grün der Tür abhob, sondern er nahm eine auf dem Boden liegende Rohrzange, um damit gegen die Tür zu schlagen. Das Dröhnen der Schläge setzte sich auf gespenstische Weise von der Monotonie des einschläfernden Brummens des Motors ab. Smeralda schauderte. Nach ein paar Momenten schob sich die schwere Tür nach außen und zwei große Augen blickten von unten auf sie herauf. Ein kleiner Mann im mit schwarzen Flecken verdreckten Unterhemd und einem Tuch um den dürren Hals blickte sie an und lächelte dann ein trauriges Lächeln. Sie gingen an ihm vorbei und sahen, dass hinter der Tür ein weiterer fast auf komische Weise gegensätzlicher Mensch stand, der die Tür aufgedrückt haben musste. Er war doppelt so groß wie sein kleiner Counterpart und dreimal so breit. Seine schwarzen Haare korrespondierten gemäldehaft mit den buschigen Augenbrauen, den hervorsprießenden Bartstoppeln und den haarigen Armen, die das ebenfalls deutlich fleckige Unterhemd zu sprengen drohten. Am schwärzesten aber waren seine Augen, die nicht unfreundlich, aber zumindest unheimlich im künstlichen Licht des Raumes leuchteten. Beide Seiten des kleinen Ganges, auf dem sie nun standen, waren mit demselben Metall besetzt, das sich, je weiter sie nach unten gewandert waren, wie eine wuchernde Pflanze immer mehr auszubreiten schien. Das Metall schien sich sogar auf die Haut der Männer, die hier unten ihr Dasein fristeten, übertragen zu haben – derselbe Glanz ging von den grünlich bleichen Gesichtern der zwei Männer aus.

Giovanni sah wohl keine Veranlassung, den Maschinisten seinen Gast vorzustellen, noch schienen diese zu erwarten, das Eindringen in ihr düsteres Reich erklärt zu bekommen. Sie schlappten zurück den Gang herab, der an einer mit eisernem Geländer ausgestatteten Brücke endete. Hier gingen sie jeweils in gegensätzlicher Richtung einen weiteren vergitterten Gang hinab, welcher wiederum an einer Schaltwand endete, die mit blinkenden Konsolen, Thermometern, Druckmessern und Schalthebeln verziert war. Als Smeralda auf die Brücke trat, sah sie unter sich die ölige Wucht eines sich unendlich drehenden Gewindes, das schnaufende Geräusche machte. Unsicher blickte sie Giovanni an, der sich neben sie gestellt hatte und ebenso fasziniert wie sie auf die überdimensionalen rotierenden Bolzen hinabschaute. Dann nahm sie sich ein Herz und ging auf den Riesen zu, der neben der linken Konsolenwand stand und ins Nichts blickte. Sie winkte den Schiffsjungen zu sich heran, damit dieser übersetzen solle. Nach einigem Geschrei hin und her, raunte der Riese: „Dampfpropeller". Wie er denn angetrieben werde, wollte Smeralda wissen, die nicht wirklich ein Interesse an den technischen Feinheiten hatte, allerdings das Gefühl hatte, die monotone Arbeit der Männer würdigen zu wollen. „Diesel oder Kohle", bekam sie zu hören. Im Normalfall nutze man Diesel, im Notfalle könne aber auch mit Kohle erhitzt werden. Ein Dampfmotor mit doppelter Dämpfung, wurde sie noch informiert, das würde die Umsetzung der Kraft optimieren.

Bevor sie gingen, sah Smeralda die offene Tür im Gang, durch den sie gekommen waren, hinter der sich ein Schlund voller Kohle auftat – an der Wand hingen an Haken eiserne Schaufeln. „Der Kohleraum", klärte Giovanni sie auf. Smeralda erschreckte sich, als sie neben sich den kleinen, hageren Mann stehen sah, der mit rußschwarzen Fingern auf den riesigen Kohlehaufen deutete und etwas für sie nicht Verständliches in das übertönende Ächzen der Maschinen krächzte. Wieder half Giovanni beim Übersetzen. „Er sagt, dass diese Kohle hier für den Notfall genutzt wird. Im Normalfall wird der Motor vom Diesel angetrieben. Sollte der flüssige Treibstoff aus irgendeinem Grunde ausgehen, kann man aber auch mit Kohle heizen."

„Aber dazu bräuchte man doch unglaublich viele Tonnen Kohle", warf Smeralda ein, die nur die ersten Ausläufer eines schwarzen Bergs gesehen hatte. Die roten Augen des kleinen Mannes verengten sich zu Schlitzen, als er sie mit gelben Zähnen angrinste und etwas sagte, das Giovanni mit ebensolcher Freude übersetzte. „Der gesamte untere Teil des Schiffes besteht nur aus drei Arten von Räumen.“ Des kleinen Mannes Augen glänzten, während er Smeralda anstarrte. „Dem Maschinenraum, in dem wir stehen, den davor gelagerten Kohle- oder Tankräumen, und den zwei Brennräumen, die in den zwei riesigen Schornsteinen enden, die durch das Schiff nach oben ragen. Der gesamte Bauch des Schiffes – drei Stockwerke – ist also voller Kohle oder Diesel.“

„Faszinierend“, sagte Smeralda, als sie die schwere Eisentür hinter sich wieder verschlossen hatten und sie leicht verängstigt an sich herabblickte, jedoch keine dunklen Stellen an ihrem Kleid feststellen konnte. „Wer sind die beiden?“

„Das sind Pupo und Trampolini. Das sind echte Legenden“, erklärte Giovanni nicht ohne Stolz. Smeralda nickte. „Sind die den ganzen Tag da drin?“, fragte sie. „Den ganzen Tag und die ganze Nacht. Sie kommen noch nicht einmal zum Essen heraus. Das wird ihnen gebracht.“

„Schlafen die denn etwa auch da drin?“

„Aber nein, Señora.“

„Na, Gottseidank. Das wäre ja geradezu unmenschlich.“

„Die schlafen gar nicht. Vielleicht im Stehen oder so. Die haben zwar einen Platz in der Kajüte. Aber sie sagen, sie wollen die Maschine nicht im Stich lassen.“

Smeralda schaute Giovanni ungläubig an. „Was sagst du?“

„Die schlafen nicht.“

Smeralda dachte an die blutunterlaufenen Augen, mit denen sie der Kleine – war das Pupo oder Trampolini? – angeschaut hatte. Und jetzt, da Giovanni ihr diese absonderliche Tatsache mitgeteilt hatte, musste sie zugeben, dass sie die beiden schon innerlich mit einer gewissen Distanziertheit betrachtet hatte. Es war, als hätte sie bereits erkannt, dass sie ihre Menschlichkeit gegen eine Funktionalität eingetauscht hatten, die zwar auf den ersten Blick grausam wirkte, aber einer kalten Logik folgte. „Man kann nicht nicht schlafen“, sagte sie, als wolle sie sich an einem letzten Strohhalm festhalten. „Die können das“, erwiderte Giovanni mit einer Gelassenheit, die Smeralda etwas störte, wahrscheinlich, weil sie wusste, dass es nicht lange dauern würde, bis sie in ähnlich unbeteiligtem Ton über die beiden reden würde. Als wolle sie sich selbst bestrafen, zwang sich Smeralda daher, weiter in den Untiefen der Maschine zu forschen, wie ein Arzt, der die Gedärme seines Patienten nach weiteren Krebsgeschwüren untersuchen muss.

Hinter den Maschinenräumen lagen die Schlafkabinen der Mannschaft. Dunkle Gänge mit ordentlich gemachten Betten reihten sich in der vom schwachen Licht durchbrochenen Dunkelheit aneinander. Am Ende des Schiffes lag ein erdig riechender Raum, in dem Smeralda zunächst auch Kohleberge vermutete. Es stellte sich aber heraus, dass dort der gesamte Kartoffelvorrat des Schiffs gelagert worden war. Am Paketraum vorbei gingen die Zwei aufs F-Deck, wo weiß gekachelte Waschräume für die Stewards lagen.

Smeralda merkte, dass sie nicht mehr aufnahmefähig war – als sei sie in einem Museum zu lange durch mit Gemälden behangene Korridore gelaufen. Und daher tat sie, was den allermeisten Frauen möglich zu tun war. Im Gegensatz zu Männern, die poltern, schimpfen, schlagen, quälen, zog Smeralda sich in ihre Kabine zurück, nicht ohne sich mit warmen, freundlichen Worten bei Giovanni zu bedanken, und – starrte. Der Sessel war einigermaßen bequem und sie blickte hinaus auf das vor ihr liegende Deck, auf dem sich ihr im Tageslicht lustwandelnde Passagiere offenbarten. Ein Mann mit kurzen Haaren, einem Schnurrbart und eine Frau mit zu Zöpfen geflochtenen Haaren, die ihr kleines Kind in ihren Armen trug, zwei seriös wirkende Herren in Anzügen, die in einer universalen Geste der Weisheit ihre Hände hinter ihrem Rücken verschränkt hatten, eine Horde trottender Fußballer (wieder einmal), eine Dame ganz in Weiß mit Schirm, ein eilender Steward mit zwei Küchenjungen, die ein Tablett auf Rollen übers Parkett schoben, ein mit traurigen Augen aufs Meer blickender Herr mit im Wind wehenden Haaren. Smeralda starrte. Und sie dachte nichts. Das war ihre Freiheit und ihr Privileg. Wenn andere müde waren, grummelig wurden, Ärger oder sogar Freude in ihren Eingeweiden verarbeiteten, starrte sie einfach hinaus auf das Schiff, das Meer, den Horizont, den unendlich blauen Himmel. Sie starrte so lange, bis sich die Dinge nicht mehr voneinander unterschieden, alles eins wurde, bis sie sich selbst nicht mehr wahrnehmen konnte. Und dann war es nur ein Hall aus der Außenwelt, der sie zurück in den tausendfach verlängerten Augenblick brachte, aber das war auch schon tausend Momente später. Und es war schade, dass das Wechselspiel von Gegensätzlichkeiten sie bald wieder eingeholt hatte.

5.

Frisch gewaschen, wohlig gesättigt und neu geschminkt trat Smeralda in das vollgefüllte Musikzimmer ein. Überall standen Herren in Smokings neben Damen mit Stirnbändern oder enganliegenden Hüten, die sich über ihre Köpfe stülpten, sogenannten Cloches. In den Händen hielten sie Sektgläser oder Zigarettenhalter, Gesichter schauten entspannt auf ihre Gegenüber oder desinteressiert in eine unbestimmte Richtung. Die Bühne, die in der Mitte des Saals am hinteren Ende platziert war, war bis auf den Flügel und zwei Standmikrofone noch leer. Während Smeralda sich durch die Reihen quetschte, um sich zu den Stuhlreihen vorzuarbeiten, suchte sie den Raum nach bekannten Gesichtern ab. Sie erkannte Tarnoff, der in einem Kreis mit Menschen verschiedensten Alters und Aussehens stand und nur darauf gewartet zu haben schien, dass sie ihn erblickte – er warf ihr eine Kusshand zu. In einer anderen Ecke standen einige Fußballer in ihren dunkelblauen Jacketts und lachten, so vermutete sie, über anzügliche Witze. Den feschen jungen Mann, dem sie einen Platz freihalten sollte, konnte sie nicht in der Gruppe erkennen. Auf der anderen Seite des Saals, unter einem Ölgemälde nackter Musen, stand Moritz Fischer. Er schien sie gerade noch angesehen zu haben, hatte dann aber seinen Blick auf die roten Vorhänge am Rande der Bühne gerichtet. Langsamen Schrittes, mit einem gewissen Hüftschwung, der ihr die Blicke der männlichen Gesellschaft sicherte, ging sie auf ihn zu, zog eine rote Fliege aus ihrer Tasche und wedelte damit vor seinem Gesicht herum.

„Gehört diese zufällig Ihnen, Herr Fischer?“

Er schnappte nach dem Beweisstück wie ein Frosch nach einer Fliege. Dann wurde er sich der Unhöflichkeit seiner abrupten Reaktion bewusst.

„Äh, ja, Madame. Vielen Dank. Es ist nur …“

Smeralda lachte – nicht unfreundlich neckte sie ihn weiter, weil seine schüchterne Unbeholfenheit sie aufheiterte.

„Sie schämen sich meiner Gesellschaft?“

„Keineswegs. Niemals würde ich … Ich …“

„Keine Sorge, lieber Moritz. Ich verrate niemandem etwas.“

Wie auf Zuruf wurden die Lichter gedimmt. Smeralda zog Moritz auf zwei äußere Stühle in einer der vorderen Reihen. Ein Mann schritt den Gang, der zwischen den Stuhlreihen freigehalten worden war, hinab. Er hatte einen grauen Wollanzug mit einer Nelke in der oberen Jacketttasche an und einen strengen Seitenscheitel, der die welligen Haare zu kontrollieren suchte. Hinter ihm trippelte eine verhuschte, allerdings nicht unattraktive Dame mit schwarzen Haaren im blauen Ballkleid auf die Bühne. Die letzten Zuschauer setzten sich klatschend. Der Mann machte eine tiefe Verbeugung, während die Frau neben ihm unsicher lächelte. Dann legte ein Mann am Klavier, der irgendwie unbemerkt auf die Bühne gelangt war, los. Schaljapins Bass dröhnte durch den Saal, konterkariert vom hellen Sopran von Marthe Nespoulous. Smeralda drückte sich in die Lehne ihres Sitzes.

„Carmen“, erläuterte Fischer flüsternd zu ihr gebeugt.

„Nein, ich heiße Smeralda.“

Er blickte sie einen hilflosen Augenblick verwirrt an, bis sie ihn schelmisch angrinste.

„Ich weiß doch. War nur ein Witz.“

Bei der nächsten Arie, die durch den Saal dröhnte, legte Smeralda ihre Hand auf Fischers Knie, was ihn zu einer weiteren Unsicherheit animierte.

„Das ist mein Knie", flüsterte er, um sich im nächsten Augenblick für seinen Kommentar zu schämen. „Natürlich, mein Bester, das ist es", sagte sie mit unverschämter Selbstsicherheit und ließ ihre Finger etwas weiter hochfahren. Auf einmal tat es einen Ruck. Der ganze Dampfer schien für einen Moment stillgestanden und sich dann in einer Art Hechtsprung nach vorne bewegt zu haben. Fischer und Smeralda schauten sich erstaunt an und mussten dann beide ein Kichern unterdrücken.

Nach der Pause kamen sie nicht mehr zurück in den Saal.

Die Dunkelheit war ein alter Bekannter, ein Verbündeter. Während die Menschen um ihn herum das Licht suchten, als seien sie hilflos, wenn sie auf die Hilfe ihrer Augen verzichten mussten, breitete sich in ihm eine wohlige Wärme aus. Er stieg die Eisentreppen hinab, leise, verschwand im Schatten von Türeingängen, wenn in der Ferne vereinzelt Fußtritte klapperten. Er hatte sich sorgsam vorbereitet. Die Schleife des Stoffbands des kleinen Ledermäppchens mit einem sorgsamen Ziehen sanft geöffnet. Zärtlich die Stiletts gestreichelt, bevor er sich für eins entschieden hatte. Nun lag es in seiner Hand in der Tasche, die Spitze an seinen Fingerkuppen, mit gerade so viel Druck, dass der Hautbullen nicht aufplatzte.

Nun traf er den anderen, unterhielt sich mit ihm, lachte mit leisem Hauchen, ging dabei hin und her. Ging hinter ihn und nahm die Hand aus der Manteltasche. Nun war der Moment, in dem er es merken würde. Nun.

All die anderen Menschen auf diesem Schiff wankten orientierungslos durch den Tag, gefangen durch ihre Träume und ihre Sehnsucht nach Wohl und ihrer Angst vor Wehe. Beliebig rasten sie durch ein bedeutungsloses Leben, das irgendwo einen Anfang genommen hatte und dementsprechend irgendwo enden würde. Nicht so er. Er hatte ein

Ziel, klarer als jemals zuvor, und die Schönheit seines Auftrags trug ihn durch die Nacht. Er wusste. Er funktionierte. Und in der Übertretung der für die anderen höchsten moralischen Grenze, im Morden, würde er höchste Erfüllung finden.

Der andere merkte, dass etwas nicht stimmte, drehte sich zu früh um und schrie. Schrie laut, zu laut. Doch die Nacht hatte sich auf seine Seite geschlagen. Das Schreien des Opfers wurde übertönt vom hellen Crescendo der Singenden. Es wurde ein dreckiges, übles Geschäft. Er musste den Körper über die Dielen schleifen und fand in der Dunkelheit eine Eisentür. Er öffnete sie unter Aufbietung all seiner Kräfte, wieder mit Hilfe der Götter der Dunkelheit. Er schleppte den Leichnam zu den Kohlehaufen und schaufelte. Dann sah er, wie sich ein Schatten auf den schwarzen Kohlen ausbreitete. Jemand stand hinter ihm.

3. Tag, 21. Juni 1930 – Fischer

1.

Wenn man erwacht, dann befindet man sich meist in einem dämmrigen Zustand. Wer, wo, was bin ich? Ist das, was ich gerade erlebe, wirklich real? Für Fischer würde sich dieser Dämmerzustand in den nächsten 14 Tagen, bis das Schiff das Ufer Montevideos erreichen würde, nicht mehr auflösen. Es schien, als sei er mit Betreten des Ungeheuers in eine verkehrte Welt gelockt worden, in der eine geheime Feenkraft oder ein unbekannter Hexenzauber seine Wahrnehmung und sein Handlungsvermögen einschränkten. Das Licht, das seine morgendliche Nasenspitze umspielte, von der salzigen Kruste des Kajütenfensterglases gebrochen, war kalkiger als das, was er bisher von seinen vielen Reisen durch Europa im Auftrag der Fußballgemeinschaft kannte, und es machte den Tag, den er zu beginnen gedachte, unwirklicher und auf eine gewisse Weise nicht unangenehm zauberhaft. Er schalt sich, noch als er sich den Bauch unter der Decke kratzte, dass er sich in eine weibische Gefühlsduseligkeit begeben hatte, doch obwohl er sich beim Aufstehen im wahrsten Sinne des Wortes schüttelte, konnte er doch diese Aura des Unwirklichen weder von sich, noch von den ihn umgebenden Manifestationen einer äußeren Welt abstreifen. Auch das kalte Wasser, das er sich ins schläfrige Gesicht spritzte, als er über dem Keramikbassin stand, half nichts. Moritz, so dachte er sich, Moritz, du wirst alt. Immerhin also, und das ist auch so eine erstaunliche Eigenschaft des Menschen, schaffte er es doch, trotz des anhaltenden Erlebens des Betörenden, dem Ganzen eine Erklärung aufzudrücken und so die Veränderung, die seine Wahrnehmung unterwandert hatte, erträglich zu machen.

Die andere Möglichkeit der Anpassung an widrige Umstände, die dem Menschen zur Verfügung steht, ist die beruhigende Macht der Gewohnheit. Fischer zog sich seinen dunkelbraunen Wollanzug an, knöpfte sich die Manschettenknöpfe zu und verstaute seine Uhr im Jackenrevers. Er schaute in die etwas geschwollen aussehenden Augen, die ihn im Spiegel über dem Bassin entgegenblickten, klatschte sich einmal rechts und einmal links auf die Wange und kramte in den Tiefen seines mannshohen Koffers, bis er das gefunden hatte, was er suchte – etwas, das ihn zu jeder Zeit und mit verlässlicher Gewissheit beruhigte. Er setzte sich in den breiten Ledersessel, der in der einen Ecke seiner Kajüte aufgestellt war und ihn wie eine zärtliche Mutter umfasste, seufzte zufrieden und öffnete das Buch an der Stelle, in der er die kleine Fotografie des schiefen Turms von Vrbové, seiner Geburtsstadt, hineingelegt hatte. Aufgeregt begann er das nächste Abenteuer seines großen Vorbilds, Sherlock Holmes, zu lesen: „A Scandal in Bohemia". Fischer hatte sich das bis dahin erschienene Gesamtwerk Conan Doyles aus England mitgebracht und den dritten, vierten und fünften Teil der in Leder eingebundenen Büchlein mit auf die Reise genommen, wohlwissend, dass er damit im besten Falle bis zur Ankunft in Montevideo versorgt sein würde. Er fing an zu lesen: „Für Sherlock Holmes blieb sie immer die Frau. Selten habe ich ihn sie mit einem anderen Namen erwähnen hören. In seinen Augen überstrahlt und beherrscht sie ihr gesamtes Geschlecht." Weiter kam Fischer nicht. Er sah wieder die voluminösen Brüste Smeraldas vor sich baumeln, dachte an die nicht lange vergangenen Stunden, schluckte, knallte das Buch auf den Boden und ging endlich forschen Schrittes aus der Kabine.

Draußen auf dem Deck schoss ihm, sobald er die Tür geöffnet und die frische Meeresluft eingeatmet hatte, eine Holzscheibe gegen den Lederschuh. „Autsch", rief er, mehr aus Schreck als vor Schmerz, und blickte danach in die erröteten Gesichter eines Mannes mit einem weißen Hemd und einem Hut und eines jungen Mädchens, das sich neben ihm die Hand vor den Mund hielt. Sich entschuldigend kam der Mann auf Fischer zu. Er legte eine Art Stock an die äußere Bordwand – auch seine Tochter hielt einen solchen Stock, der am unteren Ende eine verbreiterte Fläche hatte, in der Hand. Der Vater hatte offensichtlich mit seiner Tochter Shuffleboard gespielt. Fischer winkte ab und lachte zurück: „Ist nicht so schlimm, guter Mann. Das war wohl mehr die Überraschung am frühen Morgen.“ Der Mann schaute ihn etwas verwirrt an und nickte dann. Erst jetzt wurde Fischer klar, dass es ja schon nach zehn war. Immer noch stand das Mädchen in einem einfachen blauen Kleid etwas weiter hinten und schaute verängstigt. „Was ist, meine Kleine? Du musst keine Angst haben. Alles ist gut.“ Der Mann kratzte sich am Kopf und sagte: „Komm, Giuliana. Sag dem Mann Guten Tag.“ Fischer fielen die tiefen Linien auf, die in das Gesicht des Mannes eingegraben waren. Das Mädchen trat ein paar Schritte nach vorne und machte einen Knicks. Fischer lachte. „Du gutes Kind. Waren Sie schon beim Frühstück?“ Er wandte sich wieder dem Mann zu. Dieser schaute seltsamerweise etwas betreten zu Boden, nickte aber.

„Komm Giuliana, wir gehen“, sagte der Fremde unvermittelt. Und erst, als Fischer die mit weißer Farbe auf den Deckboden gemalten Felder, die mit verschiedenen Zahlen bezeichnet waren, sah und dann noch einmal auf die recht einfache Kleidung der beiden blickte, wurde ihm klar, warum die zwei nicht hierher gepasst zu haben schienen. Sie waren keineswegs Gäste der ersten Klasse. Fischer wollte ihnen noch etwas hinterherrufen, so in der Art, dass er sie nicht stören wollte und dass sie ruhig ihr Spiel weiterspielen könnten, aber sie waren schon hinter einer Tür, die ins Innere des Schiffes führte, verschwunden. Giuliana, dachte er, ein schöner Name. Dann trat er an die Reling, stützte seine Arme auf das glatte Holz und sog die frische Luft ein. Er schaute zunächst in die Weite des Mittelmeers, wo sich das satte Blau des Wassers vom grauweißen Hintergrund des Himmels abhob. Nun wanderte sein Blick direkt an der Seitenwand des Schiffes herab und mit einem kleinen Moment des Erschreckens stellte Fischer fest, dass das Schiff schnell war. Die weißen Kanten des Rumpfes durchschnitten das Wasser, sodass die weiße Gischt wie Blutspritzer in die Höhe schoss, um wieder ins große Nass zu fallen. Fischers Hände verkrampften, sodass sie sich dem Weiß des Geländers anglichen. Nicht nur war das Schiff schnell, sondern er stand auch in einiger Höhe vor dem Abgrund, der sich direkt vor ihm auftat. Obwohl Fischer sich also festhielt, hatte er das Gefühl, langsam, aber doch mit ziemlicher Gewissheit nach vorne über zu fallen. Und so verstärkte sich nicht nur sein Griff, sondern gleichzeitig gaben seine Knie noch nach, was den Vorteil hatte, dass sein Gesicht langsam hinter die Sicherheit vermittelnde Reling herabsank. Er blickte sich nach links und rechts um, um sicherzustellen, dass niemand seinen erbärmlich wirkenden Schwächeanfall wahrnahm, und ließ sich, als er lediglich ein Pärchen erblickte, das in einiger Entfernung stand und ebenfalls auf die Weite des Meeres schaute (allerdings ohne dabei in eine unsinnige Höhenangst zu verfallen), auf die Knie fallen. Darauf drehte er seinen massigen Oberkörper zum Schiff hin, saß auf seinem Allerwertesten und betrachtete die Reling. Ich hätte zu Hause bleiben sollen, schoss es ihm durch den Kopf. Im selben Moment öffnete sich dieselbe Tür, durch die er nach außen getreten war, und erst jetzt, als er sie sich vom gleichfarbigen weißen Hintergrund abheben sah, wurde ihm klar, was das Besondere an diesen Schiffstüren und damit vielleicht sogar verantwortlich für seine verschwommene und verschobene Wahrnehmung der Dinge war: Die Kanten der Tür waren rund – so wie hier an Bord alles rund war, dachte er. Kein Wunder, dass man keine Orientierung mehr hatte. Runde Bullaugen, runde Türen, runde Schornsteine. Und gerade als er diesen Gedanken zu Ende gebracht hatte, passierten zwei seltsame Dinge auf einmal. Der schlanke Körper Abbads kam aus der Tür heraus und Fischer sah den Mann zum ersten Mal in sich hinein lächeln, was aber nur für den Bruchteil einer Sekunde wahrnehmbar war, denn dann blickte der Steward auf den sitzenden Vizepräsidenten und im gleichen Moment fiel ihm ein harter Lederball auf das schwarze Haar, prallte von dort ab, setzte noch einmal auf den Holzdielen des Decks auf und sprang dann, als ob er dem Ruf des Meeres folgen wolle, fröhlich über das Geländer. Abbads anfängliches Lächeln hatte sich, wiederum nur für einen ganz kurzen, fast unbemerkten

Moment, in eine schmerzverzerrte Fratze verwandelt und er blickte erst dem Spielgerät hinterher und dann abrupt nach oben. Hinter und über ihm standen, an ein weiteres Geländer gelehnt, drei junge Männer in Unterhemden und blickten nach unten. Fischer erkannte unter ihnen Alfred Eisenbeisser und so beeilte er sich, aufzustehen und seinen Hut zum Gruß zu lupfen. Eisenbeisser winkte und rief: „Hallo. Entschuldigung, haben Sie unseren Ball gesehen?" Sowohl der Vizepräsident als auch der Steward deuteten mit ihren Fingern auf das weite Meer. Die drei Männer, die oben gestanden hatten, drehten sich, offensichtlich enttäuscht, ab. Nun lächelte Abbad sein Gegenüber an. „Herr Fischer, wollen Sie frühstücken?"

2.

Es war die veränderte Tonart, die Fischer aufhorchen ließ. Das sonore Brummen des Schiffes hatte sich scheinbar eine Quart nach unten bewegt und das leichte Vibrieren war in ein schüttelndes Knattern übergegangen. Fischer schaute fasziniert auf die sich immer wieder neu bildenden Wellenkreise in seiner Teetasse. Er trank seinen Tee, seitdem er in Sussex für British Railways gearbeitet und das trübe Wetter dort kennengelernt hatte, mit Milch. Die Schlieren verwoben sich in immer neue Wolkengebilde, während die Oberfläche der Flüssigkeit eine Miniaturabbildung des Mittelmeers abgab. Jetzt knirschte und knarrte etwas. Fischer wischte sich die letzten Spuren von Eigelb aus seinem Schnurrbart, stand auf und blickte durch den ansonsten leeren Speisesaal aus dem Fenster. Zu seiner Rechten konnte er Land sehen – das Schiff legte in Villefranche-Sur-Mer an. Fischer ging ans Oberdeck, um sich die Stadt und den Hafen ansehen zu können. Als er am Bug des Schiffes ankam und zusammen mit vielen anderen Passagieren – die Damen hielten sich ihre Hüte mit breiten Krempen auf dem Kopf fest – in Richtung Land schaute, stellte er fest, dass das Schiff vorher nur eine Landzunge vor sich gehabt und diese nun umkurvt hatte und in die fast zu klein wirkende Bucht hineinfuhr. So wirkte die Stadt wie ein schlafender Hund, der seine Zunge herausstreckte. Langsam, fast unmerklich, bewegte sich der monströse Schiffskörper in Richtung Landesteg, der von oben einem Ameisenhaufen glich. Kleine, sich hektisch bewegende Wesen wuselten herum und wie von hier oben und weiter unten auf jedem Außendeck des Schiffes winkten die Menschen sich mit Händen und Hüten zu. Ohne es sich bewusst gemacht zu haben, bemerkte Fischer, dass auch er die rechte Hand erhoben und sich von der allgemein aufgeregt guten Laune hatte anstecken lassen. Eifrige Matrosen warfen Taue an die Reede, wo Hafenarbeiter diese aufnahmen und um riesige Poller banden, der massige Körper des Schiffes schmiegte sich an den Stein und die Brücken wurden herabgelassen. Fischer schaute auf die andere Seite, wo die Häuser der Stadt sich an die dahinterliegenden Hügel lehnten. Als junger Mann hatte er oft von einem Leben als Bohemian an einer Mittelmeerküste geträumt. Ein einsames rotes Auto fuhr eine kurvige Straße hinauf. Dann schoss es ihm in den Kopf: Rimet! Er musste den Präsidenten empfangen.

Während Fischer noch die Treppe nach unten lief, um sich wenigstens eine Fliege (von nun an immer mit der Erinnerung an wilde Liebe verbunden) unter den Hemdkragen zu binden, begegneten ihm nacheinander ein ziemlich abgehetzter Offizier Cavesi, der gerade dabei war, auf das Außendeck zu gehen, um ein junges Pärchen zurück nach unten in die Emigrantenkabinen zu schimpfen, eine frisch gepuderte und knallig rot geschminkte Smeralda, die er noch im Vorbeieilen peinlich berührt begrüßte, und die halbe rumänische Fußballmannschaft in Turnhosen, die sich weiter unten eine bessere Sicht auf die Hafenanlagen erhoffte. Das Schiff war auf einmal aus einem stillen Schlummer erwacht, gähnte und streckte sich und die kleinen Blutkörperchen strömten durch seinen massigen Körper. Fischer indes bewegte sich durch diesen Strom in einer willenlosen Traumhaftigkeit, die ihn auf die verschiedensten Decks spülte, an den Unterkünften von Kesselhilfsarbeitern vorbei (vielleicht kommt Rimet ja über die unteren Stockwerke hinauf), an Zweitklasseunterkünften entlang (viele verzweigte Flure), bis er bemerkte, dass er sich komplett verlaufen hatte. Fischer stand, die Hand an eine kalte Metallwand gelehnt, in einem dunklen Gang, gleichermaßen orientierungs- und ahnungslos, wie es weitergehen könnte. Der letzte Raum, in dem er jemandem begegnet war, war ein Gepäckraum gewesen, aus dem ihm ein schelmisch grinsender, großer Mann im modernen Tweedanzug entgegenkam. Dieser war aber sofort, nachdem er höflich seinen Hut gelupft hatte, hinter einer Ecke verschwunden, woraufhin Fischer komplett alleine und orientierungslos gewesen war und sich, zugegebenermaßen leicht trotzig, für die andere Richtung als der Mann entschieden hatte.

Er stellte fest, dass nicht nur alles um ihn herum schwarz, sondern auch still war – was ihn zutiefst beunruhigte. Er hatte das Gefühl, sich im Inneren einer stählernen Pyramide zu befinden, dem Wohl und Wehe eines kalten Maschinenbaals ausgeliefert. Als wolle er das Gefühl von Verlorenheit unbewusst noch verstärken, stieß er einen schüchternen Ruf aus: „Hallo?“, welcher von der Gier des Metalldämons sofort verschluckt wurde und nur noch wie eine Erinnerung an eine einsame Kindheit nachhallte.

Ein sonores Brummen stampfte im Hintergrund und als er sich ein paar Schritte nach vorne wagte, bemerkte er, dass er nicht mehr auf Holz- oder Stahlboden lief, sondern auf Gittern, die seine Schritte mit einem ständigen Scheppern untermalten.

Dann hörte er einen Schrei.

Es war kein durchdringender, hochtöniger Schrei, sondern eher ein jammeriger, quälend langer Seufzer. Aber es war eben auch deutlich ein Schrei. Fischer stolperte nach vorne, dem Schrei entgegen, und er kam an eine Treppe, die nach unten führte. Er wollte nicht nach unten, musste in seine Kabine, um sich schick zu machen, aber die Neugier sowie die unheimliche Anziehungskraft, die die Ahnung des Bösen erzeugt, waren stärker als seine Pflichtgefühle. Seine Absätze klapperten auf dem Gitter der Stufen. Er tastete sich am Geländer entlang, hinab in die Tiefe, bis er irgendwo, noch weiter unten, ein schwaches Licht erblickte.

Nun lief er fast, da er einen Anflug von Orientierung hatte, und weil dieser Schrei, den er wahrgenommen hatte, entweder nicht aufgehört oder sein klagendes Werk wieder aufgenommen hatte. Fischer erkannte eine männliche Stimme, die jaulte und jammerte, fast wie ein Hund, der den Mond anheulte. Endlich kam er auf eine Ebene, auf der ein schmaler Gang sich in zwei Richtungen teilte. Fischer eilte der Stimme nach, fand zu seiner rechten nach unbestimmter Zeit eine offene Metalltür, schritt in einen heller erleuchteten Raum, von dem mehrere Türen zu weiteren Räumen abgingen, folgte der Stimme weiter und kam zum Herzen des Monsters: dem Maschinenraum. Hinter einem vergitterten Geländer, in ungefähr drei Metern Tiefe drehte sich ein überdimensionierter Stahlbolzen. Ein Mann stand am seitlichen Geländer, die Hände auf seinem Kopf, so als wolle er sich vom herabstürzenden Himmel schützen und stieß einen kehligen Schrei aus – immer noch denselben, der es geschafft hatte, Fischer mit sirenenhafter Sicherheit hierher zu locken. Der Mann war riesig, trug ein verschmutztes, vormals wohl weißes Unterhemd und blaue Arbeiterhosen und stierte unentwegt auf den Bolzen hinab, der sich stoisch langsam, aber beständig weiterdrehte. Er schien Fischer kaum zu bemerken. Hinter ihm leuchteten verschiedenste bunte Lichter auf einer Relaisscheibe. Nadeln schienen der Unruhe des Mannes widersprechen zu wollen, da sie sich weigerten, wild auszuschlagen. Was aber sah der Mann? Fischer schaute noch einmal genauer auf den sich drehenden Kolben, der in der Mitte von zwei schräg herabfallenden Metallwänden eingerahmt wurde. Und dann sah er es. Eine blasse, einsame Hand schlug unentwegt auf die Wand. Mit jeder Drehung klatschte sie erneut gegen das Metall. Eine kleine, aber doch zweifelsfrei menschliche Hand. Und als Fischer genauer hinsah, bemerkte er einen roten Stofffetzen, der ebenfalls in einem unendlichen Spiel zwischen Wand und Bolzen gefangen war und in unruhigem Flattern einen traurigen Abschied zu feiern schien. Fischer wusste nicht, was passiert war, aber so viel war klar: Jemand musste über das Geländer in den Schlund, der zum Propeller hinabführte, gefallen sein und war vom Bolzen zerquetscht worden. Da der Raum zischen Kolben und Wand extrem klein war, musste der ehemalige Besitzer dieser Hand auf grauenhafte Weise umgekommen sein.

Endlich hob der riesige Mann am Geländer seine Arme in die Luft und gab seinem Getöne Worte: „Trampolini. Assassinato“, jammerte er. Fischer wusste nicht, wie er reagieren sollte. Es schien ihm unangebracht, dem großen Bären Trost zu spenden. Auf der anderen Seite wollte er aber auch nicht gefühllos wirken und so ging er auf den Mann zu und legte ihm vorsichtig die Hand auf den Arm. „Es ist gut“, sagte er, und gleich nochmal, wohl wissend, dass so eine dreiste Lüge nicht mit einem Male Eingang in die Welt des Trauernden finden würde. Und der große Mann musste diese arme Gestalt gekannt haben. Nun schaute Fischer dem großen Mann in die Augen. Kein Weiß war in den Augäpfeln übrig, so sehr waren sie von kleineren Äderchen durchsetzt, die sich in unendlichen Verzweigungen durch das Auge pflügten. Gleichzeitig schien es, als würde der große Mann durch ihn hindurchsehen. „Assassinato“, wiederholte er eindringlich. Für einen langen Moment starrten die beiden sich an. Fischer wusste nicht, wie er reagieren sollte, also hob er beschwichtigend die Hände und ging langsam rückwärts. „Ich werde nun Hilfe holen“, versicherte er seinem Gegenüber. Seine Schritte auf dem Gitterboden hallten durch den Maschinenraum. Dann drehte er sich um und ging zurück auf den spärlich beleuchteten Gang. Sofort war er wieder orientierungslos. Die eindringlichen Worte des Maschinisten klangen noch in seinem Kopf nach. Er war von links gekommen. Aber dort war auch absolute Dunkelheit. Rechts dagegen kam vom Ende des Ganges ein Leuchten. Fischer beschloss, diesen Weg zu wählen. Vielleicht würde er schneller an die Oberfläche führen. Diese kam ihm im Moment extrem erstrebenswert vor.

3.

Es gibt Menschen, die haben eine besondere Ausstrahlung. Man sieht ihnen ihre Wichtigkeit schon aus der Ferne an, ohne dass sie sich besonders kleiden oder durch markante Gesichtszüge oder andere körperliche Merkmale besonders auffallen würden. Man sieht diese Menschen und fühlt sich in ihrer Gegenwart leicht unwohl, da man eine innere Unsicherheit zu bekämpfen hat, ob man das Recht besitze, sich überhaupt in ihrer Nähe aufhalten zu dürfen. Auf der anderen Seite ist man euphorisiert, geradezu beschwingt, weil man Teil der Welt dieser Personen sein darf, einen kleinen, gespiegelten Strahl der hellen Sonne abbekommt, die das ganze dunkle Tal des eigenen Lebens fruchtbar macht. Solche Menschen brauchen nicht zu reden, nichts zu tun, sondern sie bezaubern durch ihr Wesen, welches nicht zu fassen und noch weniger zu beschreiben ist.

Ein solcher Mensch war Jules Rimet nicht. Er wirkte höchst gewöhnlich, geradezu verschüchtert und unsicher, auch wenn sein makelloser grauer Anzug, das mit den weißen Hemdkragen korrespondierende Taschentuch im Revers und der dunkelblaue Schlips ihn als einen Mann des Geschmacks und des höheren Stands auszeichnete. Er hatte eher etwas Verhuschtes an sich, strahlte eine Abwesenheit aus, vielleicht sogar eine kleine Ahnung von Ängstlichkeit vor dem ihn ständig und unerbittlich umgebenden Leben. Auch in seinem Lächeln, das er nun dem Mann schenkte, der ihm halb gegenüber und halb über ihm stand, lag ein Hauch von Unterwürfigkeit, die sich in diesem Falle aber mit echter Freude mischte. Er stand von seinem Mahagonischreibtisch auf, der schon jetzt, kurz nach seiner Ankunft, mit Papieren übersäht war. Fischer hatte angeklopft und war von einem jungen, hübschen Mädchen mit blonden Zöpfen mit einem Knicks zur Tür hereingelassen worden. Sie hatte sich als Annette, Rimets Tochter, vorgestellt und war in den hinteren Teil der großen Kabine abgetaucht, sobald sie ihn in das Zimmer ihres Vaters geführt hatte.

Ein echtes Lächeln spiegelte sich auf Rimets Lippen, als er auf Fischer zuging und ihm die ihm entgegengestreckte Hand mit seinen beiden zartgliedrigen Händen umfasste. Dann gab der Präsident Fischer einen flüchtigen Kuss auf beide Wangen, hielt ihn mit seinen ausgestreckten Armen ein Stück von sich und sagte: „Es liegt viel Arbeit vor uns. Ich freue mich, dass du da bist."

Fischer erinnerte sich in diesem Moment an den Tag, an dem Rimet ihm das du angeboten hatte. Sie waren vor vier Jahren, an einem kalten Maitag, durch die engen Gassen von Amsterdam gelaufen, gerade nachdem man in einer Dauersitzung der FIFA die Organisation einer Weltmeisterschaft beschlossen hatte. Rimets Wangen waren vor Aufregung noch errötet, obwohl der kaltnasse Nachmittag einen ansonsten frösteln ließ. Er nahm Fischers Arm in seinen und fragte ihn, wieviel Sprachen dieser eigentlich spreche, woraufhin Fischer wahrheitsgetreu antwortete: „Neun." Rimet blieb stehen, schaute ihn an, reichte ihm die Hand und sagte: „Ich bin Jules."

„Es tut mir leid, Jules", stotterte Fischer – er musste sich immer noch an das „Du" gewöhnen. „Ich bin leider etwas spät. Es gab da einen seltsamen Zwischenfall." Rimet betrachtete seinen Vize interessiert. „Einen Zwischenfall?"

„Naja, da scheint ein Mann in die Turbine gefallen zu sein. Oder so …"

Rimet hob die Augen, um sein Interesse zur Schau zu stellen, was ihm aber nur halb gelang. „Soso? Was die Leute heutzutage alles machen. Interessant."

Dann schob er seinen Freund durch die Kabine hindurch zum Esstisch, der ebenfalls über und über mit verschiedenen Schriftstücken übersät war, sodass die darunter liegende makellose weiße Decke kaum zu sehen war. Als sich die beiden Männer gesetzt hatten, fuhr Rimet fort: „Gewalt, mein lieber Freund. Das Grundübel unserer Gesellschaft. In seiner schlimmsten Form: Krieg. Furchtbar. Wahrlich furchtbar. Das ist der Grund für unsere Mission. Fußball wird alles verändern, lieber Maurice.“ Während er von Freunden normalerweise Mor und von den Deutschen Moritz genannt wurde, sprach ihn der Franzose immer mit der gallischen Variante seines Namens an.

Fischer schaute ungläubig.

„Verändern? Was?“

„Fußball ist Menschlichkeit, Maurice.“

„Ich verstehe nicht.“

„Was? Was machst du dann hier?“ Rimet lachte laut auf. Er war jetzt ganz in seinem Element.

„Viele Menschen halten Fußball für ein Spiel. Aber denke nur, Maurice. Die Reinheit. Die Sportlichkeit. Ehrliche Männer stehen sich in einem gleichen Kampf mit gerechten Mitteln gegenüber und fechten auf sportliche Art und Weise aus, wer der Bessere sei. Eines Tages, lieber Freund, wird der zivilisierte Mensch keine Kriege mehr führen, sondern seine Konflikte über Fußballspiele austragen.“

Fischer wusste nicht genau, was er sagen sollte. Zum Glück half ihm Rimets Tochter. In ihrem züchtigen, blauweißen Kleid kam sie um die Ecke gelaufen und schimpfte. „Papa, also wirklich.“

Rimet drehte sich zu ihr um. „Was ist, mein Schatz?“

„Die Kabine ist viel zu klein. Und das Bett erst. Wer soll denn darin schlafen? Papa, ich langweile mich.“

„Schatz, pack doch erstmal deine Koffer aus, ja?“

„Hier ist gar nicht genug Raum für meine Sachen.“

„Ähm, ja. Ich kümmere mich darum. Willst du dir mal das Schiff anschauen?“

Mit einem lauten Stöhnen lief das Mädchen, das Fischer so um die 15 oder 16 schätzte, zur Tür hinaus und knallte diese, um ihrer Unzufriedenheit noch etwas mehr Nachdruck zu verleihen, zu.

„Ach ja, die Kinder“, versuchte Rimet die unangenehme Stimmung abzudämpfen. „Ich konnte das junge Ding nicht davon abhalten, mitzukommen. Annette, habe ich gesagt, Annette, so eine lange Überfahrt, die ist doch nichts für dich. Aber sie wollte unbedingt die neue Welt sehen. Teilhaben an dem großen Turnier. Die große, weite Welt, haha. Haben Sie Kinder, Maurice?"

„Äh, nein." Und nach einer kleinen, unangenehmen Pause, weil jegliche Form der Verneinung immer leicht beleidigend ist und er dem Präsidenten diese Frage auch schon beantwortet hatte und ihm die Peinlichkeit, sich daran zu erinnern, ersparen wollte, fügte Fischer hinzu: „Hatte bisher nicht das Glück, die Richtige getroffen zu haben." Und Fischers Gedanken richteten sich wieder auf Smeraldas duftende Haare.

„Gut, gut. Frauen lenken ja auch nur ab vom Wesentlichen. Komm. Wir haben ein Problem." Sie setzten sich und Rimet deutete auf einige der herumliegenden Papiere. „Mir ist leider immer noch nicht ganz klar, wer alles das Turnier besucht. Die Ägypter hatten schon zugesagt, aber ich habe nun gehört, dass sie nicht zum vereinbarten Treffpunkt mit den Jugoslawen gekommen sind, welche schon vor knapp einer Woche losgefahren sind."

„Aber wo ist das Problem?", fragte ein naiver Vizepräsident.

Rimet starrte ihn fassungslos an. „Mein lieber Freund. Wir müssen noch den Turniermodus planen, was äußerst schwierig sein dürfte." Fischer wollte eine weitere Frage stellen, die ihn erneut als organisationsunfähig entlarvt hätte, aber zu seinem Glück klopfte es an der Tür. Rimet bat den Besucher herein und ein äußerst korrekt aussehender Herr mit braunen, sauber gescheitelten Haaren und einem schwarzen, dünnen Schnurrbart zwängte sich durch die Tür.

„Ich hoffe, ich störe nicht", sagte der Neuankömmling und trat einen Schritt vor.

„Nicht doch, mein Bester. Keineswegs." Rimet schien sich ehrlich zu freuen.

„Dies hier ist mein Freund, Maurice Fischer. Fischer, Thomas Balway."

Balway verbeugte sich übertrieben und streckte Fischer die Hand aus. „Ah, der Vizepräsident."

„Ist mir eine Ehre“, erwiderte Fischer.

Rimet erläuterte: „Ein ausgezeichneter Schiedsrichter.“

Balways Miene hellte sich auf. „Werde tun, was ich kann. Hauptsache, es geht alles mit rechten Dingen zu.“

Fischer runzelte die Stirn, da er sich nicht vorstellen konnte, dass jemand ernsthaft versuchen würde, Einfluss auf das Spiel zu nehmen.

„Thomas ist sicherlich einer unserer Besten. Dazu noch Christophe, Langenus und Azincourt. Wir können wahrlich froh sein.“

Balway lachte und wie ein Leuchtturm, der sein Licht in die entferntesten Winkel trägt, schien auch das Gelächter des Franzosen den letzten Winkel der Kabine zu erreichen. „Naja, ich gebe mir Mühe.“

Rimet bat seinen Landsmann, sich mit an den Tisch zu setzen. „Schauen Sie, Thomas. Wir sind noch am Überlegen, wie wir nun das Turnier genau abhalten. Meine Idee ist, zwei Gruppen zu bilden, aus denen sich dann die vier ersten Mannschaften für die Zwischengruppe qualifizieren. Allerdings …“

Während die beiden sich Gedanken über den Modus des Turniers machten, blickte Fischer nach draußen. Das Schiff hatte begonnen, sanft zu schaukeln und die Möwen kreischten aufgeregt und flogen vor dem Fenster hin und her. Fischer sah immer noch die schlackernde Hand vor sich, die wieder und wieder gegen die Metallwand klatschte. Und er fragte sich, ob dies ein schlechtes Omen war. Er meinte sich daran zu erinnern, dass ihm irgendjemand irgendwann mal erklärt habe, dass ein Todesfall auf einem Schiff ein Zeichen für Unglück sei. Wer mochte die arme Seele gewesen sein, die ihr tragisches Ende auf so unwürdige Weise erlebt haben musste? Und wieso hatte der riesige Maschinist geglaubt, dass diese Person umgebracht worden sei?

„Maurice? Was meinst du zum Vorschlag unseres geschätzten Freundes hier?“

„Was? Ach, das klingt wirklich gut, würde ich sagen.“

Balway lachte wieder. Fischer konnte nicht feststellen, ob seine Abwesenheit so offensichtlich gewesen war, oder ob der Schiedsrichter sich einfach freute, dass sein Vorschlag Gefallen fand. Wieder wurde er von einem Klopfen aus dieser unangenehmen Situation befreit. Ein Mann in Schiffsuniform kam herein und fragte: „Entschuldigen Sie die Störung. Ist Herr Fischer hier? Ja? Der Kapitän möchte Sie sofort sprechen.“ Und nach einer kurzen Pause, in der er von den drei Männern angestarrt wurde: „Wenn es möglich ist.“

4.

Auf dem Weg zur Brücke sah Fischer Annette mit einem der rumänischen Fußballspieler sprechen. Sie war an eine dunkel getäfelte Wand gelehnt und schaute lächelnd und mit glänzenden Augen auf den Mann in seinem dunkelblauen Anzug, der sich zu ihr beugte und ebenfalls lachend etwas in gebrochenem Französisch erklärte. Das wird der Papa nicht mögen, dachte Fischer und erinnerte sich daran, dass Rimet später noch die Mannschaften, die bereits an Bord waren, begrüßen wollte.

Oben auf der Brücke verabschiedete sich dann der Offizier mit militärischem Gruß und Fischer betrat den langgezogenen, hellweißen Raum mit entsprechender Ehrfurcht. In der Mitte, vor der Steuerungseinheit, stand der Kapitän, der ein paar Worte an den Mann richtete, den Fischer vorher im Maschinenraum gesehen hatte. Er wirkte trotz seiner körperlichen Größe kleiner als der Kapitän, als dieser ihm mitfühlend eine Hand auf den Arm legte und tröstende Worte an ihn richtete. „Vielen Dank, Pupo. Trampolini hatte einen echten Freund in dir.“ Dann drehte sich der Angesprochene um und verließ die Brücke auf der anderen Seite, woraufhin sich der Kapitän zu Fischer drehte und ihn mit einem traurigen Lächeln begrüßte.

„Danke, dass Sie gekommen sind, Herr Fischer. Ich weiß das zu schätzen. Vermutlich haben Sie gerade Besseres zu tun, als sich mit mir zu unterhalten.“

Fischer wiegelte ab: „Nein, keineswegs, Herr Kapitän. Wie kann ich Ihnen denn helfen. Ich nehme an, es geht um den . . . Vorfall?“

„Korrekt. Ich habe soeben mit dem zweiten Maschinisten gesprochen. Offensichtlich ist sein Kollege aus irgendeinem Grunde über die Absperrung gekommen. Ich vermute, dass er etwas reparieren wollte und dabei auf den Bolzen gefallen ist.“

„Was für ein schrecklicher Unfall.“

„Ja, in der Tat. Es ist nur so: Der gute Mann hat jahrzehntelange Erfahrung mit der Maschine. Es scheint unwahrscheinlich, dass er da hineingefallen wäre. Und der gute Pupo, der Mann, den Sie eben noch herauslaufen haben sehen, ist vollkommen überzeugt davon, dass es sich um keinen Unfall gehandelt haben kann.“

Fischer nickte. „Ja, das hat er heute Morgen auch angedeutet. Er brachte nur zwei Worte hervor: ‚Trampolini‘ und ‚Assassinato‘.“

„Sie haben ihn also noch im Maschinenraum gesehen?“

„Ja, richtig.“

„Ich muss das leider fragen, Herr Fischer. In welchem Zustand befand er sich?“

Fischer konnte spüren, dass der Kapitän sich für seine eigene Frage schämte. Er sah den Zwiespalt, in dem der Mann sich befand: Er musste auf der einen Seite für seine Mannschaft da sein, den Matrosen und Arbeitern vertrauen, und auf der anderen Seite die Formalia, die sein Rang mit sich brachte, einhalten.

„Er schien mir sehr aufgewühlt zu sein, Kapitän. Er wirkte fast wahnsinnig.“

Pinceti nickte. „Ja, die beiden haben von Beginn an da unten gewirkt. Sie waren unzertrennlich.“

Fischer nickte und wartete auf die Schlussformel der Unterhaltung, die ihn entlassen würde. Doch Pinceti schien noch etwas anderes zu quälen.

„Herr Fischer, ist Ihnen da unten irgendetwas aufgefallen?“

„Mir? Nein. Ich habe mich mehr oder weniger verlaufen.“

„Gut. Das wäre auch meine nächste Frage gewesen. Wie kam es, dass Sie dort in der Tiefe des Schiffes waren?“

Fischer starrte Pinceti an. Auf einmal wurde ihm klar, dass er selbst verdächtigt wurde, etwas mit dem Unfall zu tun zu haben. Er blickte durch die lange Scheibe der Brücke zum ersten Mal auf das trübe Meer und wusste nun, dass der Kapitän nicht nur als Sprecher seiner Mannschaft fungierte, sondern, angesichts der Tatsache, dass sie sich auf offener See befanden, als ermittelnde Polizeikraft.

„Es tut mir leid, Herr Fischer. Ich möchte nichts andeuten …“, sagte Pinceti, der das Entweichen der Farbe aus Fischers Gesicht richtig deutete.

„Nein. Das ist schon gut. Sie müssen …“, erwiderte Fischer. „Als ich bemerkte, dass das Schiff bald anlegen würde, haben ich mich aus dem Frühstücksraum in mein Zimmer begeben wollen. Das ganze Schiff war in Aufruhr und so habe ich irgendwie die Orientierung verloren.“

„Das geht vielen so“, ermunterte der Kapitän den Befragten.

„Und dann war ich in irgendeinem dunklen Gang und dann hörte ich die Schreie.“

„Schreie?“

„Nun, dieser Mann, Pupo. Er heulte. Er musste gerade erst bemerkt haben, dass sein Kompagnon …“

„Und dann?“

„Dann folgte ich den Schreien. Ich kam auf einen Gang und ging dann durch die schwere Eisentür, die offen stand.“

„Interessant“, bemerkte Pinceti, der nun seinerseits nach vorne auf die See schaute. „Er hat den Tod seines Freundes erst da bemerkt.“

„Wie meinen Sie das?“

Der Kapitän schaute Fischer nun wieder direkt in die Augen. „Als Trampolini auf die Turbine gefallen ist, da muss er noch gekämpft haben. Der Zwischenraum zwischen Wand und Turbine ist nicht so groß, dass man direkt hindurchpasst.“ Fischer versuchte, sich das Szenario nicht vorstellen zu müssen. „Die Schiffsschraube muss also für mindestens einen kurzen Moment gehakt haben.“

Plötzlich ging Fischer ein Licht auf.

„Der Stoß. Gestern Abend. Während der Vorstellung." Er musste daran denken, wie Smeraldas Hand ein kleines Stück höher an seiner Hose gerutscht war, als das ganze Schiff einen Ruck gemacht hatte.

Pinceti nickte. „Pupo hat Trampolini seit gestern Abend nicht mehr gesehen. Daher war er so untröstlich. Er hat den Tod seines Freundes nicht einmal bemerkt."

5.

Rimets Kabine war direkt nebenan. Fischer klopfte und wartete höflich, bis er ein zartes „Herein" vernahm. Fischer öffnete die Tür und ging einen Schritt in die Kabine. „Die Mannschaften stehen oben bereit, Monsieur", sagte er förmlich, worauf Rimet sich vom Stuhl erhob und, bereits in Abendgarderobe gekleidet, zur Tür ging, sich dabei aber noch einmal zu den Aufzeichnungen, mit denen er sich offensichtlich bis jetzt beschäftigt hatte, umdrehte. Schließlich sagte er sich von seiner Arbeit los und schenkte Fischer noch ein kurzes Lächeln. „Danke fürs Abholen. Wie war dein Gespräch mit dem Kapitän?"

„Es gab einen Todesfall im Maschinenraum. Ich bin zufällig dort gewesen und der Kapitän wollte von mir hören, was sich zugetragen hatte."

„Ein Todesfall. Wie unschön", bemerkte Rimet, ohne wirkliches Interesse an den Tag zu legen. Als sie den Gang in Richtung Treppe hinabliefen, kam ihnen Smeralda entgegen. Sie lächelte die beiden Männer offen an und Fischer lächelte dezent zurück. Als sie ihn passierte, meinte er ihre Hand an seinem Hosenbein zu spüren. Als sie in einen abzweigenden Gang abgebogen war, zischte Rimet: „Obacht, mein lieber Freund. Diese Frau bedeutet Ärger." Fischer, der sich wunderte, dass der Fußballpräsident sich auch mit Frauen auskannte, fragte nach: „Wie meinst du das – Ärger?"

Rimet drückte sich etwas näher an seinen Kollegen und senkte die Stimme: „Aber mein Bester. Das sollte doch offensichtlich sein. Diese Dame wird bezahlt."

Fischer bekam einen roten Kopf. „Wie meinen?"

Munter plapperte Rimet drauflos: „Der uruguayische Fußballverband setzt alles daran, dass dieses Turnier für ihn ein Erfolg wird. Er bezahlt die Überfahrt für uns alle, ebenso Kost und Logis während des gesamten Turniers, das man natürlich gewinnen will. Was läge da näher, als die Verantwortlichen mit einigen Annehmlichkeiten zu bestechen?"

Fischer verstand nicht. „Bestechen? Welche Art von Annehmlichkeiten?"

„Nun, offensichtlich will man beim Gastgeberverband, dass einem die Ausrichter des Turniers gewogen sind. Ein kleines Abenteuer mit einer zugegeben attraktiven Dame kann da schon einmal den Ausschlag geben."

Fischer blieb auf der mit rotem Teppich ausgelegten Treppe stehen. „Wie ..., wie kommst du darauf, dass es sich bei dieser Dame ...", Er musste aufpassen, dass er nicht aus Versehen ihren Namen nannte, „um eine uruguayische Kurtisane handelt?"

„Logik, mein lieber Freund", schwelgte Rimet in seinem eigenen Wissen. „Erstens würde eine alleinstehende Dame niemals in einem so großen Zimmer auf dem Luxusdeck reisen. Zum anderen habe ich den uruguayischen Verband darum gebeten, dieses Deck nur für uns Funktionäre zu reservieren. Sie aber ist die einzige Person, die dort noch Platz gefunden hat. Also wurde sie dort vom Verband hinbeordert. Aber für weibliche Reize sind Sie ja sowieso nicht anfällig."

Fischer schaute seinen Vorgesetzten an, um zu erfassen, ob dieser seine Aussage vielleicht ironisch gemeint haben könnte. Im gleichen Atemzug schalt er sich einen Narren. Wie hatte er ernsthaft glauben können, dass diese Frau an ihm als Mann Interesse hätte haben können. Ein ungestümer Liebhaber war er ebenso wenig wie ein Charmeur. Er wollte von ganzem Herzen im Boden versinken, zwang sich jedoch, möglichst unbekümmert zu wirken, während sie raus aufs Deck gingen, wo sie von einer leichten Brise empfangen wurden. Von Weitem hörte Fischer das fröhliche Gemurmel einiger Männer, das ihm im ersten Moment wie Spott vorkam. Smeralda, eine Liebesdienerin, bezahlt, um ihn zu verführen. Noch bevor er sich seines Knotens im Magen bewusst wurde, gesellte sich ein neuer hinzu. Wenn sie tatsächlich aus dem Grunde auf diesem Schiff war, den Rimet genannt hatte, dann würde sie sich nun auch den anderen Delegierten mit ihren „Diensten" annähern. Er war froh, dass es beim letzten Aufstieg ans Oberdeck ein Geländer gab, an dem er sich festhalten konnte.

Ganz oben angekommen, standen dort auf frisch gewienertem Dielenboden, sorgsam aufgereiht, die Mannschaften Rumäniens und Frankreichs auf jeweils gegenüberliegenden Seiten des weiß lackierten Außengeländers. Die Männer lachten und scherzten. Als sie die beiden FIFA-Offiziellen auf sich zukommen sahen, stellten sie sich sofort wie auf Kommando stramm. Ein Mann mit weißen Trainingshosen, akkurat hochgezogenen weißen Socken und einem weißen Unterhemd trat aus der Reihe vor, um die beiden Neuankömmlinge zu begrüßen. Er hatte kurzes Haar, das sich in seiner Farbe ganz seiner Kleidung anpasste. Er war etwas hager und hatte einige Falten im Gesicht, was ihn aber nicht alt, sondern eher freundlich wirken ließ. Rimet nahm den Mann in seine Arme und gab ihm rechts und links einen Kuss auf die Wange. Dann wandte er sich zu Fischer: „Maurice, dies ist Raoul Cadron, momentaner Trainer der Equipe." Fischer war sich leicht unsicher, wie er den Mann begrüßen sollte, und gerade als er sein Gesicht vorbeugte, um es Rimet mit dem Bruderkuss gleichzutun, schüttelte Cadron ihm die Hand.

„Angenehm."

Um irgendetwas zu sagen, fragte Fischer: „Sie haben schon angefangen zu trainieren?"

„Oh ja. Die Mannschaft soll aktiv bleiben. Das ist die Grundlage."

Fischer nickte etwas unbeholfen. „Sie sind sicher ein erfahrener

Leiter", fuhr Fischer fort, dem nach dem vertraulichen Gespräch mit Rimet jegliche Fähigkeit, sinnvolle Kommunikation zu machen, abhanden gekommen war. Erstaunlicherweise aber war es nun Cadron, der leicht errötete.

„Nun, ehrlich gesagt kümmere ich mich erst seit heute um die Mannschaft."

Rimet kam erklärend zu Hilfe: „Der eigentliche ‚Selectionneur', Monsieur Barreau, konnte die Equipe leider nicht begleiten. Er hat sich seinen Verpflichtungen an der Musikakademie nicht entziehen können." Fischer bemerkte einen leicht angesäuerten Tonfall bei Rimet.

„Wie dem auch sei, ich bin mir sicher, die Mannschaft ist bei Monsieur Cadron bestens aufgehoben." Dann wandte sich der Präsident direkt an die Spieler.

„Männer. Ich bin stolz, dass ihr hier seid. Ich weiß, dass ihr einiges an Entbehrungen auf euch nehmt und eure Familie, Freunde und Kinder für einige Zeit alleine lasst, um an diesem historischen Ereignis teilnehmen zu können. Ihr vertretet unsere Landesfarben und ich bin sicher, dass ihr euch ihrer würdig erweisen werdet. Nun. Ich möchte, dass ihr euch als echte Franzosen zeigt und euch gut mit allen anderen Nationen hier an Bord vertragt." Damit deutete Rimet auf die gegenüberliegenden Rumänen. „Vielleicht habt ihr euch ja schon gegenseitig vorgestellt. Ich habe den Kapitän angewiesen, heute, am ersten Abend, die zwei ersten Mannschaften auf diesem Schiff zu mischen. Ihr sitzt also jeweils zwischen zwei Spielern der Rumänen. Lernt euch kennen." Damit zog Rimet etwas langsamer als nötig seinen Hut. Doch seine etwas unbeholfene Rede löste dennoch Jubel bei den Spielern aus, die nicht nur applaudierten, sondern auch fröhlich dreinblickten. Dann drehte sich Rimet um und wandte sich an die Rumänen. „Übersetze für mich, Maurice."

Der Trainingsleiter der Rumänen, ein ernst aussehender Mann mit schwarzen, zurückgekämmten Haaren und kantigem Gesicht, kam seinerseits auf Rimet und Fischer zu, schüttelte ihnen die Hand und sagte in gebrochenem Französisch: „Ich freue mich, Messieurs."

„Ich freue mich auch, Monsieur Rădulescu. Nun, ich nehme an, alle Ihre Männer sind wohlauf?" Der Übungsleiter der Rumänen blickte etwas nervös. „Ja, Monsieur."

„Nun denn. Dann will ich auch ein paar aufmunternde Worte an Ihre Mannschaft richten." Er streckte sich.

„Männer. Ich bin dankbar, dass ihr es geschafft habt, dabei zu sein auf dieser Reise zu einem historischen Ereignis. Ihr habt alle große Entbehrungen machen müssen, um …"

„Ähm …" Fischer unterbrach mit einem Husten.

„Ach ja, Maurice, bitte. Übersetze."

„Ja, also. Das Problem ist, dass ich in drei Sprachen übersetzen müsste. Es könnte also etwas dauern."

„Drei Sprachen? Was ist das für ein Unsinn. Das sind doch Rumänen. Ein Land."

„Ja, aber da sind auch Ungarn und Deutsche dabei." Moritz rief Alfred Eisenbeisser zu sich, der sofort ein paar Schritte nach vorne machte und sich erklären ließ, dass er für die anderen weiterübersetzen solle. Schließlich konnte Rimet, der angesichts der Unterbrechung etwas ungehalten war, weitermachen.

„Also, jedenfalls wünsche ich allen hier eine gute Fahrt. Ihr werdet heute neben jeweils einem Franzosen sitzen. Keine Angst, wir sind eigentlich ganz nette Leute."

Fischer blickte anerkennend zu Rimet herüber, der sich in dem ganzen Trubel ein wenig Humor für seine Rede bewahrt hatte. Rumänen und Franzosen stellten sich dann gegenseitig mit einem Händeschütteln vor und Rimet verschwand zufrieden. Fischer wollte noch ein wenig an der frischen Seeluft bleiben und daher suchte er noch einmal das Gespräch mit Alfred Eisenbeisser, der neben ihm stand.

„Da hat die Seekrankheit wohl schon ihre ersten Opfer gefordert…" Eisenbeisser schaute ihn etwas überrascht an. „Äh, Herr Rădulescu hat gesagt, ein Spieler fehle." Eisenbeisser nickte.

„Ja, der Gheorghe ist seltsamerweise nicht mehr da."

„Wirklich?" Fischer zog die Augenbrauen hoch. „Seit wann ist das denn?"

„Naja. Gestern Abend ist er nicht mehr in seine Kabine gekommen. Das hat zumindest der Lafinsky gesagt. Und heute war er den ganzen Tag nicht zu sehen gewesen."

„Ist er …", Fischer zögerte, da er nicht wusste, wie er sich ausdrücken konnte, ohne dem Verschollenen zu nahe zu treten. „… ein Frauenheld?" Und hier zog sich wieder sein Magen zusammen, denn in dem Moment, da er es ausgesprochen hatte, stellte er sich vor, wie Smeralda und dieser Gheorghe sich mit heißen Küssen bedeckt hatten, bevor ihm klar wurde, dass er selbst ja die Nacht mit ihr verbracht hatte.

„Nun", erwiderte Eisenbeisser, „er ist eben ein Mann. Aber dass er nicht zum Morgentraining erschienen ist, sieht ihm gar nicht ähnlich."

Fischer hatte auf einmal einen furchtbaren Verdacht. Er musste an die Hand denken, die leblos, aber immer noch unaufhörlich in seinem Kopf gegen das Metall schlug. Er verabschiedete sich ziemlich abrupt und eilte auf die Schiffsbrücke.

Pinceti blickte ihn mit traurigen Augen an. Fischer hatte ihm, nachdem er kurz hatte Luft holen müssen, da er die Gitterstufen hinaufgesprungen war, seine Vermutung, dass es sich bei dem Toten um Gheorghe Moldoveanu, einen rumänischen Nationalspieler, handeln könnte, mitgeteilt. Im selben Moment wurde ihm klar, dass ihn der Kapitän für verrückt halten musste oder zumindest doch ziemlich hysterisch. Und schließlich, so schlussfolgerte Fischer, hatte der Kapitän damit auch ziemlich recht. Er schob seinen überdrehten Zustand dem Mangel an Schlaf in die Schuhe und der Aufregung, die ihn im allgemeinen Trubel der letzten Tage erfasst hatte. Und somit erwartete er, von Pinceti mit freundlichen, aber bestimmten Worten von der Kommandobrücke verwiesen zu werden. Stattdessen winkte der Kapitän ihn zu sich und ging dann selbst zur anderen Seite der Brücke, öffnete die Tür, stieg hinab, öffnete eine weitere Metalltür, stieg wieder eine Treppe hinab und führte Fischer weiter in die Untiefen des Schiffes, das er noch am selben Morgen so gerne verlassen hätte.

Schließlich endete die kurze Reise vor einer weißen Tür, auf der ein rotes Kreuz aufgemalt war – das Krankenzimmer. Pinceti schaute sich um, öffnete die Tür und führte Fischer in einen schmalen, mit weißen Regalen besetzten Raum, in dem in der Mitte auf einer Bahre ein Mann unter einer weißen Decke lag. Pinceti blieb vor dem Aufgebahrten stehen, schlug die bis zum Gesicht hochgezogene Decke zurück und fragte Fischer: „Ist dies Gheorghe Moldoveanu?"

Fischer blickte in das bleiche Gesicht eines jungen Mannes, dessen tote Augen ins Nichts starrten. Allerdings war es nicht das Gesicht, das Fischers Aufmerksamkeit fesselte. Er konnte nicht umhin, auf seinen Hals zu schauen, der eine klaffende, waagerechte Wunde in der Mitte aufwies und das blutverschmierte Innere seiner Lunge offenbarte.

4. Tag, 22. Juni 1930 – Billy

1.

Sie war beim ersten Dämmerlicht aufgestanden, hatte sich den Büstenhalter mit Vorderschluss angezogen, zwei Nummern zu klein, damit man ihre knabenhaften Brüste am besten gar nicht bemerkte, darüber Hemd und Hosenanzug, hatte sich die schwarzen Stiefel geschnürt, ihren schwarzen Topfhut aufgesetzt, war in den Mantel geschlüpft und an die frische Seeluft getreten. Das Schiff glitt ruhig durch eine neblige See, während sie, einen Arm auf dem Holzgeländer, das Deck im Kreise abschritt. Fast niemand war zu sehen, nur an einer Ecke kauerte unter einem Überhang ein Mann unter einer Decke auf einem Liegestuhl, offensichtlich schlafend.

Billy hatte nie verstanden, warum Menschen erst nach dem Morgengrauen aufstanden. Dies war die beste Zeit, wenn noch kein Sonnenstrahl zu sehen war, aber die Unbedingtheit der Nacht durch eine zart angedeutete Note von Anthrazit aufgebrochen wurde. Es war die Zeit, da der Tag noch unschuldig war, voller Möglichkeiten, voller Versprechen, frei von Demütigungen, Missverständnissen oder sonstigen Unzulänglichkeiten. Eine Zeit der absoluten Ruhe und des vollkommenen Friedens. Es war das Leben in seiner reinsten Form – ohne Ideologien, Fantasmen, Idiotien, kruden menschlichen Ideen. Billy atmete tief durch. Sie blickte aufs Meer, das sie nicht nur wegen der Nebelhaftigkeit seines Wesens liebte – durch ihre dicke Brille konnte sie nur grobe Umrisse erkennen –, sondern auch, weil es mit der gleichen flüsterhaften Art wie der Morgen eine Hymne der Zuversicht sang. Es war die einzige Zeit, die ihr gehörte.

Warum nur, so fragte sie sich, hatte sie der Bitte ihres Vaters entsprochen. „Diese Konferenz ist wichtig, Kleines", hatte er sie angefleht. „Ein neues Zeitalter steht an."

Sie stieg eine Treppe hinauf zum Oberdeck, sog erneut die frische Luft ein und dachte dann, dass das doch das wahre und ureigentliche Problem des Menschseins sei: Dass sie, als sie erneut einen tiefen Lungenzug der salzigen Frische in sich einsog, schon gedacht hatte, dass dieser zweite, bewusste Akt der Vereinigung mit der Reinheit der Natur nicht mehr so gut gewesen war wie der erste. Auch das Abschreiten des Decks, hier oben, wo man doch eine bessere Aussicht hatte, wo der Morgenwind noch etwas kühler blies und die Sonne schon einen helleren Schimmer preisgegeben hatte, war nur noch ein verblassender Vergleich zur ursprünglichen Erfahrung des eben noch genossenen Friedens und der eben noch verdienten Freiheit. Und dann kam der übliche Moment der Verzweiflung und des stillen Protests, dass doch jedes noch so kleine Glück wieder genommen wurde, und zwar, das war das Gemeine und Hinterhältige, von der eigenen Bewertung der Dinge. Warum konnte der zweite Rausch der Sinne nicht genauso genossen werden wie der erste?

Sie setzte sich auf eine der Holzbänke vor dem mit einer riesigen Stoffplane abgedeckten Swimming Pool und starrte hinaus auf die ins Dunkelblau driftenden Meeresfetzen. Sie überlegte sich kurz, ob sie sich ganz der Verzweiflung oder sogar der noch größeren Versuchung, dem Selbsthass, hingeben sollte, als sie eine Bewegung an der Treppe wahrnahm. Durch ihre dicke Brille sah sie ein blaues Walross aus dem Boden erscheinen. Das Walross kam die Treppe hinaufgetapst, nahm sie nicht wahr und bewegte sich auf den Swimming Pool zu. Jetzt konnte sie eine große Gestalt in einem blauen, flauschigen Bademantel erkennen. Der Mann blickte sie kurz an, etwas verunsichert, zu dieser frühen Stunde jemanden an Deck vorzufinden, und tastete dann die Abdeckung des Pools ab. Dann wandte sich der Mann ab und machte sich daran, zurück zur Treppe zu gehen.

„Wenn Sie schwimmen wollen, dann machen Sie doch einfach die Plane ab", sagte Billy. Der Mann hielt inne und drehte sich zu ihr um. Er schaute etwas verunsichert drein und Billy wurde auf einmal klar, dass er wahrscheinlich kein Englisch sprach. Was hieß ‚schwimmen' noch einmal auf Italienisch? Sie hatte keine Ahnung. Zu ihrer Überraschung sprach der Mann sie in fließendem Englisch an.

„Ich soll die Plane abmachen?“

„Ja, klar. Da freut sich der Steward, der das als seine erste morgendliche Aufgabe nicht machen muss.“

„Meinen Sie? Man kann die einfach so abmachen?“

Billy schaute sich die Gestalt etwas näher an, die jetzt zwei Schritte auf sie zugekommen war.

„Ich bin schon oft auf solchen Schiffen gefahren. Sie sind doch hier der Gast. Da können Sie machen, was Sie wollen.“

„Sie sind bereits öfters auf Luxusdampfern gefahren?“

„Ja. So ist es. Letztes Jahr haben wir Afrika mit einem Schiff umrundet. Warten Sie, ich helfe Ihnen.“ Billy stand auf. „Gehen Sie auf die andere Seite und ziehen Sie.“ Der Mann schien immer noch nicht ganz sicher zu sein, ob er sich nicht einer groben Ordnungswidrigkeit schuldig machte, schien aber auf der anderen Seite auch nicht gegen Billys Autorität ankämpfen zu wollen. Er ging an die andere Ecke und zusammen schoben sie den schweren Stoff, der dabei ab und zu ins Wasser tauchte, nach hinten. Als sie fertig waren, setzte sie sich wieder auf die Holzbank und der Mann legte, nachdem er sich versichert hatte, dass Billy hinaus auf das Meer schaute, seinen Bademantel ab, stieg die kleinen Treppen zum Beckenrand hinauf und klatschte ins Wasser. Nachdem er ein paar Runden gedreht hatte, kam er schnatternd aus dem Wasser, trocknete sich schnell mit dem bereitgelegten Handtuch ab und zog sich den Bademantel wieder an. Er machte Anstalten, zur Treppe zu gehen, hielt aber kurz inne.

„Sie haben mit Ihrer Familie Afrika umschifft?“

Billy wandte sich dem Mann zu, der mittlerweile in einer kleinen Pfütze stand.

„Setzen Sie sich“, sagte sie und klopfte mit ihrer flachen Hand auf den freien Platz neben sich. Für einen kurzen Moment verzog der Mann seine Miene, als müsse er an einen vergangenen Schmerz denken, dann folgte er ihrer Aufforderung.

„Entschuldigen Sie, wenn ich das sage“, brummte er, nachdem er sich gesetzt hatte und Billy die kühle Frische, die von ihm ausging, eingeatmet hatte, „aber Sie wirken noch gar nicht so alt."

Billy lachte. „Bin ich auch noch nicht. Ich bin 17, wenn es Sie interessiert."

„Entschuldigen Sie, ich wollte nicht unhöflich sein."

„Schon gut. Woher sprechen Sie so gut Englisch? Sie sind kein Engländer, oder?"

„Nein, ich bin Ungar." Er hielt ihr eine große Hand hin. „Moritz Fischer."

Sie nahm die Hand. „Billy. Oder nein, Jean. Jean Doyle." Sie schüttelten sich heftig die Hände.

„Sie sind nicht aus Uruguay, oder?", fragte er schüchtern. Sie schüttelte etwas verwirrt den Kopf. Offensichtlich etwas erleichtert fuhr er fort: „Ich habe einige Zeit bei ‚British Railways' gearbeitet, in London."

Billy hob anerkennend eine Augenbraue. „Sie sprechen in der Tat gutes Englisch."

„Nun", führte Fischer aus, „ich lese außerdem viel. Hauptsächlich die großen und großartigen englischen Schriftsteller."

„Nämlich?"

„Byron, Tennyson, Hardy, und …" Fischer blickte etwas verschüchtert zur Seite.

„Ja?"

„Arthur Conan Doyle."

Billy schluckte. Sie starrte den Mann, der ihr gegenüber saß, an.

„Sie finden, Conan Doyle ist gleichzusetzen mit den Größen englischer Literatur?"

„Nun ja", Fischer räusperte sich lächelnd, „Mir ist schon klar, dass es sich hier um Trivialliteratur handelt. Aber wie er schreibt, das ist mitreißend und unglaublich spannend."

Billy sagte nur: „Hm. Wenn Sie meinen."

Fischer lächelte auf einmal in sich hinein. „Ist es nicht spannend, dass alle großen englischen Schreiber ein Y in ihrem Namen haben?"

„Sie haben allerdings Shakespeare vergessen. Aber man könnte ihn auch einfach Shykespeare nennen. Oder Shakespyre." Billy kannte niemanden, der über ihren seltsamen Humor lachte. Daher war sie ernsthaft erstaunt, als der Mann neben ihr zu prusten anfing, sich dann schüttelte, den Bauch hielt und ein gackerndes Geräusch von sich gab. Das wiederum brachte sie zum Lachen. Die morgendliche Kälte schien auf einmal wie weggeblasen.

„Aber erzählen Sie mir, warum Sie schon die Welt bereist haben, obwohl sie doch noch zur Schule gehen müssten."

„Oh, das ist auch so eine Geschichte. Sie frieren ja jetzt schon."

Fischer sah sie an und lächelte erneut. Er schien einen Entschluss gefasst zu haben. „Ich sage Ihnen etwas. Ich ziehe mich an und dann treffen wir uns im Speisesaal. Und wenn wir Glück haben, finden wir jemanden, der uns einen Tee macht."

Sie hatte Verständnis für ihn und mochte ihn auch irgendwie, doch die noble Gemütlichkeit der Mahagonifensterrahmen war nur ein schaler Ersatz für draußen. Aber es war gut, eine wärmende Tasse zwischen den Händen zu halten, deren tanzender Dampf eine verklärende Note in ihr Gespräch brachte.

„Eigentlich wollte ich diese Rundreise nicht mitmachen. 'Du musst nicht fahren', hat mein Vater zu mir gesagt, ‚aber deine Mutter wäre sicherlich sehr enttäuscht.' Also bin ich selbstverständlich mitgekommen. Wer will schon seine Mutter enttäuschen."

Fischer, eingehüllt in denselben Dampf, nickte verständnisvoll.

„Und dann haben wir Afrika umrundet. Southampton, Madeira, einmal unten rum und am Ende wieder Malta und Marseille."

„Aber hatten Sie denn keine Schule?"

„Doch", sinnierte sie, „sie hat mir sogar angefangen Spaß zu machen. Aber wenn die Pflicht ruft … Mein Vater ist krank, wissen Sie?"

Fischer nickte und war zu höflich, weiter zu fragen. Er wusste, dass er nun an der Reihe war, Licht in seine Person zu bringen.

„Ich bin mir auch noch nicht so sicher, ob ich hier das Richtige tue."

„Wieso?", lachte sie. „Sie können morgens schwimmen gehen. Was Sie anscheinend heute zum ersten Mal getan haben. Warum also nicht die letzten zwei Tage, seit Sie an Bord sind?"

„Ich habe … nicht so gut geschlafen in den Nächten davor", erläuterte Fischer. „Sie scheinen ein detektivisches Denken zu haben."

„Wieso?", fragte Billy, die sich etwas ertappt fühlte.

„Sie wussten, dass ich die letzten zwei Tage kein morgendliches Bad genommen habe."

„Nun, das war offensichtlich. Sie hatten ja nichts von der Schutzplane gewusst."

„Stimmt", sagte er. Und nach einer Weile: „Ein detektivischer Geist wäre momentan ganz gut."

„Wieso?", fragte sie mit angestachelter Neugier.

„Ach …" Er blickte hinaus und dann hinter sich, obwohl außer den beiden niemand im großen Saal war.

„Es ist etwas Schreckliches passiert auf diesem Schiff", erklärte Fischer, dessen Miene auf einmal sehr ernst geworden war.

2.

Fischer erzählte Billy von dem seltsamen Erlebnis mit Pupo, dem Maschinisten. Billy war eine aufmerksame Zuhörerin, die ihn nicht mit nervigen Zwischenfragen belästigte, aber dennoch wirkliches Interesse für das, was er zu erzählen hatte, zeigte. Sie saß ihm gegenüber und sah ihn mit durch ihre Brille größer wirkenden Augen an, während sie ab und zu an ihrer Tasse nippte, was langsam vergehende Wasserdampfwolken auf ihren Brillengläsern produzierte. Der junge Ober, der fast unsichtbar im Hintergrund stand, um vielleicht eine weitere Tasse eines dampfenden Getränks zu besorgen, stand still wie eine Statue – weit genug, um nichts von dem Gespräch mitzubekommen.

„Ein schrecklicher Unfall, habe ich zunächst gedacht, selbst als

Pupo von einem Mord gesprochen hatte. Ich habe das seiner Verzweiflung und seiner Trauer um seinen Freund zugesprochen. Tragisch, ja, aber eben doch ein Unfall, habe ich gedacht. Dann erzählt mir einer der rumänischen Spieler, dass die seit dem Vortag einen Spieler vermissen. Und ich denke, oh mein Gott, vielleicht gehörte die Hand gar nicht dem Maschinisten, sondern dem Spieler. Also gehe ich noch einmal zum Kapitän. Darf ich Ihnen das überhaupt erzählen?"

Erneut schaute sich Fischer um. Billy tat ihm den Gefallen, ihn nicht davon überzeugen zu wollen, dass er weitererzählen müsse. Das nahm er zum Anlass, fortzufahren.

„Egal. Also. Der Kapitän führt mich in den Sanitätsraum und zeigt mir eine Leiche."

„Was?"

„Richtig. Eine Leiche. Aber es kommt noch schlimmer. Die Kehle war durchgeschnitten. Das war also definitiv ein Mord."

„Und wer war der Mann?"

Fischers Stimme wurde zu einem Flüstern. „Gheorghe Moldoveanu. Der vermisste Spieler."

Zwei Paare betraten nun den Speisesaal. Man begrüßte sich freundlich aus sicherer Entfernung. Die Vier setzten sich an einen Tisch am anderen Ende des Saales, von dem aus man einen Blick auf die Landseite hatte. Der junge Ober setzte sich in Bewegung, ein weißes Tuch an seinem rechten Unterarm schaukelnd.

Billy starrte Fischer intensiv an. Sie empfand es als entspannend, einem Mann zuzuhören, der seine Gesprächspartner nicht offensichtlich von seiner eigenen Großartigkeit überzeugen musste. Im Gegenteil, es schien ihr so, als sei Fischer Manns genug, innezuhalten, zu zweifeln, und auf Fragen seines Gegenübers einzugehen. Ihr Vater hatte immer schnell geredet, um keine Einwände zu seinen Monologen zuzulassen. Fischer nahm er einen tiefen genießerischen Schluck aus seiner Teetasse.

„Von links nach rechts sauber durchgeschnitten." Er lächelte absurd. „Vor drei Tagen hat er mir einen Koffer auf das Schiff getragen. Und nun hatte seine Haut eine bleiche, wächserne Färbung. Das ist so …"

Immer noch schwieg Billy. Sie hob eine Hand, um den jungen Ober heranzuwinken und bestellte für sich einen Kaffee. Der makellose Mann fragte, ob die beiden nun ein Frühstücksgedeck wünschten und nach einem kurzen Blick in das Gesicht des anderen nickte sie und bestellte zwei englische Frühstücke.

„Also haben wir zwei Leichen", konstatierte Billy. Fischer nickte.

„Wie hat man denn den Fußballspieler gefunden? Und wo?"

Wieder blickte sich Fischer um.

„Nachdem mir der Kapitän Moldoveanu gezeigt hat, hat er mich in seine Privatkajüte geführt. Ich habe mich auf einen Ledersessel gesetzt, er zog es vor, stehen zu bleiben. Während er vor mir auf und ab marschierte, erklärte er mir, dass man, bevor man eine Ozeanüberquerung macht, zur Sicherheit noch einmal den Kohleantrieb überprüft. Normalerweise fährt das Schiff mit Diesel, aber es kann auch mit Kohle betrieben werden. Also wurde der Dieselmotor ausgestellt. Dann wurden Pupo und ein weiterer Arbeiter in den Kohleraum geschickt, welcher sich im Gang vor der Antriebsdüse befindet. Der ganze Raum besteht aus aufgeschichteter Kohle und einer Eisentür in der Wand, durch die man die Kohle in die Brennkammer schaufelt. Die zwei Arbeiter gehen also in diesen Kohleraum, nehmen sich die schweren Schaufeln von den Haken an der Wand und fangen an, zu schaufeln. Auf einmal stößt Pupo auf etwas. Die Schaufel greift nicht mehr. Er sticht ein zweites Mal zu, aber immer noch greift die Schaufel keine Kohle. Er merkt, dass etwas nicht stimmt und schiebt mit den Händen die Kohlen zur Seite. Darunter findet er erst ein Bein. Dann einen ganzen Mann – unseren Toten."

„Macht insgesamt zwei."

„Ja, insgesamt zwei."

„Was wird der Kapitän nun tun?"

„Genau die Frage hat er mir auch gestellt. Er schaute mich an, die Hände in den Seitentaschen seiner Admiralsjacke, und fragte: ‚Was soll ich tun, Herr Fischer?' Ich fühlte mich natürlich leicht geehrt. Offensichtlich hatte er mich irgendwie in sein Vertrauen gezogen. So wie ich Sie jetzt in mein Vertrauen ziehe. Aber Sie können schon mal nicht die Mörderin sein, da Sie ja erst gestern an Bord gekommen sind und die Morde wohl schon vor der Landung in Villefranche-Sur-Mer ausgeübt wurden."

Billy lächelte. Fischer schaute sie verträumt an, was sie etwas verlegen werden ließ.

„Auf der anderen Seite fühlte ich mich auch überfordert. Was macht man da, wenn jemand getötet wird?"

„Polizei?", entgegnete Billy.

„Das habe ich dem Kapitän auch gesagt. Und da wurde sein Blick noch trauriger. Er nickte mir zu und erklärte mir dann, dass dies ein Problem sei. Welche Polizei sei da wohl zuständig, fragte er mich, und ich wusste natürlich keine Antwort. Das Schiff sei italienisch, also müsse es die italienische Polizei untersuchen. Aber dazu müsse er umkehren. Als er mein erschrockenes Gesicht sah, lachte er auf. „Keine Angst", sagte er. „Ich weiß, dass Sie einen strengen Zeitplan haben". „Strengen Zeitplan", sagte er. Das fand ich noch lustig. Streng im Zusammenhang mit Zeitplan. Aber das brachte mich auf eine Idee, welche ich ihm sogleich mitteilte. „Kapitän", sagte ich, „es gibt doch eine internationale Polizei". Er nickte. „Ja", sagte er. „Die ICPC – die internationale kriminale Polizeikommission". Aber dann schüttelte er wieder den Kopf. Unsere nächsten Anlegehäfen seien Barcelona und Lissabon. Aber weder Spanien noch Portugal seien Mitglieder dieser Kommission. Frankreich sei Mitglied, aber das läge ja nun hinter uns."

„Schlecht", sagte Billy.

„Sehr schlecht. Sehr schlecht."

Der weißbefrackte Ober kam mit einem goldenen Servierwagen an den Tisch und deckte neben den Tellern und dem Besteck verschiedene Schalen, Töpfe und Pfannen mit Spiegeleiern, Rührei, Bohnen, Würstchen, Pilzen und Tomaten auf. Frisch getoastete Scheiben lagen neben einem lecker dampfenden, unberührten Laib Weißbrot. Eine frische Kanne Tee zierte die weiße Tischdecke, die Goldränder glänzten in der aufgehenden Sonne.

Als der Ober wieder gegangen war, flüsterte Billy: „Ich glaube, der hat sich zwischendurch seinen Frack erneut gebügelt. Keine einzige Falte im Stoff."

„Vielleicht hat er einen eckigen Körper", mutmaßte Fischer scherzhaft.

Billy prustete den Kaffee über den Teller und Fischer kicherte wie ein Schulmädchen. Die anderen Gäste blickten hinüber und ließen den Blick etwas länger auf den beiden ruhen, als es schicklich war. Das führte zu einem erneuten Lachanfall der beiden.

„Dieser Mangel an festem Boden unter den Füßen macht mich noch ganz mürbe", kommentierte Fischer, was zu einem erneuten Kichern Billys führte.

„Hören Sie auf, Herr Fischer. Der Mordfall. Wir müssen ernst bleiben."

Es dauerte sechs weitere Minuten, bis sie sich gefasst hatten. Dann ergriff Fischer wieder die Initiative: „Wenn Sherlock Holmes hier wäre. Der könnte uns helfen."

„Also ich finde diesen Holmes immer ein wenig arrogant, Sie nicht, Herr Fischer?"

Einen Löffel Bohnen in seinem Munde kreisen lassend blickte Fischer nach oben an die mit Leuchtern behängte Decke. „Nun. Er ist eben mit seinem tadellosen Intellekt seinen Mitmenschen überlegen. Das lässt ihn natürlich überheblich wirken."

„Was, wenn ich Ihnen sagte, …", fing Billy an, stockte dann aber, als Fischer seine Liebeserklärung an den Detektiv aus der Baker Street weiter ausführte. „Nehmen Sie nur den Fall …"

Billy hörte ihm nicht zu. Sie blickte auf den großen, stämmigen Mann im beigefarbenen Wollmantel, der die Treppe hochgelaufen gekommen war und sich, nachdem er sich orientierend umgesehen hatte, direkt auf den Tisch der beiden zubewegte. Fischer war immer noch am Schwärmen, als der Mann direkt vor ihrem Tisch stand und sich verbeugte. Er hatte ein großes, kantiges Gesicht mit einer großen Nase und freundlich glänzenden Augen.

„Gestatten Sie, meine Dame, mein Herr. Mein Name ist Velg, Gunter Velg. Darf ich mich zu Ihnen setzen?"

Der Mann war Deutscher. Er hatte die für Engländer nur schwer zu ertragende Eigenheit, selbstbewusst und ungeniert zu sein. Allerdings hatte er dadurch auch eine durchaus erfrischende Art, die Billy sympathisch fand. Außerdem, so sagte sie sich, war es ja nicht zuletzt die britische Verstocktheit, die sie an ihrem heimatlichen Umfeld so nervte. Er war Zahnarzt.

„Wir haben uns gestern Abend bei Tisch unterhalten", erklärte Fischer fast entschuldigend. „Herr Velg, dies ist Billy, äh, ich meine Jean Doyle." Der Neue verbeugte sich nochmals.

„Ich will Sie nicht länger stören", erklärte er, während er sich dazusetzte. „Es ist nur, ich habe das gerade gehört, dass da ein Mann .... Aber nein, Sie frühstücken ja."

Er hatte sein kratziges Deutsch in ein stockendes Englisch getauscht und kostete es offenbar aus, Wörter so deutsch wie möglich zu betonen. Billy konnte den Impuls ihrer guten Erziehung nicht verhindern. „Sie stören nicht. Und von dem Mann haben wir schon gehört, falls Sie den Toten meinen."

„Ach ja?" Velg schaute sie mit großen Augen an.

„Bestellen Sie sich doch auch etwas", unterbrach Fischer. Der Mann kam dem Vorschlag sogleich nach und erwies sich dann als äußerst geschwätziger Frühstücker. „Unglaublich. Auf diesem Schiff. Erschreckend." Nebenher stopfte er sich mit bewundernswerter Geschwindigkeit Marmeladenbrote in seinen großen Mund. Dann stand er ebenso unvermittelt, wie er gekommen war, wieder auf und verabschiedete sich höflich.

Billy und Fischer blickten ihm nach, wie er langsam unter dem roten Samt der Treppe entschwand.

„Ich habe nicht gedacht, dass das jetzt allgemein bekannt ist", sagte Fischer nachdenklich. „Oder habe ich ihm gestern Abend bei Tisch irgendetwas gesagt, ohne es zu wollen?"

„Der arme Pupo", sinnierte Billy. „Findet gleich alle zwei Leichen."

„Ja, er war schon ganz verstört, als er Trampolini gefunden hatte", ergänzte Fischer. „Aber wie kam er darauf, dass sein Freund ermordet wurde?"

3.

Der helle Dielenboden des D-Decks spiegelte auf seiner salzigen Oberfläche die vibrierende Sonne. Trotz der zunehmenden Wärme saß Billy eingehüllt in ihren Mantel und mit ihrem Topfhut, den sie nur in äußersten Notfällen abnahm, auf einem der Sonnensitze und blickte in das meditative Blau des Mittelmeers. Während ihre schwarzen Stiefel im hellen Licht leuchteten, war der Rest ihres Körpers vom Schatten der über ihr liegenden weißen Stahlplatten und -träger bedeckt. Sie dachte an den anderen Schatten, der über ihr lag.

Es war immer dasselbe. Egal, ob sie sich im heimatlichen Windlesham oder im fernen Südafrika befand – die Strahlkraft ihres Vaters überdeckte die kleine Persönlichkeit, die sie sich für sich selbst zurechtgelegt hatte. Nicht nur, dass sie unter dem Ruhm, der ihn umgab, litt – fast schlimmer war, dass sie in ständiger Versuchung lebte, sich auf ihn, den Vater und den Ruhm, zu berufen, um den Ansatz einer Identität zu fühlen. Gab es sie überhaupt außerhalb von seinem weitreichenden Arm? Sie mummelte sich tiefer in ihren Mantel. Würde Moritz, kennte er ihr familiäres Geheimnis, immer noch in so schwärmerischen Tönen von ihrem Vater sprechen, oder würde sie sich dann auch Anspielungen auf seine andere Seite anhören müssen? Würde er etwas vom Disput mit Houdini wissen wollen, würde er sich über seine spiritistischen Sitzungen lustig machen oder die Feen von Cottingley erwähnen?

Billy wusste, wohin ihr Gedankengang sie führen würde. Sie würde sich in sich selbst zurückziehen, sich und ihre Herkunft verfluchen und sich für den Rest der Reise von allem und jedem abschotten. Das nächste Mal, wenn Fischer sie begrüßte, würde sie kurz freundlich lächeln, gerade so, dass es nicht völlig unverschämt war, und dann an ihm vorbeigehen. Sie rieb mit ihren Händen an ihren Unterarmen und fing langsam zu kratzen an. Dann kreischte eine einsame Möwe vom Himmel und sie blickte hinauf, sah aber außer dem beständigen Blau nichts. Einen Entschluss fassend, stampfte sie ins Innere des Schiffes.

Sie fand ihn im Rauchersaal auf dem B-Deck. Er stand an eine der Säulen gelehnt und betrachtete die bunten Ornamente, die den oberen Deckenrand zierten: in Öl gemalte, tanzende nackte Nymphen und leierspielende Jünglinge in weißen Togen. Sein rechter Arm hing an seiner Seite, am unteren Ende qualmte eine Zigarre ihren Rauch nach oben und verschleierte so sein Antlitz. Sie hatte das Gefühl, dass ihr eigenes Gesicht ebenso von Rauch bedeckt sein müsse, so sehr schäumte sie vor Wut. Er bemerkte sie nicht, bis sie sich vor ihm aufgebaut hatte – ein seltsamer Anblick in dem von Männern dominierten Saal. Er schaute sie etwas verträumt an.

„Oh, hallo Billy."

„Es reicht. Mir reicht's. Genug ist genug."

Er lächelte weiter. „Was ist genug?"

Sie stemmte die Hände in die Hüften. „Dieses Theater. Diese Maskerade. Diese Verleumdung."

Er lächelte immer noch. „Was meinst du, Billy?"

Sie widerstand dem Impuls, ihn zu würgen. Stand er nicht für all das, was ihr zuwider war? Eine selbstverliebte Klasse von männlichen Würdenträgern, die meinten, der Welt ihren Stempel aufdrücken zu müssen? Aber er schien eher verwirrt als erbost. Sie presste ihren Kiefer zusammen und würgte einen Schrei heraus.

Und dann brach sie in Tränen aus, ohne dass sie es wollte. Kein geplantes Drama, um Mitleid zu heischen. Nur eine erbärmliche

Zurschaustellung von menschlicher Schwäche und Verzweiflung. Sie zitterte, so wie bei ihrem Lachkrampf am Morgen, der so weit weg schien. Langsam und behutsam führte er sie über den Perserteppich zu einem der Tische, während die restliche Riege der Herren, nachdem sie sich mit einem Blick des Dramas vergewissert hatten, freundlich zur Seite blickten. Er setzte sie auf einen Stuhl und schaute sie an. Sie wusste, dass sie eine von denen Frauen war, die ausgesprochen hässlich wurden, wenn sie weinten. Sie hatte das Geheimnis sorgsam eingesetzter Tränen, um Männerherzen zu erweichen, noch nicht ergründet. Sie weinte wie ein kleines Mädchen – ungeniert und haltlos.

„Also, Billy, was ist los?"

"Ich weiß genau, wie es werden wird. Es geht dann gar nicht mehr um mich. Es geht dann nur um IHN."

„Wen?"

„Meinen Vater. Sir Arthur Ignatius Conan Doyle."

Zu ihrem Entsetzen weiteten sich Fischers Augen zu einem freudigen Ausdruck.

„DEM Conan Doyle?"

Sie flennte erneut drauflos.

„Also, nicht dass es schlimm wäre." Sie weinte weiter.

„Also, ich meine, nicht dass es mir etwas ausmachen würde." Sie schluchzte auf.

„Also, ich will sagen, nicht dass ich dich mit anderen Augen sehe." Das Schluchzen ging in eine tiefere Frequenz über.

„Jeder sieht mich mit anderen Augen. Die Tochter von … Nicht Billy. Nicht Jean. Nicht die Dame. Nicht das Mädchen. Nein, nur die Tochter."

„Aber ich habe doch die Dame kennen gelernt. Und so ist es immer noch. Ich sehe Billy, keine Tochter."

Sie weinte weiter, mehr aus Unsicherheit als aus Überzeugung. Und zwischendurch schnappte sie nach Luft und ließ einzelne Verzweiflungsbrocken heraus.

„Es ist soo unfair."

„Immer nur er, er, er."

„Mit seinen blödsinnigen Ideen."

„Über die die ganze Welt lacht."

„Und wir dackeln hinterher. Alle."

„Bewundern ihn für alles, was er sagt."

„Ohh, Elfen, ja, toll. Natürlich Papa."

„Ohhh, Geister, ja klar, Papa."

„Ohh, Außerirdische, logisch, Papa."

„Wir folgen dir um die ganze Welt, natürlich, Papa."

Dann ein erneuter Ausbruch von lautem Weinen, bis die Trauer ausgeblutet war. Erst als Billy eine ganze Weile mit dem Kopf auf dem Tisch gelegen hatte und Fischer einen dicken Brocken Asche auf den Teppich hatte fallen lassen, wagte dieser, die heilige Stille zu durchbrechen.

„Die Hälfte von dem, was du gesagt hast, habe ich nicht verstanden. Aber ich kann dir versichern, dass ich nicht über dich oder deinen Vater lache."

Sie schaute ihn verunsichert an. „Wieso nicht?"

Er zuckte mit den Achseln. „Ich finde die Geschichten toll. Und ich finde dich sehr … unterhaltsam."

Sie kniff die Augen zusammen. „Was bedeutet unterhaltsam?"

„Interessant. Erfrischend."

„Weil ich die Tochter des berühmten Autors Conan Doyle bin."

„Nein, das wusste ich doch vorher gar nicht. Aber ich habe festgestellt, dass ich eine Menge nicht weiß."

Auf einmal bemerkte Billy, dass neben ihr auf dem Tisch zwei Gläser Whisky standen, die Fischer während ihres Anfalls herbeordert haben musste. Sie griff nach einem der Gläser und nahm einen tiefen Schluck. Die Eiswürfel klimperten auf beruhigende Art und Weise. Sie knallte das Glas auf den Tisch zurück.

„Du weißt zum Beispiel nicht den wahren Grund, weshalb ich auf diesem Schiff bin."

„Eine Tante besuchen?“

Sie lachte. „Nein. Mein Vater ist krank. Er hat Typhus. Und er glaubt an extraterrestiales Leben.“

„Die Organisation …“

„… für interplanetarischen Frieden und Handel, ja“, ergänzte sie. „Mein Vater wäre sehr gerne selbst mitgefahren, aber sein Zustand erlaubte es nicht.“

„Er ist Teil der Organisation?“

Sie verdrehte die Augen. „Er ist nicht nur ein Teil, sondern er finanziert sie zu großen Stücken, seitdem dieser Tarnoff ihm diesen Floh in die Ohren gesetzt hat. Jetzt fahre ich mit und sitze in ihren langweiligen Sitzungen und unterhalte mich über imaginäre Grundsätze einer Handelsbeziehung, die in den nächsten Tagen bis Jahrtausenden erwartet wird.“

Fischer zog überrascht die Augenbrauen hoch. „Man erwartet tatsächlich, in Kontakt zu treten?“

„Ja“, erwiderte Jean kurz angebunden. „Ich will nicht darüber reden. Ich habe schon genug Wahnwitzigkeiten meines Vaters erlebt und gerechtfertigt. Ich frage mich – was tue ich hier?“

„Nun, du sitzt hier und unterhältst dich mit mir.“

Sie musste, ohne dass sie wollte, lächeln.

„Du hast keine Ahnung, wie das ist.“

„Das stimmt“, sagte er bedächtig. „Wie ist das denn? So schlimm?“

„Nein“, gab sie zu. „Und ja. Es ist schlimm. Weil wir alle nur eine untergeordnete Rolle spielen. Und weil …“

„Ja?“

„Weil ich das Gefühl habe, dass die ganze Welt durchdreht.“

Fischer schaute sie an. Das Erstaunliche war, dass er nicht überlegen lächelte, nicht ihre Hand tätschelte, um ihr zu sagen, dass alles ja gar nicht so schlimm sei und morgen die Welt besser aussähe. Er schaute sie an, als verstünde er sie.

„Das habe ich ehrlich gesagt auch.“

„Wieso du denn? Wo du doch auf der Sonnenseite des Lebens stehst.“

„Ich?“ Er schien ehrlich erstaunt. Dann ergänzte er, als sei ihm eben erst ein Licht aufgegangen: „Stimmt. Ja. Ich habe ein gutes Leben. Aber du hast recht. Die Welt dreht durch. Die Wirtschaftskrise scheint das Schlimmste im Menschen hervorzurufen.“

„Von so etwas habe ich keine Ahnung. Ich weiß nur, dass die Menschen, mit denen ich zu tun habe, spinnen. Mein Vater glaubt an Geister. Meine Brüder haben nichts Besseres zu tun, als schnelle Autos zu fahren. Und meine Mutter versucht, den geballten Wahnsinn irgendwie zu kontrollieren und dabei macht sie sich kaputt. Eins weiß ich genau.“

„Was?“, fragte Fischer höflich.

„So wie sie werde ich niemals. Ich werde keinem Haufen irrer Jungs hinterherlaufen und das Chaos aufräumen.“

„Du scheinst sie nicht sehr zu mögen.“

„Ach, ich liebe sie schon. Sie sind ja meine Brüder. Aber sie sind dumm wie Stroh.“

„Dann ist also das Talent deines Vaters auf dich übergegangen?“

Sie schaute ihn verwundert an. „Talent? Welches?“

„Na, das Kombinieren – kombiniere, Watson? Das logische Denken.“

Billy schaute Fischer mit einem sehr ernsten Blick an. „Herr Fischer. Mein Vater ist Autor. Er kann nicht ‚kombinieren‘. Er hat sich das alles ausgedacht. Im richtigen Leben ist er so dümmlich wie eine Stinkwanze. Er glaubt alles, was man ihm erzählt. Vielleicht kann er schreiben, aber logisch denken?“

Sie schüttelte den Kopf.

„Eine weitere Frustration auf deiner Liste, schätze ich.“

„Was?“

„Dass die Leute deinem Vater Eigenschaften zuweisen, die eigentlich auf seine Romanhelden zutreffen und nicht auf ihn.“

„Oh ja.“

„Schade.

„Wieso?“

„Wir hätten zwei Morde aufzuklären.“

4.

Zur Verständigung wurde Englisch gesprochen. Männer und Frauen aus aller Herren Länder saßen am Tisch. Billy hatte sich am hinteren Ende in die Ecke gequetscht, was ihr ganz recht war. Das Licht des Kronleuchters senkte sich auf den perfekt in Szene gesetzten Tarnoff und seine Jünger, die ihm an seiner rechten und linken Seite huldigten. Einige der Anwesenden am Tisch kannte Billy. Da war Herr Kramer aus Karlsruhe, ein untersetzter Beamter im grauen Anzug. Die Rundheit seines Kopfes wurde nur vom geradegeschnittenen Kranz seiner Haare durchbrochen, deren Reste in einer Linie von einem Ohr zum anderen verliefen. Er trug eine metallene Nickelbrille und starrte die ganze Zeit über auf ein paar Berechnungen, die er durchblätterte. Links neben Tarnoff saß Madita Jörgensen, eine hochgewachsene Dänin, die sich für auf herrschaftliche Art und Weise schön hielt, jedoch in erster Linie alt und unmodern war, was ihr peinlicher Bob und ihr flatteriges Blumenkleid verrieten. Vielleicht war es auch nur eine skandinavische Rückständigkeit, die ihre modischen Verfehlungen erklärte, überlegte Billy, während sie beobachtete, wie die Dame etwas unbeholfen die Hand ihres Nachbarn ergriff – eines ebenso alten Soldaten, zumindest war er das in Billys Augen, da er verkrampft gerade dasaß und in militärischem Ton über bevorstehende Schritte, die zu unternehmen seien, sprach. Er war offensichtlich nicht englisch, so viel war seinem Akzent zu entnehmen, doch erst als Tarnoff sich bei ihm als Oberst von Woselitz für die Worte bedankte, ordnete sie ihn als Österreicher ein.

Neben ihr saß eine weitere jüngere Dame, die etwas runder war als sie und offensichtlich immer gute Laune hatte. Sie hatte ein schwarzes, einfaches Kleid an mit einem recht hübschen beigefarbenen Kragen und wackelte immer mit dem Kopf, als wolle sie allem und jedem ihre Zustimmung vermitteln. Gesagt hatte sie aber noch ebenso wenig wie Billy selbst. Später sollte sie sich als Brittany Carlisle, ihres Zeichens Waliserin, herausstellen.

An ihrer rechten Seite saß ein extrem gutaussehender junger Mann mit einem grünen Tweedsakko und vollem, braunem Haar. Er hatte leicht gerötete Wangen, was ihn lebendig wirken ließ. Er unterhielt sich mit dem Nachbarn an seiner rechten Seite, den Billy nicht gut erkennen konnte. Auf jeden Fall schienen sich beide prächtig zu amüsieren, da sie zwischendurch immer wieder in Lachen ausbrachen.

Insgesamt befanden sich 14 Personen an dem ovalen Eichentisch, die nun, da Tarnoff ein kleines Glöckchen schwang, ihr leises Schnattern beendeten und in gespannte Aufmerksamkeit wechselten. Tarnoff blickte bedeutungsschwer in die Runde, bevor er seinen tiefen Bass erschallen ließ:

„Frooindä. Waas fuur ain Momänt. Waas fuur aine Historiä. Wir, die hia Värsammältän, siend die Bägrühndar ainar noiän Zait. Wia siand …"

Billy merkte, wie sich schon nach dem ersten Satz eine breiige Müdigkeit in ihr breit machte. Ihre Augenlider senkten sich bleischwer herab und sie zwinkerte zweimal, um nicht schon jetzt, zu Beginn der Versammlung, negativ aufzufallen. Sie war von dem Gespräch mit Fischer immer noch aufgewühlt. Am liebsten hätte sie einen Spaziergang über die Außendecks des Schiffes gemacht, aber bei der Eröffnung der Tagung konnte sie nun einmal schlecht absagen. Wie sollte, wie konnte sie diese Besprechung durchhalten? Es gab nur eine Lösung.

„Ja, was?", fragte Tarnoff etwas irritiert, dass ihn jemand in seinen wichtigen Ausführungen unterbrochen hatte. „Ob man denn hier auch etwas zu trinken bekommen könnte, wollte ich wissen, Herr Tarnoff. Danke schön." Billy schaute ihn mit großen, unschuldigen Augen an. Sie spürte die Blicke der anderen auf sich gerichtet und war so wach, als hätte sie sich gerade unter einen Wasserfall gestellt. Besonders aber spürte sie die bewundernden Blicke ihres rechten Nachbarn auf sich, was ihr rote Flecken auf dem Hals bescherte.

„Ähh, ja. Also, gutää Idää. Oba. Wia brauchen Gätrāänkä. Sofort." Tarnoff klatschte in die Hände. Als zwei mit professioneller Effektivität agierende Kellner mit einem Rolltablett Wasser und, was gemessen an der getroffenen Wahl der Organisationsmitglieder wohl wichtiger war, hochprozentige Spirituosen serviert hatten, setzte der Russe zur Fortsetzung seiner Rede an. Er war keine drei Sätze weitergekommen, als eine männliche Stimme ihn unterbrach.

„Und vielleicht noch ein paar Kleinigkeiten zum Verspeisen? Wie heißt das auf Englisch? Snacks?"

Nun war es an Billy, ihren Nachbarn bewundernd anzusehen. Beim genaueren Hinschauen bemerkte sie, dass nicht nur die rosigen Wangen, sondern auch sein markantes Kinn und sein blitzender Blick zu seinem guten Aussehen beitrugen. Er blickte zu ihr herüber und zwinkerte ihr zu, als Tarnoff stotternd um seine Fassung rang. Die Kellner rasten erneut herbei und verrichteten ihr professionelles Werk und schon bald wurde der Tisch von zwei Etageren verziert, die üppig mit kleinen Broten, Früchten und Obst ausgestattet waren. Vielleicht kam es Billy nur so vor, aber sie hatte das Gefühl, dass Tarnoff, etwas aus dem Konzept gebracht, deutlich weniger sprach, als er ursprünglich vorgehabt hatte.

„Kommän wia nun also zu dän Fragän där Satzung."

Ein Mann, der Billy bisher nicht aufgefallen war, weil er zugegebenermaßen so unauffällig war, dass er, sobald er aufhören würde zu sprechen, wieder mit dem Hintergrund verschmolz, erhob die Stimme: „Ich denke aber, wir sollten uns zunächst noch intensiver mit der Zielsetzung des Vereins auseinandersetzen. Wir hatten da zum Beispiel noch nicht die Frage der Währung besprochen."

Billy, für die die ganze Materie, die in diesem Verein verhandelt wurde, absolutes Neuland war (ihr Vater hatte sie nur über die Grundgedanken des Vereins informiert, was ungefähr so viel war, wie der Name der Organisation bereits erklärte), fragte sich, was der Mann mit „Währung" gemeint haben könnte. Der Gutaussehende neben ihr beugte sich zu ihr und flüsterte: „Es gibt verschiedene Vorstellungen, wie der Handel mit Außerirdischen ablaufen könnte.

Manche sprechen sich für englische Pfund aus, andere für Orangen. Das ist alles sehr heikel." Billy grinste.

Inzwischen hatte Madita Jörgensen das Wort ergriffen. „Es steht doch außer Frage, dass die zur Verfügung stehenden Handelsmittel nur mit einer allgemeingültigen Währung bezahlt werden können. Das wäre ja wohl immer noch das Pfund, das dem Sturm der Weltwirtschaftskrise am wackersten standgehalten hat."

Eine dicke Frau lachte laut auf. Billy kannte sie nicht. „Weltwirtschaftskrise. Allein schon der Begriff ist ja per Vereinssatzung schon falsch. Es müsste ja wohl Erdwirtschaftskrise heißen. Die Wesen, die uns bald besuchen werden, hatten ja wohl keine Wirtschaftskrise. Daher möchte ich hier und jetzt den Antrag stellen, dass dieser Begriff aus dem Vokabular gestrichen wird. Er widerspricht zutiefst den Gedanken dieses Vereins." Jetzt fingen mehrere Personen gleichzeitig an, zu reden, bis Tarnoff wieder das Glöckchen schwang.

„Ruhhäää. Ruuuuhääää." Als sich der Trubel gelegt hatte, sprach er weiter. „Där Vorschlag ist richtig und wichtig. Wir stimmän ab." Somit war die Organisation zwanzig Minuten später um ein altes Wort ärmer und um ein neues reicher.

„Ich möchte noch einmal auf den Gedanken der Währung zurückkommen", sagte Herr Kramer nach der Abstimmung. „Mir scheint es doch wesentlich, dass eine Währung sich extremst den Wünschen und Bedürfnissen der neuen Wesen, die wir kontaktieren, anpassen müsste. Ich kann mir zum Beispiel nicht vorstellen, dass diese vermutlich hochintelligente Spezies interessiert an Geld als solchem wäre. Hier böten sich doch eher Rohstoffe wie Gold und Silber an. Oder vielleicht Diamanten."

Der Oberst sprach: „Meine Damen, meine Herren. Wir machen gerade den zweiten Schritt vor dem ersten." Alle schauten ihn an. „Wer sagt uns denn, dass diese Wesen überhaupt in friedlicher Absicht kommen werden?" Der junge Mann neben Billy flüsterte: „Wer sagt uns, dass sie überhaupt kommen werden?" Billy konnte ein Kichern nicht unterdrücken, was Gott sei Dank niemand sonst hörte.

Eine erboste Stimme aus dem Hintergrund schimpfte: „Sie verraten gerade die Grundsätze unserer Organisation." Auch Tarnoff schien leicht irritiert. „Obärst von Woselitz. Ich bädahnke mich fuur ihrän Baitrag. Abär unsara Gruundhaaltung kahn nur sain, das Gutä und Bestä zu ärwartän." Nun sprach ein blonder, bleicher Herr mit niederländischem Akzent, der sich, indem er kurz aufstand, um sich gleich darauf wieder zu setzen, mit dem Namen Fietjestol vorstellte: „Aber was ist, wenn der Oberst recht hat? Ausschließen können wir das nicht. Wir sollten zumindest einen Ansatz einer Verteidigungsstrategie haben."

„Meine Damen. Meine Herren." Billy schaute erstaunt auf die Waliserin neben ihr, die nun aufgestanden war. „Ich bitte Sie alle, sich zu besinnen. Folgendes möchte ich zu bedenken geben: Selbst wenn sich die Wesen, die mit uns in Kontakt treten werden, als nicht so freundlich erweisen, wie wir vermuten, dann stellt sich immer noch die Frage, ob und wie wir ihnen begegnen können. Aber ist dies wahrscheinlich? Nein. Die bisherigen Spuren weisen darauf hin, dass wir es mit absolut friedliebenden Freunden zu tun haben."

Nun sprachen mehrere Stimmen gleichzeitig und Billy verstand nur noch einige Satzfetzen:

„Die Funde von Sumatra weisen auf keine feindlichen Absichten hin."

„Die bisherigen Kontakte fielen positiv aus."

„Es gibt keine Beweise …"

„Wir verfügen über die stärkeren Waffen …"

„Wir dürfen diesen Wesen nicht mit Misstrauen begegnen."

Tarnoffs Glöckchen ging im allgemeinen Trubel unter. Billy versuchte, sich in dem Chaos kleine Sahnetörtchen mit Erdbeercreme vorzustellen, Nougattrüffel und bunte Zuckerbonbons. Sie wachte erst wieder aus ihren Tagträumen auf, als die Diskussion zu einem ganz anderen Problem gewandert war.

„Diese Fußballer könnten zu einem ernsten Problem werden", monierte eine Stimme, die Billy nicht zuordnen konnte. Kramer meldete sich zu Wort: „Ja, absolut. Ich werde später eine Beschwerde beim Kapitän einreichen." Tarnoff nickte. Billy, die sich irgendwie auf Moritz Fischers Seite wähnte und daher das unbestimmte Gefühl hatte, alles zu verteidigen, was mit dem runden Ball zu tun hatte, meldete sich. „Wieso? Ich verstehe nicht. Wieso sind die Fußballer ein Problem?"

Kramer blickte zu Tarnoff, der bestätigend nickte, und erklärte: „Die Besucher werden wahrscheinlich sehr sensible Wesen sein. Ich, und auch andere in unserer Runde, sind uns nicht sicher, ob die morgendlichen sportlichen Übungen nicht als Bedrohung empfunden werden könnten."

„Die Fremden könnten die Fußbälle, die geschossen werden, als Waffen sehen", fügte Matilda Jörgensen hinzu.

„Dann das ganze Getrappel."

„Dieses aufgebauschte Gebahren."

Fast alle waren sich einig, dass die Fußballer an Bord eine Bedrohung der Handelsbeziehungen darstellen könnten. Nur der Oberst meinte, dass es nicht schlecht sei, ein paar Fußballer in der Hinterhand zu haben, damit man im Kampfesfalle geschossene Fußbälle einsetzen könne.

„Nicht auszudenken, dass der Tag X gefährdet wird."

Billy ließ ihre Kinnlade fallen. „Tag X?"

Alle blickten sie nun an.

„Wussten Sie das nicht? Der Tag der Begegnung?"

Billy schüttelte schüchtern den Kopf. Jeder am Tisch schien etwas peinlich berührt, während sie innerlich ihren Vater verfluchte, der sie ernsthaft auf eine Mission gesandt hatte, in der man hoffte, fremde Wesen aus dem All zu treffen. Sie überlegte sich, was sie in das Telegramm schreiben sollte, das sie heute noch vom Schiff absenden würde, und wie sie von Barcelona nach Hause fahren könnte.

Dann, plötzlich und eindringlich, ertönte ein solcher Schrei, dass die Deckenleuchter vibrierten.

5.

Billy legte sich das feuchte Tuch auf die Stirn, wo es die pochenden Kopfschmerzen mit angenehmer Kühle ein wenig reduzierte. Sie lag auf einem roten Diwan in ihrem Zimmer und ließ die Ereignisse Revue passieren. Hätte sie gewusst, dass sie es mit einem Haufen Wahnsinniger zu tun bekommen würde, wäre sie nie auf diese verstörende Reise mitgekommen.

Auf der anderen Seite, so dachte sie, während ihre verspannten Muskeln sich langsam der schaukelnden Schwerkraft hingaben, hatte sie hier auch einige höchst interessante Menschen kennengelernt. Harry Braithwaite schien zumindest dieselbe Einstellung zu dem ganzen Unternehmen zu haben wie sie. Nachdem Brittany Carlisle das gesamte Oberdeck zusammengeschrien hatte, woraufhin der Oberst aufgesprungen war und einen Säbel gezogen hatte, welcher dummerweise Madita Jörgensens rechten kleinen Finger fast vollständig amputiert hatte, die Kellner eine Flasche Champagner in den Eiskübel fallen ließen, sodass der Korken sich mit einem lauten Knall löste und einen der Leuchter von der Decke schoss, welcher wiederum auf ein kleines Hündchen fiel, das mit einem lauten Jaulen seinen Abschied vom weltlichen Leben ankündigte, weshalb die entrüstete Besitzerin wutschnaubend mit ihrem Schirm auf die Gruppe zugelaufen kam und auf alles einschlug, was sich bewegte, als all dies in einem Getümmel von Leibern, die schimpften, schrien und maulten, mündete, da endlich schrie Billy mit ihrer jungen, aber doch tiefen Stimme: „Ruhe!“, was unerwarteterweise genau zu dem geforderten Ergebnis führte. Alle hatten sie angestarrt und als sie nicht wusste, was sie sagen sollte, da übernahm jener Mann, der sich ihr später als eben jener Harry Braithwaite vorstellen sollte, ihren Part, stemmte die Hände in die Hüften und fragte:

„Warum haben Sie geschrien, Frau Carlisle?“

„Auaauaua.“

„Nicht Sie, Frau Jörgensen. Gehen Sie aufs Krankenzimmer und lassen Sie das ansehen. Frau Carlisle?"

Nun blickten alle auf die Frau in Schwarz, die immer noch mit glasigem Blick vor dem Tisch stand und ins Nichts starrte.

„Frau Carlisle?"

„Sie haben mit mir geredet. Sie wollen nicht, dass wir uns streiten." Beschwörend blickte sie nach oben, scheinbar durch die holzgetäfelte Decke hindurch.

„Sie?"

„Die Wesen vom anderen Stern."

Als dann das ganze Chaos von den Bediensteten weggeräumt worden war, hatte sich die verzückte Gruppe um Madame Carlisle gesammelt und sie um mehr Informationen angebettelt. Diese jedoch hatte sie strikt verweigert und stattdessen eine gemeinsame Kontaktaufnahme angekündigt.

„Eine Séance. Heute Abend. In meiner Kabine." Dann hatte sie die Hinterseite der linken Hand an die Stirn gehoben und war umgekippt.

Und später, kaum hatte sie es geschafft, sich der Gruppe von Spinnern zu entziehen, war Moritz vor ihrer Kabine atemlos auf sie zugekommen. Sie war so geschafft, dass sie sich von ihm davon überzeugen ließ, später bei der Bergung der zweiten Leiche dabei zu sein. Stolz hatte er ihr verkündet, dass er den Kapitän dazu überredet hatte, sie mit in die Ermittlungen einzubeziehen.

Sie stand auf und tauchte das mittlerweile lauwarme Tuch in einen mit Eiswasser gefüllten, silbernen Kübel. Dann legte sie sich wieder auf den Diwan und fiel in einen unruhigen Schlaf.

Manchmal sind Träume ein Abbild menschlicher Sehnsüchte oder Ängste. Was Billy aber träumte, war viel zu wirr, um einem einzigen Gefühl zugeordnet werden zu können. Die Fahrt durch die Traumwelten begann bei ihr im heimatlichen Haus, wo sie in den mit Elfen im eisernen Aufzugmechanismus verzierten Brunnen, der im Garten stand, hineinblickte und ein Schiff sah, das klein und einsam über die Oberfläche tuckerte. Noch bevor sie sich versah, wurde sie in das Schiff hineingezogen, das in den Brunnen hinabtauchte und sie dann in einen die Sterne spiegelnden Ozean transportierte. Sie schwamm in einem Swimming Pool, der die gesamte Oberfläche des Schiffs bedeckte, trieb auf das Spiegelbild des Mondes zu, welcher sich auf einmal in das irre Gesicht Brittany Carlisles verwandelte. Sie versuchte, in die entgegengesetzte Richtung zu schwimmen, doch Brittanys Mund zog sich zusammen und sie saugte die arme Billy zu sich heran. Gerade als sie drohte zu versinken, griffen fischige Tentakel nach ihr und hoben sie in die schwarzen Lüfte. Mit einem leisen Schrei wachte Billy auf. Jedoch war auch der weitere Verlauf des Abends erschreckend unwirklich und sollte sich in ihrer Erinnerung als die Fortsetzung dieses facettenreichen Tages einbrennen.

Sie schaute auf die Uhr, die sie von ihrem Vater zum sechzehnten Geburtstag bekommen hatte – ein ungewöhnliches Geschenk für ein Mädchen, wie er behauptet hatte –, und sah, dass sie zu spät kommen würde. Statt sich die Haare zu richten, stülpte sie sich einen Glockenhut über und verließ die Kabine.

Sich den Hut festhaltend lief sie über die mittlerweile nur von den spärlichen Deckenlampen erhellten Holzdielen, zu ihrer Rechten das dunkle Meer. Sie ging hinein und lief die Treppen vom C zum D zum E zum F und schließlich zum G-Deck herab. Am Ende der Treppe stand ein nervöser Fischer, genauer stand er dort erst seit einer sehr kurzen Zeit, nachdem er zuvor im Versuch, seine Ungeduld zu bändigen, den kleinen Raum, den das Treppenhaus bot, auf und ab geschritten war. Dennoch schien er erfreut, sie zu sehen.

„Billy! Ich dachte schon, du kommst nicht mehr."

Nachdem sie sich erklärt hatte, eilten die beiden weiter in den Turbinenraum, wo einige schwitzende Arbeiter mit Petroleumlampen hinter der Absperrung an der stummen Turbine beschäftigt waren. Der Kapitän stand mit hinter dem Rücken zusammengefalteten Händen vor der Schalterkonsole und blickte ungerührt auf das Licht der Schweißbrenner, die eine Stahlplatte von der Tunnelwand lösten, hinter der eine schrumpelige Hand hervorragte. Billy beschloss nach dem ersten Blick auf den Ort, an dem wohl das arme Opfer ums Leben gekommen war, sich für den oberen Teil des Raumes zu interessieren. Neben dem Kapitän stand ein finster dreinblickender Mann in Offiziersuniform, der das Treiben mit der stoischen Ernsthaftigkeit einer Schildkröte verfolgte. Fischer stellte Billy sowohl dem Kapitän als auch seinem Nebenmann, einem gewissen Cavesi, vor. Nach einer halbe Stunde Schweißens (auf der Seite der Arbeiter) und (zumindest auf Billys Seite) Schwitzens riefen die verschmutzten Männer im Unterhemd den Kapitän zu sich. Die drei Männer, mit denen sie eben noch an der Wand gestanden hatte, kamen nach kurzer Zeit mit bleichen Gesichtern zurück – Cavesi wirkte gar nicht mehr so selbstzufrieden wie noch zuvor. Schlimmer allerdings erging es Fischer, der gerade noch die Zeit gefunden hatte, sich bei Billy zu entschuldigen, um einen Ausfallschritt zur Seite zu machen und durch das Gitter, auf dem er stand, in die ölige Dunkelheit zu brechen. Billy, die auf die verhärteten Gesichter der anderen Zwei schaute, wagte es nicht, eine Frage zu stellen, doch der Kapitän erklärte ihr, ohne sie anzusehen: „Dort unten war nicht mehr viel zu sehen, außer ein paar zerdrückten menschlichen Fleischteilen und Knochen. Wir haben es dann aber am Gebiss erkennen können – der Mann, der dort hineingefallen ist, war Trampolini – einer unserer Maschinisten."

„Der Fall ist klar", warf Cavesi ein, der wieder zu ein wenig Farbe im Gesicht gekommen war und es anscheinend schwer ertragen konnte, dass einer Frau der Sachverhalt erklärt wurde, während er doch die Lage fest im Griff hatte. „Trampolini hat den Fußballer umgebracht und sich dann aus Gram über seine Tat selbst auf die Turbine gestürzt." Das Gesicht des Kapitäns blieb unbeweglich und daher nicht lesbar, doch nach einer Weile nickte er und wandte sich zum Gehen. „Klingt wahrscheinlich. Wir können hier nichts mehr tun. Kommen Sie, Billy. Herr Fischer?"

Schweigend waren die Vier dann wieder auf die oberen Decks

gegangen, hatten sich an einer Treppe getrennt und Billy war weiter zum Zimmer von Madame Carlisle geeilt, was sich als größere Schwierigkeit als angenommen erwies, da diese keine Kabine der ersten Klasse besaß, sondern auf der anderen Seite des Schiffes in der zweiten weilte. Wie vereinbart klopfte sie dreimal, hörte von drinnen einen verzückten Schrei, bis jemand erklärte, dass das Klopfen nur von der Tür rühre. Dann wurde ihr geöffnet und ein Kopf auf der Höhe der Türklinke schob sich langsam nach draußen (was sie ein zweites Mal an diesem Abend an eine Schildkröte erinnerte), schaute sie mit großen Augen an, lächelte und dann ließ sie die kleine Frau, die ihr am Nachmittag am Tisch gar nicht aufgefallen war und die sich ihr auch nicht vorstellte, in den von Kerzen zart erleuchteten Raum herein, in dem sie nur die Umrisse eines besetzten Tisches und ein paar anderer Möbelstücke in der beengten Kabine ausmachen konnte.

„Sie kommen spät", murmelte eine männliche Stimme vom Tisch, die sie ebenso wenig zuordnen konnte, wie die anderen Gestalten, die sich am Tisch versammelt hatten. Sie setzte sich auf einen Stuhl, der sich wie von magischer Hand vom Tisch nach außen geschoben hatte, und blickte auf die bleichen Gesichter im Rund, die vom flackernden Licht in der Mitte in ein theatralisches Schattenspiel getaucht wurden. Seltsam farblos und abgehoben wirkten die Anwesenden – Bojan Tarnoff hatte sein eines Auge ganz auf die Decke des Raumes gerichtet, dabei schien seine Pupille die Grenzen des Augenballs durchbrechen zu wollen. Billy ergriff die auf dem Tisch liegende linke Hand einer dunklen, im Schatten liegenden Person zuerst, dann die Hand zu ihrer Rechten. Beide Hände fühlten sich kalt und klamm an und da ihr die körperliche Nähe zu Unbekannten etwas unangenehm war, schloss sie vorsichtshalber die Augen und versuchte, sich vorzustellen, im heimatlichen Garten zu sein und mit ihren Brüdern Ball zu spielen. Lange Zeit passierte gar nichts. Wenn sie zwischendurch die Augen öffnete, sah sie konzentrierte Gesichter die, wie sie entweder so weit nach oben sahen, dass sie niemand anderen anschauen mussten, oder deren Augen geschlossen waren. Die Hand, die sie in ihrer rechten Hand spürte, zuckte manchmal nervös. Dann ertönte eine Stimme – es war die von Brittany Carlisle:

„Oh, fremde Wesen von fernen Welten. Wir begrüßen euch in unserer Runde. Wir heißen euch in unserem Kreise willkommen. Wisset, dass wir in friedlicher Absicht mit euch reden wollen. Wir sind dankbare Empfänger eures Wissens. Führet uns in eure Weisheit ein."

Pause.

„Oh, fremde Wesen von fernen Welten. Wenn ihr uns hören könnt, gebt uns ein Zeichen."

Pause.

Billy hatte bisher nur von Geistern oder den Seelen der Toten gehört, die Kontakt mit den Lebenden aufnehmen konnte. Sie fragte sich, wie denn Außerirdische mit einem reden sollten.

„Oh, fremde Wesen von fernen Welten. Wenn ihr uns hören könnt, gebt uns ein Zeichen."

Pause. Die Hand zu ihrer Linken fing an, die ihre leicht mit dem Zeigefinger zu streicheln. Oder bildete sie sich das nur ein?

Es knallte.

Mindestens zwei Frauen und ein Mann schrien. Ein heller Lichtblitz durchzuckte für einen kurzen Moment den Raum und das Bild des Raumes mit dem Tisch und den erstaunten Gesichtern der Anwesenden brannte sich in Billys Gedächtnis ein. Die Dunkelheit danach war immer noch von grellem Licht erfüllt. Billy überlegte für einen Moment, ob sie eine der Schreienden gewesen war, konnte sich aber nicht richtig erinnern. Nach dem nächsten Blinzeln sah Billy, dass die ihr gegenüberliegende Wand brannte. Oberst von Woselitz hatte geistesgegenwärtig eine Sodaflasche genommen und spritzte damit die Wand nass, sodass die Flammen nach kurzer Zeit erloschen.

„Dort. Da steht was." Sie erkannte die Stimme von Harry

Braithwaite, der neben ihr gesessen hatte. Tatsächlich. Auf der ehemals weißen Wand waren schwarze Aschespuren zu erkennen. Eine krakelige Inschrift war zu erkennen. „Was steht da?“, fragte Frau Jörgensen. Billy las: „Circulus Sacrificium Occursus.“

Etwas stimmte nicht. Etwas war nicht richtig. Warum kein Aufschrei, keine Angst, keine Panik? Es war zu ruhig. Das Schiff kehrte nicht um. Es war falsch. Hatte er es falsch gemacht? War sein Plan nicht aufgegangen?

Unsinnige Fragen. Er ließ den Zeigefinger über das schwach beleuchtete Stilett fahren. Wenn es nicht genug war, dann musste noch mehr passieren. Wenn die Toten nicht reichten, dann musste es mehr Tote geben. Er schaute in den Spiegel, in der Erwartung, ein sorgenvolles Gesicht zu sehen, doch blickte er zu seiner Überraschung auf ein fest entschlossenes Grinsen. Und ja, da war auch das, was er nicht erwartet hatte: Es hatte Spaß gemacht. Es war befreiend gewesen.

Es gab also kein Zurück. Es würde mehr geben.

5. Tag, 23. Juni 1930 – Moritz

1.

Seine Hände waren wie zum Gebet auf den Innenflächen zusammengelegt. Für einen Moment spürte er seinen gesamten kalten Körper, einmal nicht schwer und füllig, sondern von der Spannung des Wassers getragen. Dann stieß er sich vom Beckenrand ab und tauchte sein Gesicht ein. Die Hände drängten das Wasser nach außen und als er mit dem Kopf wieder auftauchte und die Augen öffnete, hatte er das Gefühl, das Wasser habe ihn vom Schmutz und von den Schrecken der letzten zwei Tage reingewaschen. Er blieb heute länger im Wasser als sonst und als er aus dem Becken stieg, sah er Billy, die am Geländer stand und auf das vorbeiziehende Land blickte.

Das Wasser tropfte ihm vom Bart und er fühlte sich auf unschöne Art und Weise haarig und schwer. Hastig pflückte er sich den Bademantel vom Liegestuhl und bedeckte seinen massiven Körper. Er blickte an sich herab, um sicherzustellen, dass auch seine Brustwarzen bedeckt waren, die er für zu groß hielt. Billy drehte sich um und begrüßte ihn mit einem Lächeln.

„Sind Sie immer so früh auf?", fragte Fischer und ärgerte sich im nächsten Moment über seine Frage, da sie ihm unhöflich erschien.

„Nein", antwortete Billy, „eher früher. Ich stehe meist vor Sonnenaufgang auf."

Fischer rubbelte sich die Haare mit einem weichen, weißen Handtuch trocken, machte sich an seinen Ohren zu schaffen und hielt gleich darauf wieder inne. Er stellte fest, dass er weibliche Gesellschaft am Morgen nicht gewohnt war.

„Ich werde mich dann mal anziehen. Wann frühstücken Sie denn?" Wieder zuckte er innerlich. Seine Absicht, nicht unhöflich zu sein, konnte aufdringlich wirken, schalt er sich.

„Ich weiß noch nicht." Billy schien jedenfalls ungerührt zu sein. „Das Schiff legt um 8 in Barcelona an. Ich habe überlegt, die Pause zu nutzen, um an Land zu gehen und dort etwas zu mir zu nehmen."

Als sie die Treppe hinabgestiegen war und Fischer lange genug hinterher geblickt hatte, fochten seine inneren Geister ihren Kampf weiter. Er hätte sie fragen sollen, oder nicht? Ach Mor, dachte er, warum bist du nur so ein alter Trottel. Und dann wurde ihm klar, dass weder Billy noch die Morde für seine Verwirrung verantwortlich waren. Er musste sich, während er nun statt auf Billys auf die dunkelbraunen Landmassen starrte, eingestehen, dass er den Tiefschlag mit Smeralda noch nicht verdaut hatte. Er hatte ihren blumigen Geruch immer noch in seiner Nase und hasste sich dafür, die Erfahrung so dermaßen genossen zu haben.

Nachdem er also die Ursache für sein Leid identifiziert hatte, ging es ihm schon deutlich besser und er trottete mit dem Entschluss, die leichte Dame einfach zu vergessen, auf sein Deck und wäre auch fast unversehrter Dinge dort angekommen, als sich auf dem Gang zu seiner Kabine auf einmal eine Tür öffnete. Fischers Schreck war echt, so echt, dass er einen kleinen Schrei ausstieß und nach hinten zuckte. Dann blickte er in das leicht verwunderte Gesicht von Jules Rimet.

„Maurice? Was ist denn in dich gefahren?"

Fischer lächelte krampfhaft. „Nichts. Ich habe mich einfach nur erschrocken."

„Ich habe dich draußen auf dem Deck vorbeilaufen sehen, Maurice. Ich möchte dir etwas zeigen. Komm."

Fischer trat in eine Kabine, die ähnlich wie seine geschnitten und ausgestattet war. Nur war diese durch feste Stoffgardinen, die an Leisten an der Decke hingen, in drei Teile unterteilt. Zu seiner linken stand ein Bett, welches nur zur Hälfte sichtbar war, da die erste Gardine den Blick darauf verwehrte. Am äußeren, rechten Eck des Zimmers befand sich die zweite Gardine, die einen Schreibtisch mit einer brennenden Lampe vom Rest abtrennte. Hier musste Rimet gesessen und ihn gesehen haben. „Bist du auch schon länger wach?"

Der Präsident schien ihn gar nicht gehört zu haben. Stattdessen schaute er liebevoll auf das Bett und dann sah Fischer, dass sich seine Tochter Annette schlafend darin befand. Sie war mit dem Kopf dem Raum zugewandt und wirkte auf märchenhafte Weise schön. Ein Arm ragte über der Decke hervor – ihr Kopf lag auf der ausgestreckten Hand und sie hatte einen äußerst friedlichen Ausdruck auf ihrem Gesicht.

„Diese Schönheit. Diese Anmut. Diese Grazie."

Fischer schaute Rimet etwas verstört an. Er hatte das Gefühl, ungefragt in einen heiligen, familiären Raum eingedrungen zu sein, aber dann erinnerte er sich daran, dass es ja Rimet gewesen war, der ihn in seine Kajüte gebeten hatte.

„Diese blühende Weiblichkeit. Geschaffen für Fußballer, für Sieger. Nur einem wird sie gehören. Was sagst du, Maurice? Gefällt sie dir?"

„Nun", stotterte Fischer, „selbstverständlich. Sie ist wirklich sehr hübsch anzusehen, deine Tochter."

„Was?" Rimet blickte ihn entgeistert an. „Du Wirrkopf, Maurice. Die Trophäe – da unten."

Nun sah Fischer, was der Fußballpräsident gemeint hatte und er lief so scharlachrot an, wie er vorher im kalten Wasser bleich gewesen war. Unter dem Bett stand ein geöffneter Koffer, den Rimet hervorgezogen haben musste, um sich die Trophäe für den zukünftigen Weltmeister noch einmal anzuschauen. Die Statue strahlte eine betörende Göttlichkeit aus. Und als Fischer sie nun glitzernd unter dem Bett stehen sah (immer noch rot im Gesicht versuchte er, krampfhaft, nicht auf die Zehen zu schauen, die aus der Bettdecke hervorlugten), konnte er sich in der Tat ihrer Strahlkraft kaum entziehen. Auf einem schwarz-blauen Lapislazulistein stand eine goldene Göttin, die einen Lorbeerkranz über ihren Kopf hob. Obwohl die Konturen des Gesichts nicht zu erkennen waren, schien es Fischer, als sähe das Lächeln der Göttin durch ihn durch und würde ihm all seine Tollpatschigkeiten verzeihen.

„Wunderschön, Monsieur Le President. Wunderschön. Und das mit deiner Tochter …"

„Jaja, schon gut, Maurice. Du bist momentan etwas abwesend, habe ich das Gefühl. Ist wohl die Schiffsreise, was? Sieh zu, dass du in Südamerika wieder rund läufst, was?"

„Ja, natürlich, Jules."

„Nun lass mal die Formalitäten, lieber Freund. Schau – ich habe mir noch einmal Gedanken gemacht, was den Turniermodus angeht." Rimet nahm Fischer am Ellenbogen und führte ihn in den rechten Teil des Raumes, an den Schreibtisch. Er holte aus einer Ecke einen kurulischen Stuhl, der wie eine Schale geformt und mit rotem und weißem Stoff gepolstert war, und rückte ihn neben den eigenen.

„Vier europäische Mannschaften sind unterwegs nach Uruguay: Frankreich, Belgien, Rumänien und Jugoslawien. Die Jugoslawen kommen später mit einem anderen Schiff an. Ich hoffe zumindest, dass das auch alles so klappen wird, aber Simonović hat mir die Zusage gegeben, Maurice."

Fischer nickte. „Und haben die eine vollständige Mannschaft?"

Rimets Miene verdüsterte sich. „Ja, obwohl diese idiotischen Regionalverbände aus Zagreb, Subotica, Split und Sarajevo ihre Teilnahme verweigert haben. Streit, Maurice – überall Streit wegen verletzter Gefühle. In Brasilien ist es das Gleiche. Dort sind nur Spieler aus dem Bundesstaat Rio de Janeiro am Start."

Fischer überlegte nur kurz, ob er nachfragen solle, wieso die einzelnen Verbände nicht mitfahren sollten, entschied sich dann aber dagegen. Er hatte sich an diesem Morgen schon genug blamiert. Mit erhobenem Zeigefinger und unvermittelt strahlte Rimet ihn an: „Fußball wird die Welt besser machen, mein Lieber. Nun aber zurück zum Turnier. Der Modus muss sicherstellen, dass kein Europäer schon nach zwei Spielen nach Hause fährt. Das würden uns die Europäer niemals verzeihen. Es ist schon schlimm genug, dass sich außer den Spielern selbst niemand für diese erste Weltmeisterschaft zu interessieren scheint."

„Aber wie sicherstellen, dass die Europäer genügend Spiele bekommen?"

Rimet freute sich über das geweckte Interesse. „Es gibt, wenn die Ägypter das Schiff tatsächlich nicht bekommen haben sollten, dreizehn Mannschaften: die vier Europäer, der Gastgeber Uruguay, Brasilien, Argentinien, Bolivien, Chile, Peru, Paraguay, Mexiko und die USA. Die Ägypter wären perfekt gewesen. Dann hätten wir zwei Siebenergruppen bilden können, deren erste vier Mannschaften sich für ein Viertelfinale qualifizieren. Aber nun sind kleinere Gruppen notwendig, was wiederum im schlimmsten Falle bedeutet, dass eine der europäischen Mannschaften nur zwei Spiele haben wird. Aber zwei sind schon mal besser als eins." Rimet schaute auf den Zettel mit Kreisen und Pfeilen, die er in unübersichtlicher Zahl vor sich liegen hatte. Annette seufzte vom Bett her.

„Klingt gut, klingt gut", sagte Fischer.

„Es muss gut sein", bestimmte Rimet. „Besser als gut. So viel hängt von diesem Turnier ab, mein lieber Freund. Der weitere Verlauf dieser Welt."

Fischer war ernsthaft erstaunt. „Meinst du?"

Rimet blickte ihn an, überlegte und lehnte sich dann in seinem Stuhl zurück.

„Ich will dir eine Geschichte erzählen, Maurice. Aus meiner Kindheit." Dann machte er wieder eine Pause, blickte sich nach hinten zu seiner Tochter um und seufzte, bevor er anfing zu erzählen.

„Ich lebte in der Mühle meines Großvaters in Theuley, dem kleinen Dorf im Niemandsland irgendwo im Osten Frankreichs, als ich noch ein kleiner Junge war – sagen wir zehn Jahre alt. Ich erinnere mich noch genau an jenen Tag im Sommer. Ich saß mit dem alten Mann auf der Holzbank und wir schauten auf den Weg, der vom Dorf zur Mühle führte. Immer, wenn ich an meine Kindheit denke, habe ich als erstes diese eine Szene vor mir."

Fischer wurde auf einmal klar, dass Rimet sein Herz ausschüttete – dass er nicht irgendeine bedeutungslose Anekdote serviert bekam.

Es war die eine Erinnerung, die sein Leben definierte, die für seine Zukunft ausschlaggebend war. Der Präsident wirkte auf einmal wie jemand, der die Welt um sich herum nicht nur wahrnahm und mit kindlicher Aufnahmefähigkeit erlebte, sondern in seinem Bericht etwas von ihr zu verstehen und so ihrer Gnadenlosigkeit nicht einfach nur ausgeliefert zu sein schien.

„Die Blätter der vor dem Gartenzaun stehenden Linde bewegten sich im Wind und zeigten dadurch abwechselnd ihre saftig grüne und leuchtend weiße Seite – es war Sommer und die Luft war voll von erdigem Duft nach Land und Blumen. Eine Frau in einem weiß-roten Kleid kam den Weg vom Nachbardorf gelaufen. Ich kannte die Frau, es war Madame Bonhomme, die Witwe, deren Mann einen Laden im nächsten Ort gehabt hatte und die dadurch immer noch ein gutes Auskommen hatte. Mein Großvater mochte sie und auch sie mochte ihn. Damals hatte ich den Grad der Sympathie bei Erwachsenen noch nicht genau einschätzen können, aber ich habe schon gespürt, dass Erwachsene andere Erwachsene entweder so mögen, wie ich meinen Freund Jacques mochte, oder so mögen wie die eigenen Eltern. Großvater mochte Madame Bonhomme eher so wie Eltern und ich hatte auch immer das Gefühl gehabt, dass Frau Bonhomme immer leicht errötete, wenn mein Großvater sie angesprochen hatte. Nun kam sie also am mit schrägen Hölzern zusammengebauten Zaun der Mühle vorbei und er grüßte sie. ‚Guten Tag, Madame Bonhomme', sagte er mit tiefer, freundlicher Stimme. Und Madame Bonhomme ging weiter. Ihr Schritt wurde nicht langsamer und sie schaute nicht hinüber und für einen Moment habe ich gedacht, dass mein Opa vielleicht nicht laut genug gesprochen hatte, aber so war es nicht gewesen. Der Hall ihres Namens klang immer noch in meinem Ohr, als Madame schon nur noch mit dem Rücken zu sehen war. Und mein Opa hatte ihren Namen auch nur einmal gesagt, als kenne er das Geheimnis ihres Schweigens. Er schaute ihr lange nach und als ich, der spürte, dass eine Frage an seinen Opa, warum denn die Frau ihn nicht zurückgegrüßt hatte, nicht angemessen wäre, ihn dennoch ansah, bemerkte ich eine kleine Träne in den faltigen Augenwinkeln."

Fischer schaute den Präsidenten an und sah ein feuchtes Schimmern in dessen Augen.

„Mein Opa musste die Mühle bald abgeben. Ich kannte damals noch keine wirtschaftlichen Notwendigkeiten, wusste nichts von Großbauern oder Preiskrieg und es war auch keine dramatische Szene einer Enteignung gewesen, die mich meine Kindheit gekostet hat. Aber als ich zwei Monate später zu meinen Eltern nach Paris geschickt wurde, ging ich als Erwachsener, obwohl ich erst zehn oder elf war."

Es entstand eine Pause, die nur von Annettes zarten Schnarchgeräuschen begleitet wurde.

„Fußball verbindet, Maurice. Ich habe selbst nie Fußball gespielt. Ich konnte dem Fechten einiges abgewinnen, habe selbst auf der Planche gestanden und die Direktheit des Duells Mann gegen Mann geschätzt, die unmittelbare und tatsächliche Gefahr eines Kampfes, in dem ein Augenblick entscheiden konnte.

Aber ich habe mich von diesem Sport verabschiedet, denn es war die elitäre Exklusivität der Ausübenden, die ich so verachtet habe. Aber wenn ich durch die Straßen des Quartiers in Gros-Caillou gegangen bin und die Menschen gesehen habe, Maurice. Da haben sich mir sofort die Möglichkeiten offenbart, die in dem Spiel stecken: Spieler von unterschiedlichster Herkunft wachsen in einem Team mit einem gemeinsamen Ziel zu einer Einheit heran, die Klassen und Hintergrund vergessen lässt. Das runde Leder ist das wahre Symbol für die französischen Werte: Freiheit, Gleichheit, Brüderlichkeit."

Gerührt von seiner eigenen Rede starrte Rimet nach draußen auf den mittlerweile sanft blau strahlenden Himmel.

Fischer wollte etwas sagen, da ertönte ein dumpfer, tiefer Laut – das Schiff lief in den Hafen von Barcelona ein.

2.

Die Sache mit Smeralda hatte seinem Selbstbewusstsein nachhaltig eine kräftige Delle verpasst. Er hatte überhaupt keine Lust, irgendjemanden zu sehen, und das passte so gar nicht zu ihm. Rimet hatte ihn für seine umgängliche Art mitgenommen, für sein offenes Wesen und selbstverständlich auch wegen seiner Fähigkeit, neun Sprachen zu beherrschen. Und seit Neuestem benutzte der Fußballpräsident ihn offenbar auch als Zuhörer für seine eigene Fußballverkündigungstheologie. Fischers Wesen war momentan aber überhaupt nicht offen. Er stand am Kajütenfenster und blickte nach draußen, wo der Hafen von Barcelona mit seinen alten, rötlichen Steinhäusern an ihm vorbeizog, während sich das Schiff zum Anlegen bereitmachte. Zwei ältere Damen lehnten sich an die Reling und winkten. Fischer schloss die Augen. Er hatte keine Lust, Christophe und Langenus zu treffen, und er würde es auch irgendwie zu vermeiden wissen. Das Schiff war wieder zu einem Platz ordentlichen Getümmels geworden und in der Menschenmasse, die sich sowohl an Deck als auch am Kai bewegte, würde er ganz einfach in der Anonymität des Auflaufs verschwinden und ein paar Stunden in Ruhe in der Stadt verbringen.

Dachte er.

Wie so oft, schreibt das Leben ein anderes Drehbuch, als sich das Individuum wünscht. Das ist ja, so wird jeder sofort unterschreiben, auch gut so. Denn wo wären wir, wenn sich der ein oder andere Despot, Tyrann oder sonstige Gauner seinen Traum von weltlicher Allmacht hätte erfüllen können? Dennoch, und auch hier wird wohl der Großteil der Leser und Leserinnen zustimmen, kann so manche Abweichung von den eigenen erdachten Plänen, zumindest in ihrer Unmittelbarkeit ein wenig wehtun. Genauso war es auch für Moritz Fischer, der auf der Gangway in den überfüllten Hafen Barcelonas an einem Ärmel gezupft und in einem Blitzlichtgewitter unterschiedlichster, aneinandergereihter Assoziationen gewahr wurde, die ihm zunächst das lebendige Bild Smeraldas vor Augen führten, welches dann wiederum augenblicklich von einem mit Scham gepaarten Groll überdeckt wurde, um wieder nur allerkürzeste Zeit später dem Gedanken an Billy Platz zu machen, die er am Frühstückstisch, den er in aller Eile verlassen hatte, nicht vorgefunden hatte. Aber keine der vorgestellten Damen hatte ihn am Arm gezogen – es war Annette gewesen. Als er sich umdrehte und in ihr halb schüchternes, halb keckes Gesicht schaute, das von den blonden Haaren eingerahmt wurde, die sich in zwei frechen Zöpfen seitlich zu einer Geste der Unbeugsamkeit ausließen, war er kurz erleichtert und gleich darauf enttäuscht.

„Monsieur Fischer. Haben Sie meinen Vater oder meine Mutter gesehen?"

„Nein, mein Kind, leider nicht." Während er noch überlegte, ob er ihr anbieten sollte, ihren Vater zu suchen, hatte sie sich schon bei ihm eingehakt und trabte mit ihm auf Land herunter. Fischer war zu höflich, um sie abzuschütteln, und zu einem kleinen Teil genoss er auch das Gefühl, eine junge Dame auszuführen. Irgendwo im Gewühl sah er Smeralda, was ihn dazu veranlasste, in eine andere Richtung zu eilen. Während er ihren gelben Hut im Gewühl untergehen sah, fragte er sich, ob er eigentlich seine eigene Gesellschaft genießen würde. War er nicht unglaublich simpel gestrickt, klobig, unbeholfen und geradezu erbärmlich?

„Papa und Mama wollten mich eigentlich gar nicht mitnehmen, wissen Sie?"

„Was?"

„Meine Eltern wollten mich nicht mitnehmen. Papa sagt, die Reise sei zu gefährlich für mich."

„Nun …"

Was sollte er dazu sagen? Leere.

Welche Annette nicht zu stören schien.

„Wissen Sie, ich habe Mama und Papa einfach so lange gefragt, bis ihre Nerven am Ende waren. Das mache ich immer so. Einfach nicht aufhören zu fragen, wissen Sie, Herr Fischer?"

Fischer nickte. „Nenn mich doch Maurice. Vielleicht sollten wir dich lieber zu deinem Vater bringen …“, versuchte er einzuwerfen.

„Der ist doch raus auf die Ramblas, Herr Fischer. Er wollte ja rausgehen. Aber ich will ja ehrlich gesagt auch. Ist aber auch mal ganz schön alleine zu gehen, wissen Sie, Herr Fischer? Vielleicht treffen wir ja auch zufällig den Hugues. Der ist unglaublich nett, wissen Sie? Ein Stürmer. Hat schon wirklich viele Tore erzielt und ist die große Hoffnung.“

Fischer kannte keinen Hugues und er hatte den stillen Verdacht, dass dieser Hugues ein richtiger Protzer war, aber natürlich schwieg er.

Während sie an einem Platz, der von einem riesigen Steintor beherrscht wurde, vorbeigingen, erinnerte er sich an die Abende, die er und Rimet letztes Jahr im Mai in der katalonischen Innenstadt verbracht hatten. Schon damals hatte Rimet ihm von den kommenden Ereignissen vorgeschwärmt – nur war es damals ein entfernter Traum gewesen. Zusammen mit Enrique Buero, dem uruguayischen Gesandten des Kongresses, waren sie, nachdem Uruguay als Gastgeberland festgelegt worden war, durch die mediterranen Straßen flaniert.

„Da. Da ist er.“ Während Fischer noch in Erinnerungen schwelgte, hatte sich Annette schon von ihm losgerissen und lief über den Platz. Fischer konnte einen eher kleineren Mann mit weiten Hosen und einem engsitzenden Jackett sehen, auf den Annette zustürmte. Er überlegte sich noch, ob er ihr nachlaufen sollte, da er diesem Hugues, dessen vollen Namen er noch nicht einmal kannte, nicht ganz traute, aber mit jedem Moment, den er zögerte, wurden die Körperteile, die durch die Menge hindurchstachen, kleiner und unkenntlicher und dann war da noch ein bekanntes Lachen, das ihn sich umdrehen ließ. Und siehe da – Billy stand vor ihm. Rimets Tochter konnte auch alleine auf sich aufpassen, beschloss er und grüßte die Engländerin.

„Herr Fischer, welche Freude.“

„Waren wir nicht schon beim Vornamen angelangt?"

Billy legte den Kopf zur Seite, als müsse sie nachdenken. „Hm, vielleicht. Aber ich gehe immer lieber auf Nummer Sicher."

„Maurice."

„Billy."

„Oh." Fischer zuckte zusammen, was Billy dazu veranlasste, nachzufragen: „Was haben Sie?"

„Sie haben Recht. Wir waren noch gar nicht beim Vornamen. Naja, dann sind wir es jetzt." Beide lachten und Fischers Herz wurde gleich etwas wärmer. Sie beschlossen, gemeinsam die große Allee hinaufzumarschieren, was sie mit äußerster Gemütlichkeit taten.

„Wie war denn Ihr Treffen mit der Organisation?", brachte Fischer die Konversation in Gang.

Billy winkte ab. „Erinnern Sie mich bloß nicht daran", sagte sie. „Die ganze Angelegenheit endete in einer Séance. Wir hatten Kontakt zu den Außerirdischen."

„Wirklich?"

Billy erklärte ihm, was passiert war und welche seltsamen Wörter am Ende in die Wand eingebrannt waren.

„Das ist Latein", erläuterte Fischer. „Circulus heißt, wie Sie wissen, Kreis, könnte aber auch die Gemeinschaft sein im übertragenen Sinne. Sacrificuum ist das Opfer und Occursus bedeutet Begegnung."

Ein Mann hockte vor ihnen auf der Straße und schaute mit Raubvogelaugen auf die vorbeigehenden Spaziergänger. Er hatte eine Murmel vor sich liegen, die er unter einen Lederbecher schob, welchen er neben drei anderen hin und her bewegte. Fischer blieb interessiert stehen, während Billy weiter auf ihn einredete.

„Unglaublich war das. Alle waren vollkommen aufgelöst."

„Glauben Sie, das waren tatsächlich die Außerirdischen?"

Der Mann am Boden nahm ein Geldstück eines Passanten mit weiten, schwarzen Bundfaltenhosen entgegen und lupfte nach weiteren flinken Handbewegungen einen der Becher, auf den der Passant gezeigt hatte. Tatsächlich lag die Kugel unter dem besagten

Ball und der Spieler stand auf und gab dem anderen Mann ein paar Münzen in die Hand. Fischer schaute sehr interessiert zu und schob sich etwas weiter nach vorne.

Billy lachte. „Keinesfalls. Das war ein abgekartetes Spiel."

Fischer kramte in seiner Hosentasche, stellte aber fest, dass er überhaupt keine Peseten bei sich trug. Offensichtlich hatte der Mann am Boden dies mitbekommen und er deutete auf das Revers des stämmigen Ungarn. „Ihre Uhr", sagte er. Fischer schüttelte den Kopf und lachte.

„Wenn Sie wollen, habe ich etwas", sagte Billy, „allerdings würde ich Ihnen davon abraten." Fischer hielt die Hand auf und gab die Münzen, die ihm Billy in diese drückte, direkt an den ernst blickenden Mann vor ihm weiter.

„Das scheint mir eigentlich ganz einfach zu sein, hier zu gewinnen", sagte er. „Der Mann ist zwar schnell, aber ich habe ein sehr gutes Auge."

„Schon", warf Billy ein, „aber manchmal ist das, was einfach scheint, in Wahrheit ganz anders, als man denkt."

Fischer grinste breit, als er den verdoppelten Betrag vom Spieler zurückbekam, nachdem er auf den richtigen Becher gezeigt hatte.

„Sehen Sie?"

Der Mann spielte weiter und ein anderer Zuschauer mit einem großen, braunen Hut setzte einen Geldschein ein. Wieder gewann der Zuschauer. Der Spieler schien ernsthaft verzweifelt. Fischer nahm seine goldene Taschenuhr aus der Jackentasche und fragte, was er dafür bekäme. Für einen kurzen Moment leuchteten die Augen des Mannes am Boden auf. Er zog ein goldenes Feuerzeug aus seiner Tasche.

„Tun Sie das nicht, Moritz, ich beschwöre Sie. Ihre Uhr ist sonst weg." Fischer lachte laut. Er war gerade dabei, seine Hand auszustrecken, als Billy ihm zu seinem Erstaunen die Uhr aus der Hand riss und dann die Hände in die Hüften stemmte. „Moritz, diese Männer sind Betrüger."

„Männer?“, fragte Fischer ziemlich verstimmt. „Das ist doch nur einer. Und der ist nur ein einfacher Taschenspieler.“

Bevor die beiden noch weiterdiskutieren konnten, überschlugen sich die Ereignisse. Der Mann mit dem braunen Hut, der eben noch Geld gewonnen zu haben schien und hinter ihr gestanden hatte, fing auf einmal an, an Billys Arm zu zerren. Als diese sich umdrehte und dem Mann eine klatschende Ohrfeige gab, trat der Mann mit der weiten Hose von hinten auf Billy zu und fasste nach ihrem anderen Arm. Beide rüttelten an ihrer Faust, in der sie die Uhr festhielt. Der Spieler war mittlerweile aufgesprungen und holte mit einem Arm aus, offensichtlich, um Billy einen Faustschlag zu verpassen. Fischer, zunächst einfach nur erstarrt, mittlerweile die Kraft des Schocks für einen Sprung in das Getümmel nutzend, ließ einen tierischen Schrei los, der sich erst am Ende seines Luftzuges zu den Vokalen „u“ und „a“ verformte. Ob er damit seine Uhr meinte oder einfach nur animalische Urinstinkte einsetzte, wusste er später selbst nicht mehr. Es war jedenfalls, als würde ein Wal in ein Schwimmbecken springen. Das Ergebnis war, dass auf einmal vier Menschen am Boden lagen und sich ineinander rollten, bis der schrille Ton einer Trillerpfeife den Tumult für eine Sekunde unterbrach.

Aus irgendeinem Grunde verfällt der Mensch beim Hören einer Trillerpfeife – so wie jeder Fußballer hundertfach in einem Fußballspiel – in eine Alarmbereitschaft, die ihn in dem, was er gerade tut, innehalten lässt. Genauso löst das schrille Pfeifen bei den meisten auch einen Fluchtreflex aus, dem besonders dann schwer zu begegnen ist, wenn die gesamte Umgebung, in der man sich befindet, ebenfalls die Beine in die Hand nimmt und sieht, dass sie schnellstens davonkommt. Ruckzuck löste sich die kleine Menschenmenge, die sich eben noch wie magnetisch an einem Punkt festgesetzt hatte, in eine wilde Masse von laufenden Beinen auf. Fischer, anfangs noch etwas benommen auf dem Boden liegend, sah Billys schwarzen Mantel gerade noch an einer Häuserwand entlanglaufen, um dann in eine kleine Ecke abzubiegen, was ihm ermöglichte, hinterherzulaufen, ohne sich umzublicken. Die in dunkle Fracks gekleideten Ordnungshüter, Vertreter der Mosso d'Esquadra, liefen die Allee von der Meerseite kommend hinauf und verteilten sich in alle Richtungen, doch Fischer bekam sie nie zu Gesicht, weil er mittlerweile in die kleine Seitengasse gerannt war, wo er wiederum nur für den Bruchteil einer Sekunde Billys Antlitz wahrnahm, die sich im Laufen den Glockenhut hielt, um dann in eine weitere Gasse einzubiegen. „Warte", keuchte Fischer, lief hinterher und fand sie tatsächlich vorsichtig aus einem Hauseingang blickend vor. Eine alte Dame in schwarzem Kittel, die vor einem Haus auf einer Holzbank saß, nickte den beiden freundlich zu, und als aus der Ferne der wiederholte Ton einer Trillerpfeife ertönte, nahm Billy Fischer an der Hand und lief über ein glänzendes Kopfsteinpflaster weiter. Sie bogen um zwei weitere Ecken, liefen über einen kleinen, mit Platanen verzierten Platz, auf dem Bauern Obst und Gemüse anboten, rannten an einem Arien trällernden Gesangsduo vorbei, was Fischer an Smeraldas Hand auf seinem Knie erinnerte, bis sie schließlich, sich an einer Gruppe spielender Kinder vorbeiquetschend, die Tür zu einer kleinen Kaschemme öffneten und sich schnaufend an den letzten freien Tisch setzten.

Das Erste, was Fischer bemerkte, war, dass sich an diesem Ort fast nur Männer aufhielten. Der vordere Tisch, den sie passiert hatten, um zur Ecke zu gelangen, war besetzt mit Matrosen unterschiedlichsten Alters und verschiedenster Statur. Am einzigen Fenster des kleinen Lokals saßen zwei Herren mit Fracks und Zylindern, die mit ernstem Ausdruck auf die vor ihnen stehenden Becher starrten. Am verbleibenden Tisch saß ein unglaublich fetter Mann im weißen Hemd auf einer Bank, an dessen Schulter sich ein hübsches Mädchen mit tiefschwarzen Haaren und einer weißen Bluse lehnte. Mit einer Handbewegung bot Fischer Billy den Platz auf derselben Bank, aber weiter rechts am anderen Tisch an und setzte sich ihr gegenüber auf einen klapprigen Stuhl.

Nachdem beide tief Luft geholt hatten, fingen sie gleichzeitig an, zu lachen. „Oh mein Gott", fing Fischer an, nachdem er sich über die schwitzende Stirn gestrichen hatte, „das war knapp. Aber meine schöne Uhr. Sie war ein Erbstück von meiner Mutter."

Billy schaute böse. „Und die wollten Sie diesen Gaunern überlassen." Fischer setzte eine quälende Miene auf. „Habe ich ja letztlich auch. Ich bin so ein Dummkopf."

„Aber ein liebenswerter Dummkopf", kommentierte Billy, die die Hand mit der goldenen Uhr auf den Tisch legte.

„Sie haben sie!" Fischers Miene hellte sich auf.

„Natürlich habe ich sie. Ich lasse doch nicht zu, dass irgendwelche Straßentaschenspieler Ihnen Ihre schöne Uhr wegnehmen."

Fischer griff nach der Uhr und umfasste dabei Billys Hand, was ihn etwas erröten ließ. Selbst die sonst so selbstsicher wirkende Billy schien für einen Moment gelähmt zu sein, dann ließ sie ihre Finger aus der Umklammerung entgleiten. Zur rechten Zeit öffnete sich eine schief hängende Holztür und ein grimmig dreinblickender Mann mit Schürze und wenigen Haaren auf dem Kopf betrat den Schankraum. Auf einem Tablett hatte er eine Karaffe und drei Keramikschalen, die er zum vorderen Tisch trug. Dann stampfte er zurück und baute sich vor dem Tisch der Neuankömmlinge auf. Fischer verstand eigentlich kein Wort von dem, was der Mann sagte, aber nichtsdestotrotz bestellte er eine Karaffe Wein. Der grimmige Mann nickte nur und verschwand wieder dorthin, von wo er gekommen war, hinter die kleine Holztür.

„Oh, Billy. Fast hätte ich dieses gute Ding aufs Spiel gesetzt."

„Dafür haben Sie ja mich", strahlte Billy ihn an.

„Ich habe Hunger", stellte Fischer auf einmal fest, was Billy zu einem erneuten Lachen brachte. Sie bestellten sich etwas zu essen und bekamen einige Zeit später ein wenig Weißbrot und eine Wurst auf einem Brettchen serviert. Während Fischer die Wurst sorgsam mit dem Messer zerteilte, kam Billy noch einmal auf ihre Séance zurück.

„Gemeinschaft, Opfer, Begegnung. Was könnte das nur bedeuten?"

„Wir gehen ja mal davon aus, dass keine Außerirdischen dies geschrieben haben, oder?"

Billy nickte.

„Könnte es daher nicht einfach sein, dass derjenige, wer auch immer das war, der das geschrieben hat, ein paar mystisch klingende Worte formuliert hat?"

„Sie meinen, um einen dramatischen Effekt zu erzielen?"

„Ja", erklärte Fischer. „Man könnte sich nur fragen, was das ganze Hokuspokus überhaupt soll."

Billy schaute aus dem Fenster. „Nun. Die Organisation lebt von dem Glauben ihrer Mitglieder. Wenn dieser Glaube bestätigt wird …"

„… dann springen auch keine Mitglieder ab", vollendete Fischer den Satz. „Aber jetzt noch mal etwas ganz anderes. Was halten Sie von den zwei Toten im Maschinenraum?"

„Ebenfalls mysteriös", sagte Billy und drehte dabei wieder ihren Kopf in Fischers Richtung. „Cavesis Theorie klingt mir nicht logisch."

„Dass Trampolini den Rumänen umgebracht hat?"

„Ja. Erst einmal müsste man sich fragen, weshalb er so etwas tun sollte. Die zwei können sich unmöglich gekannt haben."

„Vielleicht hat Gheorghe Trampolini dabei erwischt, dass er etwas Verbotenes getan hat?"

„Dann aber der ‚Selbstmord' von Trampolini. Der würde sich, da er seine Maschinen kennt, doch niemals in diese furchtbare Walze stürzen."

„Unwahrscheinlich", bestätigte Fischer. „Nun, jedenfalls bin ich froh, dass die Sache damit beendet ist."

„Glauben Sie?", fragte Billy. Ihr Blick ging durch Fischer hindurch, als sähe sie etwas in einer unbestimmten Entfernung, das ihr Angst machte.

3.

Sie waren noch durch die engen Gassen der Altstadt gelaufen, genossen die warme Sommerluft und die zitrische Frische, die wie ein Versprechen duftete, genossen das fremde, lebendige Stadtleben in seinen vielfältigen Facetten, als Fischer, während sie um die Ecke einer dieser Gassen liefen, die Spätnachmittagssonne direkt ins Gesicht fiel und er für einen Moment geblendet war.

„Oh, verflixt", keuchte er.

„Was ist?", fragte Billy.

„Das Schiff."

„Was ist mit dem Schiff?"

„Es sollte um zwei auslaufen."

Fischer nestelte an seiner Uhr und legte einen entsetzten Gesichtsausdruck auf.

„Es ist drei." Sie hechteten los, im Laufen bemerkten sie, dass sie gar nicht wussten, in welche Richtung sie laufen mussten. Diesmal nahm Fischer Billys Hand, während er halb seinem Instinkt und halb der Senkung des Bodens in Richtung Meer folgte. Als sie dann eine gefühlte Ewigkeit später und deutlich atemloser endlich am Ufer ankamen, mussten sie feststellen, dass der Hafen noch um Einiges weiter westlich lag und sie am Ufer weiterlaufen mussten. Vereinzelt lagen Schiffe auf dem friedlich schimmernden Meer, das zu ihrer Linken war. Beim Hafen selber, dessen ziegelsteinrote Häuser nun auf ihrer Seite im Schatten standen, wühlten sie sich durch die Menschen, die über die Kais flanierten, bis sie schließlich vor dem großen Metallriesen angekommen waren. Zu seiner Freude und Überraschung sah Fischer, dass die Gangway immer noch ausgelegt war und ein in weiß gekleideter Steward – im Näherkommen sah Fischer, dass es sich um Cavesi handelte – auf die Uferpromenade schaute.

„Da sind Sie ja!" Cavesi war einer dieser einfachen, leicht durchschaubaren Wesen, die einen einzigen, aber dafür umso festeren Orientierungspunkt in ihrem Leben haben: Hierarchie. In einer festen Ordnung, in der sie nach oben demütig tun können, damit sie nach unten umso heftiger austreten, fühlen sich diese Art von Menschen so wohl wie ein Fisch im Wasser. Daher ist für sie eine Vermischung von klaren Beziehungsstrukturen so etwas wie die Tür zur Hölle. Cavesi stockte einen Moment, da er eben als Steward gesprochen hatte, der sich aufgrund seiner Position berechtigt fühlte, einen zu spät kommenden Passagier zurechtzuweisen, weil dieser offensichtlich die Zeit verpasst hatte. Im selben Moment, als er aber seine Zurechtweisung ausgesprochen hatte, wurde ihm klar, dass es sich bei Fischer um eine honorige Person handelte, der er mit entsprechendem Respekt begegnen musste. Er legte also gleich nach dieser unpassenden Ansprache ein äußerst breites und falsches Grinsen auf, was Fischer viel eher aufstieß als die seiner Meinung nach zurecht ausgesprochene Maßregelung.

„Oh je. Es tut mir so leid. Vielen Dank, dass Sie auf uns gewartet haben. Wie überaus peinlich." Cavesi versuchte es mit falscher Demut: „Nein, nein, Herr Fischer. Das ist in Ihrem Falle ja gar kein Problem. Ich bin mir sicher, dass Sie gute Gründe hatten für Ihre Verspätung." Fischer konnte sich ein Grinsen nicht verkneifen.

„Außerdem sind Sie ja nicht die einzigen, die sich verspätet haben. Und nicht die letzten. Wir warten immer noch auf diesen französischen Fußballer." Jetzt hatte Cavesi wieder vertrautes Terrain betreten.

„So?", fragte Fischer. „Wen denn?"

Cavesi schüttelte ungeduldig mit dem Kopf. „Ach, irgend so ein Mensch namens Brasson. Hugues Brasson."

Fischer stutzte. „Sagten Sie Hugues Brasson?" Cavesi hatte den französischen Vornamen auf eine abgehackte italienische Art ausgesprochen. Er nickte etwas genervt.

„Kommen Sie." Fischer zog Billy am Ärmel und drängte sie die Gangway hinauf.

„Was haben Sie denn, Moritz?"

„Ein ungutes Gefühl."

Fischer kämpfte sich an Papiergirlanden vorbei, die für die Abfahrt schon von den verschiedenen Decks in Richtung Kai geworfen worden waren und nun wie Spinnenweben über der eisernen Hülle des Schiffs lagen. Er zog Billy mit ins Innere, bis sie auf den ihm bekannten Gang kamen und an Rimets Tür klopften. Als sich niemand meldete, legte Fischer seinen Kopf an die Tür und nach kurzer Zeit öffnete er sie. Billy zögerte ein wenig, konnte dann aber ihre Neugier nicht zähmen und kam mit ins Zimmer.

Auf dem Bett saß Annette, die weinend den Kopf in ihren Händen hielt.

Fischer ging vorsichtig auf sie zu und legte ihr die Hand auf die Schulter, was sie noch lauter schluchzen ließ.

„Wo ist dein Vater?“, fragte er leise. Sie schüttelte nur mit dem Kopf.

„Was ist passiert?“ Nun ließ sie einen kurzen, spitzen Schrei heraus.

Fischer gab ihr ein wenig Zeit. Billy ging in das Zimmer herein und bestaunte die üppige Ausstattung. „Habt ihr aber schöne Lampen“, sagte sie etwas selbstvergessen.

„Nicht wahr?“, bemerkte Annette vom Bett aus in gebrochenem Englisch.

„Wunderschön“, meinte Billy, die dann die Vorhänge, die den Raum trennten, mit zarten Händen betastete. „Ist das Seide?“

Annette richtete sich im Bett auf und rieb sich die roten Augen. „Ich glaube schon. Viel schöner, als die Kleider, die ich anhabe.“

„Aber Kind!“ Billy drehte sich zu Annette um. „Du hast wundervolle Sachen an.“ Annette schniefte. Nun räusperte sich Fischer. „Hör mal, Annette.“ Er machte eine kurze Pause, um zu überlegen, wie er sich ausdrücken sollte. „Du warst doch vorhin mit diesem Hugues zusammen in der Stadt.“

Billy, die nichts von dem Französisch verstanden hatte, das Fischer benutzt hatte, blickte diesen böse an, als Annette wieder in Tränen ausbrach. „Bitte Annette“, flehte Fischer. „Sag‘ mir, was passiert ist.“ Die Angesprochene blickte zu Billy hoch, welche sie verständnisvoll anschaute, als wolle sie im geheimen Einverständnis aller Frauen sagen, dass auch dieses Exemplar der Gattung Mann zwar etwas beschränkt und dümmlich wäre, aber dennoch recht nett und vertrauenswürdig. Wieder schniefte Annette. Als sie in der nächsten Minute schwieg, dachte Fischer schon, sie würde nichts mehr sagen, aber dann sprudelte es aus ihr heraus.

„Wir sind zusammen durch die Stadt gegangen. Er war so nett und freundlich zu mir. Und hat mich behandelt wie eine Dame. Er hat mich auch … geküsst.“

Fischer vergaß seine väterlichen Schutzgefühle und drängelte: „Und weiter?“

„Er ging mit mir in einen Teil der Stadt, wo nichts los war. Auf einmal war niemand mehr auf den Straßen. Aber es war egal. Er war ja da. Dann sagte er, er würde mit mir gerne in einen Garten gehen, damit wir die Blumen sehen könnten. Also gingen wir weiter und schauten immer wieder in die verschiedenen Innenhöfe hinein und lugten über die Mauern, damit wir unsere Ruhe haben könnten. Nach einer Weile …“ Annette ließ ein lautes plötzliches Schluchzen heraus, gefolgt von einem neuen Anflug von Tränen. „Nach einer Weile sind wir an ein Haus gekommen, das hinter einer großen Steinmauer lag und einen riesigen Garten hatte. Hugues legte den Finger auf den Mund und bat mich, vor der Mauer zu warten, bis er nachgeprüft hätte, ob jemand im Garten sei. Ich wartete also draußen. Und dann …“

„Und dann?“ Fischer hatte sich neben ihr aufs Bett gesetzt. Billy saß auf der anderen Seite und hielt ihr die Hand.

„Dann war da dieser fürchterliche Schrei. Ich glaube, es war sein Schrei. Dann gab es komische Geräusche – ein Getümmel. Und dann Hugues‘ Stimme. Er rief: ‚Annette, lauf weg‘. Und dann wieder ein furchtbarer Schrei.“ Sie brach erneut zusammen und hielt ihren Kopf, der nur knapp über ihrem Schoß lag, mit beiden Händen fest.

4.

Ein orangener Schimmer lag über der Stadt, als sie durch die Straßen marschierten. Fast hätte Annette die gekrümmte Straße nicht mehr gefunden und vielleicht wäre das sogar besser gewesen, dachte Fischer später. Sie waren einige Seitenstraßen zur Ramblas abgelaufen, immer mit dem Ergebnis, dass eine verzweifelte Annette wieder auf die mit Menschen befüllte Allee zurückkehrte und erklärte, dass sie nun doch zurück auf das Schiff wolle. Dann aber hellte sich ihre Miene für einen kurzen Moment auf und ein Anflug von Triumph überdeckte das Gefühl der Angst, das immer noch in ihr tobte. Das Kind deutete nur den Carrer de Sant Sever hinauf, eine kleine Seitengasse, weigerte sich aber, die Straße selbst zu betreten. Rimet, immer noch nicht willens, zu verstehen, warum sein Kind so aufgewühlt war, blieb mit ihm an der Ecke zum Carrer dels Bany Nous stehen, während Fischer, Billy, Raoul Caudron, der Übungsleiter der Franzosen, und der zweite Kapitän, ein Mann namens Calmar oder Calamai – Fischer konnte sich weder den Namen, noch den Mann merken, wenn er ihm später auf dem Schiff begegnen würde – die Straße abliefen, um eine entsprechende Steinmauer mit einem entsprechenden Garten zu finden.

Die meisten Häuser lagen direkt an der Straße, sodass Fischer schon glaubte, dass sich Annette getäuscht haben müsste, und für einen kurzen Moment hegte er sogar den Verdacht, dass die gesamte Geschichte ausgedacht war. Allerdings hatte, nachdem Fischer bei Rimet Alarm geschlagen hatte, auch tatsächlich niemand seiner Mitspieler Brasson gesehen, nachdem er das Schiff verlassen hatte. Fischers Bedenken, was Annettes Glaubwürdigkeit anging, bekamen einen deutlichen Dämpfer, als er eine im untergehenden Sonnenlicht rötlich gefärbte Mauer sah, die zu einer Gartentür aus Eisen führte, welche geöffnet stand. Caudron stürmte als erster durch das Tor und befand sich auf einem schmalen Kiesweg, der eine hübsche Wiese umrundete, in deren Mitte ein großgewachsener, mit violetten Blüten übersäter Judasbaum stand. Der Anblick dieses kleinen bezaubernden Gartens hatte etwas Anmutiges, fast Heiliges, was durch den schlafenden Mann, der mit dem Rücken an den Baum angelehnt war, noch verstärkt wurde. Caudron lief auf den Baum zu und rief dabei: „Hugues?“ Fischer gefror, als er ebenfalls am Baum angekommen war, wo der Trainer in stummer Versteinerung stand, und das Blut sah. Der Mann, der an den Baum gelehnt war und dessen Oberkörper von der Hüfte aufwärts nach rechts abknickte, hatte die Augen geöffnet. Fischer hätte ihn von der kurzen Begegnung am Mittag nicht wiedererkannt, aber es gab keinen Zweifel, dass es sich um Hugues Brasson handeln musste. Was den Anblick so schauderhaft werden ließ, dass Fischer seine Hand ausstreckte, um Billy davon abzuhalten, näher zu kommen, waren seine Augen. Er starrte wörtlich ins Nichts. Obwohl die Augen geöffnet waren, besaß der Mann keine Pupillen mehr, stattdessen sah Fischer zwei Löcher, aus denen sich zwei rote, vertrocknete Linien über das Gesicht ihren Weg bis zum Hals des Mannes geebnet hatten, wo sie in einer kleinen Pfütze in der Kuhle zwischen dem Schlüsselbein endeten.

„Heilige Mutter Gottes“, keuchte Caudron. Der zweite Kapitän deutete auf das geöffnete Jackett, das ein weißes Hemd darunter offenbarte, welches von roten Punkten befleckt war.

„Überall Einstiche“, stellte Fischer fest.

„Vielleicht sollten wir die Polizei rufen“, sagte Billy, die sich interessiert die Leiche ansah.

Ob es dieselben Beamten der Mossos d’Esquadra waren, die die sich immer noch im Schock befindliche Gruppe zum Schiff brachte, wie die, die sie am Nachmittag verfolgt hatten? Die Bäume der Allee warfen lange Schatten, als sie nach Aufnahme der Personalien und Erläuterung durch die schattigen Gassen stapften. Während sie an das Ende der Ramblas kamen, sah Fischer zum ersten Mal bewusst auf das riesige Monument, das den Platz beherrschte. Er legte sich die flache Hand an die Stirn, damit er auf die Spitze der Säule blicken konnte, die sich vor ihm erhob. Da die hohe Steinsäule bereits im Schatten des Abends lag, wurde die Figur, die auf ihrer Spitze thronte, noch in goldrotes Licht getaucht.

„Wer ist das?", fragte er in die Runde. Einer der in Schwarz gekleideten Beamten sagte etwas von „Colom" und dann erinnerte sich Fischer. Dies war Christopher Kolumbus, der seine Hand in Richtung Genua ausstreckte, seiner Geburtsstätte. „Kehr um", sagte der steinerne Kolumbus, „Kehrt alle um nach Genua." Und es war der bettelnde Ton der eingebildeten Stimme, die Fischer einen Klumpen im Magen verursachte.

5.

Die Stimmung war miserabel. Die Spieler hockten vor ihren üppig bestückten Tellern im prachtvoll mit Blumen geschmückten Saal und stocherten lieblos in ihrem Essen herum, schauten gedankenverloren an die Decke oder auf die kristallenen Leuchter oder mit einem Ausdruck von Misstrauen auf die Nebentische, an denen die Mannschaften der anderen zwei Nationen saßen. Die Rumänen beäugten die Franzosen misstrauisch, die Franzosen die Belgier und die Belgier saßen in einer Mischung aus Trotz und Angst auf ihren Sesseln und schütteten Wein in sich hinein. Man hätte fast meinen können, die leichten, aber konstanten Vibrationen, denen sich alle ausgesetzt sahen, kämen aus den Spielern selbst und nicht vom Schiffsmotor.

Die Mannschaftsbegrüßung nach der Abfahrt war holprig und mühselig verlaufen – das Gerücht über das Ableben Brassons hatte schon die Runde gemacht. Aus einer unsinnigen Feindseligkeit heraus verdächtigten die Rumänen die Franzosen des Mordes an Moldoveanu, obwohl diese noch gar nicht an Bord gewesen waren, als die Tat verübt wurde. Gleichermaßen bemächtigte sich den Franzosen das Gefühl, hintergangen worden zu sein, als sie vom grausamen Tod ihres eigenen Mitspielers gehört hatten. Alle waren bestürzt – der FIFA-Präsident, der Kapitän und sogar die ohnehin demütig dreinblickenden Bediensteten schienen den Blick noch tiefer gen Boden zu richten als sonst schon. Doch das alles half nichts, um der Mannschaft den Einstieg ins Leben an Bord zu erleichtern – ein Leben, das eigenen Gesetzen folgte und menschliche Emotionen und Abgründe wie durch ein Brennglas zu vergrößern schien.

Als also einer der Franzosen sein Glas erhob, um auf Brasson zu trinken und die entsprechenden Toasts nur vom Tisch der Landsleute kamen, welche dann wiederum ihr Heimatland mit einem weiteren Trinkspruch hochleben ließen, verführte dies die Belgier dazu, auf ihr Vaterland zu trinken. Das wiederum konnten die Rumänen nicht ohne einen Toast für ihr Königreich durchgehen lassen, worauf die Franzosen sich erhoben, um erneut der Trikolore ihre Ehre zu erweisen. So war es dann ein vereinzelter, aber doch unüberhörbarer Rülpser vom belgischen Tisch, der für die Eskalation sorgte.

Fischer putzte sich gerade die dunkelbraune Rindfleischsoße von der Wange, als er sah, wie einer der Franzosen einen Belgier mit einem gezielten Fausthieb zu Boden streckte. Die Belgier stürmten auf die Franzosen zu, und da die Rumänen das Gefühl hatten, in dieser Sache und in ihrer Trauer vollkommen übersehen worden zu sein, mischten sie auch schlagkräftig mit. Fischer versuchte, im Gegensatz zu Rimet, der den einzelnen Kämpfern beschwichtigend auf den Rücken tippte und darum bat, vernünftig zu bleiben, gar nicht erst, den Kampfeshandlungen Einhalt zu gebieten. Bald war der Saal von schreienden, schimpfenden, boxenden, schubsenden und tretenden Fußballern überfüllt, was die noch anwesenden Damen zu einer unter Quietschen und Schreien und von ihren beschwichtigenden Männern begleiteten Flucht animierte. Ein paar der anwesenden Herren schienen das Treiben interessiert zu verfolgen, die Ober räumten gefährdetes Porzellan zur Seite, bewahrten den ein oder anderen Teller davor, als Wurfobjekt missbraucht zu werden, hoben weggerollte Gläser vom Teppich auf, ohne sich weiter in die Auseinandersetzung einzumischen. Fischer rang mit sich. Er sah sich aufstehen, um ein lautes „Silence“ herauszubrüllen und eine flammende Rede für die Friedfertigkeit und den Zusammenhalt zu halten, aber der menschliche Instinkt der Zurückhaltung hielt ihn davon ab. Oder war es schlicht Neugierde? Wollte er unterhalten werden? Dann ebnete sich ein anderer, wilder Gedanke den Weg in seinen Kopf: Er sah sich sein Anzugjackett ausziehen und sich ins Getümmel stürzen, um selbst bei der Prügelei mitzumachen.

Doch im nächsten Moment hatte Fischer auf einmal den interessanten, für ihn vollkommen neuen Gedanken, dass das Leben aus einer Aneinanderreihung von Stimmungen besteht, nicht etwa aus materiell bedingten Momenten. Der Mensch war keineswegs ein stofflich gebundenes Wesen, sondern ein flüchtiger Gedanke, der sich in die Unendlichkeit fortsetzte. Und als er diese seltsamen Gedanken hatte, die sich im Getümmel der Saalschlacht abspielten, beschloss Fischer, zu gehen.

Er sah beim Verlassen des Raumes Smeralda, die am Tisch saß und scheinbar unbeteiligt, aber auch irgendwie traurig das Geschehen betrachtete. Er wäre jetzt und hier in der Lage, zu ihr zu gehen und ihr zu sagen, dass er sie trotz ihres Berufes liebte, aber eine andere Macht, eine Idee von Unendlichkeit, hatte sich seiner bemächtigt und so ging er in die sternenbeschienene Nacht hinaus, sog die frische Meeresluft ein und steuerte gedankenverloren und magnetisch angezogen auf die Treppe zu, die ihn ein Deck tiefer führte.

Die Nacht war wärmer, als er den Tag in Erinnerung gehabt hatte, er tastete sich an der Reling entlang, lief über gewienerte Holzdielen, ging an eng umschlungenen Paaren vorbei, die sich scheinbar in derselben Verzauberung befanden wie er, schritt um die Ecke, bis er auf dem Boden einen Mann entdeckte, der sich an die Rückwand des Schiffes gelehnt hatte und eine Zigarette rauchte. Am windgeschützten Heck sah man den sich ausbreitenden Himmel ungestört von der Anziehungskraft des Meeres, das hinter dem Schutz des Schiffes verschwand.

Er konnte die Gestalt des Mannes kaum ausmachen, sah aber, wie dieser ihm eine seiner Zigaretten anbot und ihn mit dunkel glitzernden Augen anschaute. Fischer rauchte nicht, aber auf der anderen Seite gab es nur Momente und keine Regeln und so nahm er das Geschenk des Mannes an und beugte sich nach vorne, als dieser ihm das dazugehörige Feuer gab. Der Mann deutete auf den Himmel und sagte auf Italienisch: „Das da ist Kassiopeia."

Fischer blickte der Hand des Mannes nach und sah in ein blinkendes Sternenmeer. Seltsam unbeteiligt log er:

„Ich hatte mal eine Tante, die hieß so." Er wusste nicht, warum er das gesagt hatte, aber es fühlte sich gut und richtig an.

„Ich komme aus Sizilien", sagte der Mann und hustete, als wäre das sein Ausweis.

„Ungarn", erwiderte Fischer und sie gaben sich die Hand. Fischer war froh, dass es nicht zu einem Austausch von Namen kam, der ebenso bedeutungsleer wie bindend gewesen wäre. Sizilien fuhr fort.

„Abgehauen bin ich." Die Glut seiner Zigarette wurde vom nächsten Zug heller.

„Als ich klein war, acht Jahre, haben mich meine Eltern an eine Schwefelmine verkauft."

„Verkauft?"

„Sie haben vom Minenbesitzer einen Kredit bekommen, den ich abarbeiten musste."

„Mit acht Jahren?"

„Erwachsene passen nicht in die Minen. Sie waren so heiß, dass wir nackt arbeiteten, vierzehn Stunden am Tag."

Fischer blickte den Mann mit den tiefen Furchen im Gesicht an. Seine Augen hatten ihm ein altes Aussehen gegeben, aber die Haut war weich wie die eines Zwanzigjährigen.

„Ich bin 17. Vor vier Wochen habe ich gemerkt, dass ich mich nicht mehr an die Gesichter meiner Eltern erinnern konnte."

Fischer war schwindelig – die Zigarette, es musste die Zigarette sein, tat ihre Wirkung. Der Mann hustete erneut.

„Es tut mir leid."

Der Mann schaute Fischer erstaunt an, als könnte er dessen Worte nicht einordnen.

„Die Faschisten versprechen ein besseres Leben. Aber wir alle wissen, dass jemand dafür bezahlen wird. Da ist so ein Typ mit glatten Haaren, der uns immer von einer Vision von einem großen Italien erzählt und dass der Faschismus die Welt retten wird." Sizilien zog an seiner Zigarette.

„Seine Augen haben denselben Ausdruck wie die Kinder in den Schwefelminen." Dann drückte er seine Kippe auf dem Boden aus und starrte weiter in die Nacht.

Fischer geht jetzt noch einmal eine Runde drehen. Er weiß, dass er nicht schlafen kann. Er fühlt sich wie ein rastloser Hund, der zuhause eingesperrt ist. Es wäre schön, noch mit Billy zu reden, aber er möchte nicht aufdringlich wirken und er weiß, dass sie früh ins Bett geht, weil sie ja morgens vor dem Sonnenaufgang aufsteht. Also geht er nach oben, so weit er kommt, und als der Kapitän ihn vor der Brücke stehen sieht, winkt er ihn herein.

Sie reden, wie man das so macht, zunächst über Belanglosigkeiten, dann, selbstverständlich, über den „Todesfall", wie Pinceti es höflich ausdrückt, und dann, dass sich einige Passagiere beschwert haben und da entschuldigt sich Fischer für den Ausbruch der Gefühle beim Abendessen, aber der Kapitän sieht ihn mit Unverständnis an und Fischer merkt, dass der Kapitän von der Schlägerei noch gar nichts wusste.

Es gehe um die Trainingszeiten, sagt der Kapitän, und dass sich schon einige Passagiere beschwert hätten, dass zu früh und zu laut trainiert würde und dass insbesondere die Organisation für Handel mit fremden Wesen und so weiter Befürchtungen hege, dass mit dem lauten Getrappel der Erstkontakt zu den Wesen erschwert werden könne, und darauf gebe er ja nicht viel, aber dass er es denn doch weitergeben würde. Fischer versichert, seinerseits mit den Mannschaften zu reden und entschuldigt sich beim Kapitän erneut über den Ausbruch von Gewalt. Darauf lacht der Kapitän seltsamerweise.

Ob er das denn nicht verwerflich finde, fragt Fischer Pinceti, einen Haufen losgelassener Fußballspieler.

„Ach, wissen Sie", sagt der Kapitän daraufhin, und da wird das weiße Licht, das hinter ihnen aus einer einsamen Leuchte die kalkfarbene Wand bescheint, etwas freundlicher, und er fängt an zu lächeln, „solche Schlägereien hat man manchmal auf so einem Schiff." Und als Fischer nachfragt, weil er es nicht glauben kann, dass das sterile Leben an Bord auch Platz für menschliche Untiefen hat, da erzählt ihm der Kapitän, dass vor einigen Jahren die Auswanderer in zwei Gruppen getrennt werden mussten, weil die einen anfingen, die faschistische Hymne „Giovinezza" (die Jugendzeit) anzustimmen, worauf die anderen „Bandiera Rossa" (die rote Fahne) herausbrüllten, was zu unschönen Szenen führte.

„Der Mensch, Herr Fischer", sagt dann der Kapitän, und da wirkt er nicht nur wie ein Mensch, der ein Schiff steuert, sondern wie ein König oder Gott, der die Sonne über sein Land scheinen lässt, „der Mensch ist ein Tier, wenn er will, wenn er aufgibt und sich dem Strom der Emotionen hingibt und sich entscheidet, nicht mehr zu kämpfen und das Gute zu tun, sondern sich treiben lässt, von der wahnwitzigen, aber so verführerischen Idee, andere könnten an seinem Elend schuld sein. Wie gemütlich und bequem diese Idee ist und wie uns die Idee lockt, man könne diese Welt ändern, wenn doch nur alle anderen die eigene Größe erkennen. Und wenn sie diesem Wahn verfallen sind, dass alles andere unterjocht werden muss, wenn sie glauben, mit Ideen den schwarzen Klumpen im Bauch, mit dem wir alle geboren worden sind, aufzulösen, dann haben sie verloren, haben sich dem Strom der Machtlosigkeit hingegeben, denn ab da haben sie keine Möglichkeit mehr, glücklich zu werden."

Und was sagt der auf einmal trotz seines Leibesumfangs sehr kleine Herr Fischer da? Nichts sagt er, denn er spürt, dass der andere Recht hat und es nichts mehr zu sagen gibt und deswegen verabschiedet er sich vom Mann, vom Ort und geht nun, da er Wahrheit gehört hat, beruhigt und befriedet zu Bett, während eine wuselige Masse ameisenhafter Bediensteter den Saal von letzten Scherben befreit.

6. Tag, 24. Juni 1930 – Smeralda

1.

Sie blätterte durch das Album, in dem die Fotos und Biografien der Männer aufgelistet waren, die sie zu „bearbeiten" hatte. Der Mann, der sie beauftragt hatte, war sehr zurückhaltend in seinem Vokabular gewesen, als sie sich in einem Hotel in Montevideo getroffen hatten, aber er hatte ihr auch unmissverständlich klar gemacht, dass es galt, die genannten Herren mit allen Mitteln von der großartigen Freimütigkeit und Großzügigkeit Uruguays zu überzeugen. „Für kulinarische Genüsse ist gesorgt. Sollten die anreisenden Herren noch andere Wünsche haben, sollten Sie dafür sorgen, dass sie diese erfüllt bekommen." Der Mann mit dem Stiernacken und den fetten Fingern, mit dem sie in der Hotellobby einen Tee getrunken hatte, hatte seinen Namen nicht genannt, er hatte ihr nur diese Liste gegeben und das Hin- und Rückreiseticket nach Genua.

Smeralda schob die Mappe in ein Fach ihres Koffers und ging zum Spiegel, um sich für den Tag fertig zu machen.

Der Pinsel kitzelte ihre Wange und eine feine Puderwolke schwebte vor ihrem Gesicht. Sie sah in ihre von schwarzem Kajal umrandeten Augen und betrachtete ihre Schönheit mit einer emotionslosen Expertise. Die feine Seide des Nachthemds betonte die perfekten Rundungen ihres Körpers. Ihre weißen Locken hatte sie in einem Zopf hinter dem Kopf verknotet.

Waren es diese weißen Haare, die ihr Schicksal vorbestimmt hatten? Ihre Kindheit war relativ unbeschwert verlaufen, doch mit wachsendem Alter hatte sie festgestellt, dass sie mit ihren hellen Haaren eine Ausnahme im Dorf darstellte. Sie hatte sich nie Gedanken gemacht, hatte die anfangs unschuldigen Neckereien der anderen geduldig ertragen, auch wenn sie nicht verstand, warum es ein Problem sein könne, anders als andere zu sein, und sie hatte sich zugegebenermaßen auch manchmal gewünscht, dass sie so dicke, schwarze Haare wie alle anderen habe.

Bis zu dem Tag, als sie von der Schule nach Hause gekommen

war und ihre Mutter weinend in der Küche gesehen hatte. Es war ein heißer Tag gewesen und sie hatte gedacht, dass ihre Mutter Zwiebeln geschnitten hatte. Erst nach Betreten der kleinen Küche hatte sie ihren Vater bemerkt, der mit einem seltsamen und seltenen Ausdruck von Wut in einer Ecke stand und die Mutter anblickte. „Schau sie dir doch an – sie ist blond", hatte er gesagt und die Mutter hatte zu schluchzen begonnen. Viel später erst hatte sie die Aussage ihrer Mutter zuordnen können. „Ich habe mir nichts zuschulden kommen lassen", hatte diese gesagt und daraufhin den Vater mit einem festen Blick angesehen.

Sie war damals rausgegangen, hatte nicht verstanden, worum es gegangen war. Aber eines hatte sie begriffen: Dass sich eine dunkle Wolke über ihre Kindheit gelegt hatte, eine Wolke, die ein drohendes Unwetter ankündigte. Und obwohl sich die Laune des Vaters im Laufe der Zeit wieder besserte, wurde sie von allen anderen immer mit einem besonderen Grinsen angesehen und dann, viel später, bekam sie auch das Wort mit, das sich die anderen zuflüsterten, wenn sie sie anblickten: „Bruja" – die Hexe.

Es gibt eine Zeit, meistens korreliert diese mit dem Erwachsenwerden, in der der Mensch sich definiert. Er beginnt zu ahnen, welche Rolle er in dem Zirkus des Lebens einnehmen könnte und, was mindestens genauso wichtig ist, er beginnt, die Welt zu erklären. Wenn er das Leben als etwas Angenehmes, Wohlwollendes erlebt hat, wird er sich weiter in dieser Schallplattenrille bewegen, wenn er sie als grausam und kalt wahrnimmt, dann wird sie sich für ihn nach dieser Zeit des Definierens mit kleinen Abweichungen als genau das wiederholen. Smeralda sah ihr kalkweißes Gesicht, den roten, vollen Mund und ihr wurde klar, dass sie eine Gefangene ihrer Geschichte war. Es war keine schlechte Geschichte – aber sie steckte einen Rahmen, aus dem sie nicht entkommen konnte. Eine Träne kullerte über die schwarze Stiftgrenze ihres Auges, dann noch eine und dann sah sie aus wie eine Totenkopfmaske. Nie würde sie dieser Geschichte entkommen, dem geplatzten Traum von einem Leben, der immer wieder mit dem Glanz und Geld der Männer, die sie begleitete, überdeckt wurde.

Füße trampelten im Gleichschritt über das Deck. Da draußen waren die Gewinner dieser Welt – die, die sich nahmen, was sie wollten, die, die ihr Leben spielten. So würde sie sich wieder, zumindest für einige Momente, auf die Seite dieser Gewinner schlagen und teilhaben am Ruhm und Erfolg, wenn auch nur vorübergehend. Aber das war, so fand sie, besser als das, was die meisten bekamen.

Als sie an Deck trat und über die Dielen schritt, schauten ihr die Damen auf den Liegestühlen nach, die Verstecken spielenden Kinder blickten ihr hinterher, wichtig aussehende Männer in Anzügen drehten ihre Köpfe nach ihr um. Die schwarzen Rinnen, die von ihren roten Augen herabliefen, ließen sie wie ein Geist aussehen.

Sie blickte auf die Säulen. Rührei und der Toast verblassten langsam auf Zimmertemperatur und der Tee verlor seine hitzige Lebenslust. Immer noch die Blicke der anderen Gäste, während diese so taten, als beschäftigten sie sich mit dem Frühstück. Lediglich der Ober behandelte sie mit gekonnter Professionalität, als sei nichts geschehen. Die beigefarbenen Säulen, die den Essenssaal vor dem Einstürzen bewahrten, und beruhigend glänzten, wirkten auf sie wie das Mittel, dass der Arzt ihren Eltern mitgegeben hatte, als diese sich aufgrund ihrer „ungezügelten Lebenslust" nicht mehr zu helfen wussten.

Sie waren in die Stadt gefahren, die ganze Fahrt auf dem Kutschwagen hatten sie geschwiegen, die Eltern aus Scham, die Tochter aus Trotz. Auf der Rückfahrt hatte sie geschlafen, aber es waren watteweiche Träume gewesen, von denen nur eine beigefarbene Erinnerung geblieben war. Aus dem Wattekokon hatte sie sich dann erst befreit, als sie mit Joaquin lachend und im gefühlten Triumph das Dorf verlassen hatte.

Sie sah Fischer verschämt zur Seite blicken, als er mit der Riege wichtiger Männer, die sie noch auf ihrer Liste hatte, nun etwas lauter als zuvor redete. Es war ihr egal. Sie hatte Fischer gemocht. Er war naiv gewesen – auf eine freundliche Art. Und er war zart gewesen – auf eine stümperhafte Art. Aber das war besser als das, was die meisten ihr abverlangten.

Während sie auf den nunmehr nicht mehr dampfenden Tee blickte, gab sie sich einem ihrer Träume hin. So würde es sein: Der Kapitän kam in den Speisesaal, erkannte sie, setzte sich zu ihr und legte ihr tröstend seine Hand auf ihre. Kommen Sie mit, würde er sagen, und sie würde mitkommen. Nein, vielleicht würde sie ihn noch darauf hinweisen, dass die Leute redeten, doch er würde ihre Bedenken einfach weglachen. Er würde sie in seine Kabine begleiten, eine holzgetäfelte mit dunklem Seemannsholz und kleinen, runden Fenstern, die vom Bug des Schiffes nach hinten blickten und vor kommenden Piraten warnten. Er würde sie bitten, sich zu setzen, und seine Hand auf ihre Schulter legen und sie würde anfangen zu weinen und er würde sie tröstend an seinen gut riechenden Oberkörper lehnen und dann würde er sie vielleicht küssen. Oder vielleicht nicht? Vielleicht wäre es zu früh. Aber warum nicht?

Und tatsächlich. Da war sie, diese Hand, auf ihrer Schulter. Aber als sie sich umdrehte, war es nicht die Hand des Kapitäns, sondern eines Mannes mit stechenden Augen und zurückgeglätteten Haaren. Sie hatte diesen Mann schon einmal gesehen, ja, sie erinnerte sich, er hatte sie aus dem Speisesaal der dritten Klasse schon angestarrt. Er hatte ein schmales Gesicht mit hervortretenden Wangenknochen und einen brutalen, schmalen Mund und weiße Haut.

Er setzte sich ihr gegenüber und was Smeralda irritierte, war, dass er sie nicht anlächelte. Alle Männer, mit denen sie zu tun hatte, lächelten sie an, teils aus Unsicherheit, weil sie den Umgang mit ihrer Berufssparte nicht gewohnt waren, teils aus hervorbrechender Vorfreude. Dieser Mann, der ihr nun gegenüber saß in seinem ärmlichen Anzug, glotzte sie einfach nur an. Seine Berührung hatte eine Taubheit in ihr ausgelöst, als hätte er sie absichtlich gelähmt. Endlich sprach er.

„Du brauchst eine Zukunft."

Smeralda schwankte für einen Moment zwischen dem Impuls, dem Mann eine Ohrfeige zu geben oder bestätigend zu nicken. Sie entschied sich fürs Schweigen.

„Diese Welt ist verdorben, zerrüttet, kaputt. Schau, was sie aus uns gemacht haben."

Die Menschen von den umstehenden Tischen starrten nun unverhohlen herüber.

„Alles bricht auseinander. Alles vergeht. Es gibt keine Sicherheit."

Endlich fasste sie sich.

„Ich kann mich nicht erinnern, Sie an meinen Tisch gebeten zu haben." Ihre Stimme war dünner, als sie geplant hatte.

Er machte sich nicht die Mühe, zu lachen. Er starrte.

„Es gibt nur einen Ausweg. Leben vergeht. Stinkendes, verfaulendes Seuchenleben. Ewig kopulierende Leiber. Schweißnasse Körper, die in lüsternen Zuckungen dem Gott des Schmerzes frönen."

„Was wollen Sie?", fragte sie nun, tatsächlich interessiert.

„Ich kenne einen Ausweg."

Sie schaute sich den Mann an. Hager war er, aber seine Augen glänzten wie im Fieberwahn. Er schien tatsächlich an etwas zu glauben.

„Was soll das denn für ein Ausweg sein?"

„Sie kommen mit. Jetzt. Ich zeige es Ihnen. Das Heil."

„Ich werde ganz sicher nicht mit Ihnen mitgehen, mein Herr." Nun hatte sie ihre Fassung wiedergefunden.

Sein Gesicht wurde noch härter. „Nein! Ich werde Sie nicht anfassen. Ich werde Ihnen das Heil offenbaren."

„Das können Sie mir ja auch ebenso gut sagen."

Er starrte.

Sie war müde, hatte Kopfschmerzen und wollte weg. Sie wollte nicht mit diesem Mann mitgehen, aber auf der anderen Seite wollte sie auch nicht sitzenbleiben und schon gar nicht von allen betuchten Fahrgästen der ersten Klasse begafft werden. So war sie kurz davor aufzustehen und mitzukommen.

„Wenn Madam wünschen, könnte ich abräumen.“ Die hohe Stimme riss sie aus der hypnotischen Starre, in der sie sich befand. Der Mann, der ihr gegenübersaß, bleckte die Zähne und stand auf, als wüsste er, dass der von ihm auferlegte Bann nun gebrochen war. Der Steward mit dem hellbraunen Gesicht schaute dem Unbekannten triumphierend hinterher. „Danke, Abbad“, sagte Smeralda erleichtert.

2.

Der Tag hätte auch schlecht werden können. Das Spazieren auf Deck erwies sich aber als genau das richtige Mittel, um die Schwermütigkeit zu vertreiben und sich der Helligkeit des Tages hinzugeben. Mit einem Schirmchen bewaffnet, das sie mit passendem Seidenhandschuh an die Schulter gelehnt hielt, saß sie auf der Bank und ließ die markigen Marschbefehle der belgischen Mannschaft wohlig auf sich einwirken. Die Spieler schienen gut gelaunt und machten Späße, wenn der Übungsleiter wegsah, ein Herr mit Schirmmütze und Spitzbart, dessen Gesicht keine Regung zuließ. Der Mann hatte zwei Seile an einem Kran befestigt, an deren Ende Ringe hingen. Seine Schützlinge, adrett in weißen Hosen und Hemden gekleidet, sollten nun an den Ringen ihre Sportlichkeit beweisen. Die meisten zogen sich hoch und stemmten sich einige Male hoch und runter, nachdem sie ihr vorsichtig einen Blick zugeworfen hatten, um dann sichtlich entkräftet auf den Boden zu plumpsen. Einer aber schien Gefallen an den Ringen zu finden. Der junge Mann mit dem hellen Haar, das zu einem Seitenscheitel gekämmt war, zog sich mühelos hinauf, schob die Arme zur Seite und wieder zusammen und machte dann einen Überschlag rückwärts. Dafür erhielt er von Smeralda spontan einen Applaus, was den jungen Mann zu einer weiteren Rolle vorwärts animierte. Er landete auf beiden Füßen, verbeugte sich und schritt auf die Bank, auf der Smeralda saß, zu, um sich erneut zu verbeugen und sie auf Englisch anzusprechen:

„Darf ich mich zu Ihnen setzen?“

„Wie könnte ich ein solches Talent abweisen?“

Er schob sich die Tolle von der Stirn und platzierte sich neben sie. Sie schaute ihn an, immer wieder gespannt, welche Wege die Männer finden würden, sie zu unterhalten.

„Ich bin froh, dass Sie mir Beifall gespendet haben.“

„Wieso?“

„Nun, ansonsten hätte ich es nie gewagt, Sie anzusprechen. Ich …“

Weiter kam der junge Mann nicht, denn eine Schimpfkanonade von dem Mann mit der Schirmmütze ließ ihn auffahren und sich mit einem Handkuss verabschieden. Im Gehen wandte er sich um: „Heute Abend? Ein Essen zusammen?“

Smeralda lächelte. „Heute Abend“, sagte sie.

3.

Manche Tage sind im Rückblick einfach zum Vergessen. Man vertreibt sich die Zeit, tut irgendetwas Unbedeutendes, aber doch Erholsames, denkt an nichts Böses, denkt aber eben doch und wenn man dann abends zurückblickt, stellt man fest, dass man nicht mehr weiß, was man getan hat, und man erschrickt ganz leicht und hofft, dass das Leben nicht genauso verläuft.

So erging es Smeralda, als sie sich, nun ganz in Grün gekleidet, an den Tisch setzte, zu dem sie Tepp van Gertnick geführt hatte.

„Sie müssen nicht bei ihrer Mannschaft essen?“, fragte Smeralda und er zwinkerte ihr zu: „Doch, ich muss schon. Aber für ein Essen mit Ihnen würde ich so ziemlich alles tun.“

Smeralda lachte auf und hoffte, dass der Mann nicht allzu viele Erwartungen hatte.

Sie hatten einen Zweiertisch in einer schönen Ecke des Saales, der durch eine Palme etwas abseits von den anderen stand. Die Decke wurde von einem der vielen Kronleuchter illuminiert, die oberen Teile der hohen Wand waren mit Ölgemälden verziert, Marmorsäulen standen in gleichem Abstand über den Saal verteilt, die polierten Kristallgläser am Tisch blinkten.

Während Smeralda sich setzte, hatte sie das Gefühl, vergessen zu können, dass sie einen Auftrag hatte. Sie redete sich ein, dass sie einfach eine Dame sei, die von einem jungen Herrn ausgeführt wurde.

„Trinken Sie einen Aperitif?"

Smeralda ließ sich zu einem Champagner überreden.

Der junge Mann war sichtlich nervös. So war es immer. Hinter der selbstherrlichen Fassade steckte meist eine tiefgehende Unsicherheit.

„Kommen Sie später auch mit zur Aufführung?"

„Welche Aufführung meinen Sie? Gibt es wieder ein Konzert?"

Tepp grinste. „Nein. Die Schiedsrichter machen heute ein Varieté. Soll lustig sein, habe ich gehört."

Smeralda wusste, wer gemeint war, was sie sich allerdings nicht anmerken ließ.

„Schiedsrichter? Ich verstehe nicht."

„Die Herren Langenus und Christophe. Das sind die Schiedsrichter, die zur Weltmeisterschaft fahren. Fußball, verstehen Sie?"

„Ja, ich habe davon gehört." Smeralda lächelte, um von der Tatsache abzulenken, dass sie genaustens Bescheid wusste. Ihr Lächeln wirkte bei Männern immer, wenn sie etwas zu verschleiern hatte. Sie dachte daran, dass Langenus, der lange, schlaksige Kerl, noch auf ihrer Liste stand und sie den Abend nutzen konnte, um ihn auf sich aufmerksam machen zu können.

„Nun, das hört sich eher nach einer internen Veranstaltung an, da wäre ich sicherlich unerwünscht."

„Auf keinen Fall", stieß Tepp entrüstet aus. „Selbstverständlich sind Sie willkommen. Dieser Abend ist für alle offen. Schließlich sind wir doch eine kleine Gemeinschaft auf diesem Schiff."

„Zumindest einige von uns", bemerkte Smeralda.

„Was meinen Sie?"

„Nun", sie schaute ihm offen in die Augen, „ich denke nicht, dass die Passagiere der dritten Klasse willkommen sind." Sie erwartete eine Abhandlung darüber, dass man ja auch die verschiedenen

Schichten voneinander trennen müsse, wunderte sich aber über Tepps Antwort.

„Ich verstehe, was Sie sagen wollen. Ich frage mich tatsächlich selbst manchmal, wie ich es verdient habe, hier in der Luxusklasse zu reisen."

Wie auf Kommando wurde ihnen von einem Ober im schwarzen Frack und ebenso unbeweglicher Miene wie die stummen Krieger auf den Ölgemälden der Champagner serviert.

„Lassen Sie mich dennoch auf Sie anstoßen."

„Warum denn auf mich?", fragte Smeralda.

„Weil Sie Sie sind."

Das Mahl war üppig und steigerte Smeraldas Stimmung zusätzlich. Es gab eine Trüffelsahnesuppe mit angetoastetem Weißbrot als Vorspeise, dazu frischen Salat und als Hauptgang Fasan in dunkler Soße mit Kartoffelscheiben. Vom Rotwein ein wenig angesäuselt ließ sich Smeralda zum Pudern entschuldigen. Sie fand Tepp wirklich sympathisch, keinesfalls zu angeberisch (wie so viele seiner Art) und freute sich, ihn über die Besonderheiten des Fußballspiels weiter ausfragen zu können.

Als sie zurückkam, fragte sie Tepp: „Wieso sind hier heute keine Franzosen zu sehen oder Rumänen?"

Tepp zögerte ein wenig mit der Antwort. Er wirkte auf einmal etwas bleich. Dann sagte er: „Nun, es ist so. Es gab einige Differenzen zwischen …"

„Ach Sie meinen die Prügelei?" Smeralda lachte. Tepp schaute sie etwas erstaunt an. „Sie wissen davon?"

„Ich war dabei."

„Oh." Tepp war die Situation offensichtlich etwas peinlich. Sein Gesicht war nun leicht gerötet und er schaute etwas verlegen zu Boden. Mit einer Hand rieb er sich den Hals.

„Ist Ihnen nicht gut?", fragte Smeralda.

„Ich …" Tepp van Gertnick hustete. „Es ist schon in Ordnung.

Ich glaube, ich habe mich verschluckt. Irgendwas …"

Smeralda hob die Hand, um den Ober um ein Glas Wasser zu bitten. Auf Tepps Stirn taten sich Schweißperlen auf.

Dann griff er sich mit beiden Händen an den Hals und fing an zu keuchen.

„Tepp? Was haben Sie?"

Doch der Fußballer hatte sich nun nach hinten gelehnt und fing am ganzen Körper zu zittern an. Smeralda fühlte sich hilflos. Sie ließ einen kurzen, hellen Schrei los und rief um Hilfe. Als sie aufgestanden war, um auf die andere Seite des Tisches zu gelangen, hatte sich Tepp sprungartig nach oben gezogen und seine aufgerissenen Augen blickten in die Ferne, die für alle anderen im Saal unerreichbar schien. „Tepp, bitte …" Er röchelte.

„Hilfe. Bitte, helfen Sie", rief Smeralda nun in den Saal hinein, die sah, dass einige Menschen sich von ihren Tischen erhoben hatten, aber wohl eher, um das grausige Schauspiel zu beobachten als der Aufforderung nach Hilfe Folge zu leisten. Die Geräusche, die nun aus dem Munde des Belgiers kamen, waren nicht mehr als menschlich zu bezeichnen. Er keuchte, röchelte und Smeralda sah, dass der nun mittlerweile auf dem Boden Liegende Blut zu spucken schien. Als sie in das zu einer Fratze verzerrte Gesicht blickte, hatte sie einen absonderlichen Gedanken, den sie nicht vertreiben konnte: Der Mann, der soeben noch mit ihr über Fußball geredet hatte, sah aus wie einer der vielen Männer, der im Taumel der Lust die Kontrolle über seine Gesichtszüge verloren hatte. Seine Konturen waren so verzerrt, als würde sich sein Selbst auflösen und mit einem Mal hatte Smeralda die Erkenntnis, dass dies wohl auch der Grund sein musste, dass Männer so fixiert auf das Eine, die körperliche Vereinigung mit dem weiblichen Geschlecht, waren: Es war der einzige Ort in ihrem Ellenbogenleben, in dem sie sich auflösen konnten. Sie schämte sich für diesen Gedanken an diesem Ort und zu dieser Zeit, hatte ihn aber im nächsten Moment, als der Röchelnde sie durchdringend angesehen hatte, vergessen.

Als der Ober in seinem schwarzen Frack ankam, war Tepp van Gertnick bereits tot.

4.

Die Kabine des Kapitäns war vollkommen anders, als sie sich vorgestellt hatte. Die Offiziersräume lagen auf demselben Deck wie die Kommandobrücke. Jedoch stellte Smeralda fest, dass die Kajüte des obersten Offiziers deutlich kleiner war als ihre eigene. Als sie ihren erstaunten Blick durch das kleine Zimmer schweifen ließ, erklärte Pinceti: „Meine Arbeitsstelle ist die Kommandobrücke. Es ist klein, aber meins." Nicht zum ersten Male errötete Smeralda angesichts der Bescheidenheit des Mannes, der sie nun sanft am Arm in die Mitte des Raumes führte und sie bat, auf einem Stuhl Platz zu nehmen. Er setzte sich auf die andere Seite des vollkommen freien Tischs. Ohne sie zu fragen, er hatte sich an einem kleinen Sekretär bedient, stellte er ihr ein Glas mit Brandy vor die Nase, welches sie ohne Proteste in ihre Hand nahm, während sie nach draußen auf die dunkle Seite der bevorstehenden Nacht blickte.

„Es muss schrecklich für Sie gewesen sein."

Smeralda nickte. „Das war es. Ich weiß gar nicht, ob ich Ihnen helfen kann, Herr Kapitän."

„Ich sagte doch, Sie sollen mich Amedeo nennen. Ich werde Sie gleich nach dem Verlauf des Abends befragen, aber ich warte noch auf zwei weitere Gäste."

Smeralda wurde neugierig, nippte aber zunächst an ihrem Brandy.

Wie auf Kommando klopfte es an der Tür und Pinceti stand auf, schwerfällig, wie Smeralda fand, und öffnete diese nach innen, sodass ihr zunächst die Sicht versperrt war.

Hinein kam eine junge, unscheinbare Frau, die mit ihrem Topfhut etwas lächerlich wirkte und dahinter – Smeralda öffnete vor Schreck leicht ihren Mund – der massige Körper Moritz Fischers, der im Gegensatz zu ihrer still ausgedrückten Überraschung einen kurzen Schrei ausstieß, der absonderlich hoch klang. Pinceti schaute etwas verstört, stellte die Neuankömmlinge dann aber vor:

„Señora Cortazar, dies sind Moritz Fischer, Vizepräsident der Weltfußballorganisation, und Miss Jean Doyle aus England. Miss Doyle, Herr Fischer, dies ist Frau Cortazar. Sie war beim Ableben des unglücklichen Herrn van Gertnick dabei."

„Wir kennen uns", sagte Fischer, während er ihr die Hand hinstreckte und dabei gleichzeitig versuchte, sie, wie es die Höflichkeit gebot, anzublicken, allerdings ohne ihr in die Augen sehen zu müssen. Die andere Frau, die beim genaueren Hinsehen noch jünger war, als Smeralda vermutet hatte, machte einen altmodischen Knicks, während sie Smeralda die Hand gab. Der Kapitän stellte neben weiteren Brandygläsern noch Stühle für alle zur Verfügung und wandte sich an Smeralda:

„Frau Cortazar, bitte erzählen Sie doch noch einmal, was passiert ist."

Also erzählte Smeralda. Als sie ihre Verabredung mit van Gertnick erwähnte, spürte sie förmlich, wie Fischer zusammenzuckte, aber er ließ sich außer einem kurzfristig nach oben verschobenen Mundwinkel nichts anmerken. Dann ließ sie das Abendessen noch einmal Revue passieren bis zum furchtbaren Ende, was ihr kurz einen trockenen Mund und feuchte Augen bescherte.

„Danke, Frau Cortazar", schloss Pinceti. „Ich weiß, dass dies nicht leicht für Sie ist." Dann blickte er in die Runde und machte eine bedeutungsschwere Pause.

„Sie fragen sich vielleicht alle, warum Sie hier sind. Ich möchte dazu etwas ausholen." Nun nahm auch Pinceti einen tiefen Schluck aus seinem Glas.

„Wie Sie alle wissen, ist dies nicht der erste Todesfall auf diesem Schiff. Ich scheue mich fast, es zu sagen, aber mittlerweile haben wir vier Tote." Smeralda machte große Augen. „Vier Tote?"

„Zunächst fanden wir die verstümmelte Leiche von unserem Maschinisten, am darauffolgenden Tag den rumänischen Fußballspieler, Gheorghe Moldoveanu, dann wurde der Franzose Hugues Brasson brutal in Barcelona ermordet. Nun haben wir den vierten Todesfall."

„Könnte der Letzte, ich habe leider seinen Namen vergessen, nicht an einer Fischgräte oder so etwas erstickt sein?", fragte die junge Dame, deren Augen durch die dicken Brillengläser unheimlich wirkten.

Pinceti schüttelte den Kopf. „Wir haben Tepp van Gertnick, so war sein Name, von einem Arzt untersuchen lassen. Es besteht der Verdacht, dass er mit Strychnin vergiftet wurde. Ein äußerst qualvoller Tod."

Die Gesichter der Anwesenden schienen im kühlen Licht der Deckenlampe noch bleicher zu wirken.

„Bei unserem ersten Toten konnten wir von einem Unfall ausgehen – im besten Fall. Die drei anderen, alle Fußballer, sind ermordet worden. Und mir scheint, dass es kein Zufall ist, dass es sich bei allen drei Personen um Spieler handelt, die auf dem gemeinsamen Weg nach Uruguay sind. Deswegen habe ich auch Sie hierhergebeten, Herr Fischer."

„Ich verstehe nicht", stotterte der Angesprochene.

„Neben den Toten haben wir ein weiteres Problem. Ich habe ein Schiff, das ich nach Uruguay bringen muss. Es befinden sich ungefähr 2.500 Menschen an Bord dieses Dampfers. Sie alle erwarten von mir eine sichere Passage in die neue Welt. Es wäre vernünftig, umzukehren und den Mord aufklären zu lassen. Allerdings würde die Fährgesellschaft dann einen Haufen Geld verlieren. Der Mörder würde mit ziemlicher Sicherheit unbescholten davonkommen, da man nicht alle Passagiere an Bord halten kann."

„Nicht alle", warf Miss Doyle ein. „Verdächtig sind doch nur die, die in Genua dazugestoßen sind, wenn ich mich nicht irre, oder?"

„Vollkommen richtig, Miss Doyle. Ihr Scharfsinn, der unweigerlich von Ihrem Vater herrührt, ist der Grund, dass auch Sie in dieser Runde zugegen sind. Aber dazu komme ich später. Lassen Sie mich mit meinen Ausführungen weiter fortfahren."

„Selbstverständlich. Entschuldigen Sie", sagte Miss Doyle kleinlaut. Smeralda bemerkte, dass die junge Engländerin sich bei den Worten des Kapitäns leicht unwohl gefühlt hatte. Pinceti hob beschwichtigend eine Hand. „Sie haben keinen Fehler gemacht, Miss Doyle. Die Frage ist nun aber: Was tun? Wenn sich wirklich ein Mörder an Bord befindet – und alle Fakten sprechen dafür –, wie ist damit umzugehen? Nun, in den vergangenen Stunden, tatsächlich schon seit gestern, noch bevor der arme van Gertnick getötet wurde, habe ich mir diese Frage gestellt. Es ist wichtig, dass dem Täter das Handwerk gelegt wird. Es hat den Anschein, dass er ansonsten immer weiter morden wird."

Smeralda spürte förmlich, wie die vier Menschen, die um den Tisch herumsaßen, in verschwörerischer Einigkeit näher aneinanderrückten. Sie fragte sich dennoch, warum sie weiterhin Mitglied dieses konspirativen Treffens war. Der Kapitän fuhr fort.

„Wir können nicht zulassen, dass der Täter weiter sein Unwesen auf diesem Schiff treibt. Die Mannschaften werden schon unruhig, ist das nicht richtig, Herr Fischer?"

Fischer zuckte ein wenig unbeholfen mit den Achseln. „Sie haben ja alle die Ausschreitungen am vergangenen Abend mitbekommen", erläuterte er. „Und das war vor dem letzten Mord."

„Richtig", ergänzte Pinceti. „Die Mannschaften werden nun zu verschiedenen Zeiten auf dem Schiff trainieren und auch die Mahlzeiten zu sich nehmen, damit sie sich so selten wie möglich sehen. Dennoch würde ich Sie bitten, Herr Fischer, beruhigend auf die Männer einzuwirken."

Fischer nickte ernsthaft, was ihn wie einen Teddy aussehen ließ, fand Smeralda.

„Herr Fischer. Sie sind außerdem hier, um uns zu helfen, den Täter zu finden."

„Ich?", fragte Fischer, ernsthaft überrascht.

„Sie kennen sich in dieser Welt der Spieler am besten aus. Sie können vielleicht am ehesten die Motivation der Täter oder des Täters erfassen. Es muss etwas mit Fußball zu tun haben. Und Sie beide", damit schaute Pinceti Smeralda und Miss Doyle an, „sollen helfen."

Nun war es an Smeralda, überrascht zu sein. Aber noch bevor sie ihren Widerspruch äußern konnte, fuhr der Kapitän fort.

„Meine lieben Freunde. Ich hoffe, ich darf Sie so nennen. Es gibt auf diesem Schiff kein Organ, das für die Einhaltung der Gesetze sorgt, außer mir. Ich habe aber weder die Zeit noch die Fähigkeit mich in diese grausamen Morde hineinzudenken. Ich habe also folgenden Entschluss gefasst: Wir werden auf der weiteren Reise weder Lissabon noch die kanarischen Inseln anlaufen. Das würde dem Täter die Möglichkeit geben, zu entkommen. Wir werden einen kurzen Tankstop auf Madeira machen, und dann direkt nach Rio de Janeiro weiterreisen. Wir werden diese Reise mit so vielen Festivitäten wie möglich füllen, um die Stimmung hochzuhalten. Gleichzeitig aber braucht es emsige Kräfte, die an der Aufklärung dieser Morde arbeiten. Neben Ihnen, Herr Fischer, der sich in den Kopf eines Fußballers am besten hineinversetzen kann, habe ich auch Sie hierher berufen, Miss Doyle. Sie haben gerade eben schon bewiesen, dass Sie sich Ihres Amtes als würdig erweisen, da Sie einen messerscharfen Verstand haben und in Zusammenarbeit mit Herrn Fischer Sachverhalte zu einem logischen Ganzen zusammenfügen können. Und Sie, Señora Cortazar, haben auch eine Aufgabe."

Smeralda blickte den Kapitän mit großen Augen an.

„Sie haben aufgrund Ihres sympathischen Wesens und Ihres Aussehens die Möglichkeit, Kontakte zu knüpfen, die Ihnen Zugang zu allen Bereichen auf diesem Schiff ermöglichen. Ich habe es am eigenen Leibe erlebt," – Smeralda hörte ihn ‚dass ich mich nach Ihnen verzehrt habe' sagen, bevor er weitersprach – "wie Sie den jungen Giovanni so unnachahmlich um den Finger gewickelt haben, dass er Sie zu den geheimsten Plätzen dieses Schiffes geführt hat. Nutzen Sie Ihre Schönheit aus, Señora."

Ihre Wangen glühten. Dies war einer der wenigen Momente in

ihrem Leben, an denen sie sprachlos war. Doch Pinceti erlöste sie von ihrer Misere.

„Moritz Fischer, Jean Doyle, Smeralda Acuña Cortazar. Sie halten das Schicksal dieses Schiffs in Ihren Händen. Sorgen Sie dafür, dass der Täter nicht weiter sein finsteres Werk verrichtet. Schnüffeln Sie, reden Sie, packen Sie zu. Ich brauche Sie. Finden Sie den Mörder, der auf diesem Schiff sein Unwesen treibt."

5.

„Herr Fischer, ich denke, wir müssen reden."

„Ich lasse Sie beide dann mal alleine", sagte Billy, bevor sie die beiden um die Ecke des Gangs biegen ließ. Fischer eilte weiter in Richtung Rauchersaal. Smeralda fasste ihn am Arm. „Moritz!"

Als er sich umdrehte, sah sie, dass er elendig traurig wirkte. „Ich möchte eigentlich nicht mit dir gesehen werden!" Komischerweise spürte sie einen kleinen Stich, als er dies sagte. Aber dieser Schmerz war klein genug, dass sie ihn einfach nur wahrnehmen konnte, ohne die Fassung zu verlieren. „Können wir in meiner Kajüte reden?", fragte sie.

„Besser nicht", sagte er, „komm mit. Ich kenne eine Ecke, wo die erste Klasse nicht hingeht." Und dann gingen sie ans Außendeck, bis sie zum hinteren Teil des Schiffs kamen. Am Heck befand sich eine Promenade für die zweite Klasse. Ein Mann und eine Frau blickten hinaus aufs Meer. Fischer stellte sich an die seitliche Reling.

„Weißt du, wo steuerbord oder backbord ist?", fragte er auf einmal erstaunlich redselig. Sie schüttelte mit dem Kopf.

„Ich weiß nicht, ob ich mit Ihnen zusammenarbeiten kann, Frau Cortazar."

„Waren wir nicht schon beim Vornamen?", fragte sie.

„Das war, bevor ich wusste, dass man dich bezahlt, um Zeit mit mir zu verbringen."

Eine Welle klatschte irgendwo weiter unten im Wasser und der Hauch einer Gischt spritzte ihr ins Gesicht, was sie auf irgendeine Art beruhigend empfand. „Es tut mir wirklich leid, Moritz. Ich wusste nicht, dass das ein Problem für dich ist. Das ist es für die wenigsten Männer."

Fischer lachte kurz verbittert auf. „Das macht es mir nicht wirklich einfacher."

„Ich fand es aber auch wirklich schön mit dir." Sie bereute die Worte, sobald sie sie gesagt hatte, auch wenn sie sie gemeint hatte.

„Wie viele Männer haben das wohl schon gehört? Ich weiß, wie ich aussehe. Es ist schon gut. Du musst mir nichts mehr erklären." Er drehte sein Gesicht zur Brandung.

„Aber wir sollen zusammenarbeiten."

„Ach ja, das habe ich vergessen. Du solltest lieber gleich den nächsten Verdächtigen ins Bett zerren."

„Ich …"

Fischer ging.

Smeralda stand noch eine Weile und hielt sich an der Reling fest, bevor ihr klar wurde, dass sie mittlerweile Diener zweier Herren war. Jetzt sollte sie sich schon für zwei verschiedene Auftraggeber in die Herzen anderer Männer schleichen. Ihre Finger umklammerten die weiße Stange. Sie dachte daran, wie kalt sie geworden war und dass sie Moritz Fischer abgekanzelt hatte, als müsse er erst einmal die Gefühlslosigkeit der Welt begreifen. Auf einmal kam die Erinnerung wieder hoch: Wie Joaquin ihr versucht hatte, beizubringen, dass Liebe nur ein Konzept sei und dass man sich nehmen müsse, was man braucht, wenn man nicht zu den Verlierern zählen wolle. Nackt hatte er vor ihr gesessen, mit seinem schönen schlanken Körper, hatte ihr über die Haare gestrichen und ihr klargemacht, dass sie nun auch zu einem seiner Freunde mal zärtlich sein solle. „Das ist doch schön", hatte er gesagt und irgendwie hatte es aus seinem Mund wahr geklungen.

Nun wusste sie nicht mehr, was wahr war. Sie lief in Richtung ihrer Kajüte, bewusst langsam, um Fischer noch etwas Zeit zu geben, vor ihr dort anzukommen. Dann hörte sie Stimmen vom Schiffsinneren kommen, Lachen und Applaus. Als sie an den gerundeten Fenstern vorbeiging, sah sie Licht durch die schweren roten Vorhänge schimmern. Sie lief um die Ecke und war beim Musiksaal angekommen.

Der Saal war hauptsächlich mit Männern gefüllt. Schwere schwarze Fräcke wurde nur selten vom leichten Flattern von verschiedenfarbigen Kleidern und Röcken der wenigen anwesenden Damen unterbrochen. Die graue Masse der männlich zurückgekämmten Haare war nur selten von eng aufliegenden Hauben oder Federboas abgelöst. Verschiedene Männer hoben gerade ihre Gläser zum Gruße an die Bühne, die Gesichter, die Smeralda sehen konnte, waren gerötet von der Hitze und vom Alkohol. Etwas war seltsam an dieser Stimmung, sie wirkte unpassend angesichts der bedrückenden Vorgänge auf dem Schiff, aber Smeralda schloss, dass die Gemeinschaft der Fußballer sich der Ablenkung hingab. Auf der Bühne befanden sich – was Smeralda verwirrend, fast pietätslos fand – der schlaksige Langenus und der im Gegensatz dazu etwas gedrungene Körper Henri Christophes. Sie sah, wie Langenus sich in gebrochenem Englisch über den Fußball auf der Insel lustig machte: „Ohhh, theeeeese amateurs arrrre really shamateurs..." Christophe nickte beifällig und sagte dabei „Ohhh, yes, ooooh, yes." Auch wenn Smeralda die Anspielung nicht verstand, sah sie, wie die Menge begeistert lachte. Sie blieb im Hintergrund stehen, nicht wirklich fähig, der Aufführung weiter zu folgen. Sie dachte daran, wie Tepp sie zu diesem Abend eingeladen hatte, und sah sich neben ihm sitzen, sah seine sympathischen Augen glänzen, seinen breiten Mund zu einem Grinsen verzogen. Nein, sie würde ihrer Arbeit erst morgen nachkommen, beschloss sie.

Sie wandte sich gerade zum Gehen, da blickte sie in das unsichere Lächeln Jean Doyles, die direkt hinter ihr gestanden haben musste.

„Oh, hallo", sagte sie.

„Hallo", erwiderte Jean und lächelte weiter. Schließlich, nach einer etwas auf unangenehme Art zu langen Pause, fügte sie hinzu:

„Vielleicht sollten wir kurz reden?“

Smeralda nickte und die beiden gingen wieder an die befreiend frische Luft. Jean Doyle wies die überdachte Promenade hinab und auf die mittlerweile vollkommen unbesetzten Liegestühle. „Vielleicht machen wir es uns hier gemütlich“, sagte sie auf freundliche Art, „Ich sitze hier immer sehr gerne.“ Smeralda lächelte die andere an und nickte. Für eine 17-Jährige war diese Jean ziemlich selbstbewusst, dachte sie.

Als sie im Dunkeln aneinandergerückt nebeneinandersaßen, überkam Smeralda wieder dasselbe Zusammengehörigkeitsgefühl wie in der Kabine des Kapitäns – es kam nicht oft vor, dass sie sich mit einer Frau zusammensetzte und gemeinsame Sache mit dieser machte.

„Ich möchte nicht aufdringlich sein“, erklärte Jean Doyle und Smeralda erinnerte sich an die ausgesprochene Höflichkeit der Engländer, die sich ebenso schnell in völlige Ignoranz verwandeln konnte, oder, auch das war eine Eigenart der Inselbewohner, gleichzeitig mit dieser Höflichkeit auftrat. „Aber ich habe gedacht, vielleicht wäre es gut, wenn wir noch einmal den Abend durchgehen würden. Ich finde, wie der Kapitän gesagt hat, wir sollten uns so viel wie möglich austauschen, oder nicht?“

Smeralda blieb nichts, als zuzustimmen.

„Sagen Sie, als Sie sich erfrischen gegangen sind,“ setzte Jean an, „ist Ihnen da etwas aufgefallen?“

Smeralda überlegte. „Da waren ein Haufen Menschen in diesem Speisesaal. Tepp hat mich am Eingang des Saals abgeholt und dann sind wir zu dem Tisch gegangen, den er für uns reserviert hatte.“

„Waren da schon Speisen auf dem Tisch?“, fragte Jean.

„Nein. Es war schon eingedeckt. Teller und Besteck lagen schon da. Außerdem stand da eine kleine Vase mit einer Rose. Und die Gläser standen ebenfalls auf dem Tisch.“

„Waren die umgedreht? Oder standen sie mit dem Stiel auf dem Boden?“

„Ich weiß nicht so genau. Ich glaube, sie standen so, dass man direkt eingießen konnte. Der Ober brachte uns zunächst Champagner."

Jean nickte versonnen und Smeralda fragte sich, nachdem sie eine Weile nichts mehr gesagt hatte, ob sie aus Höflichkeit eine Konversation anfangen sollte, da hörte sie wieder die Stimme der Engländerin.

„Wir sollten morgen auch mit dem Kellner sprechen, um zu erfahren, ob die Speisen oder Getränke für einen Moment unbeaufsichtigt standen oder ob jemand dem Essen etwas beigefügt haben könnte."

Und nach einer weiteren Weile, die eben genau so lange dauerte, dass Smeralda unsicher wurde: „Wissen Sie, ich frage mich, weshalb der Kapitän Ihnen so sehr vertraut."

„Wie bitte?" Smeralda war ernsthaft erstaunt.

„Es würde eigentlich naheliegen, dass Sie Tepp vergiftet haben."

„Aber warum sollte ich das tun?"

„Das weiß ich ja auch nicht. Gäbe es denn einen Grund?"

„Was? Ich? Nein, also. Ich …"

„Entschuldigen Sie. Das war wohl sehr direkt. Ich wollte Ihnen nicht zu nahetreten."

„Nun." Eigentlich hatte Smeralda sich verabschieden wollen, aber die junge Frau hatte sie so weit verunsichert, dass sie nun glaubte, ein Zurückziehen in die eigenen Räumlichkeiten könnte unter den schlechtesten Umständen sogar als Eingeständnis der Schuld gesehen werden.

„Ich habe keinen Grund, irgendjemanden umzubringen."

„Echt? Das glaube ich nicht. Jeder hat einen Grund irgendjemanden umzubringen. Glaube ich zumindest."

„Wen würden Sie denn umbringen und weshalb?"

Jean überlegte nicht lange. „Ich glaube, ich würde meinen Vater umbringen. Aber auf der anderen Seite wird das nicht notwendig sein, denn er liegt sowieso im Sterben."

„Mein liebes Kind."

Jean lachte auf. „Nein, ist schon gut. Wirklich. Ich würde es ja nicht tun. Aber ich könnte. Verdient hätte er es, finde ich."

„Was hat er denn getan, Ihr Vater?"

Jean schaute zu Smeralda herüber. „Also gut, ich erzähle Ihnen alles. Wir müssen ja ein Vertrauensverhältnis aufbauen und so."

Das war genau das, was Smeralda nicht hören wollte. Zumindest war sie nicht unbedingt bereit, ihr halbes Geheimnis so schnell preiszugeben.

„Mein Vater ist ein bekannter Autor. Er schreibt Detektivgeschichten. Arthur Conan Doyle. Haben Sie bestimmt schon einmal gehört."

„Nein, kenne ich nicht."

„Umso besser. Die Sache ist nämlich die: Der Erfolg ist meinem Vater zu Kopf gestiegen. Er hält sich mittlerweile für genauso genial wie seine Hauptfigur – ein Detektiv, der einfach unglaublich intelligent ist und der hier über jeden auf diesem Schiff sofort eine lange Geschichte erzählen könnte, die er aufgrund irgendwelcher Kleinigkeiten, die anderen Leuten nicht auffallen, erkannt hat. Mein Vater ist aber nicht wirklich intelligent."

„So spricht man aber nicht über den eigenen Vater, mein Kind."

Jean lachte auf. „Ich schon. Warum sollte ich auch nicht? Warum soll man nicht die Wahrheit sagen, nur weil es sich nicht gehört? Er ist so, wie er ist. Und glauben Sie mir," nun schaute Jean Smeralda durch die dicken Augengläser direkt in die Augen, „ich kenne meinen Vater besser als die meisten.

Ich habe mich damit abgefunden, dass diese Welt von Männern bestimmt wird, obwohl diese erwiesenermaßen idiotisch und bemitleidenswert sind. Meine Brüder zum Beispiel verbringen ihre Tage damit, schnelle Autos zu fahren. Sie kaufen sich neue, fahren Rennen und brüsten sich mit ihren neusten Modellen und ihren besten Zeiten. Das ist geradezu erbärmlich. Und sicherlich ist mein Vater ein großer, bewundernswerter Mann. Aber er hat, wie die meisten Männer, den großen Fehler, dass er glaubt, mehr oder weniger unfehlbar zu sein in dem, was er tut. Und wenn ich ehrlich bin, ist das nur der eine Teil der Geschichte. Am schlimmsten und wenigsten zu ertragen ist meine Mutter, die sich geradezu willenlos und sich selbst gegenüber unerbittlich der Sache ihres Gatten unterstellt hat. Sie hat ihr eigenes Leben aufgegeben, um dem großen Autor Sir Arthur Conan Doyle zu dienen, hat seine Kinder bekommen, großgezogen und verhätschelt und ihn sein Leben leben lassen. Das ist der wahre Grund dafür, dass ich im Gegensatz zu Ihnen, Frau Cortazar, keine Frau sein will. Ich bin mir schon klar darüber, dass man in einer Welt leben muss, die nicht perfekt ist, dass Herausforderungen und Schmerzen aus irgendeinem dummen Grund Teil dieses Lebens sind, aber ich verstehe nicht, dass die Welt der Erwachsenen sich dieser Tatsache mit einer so unsinnigen Rollenverteilung entziehen will.

Aber auf dieser Reise, und das ist neu für mich, habe ich dank Ihnen, Frau Cortazar, gesehen, dass man als Frau nicht dem Wahnsinn der männlichen Unfähigkeit hilflos ausgeliefert sein muss. Und davon abgesehen habe ich auch festgestellt, dass Männer und Frauen nicht notwendigerweise unsinnig oberflächlich und unflexibel sein müssen. Ich genieße die Natürlichkeit, mit der Moritz Fischer mich um Rat fragt und der Kapitän meinen Fähigkeiten vertraut. Und ich genieße sogar die anerkennenden Blicke, die mir Harry Braithwaite zuwirft und sein offensichtliches Flirtverhalten. Warum also nicht die Trümpfe, die man als Frau hat, ausspielen und genießen?"

Wieder schwiegen die beiden, während ein warmer Abendwind ihnen über die Gesichter wehte.

„Nun sind Sie dran." Das hatte Smeralda befürchtet. Sie drehte ihren Kopf zur Seite und sah in die Dunkelheit des Decks, die von den Lichtern der Fenster durchbrochen wurde. Sie fühlte sich wohl hier draußen im Dunklen und Kalten. Die Welt derer da drinnen war nicht ihre Welt und sie würde dieser Welt immer fernbleiben, würde sie von außen interessiert betrachten, würde teilhaben an ihr, aber sie würde sich nie zu denen zugehörig fühlen, die im Licht standen.

Nur schien es ihr so, als ob diese junge, unattraktive junge Frau, die neben ihr saß, genau dieselbe Entscheidung getroffen hatte wie sie.

„Sie scheinen die Menschen gut zu kennen, Miss Doyle“, sagte Smeralda.

„Ja“, erwiderte diese. „Das ist mein Fluch. Der Detektiv, über den mein Vater schreibt, das bin eigentlich ich.“

„Wie meinen Sie das?“

„Ich habe mich erst dagegen gewehrt aufgrund des Rufes meines Vaters die zweifelhafte Ehre zu bekommen, bei der Aufklärung dieses Falles zu helfen. Das hat natürlich einen Grund. Die einzige Art, die Aufmerksamkeit meines Vaters zu bekommen, war es, Sherlock Holmes zu sein.“

„Wer?“

„Der größte Detektiv aller Zeiten. Also wurde ich schlau. Ich machte mich schlau. Ich schaute genau hin, kombinierte, fügte Eins und Eins zusammen. Am Ende hat mich mein Vater sogar gebeten, ihm beim Schreiben zu helfen.“

„Und ihr Vater hat allen Ruhm.“

„Ja.

„Nun gut, Miss Doyle. Dann will ich Ihnen meine Geschichte erzählen. Ich bin in Uruguay aufgewachsen, in einem kleinen Dorf. Ich war als Kind schon unglaublich schön. Als ich zwölf Jahre alt war, stierten mir die Männer nach. Den ersten Kuss habe ich mit elf bekommen.“

„Mit Zunge?“, fragte Jean. Smeralda lachte auf.

„Sie sind aber direkt. Oh ja, mit Zunge. Mein Lehrer.“

„Oh Gott, Sie Arme.“

„Ich wusste ja nicht, dass das unnatürlich ist. Mein Lehrer schon. Vom schlechten Gewissen geplagt, ließ er sich in ein anderes Dorf versetzen. Ich fand die Aufmerksamkeit der Männer zuweilen als angenehm. Verstand aber nicht, wie unersättlich das männliche Wesen ist. Und wie leicht verführbar. Ich hatte Freude an den Spielen mit den Männern. Bis ich Joaquin traf. Er war wunderschön und er nahm mich mit in die Stadt. Dort ist meine Geschichte leicht erzählt. Vermutlich wissen Sie ja schon Bescheid, Miss Doyle."

„Nun, dass Sie eine leichte Dame sind, habe ich schon von Anfang an gesehen."

„Ach ja?"

„Keine Angst. Es ist nicht offensichtlich. Aber Sie sind einfach ausgesprochen hübsch. Aber Sie haben eine Art, Männern zu begegnen, die den meisten Damen abgeht."

„Was wäre das für eine Art?"

„Man merkt, dass Sie sie kennen. Dass die Leichtigkeit im Umgang mit ihnen zum einen auf einem großen Erfahrungsschatz beruht, zum anderen auf eine echte Distanz, die niemals jemand überbrücken kann. Ich habe das gesehen, weil es mir ähnlich geht."

„Und das hat dich nicht über mich urteilen lassen, Kind?"

Jean schien kurz zu überlegen. „Nein, warum? Sehen Sie, Frau Cortazar. Wir beide haben den Männern das gegeben, was unser größter Schatz ist – unser Leben. Und wir beide wissen, dass wir keine Dankbarkeit erwarten dürfen. Sie brauchen sich vor mir nicht zu schämen. Ganz im Gegenteil. Ich bewundere Sie. Denn Sie haben, im Gegensatz zu mir, die Möglichkeit, die Schwäche des Mannes für sich auszunutzen."

7. Tag, 25. Juni 1930 – Jean

1.

Jean wunderte sich ein wenig, dass Tarnoff vor ihrem Bett stand, als sie erwachte. Während sie noch mit den Augen blinzelte, sagte er: „Das Träffan." Bei genauerem Hinsehen bemerkte sie, dass er keine Pupillen mehr hatte. Sie schreckte auf. Als sie erneut hinsah, war es nicht mehr Tarnoff, sondern Harry Braithwaite, der sich vor ihr entblößte. Wie selbstverständlich zog er seine Hose vor ihr aus. Das konnte nicht sein, dachte sie, und ihr wurde klar, sie hatte geträumt. Es war dunkel draußen. Sie hörte feste Schritte im Gang.

Zeit aufzustehen, dachte sie sich und lupfte die weiße Leinendecke, mit der sie sich bedeckt hatte. Als sie aufrecht saß, überlegte sie es sich anders und legte sich wieder hin. Besinne dich, dachte sie. Wer bist du und was machst du?

Nach einer kurzen Weile versuchte sie, die Fakten in ihrem Kopf zu sortieren:

1. Ich bin Billy. Bin ich Billy? Nein, ich bin Jean. Jean Doyle.
2. Ich bin auf einem Schiff.
3. Ich fahre nach Uruguay.
4. Ich kenne verschiedene Personen auf diesem Schiff. So viele Personen habe ich noch nie gekannt, zumindest nicht so schnell. Noch nicht einmal auf der Schule.
5. Die Menschen hier sind interessant und nett. Fast alle sprechen ein wenig Englisch.
6. Interessant sind: Moritz Fischer, Harry Braithwaite, Smeralda Acuna Cortazar, der Kapitän (habe seinen Namen vergessen).
7. Jetzt stehe ich aber auf und ziehe mich an.
8. Ich ziehe mich an und gehe raus an Deck.
9. Oh, es ist kühl geworden.
10. Ah, da ist ein Liegestuhl.
11. Wer bin ich und was will ich?

Durchschnittlichen Leserinnen und Lesern wird diese Abhandlung der Gedankenwelt der jungen Billy Jean Doyle etwas merkwürdig vorkommen, dennoch war es für sie eine gewohnte und vernünftige Art, die Welt zu ordnen und einen Halt in der Verwirrung des Lebens zu bekommen. Und in der jeweiligen Abarbeitung der gestellten Fragen begann sich der Nebel zu lichten, zeitgleich mit dem ersten Dämmern, das das Schwarz der Nacht erhellte. Allerdings musste Jean auch feststellen, dass die Beantwortung der Grundfragen neue Fragen nach sich zog:

Auf diesem Schiff, auf dem ich mich auf unnatürliche Art und Weise wohl fühle, obwohl ich diese Reise nur auf Drängen meines Vaters eingegangen bin, passieren schreckliche Dinge, nämlich, um es genauer zu benennen, Morde.

Es muss also mindestens einen Mörder an Bord geben.

Man könnte also auch sagen „Mörder ahoi", aber das wäre eine unsinnige Banalisierung der Tatsachen.

Zu den Fakten zurück. Es gibt vier Tote, davon drei Fußballspieler aus drei Nationen.

Drei Menschen wurden an Bord getötet, einer an Land.

Verdächtig sind: Alle

Wer aber könnte ein Interesse am Ableben von Fußballspielern haben?

Ich wurde beauftragt, zu helfen, den Mörder zu finden.

Endlich mal ich.

Ich muss mit Moritz reden.

Ein liebes Walross.

Unsinn. Hör auf so zu denken, Jean.

Sie fühlte sich wohl, alleine im Dunkeln und in der kühlen Brise eines erwachenden Morgens und so blieb sie noch ein wenig sitzen. Violine müsste man spielen, dachte sie, in Anlehnung an den größten Detektiv der Welt aus der Baker Street.

Als sie später erneut erwachte, auf dem obersten Deck, auf der Bank, auf die sie sich zwischenzeitlich gesetzt hatte, hörte sie tatsächlich das hohe Säuseln dieses Instruments, wobei sie den Traum schon im zweiten Aufwachen des Tages wieder vergessen hatte. Die Melodie allerdings, eine die sie nicht zuordnen konnte, hörte sie immer noch, als sie Moritz ins Wasser platschen sah. Warum war sie nur eingeschlafen, dachte sie sich. Das war so ganz und gar untypisch. Sie wartete, bis Fischer sein morgendliches Bad beendet und sich neben sie gesetzt hatte.

„Guten Morgen, Billy", begrüßte er sie mit der bibbernden Frische eines gerade aus dem Wasser Gekommenen.

„Jean", sagte sie und er wiederholte brav ihren Namen.

„Guten Morgen, Moritz. Es gibt Neuigkeiten."

„Ach ja?" Er schaute sie hoffnungsfroh an.

„Nun, den Mörder habe ich noch nicht. Aber erst einmal muss ich mit dir über etwas anderes reden."

„Oh?"

Sie mochte die Sparsamkeit der Worte, die er morgens an den Tag legte.

„Diese Sache mit Smeralda. Du musst sie hinter dir lassen. Wir müssen zusammenarbeiten."

Sie spürte, wie er förmlich zusammenzuckte.

„Ich …"

„Du brauchst nichts zu sagen oder zu erklären. Nur so viel möchte ich dazu sagen: Sie ist eine gute Frau. Ich habe mich gestern mit ihr unterhalten. Ich mag sie. Und das solltest du auch."

Sie sah, wie er mit sich rang, indem er sich mit einer Hand über seinen Schnurrbart fuhr.

„Sie …"

„…hat einen Beruf", beendete Jean seinen Satz. „Und glaub' mir: Niemand fühlt sich so schlecht wie sie."

Sie sah Fischer starr den Blick nach vorne richten.

„Entschuldige, ich weiß, es geht mich nichts an. Aber irgendwie musste ich das sagen."

„Ist schon gut", sagte er schließlich. „Ist schon gut." Sie hatte das Gefühl, er wolle sich selber beruhigen.

2.

„Eine Liste?", fragte Fischer.

„Ja. Das ist unglaublich nützlich. Mache ich immer, wenn ich … naja. Mache ich immer."

Der Ober brachte den dritten Tee und Jean hatte einen Zettel vor sich liegen und einen Bleistift, den sie erwartungsfroh in die Hand nahm.

„Verdächtige", diktierte sie.

„Oh Gott, Billy, ähh, Jean, entschuldige. Das klingt so grausam, wenn wir da jetzt Namen draufsetzen."

„Ich weiß", sagte sie, „das geht mir auch so. Aber wir müssen es tun."

„Also gut. Verdächtige. Also als erstes vielleicht Pupo."

„Der Maschinist?"

„Ja."

„Unwahrscheinlich, aber gut. Wir setzen ihn drauf. Wer noch?"

„Smeralda."

„Moritz!" Jeans Stimme bekam einen scharfen Unterton.

„Schon gut. Streichen wir. Was ist mit deiner Gesellschaft?"

„Was? Wieso?"

„Nun ja. Denk mal an diese Inschrift: Circulus, Sacrificuum, Occursus. Gemeinschaft, Opfer, Begegnung. Das Wort Opfer gefällt mir dabei gar nicht."

„Du meinst …"

„Nun, die Organisation erwartet eine Begegnung mit einer neuen Form des Lebens, die die Welt verändern kann. Sie wäre vielleicht bereit, alles dafür zu tun, dass diese Begegnung erfolgreich verläuft. Vielleicht würde sie …"

„… Menschen opfern", beendete Jean den Satz. „Die Gemeinschaft muss ein Opfer bringen, damit die Begegnung stattfinden kann."

„Das wäre im höchsten Maße verstörend, aber ja. Wer vier Morde begeht, hat normale Grundsätze der Moral bereits hinter sich gelassen."

„Tarnoff", flüsterte Jean und schrieb den Namen auf die Liste.

„Die Gesellschaft hat sich schon über die Fußballer beschwert", ergänzte Fischer.

„Das stimmt", bestätigte Jean. „Sie sehen die Fußballspieler als Gefahr für eine gelungene Begegnung."

„Tarnoff", bestätigte Fischer, „ich habe diesem Gauner keine Minute getraut."

„Er ist auf jeden Fall merkwürdig. Aber würde er morden?"

„Wie sind die anderen Gestalten in diesem seltsamen Verein?"

Jean hatte auf einmal das Gefühl, die Gesellschaft, die sie bis eben selbst noch mit äußerst kritischen Augen gesehen hatte, verteidigen zu müssen.

„Naja, so schlimm sind die auch nicht. Da gibt es noch einen General oder so. Nein, einen Oberst."

„Auf die Liste", befahl Fischer.

„Und einen Deutschen. Kramer heißt der."

„Deutsche sind immer verdächtig. Auf die Liste."

„Was ist denn dann bitteschön mit deinem Verein?", konterte Jean.

„Wie?"

„Na, diese Fußballer."

„Die FIFA? Haha. Alles Idealisten. Ehrbare Leute allesamt. Warum sollten die sich denn selber dezimieren?"

„Weiß ich nicht. Aber es ist ja schon auffällig, dass alle Opfer Fußball spielen."

„Also, ich weiß nicht. Rimet ist es auf keinen Fall. Ich bin es auch nicht."

„Wohl eher nicht", stimmte Jean zu. „Aber was ist mit diesem langen Schlaks?"

„Langenus? Das ergibt keinen Sinn. Warum sollte der?"

Billy seufzte. Obwohl sie den ganzen Vormittag über das Tatmotiv sinniert hatten, waren sie nicht wirklich vorangekommen.

„Die entscheidende Frage ist", so fuhr sie fort, „wer die Möglichkeit hatte, das Essen zu vergiften, unbemerkt in Barcelona zu morden und zwei Menschen im Maschinenraum zu erledigen."

„Der Mörder muss kräftig sein. Dem Rumänen hat er die Kehle durchgeschnitten."

„Das könnte auch eine schwache Person in einem unerwarteten Moment tun."

„Aber wenn es stimmt, was Annette Rimet erzählt hat, muss er Brasson direkt gegenübergestanden und überwältigt haben."

„Stimmt", sagte Jean, „dann fällt also Frau Jörgensen weg."

„Frau Jörgensen?"

„Ach, so eine alte Dänin von der Organisation."

„Ach so." Fischer schlürfte an seinem Assam.

„Auffällig ist, dass alle Opfer auf unterschiedliche Weise umgebracht wurden. So also wollte der Mörder auffallen."

„Ja, wie ein Potpourri der Grausamkeiten."

„Kehle durchschneiden, in eine Walze werfen, mit einem spitzen Instrument durch die Augen ins Gehirn stechen und mit Strychnin vergiften. Wer kommt auf solche Ideen?"

„Jemand, der über viel Fantasie verfügt", sinnierte Fischer, „Tarnoff."

„Es scheint", so resümierte Jean, „als hätten wir unseren ersten Hauptverdächtigen."

3.

Jean blickte erneut um die Ecke, so wie sie es die letzte halbe Stunde immer wieder getan hatte. Auf dem Gang rührte sich nichts. Die Tür war und blieb verschlossen, kein einziges Geräusch drang von drinnen nach draußen, sodass sie schon davon ausging, dass Tarnoff längst irgendwo auf dem Schiff herumspazierte. In zehn

Minuten würde ihr Treffen beginnen, indem das weitere Vorgehen der Organisation besprochen werden sollte. Jean wollte nicht zu spät kommen, allerdings genoss sie auch das mulmige Gefühl in ihrer Bauchgegend. Sie konnte sich immer noch nicht vorstellen, dass Tarnoff tatsächlich etwas mit diesen Morden zu tun haben könnte, aber auf der anderen Seite würde sie sich das bei niemandem vorstellen können.

Es klackte. Plötzlich und schnell ging die Tür auf und der große Russe trat eiligen Schrittes aus der Tür heraus. Jean zuckte zurück, um nicht gesehen zu werden, ging ein paar Schritte zurück und als sie das erneute Klackern des Türschlosses hörte, lief sie um die Ecke und tat, als sehe sie den im dunklen Frack gekleideten Mann nicht. Dennoch sah sie genau, wie er den Schlüssel in seine Jackentasche gleiten ließ. Er blickte auf.

„Aha, Miss Doyle."

Sie tat überrascht: „Oh, Herr Tarnoff. Ach, Sie gehen gewiss auch gleich zu unserem Treffen."

„In där Taat. Wollän Sie mich bäglaitän?"

„Sehr gerne, ich wollte auch gerade dorthin."

„Sie wohnän aber doch auf einäm anderän Däck, odär?"

„Ach", seufzte Jean, „Ich habe mich auf dem Schiff umgesehen und habe mich wohl ein wenig verlaufen."

„Wie gut, dass Sie mich gätroffän habän." Tarnoff lächelte selbstzufrieden.

Männer, dachte Jean. Leichter zu manipulieren als hungrige Esel. Man braucht noch nicht mal eine Peitsche. Die Karotte reichte vollkommen aus. Sie sandte einen stillen kameradschaftlichen Gruß an Smeralda.

Die meisten anderen Mitglieder der Organisation saßen bereits am Tisch. Außer den Mitgliedern war niemand im Saal anwesend. Frau Jörgensen saß in der Mitte des Tisches. Sie hatte die Ellenbogen auf diesen gestützt, sodass man einen dicken Verband an ihrer Hand sehen konnte, den sie wie eine Trophäe für alle sichtbar zur

Schau stellte. Ihr Gesicht war allerdings noch griesgrämiger als zuvor.

„Heiß hier", stellte Jean fest, worauf Tarnoff kommentierte: „Finden Sie?" Sie gingen an den Tisch und Jean räusperte sich: „Ich nehme Ihnen Ihre Jacke ab, bitte schön." Tarnoff schaute sie mit einem undefinierbaren Blick an, streifte sich aber dann sein Jackett von den Schultern. Jean klopfte das Herz bis zum Hals, als sie es entgegennahm, sich umblickte und fragte: „Wo ist denn hier die Garderobe?"

Kramer deutete mit dem Finger auf den Eingangsbereich des Saales, welcher vom Tisch aus nicht sichtbar war.

„Das ist säääh aufmärksam von Ihnän", sagte Tarnoff und Jean dackelte sofort los und hoffte, dass niemand bemerkte, dass ihre Beine zitterten. Ein Kellner mit einem übergroßen Tablett bedeckt mit einer Variation aus verschiedenen Obstgarnituren kam auf sie zu und sie ging noch etwas langsamer. Sie hielt das Jackett vor sich und fing an, mit ihrer rechten Hand in der Seitentasche herumzuwerkeln. Sie musste nicht lange suchen. Das kalte Metall fühlte sich weich an in ihrer Hand. An der Tür zum Musiksaal stand Fischer, der, als er sie sah, ein paar Schritte auf sie zu kam und ihr die Hand schüttelte. „Guten Morgen, Herr Fischer", sagte sie artig und fügte flüsternd hinzu, „eine Stunde."

Fischer drehte ab und Jean hing das Jackett an den Garderobenständer. Das ging viel zu leicht, dachte sie sich, war aber durchaus erleichtert, dass der schwierigste Teil ihres Auftrags erledigt war.

Als sie zum Tisch kam, war die Diskussion schon im vollen Gange. Es war, als hätte sich die Gesellschaft nach diesem Moment gesehnt, also ob Streiten eine notwendige Bestätigung des Lebens wäre und man sich ohne diese Bestätigung fragen müsse, ob und wozu man überhaupt existiere.

„Ein Feuer", keifte eine Stimme, „ist ein universales Verständigungsmittel, welches Wärme und Willkommen ausdrückt."

Eine andere Stimme, Jean erkannte Miss Carlisle, bellte zurück:

„Es ist ein Ausdruck von Aggression und Krieg. Feuer bedeutet Zerstörung – Verwüstung, Kampf, Krieg, ...“

Braithwaite zwinkerte Jean zu und sie lächelte zurück und fragte flüsternd, während sie sich auf den freien Platz neben ihm setzte, worum es ginge. Die Antwort wurde aber von einer anderen Stimme vorweggenommen.

„Die Begrüßung sollte mit einem überdimensionalen Plakat erfolgen. Ein einfacher Schriftzug, so etwas wie ‚Willkommen auf der Erde‘, auf dem Oberdeck ausgebreitet, würde vertrauenserweckend wirken.“

„Die können nicht lesen“, brummte Oberst von Woselitz. „Woher wissen Sie das?“, wies ihn eine andere Stimme zurecht.

Eine Faust wurde auf den Tisch gehauen. „Ruhääää! Imma diesä Straitaraiän. Das ist uunprofässionäll. Bittä noch andärä Vorschlägä.“

Harry Braithwaite meldete sich. „Zum gegebenen Zeitpunkt sollten kein Feuer und kein Plakat ausliegen, meine Damen und meine Herren. Warum brauchen wir Symbole und Zeichen, wenn wir doch selbst als Personen die anderen Wesen willkommen heißen könnten. Ich schlage daher vor, einen Menschenkreis zu bilden, mit dem wir händehaltend unsere friedlichen Absichten am besten singenderweise verdeutlichen können.“

Jean schaute Harry fast misstrauisch an. Er saß strahlend an seinem Platz und nach und nach nickten die anderen Teilnehmer zustimmend. Alle fanden den Vorschlag gut und fast schien es, als ob sich alle einig werden könnten, bis es an die Auswahl eines Begrüßungsliedes ging. Nationalhymnen wurden schnell aus der Auswahl gestrichen, auch „Auld Lang Syne“, ein Vorschlag von Fietjestol, der anfangs mit Begeisterung aufgenommen worden war, fiel dann durch, da das Lied eher einen Abschiedscharakter aufwies. Nachdem viele Vorschläge verworfen wurden, einigte man sich schließlich darauf, Schaljapin und Nespoulos zu fragen, ob sie am besagten Tage eine Arie von sich geben könnten.

„Dann erklärä ich diesä Sitzung füa bäändät“, schallte die Stimme

Tarnoffs über den Tisch.

Jean klappte unwillkürlich der Mund herab. Es waren erst höchstens zehn Minuten vergangen. Tarnoff würde Fischer in flagranti beim Durchsuchen seines Zimmers erwischen. Als Tarnoff sich erhoben hatte, machte sie einen Ton, ein langes A, das sich endlich zu einem Wort verwandelte:

„AAAAber …"

Alle schauten sie an, Harry Braithwaite schien ebenso erstaunt wie sie bei seiner Wortmeldung.

„Aber was ist mit einem Begrüßungsgeschenk?"

Tarnoff wischte ihren Einwand mit einer schnellen Handbewegung beiseite. „Die nächstä Sitzung ist morgän an selba Ställa."

„Ich, ich ..."

Auch die anderen standen nun auf und Jean fühlte sich, als wäre sie Zuhause im Kreis ihrer Familie, wo ihre Wortbeiträge ebenso wenig erwünscht waren wie Motten in der Speisekammer.

Sie überlegte sich kurz, ob sie eine Kontaktaufnahme mit den Außerirdischen erfinden sollte, aber Tarnoff war schon auf dem Weg zur Tür. Jetzt würde nur noch ein Schrei wie der einer Brittany Carlisle nützen, aber sie wusste, dass sie dazu momentan nicht in der Lage war. Harry Braithwaite starrte sie immer noch an, als versuche er herauszufinden, ob sie gesund sei, doch sie hatte keine Zeit, ihm zu erklären, was sie antrieb. Also hechtete sie an Tarnoff vorbei, stürmte den Gang hinunter, dem roten Teppich entlang am Speisesaal vorbei, um eine Ecke und dann zwei Treppen hinab. Sie musste unbedingt vor Tarnoff an dessen Kajüte ankommen, um Moritz zu warnen.

Es entspann sich eine wilde Jagd über die Gänge des Schiffs. Jean hatte das Pech, dass sie auf dem C-Deck in die Reihen der sich vom Training zurückziehenden Rumänen lief, weshalb sie über den Innenraum auf die Backbordseite des Schiffes wechselte, was allerdings auch nicht viel besser war, da sich hier die Belgier zur Trainingsaufnahme trafen – man wollte den Rumänen aus dem Weg gehen und die Franzosen waren erst später dran oder sie trainierten überhaupt nicht – und sich über eine junge Dame wunderten, welche wie von der Tarantel gestochen durch die Kniebeugen übenden Fußballer hechtete. Durch die Zickzackbewegungen verlor sie wertvolle Zeit, sodass sie während des Laufens über einen Innengang beschloss, wieder auf die Außenseite zu wechseln, da sie Fischer nicht von der Tür aus warnen würde können. Draußen aber, auf dem richtigen Deck auf der richtigen Seite angekommen, fragte sie sich, welches Außenfenster Tarnoff denn überhaupt belegt haben könnte, stellte dann aber fest, dass die Räumlichkeiten des Russen auf dem F-Deck lagen und dass es dort gar keine Promenade gab. Sie rannte noch eine Treppe hinab und in den dunklen Gang hinein. Vor der Tür, an der sie noch vor nicht einmal einer halben Stunde Tarnoff abgefangen hatte, um zu sehen, wohin er seinen Schlüssel stecken würde, hielt sie inne. Dann klopfte sie mit aller Gewalt dagegen. Und da sich nichts tat, hämmerte sie gleich noch einmal, oder besser gesagt dreimal mit der flachen Hand gegen das dunkle Holz. Vielleicht, so dachte Jean, ist Fischer schon nach draußen gegangen, weil er geahnt haben könnte, dass dieses Treffen schneller vorbei ist als die anderen oder vielleicht hatte ihn seine Intuition gerettet, aber zur Sicherheit klopfte sie, nachdem sie sich umgeblickt hatte, nochmals, diesmal noch etwas lauter, um sicherzugehen, dass er sie von einem hinteren Teil des Raumes hörte. Sie überlegte noch, ob er aufgrund ihrer Warnung einfach schon rausgegangen sein könnte, dann aber wurde die Tür geöffnet und sie starrte in das wutverzerrte Gesicht von Bojan Tarnoff.

4.

Mit noch immer gerötetem Gesicht und rosa Flecken auf dem Hals, die sich auffällig von dem Weiß ihrer Haut absetzten, hockte Jean auf dem kleinen Sofa in Fischers Zimmer. Sie wischte sich den letzten, ihr äußerst peinlichen Schweißtropfen von der Stirn und erzählte Fischer von ihrem Fauxpas.

„Was hast du denn dann gemacht, als er dich so böse angeschaut hat?“, fragte Fischer schließlich und sie erklärte: „Ich habe mir die Hand vor den Mund gehalten und so getan, als sei es ein Irrtum. Und dann hat er sich kurz zu einem halbwegs freundlichem Grinsen überwinden können und hat Tür kopfschüttelnderweise wieder zugezogen. Glaubst du, er hat etwas bemerkt?“

„Dass du an die Tür geklopft hast, hat mir immerhin die Möglichkeit gegeben, mich unbemerkt aus meinem Versteck zu schleichen und den Schlüssel auf das Beistelltischchen zu legen. Ich glaube nicht, dass er gesehen hat, dass ich hinter seinem Kleiderschrank stand. Er ist danach direkt in sein Schlafzimmer gegangen. Und hoffentlich wähnt er sich in dem Glauben, den Schlüssel vergessen zu haben.“

„Aber wie ist er nur ohne Schlüssel so schnell in seine Kajüte gekommen?“, fragte Jean.

„Er muss einen vorbeikommenden Steward am Gang darum gebeten haben, ihm aufzuschließen.“

Jetzt, nachdem der erste und auch der zweite Schreck nachgelassen hatten, konnten beide wieder ein wenig grinsen.

„Aber ich habe ja noch gar nicht gefragt: Hast du etwas in seinem Zimmer gefunden?“

Fischer hob bedeutungsschwer die Augen.

„Gefunden habe ich etwas. Aber nichts, was uns nützt.“

„Was denn dann?“

Fischer beugte seinen Oberkörper nach vorne, um seinen Worten Gewicht zu verleihen.

„Auf dem Schreibtisch des Mannes lag eine Kamera – eine Gold-Leica. An und für sich nichts Besonderes. Ich fand des Weiteren Listen von Menschen, unter anderem stand dort auch der Name von Jules Rimet.“

„Oh Gott. Eine Todesliste?“

„Nein. Da stehen auch noch andere Menschen drauf, die ich nicht kenne. Irgendein Schauspieler – Lowe oder so heißt der. Auf jeden

Fall keine Fußballer. Seltsam ist, dass da auch der Name von König Carol dem Zweiten aufgelistet ist."

„Ein König?"

„König von Rumänien."

„Ich hab's." Jeans Gesicht hellte sich auf. Fischer schaute sie fragend an. „Das ist eine Liste von Geldgebern. Er ist dauernd auf der Suche nach Unterstützern."

„Jawohl. Das passt dann auch mit dem zusammen, was ich in seinem Kleiderschrank gefunden habe."

„Du hast seinen Kleiderschrank untersucht?"

„Habe ich. Und gefunden habe ich einen Außerirdischen."

„Was?"

„Im Schrank war ein außerirdisches Wesen. Aus Pappe. Ungefähr einen halben Meter groß." Jean schaute Fischer groß an, was diesen zu einer weiteren Erklärung nötigte. „Ich machte den Schrank auf, um nach Hinweisen zu suchen. Ich muss dazu sagen, dass mir das nicht leichtfiel. Ich bin es selbstverständlich nicht gewohnt, in anderer Leute Sachen herumzuwühlen, aber da wir es nun einmal mit außergewöhnlichen Umständen zu tun haben …"

„Ja, ja", unterbrach eine ungeduldige Jean, „weiter."

„Nun, mir fiel ein flaches Stück Pappe auf, das da zwischen den Anzügen stand. Ich zog es erstaunt heraus und sah die Form eines Menschen mit sehr dünnen Gliedmaßen und einem übergroßen Kopf. Ich stellte bei genauerem Betrachten fest, dass es sich um eine Pappform handelte, auf der auch die Konturen des Wesens eingezeichnet waren – in einem blassen Gelb. Aber am erschreckendsten war, dass dieses Wesen auch ein Gesicht hatte – mit übergroßen Augen. Ich konnte mir erst keinen Reim darauf machen, aber dann dachte ich an das, was ich auf dem Tisch gefunden hatte."

„Die Kamera", folgerte Jean.

„Die Kamera. Er will seinen Außerirdischen fotografieren."

Fischer grinste Jean voller Stolz an, doch diese machte ein grimmiges Gesicht. „Was ist los?", fragte er. Jean wischte mit einer Handbewegung einen Gedanken weg.

„Nichts", sagte sie kurzangebunden.

„Jean."

„Ach, es ist nur", sie seufzte. „Das erinnert mich an die Fotos, die von den Feen von Cottingley gemacht wurden. Mein Vater hat diese Fotos einer ganzen Weltöffentlichkeit zur Verfügung gestellt und sich damit lächerlich gemacht. Es scheint mir nun, dass er schon wieder so einem Betrug zum Opfer gefallen ist, indem er mich als Teil der Gesellschaft an Bord hat gehen lassen."

„Ich verstehe", sagte Fischer. „Lass uns einen kleinen Aperitif vor dem Abendessen trinken, um die düsteren Gedanken zu vertreiben."

Der Raucherraum war voller vom Alkohol beseelter Lächelnden, die sich gegenseitig entweder zuprosteten oder Rauch ins Gesicht bliesen. „Was ist hier los?", fragte Jean und Fischer antwortete: „Man feiert, den afrikanischen Kontinent in der Ferne sehen zu können."

„Kann es sein, dass man hier ständig irgendetwas feiert?", fragte Jean daraufhin, doch Fischer kam nicht dazu, ihr zu antworten. Stattdessen zupfte ihn Jules Rimet, der sich in der Masse aufgehalten hatte, am Ärmel.

„Fischer, guter Mann, wo waren Sie? Ich brauche Sie. Wir müssen die Trainingszeiten an Bord besprechen. Die Rumänen wollen nicht mehr als erste trainieren, sie schlagen ein rotierendes System vor, was allerdings die anderen Mannschaften ablehnen. Wir müssen eine feste Regel finden." Jean sah, wie Fischer nickte und beschwichtigte, und ihr wurde klar, dass sie ihren Aperitif alleine würde trinken müssen.

Sie ging an die mit dunklem Holz getäfelte Bar, wo ein hochgewachsener Ober mit einer über das gesamte Oval seines blanken Schädels gelegten Strähne Gläser polierte. Neben ihr lehnte sich ein Mann mit dem Rücken gegen den Tresen, wobei er mit seinen Ellenbogen dafür sorgte, dass er nicht herabrutschte. „Afrika, Afrika", murmelte er vor sich hin, wandte sich dann Jean zu und fragte sie unvermittelt: „Waren Sie schon einmal im Land der Neger?“ Jean zögerte, da sie keine Lust auf eine Konversation mit einem betrunkenen Idioten hatte, erkannte aber, dass ihr Sekt noch ein paar Momente brauchen würde und antwortete mit einem kurzen „Ja“.

Der Mann lachte – deutlich verbitterter als Jean erwartet hatte – und raunzte sie an. „Brauchst mir nichts zu erzählen, so ein junges Ding wie du …“ Jean schnappte sich das Sektglas und stürzte sich in das johlende Getümmel, auf der Suche nach Fischer.

Während sie sich an den fast steinernen Statuen der Betrunkenen vorbeischlängelte, fiel ihr eine Person auf, die in einer Ecke des Raumes stand, angelehnt an die rotgolden tapezierte Wand, die von der dunkel gemaserten Holzvertäfelung durchzogen wurde. Die Frau war hübsch – deutlich hübscher als sie selbst. Sie hatte helle Locken, die wie ein Wasserfall an ihren Seiten herabfielen, und ihre hellroten Lippen waren auf verführerische Art schmal. Sie trug ein grünes Kleid und eine rote, mit Gold bestickte Weste. Alles an dieser Frau wirkte edel und anmutig. Sie schaute in eine bestimmte Richtung. Jean konnte aufgrund der Masse an Menschen, die ihr den Weg versperrten, nicht erkennen wohin, denn der Korridor, der sich kurz geöffnet hatte, um die Sicht auf die Frau freizugeben, war durch die tapsigen Bewegungen der Gäste wieder verschwunden. Da sie Fischer nirgendwo entdecken konnte, beschloss sie, die in dieser Umgebung beruhigende Gesellschaft der Frau zu suchen.

Sie schaffte es an Kristallgläsern und brennenden Zigarren vorbei, ohne sich zu verbrennen, auch wenn ein Mann seinem Gin, der auf den Boden geklatscht war, als Jean seinen Ellenbogen im Vorbeigehen mitgerissen hatte, traurig hinterherblickte.

Die Frau sah Jean noch nicht einmal, als diese sich direkt neben sie an die Wand lehnte. Nun aber konnte Jean dem Blick der anderen folgen: Inmitten der Menschentraube, beleuchtet vom hellen Schein eines strahlenden Kronleuchters, standen ein Mann und eine Frau, eingehüllt in einen Lichtkreis wie ein träumerischer Schimmer. Der Mann hatte seinen in dunklem Frack gekleideten

Oberkörper nach vorne gebeugt, etwas zu nah an die Frau heran, wie Jean fand, um dieser zuzuhören. Er wirkte interessiert, hatte aber diesen wölfischen Blick von Enthemmten, den Jean auf Gartenfesten im heimischen Windlesham kennen, aber nie fürchten gelernt hatte, da nie jemand ernsthaft an ihr interessiert gewesen war. Die Frau, mit der er redete, schien Gefallen am Interesse ihres Gegenübers zu haben. Ihre Wangen waren gerötet und wenn sie nicht lachte, dann lächelte sie. Jean empfand auf einmal tiefe Bewunderung für diese Person, die die ungeteilte Aufmerksamkeit, die ihr zuteilwurde, so spielerisch nutzen konnte, ohne sich dabei bedroht zu fühlen. Dass sie dies wusste, lag nicht daran, dass sie den Ausdruck der Frau so genau lesen konnte, sondern daran, dass sie sie kannte: Es war Smeralda.

„Ein schöner Abend, nicht wahr?“, begann Jean die Konversation mit der Blondgelockten, in der Hoffnung, dass diese nicht aufschrecken würde. Diese wirkte jedoch ungerührt.

„Ist in Ordnung, denke ich“, sagte sie schlicht und Jean war von der tiefen, irgendwie aufregenden Stimme der Frau beeindruckt. Sie erkannte einen amerikanischen Akzent.

„Oh, das tut mir leid, dass er nur in Ordnung für Sie ist. Ich bin Jean Doyle aus England.“ Damit reichte sie ihr die Hand hin. Die andere schaute die Hand an und schien erst zu überlegen, bevor sie sie einschlug. „Lilyan Tashman.“

Jean überlegte kurz. Sie überschlug die Anzahl der Menschen an Bord des Schiffes und wie viel Zeit sie damit verbringen würde, etwas über diese Leute herauszufinden, wenn sie länger als zehn Minuten brauchte, um gesellschaftliche Konventionen einzuhalten. Sie war nicht außergewöhnlich gut in Mathematik, doch ihr war klar, dass es eine Menge Zeit war. Daher beschloss sie, gleich zur Sache zu kommen, auch wenn sie den Leuten vor den Kopf stoßen würde.

„Ihr Mann?“

Jetzt schaute Lilyan sie direkt an, mit einer Art von amüsiertem Interesse, das eine höhere Stufe in der Rangordnung ausdrückt.

Jean blickte offen zurück, mehr interessiert als verletzt. Schließlich lachte Lilyan und sie nickte. „Ja, mein Mann. Edmund Lowe. Schauspieler, wie ich."

Jeans Gesicht hellte sich auf. „Echt? Das ist toll. Ich habe noch nie mit echten Schauspielern gesprochen, geschweige denn überhaupt berühmten Personen."

„Ich bin nicht so richtig berühmt, Kindchen. Solltest dich eher an meinen Mann halten, so wie die Dame da hinten."

Jean widerstand dem Impuls, Smeralda in Schutz zu nehmen. Sie bewegte sich auf dünnem Eis und so lenkte sie das Gespräch in eine andere Richtung.

„Haben Sie Urlaub in Europa gemacht?"

„Nein, Kind. Mein Mann arbeitet sehr gewissenhaft. Er dreht Ende dieses Jahres einen Film auf einem Luxusdampfer. Jetzt will er sich schon einmal mit der Atmosphäre vertraut machen."

Jean klatschte in die Hände. „Uiih, wie aufregend. Sie müssen mir aber von sich erzählen, Miss Tashman."

Die Angesprochene schien sich sichtlich über die Aufmerksamkeit, die ihr zuteilwurde, zu freuen, auch wenn sie es nicht zugab.

„Es gibt nichts zu erzählen. Ich spiele schon in dem ein oder anderen Film mit, aber nichts Großes."

„Was waren denn ihre letzten Filme?", fragte Jean unverdrossen weiter.

„Also gut. Zuletzt gab es No, No, Nanette, den haben wir gerade fertiggestellt, dann Puttin' on the Ritz, dann Evening Clothes, Moment mal, nein, vorher hatten wir noch On the Level, nicht zu vergessen Leathernecking, aber halt, was ist mit The Trial of Mary Dugan, davor war, glaube ich, The Marriage Playground und …"

„So viele?" Jean, vor kurzem in ihrem eigenen Ansehen noch zur Detektivin aufgestiegen, fühlte sich auf einmal wieder wie ein kleines Mädchen und begann sich zu schämen, die Frau angesprochen zu haben. Da sie nichts Besseres zu sagen wusste, stammelte sie:

„Sie sehen toll aus, Miss Tashman."

„Kannst mich ruhig Lilyan nennen."

„Ich bin Jean. Jean Doyle. Ich liebe Filme, Miss Tashman, ähh, Lilyan."

„So? Was kennst du denn für welche?"

Jean zuckte innerlich zusammen. „Ähh, ich kann mir die Titel nicht so merken, wissen Sie?"

Tashman blickte immer wieder zu ihrem Mann hinüber.

„Warum heißen Sie denn anders als Ihr Mann, Lilyan?"

„Was? Ach so, das. Weißt du, im Filmgeschäft hat man sich einen gewissen Ruf erarbeitet und einen Namen. Genauso wie du dir die Namen nicht merken kannst, können sich viele Zuschauer nichts mehr unter einem Namen vorstellen, wenn er verändert wurde. Deswegen heiße ich immer noch Tashman, auch wenn ich mit Ed verheiratet bin."

Lilyan Tashman nippte an einem Drink, sodass das Klappern der Eiswürfel Jean bewusst machte, was ihr die ganze Zeit in diesem Raum gefehlt hatte, um auch nur ansatzweise dazuzugehören. Sie legte ihre Hände hinter sich an die Wand, damit nicht so auffiel, dass sie im Gegensatz zu allen anderen nichts hatte, was sie berechtigen würde, hier zu sein.

„Dieser Film, den ihr Mann dreht, Miss Tashman – worum geht es da?"

„Ach Kindchen, ich habe schon so viel damit zu tun, mir meine eigenen Rollen zu merken. Ich weiß es wirklich nicht. Irgendein Gauner auf einem Schiff, der eine Bank ausgeraubt hat, glaube ich. Und dann ist da natürlich auch eine Liebesgeschichte mit drin."

„Gibt es einen Mord?"

Tashman wandte ihr Gesicht Jean zu. „Ich glaube schon. Vielleicht sogar ein paar davon."

Jean überlegte fieberhaft. Keine Zeit, um über die Konsequenzen nachzudenken, dachte sie.

„Welche Zimmernummer haben Sie?", fragte sie eine verwirrte Tashman, „Ich will sie unbedingt mal besuchen."

„402, Kindchen, aber du redest doch gerade eh mit mir."

Dann entschuldigte sich Jean bei ihrer Gesprächspartnerin und stürmte auf die Mitte des Saales zu, wo sie Smeralda, die offensichtlich gerade über einen Witz von Herrn Lowe lachte, laut begrüßte. „Haha, wie schön, Sie hier zu sehen", stimmte sie ins Gelächter mit ein und hinter vorgehaltener Hand, als Lowe sich wegen der offensichtlichen Missachtung seiner Person kurz nach hinten wegdrehte, flüsterte sie Smeralda die verschwörerischen Worte zu: „Ich habe einen Plan."

5.

Der anhaltende Strom der Worte änderte nichts an ihrer Haltung. Sie stierte auf den Boden, so wie sie es die letzten zwanzig Minuten getan hatte, während die mit Verzweiflung gepaarten Vorwürfe auf sie niederprasselten. Und dabei wusste der Kapitän noch gar nichts von dem ersten Einbruch, den sie noch am selben Tag geplant und durchgeführt hatten. Es war eine Anhäufung von Erläuterungen, was das richtige Arbeitsverständnis anginge, und dass Herr Lowe ein respektierter Bürger der Vereinigten Staaten wäre und dass es Grenzen des Erlaubten gäbe und was das denn überhaupt alles solle.

Billy starrte weiter ihre Füße an, und während die Kaskade der Demütigungen über sie einprasselte, blinkte ein kleines Lämpchen in ihr auf. Der Kapitän hatte ihr Vorwürfe gemacht, keine Frage, aber von ihrem Auftrag hatte er nichts verlauten lassen.

„Sagen Sie, Miss Doyle. Was haben Sie denn um Gottes Willen in Mr. Lowes Kabine gesucht?"

Die dunkle und gleichzeitig glasklare Stimme des Schauspielers ergänzte: „Ich habe sie an meiner Kommode erwischt. Sie hat in meinen Sachen gewühlt."

„Für mich ein klarer Fall von Kleptomanie", mutmaßte Lilyan Tashman, der gegenüber Jean sich am meisten schämte.

Aber das Fünkchen Hoffnung in ihrem Kopf glomm immer noch. Der Kapitän hatte nichts von ihrem Auftrag nach außen dringen lassen und Jean wusste, dass er sich darauf verließ, dass dieser auch unerwähnt bleiben musste. Das machte ihr das Lügen deutlich leichter. Zum ersten Mal in ihrem Gespräch blickte sie auf, um die am Tisch Sitzenden mit ihren wässrigen, hinter den Brillengläsern vergrößerten Augen anzublinzeln.

„Ja. Ja, es stimmt", krächzte sie.

„Was stimmt?" Pinceti schien ernsthaft interessiert zu sein. Dann schaute sie allen dreien, Pinceti, Tashman und Lowe nacheinander in die Augen.

„Ich kann nicht anders. Ich sehe all diese großartigen, berühmten und wunderschönen Menschen. Und dann will ich auch so sein wie sie. Und da ich das nicht kann …"

„… willst du wenigstens ein Teil von ihnen haben", ergänzte Tashman.

Jean brach in Tränen aus. Zumindest hoffte sie, dass es so wirkte, denn ihr Prusten kam etwas trocken heraus, weshalb sie ein paar Male die Nase zog, um den Effekt zu verstärken.

„Armes Kind", erklärte Tashman, aber es klang wenig überzeugend.

„Herr Kapitän. Ich verlange, dass diese Person am nächsten Hafen von Bord geht. Das ist nicht haltbar. Die Impertinenz ihres Vorgehens ist mit einer solchen Erklärung nicht zu entschuldigen."

Jean wusste worauf Lowe anspielte. In der Tat war sie äußerst hinterhältig vorgegangen. Und sie musste in jedem Fall dafür sorgen, dass Smeralda nicht in den Kreis der Verdächtigen geriet. Sie hatte sie im Rauchersaal dazu aufgefordert, Edmund Lowe noch ein wenig beschäftigt zu halten, damit sie sich in Ruhe sein Zimmer ansehen und sich dort auf die Suche nach dem Manuskript für seinen Film machen konnte. Dann hatte sie sich zur Kabine aufgemacht, einen Steward gebeten, für sie aufzuschließen, da sie ihren Schlüssel vergessen habe, und hatte dann angefangen zu suchen. Dummerweise hatte der aufmerksame Steward erkannt, dass die Kajüte jemand anderem gehörte und hatte ziemlich schnell Miss

Tashman gefunden, der er erzählte, dass jemand anderes sich Zutritt verschafft habe.

„Es tut mir leid, Mr. Lowe. Wir werden erst wieder in Brasilien den nächsten Stopp machen. Auf Madeira werden wir lediglich noch ein letztes Mal betankt werden."

„Ach, ist ja schon gut." Lowe wischte seinen anfänglichen Ärger mit einer Handbewegung beiseite. Kapitän Pinceti geleitete die Schauspieler zur Tür, drehte sich dann Jean zu und erklärte dieser dann, dass sie nun auf die Krankenstation müssten. „Krankenstation?" Zu verwirrt, um weiteren Widerspruch einzulegen, folgte sie.

Erst als der Kapitän den Raum, der von einem riesigen, geradezu überdimensionalen, metallenem Patientenliegestuhl dominiert wurde, verlassen und die Tür hinter sich verriegelt hatte, wurde Jean unruhig. Im Gegensatz zu den meisten Räumlichkeiten in diesem Schiff, war dieser weder getäfelt noch mit Teppichen ausgelegt, und mit Bolzen übersäte Stahlwände lachten sie in einem kalten Weiß an. Zum ersten Mal auf diesem Schiff nahm sie auch einen salzigen Geschmack wahr, der sich durch die runden Bullaugen in das stählerne Gebälk eingefressen hatte und sich mit dem Gestank von Formaldehyd mischte. Der weiße Stuhl in der Mitte versprach eine unsanfte Behandlung, die weißen Waschbecken an der Seite und die Glasvitrinen, in denen sich kleine Fläschchen und Phiolen befanden, waren ein weiteres Versprechen auf die Schmerzen, die man hier erwarten durfte. Warum hatte Pinceti sie hier eingeschlossen? Tashman und Lowe waren doch bereits vorher in ihre Kajüte abgewandert – daher gab es keinen Grund, das Schauspiel weiter aufrecht zu erhalten. Er hatte nichts erklärt, sondern war einfach nur schnurstracks mit ihr hierher gelaufen.

Sie ging zum Liegestuhl in der Mitte des Raumes und befühlte das kalte Eisen. Sowohl die mittlere Platte als auch das Fußteil konnten abgesenkt werden, indem man die tragende Eisenstange aus der Verzahnung nahm und weiter nach oben oder unten führte. Probeweise legte sich Jean auf das ungepolsterte Eisen und stellte sich vor, sie sei bei ihrem Zahnarzt. Sie erinnerte sich daran, dass der Besuch bei irgendwelchen Ärzten den Grundstein für ihr Misstrauen den Menschen gegenüber gelegt hatte. Sie wusste nicht mehr genau wann und wo, aber sie war eines Tages bei einem Doktor gewesen, auf dessen Stirn ein bedrohliches Licht geleuchtet hatte und der ihr mit einem fahlen Grinsen versichert hatte, dass es nicht weh tun würde, bevor er eine dicke Spritze mit einer fast genauso dicken Nadel in das zarte Fleisch ihres Pos gejagt hatte. Nach der Behandlung hatte sie von ihrer Mutter noch eine Ohrfeige für die Tränen, die ihr die Wangen heruntergekullert waren, kassiert.

Warum also, fragte sie sich jetzt, wo sie auf der flachen Eisenplatte lag, sollte sie sich für ihre kleine Lüge schämen? Sie merkte allerdings, dass sich das Schamgefühl nicht so einfach wegdenken ließ.

Das Rattern des Türschlosses unterbrach ihre Überlegungen. Noch bevor sie sich auf dem Stuhl richtig aufgerichtet hatte, standen Moritz Fischer und Smeralda im Raum und schauten sie an. Sie hob die Hand und winkte ihnen zu, wobei sie ein schüchternes „Hallo“ verlauten ließ, was sowohl Fischer als auch Smeralda zu einem Lächeln animierte.

„Hallo, elende Diebin“, scherzte Smeralda – zumindest hoffte Jean, dass es ein Scherz war. Zur Sicherheit sagte sie: „Ja, ich habe da wohl ein bisschen übertrieben.“ Im nächsten Moment blickte sie auf Fischer, um abschätzen zu können, ob er sich in der Gesellschaft Smeraldas nun wieder etwas wohler fühlte, konnte aber seinen Gesichtsausdruck nicht lesen. Er sah sich im Raum um und ging dann an die hintere Wand, an der noch ein zwei Eisenstühle standen, die eher in einen Garten als in ein Krankenzimmer zu passen schienen. Gerade wollte er sich setzen, da hielt er inne und bot Smeralda den Stuhl an, die ihn wortlos annahm. Immer noch kein Ende der Eiszeit, dachte Jean.

„Pinceti hat uns erzählt, was passiert ist“, eröffnete Fischer die inoffizielle Konferenz.

„Lowe hat ein Motiv – er ist so ein besessener Schauspieler, dass er sich in den Kopf eines Mörders reinspielen will“, erklärte Jean etwas zu heftig.

„Und dafür vier Menschen umbringt? Dann würde er seinen Job wirklich ernst nehmen“, sagte Smeralda. „Mir schien er, abgesehen von einem gewissen Größenwahn, der den US-Amerikanern nun einmal eigen ist, eigentlich relativ normal.“

„Ich habe ja auch nichts gefunden“, gab Jean kleinmütig zu.

Auf einmal erklang ein lautes Lachen. Jean machte Smeralda als Urheberin aus. Jean hatte einen kurzen Moment, indem sie sich ertappt fühlte, beschuldigt und gedemütigt, aber dieser Moment dauerte nur ein Bruchteil einer Sekunde. Dann blickte sie auf das gelöste Gesicht der Frau aus Uruguay, die sich nun die mit Seidenhandschuh bezogene Hand vor den Mund hielt und weiter lachte. Noch bevor sie sich versah, musste sie mitlachen, eine kleine, raue Art von Lachen, die sich erst aus den Zwängen der guten englischen Erziehung befreien musste. Immer, wenn sie gerade aufhören wollte, sah sie auf das vor Glucksen zitternde Gesicht von Smeralda und dann prustete sie wieder los. Zwischendurch schaute sie auf Fischer, dessen Oberlippenbart mittlerweile auch zu zittern begonnen hatte. Und dann passierte das Unglaubliche: Fischer gackerte. Hohe, zuckende Töne entwanden sich seinem Mund, erst zögerlich, aber unaufhaltsam und dann wurde aus dem abgehackten Tonflattern ein reißender Harpyienschrei, der die anderen Zwei zu einer neuen Lachsalve animierte. Am Ende saß Jean am Boden, sich den Bauch haltend, an den Stuhl gelehnt, auf dem sie eben noch gelegen hatte, dessen stählerne Härte sie sich aber in schlangenartigen Bewegungen entziehen musste.

„Oh, Gott“, meinte Fischer.

„Oh ja“, stimmte Smeralda zu.

„Billy, was hast du dir denn dabei gedacht?“

„Jean“, sagte sie und dann fingen alle drei aufs Neue an zu lachen.

Nach weiteren fünf Minuten, in denen die Ausbrüche immer wieder durch verschiedenste Dummheiten oder auch der schlichten

Tatsache, dass sich alle drei freuten, miteinander lachen zu können, befeuert wurden, stellte Fischer schließlich die entscheidende Frage:

„Was tun wir nun?"

Diese Frage ist für den Menschen von essentieller Bedeutung, da sie ihn von der instinktgenährten Welt des Tieres unterscheidet. Daher kann man mit Fug und Recht behaupten, dass diese Frage zur heutigen Zeit (um welches ‚heute' es sich dabei dreht, ist nahezu belanglos), aber auch im Allgemeinen zu selten gestellt wird. Fischer aber stellte sie und entblößte die Gruppe daher ihres grundsätzlichen Dilemmas, welches zufälligerweise auch die große Frage der Menschheit bezeichnete. Hier war sie allerdings deutlich konkreter zu verstehen.

„Ja, was?", fragte Jean, was bei ihr und den anderen zu einem weiteren Lächeln führte, doch die Lachsalven waren schon verschossen und somit war man bereit, sich auf die Ernsthaftigkeit der Frage einzulassen.

„Was tun?", echote Smeralda.

„Wir gehen davon aus, dass Tarnoff zwar ein Betrüger, aber ansonsten unschuldig ist."

Smeraldas Feststellung wurde von den anderen mit einem Nicken quittiert.

„Des Weiteren haben wohl auch Lowe und seine Frau nichts damit zu tun." Wieder nicken.

„Wir müssen bei den Fußballern suchen, das ist ja wohl klar", meinte Smeralda mit entschlossenem Gesicht, was, wie Jean bemerkte, bei Fischer eine kurze Gesichtsstarre auslöste. Offensichtlich fühlte er sich den Seinen verbunden und konnte oder wollte die Tatsache, dass die Morde in seinem Milieu anzusiedeln waren, nicht akzeptieren.

„Es stimmt", kommentierte Jean. „Wir haben bisher nur bei Menschen geschaut, die wenige oder zumindest arg konstruierte Motive zu haben scheinen. Vier Fußballer sind tot. Es MUSS etwas mit Fußball zu tun haben."

Fischer nickte müde. „Pinceti hat uns weiter freie Handhabung zugesichert. Aber er sagte, wir sollten uns etwas bedeckter halten. Diesen Raum haben wir für Treffen zu unserer Verfügung. Ich habe einen Schlüssel." Fischer ließ einen eisernen Schlüssel in einer hochgehaltenen Hand baumeln. „Wir treffen uns jeden Tag hier um 7.00 Uhr morgens und 7.00 Uhr abends. Zur Vorsicht bitte ich aber, vorher zu klopfen. Es kann sein, dass hier Kranke versorgt werden, was aber laut Pinceti selten der Fall ist."

„Aber wie gehen wir vor?", fragte Jean.

„Was würde Sherlock Holmes tun?", fragte Fischer, wobei er Jean hoffnungsvoll anschaute. Doch diese verdrehte die Augen.

„Sind wir schon wieder bei Sherlock Holmes? Dann leg ich mich wieder auf den Stuhl – das hält ja kein Mensch aus", nörgelte Jean.

„Da, wo die Leiche drauf gelegen hat", sagte Fischer.

Jean ließ einen Schrei los. „Was da? Da oben drauf? Wo ich gelegen habe?"

„Ja", meinte Fischer. „Dort war vor ein paar Tagen noch der Moldoveanu aufgebahrt."

„Wo ist die Leiche jetzt?", fragte Smeralda, eher interessiert als geschockt.

Fischer zuckte die Achseln. „Im Kühlraum?"

„Ihh." Jean machte ihrem Ekel laut Luft. „Die ganzen Leichen liegen da im Kühlraum?"

Fischer hob erneut fragend die Schultern. „Brasson wird wohl von Barcelona nach Frankreich transportiert werden. Die anderen wurden sicher auch auf dem Festland gelassen. Es könnte höchstens noch van Gertwick an Bord sein."

„Wenn man denkt, dass die armen Menschen nun seelenlos herumliegen – zum Anfassen, noch so wie sie ermordet wurde", sinnierte Smeralda. Jean schaute sie auf einmal an. Irgendetwas in ihr schien zu arbeiten.

„Ich hab's." Jeans Gesicht war vor Aufregung gerötet.

Die Nacht. Ach, wie er sich jeden Tag sehnte, da er tiefer in die Welt des Dunklen abglitt. Die Nacht war die Antwort auf alle Fragen, auf alles Sehnen. Anders als der Tag umarmte sie jeden vollständig. Licht warf immer auch Schatten und war in seiner Art daher zweischneidig, aber die Nacht verschluckte alles gleichermaßen. Sie war die Mutter, die ihn behütete, der dunkle Freund, der ihn begleitete.

Er spürte, dass sie sich rüsteten, gegen ihn verbündeten. Aber sie ahnten nicht, dass sie gegen einen Gefährten der Dunkelheit kämpften. Er musste kurz auflachen, sodass eine Dame, die an der Reling stand, sich zu ihm umblickte. Seine schwarzen Augen hypnotisierten sie. Er wusste, dass auch sie sich nach der Schwärze seiner Mordlust sehnte, aber er lupfte nur kurz seinen Hut und ging weiter. Zeit, zu überlegen. Der nächste Mord sollte der Höhepunkt seiner Schaffenskraft werden.

8. Tag, 26. Juni 1930 – Moritz

1.

Das Pochen seines Herzens klang dumpf und hohl und drängend. Was ist mit mir, dachte er noch im Schlaf, ich habe es doch gar nicht mit dem Herzen. Aber dann war er da, saß aufrecht im Bett und wusste sofort, dass es die Tür war und nicht sein Herz. „Ich komme gleich." Und schon stand er über dem Bassin, warf sich Wasser ins Gesicht und schüttelte den Schlaf ab.

Zwei Stunden hatte Pinceti ihnen gegeben. Sie wären die einzigen, die mit dem Lotsenboot an Land mitfahren dürften, während der Kapitän die Betankung des Luxusliners regeln würde.

Als er an Deck kam, stellte er fest, dass ein dichter, sanfter Nebel das Schiff umschloss. Billy und Pinceti standen schon an der Reling, bereit, die aufgestellte Holztreppe zum Boot hinabzusteigen. Billy grinste ihn mit für die frühe Zeit unverschämt guter Laune an. Pinceti wirkte in sich gekehrt wie immer. Er hielt sich am Seil fest, das als Geländer gespannt war, und hatte das Gefühl, Teil einer alten Sage zu sein, in der der Sterbliche in den Hades hinabsteigt.

„Es sollte nicht lange dauern", erklärte der Kapitän, der ihnen auf einer Bank gegenübersaß mit einer seinem Berufsstand typischen Geste: Er hatte beide Arme von sich gestreckt und so die gesamte Breite des Bootes für sich in Besitz genommen.

„Sollte die Apotheke noch da sein, wo sie letztes Jahr war, dürfte es kein Problem sein, das Eisenoxid zu bekommen", erklärte Billy, immer noch mit einem Lächeln im Gesicht, als hätte sie der Geistesblitz, der am vergangenen Abend in sie gefahren war, nie losgelassen.

Sie hatte von Spuren geredet, die an jedem Tatort hinterlassen werden, genauer gesagt Fingerabdrücke. Und da hatte Fischer sich erinnert: In „Der Baumeister aus Norwood", einer Geschichte aus der zweiten Schaffensperiode Conan Doyles, hatte ein älterer Mann namens Oldacre einen blutigen Fingerabdruck auf einer Wand hinterlassen, um einen ihm unliebsamen jüngeren Mann, welcher, wie Fischer sich erinnerte, MacFarlane hieß, des Mordes verdächtig zu machen. Den Fingerabdruck hatte er sich vorher per Wachsabdruck von dem Manne besorgt.

„Aber wir haben doch gar keine Blutspuren", hatte er also eingeworfen und Billy hatte ihn fast etwas mitleidig angesehen.

„Mein Vater hat neueste kriminologische Methoden eher mit Verachtung betrachtet. Sherlock Holmes sollte seine Gegner immer mit der Kraft des Geistes überführen. Er war da extrem altmodisch. Aber es gibt neue Methoden, mit denen man den Fingerabdruck eines Menschen sichtbar machen kann."

Rußpulver mit Eisenoxid. Das war es, was sie brauchten, und zunächst hatten alle Billy angestarrt, als wäre sie vom Hund gebissen worden. Sie hatte der Runde von den Treffen ihres Vaters mit irgendwelchen Kriminologen erzählt: „Ein gewisser Francis Galton war ein ständiger Gast bei uns. Er ist Naturforscher und wie mein Vater Schriftsteller. Er hat meinem Vater begeistert die Idee mit den Fingerabdrücken unterbreitet. Mein Vater hörte freundlich und aufmerksam zu. Doch seinen eigenen Helden wollte er durch geistige Überlegenheit obsiegen lassen, nicht durch moderne Spürmethoden", hatte Billy erklärt.

Nun brauchte man eben schwarzes Pulver, um die Hintergründe der grauslichen Taten noch einmal genauer untersuchen zu können. Es war dann Smeralda gewesen, die den einzig passenden Einwand geliefert hatte, wie man denn ausgerechnet am einzig mit Gift ermordeten Opfer Fingerabdrücke nachweisen wolle, wo der Mörder sein Opfer doch gar nicht berührt haben wird, als Billy auf das Metallregal an der Wand gedeutet hatte, in dem sich verschiedenste Gläser mit verschiedenstem Inhalt befunden hatten. Und erst als er noch einmal genauer hingesehen hatte, hatte er sehen können, dass sich in einem dieser Gläser eine schwimmende Hand befand und er brauchte keine Erklärung, um wessen Hand es sich dabei wohl handeln könnte. Billy hatte erklärt, was sie brauchten. Smeralda hatte genügend Pinsel für ihre Puder dabei, die Lupe konnte der Kapitän zur Verfügung stellen, aber zur Erfassung der Spuren brauchte Billy wohl auch Eisenoxid, was sie nun in einer örtlichen Apotheke zu bekommen ersuchten.

Kaum an Land gekommen war der morgendliche Nebel vollkommen verschwunden und Fischer hatte das Gefühl, er sei in einem Theater, in dem der Vorhang geöffnet worden war. Auf dem Wasser schaukelten einige kleine Barkassen mit ausfahrbereiten Fischern. An der Mole waren einfache Holztische aufgetaucht, an denen Männer allen Alters saßen und entweder miteinander redeten oder in ihre Kaffeetassen schauten. Die Sonne lugte vorsichtig über die ansteigende, mit weißen Häusern gespickte Anhöhe hervor, die Funchal, die Hauptstadt Madeiras, umgab. Was eben noch im Nebel wie eine einsame Geisterinsel gewirkt hatte, wurde auf einmal vom aufwachenden Leben der emsigen Bewohner gefüllt. Fischer wurde von einem älteren grauhaarigen Herrn mit gestenreichen Worten an einen der Holztische geführt, wo er sofort einen Kaffee eingeschenkt bekam. Billy verdrehte die Augen und setzte sich dazu. „Wenn du so weiter machst, dann werden wir hier nie wegkommen."

Der Kapitän verabschiedete sich mit einem militärischem Gruß, um den Hafenmeister aufzusuchen und als Fischer auf das von der Morgensonne gerötete Meer blickte, sah er, dass die vermeintlichen Fischerboote keineswegs nur mit Fischern gefüllt waren, sondern mit Frauen und Kindern und verschiedenster Ladung. Er blinzelte und Billy erklärte.

„Die fahren zum Schiff, um ihre Waren anzubieten." Fischer nickte, während er an seinem Kaffee schlürfte. „Wo ist die Apotheke?", fragte er. Billy deutete mit dem Arm in Richtung Stadt und sagte: „Da werden wir jetzt nicht hinkommen."

„Warum nicht?", wollte Fischer wissen.

Billy machte sich nicht die Mühe zu antworten. Stattdessen deutete sie auf den Wirt, der mit einem anderen Mann im Schlepptau ankam, der einen Bollerwagen hinter sich herzog. Mit einem überbreiten Grinsen stellte der Wirt seinen Begleiter vor: „Mein Cousin." Der andere hatte einen Bart, der sein gesamtes Kinn einrahmte und eine spitz zulaufende Wollmütze auf dem Kopf. Er lächelte ebenfalls und stellte damit sein fast nicht mehr vorhandenes Gebiss zur Schau. Er deutete mit einer faltigen, braungebrannten Hand auf die im Wagen liegende Ware: Weidekörbe. Der Wagen war voller Körbe verschiedenster Größe, die der Mann feilbot. Der Händler pries die Ware in einem für Fischer unverständlichen Portugiesisch an, durchmischt von Brocken von Englisch und Deutsch, aber es war klar, dass die Körbe handgemacht waren und der Mann eine arme, kranke Frau zuhause hatte. Fischer deutete auf einen der kleineren Körbe und fragte nach dem Preis. Die Antwort verwunderte Fischer zwar, er dachte aber seinerseits wieder an seine Mutter, die sicherlich eine Verwendung für den Korb haben könnte und kramte in seiner Jacketttasche. Das Gesicht des Händlers leuchtete freudig auf.

„Wir werden gleich die ganze Insel bei uns haben", kommentierte Billy trocken.

„Wieso?", fragte Fischer, während er im Hintergrund das Konterfei mehrerer Menschen sah, die sich aus dem Schatten des Berges auf den Weg zu ihnen zu machen schienen.

„Schnell weg hier", sagte Billy, nun nicht mehr ganz so ruhig wie gerade eben noch und Fischer, der zu ahnen schien, was ihnen bevorstand, folgte ihren Anweisungen, indem er aufstand und den soeben erworbenen Korb an seine Brust drückte. Fischer drückte dem protestierenden Wirt noch zwei Münzen in die Hand und dann stoben die Zwei die Straße hinab.

„Muss ich Sie eigentlich immer retten, Herr Fischer?", fragte eine lachende Billy. Sie liefen eine Allee hinab, die mit glattpolierten schwarzen kleinen Steinen gepflastert war. Die Häuser an den Seiten bestanden aus beigefarbenem, von der Sonne gebleichtem Lehm. Mit Blumentöpfen bunt garnierte Fenster wurden wie ein gemeinschaftliches urbanes Gähnen geöffnet, Tücher wurden zum Schutz vor der Sonne an der Vorderseite aufgehängt. Eine Frau saß auf einer Kiste und bot Stickereien an und Billy mahnte: „Bitte nichts mehr kaufen, Herr Fischer." Der Angesprochene wagte keinen Widerspruch, obwohl dieser in mannigfaltiger Form in seinem Geist rumirrte – die arme Frau hat ja sonst nichts, die Sachen sind doch schön, die Menschen hier müssen ja auch von irgendetwas leben, ich habe doch genug Geld usw.

„Weiter vorne müsste es sein", erklärte Billy. An einer Ecke stand ein hohes Haus mit schönem dunkelroten Ziegeldach. Davor zierten zwei Platanen in riesigen Terracottavasen den Eingangsbereich. Über der dunkelbraunen Holztür war ein ebenso brauner Schriftzug zu lesen: „Pharmacia". Schon beim Öffnen der Tür kam Fischer der Duft zahlloser Kräuter und Pulver in die Nase gestiegen. Die Dunkelheit beim Eintritt blendete ihn. Billy schob ihn langsam nach vorne, durch eine weitere Seitentür, sodass sie in einen voll getäfelten Raum kamen, der von einem Tresen in zwei Teile geteilt wurde. An der Wand des hinteren Teils des Raumes thronte ein riesiger Eichenschrank, der hunderte von Schubladen beherbergte, die von weißen Schildern, welche mit dunkler Tinte beschrieben worden waren, betitelt wurden. Auf der rechten Seite stand ein Tisch, auf dem sich verschiedene Gläser mit Flüssigkeiten befanden. Getrocknete Pflanzen hingen zusammengebündelt von der Decke herab und zwischen diesen trockenen Kräutern, Blumen, Sträuchern und Stielen lugte auf einmal ein bizarres Gesicht hervor, ein rundes Gesicht von einem Mann mit schwarzen Haaren und Nickelbrille mit einem dünnen Schnurrbart. Der Mann schien zeitlos zu sein – Fischer hätte unmöglich sein Alter einschätzen können. Er hatte Falten an komischen Stellen (Wange, Kinn) und weiche glatte Haut an den anderen. Seine Lippen waren zartrosa und sein Lächeln offenbarte auseinanderstehende Zähne. Er redete Englisch.

„Willkommen bei Paulhino da Costas Pharmacia del Sol – der größten Pharmacia auf der Insel, der ganzen Umgebung möchte ich sogar sagen. Wo drückt der Schuh? Oder anders gesagt: Wo brennt's? Oder noch anders: Was kann ich tun, um das Leiden der Dame und des Herren zu mildern? Suchen Sie etwas gegen Einschlafschwierigkeiten? Oder wollen Sie vielleicht länger wachbleiben? Oder haben Sie andere Probleme?“ Bei der letzten Frage zog der Mann etwas anzüglich seine linke Augenbraue hoch.

„Wir haben keine Probleme ...“, setzte Fischer an, aber da wurde er schon wieder unterbrochen.

„Vielleicht möchte der Herr für seine Geliebte etwas mehr Ausdauer zur Verfügung haben?“

Fischer wurde bleich. „Billy, ääh, ..., Jean is not my lover. She's just a girl ...” Der Mann auf der anderen Seite des Tresens hörte den Worten fasziniert zu, die eine besondere Magie ausstrahlten und sich in die Luft erhoben, von wo aus sie in das allumfassende Weltenhirn getragen wurden, um zu einem anderen Zeitpunkt noch eine andere Bedeutung zu erhalten.

„Nicht. Oh. Na dann ...“

„Eisenoxid“, sagte Billy.

Das Gesicht des Mannes hellte sich auf und er wühlte und kramte in einer der Schubladen des Schranks herum, bis er kopfschüttelnd das Zimmer verließ, um im Hinterraum, aus dem er auch unbemerkt gekommen sein musste, zu verschwinden.

„Die Leute sind sehr direkt hier“, stellte Fischer fest.

„Ja, die kommen gleich zur Sache. Aber freundlich sind sie zumeist dennoch.“

Wie zum Beweis kam ein strahlender Paulinho aus der Tür zurück und hielt triumphierend ein weißes Papiertütchen in seiner Hand. „Es ist nicht viel. Es ist nicht viel“, jammerte er dann aber, als er am Tresen angekommen war und seinen Fund stolz präsentierte.

„Uns reicht's“, sagte Billy, die das Tütchen fachmännisch in ihrer Hand wog. Sie zahlte und die beiden verließen den Laden und blickten sich rechts und links um, um sicherzustellen, dass sie vor Einheimischen, die ihnen etwas verkaufen wollten, sicher waren. „Da hinten ist ein Hotel“, schlug Billy vor. „Dort könnten wir noch einen Tee trinken, bevor wir wieder an Bord gehen.“ Fischer wollte gerade seine Zustimmung geben, als er sah, wie Billy ihren Blick abrupt auf eine Gestalt richtete, die die Straße hinabgelaufen kam.

„Der Kapitän", sagte er.

„Und er sieht nicht glücklich aus", kommentierte sie.

Tatsächlich stachen die Wangenknochen Pincetis noch deutlicher vor als sonst, da er offensichtlich den Kiefer zusammenpresste. „Was ist los, Herr Pinceti?", fragte Fischer.

„Die Hafenmeisterei hält uns hin. Sie behaupten, den Diesel erst am frühen Abend liefern zu können."

„Und Sie glauben denen nicht?"

Pinceti blickte Jean mit einem wütenden Ausdruck an, der sich aber in dem Moment, als er in ihre Augen blickte, entspannte.

„Der Tank ist am hinteren Ende der Hafenanlage. Entweder da ist Diesel oder eben nicht. Wenn es heute Abend da ist, dann ist es auch schon jetzt da. Aber er meint, die Befüllung der Tankschiffe dauere noch. Dabei habe ich vorgestern gefunkt, dass alles vorbereitet sein soll."

„Aber was hätte der Hafenmeister davon, Sie hinzuhalten?"

Nun lachte Pinceti. „Was werde ich jetzt wohl tun? Ich muss die Passagiere an Land lassen, was ich ursprünglich nicht geplant hatte. So können der Schwager, der Cousin und die gesamte Restfamilie noch ihre Waren anbieten. Aber nun gut. Dann sei es so. Ich gebe auf dem Schiff Bescheid, dass die Passagiere, die wollen, an Land gebracht werden. Die Abfahrt verschiebt sich somit auf den Abend. Sie haben also noch etwas Zeit. Haben Sie denn wenigstens bekommen, was Sie wollten?"

„Haben wir." Jean hob die Tüte hoch.

„Und das ist alles, was Sie brauchen?"

„Eine Lupe bekommen wir von Ihnen, Herr Kapitän, und einen Pinsel aus der Schminktasche von Signora Smeralda. Das sollte reichen."

„Na, ich bin gespannt." Etwas besser gestimmt als noch zuvor marschierte der Kapitän nun die Straße hinab und in diesem Moment wurde Fischer klar, dass genau das die Stärke von Jean war:

Sie verbreitete gute Laune.

Jean, die Funchal zu kennen schien wie ihre Westentasche („Ich war doch letztes Jahr mit meinen Eltern hier, Moritz“), führte ihn weiter in den Ort hinein, von dem Fischer gedacht hatte, dass er sich auf die eine Allee beschränkte und machte mit ihm in einer weiteren recht breiten Gasse vor einem Wagen halt, vor den zwei Ochsen mit langen Hörnern gespannt waren. Die Ochsen blickten, wie es ihrer Art entsprach, devot und müde nach unten. „Nun werden wir Schlitten fahren“, kündigte Jean an und als Fischer nicht ganz verstand, deutete seine Begleiterin auf die Unterseite des Wagens. Zu seinem Erstaunen sah Fischer, dass dort keine Räder montiert waren, sondern tatsächlich Holzkufen. Und als er die lange Reihe der hintereinanderstehenden Wägen hinabsah, wurde ihm klar, dass sämtliche Wägen mit Kufen ausgestattet waren. Bevor er noch Fragen stellen konnte, kam schon ein Mann in brauner Hose, weißem Hemd und braunen Krempenhut auf sie zu und bot ihnen eine Fahrt an.

„Aber hier liegt doch kein Schnee“, wandte Fischer ein. Noch während sie einstiegen, gab sich Jean fachkundig: „Ein ungefedertes Radwerk kann deutlich unangenehmer sein, als ein Schlitten, der kleine Unebenheiten abfedert. Und wenn du herausschaust, siehst du, dass die Kufen ständig nachgefettet werden.“

Fischer schaute aus dem offenen Wagen, der sich langsam in Bewegung gesetzt hatte, und sah, dass der Fahrer neben dem Wagen herlief und eine Art Tuch in der Hand hielt, das er ab und zu mit einer ausladenden Bewegung unter eine der Kufen auf das Straßenpflaster hielt.

„Was ist das für eine Tuch?“, fragte Fischer, nun vollständig Jean die Reiseleitung überlassend. „Kein Tuch“, kicherte diese. „Eine mit Fett gefüllte Schweinsblase. Wenn die Holzkufen drüberfahren, werden sie geschmeidig.“

Und das stimmte. Anders als bei anderen Kutschfahrten oder bei Fahrten mit dem Automobil schien der Wagen fast zu schweben, auch wenn sich auf dem Rücken der Ochsen in der zunehmend heißer scheinenden Sonne bald Schweißperlen bildeten. „Wo fahren wir eigentlich hin?“, fragte Fischer, als er der Bequemlichkeit des mit einem Kissen bestückten Holzsitzes zu trauen begann.

„Auf den Teirrero da Luta. Es wird wunderbar. Wir lassen uns zur Bahn bringen. Und dann fahren wir mit dem Zug nach oben.“

„Zum was? Teirrero?“

„Ein Berg. Du wirst sehen“, erklärte Jean.

2.

Erstaunlicherweise war der Bahnhof in Pombal schon voller Passagiere, die Fischer vom Schiff her erkannte. Wie die hier so schnell hergekommen waren, entzog sich Fischers Verständnis. Ein Ehepaar stieg gerade in den offenen Zugwaggon, in dem auch schon der Deutsche saß, der sich Jean und Fischer als Gunter Velg vorgestellt hatte. Die Zahnradbahn bestand aus einer Lokomotive und einem Waggon. Während sie sich in die Schlange stellten, die sich vor dem Waggon aufbaute, betrachtete Fischer die ungewöhnliche schwarze Lokomotive, die von hinten für den Anschub sorgen sollte. Die hinteren Räder der Lokomotive waren größer als die vorderen, sodass der ganze Körper des Fahrzeugs sich im Gegensatz zum Waggon in die Erde zu bohren schien.

Als Jean und er in das Fahrzeug gestiegen waren, entspannte sich der massige Körper des Ungarn. Der Ofen der Lokomotive fing an zu schnaufen und der Caminho de Ferro do Monte fuhr los.

Es war wie eine Fahrt direkt in den Himmel. Die eine Schiene, auf der sie fuhren, führte anfangs immer geradeaus, ohne die kleinste Kurve, den Berg hinauf. Fischer hatte vergessen, wie wohltuend und beruhigend eine Bahnfahrt war. Das sanfte Rattern und leichte Schaukeln, das einem zu jeder Zeit den Kontakt mit dem Boden versicherte, war wie Balsam auf seiner von der See durchschüttelten Seele, was ihm allerdings erst jetzt, da sie in ihrem Abteil auf Holzbänken zwischen den anderen saßen, klar wurde. Die frische würzige Luft, die von außen hereindrang, roch nach Thymian und er sah auf Bananenfelder, Zuckerrohr und Kakteen. Ihnen direkt gegenüber saß neben einem kleinen Jungen mit kurzen Hosen eine füllige Frau mit einem Käfig voller Hühner, die ihre glotzenden Augen in regelmäßigen, zuckenden Abständen auf Fischer richteten. Er wünschte sich, er könnte ewig in diesem Zug sitzen und auf die kleiner werdende Insel und das größer werdende Meer schauen. Jean schien ebenso abwesend wie er zu sein, denn sie blickte sich immer wieder um und hatte dabei den Mund leicht geöffnet, als wolle sie etwas sagen, was sich als unaussprechbar erwies.

Nach einer Weile fing der Motor der Lokomotive an, so zu schnaufen wie Fischer selbst, wenn er Treppen stieg.

Je weiter sie nach oben kamen, desto mehr veränderte sich die Vegetation. Eichen und Tannen lösten die Felder ab und die Luft wurde langsam frischer. Ein leichter Wind blies Fischer ins Gesicht und er hatte das Gefühl, jedes einzelne Haar seines Schnurrbarts zu spüren.

„Wunderbar", sagte er.

Jean nickte. Erst jetzt bemerkte er, dass sie wieder in einer seltsamen Stimmung zu sein schien.

„Was hast du?", fragte er. Sie schüttelte nur mit dem Kopf. Er drehte sein Gesicht erneut zum Fenster raus, schon bereit, sie ihrer Gemütsverfassung zu überlassen, doch er merkte, dass er sich leider nicht mehr dem eben noch vorhandenen Zauber hingeben konnte.

„Los, spuck es schon aus."

„Hab' nur an letztes Jahr gedacht."

„Ach so. Die Reise mit der Familie."

Jean schaute ihn an, als überlege sie, ob sie ihm vertrauen könne. Dann schien sie sich entschlossen zu haben und fing an.

„Es war nicht DIE Reise." Fischer wurde klar, dass er jetzt schon wieder einiges an Zorn abbekommen würde, welcher eigentlich nicht für ihn bestimmt war. Aber er beschloss, seinen Mund zu halten und zuzuhören.

„Es war eine Reise von vielen. Davor waren wir schon in den Vereinigten Staaten und in Australien. Immer für die Sache. Und immer waren wir nur Beiwerk. Mussten mitkommen." Jean hatte nun Mühe, ihre Stimme in einem Flüsterton zu halten, damit die volle Besatzung des Waggons nicht heimlich lauschte.

Fischer versuchte einen Einwand. „Aber ist das nicht wahnsinnig aufregend für ein Kind? Nicht zur Schule gehen zu müssen und die Welt bereisen zu können? Andere würden dich beneiden."

An den zusammengezogenen Augenbrauen konnte er erkennen, dass er einen Fehler gemacht hatte. Er war jetzt, ohne dass er es beabsichtigt hatte, eindeutig zum Feind übergelaufen.

„Ha!" Die Hühner gackerten erschrocken. Und nochmal: „Ha!" Jeans Stimme bekam ein unschönes Zischen.

„Das ist absoluter Unsinn. Während die anderen Mädchen sich zuhause über mich unterhalten haben, war ich Sturm und Wetter und, viel schlimmer, den Launen meiner Eltern ausgesetzt. Kein richtiges Zuhause. Immer die dummen Gesichter meiner Brüder, die im Zweifelsfall Recht bekommen haben und machen durften, was sie wollten. Und dann …"

Die Frau, die den Hühnerkäfig hielt, hatte zunächst auf Jean geschaut und blickte jetzt, da sie immer lauter wurde, Fischer an, als ob er etwas unternehmen müsste, um den aufkommenden Sturm zu verhindern. Doch er wusste, dass man nur die Fenster und Türen verbarrikadieren konnte.

„Dann die ewigen Predigten meines Vaters." Ihre Stimme überschlug sich für einen kurzen Moment. „Wenn er in jedem Moment und zu jeder Gelegenheit von seiner SACHE redet."

Die Frau gegenüber schaute Fischer mit einem fragenden Ausdruck an, als wolle sie wissen, was für eine Sache.

„Die Welt zu überzeugen, dass es Geister, Feenwesen und Übernatürliches gibt, überall und an jeder Stelle. Wieso bitteschön, fährt man durch die Welt und redet vom Übernatürlichen?"

Jeans Augen durchbohrten Fischer, der sich nicht zu helfen wusste, als mit den Schultern zu zucken.

„Es könnte doch durchaus sein …", versuchte er, ohne es wirklich zu wollen, die Position von Jeans Vater zu verstehen und zu verteidigen. Aber Jean ließ ihn gar nicht weiterreden.

„Er hat gesagt, und das muss man sich mal vorstellen, er hat gesagt …"

Fischer wartete gespannt. Die Frau starrte sie mit offenem Mund an. Der Junge neben ihr hatte aufgehört, mit einem Stück Holz, das er in der Hand gehalten hatte, zu spielen. Die Menschen vor, hinter und neben ihnen schienen den Atem angehalten zu haben. Selbst die Hühner schienen mit dem Zucken der Köpfe aufgehört zu haben.

„Schau dort hinten auf die Felsen, die aus der Insel wie schiefe Zähne eines Riesen hervorstehen."

Das gesamte Abteil drehte sich zur Seeseite nach hinten um.

„Wie hat mein Vater diese Felsen erklärt?"

Fischer blieb nichts anderes übrig, als mit den Schultern zu zucken, während seinem Mund ein kurzes Krächzen entfuhr, was wohl der schüchterne Beginn eines Eingeständnisses von Unwissenheit sein sollte.

„Diese Insel wäre ein Rest von Atlantis. Das hat er gesagt."

„Atlantis?" Fischers Stimme war so leise wie sein momentanes Selbstbewusstsein.

„Ja", herrschte Jean ihn an. „Atlantis. Die versunkene Insel. Erste untergegangene Hochkultur. Mehr willst du gar nicht wissen, Moritz."

Das laute Pfeifen der Lokomotive erlöste Fischer, der ansonsten nach Worten gerungen hätte. Er hätte fragen können, was es denn mit diesem Atlantis auf sich gehabt hat, was auf der anderen Seite taktisch nicht klug gewesen wäre. Während Jean ihr Gesicht schmollend zur Seite gedreht hatte, leuchtete ihm von der Landseite ein weißes Schild entgegen: „Levada de Santa Luzia". Zwei Fahrgäste stiegen aus und ein älterer Herr ein und dann ertönte erneut die Pfeife und die Zahnradbahn setzte sich rumpelnd in Bewegung.

„Der Motor ist ganz schön laut“, sagte Fischer und hinter ihm bemerkte ein Mann: „Wir hoffen mal, dass er nicht explodieren wird.“ Jeans Gesicht hellte sich auf einmal auf. Offensichtlich hatte sie die Stimme erkannt. „Harry.“ Fischer drehte sich um, um den Mann besser erkennen zu können. Dieser war aber mittlerweile aufgestanden und zu Fischers Unmut kam er in ihre Sitzreihe und quetschte sich zwischen ihn und Jean, wobei er seinen Hut lüpfte und gleich anfing zu reden.

„Meine Teuerste. Da haben Sie sich aber ganz heimlich weggeschlichen, wie?“

Sehr zur Verärgerung von Fischer lachte Jean nun, die Sorgen von vorher völlig vergessen. „Aber Herr Braithwaite. Ich bin doch nun hier.“ Auch Braithwaite lachte und legte, wie Fischer feststellte, seine Hand kurz auf Jeans Arm ab.

„Und das ist gut so. Haben Sie schon etwas gekauft? Die Menschen hier scheinen ja ganz wild darauf zu sein, einem die seltsamsten Memorabilia anzudrehen.“

Wie auf Kommando deutete die Frau von Gegenüber auf ihr Huhn und rieb sich den Bauch, um anzudeuten, wie lecker eine Mahlzeit aus dem armen Tier sein würde. Und von da an sprachen nur noch Jean und Harry miteinander und Fischer, ohne zu wissen, was ihn eigentlich daran so störte, schaute hinaus auf die kärger werdende Vegetation.

Sie kicherten. Eben noch hatte ihn Jean mit einer Wut übersäht, die nicht für ihn bestimmt war, und nun kicherte sie wie ein Schulmädchen mit diesem blöden Engländer, dessen Hände in eifriger Gestikulation wild durch die Luft wirbelten. Als Fischer zum zweiten Mal einen Ellenbogen in seine Seite gerammt bekam, reichte es ihm. Er stand auf, hüstelte eine kurze Entschuldigung und ging den kleinen Gang hinab, um sich nach hinten zu orientieren. Da, wo dieser Harry hergekommen war, musste ja nun ein Platz frei sein.

In der hinteren Reihe gab es zwei sich gegenüberstehende Bänke, auf denen sechs Leute Platz hatten, zumindest, wenn sie nicht über so eine Körperfülle wie Fischer verfügten. Aber Fischer hatte Glück. In der letzten Bank war in der Mitte noch genug Raum für ihn und als er sich gesetzt, den Schweiß von der Stirn gewischt und ausgiebig über ein schönes gebratenes Hühnchen nachgedacht hatte, welches sich in der Mischung aus Hunger und dem Anblick des ihm eben noch gegenübersitzenden Tiers in seine Gedanken und in seinen Magen geschlichen hatte, stupste ihn schon wieder jemand mit dem Ellenbogen in die Seite.

„Herr Fischer."

Er drehte sich um und sah in Annettes grinsendes Gesicht. Sofort nahm er seinen Hut ab und grüßte die Tochter Rimets. „Mademoiselle!" Sie blickte ihn freundlich an und sagte: „Mein Vater hat Sie vorhin gesucht, Herr Fischer."

„Ach. Wirklich?" Sofort verschwand sein Hunger auf Hühnchen und wich einem schwarzen Klumpen aus schlechtem Gewissen in seinem Magen. Natürlich. Er sollte mehr Zeit mit seinem Präsidenten verbringen.

„Nun, es wird nicht wichtig gewesen sein", beruhigte ihn Annette. „Er ist mit Balway, Azincourt, Christophe und Langenus in der Stadt unterwegs."

In der Tat musste sich Fischer eingestehen, dass er den fußballerischen Aspekt der Reise vernachlässigt hatte. „Ich werde versuchen, ihn in der Stadt anzutreffen. Weißt du, wohin die Herren gegangen sind, Kind?"

„Ach, die tun immer so wichtig. Wahrscheinlich gehen sie in ein Wirtshaus und trinken Wein."

Fischer musste auflachen.

„Es ist schön, dass es dir wieder besser geht, Annette. Nach allem, was dir widerfahren ist."

Für einen kurzen Moment schien sich ein dunkles Grübchen über Annettes Stirn auszubreiten, aber vielleicht war es auch nur der Schatten eines vorbeifahrenden Baumes. Fischer bereute seinen Kommentar und fügte schnell hinzu: „Das Essen ist aber auch wirklich ausgezeichnet auf dem Dampfer, nicht wahr?“

Annette schaute ihn ein wenig verständnislos an.

„Herr Fischer“, fragte sie, während die Steigung nun stärker wurde und der Zug entsprechend schnaufte und langsamer fuhr, „stimmt es, dass sie 14 Sprachen sprechen?“

„Nein, nein.“ Fischer zwirbelte sich den Bart. „Es sind nur neun. Aber davon spreche ich auch nur fünf richtig flüssig.“

„Können Sie Japanisch?“, fragte das Mädchen, während es die breite Krempe ihres ausladenden rosafarbenen Huts festhielt.

„Japanisch? Nein. Ich kann Ungarisch, Rumänisch, Englisch, Spanisch, Französisch, wie Sie merken, Portugiesisch, Schwedisch, Deutsch und Italienisch.“

„Faszinierend.“

Annette schaute Fischer mit großen Augen an. Dieser freute sich.

„Ich erfahre selten solche Bewunderung und sie tut mir, ehrlich gesagt, ganz gut.“ Mit diesen Worten warf Fischer einen verärgerten Blick in Richtung Jean, die diesen aber, da sie sich immer noch offensichtlich köstlich über die Sprüche dieses Harry Braithwaite amüsierte, keineswegs bemerkte.

„Ich mag die italienische Küche ehrlich gesagt nicht besonders“, kommentierte die Tochter von Monsier Rimet unvermittelt.

„Schauen Sie. Ein Reh.“ Annette war aufgestanden und deutete auf die linke Seite, wo mitten im Gras ein Reh stand und die vorbeifahrende Zahnradbahn mit Unverständnis anstarrte. Alle Fahrgäste schauten herüber. Dann passierte etwas Seltsames. Ein anderes Tier, deutlich kleiner als das Reh, aber hinter dem hohen Gras dennoch sichtbar, schlich sich an das Reh an. Einige der Fahrgäste sahen das grauschwarze Tier, vielleicht ein Marder oder ein Wolf, auf das Reh zuschleichen. Die ersten Passagiere fingen an, etwas zu rufen, doch das Reh starrte nur gebannt auf die dampfende Bahn. Ein Mann klatschte in die Hände, doch weiterhin blieb das Reh ungerührt. Dann sackte es auf einmal zusammen – man sah das andere Tier überhaupt nicht, doch jeder wusste, dass das Unausweichliche geschehen sein musste. Dann sah man die vier Beine des Rehs aus dem Gras hervorstehen und einige der anwesenden Frauen kreischten. Annette warf sich dem erstaunten Fischer in die Arme und fing hemmungslos an, zu schluchzen. Fischer tätschelte ihr etwas unbeholfen den Rücken.

„Wer ist der nächste, Herr Fischer? Ich mache mir Sorgen um Papa." Fischer wusste nichts zu antworten. „Ich werde alles in meiner Kraft Liegende tun …" Doch da hatte sich Annette wieder hingesetzt und Fischer stand einsam im Zug, der weiter den Berg hinaufschaukelte. Ein Ruck ließ ihn fast umfallen, aber im Wegdrehen sah er auf der letzten Bank, ihm direkt gegenüber, aber auf der anderen Seite des Waggons, einen weiteren Bekannten: Alfred Eisenbeisser, welcher scherzend und lachend mit einem weiteren Mann auf der vorderen Bank saß. Der andere kam ihm entfernt bekannt vor, doch Fischer konnte ihn nicht zuordnen. Er wollte winken, doch ein weiterer Ruck warf ihn auf seinen eigenen Sitz zurück. Ein seltsam grausames Lächeln blitzte aus den Zähnen des großen Mannes neben Eisenbeisser hervor.

3.

Die nächste Station hieß Atalhinho, bis die müde Lok nach schnaufender Fahrt endlich auf dem Teirreiro da Luta ankam. Fischer, der sonst eher eine Frohnatur war, hatte vor sich hingebrütet, ab und zu auf die im Gelächter zuckenden Konturen von Jean und Braithwaite geschaut, versucht, den großgewachsenen Mann in der hintersten Reihe, der sich mit Eisenbeisser unterhielt, einzuordnen oder vergeblich einen Ansatz einer Konversation mit der neben ihm sitzenden Annette zu finden. Aber letztendlich schien niemand an ihm interessiert zu sein und für einen kurzen und beschämenden Moment sehnte er sich in die zarten Arme Smeraldas zurück, bevor er sich der Vorstellung an verschiedenste kulinarische Genüsse hingab. So bemerkte er die Ankunft auf dem Gipfel erst, als die laute Pfeife der Lok ihn aus seinen Tagträumen weckte.

Fischer war überrascht, dass ihn Jean auf dem Weg aus der Kabine mit den Worten „Ganz schön kalt hier oben, was?" freundlich in die Seite knuffte und der aufgestaute Groll war sofort verpufft.

„Naja", antwortete er, während sie sich auf dem Gleis sammelten, „bald geht es ja in wärmere Gefilde."

Jean schaute ihn prüfend an. „Wärmer? Meinst du das ernst?" Fischer war irritiert.

„Ja, doch. Warum fragt mich das jeder? Wir fahren doch in den sonnigen Süden."

„Moritz. In Südamerika ist jetzt Winter. Wusstest du das nicht?"

Die erst jüngst erworbene gute Laune schien schon wieder dem unguten Gefühl zu weichen, dass er sich lächerlich machte. Und schon hörte er die hohe Stimme Braithwaites hinter sich. „Herr Fischer mit Unterhemd in Uruguay. Erkälten Sie sich nicht."

„Moritz, hast du denn gar nichts Warmes dabei?" Jeans offensichtlich freundliche Anfrage kam bei Fischer als bluttriefende Bedrohung an. „Ich, ähhh …"

„Wir kaufen dir unten im Ort noch einen Wollmantel, ja?" Verdattert nickte Fischer. Und um abzulenken, lenkte er das Gespräch in eine andere Richtung. „Aber wie kommen wir denn jetzt wieder runter?" Nicht, dass er sofort wieder den Abstieg hätte machen wollen. Die Aussicht von der Station war atemberaubend. Die Gruppe der Reisenden stand auf einem Hochplateau, das die Aussicht auf fast die gesamte Insel ermöglichte. Unter ihnen sprossen einzelne weiße Häuser in zunehmender Verdichtung in Richtung Funchal wie leuchtende Margariten. Erst jetzt sah Fischer, dass die Conte Verde beileibe nicht das einzige Schiff war, das im Hafen lag. Ein Haufen kleinerer Schiffe lag über die Bucht verteilt friedlich im Wasser.

„Schlittenfahren", lachte Jean ihn an und dann lief sie mit Braithwaite im Arm zur Straße, die sich vor der Bergstation kurvig ins Tal schlängelte.

„Was ist denn das mit diesen Schlitten hier auf dieser komischen

Insel?", keuchte Fischer, der etwas entnervt hinter den Zweien herdackelte. „Wieso immer Schlitten?"

Doch statt einer Antwort blickte er auf die Straße, wo in Weiß gekleidete Männer stolz vor überdachten hölzernen Bänken standen und mit ihrer Hand die sich verteilenden Touristen baten, Platz zu nehmen.

Braithwaite führte Jean zu einem der überdachten Holzbänke, die, wie sich herausstellte, in der Tat Schlitten waren, welche von zwei Männern an der Seite mit Seilen festgehalten wurden. „Das wird ein Spaß", kicherte Jean und noch bevor Fischer sich überlegen konnte, wie, ob und mit wem er in einen solchen Schlitten steigen wollte, sagte Braithwaite: „Ich denke, Sie sind etwas zu groß, Herr Fischer, und fahren lieber alleine."

„Bis gleich. Nimm dir einen anderen Toboggan, Moritz", rief ihm Jean hinterher, bevor sie lachend in einem Wagen abtauchte.

Derart gedemütigt blieb Fischer steif auf der Stelle stehen und sah zu, wie Jean und der eklige Waliser es sich gemütlich machten und von den zwei Männern mit den Seilen angezogen wurden, bis die Straße leicht herabfiel. Nun war es eher die Aufgabe der Männer, den schneller werdenden Schlitten ab und zu anzuhalten, damit er nicht ungebremst in die Tiefe sauste.

Starr und stumm sah Fischer, wie die anderen Gäste sich nach und nach in die übrigen Fahrzeuge führen ließen, um die Fahrt nach unten anzutreten. Vielleicht, dachte Fischer, bleibe ich aber auch einfach hier und sehe zu, wie das Schiff abfährt. Es scheint mich ja, so dachte er ziemlich unsinnig und unlogisch weiter, niemand zu brauchen. Logik ist aber, wie man allgemein weiß, im Falle einer emotionalen Überforderung schnell einmal vergessen und da auch Fischer eine Ahnung von dieser bekannten, aber dennoch im falschen Moment immer wieder vernachlässigten Wahrheit hatte, stand er noch eine Weile da und hörte das Schleifen der Kufen auf dem polierten Stein der Straße.

Am Ende, nachdem ihm schon ein wenig kalt geworden war und

er den Anblick auf das Grün der Insel satthatte, ging er wieder auf die Straße zu, wo ein älterer Herr mit einer spitz zulaufenden Wollmütze, ganz wie die, die er schon am Hafen gesehen hatte, ihm mit zahnlosem Lächeln die Fahrt anbot. Fischer willigte ein, zahlte die geforderten Escudos und setzte sich auf den knirschenden Balken. Er sah den Mann neben ihm nicht, da der Toboggan seitlich auch mit Holz verkleidet war und deshalb bereute er schon im nächsten Moment, dass er den Abstieg nicht per pedes vorgenommen hatte.

Die Straße vor ihm fiel steil ab und glich einer Schlucht, die rechts und links von Bäumen flankiert war. Erst als er sich auf der Strecke befand und das letzte andere Gefährt weit unter ihm um die Ecke biegen sah, beruhigte er sich ein wenig, da er feststellte, dass der Schotter an den Kufen ausreichend bremste und so die Fahrt tatsächlich zu so etwas wie einem vergnüglichen Erlebnis machen konnte. Er genoss die frische Bergluft, den Duft der Kiefern und beschloss, seine Laune willentlich aufzubessern. Ein Wein im Ort würde ihm guttun, ebenso eine Mahlzeit und dann würde die Sache schon anders aussehen. Bauersfrauen und Kinder winkten ihm am Wegesrand zu und lachten. Freundlich waren sie ja, die Madeirer. Und den Mantel würde er sich alleine kaufen.

Als der Wagen oder Toboggan, wie das Ding wohl genannt wurde, um eine Ecke bog, sah Fischer auf einmal, dass das Gefälle deutlich zunahm. Der Berg fiel an dieser Stelle stark ab und die Schlucht war so eng, dass es für die nächsten einhundert Meter keine Kurven gab. Alle anderen Reisenden hatten diesen Teil des Wegs, der an einer langen Steinmauer abbog, schon hinter sich gebracht, denn niemand war zu sehen oder zu hören.

„Schön vorsichtig", sagte er nach hinten gewandt und zur Antwort bekam er ein leises Brummen. Seltsam, dachte Fischer, die Stimme klang anders als die eines alten Mannes. Aber er vermutete, dass noch eine zweite Person mithalf, diesen steilen Streckenabschnitt zu überstehen. Knirschend rasselte der Toboggan nach unten und Fischer lachte laut auf, als die Fahrt deutlich schneller wurde als gerade eben noch. Ein lauter, undefinierbarer Ton entfleuchte seinem Mund, der in einem unsicheren Lachen endete. Denn sein Fahrzeug nahm ungebremst immer mehr Fahrt auf. Er wollte sich nicht schon wieder blamieren, aber der Holzkasten schien nun höllenschnell den Abhang hinunterzustürzen. „Halt!“, schrie Fischer. „Halten Sie um Gotteswillen an.“ Doch in diesen Sekunden, in denen er das Gefühl hatte, einem Abgrund entgegenzurauschen, wurde ihm klar, dass kein Mensch mehr diesen mittlerweile rasenden Klotz aufhalten konnte. Fischer schrie. Er sah, wie sich die feste Masse der Pflastersteine in ein fließendes Grau verwandelte. Als einzigen Fixpunkt konnte er die Mauer vor sich ausmachen, doch selbst diese wurde auf unnatürliche Weise immer größer. Das Letzte, woran er sich erinnern konnte, war, dass er die Augen schloss. Und an die Blitze im Dunkeln.

4.

Es waren einzelne Erinnerungsfragmente, die ihm später noch übriggeblieben waren: Das Gesicht einer faltigen alten Frau direkt über ihm. Die stechenden Schmerzen am ganzen Körper, als er hochgehoben wurde. Das unsägliche Ruckeln, das seinen Körper in Flammen aufgehen ließ. Und dann nur noch ein warmes Schaukeln.

Als er erwachte, war es vollkommen dunkel, und er fragte sich, ob er gestorben wäre. Doch seine Brust und sein Rücken wachten, als er versuchte seinen Kopf zu heben, in einer Stichflamme des Schmerzes auf. Also nicht tot. Aber immer noch dunkel. Er kannte den Geruch. Eine Mischung aus Diesel, Salz und Meerestang. Die Hand berührte festes Leinen. Er hatte unsäglichen Durst. Doch als er den Mund öffnen wollte, um etwas zu sagen, schmerzte sein Kiefer. Dann ein Licht am Rande seiner Wahrnehmung. Der Lichteinfall wurde größer und dann stand ein bekanntes Gesicht vor ihm. Von dicken Brillengläsern unnatürlich in die Größe verzerrte Augen starrten ihn an.

„Billy“, keuchte er und wollte sich schon verbessern, da legte sich eine weiche, kleine Hand auf die seine.

„Schon gut, Moritz. Nicht bewegen."
„Durst."
Das Gesicht verschwand für einen kurzen Moment und dann spürte er ein kaltes Glas an seinen Lippen. Selbst das Trinken bereitete Schmerzen. Er schloss die Augen, da sein Kopf zu pochen anfing. Lange Zeit schwiegen sowohl Jean als auch er.
„Was ist passiert?", stöhnte er in die Dunkelheit.
„Ein Unfall mit dem Toboggan. Ich habe ein furchtbar schlechtes Gewissen, Moritz."
Er wollte mit dem Kopf schütteln, erinnerte sich aber rechtzeitig genug daran, dass das wohl nicht weise wäre. Eine kurze Erinnerung kam hoch, aber dann verdrängte er sie, denn irgendwo in den hintersten Ecken seiner Gedanken lauerte eine unbestimmte Angst, der er nicht begegnen wollte. Lieber hier sein und warten, dachte er. Und schlafen.

Als er das nächste Mal erwachte, war es gleißend hell. Warum denn das? Ein Mann in einem weißen Kittel stand mit dem Rücken zu ihm vor einem Metallregal. Er kannte den Raum. Der Mann drehte sich um und fing unschön an zu grinsen. Er hatte einen glatt gekämmten Seitenscheitel und eine Nickelbrille auf.
„Ah, unser Patient wacht auf." Fischer konnte seinen Impuls, aufzustehen, nicht kontrollieren und er bezahlte mit sofortigen stechenden Schmerzen. Der Doktor schüttelte den Kopf. „Nicht doch, nicht doch. Sie haben sich ein paar Rippen gebrochen, mein Herr. Und einige Prellungen und Quetschungen haben Sie auch, mein Herr. Da bleiben Sie mal lieber liegen."
Fischer stöhnte. „Aber ich will …"
Eine Spritze senkte sich überraschender- und schmerzhafterweise in seine Armbeuge und noch bevor er wusste, wie ihm geschah, legte sich eine rosafarbene Plusterwolke über sein Bewusstsein.
Wie lange hatte er bis zum nächsten Erwachen geschlafen?
Der nächste Gast war wieder in dunkle Schatten getaucht. Zu-

nächst konnte Fischer die Anwesenheit nur spüren. Als er die Augen öffnete, fühlte er eine Präsenz in seiner Nähe. Dann hob er bedächtig seinen Kopf und anfangs dachte er, dass er sich getäuscht hatte. Dann aber höre er einen leisen Atem. Und er schaute nochmals, obwohl ihm dabei der Nacken schmerzte. Der Mann saß auf einem Eisenstuhl in der Ecke des Raumes. Nur ein dünner Lichtstrahl fiel durch das kleine Bullauge der Tür zum Krankenzimmer. Der Mann bewegte sich nicht. Aber Fischer wusste, wen er vor sich hatte.

Er wunderte sich in diesem Moment, dass er, zumindest soweit er sich erinnern konnte, nicht die Bilder seines Lebens an sich hatte vorbeirauschen sehen, als er im Toboggan die steile Straße herabgesaust war. Aber vielleicht hatte sein Körper gewusst, dass er zwar schmerzhafte Bekanntschaft mit einer Mauer, aber nicht mit Gevatter Tod machen würde.

Nun aber hatte er unvermittelt das Bild seiner Mutter vor sich, die ihm mit einem lächelnden Gesicht einen Holzlöffel mit Haferbrei vor den Mund schob. Dies also, das war Fischer klar, war der Mann, den sie suchten. Der Mann, der auf dem Schiff eine blutige Spur hinterlassen hatte. Und der nun vor seinem nächsten Opfer saß. Fischer wollte etwas sagen, aber es fielen ihm keine Worte ein, die bedeutend genug für den Moment seines Ablebens schienen. Gerne hätte er den Mann nach seinem Motiv gefragt und den Methoden, doch stattdessen zitterte er vor Angst.

Er spürte, wie der Mann den Moment genoss. Und wie er aufstand. Fischer schloss die Augen fest zu. Er dachte an Marie Kaloscha, die er in der Grundschule bewundert und geliebt hatte, und er wunderte sich, dass es nun sie war, die ihn in seinem letzten Moment begleiten sollte, doch er war zufrieden mit der Wahl. Marie hatte weiche Lippen gehabt und Sommersprossen. Seine Hände krallten sich in die Lederoberfläche der Liege, auf der er sich befand. Alles Gute, Jean. Und auch dir, Smeralda. Es tut mir leid, dass ich so störrisch war. Und Monsieur Rimet, Ihnen wünsche ich ein gutes Turnier.

Und dann klappte die Tür zu.

5.

Erst Dunkelheit. Dann Kälte. Mit einem Schrei erwachte Fischer. Und spürte Nässe und Kälte auf seiner Stirn. Und schrie. Seine Nackenmuskeln zogen sich zusammen, sein Oberkörper wollte sich regen, doch die erneuten Schmerzen führten stattdessen zu einem weiteren Schrei: „Jean"

Auf einmal sah er ein ebenso verwirrtes wie erschrockenes Gesicht über sich und dann die Hand, die den kalten Lappen von seinem Gesicht weggenommen hatte. Es war Jules Rimet.

Der sprachlose Verbandspräsident lächelte ihn verlegen an. „Herr Fischer. Ich, äh …"

Fischers Muskeln entspannten sich wieder und kleine Reste eines betäubten Schmerzes regten sich in weit entlegenen Synapsen.

Moritz wollte sprechen, merkte aber, dass er sich zum einen noch halb in einer Traumwelt befand und zum anderen, dass sein Kiefer schmerzte. Er machte eine Andeutung mit dem Kopf in Richtung des kalten Lappens, die er angesichts des Blitzes in seinem Hals sofort bereute.

Rimet versteckte den nassen Lappen hinter seinem Rücken und lächelte schüchtern. „Tut mir leid. Ich dachte, das würde dir guttun."

Fischer versuchte seine Gedanken zu ordnen. Was war passiert? Er sah die Mauer wieder auf sich zurasen.

Rimet räusperte sich. „Hör zu, Maurice. Ich weiß nicht, wie ich es sagen soll. Gerade jetzt, da du so einen spektakulären und furchtbaren Unfall hattest. Aber das ist ja auch ein Teil des Problems. Ich hatte, und es tut mir leid, das nun so offen sagen zu müssen, mir ehrlich gesagt erhofft, mehr Unterstützung von deiner Seite in der Vorbereitung und Organisation unseres gemeinsam erarbeiteten Großunternehmens zu bekommen. Naja, Langenus, Christophe, Azincourt und Balway und meine Wenigkeit, wir sitzen eigentlich die ganze Zeit zusammen und überlegen, wie wir uns den Herausforderungen, die uns in Uruguay begegnen werden, am besten stellen werden. Aber dich sehe ich in den letzten Tagen eigentlich nur noch wenig. Ich habe Verständnis dafür, dass ein Mann sich einmal zurückziehen muss. Und auch dafür, dass er gewisse Bedürfnisse hat, die befriedigt werden müssen. Und dass man dann ab und zu ein paar Stunden mit dem schwachen Geschlecht verbringt, nun ja, gerade für unverheiratete Menschen ist dies wohl eine wichtige Sache. Aber hier geht es doch um mehr. Ich habe eine Vision, Maurice. Wir beide haben diese Vision."

Rimet schaute auf irgendeine Stelle in einer dunklen Ecke der Kabine.

„Fußball ist ein wunderschöner Sport. Er wird die Welt verändern. Menschen werden gemeinsam jubeln, werden gemeinsam für eine Sache einstehen, werden kämpfen, ohne dass ein Tropfen Blut fließt. Wir leben in einer modernen Welt, Maurice"

Fischer nickte ganz leicht.

„Kontinente sind miteinander verbunden. Schnelle Fahrzeuge machen es möglich, dass die ganze Welt bereist werden kann. Die Welt wächst zusammen. Die Völker der Erde begegnen sich. Aber wie können sie alle miteinander reden? Wie können sie sich freundschaftlich messen, ohne dass Geld, Macht oder Status eine Rolle spielen? Wie werden sie jenseits von Korruption und Machtmissbrauch einen Weg zueinander finden?"

Fischer kannte diese Ansprache von Rimet und er wusste, was er zu sagen hatte.

„Fu … ba …"

Als hätte er das Wort zum ersten Mal gehört, verwandelte sich das vorher angespannte Gesicht in ein offenes Grinsen.

„Mit Fußball. Menschen, die alle dieselben Regeln kennen und sich als Ehrenmänner begegnen. Fairness und Sportlichkeit sind die zwei Größen, die für diese Männer gelten. Und somit erheben sie die Menschheit aus dem Sumpf des Tierischen. Was ich damit sagen will ..."

Fischers Kopf dröhnte und er war im Moment ganz froh darum.

Wahrscheinlich hätte er, wenn ihm der Schädel nicht eh schon brummen würde, spätestens jetzt beißende Kopfschmerzen. Er wusste auch keineswegs, wie er dem Ansinnen des Präsidenten begegnen sollte.

„Also, ich sehe schon, Maurice. Es geht dir nicht gut und du willst sicher nicht die tattrigen Worte eines Mannes an deinem Krankenbett hören. Ich kenne dich ja nun schon lange und ich weiß, dass du das Herz am rechten Fleck trägst. Reiß dich also ein bisschen zusammen und werde bald gesund."

Rimet schien angesichts seiner eigenen Worte ernsthaft erleichtert. Sein Gesicht hellte sich zu einem Lächeln auf. „Wie schön, wie schön. Ich werde dich dann mal verlassen. Ach, es klopft. Da kommt ja deine Herzdame auch schon."

Fischer überlief ein weiterer Schauer. Was, wenn der Mörder sein Werk vollenden wollte? Er wollte Rimet bitten, ihn nicht alleine zu lassen, aber aus seinem Mund kam nur ein Blubbern.

„Was? Ja, dir auch einen guten Tag. Adé."

Rimet lief zur Tür. Fischer hörte ein paar Wortfetzen. Dann wieder Schritte in seinem Schlafzimmer.

Smeralda sah ihn mitleidig an.

„Das letzte Mal, als ich dich gesehen habe, sahst du frischer aus."

9. Tag, 27. Juni 1930 – Jean

1.

Vielleicht hätte sie den Kuss nicht ablehnen sollen. Es war eigentlich alles perfekt, der Abend, die untergehende Sonne, der Wein und der Blick auf das unendlich glitzernde Meer. Das Lächeln, die schönen Worte. Seine Hand, die wie zufällig auf der ihren auf dem Tisch liegenblieb. Und dann, während sie noch vom Wein betört und von Schaukeln des Schiffs eingelullt war, hatte er seinen Kopf vorgebeugt, die Augen geschlossen.

So einer wie Harry Braithwaite will eigentlich nichts von ihr. Noch nie hat irgendein Harry Braithwaite etwas von einer grauen Maus wie ihr gewollt. Weder einer von den Cousins im väterlichen Garten noch einer der Jungs, die den anderen Mädchen nach der Schule aufgelauert hatten und ihnen mit Bonbons einen Kuss abzuluchsen versuchten. Es waren immer die anderen Mädchen, die von den Motten umflogen wurden, aber nicht sie, die so wenig honigsüß war wie ein Stein.

Aber als sie draußen auf dem Deck ihr Abendessen zu sich genommen hatten und Jean vergessen hatte, dass sie sich wunderte, dass Moritz immer noch nicht da war, da schien ihre Chance gekommen zu sein, denn ein junger, gutaussehender Waliser hatte ihr seine weichen, feuchten Lippen dargeboten. Und sie hatte nur gedacht, wie absurd es wäre, sich zu küssen.

Und Harry hatte lächelnd, nicht einmal böse oder enttäuscht, die Augen geöffnet und sein Angebot mit dem Blick seiner Augen stehen gelassen. Ein kurzer, schelmischer Blick, der sagte: Das macht doch nichts. Ich kann warten. Kein Problem.

Und deshalb, so sagte sie sich, war es faktisch gut, dass sie es nicht getan hatte. Erstens hatte sie es nicht nötig. Zweitens waren Küsse albern und drittens war Moritz zu dieser Zeit auf einer Trage durch die Gassen von Funchal unterwegs. Und als der Kapitän an den Tisch kam und von dem Unglück erzählte, da war alles, was Küsse oder Männer betraf, vergessen.

Noch im Laufen über das Deck sagte ihr der Kapitän, dass sie Fischer wohl auf der Insel lassen würden müssen, aber Jean legte sofort Protest ein. Und als sie die Gangway hinabliefen, wusste sie auf einmal, dass es kein Unfall gewesen war und deshalb sagte sie dem Kapitän, dass es unmöglich sei, ihn vor Ort zu lassen. Sie sah die Menschentraube auf dem Kai.

Vier Träger mühten sich offensichtlich ab, den massiven Körper, der auf einer Holztür lag, vorwärts zu bewegen, während drumherum neugierige Kinder die Träger begleiteten und ehrfürchtig über den bewusstlosen Riesen wachten.

Jean verscheuchte ein paar der Kinder und marschierte neben der schwebenden Tür in Richtung Schiff. Fischer sah hingegen fast friedlich aus und im ersten Moment hatte sie befürchtet, dass er gar nicht mehr am Leben sei, doch dann bewegte er seinen Mund zu einer Grimasse, die sogleich wieder einer muskulären Entspannung wich. Sie sah, dass sein Anzug etwas abgewetzt war und die Hose an mehreren Stellen zerrissen. Sie wusste nicht, was sie tun sollte, und so fasste sie seine Hand und drückte sie. Sie wollte etwas sagen, konnte es aber nicht. Ein dicker Kloß lag in ihrem Bauch, daher war sie froh, als sie ihre Aufmerksamkeit auf die wackelige Tür legen konnte, auf der Fischer lag, als es daran ging, die Gangway hochzulaufen.

Sie hatte ihn in das Krankenzimmer begleitet und gewartet, bis er wach geworden war. Erst dann war sie mit einem schlechten Gewissen in ihr eigenes Bett gegangen. Aber geschlafen hatte sie danach stundenlang nicht, denn die ganze Zeit hatte sie die Frage gequält, ob sie den Unfall hätte verhindern können, wenn sie bei Fischer geblieben wäre.

Daher sah sie schon die hellen mediterranen Sonnenstrahlen den Rand des Rechtecks der schweren Vorhänge erleuchten, als sie erwachte. Als sie den Stoff zurückzog, wurde sie von der bereits erstaunlich hochstehenden Sonne geblendet. Sie rieb sich die Augen. Tag.

Auf dem Weg zur Kajüte des Kranken kam ihr im Gang ein hochgewachsener Mann mit schwarzem Schnauzer entgegen, den sie irgendwoher zu kennen glaubte, auch wenn er sein Gesicht wegdrehte, als er sie sah. Für einen kurzen Moment lang beschlich sie eine kalte Furcht und als sie die Tür unverschlossen vorfand, breitete sich die Furcht auf Eiszapfengröße aus. Aber im Inneren des Raumes entspannte sie sich, denn sie sah die hochgewachsene Gestalt Smeraldas vor dem Bett des Kranken sitzen. Diese drehte sich um und lächelte Jean an.

„Wie geht es ihm?“

„Soweit ganz gut“, antwortete Smeralda. „Er hat viel geschlafen. Das hat ihm gutgetan.“

Jean setzte sich und sah auf die friedlich schlafende Gestalt des Verletzten.

„Der Doktor hat ihm noch einmal eine Spritze gegeben“, sagte Smeralda und Jean nickte.

„Wie ist das passiert? Wissen Sie irgendetwas?“

Smeralda schüttelte mit dem Kopf während sie durch das vergilbte Fenster nach draußen schaute. „Nicht viel. Ich habe mit dem Kapitän geredet. Man hat ihn gefunden. Es scheint ein Unfall gewesen zu sein, als er mit dem Toboggan nach unten gefahren ist.“

Es war einer der Momente, in denen Jean sich wünschte, Konversation treiben zu können, aber sowohl Zeitpunkt als auch Ort schienen unangemessen zu sein. Also saßen die beiden nebeneinander und versuchten, mit der aufkommenden Stille umzugehen. Sonnenstrahlen schlichen sich durch die weißen Vorhänge und offenbarten den Tanz der Staubkörner in der Luft. Jean musste an das Streichquartett denken, zu dem sie mit ihrer Familie einmal in der Stadt gefahren war. Anfangs hatte sie die Atmosphäre im gefüllten Saal nahezu als unerträglich empfunden. Man saß eng nebeneinander, sie musste sich der breitgestellten Beine ihres Bruders Denis erwehren, die ihre eigenen wegschoben. Dann kamen die Musiker in den Raum, vier unauffällige Gestalten, die kein Wort redeten, sondern sich einfach setzten und dann anfingen zu spielen und Jean merkte wie sie mit jeder Sekunde entspannte und die Dinge im Raum anders wahrzunehmen begann. Das unverschämte Bein ihres Bruders warf in ihr auf einmal die Frage auf, ob der Besitzer sich seiner Raumeinnahme nicht bewusst war, oder ob er sie absichtlich abdrängte und wenn das so war, warum? Sie konnte sich auf einmal in die Situation von Denis hineinversetzen, der im Gegensatz zu ihr mit dem ständigen Erwartungsdruck seines Vaters leben und sich richtig gefangen fühlen musste. So konnte sie sein Bein Bein sein lassen und ließ sich von der Musik in eine deutlich friedlichere Betrachtung ihrer Umgebung verführen. Auch hier, im Saal der städtischen Bibliothek, fielen ihr die ansonsten für sie unwichtigsten Details auf, die sie liebevoll betrachtete: Das Nackenfett des Herren, der vor ihr saß, das nervöse Trommeln der Finger ihres Vaters auf seinem Bein, der verträumte Blick ihrer Mutter links vor ihr. Alle diese Dinge waren klar und in ihrer leuchtenden Daseinskraft auch schön.

Smeralda weckte sie aus ihren Gedanken auf:

„Wissen Sie, die meisten Menschen fragen sich, wie ich das hinkriege."

Jean schaute etwas verstört. „Wie Sie was hinkriegen?"

„Meinen Beruf. Nicht die technische Seite. Eher das Ertragen von körperlicher Nähe. Wer will das schon?"

„Nun", sagte Jean im Versuch taktvoll zu sein, „ich denke, niemandem macht sein Beruf uneingeschränkt Spaß."

Smeralda hob eine Augenbraue.

„Ich habe den Verdacht", fuhr sie fort, „dass das Leben gar nicht real ist."

Jean war verwirrt, traute sich aber nicht, das zum Ausdruck zu bringen.

„Ist es nicht verrückt," erläuterte Smeralda weiter, „dass wir niemals die Echtheit unseres Lebens anzweifeln? Auf der anderen Seite aber ist alles, was wir heute tun, morgen schon vergessen. Diese

Bewegung, die ich jetzt mit meinem Finger mache, die im Moment äußerst real erscheint, ist zum absoluten Vergessen verdammt. Auch unsere Unterhaltung wird im Nebel der Zeit verschwinden. Nichts ist wirklich. Das denke ich zumindest manchmal, bevor mich der Eindruck, dass etwas sei, wieder täuscht."

„Das ist aber ein ziemlich frustrierender Gedanke, oder?", warf Jean ein.

Smeralda schaute wieder zum Fenster. „Nein, gar nicht", sinnierte sie. „Ich empfinde das eher als beruhigend."

Jean versuchte, die andere zu verstehen, was ihr zumindest im Moment kläglich misslang. Zum Glück wurde die Situation durch ein Röcheln vom Bett aus in eine andere Richtung gelenkt. Fischer erwachte.

2.

Die wahre Geschichte des Lebens wird in den Momenten erzählt, die der Mensch zwischen Schlaf und Erwachen erlebt, wenn er die verstörende Landschaft des Traums verlässt und sich auf einmal wieder in den Fesseln seines Körpers erlebt, gebunden durch Schwerkraft und der Notwendigkeit zu atmen, zu essen und zu trinken. In der Orientierung hat er die Kraft der ätherischen Welt noch in sich, mit der er erfassen kann, was seine Sinne ihm verweigern, und er saugt seine Umgebung in sich ein mit der Gier eines ungestillten Kindes, das nicht unterscheidet zwischen Selbst und Außen.

Als Moritz zum ersten Mal erwachte, sah Jean in die weit aufgerissenen Augen eines Jungen, der in einer Verwundbarkeit daliegt wie ein frisch geschossenes Reh, das die letzten Momente in die Luft blickt. Moritz öffnete die Augen und es war, als hätte er noch keine Sprache, die ihn von seiner Umgebung trennen könne. Er blickte nach oben, schaute sie und Smeralda an, ohne dass er eine Notwendigkeit für eine Erklärung haben müsste, sondern lediglich Interesse. Jean hätte diesen Moment um alles in der Welt festhalten mögen, so sehr liebte sie diesen unschuldigen Blick, mit dem Moritz sein Wesen gegenüber dem, was außerhalb von ihm lag, abglich.

Dann schluckte der Mann auf dem Bett und es schien, dass ihn dieser erste Akt der Körperlichkeit vollständig in das Hier und Jetzt zurückgeholt hätte. Sein Mund verzog sich zu einem Ausdruck von Leiden, welches Smeralda dazu veranlasste, das mit Wasser gefüllte Glas, das auf dem Nachttisch gestanden hatte, an seine Lippen zu führen. Jean fragte sich für einen Moment, warum sie einen Anflug von Wut auf die Südamerikanerin verspürte, bis sie feststellte, dass sie sich über sich selbst ärgerte, da sie selbst nicht auf die Idee mit dem Wasser gekommen war.

Fischer trank gierig. Nach einer Weile fand er zu Worten.

„Was ist passiert? Und … aua …"

Weiter kam Fischer nicht, denn mittlerweile war auch seine Empfindungsfähigkeit erwacht, die ihm schmerzlich bewusst machte, wie fragil der menschliche Körper ist.

„Ein Unfall", erklärte Jean hastig. „Du bist vom Schlitten gefallen."

„Schlitten?" Fischer schien den Gedanken erst mit dem Konzept einer Schiffsreise vereinigen zu müssen. „Ach, der Berg ..."

„Du musst dich erst einmal ausruhen." Smeralda legte ihre feingliedrigen Finger auf die fleischigen Exemplare an Fischers rechter Hand. Fischer blinzelte, schloss die Augen und nach einem Moment blickte er mit einer unerwarteten Art von Entschlossenheit in den verdunkelten Raum.

„Ich glaube, jemand wollte mich töten."

Jean und Smeralda schauten sich an. Und dann brach es aus Jean heraus:

„Es tut mir so leid. Ich hätte dich niemals alleine dort oben lassen sollen. Ich wusste ja nicht, dass etwas passieren kann."

„Was ist denn überhaupt passiert?", fragte die noch unwissende Smeralda und Jean versuchte ansatzweise zu rekapitulieren. Sie tat sich ziemlich schwer, als es darum ging, zu beschreiben, wie sie mit Braithwaite vorgefahren war. „Ich wusste ja nicht …"

„Ich kann mich an nichts mehr erinnern“, erläuterte Fischer, als es darum ging, die Ereignisse aus seiner Sicht zu schildern. „Ich war da oben auf dem Berg. Aber mehr …“

„Du bist, wie alle anderen auch, mit dem Toboggan nach unten gefahren. Allerdings bist du auf der Strecke mit einer Mauer kollidiert. Man hat dich gefunden.“ Jean brachte es nicht über die Lippen, zu erklären, dass sie sich zur selben Zeit kreischend vor Vergnügen an Harry Braithwaites Jackenrevers festgehalten hatte. Aber Fischer ersparte ihr die Scham nicht.

„Wieso war ich denn alleine?“

„Du … wolltest noch etwas oben bleiben.“

Nun fragte Smeralda nach: „Warum glaubst du, dass du Opfer einer Missetat werden solltest, Moritz?“

Jean schmunzelte über das altmodische Wort.

„Der Täter.“ Fischers Stimme klang kehlig und leise. „Der Mörder. Ich habe ihn gespürt. Er hat mich besucht.“

„Gespürt?“ Jean war grundsätzlich kritisch, was das Übersinnliche anging.

„Ich weiß auch nicht.“ Fischer wirkte müde, sodass Jean der misstrauische Ton in ihrer Stimme gleich leidtat.

„Wer war noch oben auf dem Berg?“, fragte Smeralda. „Wenn jemand dich in den Unfall hat treiben wollen, dann muss er oben gewesen sein.“

„Stimmt. Und dann muss …“ Jeans Gesicht hellte sich auf. „… der Täter auch mit uns hochgefahren sein. Das war die erste Bahn nach oben.“

„Es sei denn, davor fuhr noch eine“, warf Fischer ein.

„Das kann ich mir nicht vorstellen. Wir waren sehr früh auf der Insel. Und wir waren sogar die ersten auf unserem Schiff. Also – wer war noch mit im Zug nach oben?“

Fischer schien angestrengt nachzudenken und auch Jean überlegte, musste sich allerdings dabei eingestehen, dass sie die meiste Zeit damit verbracht hatte, sich über ihre Familie aufzuregen oder mit

Braithwaite herumzuscharwenzeln.

„Da waren welche von der rumänischen Mannschaft", überlegte Fischer. „Und die Familie von Jules Rimet, oder?" Jean war stolz, wenigstens noch irgendeine Erinnerung an andere Menschen außer sich selbst zu haben.

„Daran hätten wir früher denken sollen", warf Smeralda ein. „Dann hätten wir den Täter wunderbar eingrenzen können."

Auf einmal hellte sich Jeans Gesicht auf. „Die Tashmans." Beide Gesichter drehten sich ihr zu, wobei Fischer durch die Bewegung einen kurzen Schmerzensschrei herausließ.

„Wer?", fragte Fischer.

„Lilyan Tashman und ihr Mann, Edmund Lowe. Beide Schauspieler." Smeraldas Augen glitzerten. „Also doch."

3.

„Kommen Sie herein."

Tashman sah müde aus, als wäre sie gerade erst aufgestanden. Ihr Mann rief aus dem Hintergrund etwas, woraufhin Lilyan den Kopf nach hinten wandte, als sie ihm antwortete: „Ist nur unsere Freundin."

Jean bekam gegen ihren Willen ein wohliges Gefühl im Bauch. „Ich dachte, wir könnten vielleicht einen Kaffee zusammen trinken, oder so. Natürlich auf meine Kosten. Ich muss mich ja noch für den Vorfall entschuldigen."

Tashman blickte sie erst an, dann breiteten sich ihre blutroten Lippen zu einem Lächeln aus. „Hast Recht, Kleines. Warum nicht ein wenig rumstreunern und es sich gut gehen lassen." Jean genoss die seltsamen Ausdrücke, die die Amerikanerin benutzte. Irgendwie schienen die Menschen vom anderen Kontinent von einer gewinnenden Lockerheit zu sein. „Warte einen Moment."

Tashman holte sich von einem Garderobenständer (Jean fragte sich, warum dieser nicht umkippte – so voll beladen wie er war) einen weißen Wollmantel und einen dazu passenden Hut. Er entsprach ihrem bleichen Teint. Jetzt erst sah Jean auch die dunklen Ränder unter den Augen. Als sie aus der Tür herausgingen, hielt sich Tashman am Türrahmen fest.

„Wir schnappen erst ein bisschen frische Luft, oder?"

Sie schlurften die glänzenden Holzdielen entlang. Die Gischt hatte einzelne Stellen mit dunkleren Wassertropfen bedeckt, an den Rändern, dort wo das Holz der Dielen den Stahl der Außenwand traf, hatte sich vereinzelt eine weiße Salzkruste gebildet. Tashmann hielt sich die meiste Zeit am weißen, kalten Geländer fest. Sie schien die Brise, die ihr die blonden Haare zerzauste, welche unter ihrem Hut hervorlugten, zu genießen. Jean kam sich schäbig vor, da sie vorgab, mit der ihr so zugewandten Schauspielerin, Zeit verbringen zu wollen, wo sie doch eigentlich nur Nachforschungen in Sachen Mord anstellte.

Es war interessant, dass man auf diesem Schiff, obwohl es über zweitausend Menschen beherbergte, immer noch Plätze fand, an denen sich sonst niemand aufhielt. Sie standen hinter einem Treppenaufgang und schauten aufs Meer hinaus, das ihnen heute ungewöhnlich kalt entgegenblies.

„Ich habe das Meer schon immer geliebt", sagte Tashman. „Man hat ein Gefühl von Unendlichkeit – aber keine, in der man sich verliert, sondern eine, die einen trägt."

Da Jean nicht wusste, was sie sagen konnte, schwieg sie, was Tashman keineswegs zu stören schien. „Man darf sich von der Kälte und der Tiefe nicht abschrecken lassen. Weißt du, Kleines? Wir sind immer so sehr mit unserem eigenen Wohlbefinden beschäftigt, haben Angst vor diesem oder jenem, dass wir die Schönheit dessen übersehen, was uns gefährlich scheint."

Das Schiff neigte sich zur Meeresseite, als wollte es sich verbeugen.

„Ich habe nie Angst vor dem Meer gehabt", fand Jean einen Weg in das Gespräch. „Nicht wie meine Mutter. Für die sind solche Fahrten das reine Grauen. Aber sie ist dennoch immer mitgefahren, wenn wir verreist sind."

„Oh, ich dachte, wir Amerikaner sind die einzigen, die verreisen."

„Wir waren schon überall, Miss Tashmann. In Australien, in Afrika, und natürlich auch in den Staaten. Mein Vater war mit Mister Houdini befreundet."

Tahsmann lachte auf. „Wir hatten uns doch auf Lilyan geeinigt, Kleines. Mr. Houdini, der Entfesselungskünstler. Ich habe ihn auf einer Party kennengelernt."

Jean wurde kalt, denn dort, wo sie standen, pfiff ihnen der Wind direkt entgegen. Aber angesichts der Ansprache ihrer Begleitung wollte sie nichts sagen.

„Kennen Sie noch andere Leute auf dem Schiff? Sie waren doch auf Madeira, nicht wahr?"

„Wir lernen ständig Leute kennen. Mein Mann hat diese wunderbare Angewohnheit, überall Menschen anzusprechen. Leider haben wir nun auch einen Papageienkäfig von der Insel mitgebracht."

Nun lachte Jean. „Mein Vater hat nie etwas gekauft. Er hat auf diese einfachen Menschen immer herabgesehen und fand es lächerlich, wie sie ihre Waren feilboten."

„Mein Mann kauft prinzipiell alles, was ihm angeboten wird. Du könntest an unserer Kabinentür klopfen und ihm einen Stuhl verkaufen. Probier' es aus, Süße. Wir haben alles, was man braucht und nicht braucht."

„Haben Sie, … hast du auch oben auf dem Teirrero da Luta etwas gekauft?"

„Teirreira? Oh, ich habe Kopfschmerzen. Lass uns reingehen, Kleines. Der Kaffee war eine gute Idee von dir."

Während sie sich durch die plüschbedecken Gänge des oberen Decks bewegten, fing Jean an zu schwitzen. Tashman wirkte kleiner als sonst, von hinten sah sie aus wie ein Zwerg, der durch dunkle Märchenhöhlen schleicht. Sie hatte die absurde Idee, Tashman an der Hand zu nehmen. Als sie dann im Palmensaal saßen und von drinnen auf die graue See schauten, versuchte Jean es noch einmal.

„Also ich habe mir da oben, als wir mit dem Zug hochgefahren sind auf den Berg, meine ich, die Bilder angesehen, die dieser alte Mann verkauft hat. Hast du die gesehen?"

Tashman blies in ihre Tasse, die daraufhin wie aus Protest ihr Gesicht mit einem Schwall Dampf einhüllte. Sie schüttelte den Kopf. „Nein, habe keine Bilder gesehen. Wir sind gleich wieder runtergefahren, mein Mann und ich."

„Ach so."

„Warum fragst du, Kleines?"

Jean fühlte sich ertappt. „Nur so. Die Bilder waren schön, fand ich."

„Hast du uns gesehen oben?"

„Ich, … ja. Habe ich."

„Hör zu. Es ist normal, dass Paare sich streiten. Falls es das ist, was dich bedrückt. Mein Mann ist …, wie ich gesagt habe, sehr offen. Es gibt nichts in seinem Leben, was er nicht erleben oder erfahren will. Daher liebe ich ihn ja auch so sehr. Er ist so voller Kraft und Freude, dass es eben manchmal etwas zu viel ist für die, die ihn umgeben."

Jean wagte den nächsten Schritt. „Bist du daher alleine runtergefahren? Weil ihr euch gestritten habt?"

„Alleine bin ich nicht gefahren. Ich bin mit dieser anderen Frau herabgesaust. Schreckliche Person. Hat dauernd gequietscht und gekreischt."

„Und dein Mann kam später?"

„Selbstverständlich kam er später, Kleines. Hör mal, ich würde gerne nicht darüber reden. Du kannst mich etwas zu meinen Filmen fragen, wenn du magst, ja?"

Zu Jeans Erstaunen mischte sich in den Triumph, den sie verspürte, Entsetzen – allerdings nicht darüber, dass sie nun glaubte, denjenigen gefunden zu haben, der Moritz Unfall initiiert hatte, sondern darüber, wie sie das Gespräch mit ihrer „Freundin" für ihre eigentlichen Zwecke missbrauchte.

4.

Das metallene Dröhnen drang durch den kalten Stahl, sodass das Echo ihre Füße zum Vibrieren brachte. Sie schlug nochmals mit dem Schraubschlüssel gegen die Tür, so wie Pinceti es ihr erklärt hatte. Ihrer Sehkraft beraubt stand sie noch eine Weile in der Dunkelheit des Ganges und lauschte. Waren da Schritte? Das Drehkreuz fing langsam an, sich zu bewegen, so als müsste es erst aus einem langen, tiefen Schlaf erwachen. Dann stand sie dem Riesen gegenüber. Die Laterne, die er in einer Hand hielt, gab seinem Gesicht einen düsteren Schimmer und ließ ihn wie einen Geist aussehen.

Tiefe Furchen schienen sich in sein Gesicht eingegraben zu haben, die Augen schienen wie zwei Monde in trüber Nacht. „Ich komme wegen dem Kohleraum", erklärte sie, doch er blieb stumm vor ihr stehen, musterte sie und schien doch auch irgendwie durch sie durchzusehen. Endlich schwang die Laterne zur Seite und sie schritt an ihm vorbei, den würzigen Schweißgeruch seines Körpers streifend, der im Gegensatz zur maschinenhaften Distanziertheit des sie umgebenden Stahls etwas Beruhigendes ausstrahlte. Beide bewegten sich wortlos durch den Gang, schritten durch die offene Tür und Jean bat um die Laterne, die er ihr an einen Haken an die Wand hängte. Direkt neben dem Lampenhaken waren Schlaufen aus dickem Draht in die Wand eingelassen, an denen zwei schwere Metallschaufeln hingen. Jean stellte sich zuerst vor die linke Schaufel, die näher an der Laterne hing, und betrachtete sie eingehend. Sie spürte, dass Pupo noch in der Tür stand, um nachzusehen, was sie trieb, unbeweglich und doch bestimmt blieb er beharrlich stehen.

Sie konnte auf den ersten Blick keine Spuren von Fett oder Flüssigkeit erkennen, doch um sicherzugehen, zog sie die kleine Ampulle mit dem Rußpulver aus ihrer Manteltasche und bestäubte den Stiel des Geräts an den Stellen, an denen man es greifen musste, um damit zu schlagen. Das Pulver rieselte humorlos zu Boden und nicht der Hauch eines Musters zeichnete sich auf dem Stiel ab. Die Hitze in diesem Raum musste jegliche organischen Spuren verwischt haben.

„Haben Sie diese Schaufeln benutzt?“, fragte sie, „Usare?“ Das von Schatten gezeichnete Gesicht bewegte sich in einem Kopfschütteln hin und her. Seine Stimme war tief: „Lascia riposare i morti.”

Sie wusste nicht, was es hieß, aber sie spürte, dass er sie als Eindringling empfand. Dennoch machte sie sich daran, auch die zweite Eisenschaufel zu begutachten. Letztlich mit demselben Ergebnis – falls es Spuren gegeben hatte, waren sie nicht mehr vorhanden. Dennoch prüfte sie die Schaufel gründlich, wischte mit dem mit Schweineborsten bestückten Pinsel noch über das Metall, nahm die Lupe, damit ihr keine Auffälligkeiten entgehen konnten. Sie bemerkte, dass der wahre Grund, dass sie so gründlich arbeitete, darin bestand, dass sie die erneute Begegnung mit dem riesigen Maschinisten fürchtete. Sie glaubte nicht, dass er ein Mörder war, vielmehr hatte sie Angst vor der Düsternis, die von ihm ausging und ihn innerlich aufzuessen schien. Als sie es nicht mehr vermeiden konnte, alle ihre detektivischen Utensilien zusammenzupacken und auf ihn zuging, machte er ihr den Weg frei, indem er seinen massigen Oberkörper von ihr wegdrehte – allerdings so, dass sie nun zum Bauch des Schiffes herausgehen musste. Er ließ sie passieren und dann noch einmal seine bassige Stimme ertönen: „Seguimi.“ Sie erinnerte sich an die Gitter auf dem Boden, an das Geländer, das die Turbine, die Trampolini zerquetscht hatte, verbarg, die leuchtenden Dioden und Messuhren an der Wand, doch Pupo führte sie noch tiefer in das Herz der Maschine. Der Gang führte weiter ins Innere und eine Tür ging rechts ab in einen kleinen, unscheinbaren Raum, in dem ein Holztisch stand, der von zwei einfachen Holzstühlen flankiert wurde. Für einen kurzen Moment bekam Jean Angst, aber dann sah sie ein helles Flackern in der einen Ecke des Raumes, das nur von einer Kerze ausgehen konnte. Als sie den Tisch umkurvte, sah sie einen kleinen Altar am Boden, auf dem hinter der von ihr schon vermuteten Kerze ein Foto stand. Ein lachendes Gesicht strahlte in die Kamera, die Haare des Mannes standen wild und wirr zu den Seiten ab, seine Wangenknochen stachen kantig hervor, doch seine Augen glänzten. Offensichtlich war das Foto an einer Küste aufgenommen worden, da die Haare vom Wind verweht wurden und der Hintergrund eine Ansammlung von flachen, windgeplagten Wolken zeigte. Unwillkürlich wurden Jeans Augen feucht. Die Stille, die vom Riesen, der hinter ihr stand, ausging, hatte nun keine Feindseligkeit mehr. Es schien sogar, als seien sie beide nun in einer holprigen Trauer vereint. Sie blieb einige Momente vor dem Altar hocken und ließ die innere Berührung, die sie seltsamerweise erfasst hatte, zu.

Als sie sich umdrehte, schaute sie in Pupos Augen, die nun zu ihrer roten Färbung noch eine wilde Entschlossenheit bekommen hatten. Der Riese streckte eine Hand raus, von der Zeige- und Mittelfinger abgingen und führte sich die Finger an die Kehle. Dann machte er eine schnelle Wischbewegung, deren Bedeutung klar war: Er würde kurzen Prozess machen, sollte er den Mörder Trampolinis in die Finger bekommen. Nachdem Pupo gesehen hatte, das Jean verstand, lächelte er. Er schien sie nun in den Kreis der Vertrauten eingeweiht zu haben.

5.

Der Tag geht zur Neige. Sie blickt aus dem Fenster, das die Sicht auf eine graue See freigibt, welche von einem grauen Wolkenfeld eingerahmt ist. Manchmal verliert man sich und findet keinen Trost in der Tatsache, dass das eigene Sein den Tag erhellt.

Die Bibliothek lag auf dem C-Deck, hinter dem Musikraum. Sie war üppig ausgestattet, allerdings weniger, was die Bücher anging, sondern eher von der prunkvollen Einrichtung. Mahagonibänke waren unter Marmorkacheln in die Wand eingelassen, darüber korrespondierte die goldrote Tapete mit den Mustern im Teppich und der getäfelten Decke, welche von zwei schwarzen Säulen im Raum gestützt wurde. Überall standen Tische und ausladende Stühle neben Regalen, die mit Büchern aus verschiedenen Ländern bestückt waren, auf denen die schönsten Bildbände zur Zier aufgestellt waren.

Sie saß an einer Ecke, die wie eine Bucht in den Raum hereinstand und sie vor den Blicken der Männer im Raum schützte. Sie wollte alleine sein.

Ein Steward hatte ihr das Telegramm in ihrem Zimmer mit förmlichem Gruß überbracht. Sie schaute immer wieder drauf, obwohl sie das nicht wollte, da sie es gar nicht lesen konnte. Sie verstand die Worte: „Komm heim, Vater stirbt." Aber sie verstand die Bedeutung nicht. Keine Auflistung von Fakten half ihr diesmal. Sie sah nur ein Telegramm vor sich liegen und ein Muster im Holz, das den Verlauf ihrer Gedanken, gleichzeitig aber auch ihres Lebens, bestens zu beschreiben schien. Wirbel und Knoten verschoben sich in spiralförmigen Mustern, verhakten sich, spielten miteinander, lösten sich auf, um sich wieder zusammenzusetzen.

Nichts machte einen Sinn, nichts war klar, durchsichtig oder logisch. Sie sehnte sich nach den Spaziergängen im Wald von Crowborough. Oft war sie heimlich hinausgeschlichen. Während die Jungs sich in ihrem Zimmer stritten, ihr Vater in seinem Arbeitszimmer saß und die Mutter in der Küche werkelte, war sie leise aus der Hintertür hinaus in den Garten gegangen. Der Wald lag unweit vom Haus. Über die Steinmauer, die ihren Garten eingrenzte, lief sie auf einem Feldweg bis zu den ersten Ausläufern, die den Zutritt in eine andere, magische Welt bescherten. Das Wurzelwerk, das den dunklen Boden durchdrang, ließ sie eintauchen in ein Sein, das nicht den zwanghaften Gesetzen der Logik, in der sie zwar bewandt, aber nie ganz zufrieden war, folgen musste. Die Blätter rochen nach einem erdigen Versprechen, der Boden nach pilziger Ehrlichkeit und die Tannennadeln, weiter hinten, wenn sie von den Ausläufern tiefer vorgedrungen war in den torfig gepolsterten Teil, hatten eine würzig modrige Art der Verführung, die sie oftmals dazu veranlasst hatte, bis in die Abendstunden zu bleiben. Wenn sie dann in der Dämmerung den Heimweg antrat, waren die Myriaden von Farben der herbstlichen Blätter zu einer simplen Dualität von Hell und Dunkel verblasst. Dies war ihre Welt, geheimnisvoll, farblos und nicht von der Banalität menschlichen Lebens verunreinigt.

Sie hielt den großen Bildband über die Vögel Englands als Schutzschild vor sich und betrachtete die tigerhaften Streifen des „gold-crested Woodpeckers", der sie mit starrem Vogelblick anglotzte.

„Hier bist du also. Ich habe dich gesucht."

Halb erfreut, dass sie aus ihrer Melancholie gerissen wurde, halb erbost darüber, versuchte sie die Stimme zuzuordnen, was ihr misslang, sodass sie ihren Schutzschild nach vorne neigen musste. Harry stand vor ihr. Immer noch wusste sie nicht genau, welches ihrer Gefühle überwog. Dann lächelte er sie an.

„Oh, ich störe wohl."

„Nein. Bleib nur. Ich versuche nur gerade, zur Ruhe zu kommen."

„Ziemlich schwer hier auf dem Schiff, was? Überall, wohin man geht, ist irgendetwas los oder sind irgendwelche Leute."

„Ja, genau so ist es."

Sie hatte die beruhigende Wirkung, die von Harry ausging, vergessen.

„Dann gehe ich mal lieber alleine auf die nächste Séance."

„Oh, gibt es mal wieder eine?"

„Ja, in zwei Tagen haben wir den Äquator erreicht. Dann ist der große Tag – falls noch irgendjemand dran glaubt."

„Du etwa nicht?" Jean war nun ernsthaft neugierig. Sie stellte fest, dass sie eigentlich nichts über den gutaussehenden, jungen Mann, der Teil der Organisation war, wusste.

Er lachte. „Nein. Auf keinen Fall. Habe nie daran geglaubt. Werde nie dran glauben. Sag mir bloß nicht, dass du das tust."

„Nein."

Harry spürte, dass sie nicht über sich reden wollte, und plapperte munter weiter, wofür sie ihm sehr dankbar war.

„Es ist eher so eine Art Abenteuerurlaub für mich. Als Besitzer einer Autofabrik brauchte ich einfach irgendetwas vollkommen anderes. Ein Freund wies mich auf die Organisation für interplanetarischen Frieden und Handel hin. Das klang für mich völlig abwegig. Als ich hörte, dass eine Schiffsreise geplant war und noch Geldgeber gesucht wurden, konnte ich mich vor Lachen kaum halten. Es war klar, worauf das hinauslief. Aber auf der anderen Seite war das auch genau das, wonach ich suchte. Eine Zeit von allem weg. Geld habe ich genug und daher war es mir egal, wem ich es in den Rachen schob. Ich kontaktierte Tarnoff, der mir sagte, dass es noch einen letzten Platz gäbe und was ich für ein Glück hätte und so kam ich mit. Habe nie eine Sekunde an die Ernsthaftigkeit des Unternehmens geglaubt. Aber dafür habe ich ja dich kennen gelernt."

Jean wurde rot. Sie stand auf. „Ja, dann gehen wir mal zur Séance, oder?"

Harry schaute sie mit einem fragenden Lächeln an. „Das ist erst in einer Stunde. Wir treffen uns bei Jörgensen in der Kabine."

„Okay, also, ich gehe dann …"

Harry nahm, ohne aufzustehen, ihre Hand. „Jean. Warum bist du der Meinung, dass du nichts Gutes verdient hast?"

Nun fing Jean an zu schwitzen. Sie hatte das Gefühl, alle ihre Poren würden sich entleeren und ihr ganzes Gesicht müsste feucht glitzern. Sie war unfähig, sich zu rühren. Weder konnte sie Harrys Hand von sich stoßen, noch konnte sie sie streicheln oder zu sich ziehen. Endlich zog Harry sie zu sich herab. „Du bist eine schöne Frau, Jean." Er schaute sie scheinbar ohne Scham an. Jean hatte das Gefühl, dass die wenigen Besucher, die in der Bibliothek waren, nun interessiert zusahen. Sie traute sich nicht, ihr Gesicht Harry zuzuwenden. Sie wollte irgendetwas sagen, konnte sich aber beim besten Willen nicht vorstellen, was das sein könnte, ohne dass sie sich zum absoluten Narren machte. Aber sie brauchte nichts zu sagen. Harry nahm mit selbstbewusstem Handgriff ihr Kinn und drehte ihren Kopf in seine Richtung. Seine Augen hatten eine gleißende Strahlkraft. Im nächsten Moment schloss er sie und endlich neigte sie ihren Kopf nach vorne.

Es war ihr erster richtiger Kuss. Auf einer Geburtstagsparty beim dicken Laurence Flamry hatte sie bei einem kindischen Spiel schon einmal Rupert und danach seinen Bruder Harold auf den Mund geküsst, aber das waren kurze Lippenabdrücke mit seltsam kaltem, salzigem Nachgeschmack gewesen und keiner der beteiligten Münder hatte sein Innerstes preisgegeben. Harrys Zunge dagegen war wild und forschend, gleichzeitig aber auch weich und zart. Als er ihr ein letztes Mal über die Lippen züngelte, musste sie kurz aufkichern, da es gekitzelt hatte. Sie hatte einen warmen Bauch bekommen und das Gefühl, dass ihre Knochen zu Butter geschmolzen waren. Sie zog Harry ein zweites Mal zu sich, der nun seinerseits kurz auflachte, bevor er von ihrem drängenden Mund gestoppt wurde. Diesmal war sie es, die die Innereien erforschte, wobei sie feststellte, dass die Betastung der Zähne unzufriedenstellend war. Außerdem fiel ihr der erfrischende Geschmack von Pfefferminze auf, der sie dazu animierte, ein paar zusätzliche Umkreisungen zu wagen.

Allerdings bemerkte sie, dass Harrys Zunge daraufhin zaghaft abwartend in Ruhestellung verharrte. Sie löste sich und schaute ihn mit dem Gefühl, etwas falsch gemacht zu haben, an. Doch seine Augen leuchteten einfach nur.

Sie wollte sich erneut auf ihn stürzen, als sie den Mann sah, der die Bibliothek betreten hatte oder besser hineingeschwankt war. Ihre sich in unangemessener Nähe zu Harrys Gesicht befindlichen Augen sahen, wie der Mann mit dem hellblauen Anzug hereintorkelte, was jedoch nichts mit dem Wellengang zu tun hatte, weil dieser gar nicht vorhanden war. Jeans Augen wurden größer, denn sie sah, dass das weiße Hemd unter dem Jackett mit roter Flüssigkeit verschmiert war. Auch die Hände des Mannes waren voller Blut. Und als sie das Gesicht des Neuankömmlings sah, da entfuhr Jean ein lauter Schrei, der sich dummerweise hauptsächlich über Harrys Gesicht ergoss, dessen Schallwellen allerdings gut durch den struppigen Schnurrbart gedämmt wurden.

„Oh“, sagte Harry nur, was in diesem Zusammenhang einiges hätte heißen können, z.B. „Oh, was für ein schöner Lustschrei“, oder „Oh, bitte sei doch nicht so laut, Liebling“, oder „Oh, auch ich spüre, wie mich die Wellen der Lust überkommen.“ Jean wusste das „Oh“ nicht einzuordnen, es war ihr dann an dieser Stelle aber auch nicht so wichtig. Das nächste, das sie nach dem Schrei sagte, war: „Edmund Lowe“

Jean sprang auf und während sie schrie, deutete sie mit dem Finger auf den Mann, der ebenso verwirrt wie orientierungslos im Gang der Bibliothek stand.

„Er ist der Mörder. Er. Er. Seht. Er hat noch Blut an den Händen.“

Harry ließ sich nicht zweimal auffordern. Er sprang aus seinem eben noch so gemütlichen Sitz auf und packte den Schauspieler am Revers. Dann erst drehte er sich erneut um zu Jean und fragte. „Was hat er eigentlich genau getan?“

Jean war nun auch aufgestanden und stand vor Lowe, dessen Blick ins Leere ging. „Da. Sieh auf seine Hände. Er hat die Menschen an Bord getötet. Und nun hat er es wieder getan.“

Mittlerweile waren die anderen in der Bibliothek Anwesenden aufgestanden und näherten sich unsicher der Dramaturgie. Ein älterer Herr mit weißem Haar und Halbglatze, dessen eines Auge noch ein Monokel zierte, fragte: „Was ist das für in Geschrei, bittschön?“

Edmund Lowe, sonst Inbegriff amerikanischen Selbstbewusstseins, wirkte völlig verwirrt. Er stammelte ein Wort, was allerdings der Auslöser für einen erneuten Schrei von Jean war. Harry lief Jean hinterher, als diese auf die Reling stürzte und die nächstbeste Treppe nach oben nahm. „Was hat er gesagt?“, fragte Harry. „Lilyan. Das ist der Name seiner Frau. Er hat seine Frau umgebracht“, keuchte Jean, noch während sie die Treppe hinabhastete, zwei Biegungen nahm und an einer Palme vorbei in einen dunkleren Gang lief. Sie schaute auf die Nummern der Kabinen, hämmerte wild gegen diejenige, die sie zu finden gedachte, um schließlich festzustellen, dass die Tür geöffnet war.

Sie kam in ein Zimmer, das über und über mit Kleidungsstücken bedeckt war. Tüllkleider, Abendkleider, schwarze Fracks, weiße Spitzenkleider, sogar ein Zylinder war über einen der mächtigen Holzstühle gelegt worden. Auf dem Sofa lag eine zusammengekrümmte Gestalt. Es war Lilyan Tashman.

„Oh Gott, Lilyan", kreischte Jean, während Harry im Hintergrund das Zimmer mit forschendem Blick untersuchte. Jean kniete sich vor das Sofa und nahm das bleiche Gesicht, das auf der Kante gelegen hatte, in ihre Hände. Lilyan stöhnte. Tränen sammelten sich in Jeans Augen, da richtete sich der vorher unklare Blick der Schauspielerin auf sie.

„Was ist los, Kleine, warum weinst du?"

„Ich, ich …", stammelte Jean. „Sie sind nicht tot? Wo sind die Einstiche?"

„Was redest du da für einen Unsinn, Honigkuchen?" Mit diesen Worten richtete sich Tashman auf und Jean sah, dass das elfenbeinfarbene Kinn Tashmanns mit braunen Blutflecken bedeckt war, die in einzelnen Sprenkeln auch das weiße Kleid bedeckten.

„Hat er Sie vergiftet?"

„Zur Hölle, Kind. Sei still und lass den Unsinn. Mir geht es nicht gut, verstehst du?"

„Was?"

„Ich habe Krebs, Kleines. Das ist die ganze Wahrheit."

„Aber."

„Edmund verträgt es gar nicht, wenn es mir schlecht geht. Er ist ziemlich empfindlich."

Jean sah, dass neben dem Sofa auf dem Boden Taschentücher lagen, die genauso blutverschmiert waren wie das Kleid.

„Ich kann es ihm nicht verübeln. Wenn ich diese Anfälle habe, würge ich wie ein Walross."

Jean stammelte: „Es tut mir so leid, Miss Tashman."

„Wir waren schon beim Vornamen, Jean. Du musst dich nicht entschuldigen. Aber wer ist der knackige, junge Herr, der sich dahinten rumdruckst?“

„Harry Braithwaite. Habe die Ehre.“ Lächelnd war Harry vorgetreten und er verneigte sich leicht.

„Ach, ihr Engländer habt so schrecklich nette Manieren.“

„Waliser, Madam.“

„Waliser, nun gut. Also, ihr zwei Turteltauben, wenn ihr entschuldigt, würde ich mich jetzt wieder meinem Elend ungestört hingeben. Es sei denn, ihr wollt dabei sein, wenn ich mir die Seele aus dem Leibe huste.“

Jean entschuldigte sich erneut und trabte langsam rückwärts in Richtung Tür.

„Oh Gott, wie peinlich. O mein Gott. Das ist so peinlich.“ Jean versuchte vergeblich, im Boden zu versinken und daher redete sie stattdessen. Sie gingen die Promenade entlang, einmal, zweimal, bis Harry sie bei der Schulter nahm und sagte: „Ich weiß etwas, das noch peinlicher ist“, und sie dann erneut auf den Mund küsste.

Natürlich spürte er, dass etwas Dunkles sich erhoben hatte, um seiner Schaffenskraft Einhalt zu gebieten. Er wusste, dass man sich getroffen hatte, dass man sich besprochen hatte, dass man sich wehren wollte. Aber er machte sich nicht einmal die Mühe darüber zu lachen. Er hielt das Schicksal aller in seinen Händen, hatte den dicken Mann in den Abgrund gestoßen und hatte sich, als er ihm endgültig den Garaus hätte machen können, damit begnügt, ihn wissen zu lassen, dass er stärker war. Das Schiff wankte weiter über müde Wellen. Sie hatten eine Entscheidung getroffen und so machte er nun weiter.

Das Schicksal war auf seiner Seite. Die Dunkelheit, einmal gewählt, half einem. Der Mann bot sich ihm geradezu an. Sie standen zusammen im Nebel der Nacht auf der Reling und unterhielten sich, der andere hielt fröstelnd seine Arme um seinen Oberkörper. Er sehne sich nach dem Meer, hatte der andere gesagt, und so hatte er die Idee gehabt, ihm ein nasses Grab zu schaufeln. Es war so einfach gewesen. Ein Holz-

pfahl zum Vertäuen lag am Boden. Ein Schlag. Und dann die Idee mit dem Seil. Die Dunkelheit half ihm.

10. Tag, 28. Juni – Smeralda

1.

Wie macht man das? Die Frage drängte sich ihr immer wieder auf und sie war keinesfalls leicht zu beantworten. Wie sollte das gehen? Sie hatte versucht, Jean zu beobachten, die eine Meisterin darin war. Aber sobald sie sich hinsetzte und versuchte, einem Mann zu begegnen, ohne ihre Trumpfkarte zu spielen, fühlte sie sich verloren. Es war, so war ihr nun klar geworden, ihr einziger Trumpf. Ihre atemberaubende Schönheit, die nicht in Frage zu stellen war, niemals zuvor in Frage gestellt worden war. Aber nun, da sie frühmorgens den Weg in das nach Kaffee duftende Restaurant einschlug und die alten Damen an ihren Tischen sitzen sah, wurde ihr zum ersten Mal richtig klar, dass ihre Strahlkraft vergehen würde. So wie der einst voll üppiger Schönheit blühende Strauß Sonnenblumen, der auf dem Gang in einer Bodenvase stand, dessen gelbes Leuchten aber an den oberen Blätterrändern schon eine bräunliche Färbung bekommen hatte.

Jean war eine faszinierende Person. Aus irgendeinem Grund schien sie aus dem Sumpf der Dramen und Verwirrungen des menschlichen Lebens herauszustehen, als wäre sie die Einzige, die über morastiges Moor laufen könne und den Untergang der anderen interessiert beobachtete. Sie hatte genau hingesehen: Jean kümmerte sich nicht um Weiblichkeit, sie trug ihr Kleid weder züchtig noch reizvoll, sondern mit einer rotzigen Unbekümmertheit, die nichts anderes als Bewunderung in Smeralda hervorrief. Wie könnte man so sein?

Da sie die Antwort auf diese für sie ganz neue und seltsame Frage nicht kannte, hatte sie nach dem Aufstehen, als sie vor dem Spiegel saß, beschlossen, Taten sprechen zu lassen. Keine Schminke. Die Haare ungebürstet. Eine beigefarbene Bluse, dazu einen langen roten Rock, der zusammen mit der schwarzen Paillettenweste und der weißen Bluse mit den Spitzen umwerfend aussah, nun aber deplatziert wirkte. Und nun saß sie vor ihrem Kaffee und wartete, wie die

Welt einer begegnen würde, die bisher nur mit Schönheit gepunktet hatte.

Zumindest der Kellner schien unbeeindruckt von ihrer selbstauferlegten Verhässlichung. Er hatte ihr mit minutiös einstudierter Höflichkeit die Eier, die Marmelade und das Toastbrot serviert und dabei freundlichst gelächelt. Aber bildete sie es sich ein, oder war er eben doch einen Hauch kühler gewesen? Sie würde es nie herausfinden, denn fragen würde sie ihn nicht können. Sie sah Abbad an einem anderen Tisch und winkte ihn zu sich heran.

„Señora wünschen?"

„Abbad, du weißt sehr genau, dass ich keine Señora bin. Aber ich habe eine Frage. Könntest du dich vielleicht kurz zu mir setzen?"

Abbads Augen weiteten sich. „Das geht, so sehr ich es bedaure, nicht, Señora. Wir dürfen uns nicht zu den Gästen setzen."

„Nun gut, dann bleib eben stehen. Aber ich würde dich gerne etwas Persönliches fragen."

„Señora?"

„Heißt das, Señora ja oder Señora nein?"

„Natürlich dürfen Sie fragen, Señora."

„Fällt dir etwas an mir auf, Abbad?"

Dem Angesprochenen bereitete es sichtliche Schwierigkeiten, sie anzusehen. Sie sparte ihm die Peinlichkeit.

„Ich habe meine Haare offen, Abbad. Ich versuche, hässlich zu sein. Verstehst du?"

Abbad, unangenehm berührt, nickte.

„Und? Was meinst du? Bin ich hässlich?"

Er schaute sie kurz an, öffnete kurz den Mund, schloss ihn wieder und war kurz davor, sich wegzudrehen.

„Bleib, Abbad. Rede mit mir."

Abbads kakaofarbenes Gesicht war tatsächlich etwas bleicher geworden, vielleicht, so dachte Smeralda, war das aber auch nur der kalkweiße Schimmer, der durch die vom Meeressalz verkrusteten Scheiben drang. Auf jeden Fall blieb der Angesprochene stehen. Es fiel ihm sichtlich schwer, zu sprechen, aber dann überwand er sich.

„In meinem Land, Señora, spricht man nicht über die Schönheit der Frauen. Aber es ist mir schon klar, dass es hier anders ist und daher will ich mich nicht sträuben. Also, ihr seid, und das wisst ihr, Señora, wunderschön. Da kann auch offenes oder hochgestecktes Haar nichts daran ändern."

Nun war Smeraldas Interesse geweckt.

„Aus welchem Land kommst du, Abbad?"

Abbads Blick bekam einen verklärten Ausdruck. „Die Menschen, die mein Land besetzt und erobert haben, nennen es Kyrenaika. Wir selber nennen es den ‚Schatten Gottes'."

„Schatten Gottes?"

„Es ist voller weißem Sand und gleißender Sonne. Und dennoch verbirgt es die wahre Pracht des Göttlichen. Wie mächtig muss der Schöpfer sein, wenn solche Schönheit nur der Schatten dessen ist, was dahinter steht."

„Warum bist du hier, Abbad?"

„Sie kamen mit Panzern und vielen tausenden Männern. Als sie uns nicht besiegen konnten, haben sie unsere Brunnen vergiftet, unsere Frauen versklavt und unsere Stammesführer aus den Flugzeugen über unseren Dörfern geworfen. Ich habe mein Volk in die Versklavung gegeben, damit der Schrecken aufhört."

„Dein Volk?"

„Keine Angst, Señora, ich bin kein König. Ich führte einen kleinen Stamm an, doch als ich sah, dass die Italiener auch die Gefangenen umbrachten …"

Auf einmal wusste Smeralda, an wen sie der libysche Kellner die ganze Zeit erinnert hatte. Sie erinnerte sich an eine plötzlich auftauchende Szene aus ihrer Kindheit.

Nachdem sie morgens, in aller Herrgottsfrühe, aus dem Haus eines Bürgermeisters gehuscht war, hatte sie einen alten Indio auf der Straße gesehen, der auf einer Holzkiste gesessen und seinen Kopf in seine Hände gelegt hatte, sodass es den Anschein gehabt hatte, er würde schlafen. Doch als sie mit rauschenden Kleidern an ihm vorbeigeschlichen war, hatte er ihr mit hoher Stimme einen guten Morgen gewünscht, was ihr ein solch schlechtes Gewissen bereitet hatte, dass sie dem Mann eine Silbermünze in die faltige Hand gedrückt hatte, worauf er sich mit einem Lächeln bedankte. Es war derselbe Gesichtsausdruck gewesen, eines Mannes, der mehr verloren hatte als eine Bleibe oder die persönliche Habe. Irgendwo im traurigen Glanz seines Augenscheines war ein Ausdruck eines gedemütigten Volkes gelegen.

„Ich verstehe nicht."

„Ich habe mein Volk verraten, Señora. Zum Dank durfte ich als einziger überleben. Man brachte mich nach Rom, wo ich im Haushalt eines Generals meinen Dienst leisten musste. Ein Freund des Generals hatte Mitleid mit mir und brachte mich zur Seefahrt, wo ich nun als freier Mann arbeiten darf. Aber ich bin nicht frei, Señora. Ich habe schon oft den Gedanken gehegt, mein Leben selbst zu beenden, um mich mit meinen Ahnen versöhnen zu können. Doch ich weiß, dass mir das nicht zusteht. So verbringe ich jeden Tag damit, zu büßen. Jeden Tag, an dem ich aufstehe, erinnere ich mich daran, wie ich mein Volk den Schlächtern übergeben habe. Mein Leiden ist mein einziger Trost. Es ist meine einzige Erlösung. Wenn also Señora mich fragen, wie sie aussieht, dann kann ich dazu nichts sagen, außer, dass es für mich keine Schönheit mehr gibt. Aber das hat nichts mit Señora zu tun."

Als er gegangen war, starrte Smeralda ihm so lange nach, bis ihr Kaffee so kalt war wie ihre Fingerspitzen.

2.

Auf dem C-Deck konnte man am Heck durch in den Boden eingelassene Sprossenfenster in den darunter liegenden Rauchersaloon sehen. Smeralda aber stand an der Reling und schaute auf die dunkelblaue See.

Der Wind war eiskalt. Er wehte ihr eine Gischt direkt ins Gesicht und vielleicht war es das Gefühl, dass sie eine Bestrafung verdiente, das sie die Kälte genießen ließ. Sie zog die Handschuhe aus und umklammerte die salzig verklebten Relingstangen. Abbad hatte Recht. Es war anmaßend, in ihrer Situation zu leiden. Sie war schön – warum sollte sie es leugnen? Warum sollte sie es nicht ausspielen und nutzbar machen? Was sie nur momentan verstörte, während ihre hellen Haare die Feuchtigkeit der Meeresluft in sich aufsogen, war die Idee zu leben, die ihr Abbad, wahrscheinlich, ohne dass er es wollte, gegeben hatte. Man könnte aufhören, für das eigene Glück zu kämpfen. Man könnte leben für andere. Noch bevor sie diesen seltsamen Gedanken weiterdenken konnte, hörte sie auf einmal Stimmen an Deck – lachende Männerstimmen, die sich langsam näherten. Als die Stimmen für einen kurzen Moment verstummten, wusste sie, dass die Männer sie erblickt hatten. Das Lachen danach schien ein klein wenig lauter zu sein. Sie drehte sich um und sah sechs junge Männer der Kälte trotzend in kurzen weißen Hosen und schwarzen Wollpullovern mit passenden Stutzen. Sie trippelten mit ihren Beinen auf dem Deckboden, was Smeralda an das Klappern von Spechten erinnerte, dabei zogen sie die Knie nach oben zur Brust und bewegten ihre Arme seitlich hin und her.

Sich ihres Auftrages bewusst werdend, drehte Smeralda ihren Rücken an die Reling, lehnte ihre Arme auf das Gestänge und schaute den jungen Männern bei ihren Übungen zu. Man lächelte sich kurz zu, denn man kannte sich ja vom Sehen. Ein siebter Mann kam die Treppe hoch, in der Hand hielt er triumphierend einen braunen, aus Flicken in der Größe von Fußsohlen genähten Lederball in der Hand und rief auf Deutsch: „Ich hab‘ noch einen."

„Der letzte Ball", lachte einer und winkte dem anderen zu, damit dieser ihm den Ball zupassen möge. Die Männer verteilten sich nun, was einen Vater dazu brachte, seinen kleinen Sohn schleunigst an den hinteren Teil des Decks zu schieben. Smeralda genoss das wilde Treiben der Männer, die sich den Ball zuschoben, natürlich nicht ohne ihn zuweilen auf geschickte Art und Weise mit Füßen, Kopf und Schultern in der Luft zu halten, wobei sie darauf achteten, dass der Ball nicht in die Nähe des Fensters kam. Einer der Männer, ein etwas stämmigerer, hob den Ball geschickt mit dem Fuß in einem Bogen in die Luft, um ihn mit seinem Nacken wieder aufzufangen und dort liegenzulassen. Dann schnappte der Rücken mit einer schnellen Bewegung nach oben und der Ball flog wieder in die Beuge zwischen Fuß und Schienbein.

Inzwischen war ein weiterer Mann über die seitliche Treppe an das obere Deck gekommen. Smeralda war er schon einmal aufgefallen. Er hatte eine insgesamt imposante Ausstrahlung, war hochgewachsen, hatte glatte, schwarze Haare und einen prägnanten buschigen Schnauzer. Außerdem trug er ein weites grünes Wollcape, das, passend zu seiner gesamten Erscheinung, wichtig im Wind flatterte. Smeralda beobachtete interessiert, wie die anderen Männer seiner gewahr wurden und von einem Moment zum anderen einen Teil ihrer Leichtigkeit einbüßten, indem sie fast unmerklich leicht verkrampften. Dennoch spielten sie sich weiterhin den Ball zu, verzierten ihr Spiel zwischendurch auch noch mit der ein oder anderen technischen Feinheit.

Der Neuankömmling zwirbelte sich den Bart und betrachtete Smeralda ziemlich ungeniert. Die Art seines Blickes verriet ihr, dass der Mann kein Anfänger war, was den Umgang mit Frauen anging. Auf der einen Seite fühlte sie sich von seinem direkten Blick geschmeichelt. Auf der anderen Seite aber hatte eben dieser Blick auch etwas Raubtierhaftes, so als wolle der Mann sein nächstes Opfer erlegen. Und ohne genauer zu wissen, warum, empfand Smeralda eine unbestimmte Abscheu, die sich zum kalten Wind, der sie umfuhr, gesellte.

In dem Moment, in dem sich Smeralda überlegte, woher ihr ungutes Gefühl sie überkam, flog der Ball, von einem schlaksigen Jungen eben in die Luft geschossen, in hohem Bogen auf den mittleren Teil des Hecks zu, wo er mit ziemlicher Sicherheit auf dem Fensterdach gelandet wäre, wenn ihn nicht der etwas stämmigere Rumäne mit einem forschen Sprung erneut mit einer geschickten Fußabwehr in die Lüfte befördert hätte. Nun machte das Leder einen Bogen auf den hinteren Teil des Hecks zu, wo ein weiterer Mitspieler ihn so köpfte, dass er noch weiter nach hinten flog. Es folgte ein Moment der absoluten Stille, in dem alle Beteiligten sich von einer Sekunde auf die andere, der Ungeheuerlichkeit der unausweichlichen Auslöschung des Spiels bewusst wurden. Gerade noch hatte das feuchte Leder den Kopf des Spielers verlassen, als es in einer krummen Linie auf das Geländer zuflog, wo es entweder abprallen, oder mit einem weiteren Hüpfer über Bord gehen würde. Smeralda öffnete den Mund, bereit einen Schreckensschrei herausfahren zu lassen. Auch die anderen Spieler blickten dem Ball nach – vergessen war der Spaß oder auch die Kälte des Vormittags.

Und dann war es geschehen. Sieben Männer liefen auf das hintere Geländer zu und blickten hinab, um für einen kurzen Moment Zeuge zu werden, wie das Leder kurz auf den Wellen tanzte, bis es im Schattenspiel der Gezeiten verschwunden war.

„Nicolae, du Hornochse", skandierte einer, doch bevor der Beschuldigte sich wehren konnte oder weitere Schuldzuweisungen ausgesprochen werden konnten, drehten sich die Köpfe der Männer unisono dem Mann im grünen Cape zu, der mit langsamen, aber bestimmten Schritten auf sie zukam. Smeralda fragte sich, welche Rolle der Mann einnahm, der die anderen so augenscheinlich nervös machte, obwohl er an keiner der fußballerischen Aktivitäten teilgenommen und diese auch mit keinem Worte kommentiert hatte. Die anderen ließen ihn durch, als er auf das Geländer zu trat und auf das C-Deck darunter und dahinter die offene See blickte. Auch Smeralda war ein paar Schritte nach vorne gegangen, um Zeuge des Dramas zu werden.

Der Mann klopfte unerwarteterweise an das Geländer und fragte: „Was ist das da?"

Alle blickten auf das weißgestrichene Metallgeländer, das der Mann berührt hatte. Sie sahen ein Seil, welches an den oberen Teil gebunden war. Als sie mit dem Blick dem Seil folgten, sahen sie, dass das Seil wiederum an ein Tau gebunden war, welches direkt ins Wasser dahinter ragte.

„Warum ist da ein Tau?“, fragte einer der Männer und sprach damit aus, was alle dachten.

„Gestern war da noch keins“, sagte ein anderer.

Der Mann im grünen Cape zog an dem Seil, um festzustellen, dass es deutlich mehr Kraft brauchte, um das angebundene Tau zu bewegen. „Sicher hat der Koch etwas zum Kühlen abgelassen“, kommentierte ein junger Spieler mit abstehenden Ohren, doch die anderen, ob nun aus mangelnder Überzeugung oder schlicht deshalb, weil sie älter waren, schüttelten ungläubig die Köpfe. Der Kräftige schob sich an den anderen vorbei und zog selbst am Seil, konnte es auch ein Stück bewegen. Während der Mann mit dem Cape nach hinten trat, legten zwei weitere Spieler Hand an und gemeinsam drückten sie sich in den Boden, um das Seil hochzuziehen.

„Los, aufs andere Deck“, sagten zwei andere, die nun zur Treppe eilten. Das Seil spannte sich über das Geländer des unterhalb liegenden Decks, wo nun die anderen auftauchten und ihrerseits mithalfen, zu ziehen. Smeralda blickte mit einer Mischung aus Spannung und Unwohlsein auf das kalte Meer, was sich noch weigerte, seinen Preis freizugeben. Die Männer riefen sich Signale zu, um das Gewicht, das am anderen Ende des Seils hing, zu stemmen. Mittlerweile waren einige Schaulustige zusammengekommen, die das Treiben der Männer angelockt hatte. Der verlorene Ball schien mittlerweile vollkommen vergessen zu sein. Smeralda bemerkte allerdings, dass der Mann im grünen Cape als einziger nicht auf das Seil achtete, sondern die ganze Zeit sie anstarrte. Als sie sich zu ihm drehte, begegnete sie einem wölfischen Grinsen.

„Sie interessieren sich für Fußballer?“

Smeralda versuchte, ruhig zu bleiben, obwohl ihr der Mann höchst unangenehm war. „Nein. Ich habe hier nur so herumgestanden.“

„Aber das sportliche Treiben erfüllt Sie mit einer Art …" – er trat einen Schritt auf sie zu – „Erregung?"

„Nein. Kann ich eigentlich nicht sagen."

„Und doch sind Ihre Wangen gerötet, als würde eine Flamme in Ihnen glimmen." Er legte seine Hand auf ihre, die sich am Geländer festklammerte.

„Eine Flamme, die gelöscht werden will. Ein Sehnen. Ein Feuer." Sein Kopf beugte sich herab. Die andere Hand hatte er, ohne dass sie es bemerkt hatte, auf ihre Hüfte gelegt.

„Bitte, ich …" Sie versuchte ihren Kopf zur Seite zu drehen. Der siegessichere Blick des Mannes löste in ihr einen Brechreiz aus. Gerade als sie seinen nach Leder und Tabak riechenden Atem auf ihrer Wange spürte, ließ jemand einen Schrei los. Der unheimliche Bann war gebrochen. Der Mann ließ sie los und starrte hinab. Am unteren Ende des Taus hing etwas. Als die Männer den langen Brocken über das Geländer gezogen hatten, kreischte eine Frau. Ein Mann mit blauem Gesicht, von Kopf bis Fuß im Seil, das ihn getragen hatte, gefesselt, starrte vom Deckboden in die Leere des Morgens.

Irgendwie ähnelte die Leiche einem kalten Fisch. Es waren weniger die ins Nichts starrenden Augen als vielmehr der zu einem Sack zusammengebundene Körper, von dem die zwei Füße abstanden und somit wie Fischflossen wirkten. Der Körper war massig und schwer. Als nach einem endlos scheinenden Moment, während die Masse der Zuschauer um den leblosen Körper herumgestanden war, endlich Cavesi und der Schiffsarzt kamen, wurde Smeralda klar, warum der Mann so viel Gewicht gehabt hatte. Dr. Bartoli, wie aus dem Nichts aufgetaucht, drückte dem Mann auf den Bauch, woraufhin sich ein Schwall Wassers aus seinem Mund über das Deck ergoss. Eine einsame Alge verzierte daraufhin seinen Mundwinkel. Cavesi blickte die Umstehenden an und fragte: „Kennt irgendjemand diesen Mann?" Niemand antwortete. Doch der Mann, der sie eben noch bedrängt hatte, hatte auf einmal weit aufgerissene Augen.

3.

Sie saßen zusammen im Raucherzimmer und Smeralda deutete auf die gläserne Decke, um auf den Ort des Geschehens, ein Deck über ihnen, zu weisen.

„Damian Stanciu", klärte Pinceti sie auf. „Stürmer der rumänischen Nationalmannschaft."

Fischer wirkte verkrampft, aber das hätte auch an dem Veilchen liegen können, das unterhalb seines rechten Auges die gesamte Farbpalette einer hämatösen Begegnung mit einer Mauer darstellte. Oder daran, dass das linke Exemplar immer noch zugeschwollen war. Auf jeden Fall keuchte der FIFA-Vize, wahrscheinlich, wie Smeralda annahm, um sein Entsetzen kundzutun. Er saß zusammengekrümmt über einer Tasse Tee, neben ihm die um Jahrzehnte jünger wirkende Jean, die das Ganze wie eine Aufforderung zum Tanz aufzufassen schien, zumindest glänzten ihre Augen dementsprechend.

„Dieser Mörder wird immer weitermachen", konstatierte Jean fröhlich und niemand widersprach ihr.

In einer seltenen Geste der Entschlossenheit schlug der Kapitän des Schiffs seine Faust auf das Mahagoniholz des Tisches, um den sie versammelt saßen. „Wir werden es ihm schwer machen."

„Wie?", fragte Jean.

„Die Passagiere wissen mittlerweile Bescheid, dass hier ungute Dinge passieren. Also verhängen wir, bis wir in Santos in Brasilien ankommen, eine abendliche Ausgangssperre. Matrosen werden regelmäßig in Zweiergruppen die Decks patrouillieren. Keiner der Fußballer darf sich irgendwo alleine aufhalten."

„Was ist", fuhr Jean unvermittelt dazwischen, „wenn der Täter es eigentlich nur auf eine einzige Person angelegt hat und die anderen nur zur Ablenkung getötet hat?"

Fischer nuschelte etwas. Die Köpfe der anderen drehten sich ihm zu und er setzte erneut zum Sprechen an. „Ich wünschte, es wäre so. Aber unwahrscheinlich …"

„Moritz hat Recht", warf Smeralda ein, was den Ungarn kurz zusammenzucken ließ, woraufhin er noch einen kurzen Schmerzensschrei ausstieß. „Der Mörder würde ein unnötiges Risiko eingehen. Zumal wir bisher auch keine Ahnung von seinem Motiv haben oder wer er überhaupt sein könnte. Dennoch sollten wir uns vielleicht tatsächlich genauer mit den Personen auseinandersetzen. Wer war das Opfer? Was wissen wir?"

„Er hat mit seinen Kameraden zu Abend gegessen", erwiderte Fischer.

„Er muss noch eine Runde über das Schiff gemacht haben", führte Jean die Konversation fort. „Und dann muss er seinen Mörder getroffen haben. Auf den unterliegenden Decks saßen noch Menschen oder sie flanierten übers Deck. Hier hinten allerdings war wohl außer ihm und sein Mörder keiner unterwegs."

„Dieser Mensch muss überaus selbstsicher sein oder skrupellos. Es hätte doch jeden Moment jemand kommen können, während er sein Opfer tötete und dann an das Seil band."

„Moment. Er hat sein Opfer nicht erst getötet und dann ins Meer geworfen", unterbrach Pinceti Smeraldas Gedanken. Alle drehten ihre Köpfe zu ihm.

„Damian Stanciu, so hat es mir der Doktor erklärt, ist nicht erstochen oder erwürgt worden. Eine Wunde auf seinem Kopf deutet darauf hin, dass er zunächst mit einem stumpfen Gegenstand, der ihm auf den Schädel geschlagen wurde, betäubt wurde. Dann wurde er gefesselt und ins Meer geworfen. Dort ist er entweder zuerst ertrunken oder erfroren." Die Miene des Kapitäns deutete keine Regung an.

„Das bedeutet aber auch", unterbrach Jean die entstandene Stille, „dass er vielleicht gar nicht um 10 getötet wurde. Vielleicht hat ihn der Mörder erst aus dem Verkehr gezogen und später erst über Bord geworfen."

„Stimmt", nickte Pinceti. „Das hätte ihm mehr Zeit und Ruhe gegeben."

Smeralda folgte Jean, die das Heck des Decks noch einmal nach Spuren untersuchte, was in diesem konkreten Fall bedeutete, dass sie das Deck langsamen Schrittes abging und sich ab und zu gen Boden beugte. „Suchst du wieder mit dem Pulver nach Spuren?“

Jean schüttelte den Kopf. „Nein, hier draußen kann jeder das Geländer berührt haben.“

„Was ist mit dem Seil?“

„Die Oberfläche ist zu porös. Da gibt es keine Spuren.“

„Kann ich irgendwie helfen?“ Der eigentliche Grund für ihre Frage war, dass sie sich selbst hilflos fühlte. Jean drehte sich um und ihre dunklen Haare wurden ihr vom Wind durchs Gesicht geblasen. Smeralda bemerkte zum ersten Mal, dass Jean schöne weiße Zähne hatte. „Wo könnte der Täter für ein paar Stunden einen Körper versteckt haben?“

Smeralda blickte sich um. „Da hinten vielleicht?“

Hinter der Deckenluke war die Wand, die einen Aufenthaltsraum für die zweite Klasse verbarg. An den jeweiligen Seiten führte ein schmaler Gang zum Mittelteil des Schiffs. Daneben aber baumelten riesige Schatten, von metallenen Greifarmen in der Luft gehalten: die Rettungsboote. Sie waren mit weißen Planen bedeckt. Jean hob die Augenbrauen und lief zur linken Seite, wo sie sich das nächstgelegene Boot genauer ansah. „Smeralda. Hier.“ Jean wedelte aufgeregt mit den Armen. Zwei der Metallschnallen, mit denen die Planen auf den Booten verankert waren, waren offen.

„Nicht berühren“, flüsterte Jean. „Vielleicht haben wir unsere Fingerabdrücke bald.“

Nachdem Jean vorsichtig die Plane angehoben und den Innenteil des Bootes begutachtet hatte, zeigte sie Smeralda den Blutfleck, den diese mit ziemlicher Sicherheit übersehen hätte. „Dort muss er gelegen haben. Da, der Karton ist eingedrückt.“ Jean untersuchte mit den mitgebrachten Utensilien den Innenteil des Bootes nach Fingerabdrücken, drehte sich mit einem triumphierenden Lächeln zu Smeralda um und sagte: „Wir haben uns einen Tee verdient.“

Und diesen nahmen sie zu sich, als sie sich später mit Fischer trafen.

„So also muss es passiert sein." Jeans Gesicht leuchtete.

Fischer lag in seinem Stuhl wie ein Kartoffelsack, schien aber angesichts des Brandys, an dem er immer wieder nippte, durchaus zufrieden zu sein. Dies war Smeralda von allen komfortablen Zimmern, die einem im unendlichen Nass vorgaukelten, in Sicherheit zu sein, der liebste: Der Salon der ersten Klasse, ausgestattet mit Palmen und weichen Teppichen, mit Bildern an den marmorverzierten Wänden. Nur das in den letzten Stunden heftiger auftretenden Schaukeln holte sie ab und zu in die Wirklichkeit zurück, die sie angesichts des Komforts zu vergessen suchte.

„Unser Mörder hat sein Opfer entweder auf dem B-Deck angesprochen oder vorher, um ihn dann dorthin zu führen. Sie müssen an die Stelle gekommen sein, an der die Boote an den Seiten abstanden. Dort muss das Opfer für einen Moment weggeschaut haben. Der Mörder hat ihn mit einem schweren Gegenstand auf den Schädel geschlagen – allerdings nicht so fest, dass er dabei starb."

„Was für ein Gegenstand?", fragte Fischer.

„Könnte ein Knüppel gewesen sein, eine Schaufel, ein Eisenhaken. Ich weiß es nicht. Der Mann ist zusammengebrochen. Unser Mörder muss es sehr eilig gehabt haben. Vielleicht hat er die Schnallen des Boots schon vorher gelöst, um den Mann schnell unter die Plane hieven zu können. Dort hat er ihn aber nicht einfach liegenlassen. Er ist selbst hinterhergeklettert, um den Mann mit einem Tau, das im Boot war, zu fesseln. Das hat er sehr gründlich getan. Mehrfach hat er das Seil um den Mann herumgewickelt, damit dieser auf keinem Fall aus seinem Versteck fliehen können würde. Außerdem hat er ihn noch mit einem Tuch geknebelt. In der Nacht muss er dann wieder zurückgekehrt sein. Sein Opfer lag wahrscheinlich mittlerweile wach im dunklen Boot. Der Mörder hat sein Opfer dann aus dem Boot gestoßen, es zum Heck des Decks gezogen und dort über Bord geworfen. Spätestens im Wasser muss der Mann dann erwacht und einen furchtbaren Tod gestorben sein."

Man hörte Fischer seinen Brandy schlürfen. Ansonsten sprach niemand.

„Wir müssen dieses Monster finden", konstatierte Smeralda und wunderte sich dabei über ihre eigene Wortwahl. Sie erinnerte sich an den vor ihr niedersinkenden Hugues Brasson und das kalte, fischige Gesicht des neusten Opfers. Bisher hatte sie sich in ihrem Leben nicht in die Angelegenheiten der handelnden männlichen Masse eingemischt, sondern war auf den Wogen der Macht gesegelt. Jetzt aber ging ihr das von Menschenhand angerichtete Unglück zu nahe.

„Fußball. Es muss einfach mit Fußball zu tun haben", stellte Jean fest.

„Glaub' ich auch." Fischer war ziemlich kleinlaut.

Smeraldas richtete ihren Rücken zu einer kerzengeraden Linie auf. „Also gut. Ich werde mich an die entsprechenden Gestalten heranpirschen und sie aushorchen."

Jean schaute Smeralda bewundernd an, Fischers Miene war aufgrund seiner geschwollenen Augen eher unleserlich.

„In einer Stunde ist die Versammlung", erklärte Jean. Smeralda wusste, was zu tun war.

4.

Der Zusammenprall mit Annette war eher unabsichtlich und brachte sie ein wenig von ihrer vorher ausgekosteten Entschlossenheit ab. Sie hatte noch mit Rimet reden wollen und war zu dessen Kabine gegangen, als sie Annette schimpfend herauskommen hörte. Sie machte einzelne Wortfetzen aus dem hektisch und laut gesprochenen Französisch aus.

„Was für ein Unsinn. Was für eine Farce. Wer soll denn da bitteschön Spaß haben? Wenn ich das gewusst hätte …"

Und schon war Annette in die erstaunte Smeralda hereingelaufen und stieß einen abschließenden Überraschungsschrei aus. „Sie?" „Sie?"

Annette strich sich ihren braunen Faltenrock zurecht. „Ich wünschte, ich hätte Ihre Art und …"

„Was?" Smeralda wusste nicht, was Smeralda meinte.

„Ach … kommen Sie mit." Annette Rimet nahm Smeralda verschwörerisch am Arm und führte sie den Gang herab. „Es ist mein Vater."

„Zu dem wollte ich gerade."

„Pah, sparen Sie sich die Mühe. Der ist nur mit sich selbst und Fußball beschäftigt."

Das zumindest das zweite genau der Grund war, dass Smeralda ihn aufsuchen wollte, verriet sie Annette erst einmal lieber nicht. Vielleicht, so dachte Smeralda, hatte die Tochter des Mannes, der so viele Fäden in den Händen hielt, noch einige wichtige Informationen in petto, an die sie nur in einem vertraulichen Gespräch kam.

„An mich denkt mal wieder keiner. Was soll ich nur machen? Den ganzen Tag in der Kabine sitzen? Ha, das haben die sich so gedacht. Nicht mit mir. Ich habe nicht vor, den Rest meines Lebens sauertöpfisch zu verbringen." Fauchend stob die Wütende davon, bevor Smeralda noch etwas sagen konnte.

Ein verdatterter Vater kam zögerlich aus der Tür heraus und blickte mit traurigen Augen den Gang hinunter.

„Da gehen sie hin, unsere Kinder …", sagte Smeralda und Rimet schien aus einem Traum erwacht, als er sie daraufhin überrascht anblickte.

„Was? Ja, ja. In der Tat. Sie scheint unausgeglichen. Unruhig. Die Fahrt bekommt ihr nicht. Das bestärkt die hysterische Neigung." Dann aber schien sich der Präsident daran zu erinnern, in welchem Berufsstand er Smeralda wähnte und seine Augen bekamen einen härteren Ausdruck. Nicht, dass er in der Lage gewesen wäre, unfreundlich zu schauen. Smeralda bemerkte allerdings einen Grenzzaun, der sich in seinen Blick geschoben hatte, als er sie fragte: „Wollten Sie etwas von mir?" Dann drehte er sich nervös in Richtung Gang um, als erwartete er, dass jeden Moment jemand erscheinen würde, der ihn in einer kompromittierenden Situation vorfinden könnte.

„Hören Sie. Sie können mir helfen."

„Kein Interesse", sagte Rimet patzig, während er den Gang herablief und sich dabei die Krawatte richtete.

„Es geht um die Morde." Seine Schritte wurden langsamer.

„Hören Sie, Monsieur. Ich weiß, was Sie von mir halten. Aber ich möchte mit Ihnen wegen der Sache mit den Fußballern reden. Ich versuche, herauszufinden, wer es getan hat, wissen Sie?"

Ein Lächeln umspielte Rimets Lippen, als er sagte: „Ausgerechnet Sie wollen einen Mord aufklären?"

„Das ist in der Tat der Fall. Nicht alleine. Aber ich versichere Ihnen, dass es mir und den Leuten, für die ich arbeite, um die Aufklärung des Mordes geht."

„Die Leute, für die Sie arbeiten, kenne ich", sagte Rimet nun mit etwas bedeckter Stimme, während sie in einer Halle mit großen Treppen gelangten. „Ich hätte es vorgezogen, nicht darüber zu reden, aber es ist offensichtlich, dass Sie aus Uruguay gesandt wurden."

„Monsieur, glauben Sie mir. So ist es nicht. Zumindest jetzt nicht. Es geht mir darum, einen Mörder zu finden."

Rimet blieb stehen. „Und wie wollen Sie das anstellen?"

„Ich brauche Informationen."

„Nun, da kann ich Ihnen nicht weiterhelfen. Guten Abend."

Smeralda sah, dass die Bundfalten selbst im Gehen noch als scharfe Linien wahrnehmbar waren, als Rimet sie stehenließ. Die Enttäuschung setzte erst ein, als der Präsident schon eine Weile verschwunden war. Womit hatte sie das nur verdient? Sie war kurz wieder ein junges Mädchen, mit dem etwas nicht stimmt. Aber die Dringlichkeit der Lage vertrieb die aufkeimende Verzweiflung.

Der Raum roch nach einer Mischung aus Männerschweiß, Hochprozentigem und seifigem Duftwasser. Smeralda blieb bei der Tür stehen, lehnte sich an eine der Marmorsäulen und die geballte Macht von Furcht und Hass fuhr ihr wie ein Windstoß ins Gesicht. Die Stimmung war anders als bei dem Abendessen, wo sich die Spannung noch in einer unschuldigen Schlägerei geäußert hatte.

Die Gruppen saßen in deutlichem Abstand voneinander getrennt – wobei sie nicht weit auseinander standen oder saßen, aber die klare Grenzlinie war deutlich spürbar. Links standen die Franzosen, die Arme hinter den Jackets verschränkt, zurückhaltend und feindlich blickend. Weiter vorne, hauptsächlich sitzend die Rumänen mit ihren schwarzen Berets, die sie von den anwesenden Parteien noch am harmlosesten wirken ließen. Rechts saßen die Belgier, die am lautesten waren, mit abgehackten Wörtern, die Smeralda nicht verstand und peitschenden Lachsalven ihrer Verbitterung kundtuend. Rimet stand auf der Bühne, zusammen mit Fischer, der sich etwas im Hintergrund hielt. Vielleicht schämte er sich für sein Veilchen oder auch die gerötete Wange, aber vielleicht war er auch einfach wie die anderen verängstigt. Rimet drehte sich um und flüsterte ihm etwas zu, dann winkte er in den Raum und Balway und Christophe kamen auf die Bühne. Noch bevor sie sich fragen konnte, wo wohl der hochgewachsene Langenus sein könnte, sah sie ihn neben ihr auftauchen und sich die Krawatte richten. Er lächelte ihr freundlich zu und eilte ebenfalls nach vorne. Der Saal, eben noch voller murmelnder Unruhe, verstummte augenblicklich. Das Gaslicht an den Wänden flackerte.

Rimet räusperte sich, stemmte die Fäuste in die Hüften und begann zu sprechen.

„Männer."

Er wartete, bis absolute Stille herrschte.

„Schreckliche Dinge sind passiert. Menschen sind gestorben."

Smeralda meinte, erkennen zu können, dass es Rimet offensichtlich schwerfiel, sich zu konzentrieren. Sie konnte sich vorstellen warum. Er war es gewohnt, über vielversprechende Möglichkeiten zu sprechen, große Versprechen von sich zu geben. Hier musste er in die Tiefe menschlicher Dunkelheit tauchen. Auch wenn er zu weit entfernt stand, stellte sie sich vor, dass sich die ein oder andere

Schweißperle auf seiner Stirn gebildet haben könnte.

„Eure Kameraden sind gestorben. Und nicht einfach gestorben, sondern grausam aus dem Leben gerissen worden."

Ein Grollen und Grummeln ging durch den Saal – ob das Zustimmung oder geschürte Missgunst war, vermochte Smeralda nicht zu sagen.

„Am Anfang haben wir noch gedacht, dass es der Zufall war, der diesen Menschen das Leben geraubt hat. Dann haben wir erkennen müssen, dass es volle Absicht war. Nun müssen wir sogar einsehen, dass es jemand auf uns, als weltreisende Fußballer abgesehen hat. Irgendeiner auf diesem Schiff, versucht uns, die Helden Europas, zu vernichten."

Rimet spielte ein riskantes Spiel, dachte Smeralda. Sie fragte sich, ob er die Kurve kriegen würde, denn die Menge wurde zunehmend unruhiger.

„Das geht sogar so weit, dass selbst unser geliebter Vizepräsident Opfer eines Anschlags wurde."

Wie auf Kommando trat Fischer nun nach vorne.

„Liebe Freunde. Ich habe Gerüchte gehört. Diese Gerüchte haben mich beunruhigt. Ich habe gehört, dass ihr euch dazu hinreißen lasst, einander zu misstrauen, dass ihr einander verdächtigt. Ihr glaubt vielleicht, dass jemand auf diesem Schiff euch schaden will, damit ihr nicht in der vollen Mannschaftstärke auf der anderen Seite des Ozeans eintrefft."

Es gab vereinzelte Rufe der Zustimmung. Rimet durchschnitt diese mit einer lauter werdenden Stimme.

„Das ist Unsinn. Niemand will euch als Mannschaft schwächen. Schaut euch an. Seht den Männern der anderen Nationen in die Augen und sagt mir, dass dieser mörderische Absichten hegt. Los."

Die Männer schienen verwirrt zu sein. Verstohlen blickten ein paar Außenstehende auf die Reihen der anderen.

„Ich sage euch: Es ist niemand unter uns, der dem anderen den Erfolg missgönnt. Wir Europäer sind gekommen, nicht nur, um unsere Nation zu vertreten, sondern unseren Kontinent."

Ein Franzose erhob die Stimme. Es war ein großer Kerl mit ausdrucksstarkem Gesicht und selbstbewusster Stimme. „Ich heiße Laurent, Lucien Laurent. Woher wissen Sie das? Wer kann schon sagen, dass hier nicht ein Wahnsinniger dabei ist, der die anderen schwächen will?" Es gab Worte der Zustimmung, nicht nur aus den Reihen der Franzosen.

„Ein Wahnsinniger mag wohl unter uns sein. Hier auf diesem Schiff. Aber nicht hier im Saal. Überlegt nur: Es gab Tote in jeder Mannschaft." Ein paar Rumänen streckten Fäuste in die Höhe.

„Jeder von uns hat geblutet. Jeder hat gelitten. Wir alle haben unsere Kameraden, unsere Freunde verloren. Aber wir müssen zusammenhalten."

„Nicht mit den mörderischen Belgiern", kam eine Stimme aus dem französischen Block. Als sich einer der Belgier erhob, befürchtete Smeralda eine neue Eskalation. Doch der Mann ging gemächlichen Schrittes auf die Bühne. Er war klein und hatte einen Seitenscheitel, der zum Blick auf seine Stirn einlud wie eine Theaterbühne.

„Mein Name ist Henri de Deken. Rimet hat Recht", sagte er. Es kam vereinzelt Gelächter aus den Reihen der Franzosen, aber der Mann blieb einfach stehen und wartete. „Wir müssen zusammenstehen. Sonst hat der Mörder schon gewonnen. Ich kann von mir nicht sagen, dass ich alle Franzosen oder Rumänen mag, aber ich kann von mir sagen, dass ich euch alle respektiere für das, was ihr tut. Und ich glaube nicht, dass einer von euch wirklich so weit gehen würde, andere umzubringen. So, das war, was ich sagen wollte."

Ob Rimet den Mann vorher instruiert hatte, diese kurze Rede zu halten? Wenn nicht, hatte er auf jeden Fall ziemliches Glück gehabt, dachte Smeralda. Die Stimmung im Saal veränderte sich, als sei ein milder Frühlingswind durch ein vom Winter gebeuteltes Dorf geweht. Dennoch waren einige noch skeptisch.

„Wir sollten umdrehen", rief eine Stimme in gebrochenem Französisch aus den Reihen der Rumänen. „Ich habe eine Frau und Kinder zuhause."

„Ja, warum nicht umkehren?“ Weitere Zustimmung aus verschiedenen Lagern folgte.

Rimet trat wieder nach vorne. „Ich habe mir das in der Tat auch schon überlegt“, sagte er. „Diese Weltmeisterschaft ist keine Toten wert. Kein Spiel sollte ein Menschenleben erfordern müssen.“ Zustimmung aus dem Publikum. „Und dennoch. Abgesehen davon, dass der Kapitän das Schiff, auf dem sich 3.000 Menschen befinden, nicht einfach umkehren lassen kann, sollten wir dem Mörder auch nicht den Triumph geben, sein Ziel zu erreichen. Wir würden wie Hunde mit eingezogenem Schwanz umkehren und was würden wir dann denen sagen, die bereits gestorben sind?“

Schweigen. Endlich erhob sich wieder eine Stimme. „Aber was wird denn gegen diesen Mörder getan? Wenn niemand etwas tut, dann werden wir uns eben diesen Mörder vorknöpfen.“

Rimet hob beschwichtigend die Hände. „Nein, meine Freunde, nein. Euer Urteil ist getrübt. Ihr seid getrieben von Wut und Angst. Und das ist ja auch verständlich. Aber ich kann euch versichern, dass die Aufklärung des Falles bereits in kompetente Hände gegeben worden ist.“

Bildete sie es sich ein, oder warf Rimet Smeralda einen verstohlenen Blick zu.

„Sind das Franzosen?“, fragte ein Belgier.

Rimet räusperte sich. „Menschen aus verschiedenen Nationen. Aber es sind weder Franzosen, noch Belgier, noch Rumänen. Ich möchte euch alle dennoch um eure Mitarbeit und Hilfe bitten. Ab heute möchte ich, dass niemand mehr alleine über das Schiff geht. Alle Spieler sollen mindestens zu dritt sein.“

„Wie soll das gehen?“, rief ein Belgier. „Wir haben Einzelzimmer.“

„Ab heute nicht mehr“, erwiderte Rimet. „Das Bordpersonal hat Anweisungen erhalten, die Kabinen zusammenzulegen.“

5.

Das Gute an der männlichen Spezies ist, dass die meisten ihrer Angehörigen Angst einfach ignorieren. Wenn der gemeine Mann nicht unmittelbar bedroht wird, zum Beispiel mit einer vorgehaltenen Pistole – und auch das hatte Smeralda schon erlebt –, dann drückte er sein Unwohlsein entweder in Aggression gegenüber unter ihm stehenden Wesen aus oder er wurde gesellig.

Entgegen ihrer Erwartung war die Masse an Menschen, die den Musiksaal bevölkerten, aufgestanden und hatte angefangen aufgeregt zu schnattern. Die Aufregung überdeckte die Angst, die am Anfang der Versammlung noch spürbar gewesen war. Die Männer hatten rote Gesichter und wirkten fast gelöst und erleichtert. Es war leicht für sie, sich unter die Leute zu mischen.

Es war seltsam, dass sie mittlerweile ein Gespür für die verschiedenen anwesenden Nationen bekommen hatte. Sie hätte die Art, in der die Nationalspieler verschieden waren, nicht beschreiben können, aber sie wusste, dass sie momentan mehr Lust hatte, sich mit Belgiern zu unterhalten, die in dem, was sie sagten und taten, weniger arrogant schienen als die Franzosen und im Gegensatz zu den Rumänen über eine gewisse Portion Leichtigkeit verfügten.

Der junge Mann lächelte sie unverfroren an. Er war großgewachsen, wirkte extrem jung und seine nach hinten gekämmten blonden Haare verliehen ihm das Aussehen einer römischen Statue. Noch im Gehen streckte er seine Hand aus, um sich vorzustellen, während seine andere Hand ein Weißbrot hielt, von dem der Kaviar tröpfelte. „Bernard. Bernard Voorhoof."

Sie machte einen spöttischen Knicks und erwiderte: „Smeralda Acuna Cortazar. Zu Ihren Diensten." Bernards Augen weiteten sich, so als würde er sich gerade vorstellen, was er mit den ihm angebotenen Diensten anstellen würde. Aber er bewies Humor.

„Sie spielen auch Fußball?" Smeralda lachte. Sie hatte wieder ihre Bühne betreten.

„Spielen tue ich es nicht. Aber ich schaue sehr gerne zu, wie 22

Männer über den Rasen rennen." Er schien etwas sagen zu wollen, verkniff es sich aber.

„He, Bernard. Lass die Dame in Ruhe. Du weißt nicht, wie man sich anständig verhält. Und du frisst zu viel. Hat er Sie belästigt, Madame?" Der Neuankömmling war eindeutig älter und sah extrem gut aus. Er hatte ein langes Gesicht mit schwarzen Haaren und hervorstehende Wangenknochen, die sein Lächeln hervorhoben.

„Keineswegs. Wir haben uns eigentlich sehr nett unterhalten."

„Pierre Braine. Es freut mich. Wissen Sie, bei diesen Leuten aus Lier muss man aufpassen."

„Gut, dass Sie mich warnen, Pierre."

Nun mischte sich Bernard wieder ein, der offensichtlich Respekt vor dem Älteren hatte.

„Es ist umgekehrt. Jemandem, der bei Beerschot AC spielt, sollte man grundsätzlich nicht trauen, Frau Cortazar."

„Nun, jetzt spielen Sie beide ja in einer Mannschaft und brauchen sich nicht mehr zu hassen", warf Smeralda ein und es dauerte ungefähr zwei Sekunden, bis die beiden begriffen, dass Smeralda in der Kunst der Ironie bewandert war und ihre eingefrorenen Gesichter locker wurden.

„In der Tat, Madame Cortazar. Insbesondere, wo wir in akuter Gefahr sind, müssen wir zusammenstehen. Aber Sie haben ja auch bemerkt, dass wir nur gefrotzelt haben."

Smeralda dachte an die vielen Male, an denen sie erlebt hatte, wie aus Neckereien tödlicher Ernst wurde, sagte aber nichts.

„Richtig, wir sind die Rode Duivels", warf Bernard ein, um nicht in Vergessenheit zu geraten.

Die Drei nahmen sich ein Glas von dem Sekt, der nun von durch den Raum schwänzelnden Kellnern auf Tabletts serviert wurden. „Wir werden es diesem Verbrecher zeigen. Wenn der mir in die Hände kommt, dann …"

Bernard musste wirklich jung sein, dachte Smeralda. Das Aufblasen in Abwesenheit des Gegners war Kennzeichen von Männern, die entweder an massiver Selbstüberschätzung litten oder noch nicht erfassen konnten, dass erfahrene Menschen wissen, dass Worte nicht an Taten heranreichen.

„Dieser verdammte Mistkerl. Wenn es nicht einen Franzosen erwischt hätte, würde ich schwören, dass es einer von ihnen war." Auch Pierre wurde auf einmal emotional. Smeralda entschied sich, das auszunutzen.

„Zwei Rumänen, ein Belgier, ein Franzose. Der Mörder muss Fußball hassen."

Die Kiefernknochen Bernards traten hervor, dann sagte er. „Wenn es so ist, wird er dafür bezahlen."

„Wie kann man denn Sport nur so hassen, dass man dafür tötet?", warf Smeralda unschuldig ein.

„Vielleicht die Südamerikaner. Die fürchten uns Europäer natürlich wie die Mäuse die Katzen. Sie könnten jemanden geschickt haben, um die Mannschaften zu reduzieren."

Smeralda schluckte. Das Gespräch lief in eine nicht beabsichtigte Richtung. Doch noch während sie innerlich versuchte, ihren Kontinent von der Schuld reinzuwaschen, ließ sie die Theorie Bernards nicht los. Sie erinnerte sich an das Treffen im Hotel, an die Übergabe des Aktenordners und an den Mann mit dem ausdruckslosen Gesicht, der über seine Auftraggeber geschwiegen hatte. So wie sie dazu da war, die Offiziellen für das Gastgeberland zu gewinnen, warum sollte es nicht auch andere Aufträge mit noch ruchloserem Charakter gegeben haben? Was, wenn ihr Land schlicht die anderen Mannschaften dezimierte, um als Gewinner aus dem Turnier zu gehen?

„Habe ich etwas Falsches gesagt?", fragte Pierre, sichtlich etwas verwirrt.

„Nein. Keineswegs." Es entstand ein Moment peinlicher Stille. Smeralda wusste, dass ihre Gesprächspartner nun unter einem Vorwand gegangen wären, wenn sie nicht so attraktiv wäre.

„Wo kommen Sie eigentlich her?“, fragte Bernard, der sich daraufhin gleich einen strafenden Blick von seinem Landsmann einhandelte.

„Uruguay.“

„Oh.“ Pierre schaute seinen jüngeren Mannschaftskollegen offen ungehalten an und sagte: „Entschuldigen Sie das ungehörige Verhalten meines Kameraden, Madame. Er wollte Sie oder Ihre Nation nicht beleidigen.“

„Ist schon gut.“ Smeralda strich sich mit der Hand über die Haare. Sie schaute Bernard an: „Sie konnten ja nicht wissen … Nun, ich werde mich mal aufmachen.“

Sie bahnte sich einen Weg durch die Masse. Das Gespräch war ergebnislos verlaufen und sie fragte sich, ob es überhaupt irgendeinen Sinn machte, im Kreise derer zu forschen, die unmittelbar von den Morden betroffen waren.

Sie erwischte Rimet, als dieser auf dem Weg nach draußen war.

„Monsieur. Bitte. Wir müssen reden.“

„Sie schon wieder. Was, in Herrgotts Namen, wollen Sie von mir?“

„Bitte. Es geht um die Morde.“

Rimets dünne Haare wurden vom Wind in verschiedenste Formationen gedreht, als er sich in einer Geste des Aufgebens mit beiden Händen an der Reling abstützte.

„Ich will nur helfen, Monsieur. Es geht schließlich um Menschenleben.“

Er blickte auf die schwarze See, als er ihr antwortete. „Was wollen Sie wissen?“

„Sie haben mich von Anfang an in Verdacht gehabt, eine Prostituierte zu sein, ist das richtig?“

Rimet nickte.

„Warum?“

Nun schaute er sie mit einem ironischen Lächeln auf den Lippen an.

„Sagen Sie nicht, es ist mein Aussehen“, ergänzte sie. „Hier gibt es viele sehr schöne Frauen an Bord. Wieso verdächtigen Sie das gastgebende Land, so etwas zu tun?"

„Das tut nichts zur Sache."

„Tut es doch."

Am Himmel zeichneten sich einzelne Sternbilder ab. Smeralda kannte den Großen Wagen, konnte ihn aber nicht finden.

„Wie, glauben Sie, kommen Vereinbarungen in der Geschäftswelt zustande?"

„Das, Monsieur Rimet, weiß ich vielleicht besser als die meisten Frauen hier an Bord."

Rimet nickte. „Eben. Diese Weltmeisterschaft wurde nicht zufällig nach Uruguay vergeben. Als wir damals in Barcelona den Entschluss gefasst haben, wurde den Mitgliedern der Kommission die Entscheidung schmackhaft gemacht. Mit kulinarischen und anderen Genüssen."

„Wurde auch gedroht?"

„Was?" Rimet schien ernsthaft überrascht.

„Gab es nur Annehmlichkeiten, um die Delegierten in eine Richtung zu bewegen? Oder gab es andere Formen der Überredung? Drohungen zum Beispiel."

„Madame. Das würde ich keinesfalls tolerieren. Wie kommen Sie darauf?"

Rimet schien tatsächlich nicht zu ahnen, worauf sie hinauswollte.

„Wenn der Gastgeber alles tut, um das Turnier zu erhalten, würde er dann nicht vielleicht auch alles tun, um das Turnier zu gewinnen?"

Rimet starrte sie entsetzt an. „Sie meinen doch nicht etwa …?"

„Genau."

Rimet blickte sie an, als sei sie der Inbegriff des Bösen. Dann drehte er sich wortlos um und marschierte auf die Treppe zu, die ihn auf das höhergelegene Deck bringen würde. Smeralda wusste, dass es keinen Sinn machen würde, ihm hinterherzulaufen. Er hatte mehr gesagt, als er wollte, und er würde wahrscheinlich nie wieder mit ihr reden. Während einzelne Betrunkene etwas in die Dunkelheit brüllten, bereute sie es, mit ihm gesprochen zu haben. Aber vielleicht würde Moritz noch etwas aus ihm herausbekommen.

Sie wandte sich zum Gehen, als eine Hand sie von hinten an den Arm griff. Sie wollte sich umdrehen, um zu sehen, wer sie am Gehen hinderte, doch gleichzeitig wurde ihr eine andere Hand über die Augen gepresst. Ihr Schrei wurde erstickt, der Arm des Angreifers hatte sich über ihr gesamtes Gesicht gelegt, während der andere Arm sich über den ganzen Bauch geschoben hatte. Eine zischende, dunkle Stimme krächzte ihr ins Ohr: „Die falschen Fragen." Die Stimme kam ihr bekannt vor, aber sie konnte sie nicht zuordnen.

Der Mann schleifte sie über den glatten Holzboden nach hinten. Smeralda wandte ihre gesamte Kraft an, konnte aber nichts ausrichten. Sie sah die hellerleuchteten Fenster sich entfernen, öffnete den Mund, bekam den Handballen des unheimlichen Mannes zwischen ihre Kiefer und biss zu. Der Mann fluchte und rammte ihr den Ellenbogen an die Wange. Ihr Ohr fing auf einmal höllisch an zu schmerzen. Sie wimmerte, während der Mann sie grob an sich und weiter fortriss. „Ich werde dir schon beibringen, dich zu benehmen", ächzte er. Sie sammelte ihre gesamte Kraft, um sich von dem Mann fortzustoßen, versuchte zu treten und ihre Arme zum Schlagen zu heben, doch stellte sie fest, dass sie sich keinen Deut rühren konnte. Der Unbekannte hatte sie übers Deck in eine dunkle Ecke gezogen und warf sie gegen den metallisch dröhnenden Körper eines der zwei riesigen Schornsteine. Ihr Hinterkopf schlug gegen das Blech und für einen Moment verlor sie das Bewusstsein.

Sie hätte nicht sagen können, ob zehn Sekunden oder eine Stunde vergangen waren, als sie die Augen wieder öffnete und in Panik verfiel. Sie konnte absolut nichts sehen. Entweder hatte sie ihr Augenlicht verloren oder sie war in einem vollkommen dunklen Raum. Als sie sich rührte, hörte sie es neben sich rascheln. Irgendetwas stimmte mit der Akustik nicht. Ein Klopfen auf Holz. Alles hörte sich so nah an. Wieder raschelte es. „Du bist ganz ruhig, Kleine.

Sonst ergeht es dir schlecht." Die Stimme war direkt an ihrem Ohr und sie roch den muffigen Atem des Mannes gepaart mit dem Gestank kalter Zigaretten.

„Wo bin ich?"

Ein kehliges Kichern.

„In meinem Refugium."

Sie merkte, wie kalt ihr war. Auf einmal blitzte ein Licht auf. Die Fratze des Mannes, von einem Streichholz erleuchtet, war direkt über ihr. Doch was sie noch viel mehr erschreckte, als sich ihre Augen an das Licht gewöhnt hatten, war die Umgebung, die sie nun erkennen konnte. Gleichzeitig merkte sie, warum ihr Rücken so wehgetan hatte. Sie lag auf einer Sitzbank eines Ruderboots. Die Abdeckung des Rettungsbootes leuchtete weißgelb im Hintergrund. Sie wollte erneut schreien, doch der Mann schien das geahnt zu haben. Er hielt ihr wieder den Mund zu, sodass ihr Schrei sich nach innen wandte, fast wie eine Anklage an ihre eigene Dummheit. Sie wusste, was der Mann mit ihr machen würde. Ein Messer blitzte neben ihr auf und in diesem Moment erkannte sie ihn wieder.

Es war der unheimliche hagere Kerl, der sich an ihren Tisch gesetzt hatte. Sie war zu müde, um zu schreien. Doch wollte sie wenigstens Zeit gewinnen.

„Dann sind Sie also beauftragt worden, die Fußballer zu töten?"

Der Mann legte den Kopf zur Seite und schaute sie schief an. „Was? Ich? Nein. Ich werde dir ein anderes Geheimnis zeigen." Nun sah Smeralda, dass er ein Messer in der linken Hand hielt.

„Und wenn ich nicht will?"

Der Mann lachte nur. Er hob das Messer und sprach, halb lachend: „Oh, du wirst schon wollen."

Der weißgelbe Hintergrund wurde dunkel. Etwas bewegte sich. Sie überlegte, dass es vielleicht klug wäre, den Fremden abzulenken.

Doch sie kam mit den Gedanken nicht weit, denn der Mann fiel langsam nach vorne, wie ein gefällter Baum, bis er klatschend neben ihr liegenblieb.

Hinter ihm stand Giovanni Giotta, der der Bratpfanne in seiner Hand einen prüfenden Blick zuwarf.

„Kann doch nicht zulassen, dass Ihnen etwas widerfährt, Signora", sagte er.

11. Tag, 29. Juni – Moritz

1.

Er war zu müde, um sich zu wundern oder zu widersprechen. Als ein Steward sein unverzügliches Kommen verlangt hatte, war er, obwohl vorher direkt auf dem Weg in die Kabine, ohne zu zögern mitgegangen. Er massierte sich den Kiefer, denn erstaunlicherweise hatte er festgestellt, dass er keine Schmerzen mehr hatte.

Sie liefen zwei Stockwerke hinauf, dorthin, wo er noch nicht gewesen war: das A-Deck. Hier wurde er von schwitzenden Menschen in weißen Schürzen angeschaut, die gerade dabei waren, riesige Kupferkessel auszuwischen, Pfannen zu wienern und Geschirr in Metallschränke zu räumen. Trotz der späten Stunde war die Küche noch voller Menschen. Der Steward ging auf den hinteren Bereich des Decks zu, öffnete eine Tür und nun stand Fischer vor ebenfalls überdimensionierten Waschbassins, in denen stämmige Frauen mit Kopftüchern weiße Laken in kaltem Wasser walkten. Sie schauten nur kurz auf, um sich dann wieder ihrer Arbeit zu widmen, die sie mit biblischer Hingabe auszuüben schienen.

„Dort entlang, Sir." Der Steward deutete auf eine weitere Tür, auf der die Aufschrift geschrieben „Lavandaria Sporca" stand. Erst jetzt dämmerte Fischer, dass er zu einer neuen Leiche geführt werden könnte.

Der Raum war übersät von großen und kleinen Fetzen weißen Tuchs. Fischer wurde bewusst, dass die hunderte und aberhunderte von Tischtüchern, Servietten, Bettlaken, Decken und Sets nicht einfach von Zauberhand an ihrer entsprechenden Stelle auftauchten, sondern abgezogen, weggeräumt und gewaschen werden musste. Aber seine Gedanken verweilten nicht lange bei der dekorativen Ausstattung des Schiffes.

Neben den Haufen von weißen Laken und Tüchern stand Pincetti, daneben ein junger Kadett und Bruto Cavesi. Sie standen um einen einfachen Eisenstuhl herum, auf dem ein hagerer Mann in einem einfachen Anzug saß. Er hatte durchdringende Augen, mit denen er den Neuankömmling hasserfüllt ansah. Seine Körperhaltung war seltsam, er hatte den Rücken nach vorne gebogen und nun sah Fischer, dass seine Hände hinter dem Stuhl gefesselt waren. Der kurze Anflug von Wut, den Fischer gesehen hatte, wurde von einem überlegenen Lächeln weggewischt.

Pinceti richtete seine traurigen Augen auf Fischer.

„Kennen Sie diesen Mann, Herr Fischer?“

Fischer ging ein Stück nach vorne, um im schalen Licht, das die einzelne Glühbirne, die von der Decke hing, besser sehen zu können.

„Nein. Dieser Mann ist mir völlig unbekannt.“

„Dies ist unser Mörder.“

2.

Pinceti hatte ihm beschrieben, wie der Mörder Smeralda in das Rettungsboot gezerrt hatte und es nur der Aufmerksamkeit des Schiffsjungen zu verdanken war, dass sie noch am Leben war. Erneut überkam Fischer eine schwere Müdigkeit. Er holte tief Luft und ließ sich Zeit, diese wieder herauszulassen.

„Der Mann leugnet alles. Signore Fischer. Aber er hat Signora Cortazar in ein Rettungsboot entführt und war gerade dabei, sich mit einem Messer über sie herzumachen, als ein Schiffsjunge sie rettete. Er will nicht reden. Vielleicht bekommen Sie etwas aus ihm heraus.“

Mit diesen Worten schob Pinceti ihm den Stuhl hin, damit er sich genau gegenüber vom Täter setzen konnte. Fischer fragte sich, warum ihm diese Schiffsfahrt so vollständig entglitt. Er war angetreten, um Spaß zu haben, sich kultiviert zu unterhalten und kulinarisch zu ergötzen, und nun sah er sich einem Strudel von Bösartigkeiten ausgesetzt. Sein Körper schmerzte wieder, als er sich hinsetzte. Er hatte noch niemanden verhört und auf einmal war er sich nicht mehr sicher, ob sein Italienisch überhaupt ausreichte, um die richtigen Fragen zu stellen. Er war froh, dass Pinceti neben ihm stehenblieb.

„Wie heißen Sie?“

Der Mann schaute ihn mit glühenden Augen an.

„Andrea“, zischte er. „Andrea Manza. Kann ich jetzt gehen?“

„Was wissen Sie über Fußball?“

Der Mann schien zu überlegen. „Ballspiel. Menschen rennen einem Ball hinterher.“

„Mehr nicht?“

„Mehr nicht.“

„Warum haben Sie fünf Menschen getötet?“

„Ich habe niemanden getötet. Warum sollte ich das tun?“

„Warum haben Sie dann Signora verschleppt?“

„Ich wollte ihr zeigen, wie sie sich von dem Elend der Welt befreien kann.“

„Sie wollten sie …“, Fischer räusperte sich, „zwingen, mit ihnen …“

Der Mann lachte. „Gegen ein Stelldichein hätte ich auch nichts gehabt. Aber nein. Ich wollte ihr nur etwas zeigen.“

Fischer blickte Pinceti verwirrt an. „Was zeigen?“

Giovanni führt die beiden Männer über das dunkle Deck, welches von der schaukelnden Lampe, die er trug, in Licht- und Schattenspiele getaucht wurde. Er zeigte auf eines der hinteren Boote. „Das da.“

Fischer runzelte die Stirn. „Das ist nicht das Boot, in das Stanciu gelegt wurde.“

Pinceti hob sein eigenes Gaslicht, um in das Boot zu leuchten, dessen Schutzabdeckung am Heck aufgeklappt war. Unterhalb der ersten Sitzlatte musste Smeralda gelegen haben, dachte Fischer. Er wollte sich nicht vorstellen, welche Ängste sie ausgestanden haben musste. Ansonsten war im Inneren des Boots nichts zu sehen.

„Wieso hat er sich ein anderes Boot ausgesucht?“, fragte Fischer, mehr zu sich selbst redend. „Giovanni, hier hast du ihn niedergeschlagen?“

„Jawohl, Signore. So war es.“

Fischer hatte eine Idee. Er nahm die Lampe vom Kapitän und kroch in das Boot hinein.

„Kapitän, kommen Sie. Dahinten."

Pinceti hob den schweren Leinenstoff vom gesamten Boot ab. Weiter vorne lag etwas, kleinere Gegenstände. Fischer nahm die Lampe und führte sie nach vorne.

„Was ist das?"

Fischer keuchte, als er sich auf den vordersten Sitzsteg platzierte und auf die Gegenstände, die auf dem Boden lagen, schaute. Ein paar vertrocknete Blumen lagen vor einem schwarzen Bilderrahmen mit goldenem Rand, in den ein Foto von einem Mann eingespannt war. Eine Kerze stand ebenfalls am Boden und war mit geträufeltem Wachs auf dem Holz fixiert worden.

„Wer ist das?", fragte Fischer. Pincetis Miene zeigte keine Rührung. „Der Duce."

Fischer tat so, als verstünde er. Nach einem weiteren Moment fragte er aber doch nach: „Mussolini?"

„Ja."

In einem Baumwollsack dahinter fand Fischer ein in Leder gebundenes Fotoalbum. Dort drin waren weitere Fotos desselben Mannes, ebenfalls noch Zeitungsartikel, ein Lorbeerblatt und ein Stück schwarzen Stoffes, über das ein goldener Rand eingestickt war.

„Das sieht aus, als hätte der Mann verschiedene Devotionalien gesammelt", stellte Fischer fest.

„Manza scheint ein glühender Anhänger Mussolinis zu sein."

„Da war er nicht der einzige an Bord", bemerkte Pinceti trocken.

Fischer stemmte seinen massiven Körper aus dem Boot herab und landete mit einem lauten Plumps neben Pinceti.

„Ihr erster Offizier ist auch ein Verehrer, oder?"

Pinceti nickte.

„Nun ja", meinte Fischer, „jedem seine eigene politische Meinung."

Pinceti schaute sein Gegenüber an. „Faschismus ist keine politische Richtung, sondern eine persönliche Ausrichtung."

„Wie meinen Sie das?"

Sie gingen in die Kajüte des Kapitäns, die auf demselben Deck lag. Pinceti schenkte Fischer erst einen Cognac ein, bevor er sich selbst einen genehmigte und sie sich beide im Sessel gegenübersaßen.

„Faschismus hat nichts mit Politik zu tun, Herr Fischer. Oder wenn, dann nur am Rande. Es ist der Hilferuf derer, die sich benachteiligt, gedemütigt, falsch behandelt fühlen. Die Botschaft des Faschismus ist einfach: Die anderen sind an deinem Elend schuld. Der Mensch, Herr Fischer, ist von Grund auf gut und er spürt, dass er ein Geschöpf Gottes ist. Aber die Umstände des Lebens verunsichern seine angeborene Einheit mit der Welt und er leidet. Und der Faschismus bietet den einfachen Ausweg: Er bestärkt uns durch schneidige Uniformen und Aufmärsche und sagt uns, dass wir die Größten sind. Das hat aber nichts mit einer politischen Richtung zu tun, sondern mit menschlicher Verunsicherung, die einen billigen Ausgleich bekommt."

„Wissen Sie, Herr Kapitän", Fischer setzte sich aufrecht hin, „ich habe mir noch nie so viele Gedanken über Politik gemacht."

„Das ist auch besser so", erwiderte Pinceti.

Sie tranken noch eine Weile in Ruhe weiter. Fischer hatte sämtliches Zeitgefühl verloren. Das sanfte Ruckeln der auf dem Ozean schaukelnden Wanne verführte Fischer dazu, im Ohrensessel einzuschlafen, doch Pinceti forderte ihn auf, nochmals den vermeintlichen Mörder aufzusuchen.

Draußen wurden sie in eine verzeihende Dunkelheit getaucht, die alles Hässliche so auflöste, wie Alkohol Missmut vertreibt. Fischer wünschte sich, weiter an der frischen Luft zu bleiben, auch wenn es mittlerweile unangenehm kalt war, doch er wusste, dass er, einmal drinnen angekommen, wieder von gnadenloser Schwere erfasst werden würde.

Als sie zurück bei Manza waren, zeigten sie ihm das Bild Mussolinis. Manzas Augen schienen noch mehr aufzuleuchten.

„Sie haben es gefunden."

„Ja, das haben wir." Pinceti schien die Geduld zu verlieren. „Und jetzt sag uns, warum in aller Welt du fünf Menschen getötet hast."

„Ich war es nicht."

„Unsinn. Du hast sie alle getötet. Weil sie keine Faschisten sind? Weil sie keine Italiener sind?"

„Ich weiß nicht, wovon Sie sprechen, Herr Kapitän." Manzas Augen funkelten. „Der liberale Staat ist eine Maske, hinter der das Gesicht fehlt."

Fischer versuchte einen anderen Weg:

„Was haben Sie denn vorgehabt in Südamerika? Bauer? Soldat?"

„Ein Bürger ist immer auch ein Soldat. Aber der Kampf, den ich zu führen gedenke, befreit den Menschen ohne Waffengewalt."

„Wo kommen Sie her?"

Ab da schwieg der Mann beharrlich.

3.

Es war das Knurren, Zerren und Ziehen im Magen, das ihn aufweckte. Dann erst merkte er, warum er so wirre und unruhige Träume gehabt hatte. Sein Bett wogte hin und her. Das Bild von der italienischen Riviera an der Wand schabte an der Wand entlang. Obwohl er von Hunger geplagt war, wusste Fischer nicht, ob er sich nicht im nächsten Moment übergeben müsste.

Früher hatte er einmal an eine Ordnung geglaubt, an etwas, das diese Welt zusammenhielt. Seine Eltern waren fleißige Kirchgänger gewesen und als der Vater gestorben war, schien es, als sei die Mutter eher im Pfarrhaus zuhause als in den heimischen vier Wänden, bis ihr Maß an Trost wieder so weit aufgefüllt war, dass sie sich um ihr eigenes Leben kümmern konnte. Fischer hatte das Leben immer so gelebt, wie es ihm vor die Füße gefallen war, und das Leben hatte es meist gut mit ihm gemeint. Es floss einen ruhigen Strom, manchmal flotter, über Stromschnellen und Wasserfälle hinab, aber es floss, sorgsam vom Ufer eingegrenzt. Nun wankte es. Nicht nur, dass er sich ohne festen Boden unter den Füßen entbeint fühlte, es waren mehr die Umstände der Fahrt, die ihn in moralischer Hinsicht orientierungslos machten. Und was ihn noch zusätzlich verwirrte und verstörte, war die Tatsache, dass er sich überhaupt über irgendetwas Gedanken machte – eine Eigenschaft, die ihm so fern gewesen war wie der Kontinent, auf den sie sich zubewegten.

Es half nichts, aufgestanden musste werden. Die Krawatte saß schief, als er auf Deck wankte und sich schlingernd zum Frühstückstisch bewegte, aus dem die letzten Gäste heraustanzten. Er war gerade dabei, den Raum nach bekannten Gesichtern abzusuchen, als der Ellenbogen eines vorbeigehenden Mannes ihn traf. Er hatte den Mann nicht kommen sehen, und er war gerade dabei, sich ein italienisches Schimpfwort zu überlegen, als er sah, wer sich in den anderen Ellenbogen des Mannes eingehängt hatte: Jean. Sie drehte sich ihm zu, lächelte und sagte: „Moritz." Er stand für einen Moment mit offenem Mund da, bevor sie auf ihren Begleiter deutete und sagte: „Dies ist Harry Braithwaite. Du kennst ihn ja. Er ist ebenfalls Gast der Konferenz."

„Ah", sagte Fischer, „die Konferenz der Organisation für interplanetarischen Frieden und Handel." Diesmal lachte Jean nicht und auch ihm war nicht danach zumute.

„Sie entschuldigen uns", sagte Braithwaite, dessen freundliches Lächeln Fischer das Gefühl gab, einen Eisberg gerammt zu haben.

„Ich komme später bei dir vorbei", rief ihm Jean im Gehen zu, war danach aber schon wieder kichernd an die Schulter ihres Begleiters gefallen.

Was für ein Morgen, dachte Fischer, der sich nun zwischen die Reihen der mit Tee und Krümeln befleckten, ehemals weißen Tischdecken begab, die am frühen Morgen noch von den Wäscherinnen durchgewalkt worden waren, wie er gesehen hatte.

„Da bist du ja."

Erschrocken wandte sich Fischer nach rechts, wo er in einer verschwörerischen Runde Rimet, Balfour, Christophe, Langenus und Azincourt sitzen sah. Irgendwie hatte der Blick Rimets etwas Strafendes, zumindest bildete Fischer sich dies ein.

„Hast du es schon gehört?"

Rimet strahlte ihn an. Fischer bemerkte einen Rest von Eidotter in seinem grauen Schnurrbart. Die anderen saßen ausgelassen vor kleinen, leeren Kristallgläsern und schienen ebenso gut gelaunt zu sein. Fischer nahm am oberen Ende des Tisches Platz, links neben ihm saß Azincourt, den er, wie er sich eingestehen musste, bisher gar nicht so richtig wahrgenommen hatte. Der Mann wirkte äußerst verstockt und Fischer fragte sich, wie dieser mit dem ungestümen südamerikanischen Wesen auf dem Fußballplatz umgehen würde, während er dessen Halbglatze im Licht der Deckenlampe leuchten sah.

„Ein Triumph. Man hat ihn auf frischer Tat erwischt. Wollte einer jungen Dame die Kehle durchschneiden. Ich habe ja immer gesagt, dass es nichts mit Fußball zu tun hat."

Die anderen am Tisch grinsten selbstgefällig. „Wir werden", so fuhr Rimet fort, „den Spielern gleich mitteilen, dass sie wieder in ihre Einzelkabinen können."

„Ich bin mir nicht sicher", wandte Fischer ein, oder zumindest versuchte er es, doch sein Bitten erwies sich als zu kläglich, als dass es wahrgenommen wurde.

„Ein Verrückter", erklärte Langenus, „irgend so eine politische Idiotie, die ihren Ausdruck gefunden hat."

Azincourt starrte vor sich hin. Balway lachte und ließ die Fingergelenke hinter seinem Nacken knacken. „Jetzt wird alles wieder normal."

Fischer fragte sich, wie alles normal werden könne, wo doch fünf Menschen gestorben waren, aber er wollte auch nicht alleine als Spielverderber dastehen.

„Die Mannschaften werden um drei wieder im Musiksaal versammelt sein. Ich bitte dich, nochmals für mich zu übersetzen, Maurice." Rimets Ton ließ keinen Widerspruch zu.

„Auch die anderen Gäste sind erleichtert. Das Leben an Bord wird wieder seinen Gang gehen", sagte Christophe mit heiterer Stimme. „Heute Abend wieder ein Varieté, John?"

„Warum nicht? Die Leute können ein bisschen Spaß vertragen."

Während sie noch über die Aufführung sprachen, standen die Männer auf und verabschiedeten sich nacheinander. Es kam Fischer vor, als habe seine Ankunft dafür gesorgt, dass der Kreis der Eingeweihten nun nicht mehr ungestört weiterreden könne. Nur Azincourt blieb stoisch vor seinem halbgetrunkenen Kaffee sitzen. Als Fischer, nachdem die anderen sich fröhlich verabschiedet hatten, ebenfalls aufstehen wollte, hielt ihn die Hand des Franzosen am Tisch fest. „Warten Sie." Die Stimme des ihm zuvor unbekannten Mannes schien seltsam eindringlich.

„Was ist?"

„Ich habe etwas gesehen, Herr Fischer, was ich mit Ihnen besprechen möchte. Aber ich bin nicht sicher. Nicht hier und nicht jetzt."

„Was haben Sie gesehen, Monsieur Azincourt?"

Der Mann blickte sich hektisch um.

„Sie untersuchen doch auch diese Mordfälle, wie Monsieur Rimet gesagt hat, oder?"

„Ja. Nun ja, ich versuche es. Mit der Hilfe von anderen."

„Es ist sehr seltsam, aber …"

„Was ist denn seltsam?"

Wieder blickte sich der Schiedsrichter nervös um.

„Wir sollten uns treffen und in Ruhe reden, Monsieur. Vielleicht könnten Sie heute Abend in meine Kabine kommen?"

Fischer nickte. Insgeheim war er froh, einen in der Runde gefunden zu haben, der ihn als Ermittler ernst nahm, auch wenn er die Andeutungen Azincourts als äußerst kryptisch empfand, insbesondere da ja jetzt die Morde aufgeklärt worden waren. Dann empfahl er sich mit einem Nicken nach draußen an die frische Luft.

Die Tür nach draußen ließ sich schier nicht öffnen. Ein Mann mit Uniform ging an ihm vorbei, grüßte ihn und empfahl ihm, bei dem Wetter lieber nicht aufs Deck zu gehen. Allerdings war Fischers Kampfgeist bereits geweckt. Er lehnte sich mit seinem gesamten Gewicht gegen die Metalltür, die sich zunächst stur zeigte und dann aber mit einem plötzlichen Ruck, wohl verursacht durch abruptes Nachlassen einer Windböe, nach außen aufflog, was zur Folge hatte, dass der arme Vizepräsident mit Schwung auf das Holzdeck flog, über den Boden rollte, wobei er die mit Kreide eingezeichneten Shuffleboardmarkierungen verwischte und krachend an den weißen Streben der Reling vom Fallen ins kalte Nass abgehalten wurde. Noch im Aufstehen weigerte er sich irgendeine Form des Schmerzes zuzulassen, wohl wissend, dass dieser unerträglich ausfallen würde. Ein Ruck, eine Welle oder eine sonstige Form von der Natur ausgelöster Unvorhersehbarkeit warf ihn wieder in die andere Richtung, wo er durch die soeben geöffnete Tür direkt wieder auf dem weichen Teppich des Ganges landete. Er fragte sich, wieso es so ist, dass man sich im ersten Moment eines solchen massiven Falles erst einmal umschaut, um festzustellen, ob einen jemand gesehen hat, aber selbst dieser Gedanke konnte ihn nicht davon abhalten, zu schauen. Bis auf eine Palme, deren hängende Blätter ihn trübe anstarrte, und eine Marmorputte mit gespanntem Bogen war niemand anwesend. Der kurze, aber intensive Ausflug nach draußen hatte Fischers Gehirn dermaßen durchgeschüttelt, dass er eine Idee bekommen hatte.

4.

Die Frau begrüßte ihn mit einem Lächeln, das suggerierte, dass er sie persönlich besuchen wollte. Fischer hatte noch nie ein Problem damit gehabt, mit dem anderen Geschlecht zu turteln, und so begrüßte er die ihm bekannte Wäscherin. Immer noch lagen Stapel von Tüchern im ganzen Raum verteilt. Zwei andere Frauen mit Kopftüchern und Schürzen standen über den großen Bassins.

Ihre geröteten Gesichter bildeten einen Kontrast zum Schneeweiß der Wände und des Stoffs. Die Luft war von einem kalten Dampf erfüllt, was Fischer dazu brachte, mit der Hand vor seinem Gesicht zu wedeln. Er wollte sich gerade zu der Tür aufmachen, hinter der er den vermeintlichen Mörder vermutete, als die beleibtere der Frauen ihren Zeigefinger erhob und in einer Weise wedelte wie gerade noch Fischer selbst.

„Er ist nicht mehr da …“, sagte sie.

„Was? Manza ist nicht mehr hier?“

„Sie haben ihn irgendwo in die Maschinenräume gesperrt.“

Fischer wandte sich gerade zum Gehen, als er eine laute Stimme hörte, die ihm sehr bekannt vorkam. Er konnte sie allerdings nicht zuordnen, da sich verschiedene Hochtöne mit dem sonoren Surren der dröhnenden Schiffswände vermischten. Er erkannte ein Schimpfen. Offensichtlich war eine junge Dame sehr ungehalten. Dann, auf einmal, schwang die Tür auf und eine wütende Annette stampfte in den Raum.

„Vielleicht kann mir ja hier irgendjemand helfen. Es ist doch nicht zu glauben. Wieso muss ausgerechnet ich die einzigen Kretins als Eltern ha … Oh, Herr Fischer.“

„Annette?“

Hinter ihr kam ein sichtlich ratloser Fußballpräsident in den Waschraum gewankt, was ihn in den Augen Fischers höchst sympathisch wirken ließ. Im Gegensatz zur sonst aufgetragenen Überlegenheit wirkte Rimet nun abgehetzt, geradezu hilflos.

„Können Sie sich das vorstellen, Monsieur Fischer? Mein lieber Vater hat mir nichts vom Ball erzählt, welcher an Bord sattfinden soll. Ein Ball. Und ich soll in meinen Alltagskleidern, in meinem Faltenrock mit weißer Bluse hier auflaufen? Können Sie sich das vorstellen?“

„Schatz, lass doch bitte den Herrn Fischer da heraus“, mühte sich Rimet zu sagen, jedoch wurde er barsch in seine Schranken verwiesen. Ein vernichtender Blick reichte, um dem Fußballpräsidenten klarzumachen, dass er schon genug Schaden angerichtet habe und nun doch nur reden solle, wenn er gefragt würde.

„Könnten Sie für mich übersetzen? Mein schwachsinniger Vater würde sowieso nur eine lächerliche Figur abgegeben."

„Übersetzen? Für wen?"

Annette deutete auf die füllige Frau im weißen Kittel, die wie die anderen Waschfrauen dem ganzen Treiben mit äußerstem Interesse zugesehen hatte.

„Fragen Sie sie, ob sie etwas Stoff übrig hat."

„Ich, …"

„Für ein Ballkleid, Herr Fischer. Ich werde mir selber ein Kleid nähen."

Manchmal waren es die kleinen Dinge, Zufälle, die die Stimmung anstiegen ließen. Vielleicht war es die Erfüllung einer Aufgabe, die ihm ein Gefühl von Sinnhaftigkeit zurückgegeben hatte. Vielleicht war es aber auch einfach die Absurdität, mit der er mit den Waschfrauen um Stoffreste für Annette gerungen hatte. Vielleicht war es die tiefe Befriedigung, Rimet als begossenen Pudel dastehen zu sehen. Oder es war eine Mischung aus allem. Feststand, dass Fischer guter Laune durch das wankende Schiff trabte, genauer gesagt von ganz oben nach ganz unten. In Aktion zu treten schien das richtige Mittel gegen seine trübe Stimmung zu sein.

Die Menschen schauten ihn mit großen, schwarzen Augen an, als er den Schlafsaal der dritten Klasse betrat. Es war klar, dass Fischer hier nicht hingehörte, und darum versuchte er auch gar nicht erst, so zu tun.

Ein Mann in schwarzen, verknitterten Anzug stand an einem Hochbett und lehnte seinen Kopf an eine Eisenstange. Ein anderer Mann saß gegenüber auf dem unteren Teil des baugleichen Betts und starrte in die Leere.

„Wo ist bitte das Bett von Signore Manza?"

Trostlose Augen wiesen ihm den Weg in den hinteren Teil der Kabine, sodass er durch die Reihen taumelte und sich dabei immer wieder am Eisengestänge der ein oder anderen Bettstatt festhalten musste. Ein zahnloser Alter grinste ihn an und zeigte auf ein säuberlich hergerichtetes Bett, das fast fehl am Platz wirkte, da es so makellos schien.

„Wo hatte er seine Sachen?“, fragte Fischer und der Mann deutete unter das Bett. Fischer zog einen Lederkoffer hervor. Er schaute sich ein wenig unbeholfen um und überlegte sich, ob er erklären müsse, was er hier tat, aber keiner der Umstehenden schien sich an der Tatsache zu stören, dass in den privaten Sachen eines Mannes herumgestöbert wurde. Es war, als hätten sich die Menschen hier damit abgefunden, dass sie zu einer Klasse gehörten, die unterdrückt und gedemütigt wurde. Es fiel Fischer schwer, nicht aufzustehen, um sich zu erklären, aber er wusste instinktiv, dass dies nichts bewirken oder ausmachen würde.

Er war zudem schnell mit seiner Untersuchung fertig. Der Koffer bot keinen Hinweis darauf, dass Manza in irgendeiner Weise an einer Verschwörung beteiligt gewesen sein könnte. Die Innenseite war lediglich mit einem weiteren Foto des Duce versehen. Es gab weder ein Tagebuch noch eines der Mordinstrumente, mit denen die vergangenen Taten ausgeführt worden sein konnten. Fischer fand kein Gift, keine Stichwaffe, gar nichts. Er seufzte und zog sich am Bettpfosten nach oben. Der Alte vom Nachbarbett lachte ihn unverhohlen an und offenbarte dabei seine gelbliche Zunge.

„Hat er was ausgefressen?“

Fischer schaute auf und nickte leicht. „Ja. Das hat er.“

Der Alte kicherte. „War ein komischer Kerl. Der wollte uns alle von seinen Ideen überzeugen. Aber wenn wir hier so begeistert von Mussolini wären, wären wir wohl kaum auf dem Schiff.“

„Hat er sie auch bedroht?“

Der Mann riss seine Augen auf. „Bedroht? Nein. Er hatte eher etwas Missionarisches.“

„Manchmal hat er sich von hinten angeschlichen und hat einen von hinten angefasst, das war schon komisch.“ Ein anderer Mann, den Fischer vorher nicht gesehen hatte, hatte gesprochen.

„Aber nachts hat er im Schlaf geweint." Diese Stimme konnte Fischer nicht zuordnen – sie kam aus dem Dunkeln, aus einem Bereich der Gänge, die Fischer nicht einsehen konnte. Der Alte nickte. „Ja, auch er hat geweint."

Ein Ruck warf den alten Mann nach oben. Seine Körperhaltung blieb unverändert – er saß immer noch mit auf den Knien aufgestützten Armen – nur dass er das Bett nicht mehr berührte. Fischer überkam das Gefühl, sich erbrechen zu müssen. Eilig bedankte er sich und stürmte hinaus.

Als Fischer über die Promenade der ersten Klasse schleuderte, wie ein Ball an den Liegestühlen und Palmen vorbei, wünschte er sich Smeralda herbei. Der Gedanke kam plötzlich, unangekündigt und verursachte weiteres Unbehagen bei ihm. Er erinnerte sich plötzlich, dass er ihre Nähe gespürt hatte, als er bewusstlos im Krankenzimmer gelegen hatte. Auch das war ihm unheimlich – es schien, als würden seine Sinne in der Weite des Ozeans ausgebreitet werden, als könnten sie sich im Abstand zum Land ausbreiten und entfalten. Dazu kam ein gleichzeitiges und dadurch nicht minder gefährliches Gefühl der Zuneigung Jean gegenüber. Er musste sich eingestehen, dass das Zusammensein mit diesem Braithwaite ihm einen Stich ins Herz versetzt hatte. Er sah Jean vor sich, wie sie lachend an der Reling stand, die Haare vom Wind nach hinten geweht. Mit diesem Bild im Kopf und der Schimpftirade einer Dame, die er aus Versehen aus dem Weg kegelte, erbrach er sich. Ein Wachtelei, das er in seiner Gänze am Vormittag verschluckt hatte, kullerte über die Holzdielen und eine sonderbar weißbraune Flüssigkeit verteilte sich in unvorhersehbaren Mustern wie flüssiger Pfannenkuchenteig in einer Bratpfanne. Eine Frau, wahrscheinlich die von ihm bereits Gestoßene, kreischte. Zu seiner Zufriedenheit stellte Fischer noch fest, dass der größte Teil des Schreis vom Wind verschluckt wurde. Dann kam ein erneuter Stoß, ein Würgen, das alle anderen Sinne ausschaltete und eine gallige Schärfe an seinem Gaumen hinterließ.

An die Reling gelehnt, hoffend, dass die Pein vorbei war, ließ Fischer für einen Moment den Griff an der Eisenstange locker, was der unerbittliche Atlantiksturm zu einer weiteren Demütigung nutzte. Fischer wurde rücklings zu Boden geschleudert, drehte sich auf dem Boden und gleichermaßen in seiner Kotze um. Ein weiterer Schrei.

Er stützte sich auf seine Hände, glitschte weg, rappelte sich erneut auf und hörte die Dame erneut kreischen. „Hören Sie, meine Beste. Das ist kein Grund, so zu schreien." Aber die Dame, die er nun im schaukelnden Aufstehen vor sich stehen sah, blickte gar nicht in seine Richtung.

Sie sah nach oben, durch die freie Stelle im Promenadendach, auf den vorderen der zwei riesigen Schornsteine. Der Schlot wurde durch ein dunkles X markiert. Erst bei genauerem Hinsehen, merkte Fischer, dass es sich beim X um eine menschliche Gestalt handelte, die an das kalte Metall gebunden war.

5.

Die Menschen drehten sich nach ihm um, als er über Gänge und Treppen nach oben stürzte. Er gab wahrlich einen seltsamen Anblick ab – und wahrscheinlich auch Geruch. Wegen des Sturms waren aber zum Glück nur wenige Menschen unterwegs, die seinen müffelnden Weg kreuzten. Fischer eilte die Treppe hinauf zum A-Deck, wo er direkt an der Offiziersmesse landete. Er entschuldigte sich bei den zwei geschniegelten Herren in weißen Hemden, deren Schulterklappen ihre Dienstränge abbildeten. „Wie geht es hier nach ganz oben?", fragte er.

„Sie können gar nicht nach oben, wer sind Sie denn überhaupt?", blaffte einer der Männer zurück, doch noch bevor Fischer antworten konnte, hatte der andere Mann seinen Kollegen angestoßen und ihm erklärt, dass der verdreckte und stinkende Mann, der sich soeben unerlaubterweise Zutritt zu den Offiziersräumen verschafft hatte, schon öfter mit dem Kapitän zusammen gewesen war und wohl auch irgendeine Funktion ausführen musste. Der erste, offenbar ranghöhere Mann schmierte sich mit einer ausladenden Handbewegung die Haare nach hinten, dann führte er, selbstverständlich mit einer dazu passenden offen zur Schau gestellten Abneigung, Fischer in den hinteren Bereich, vorbei an den Krankenräumen, deren Geruch nach Formaldehyd in Fischer unangenehme Erinnerungen hochkommen ließen.

„Capitano, dieser Mensch hier will nach ganz oben … Weiß auch nicht, warum."

Nach einer kurzen Begrüßung stürmte Pinceti mit Fischer über eine kleine Treppe, die an einer Luke endete, nach oben. Sie kamen neben dem Dach der Kommandobrücke heraus und liefen über die Metallplatten am ersten Schornstein vorbei. Die Glasfenster gewährten einen Blick hinunter auf den Musiksaal, der zwei Decks unter ihnen lag. Kurz dahinter lag ein weiteres Glasdach, durch welches man in den darunter liegenden Essenssaal sehen konnte.

Fischer erkannte den Mann erst gar nicht. Er starrte zunächst nur auf die Mitte des Körpers. Als ihm klar wurde, was er da vor sich sah, war es schon zu spät und er musste sich zur Seite abdrehen und sich ein weiteres Mal übergeben, diesmal allerdings nicht, weil das Schiff so schaukelte. Dieses Bild würde er lange nicht aus seinem Kopf bekommen: Den ausgeweideten Körper des Mannes, den er nicht einmal zwei Stunden vorher noch am Tisch hatte sitzen sehen. Das blutige Fleisch, das dem Mann aus dem aufgeschlitzten Bauch heraushing. Der leere, entsetzte Blick in die Ferne. Was hatte Azincourt gesehen?

12. Tag, 30. Juni – Jean

1.

Möglicherweise war es die Hose gewesen. Unschuldig hatte sie auf dem Bett ihres Bruders Denis gelegen und die Sonne hatte in so einem verführerischen Winkel auf die Herrlichkeit ihrer Lockerheit und gleichzeitig ihres umfassenden Schutzes geschienen, dass Jean sich in diesem Moment in die Möglichkeit, ein Junge zu sein, verliebt hatte.

Vielleicht waren es auch die Brüder, die sie unentwegt triezten und sie für minderwertig und dumm erklärten, weil sie dem unterlegenen Geschlecht angehörte. Am allerwahrscheinlichsten war es aber Penelope Partridge, das fröhliche Mädchen von nebenan, das immer lachend mit einem Sonnenschirm im Sommer durch den Park getanzt war und ihr freundlich Kekse angeboten hatte, die eines Tages mit dem ältesten Sohn der Sturridges verheiratet wurde und seitdem gar nicht mehr lächelte, sondern einen Gesichtsausdruck bekam wie ihre Mutter. Der Moment, als sie sich beim Spazierengehen trafen und sie Penelopes starren Blick wahrnahm, das war der entscheidende Moment, in dem Jean beschloss, aufzuhören mit dem weiblichen Geschlecht. Die Hose war die Einladung in eine andere Welt, eine Welt, in der man sich nicht den Rock zwischen die Beine drücken musste, um das zu verbergen, worum die Erwachsenen immer so ein wahnsinniges Aufheben machten, das, was sie mehr zu fürchten schienen als alles andere und was für sie eine unglaubliche Faszination zu haben schien.

Das Problem war, dass Jeans Beziehung zu ihrem Geschlecht auf einmal einer erneuten Wandlung zu unterliegen schien. Wo sie ihre Eltern in ihrer Prüderie immer verachtet hatte, verstand sie nun, dass es ein Feuer gab, das drohte, die Sinne zu verbrennen. Ihre Brüste, die sie immer mit einem Tuch so platt gebunden hatte, dass sie unter der Bluse unsichtbar wurden, sehnten sich auf einmal nach Berührung. Ihr Geschlecht forderte auf einmal ein, was sie so gut unterdrückt hatte, dass sie es nie wahrgenommen hatte: Lust.

Sie sah die von der Kälte geröteten Wangen Harrys vor sich und ihr wurde warm. Sie wollte ihn an seiner Seite haben, sein Lächeln, die Art, wie er sie ansah, voller Bewunderung und Verehrung. Er hätte hier und jetzt neben ihr liegen können – hatte Einlass in ihre Gemächer erbeten, was sie mit einem viel zu mädchenhaften Kichern abgetan hatte. Sie hatte die Türe schnell zugeschlagen, aus Angst, er könnte erkennen, wie schnell ihre Festung zusammenbrechen könnte. Natürlich wollte sie ihn bei sich haben. Natürlich wollte sie sich an ihn schmiegen und seinen Körper neben dem ihren spüren.

Es war extrem unangenehm gewesen, dass sie später, als es noch einmal an ihrer Tür geklopft hatte, mit einem verführerischen Augenaufschlag diese mit einem „Nein“ auf den Lippen, was eigentlich „Ja“ bedeuten sollte, geöffnet hatte, um dann einen etwas verwirrten Moritz vor sich stehen haben zu sehen. Moritz hatte irgendetwas von einer Leiche geredet und Jean gab vor, sich zu interessieren. Nach einem kurzen Zuhören aber erbat sie sich einen Aufschub auf den nächsten Tag und schloss die viel hoffnungsvoller geöffnete Tür. Musste sie tatsächlich noch mitmachen in diesem Kreis der Pseudo-Detektive, der auf stümperhafte Art und Weise versuchte, einen unlösbaren Fall aufzuklären? Das erste Mal in ihrem Leben empfand sie so etwas wie gespannte Aufregung – warum sollte sie sich dann mit etwas beschäftigen, was sie schon an ihrem Vater gelangweilt hatte?

Wie zur Antwort klopfte es an der Tür. Jean schüttelte die Sehnsucht von sich wie ein Hund, der aus dem Wasser kommt. Harry würde nicht am Morgen klopfen. Und in der Tat stand nicht Harry vor ihr. Sie wurde beiseitegeschoben und eine heulende und kreischende Madita Jörgensen warf sich, nachdem sie sich eine Bahn durch die Kabine verschafft hatte, auf den roten Plüschsessel.

„Mein Kind. Mein Kind. Das ist so schrecklich. So furchtbar. Ich habe mich ja kaum aus der Kabine getraut. Man soll ja gar nicht mehr rausgehen. Und ich würde es auch nicht, aber … Es ist so grausam und furchterregend alleine in der Kabine. Und dann dieser Tote."

Jean rieb sich mit den flachen Händen über das Gesicht. „Möchten Sie einen Drink?"

„Ich? Oh, ja gerne, Kind."

Jean schenkte der großen Frau, die sich im Sessel wiegte wie ein Grashalm, ein Glas Gin ein.

„Sie haben den Toten gesehen?"

„Ja, Kind. Ja. Das war nicht schön. Ich ging auf der Promenade spazieren. Da hing er. Und dann das Blut." Schnell nahm sie einen Schluck aus dem Glas.

Jean überlegte, ob sie sich setzen sollte, legte sich stattdessen aber eine Decke um ihr Nachthemd.

„Sie wissen doch irgendetwas, oder?"

„Ich?"

„Sie haben doch diesen Detektivclub. Das erzählt man sich. Bitte, ich halte das nicht mehr aus. Diese Ungewissheit, diese Angst."

Nun setzte Jean sich. „Frau Jörgensen, ich habe nicht mehr Ahnung als Sie, wer der Täter ist."

„Oh Gott. Oh Gott." Die Frau ließ einen mäßig lauten Heulton los, der Jean an die Robben erinnerte, die sie vor Feuerland gesehen hatte.

Und dann legte Jörgensen los. Es kam ein langer, unendlich scheinender Schwall an Erzählungen von einem erbärmlichen Leben, von welchem die lange Dänin zu berichten wusste. Eine Aneinanderreihung von Versagen, Unverständnis, verlorener Liebe, Verzweiflung, Konfusion, das alles verwoben mit einer haltlos zusammengesetzten Lebensgeschichte, die irgendwo auf den öden Feldern Mitteljütlands anfing und nun auf diesem Schiff einen weiteren Tiefpunkt erreicht zu haben schien.

„Ich habe ihm gesagt, dass ich das niemals tolerieren könne, aber er hört ja nicht. Wissen Sie, er hört einfach nicht zu. Es ist so, als könnten Männer nicht zuhören, als fehle ihnen das Ohr dazu. Aber das war ja schon immer so und wird auch immer so bleiben. Was sollen wir nur machen, wir Frauen, was? Aber, ach, Sie sind ja noch so ein junges Ding, dass Sie das gar nicht wissen. Und ich alte Schachtel heule Ihnen hier etwas vor. Wie unpassend von mir."

Jean mochte keine Menschen. Sie fand sie übertrieben aufdringlich, schon wenn sie nicht in anderer Leute Kabinen ungefragt ihr Herz ausschütteten. Aber irgendetwas an Frau Jörgensen rührte sie an. Vielleicht war es die kalkweiße Haut, die sie an eine Marmorstatue erinnerte oder der verschmierte Lippenstift, der seine Grenze an mehreren Stellen überschritt. Jean tat etwas Ungewöhnliches: Sie lächelte Frau Jörgensen an.

2.

Dass sie die ganze Zeit nach ihm gesucht hatte, durfte er natürlich nicht wissen. Als sie ihn dann auf einem der vielen Liegestühle, die aufgereiht waren, sah, tat sie, als ginge sie ganz zufällig die Gangway herab. Der Hut lag ihm auf dem Gesicht und doch vermeinte sie ein Lächeln auf seinen Lippen zu erkennen, was ihr einen Schauer über den Rücken laufen ließ. Er schien zu schlafen. Auf jeden Fall bemerkte er sie nicht, als sie an ihm vorbeiging. Weil sie sich keine Blöße geben wollte, ging sie weiter, um am Ende der Gangway umzudrehen und dieselbe Strecke erneut abzulaufen.

Als sie wieder an den besagten Liegestuhl kam, wurde ihre Schritte langsamer. Schließlich blieb sie vor Harry stehen und wartete. Das musste er bemerkt haben, denn nach kurzer Zeit lupfte er seinen Hut und schaute sie mit einem strahlenden Lächeln an.

„Na, wenn das nicht die kleine Jean ist."

Sie wurde rot, auch wenn sie sich eigentlich über den Kommentar ärgerte.

„Harry, ich habe dich gar nicht gesehen."

„Aber du stehst doch hier."

„Äh, ja. Ich habe mir das … Meer angesehen."

Harry lachte und Jean wollte sich am liebsten auf die Zunge beißen.

„Heute Nacht ist es so weit, Darling.“ Wenn es überhaupt ging, wurde Jean noch roter als vorher. Sie wunderte sich über Harrys Hemmungslosigkeit. Nicht, dass sie sich das nicht heimlich auch wünschte, aber …

„Was ist mit dir? Die große Nacht.“

„Ja, wenn du meinst.“ Mehr als ein Kichern bekam sie nicht heraus.

„Wir überqueren heute Nacht den Äquator. Das bedeutet: Wir werden es mit den Außerirdischen zu tun bekommen.“ Mit diesen Worten lachte Harry und stand auf. Er nahm Jean am Arm und schritt mit ihr den Gang hinab. Wieder ärgerte sich Jean ein wenig, dass sie nicht gefragt wurde, freute sich aber noch mehr über seinen offensichtlichen Wunsch, mit ihr zusammen Zeit zu verbringen.

„Komm, wir gehen zu Tarnoff“, beschloss er schließlich für sie beide. Nicht, dass es sie gestört hätte, jetzt wo sie sich daran gewöhnt hatte, selbst nichts mehr zu wollen.

Tarnoff begrüßte sie mit einem ehrlichen Lächeln. „Maaainä Froindää. Sätzän Sie säch.“ Die an diesem (wie auch an jedem anderen) Ort deplatzierte Person des Herrn Kramer saß am dunklen Tisch, auf denen ein Glas Tee und ein kleines Glas mit Hochprozentigem standen. Wenn es möglich war, dann war die Gesichtsfarbe Kramers noch bleicher als sonst.

Auf dem Boden lagen verschiedene Stoffteile und Metallstangen.

„Sie kommän, um uns mit dähn Funkahnzügän zu hälfän?“

Harry schaffte es, ernst zu bleiben, während Jean das Gesicht zur Seite wegdrehen musste. „Funkanzüge?“

„Äs bästäht die Moglichkait, dass wir unsärä Energiän sammäln und sändän müssän. Dahär basteln wir Anzügä.“

„Das ist interessant“, erklärte ein immer noch professionell ernst bleibender Harry. „Und Sie können mithilfe der Metallspitzen außerterrestrische Energien wahrnehmen?“

„Richtig“, bestätigte Tarnoff, der in keiner Weise Verdacht schöpfte, dass Braithwaite ihn nicht ernst nehmen könnte. Hier trafen sich, so befand Jean, die sich bewusst im Hintergrund hielt, um nicht laut auflachen zu müssen, zwei Schauspieler, die sich ein Duell lieferten. Tarnoff selbst, das wusste Jean, konnte nicht an diesen Unfug glauben, oder reichte die Kraft seiner Überredungskunst sogar in sein eigenes Denken hinein? Jean dachte an die Pappfigur, die er in seinem Kleiderschrank aufbewahrte, um damit Fotos zu stellen.

„Können Sie diesen Anzug einmal vorführen?", fragte Harry, immer noch vollkommen ernst. Tarnoff schüttelte mit einem scheinbar leidenden Gesichtsausdruck den Kopf. „Herr Kramer!" Der Deutsche blickte auf, wie aus einem Traum erwacht. „Was?"

„Kommän Sie. Ziehän Sie an."

Die Aufforderung reichte aus, um im Deutschen den Instinkt des Gehorchens in Gang zu bringen. Kramer stand auf, legte sein Jackett ab und schlüpfte erstaunlich behände in die am Boden liegenden, zu Schläuchen zusammengenähten Stoffteile. Tarnoff half ihm, die Metallstange in die dafür vorgesehenen Ösen am Rücken des Anzugs anzubringen. Jeans unausweichlicher Lachkrampf wurde von einem Klopfen an der Tür entschärft.

Ihre gute Laune bekam einen Dämpfer, als sie das so eindrücklich melancholische Gesicht des Kapitäns sah, der die Kabine betrat. Pinceti hielt seine Kapitänsmütze in der linken Hand, während er mit der rechten die Anwesenden per Handschlag begrüßte. Dann wandte er sich, ohne große Worte zu verlieren, an Tarnoff.

„Signore Tarnoff. Mir ist zu Ohren gekommen, dass Sie heute Nacht eine Veranstaltung an Deck geplant haben?"

Tarnoff nickte etwas missmutig, als ahnte er, was kommen würde.

„Es ist leider so, dass wir für das Schiff eine Ausgangssperre verhängt haben. Insbesondere in den Nachtstunden kann ich leider keinen Ausgang gewähren."

Tarnoffs Gesicht wurde bleich. „Das könnähn Sie nicht machän, Häär, Kapitän. Diesär Abend ist där Höhäpuunkt där gaanzän Raisä."

„Ich fürchte, ich muss. Die Gefahr ist zu groß."

Der schüchterne Herr Kramer, nunmehr mittels des Anzugs, in dem er steckte, zur peinlich absurden Person mutiert, meldete sich zu Wort. „Aber ich habe gedacht, der Täter ist gefasst worden?"

„Das haben wir alle gedacht", erwiderte Pinceti, um sich dann kurz zu verneigen und gekonnt per Rückwärtsgang den Raum zu verlassen. Tarnoff wirkte ernsthaft schockiert, so als würde er tatsächlich an einen Kontakt glauben. Eigentlich müsste er doch froh sein, eine Ausrede gefunden zu haben, dass man die Außerirdischen nicht treffen würde, dachte Jean. Oder er war einfach nur ein guter Schauspieler?

„Rufään Sie die Gesellschaft zusammen", erklärte er in den Raum hinein. Kramer schien sich angesprochen zu fühlen. „Jawohl", stammelte er und marschierte noch in seinem Kostüm hinaus auf den Gang.

3.

Der Kuss kam unerwartet. Er war feucht und kalt wie eine Hundeschnauze. Harry presste sie mit seinem Gewicht an die Wand im dunklen Gang. Seine Hand wanderte an ihrer Seite entlang bis zu ihrer Hüfte, um dann zwischen ihre Beine zu ziehen.

„Nein", sagte Jean, mehr aus Reflex als aus Überlegung. Sie hatte nichts gegen diese Hand und auch nichts dagegen, wo sie sich bis eben noch befunden hatte. Aber auf der anderen Seite hatte sie ein tiefweiblicher Impuls davor bewahrt, sich dem Drängen des Männlichen hinzugeben.

Ihre Großmutter hatte ihr einmal im Garten erläutert, dass sie nur eines im Leben besitze, was ihr einen Vorteil in dieser von Männern bestimmten Welt verschaffen würde und das sollte sie solange bewahren wie nur irgendwie möglich. „Männer", so sagte Oma Mary, „werden versuchen, deine Burg zu stürmen, doch du musst die Feste halten, bis ein König kommt und das Land für sich beansprucht. Erst dann darfst du die Tore öffnen."

Jean hatte damals nicht gewusst, was die Großmutter damit meinte. Sie hatte sich ein romantisches Schloss vorgestellt, an dessen Tor ein auf einem Schimmel reitender König mit schimmernder Krone und großem Gefolge erscheinen und um Einlass begehren würde.

Nun stand sie in einem muffigen Gang mit einem Fremden, der zwar sehr attraktiv war, dem aber dennoch kein Adelstitel zugesprochen werden konnte und schob erst die Hand und dann den ganzen Mann von sich fort. Für einen kurzen Moment sah sie ein Glitzern in Harrys Augen, das sie nicht zuordnen konnte. Dann überlegte sie sich, ob sie etwas stammeln sollte oder ob es nicht eher an ihm war, etwas zu stammeln, was wiederum zu einem beginnenden Ansatz von Stottern ihrerseits führte und dann wurde sie von Moritz gerettet, der um die Ecke geschossen kam und mit seinem dicken Bauch Harry wegschubste.

„Hey." „Oh." „Was?" Sie konnte nicht genau zuordnen, wer was gesagt hatte, aber noch bevor Harry einen Ansatz einer Anschuldigung äußern konnte, lachte sie: „Moritz, wie schön, dich zu sehen."

Der Ausdruck des Vizepräsidenten nahm innerhalb kürzester Zeit drei verschiedene Formen an. Zuerst war da eine offene und ehrliche Freude, die sogleich einer Missbilligung ihres Umgangs folgte (zumindest interpretierte sie das so), welche wiederum von einer Maske der Höflichkeit überdeckt wurde. Erwischt, dachte Jean.

„Wir, äh, Sie… Ich freue mich, Sie hier zu sehen."

Wieder änderte sich der Gesichtsausdruck des Vize. Es mischte sich ein Ausdruck von Enttäuschung in sein Gesicht, was in Jean einen mütterlichen Impuls auslöste. Sie wollte ihn umarmen, trösten und ihm sagen, dass sie ihn liebhabe. Doch da weder sie noch er es schafften, in irgendeiner Weise zu kommunizieren, dass sie sich gerne mal wieder auf ein Getränk an der Bar treffen wollten, zogen sie aneinander vorbei, wie die unendlichen Wellen, die gegen das unerbittliche Metall des Schiffes klatschten.

„Ich, … ich gehe dann mal auf mein Zimmer", erklärte Jean, wenig überzeugt von sich selbst. Harry hielt ihre Hand fest, etwas zu fest für Jeans Geschmack, doch als sie unerbittlich weiterzog, blieb ihm nichts anderes übrig, als loszulassen. Jean lief den Gang hinab. Küsse. Liebe. Erwartungen. Dieses ganze Gemisch menschlicher Bedürfnisse kam ihr unwürdig vor. Sie wollte alleine sein. Aber sie wollte auch nicht in ihrer Kabine hocken. Es galt, einen Ort zu finden, der ihr gehörte und sie mit der Freiheit des Ozeans verband.

Es hatte ein wenig gedauert, bis sie diesen Ort gefunden hatte. Die Decks waren alle überfüllt, ihr war daher schon klar, dass sie ihr Glück in den oberen, verbotenen Regionen des Schiffs würde suchen müssen. Da konnte sie allerdings nicht hin, ohne durch die Offiziersmesse und den ganzen Bereich, der für Schiffsangestellte reserviert war, zu kommen.

Die Lösung stellte dann das B-Deck dar. Der Unterschied zwischen der muffigen Wärme des Schiffsinneren stellte einen krassen Kontrast zur schneidenden Kälte des Atlantiks dar, der das willkommene Gefühl von Freiheit in Jean auslöste. Sie kannte und liebte diesen gnadenlosen Geruch von salzgetränkter Reinheit. Da es so unsäglich kalt war, war hier draußen niemand zu sehen. Die meisten Gäste der ersten Klasse befanden sich entweder in der aufgesetzten Gemütlichkeit ihrer Kabinen oder der öffentlichen Räume oder auf der überdachten Promenade, wo sie es sich mit Wolldecken auf einer der Liegestühle bequem gemacht hatten.

Die Boote wackelten in ihren Sicherungsgelenken zum Takt der Wellen, als seien sie Teil des ewigen, mondgesteuerten Aufs und Abs und hätten sich nur als menschgemachte Organe getarnt. Sie hatte schon beim Aufnehmen der Fingerabdrücke eine seltsame Verbundenheit zu den Rettungsbooten verspürt – den letzten und einzigen Fluchtpunkten in einer zusammengepferchten Ansammlung von Menschenmasse – und sich seltsam verbunden mit dem verrückten Manza gefühlt. So hatte sie auch ein ziemlich schlechtes Gewissen, als sie den Verschluss der Plane löste und sich vom Boden abstoßend in das kleine Universum hievte.

Zumindest wollte sie das. Doch stattdessen kreischte sie kurz auf. Jemand lag im Boot. Nicht schon wieder, dachte sie.

4.

Die Frau hatte gekichert und sich in das grüne Wollcape gewickelt, das neben den beiden im Boot gelegen hatte. Ihre Kleider waren im gesamten Boot verteilt gewesen und sie hatte nackt in den Armen des Mannes gelegen. Im Gegensatz zur Frau zeigte der Mann, dessen haarigen Rücken sie zuerst gesehen hatte, als er sich zu ihr umdrehte, keine Anzeichen von Scham. Im Gegenteil, er schien eine tiefe Freude dabei zu empfinden, dass er in einem Akt erwischt worden war, der normalerweise der Privatsphäre eines eigenen Bettes zugeordnet wird. Dass Jean eine Frau war, schien ihn zusätzlich zu beflügeln, denn schon blitzten unter seinem dichten Schnurrbart weiße Zähne hervor, die die Vorhut zu einer für Jean etwas zu forsch geäußerten Unverschämtheit bildeten: „Wollen Sie dazukommen, Madame?"

Jean war weggerannt, jeglichem Fluchtpunkt beraubt, sich dem furchtbaren Gedanken annähernd, dass sie dem seligen Alleinsein für immer abschwören musste, dass es keine Höhle für sie gäbe, in die sie sich zurückziehen könne.

Sie kannte das Gefühl von anderen Fahrten. Während sie den Wind und die See immer geliebt hatte, war ihr die Enge eines Schiffes unangenehm gewesen und hatte in ihr tiefe Gefühle der Beklemmung ausgelöst. Sie erinnerte sich, oder besser, ihr Körper erinnerte sich – das Zittern schien direkt aus ihren Knochen zu kommen. Sie wollte keinen Moritz treffen, keinen Harry, die, auch wenn sie sich ihr gegenüber freundlich und aufmerksam verhielten, ihr allein durch ihre geschlechtliche Zuordnung immer wieder nur suggerierten, dass sie ein untergeordnetes, minderwertiges Wesen sei, das sich ihrem Verständnis oder ihrer Lust, für die sie verdammt nochmal dankbar sein müsste, hinzugeben habe. Was war das für eine Welt, in der man ausgeliefert war? Und zwar alle? Und warum war sie die Einzige, die das zu stören schien? Warum gab es keinen Aufschrei der gesamten Weiblichkeit auf diesem Schiff, die die Mannschaft und den Kapitän in einem nächtlich wilden Aufbegehren ermordete, ins Meer warf und dann ein friedliches Eiland ansteuerte, auf dem man die beginnende Befreiung der Frau von den Fesseln des Mannes feiern konnte?

Der Gedanke gefiel ihr und beruhigte sie. Sie war mittlerweile in ihrer Kabine angekommen, strich mit ihren kleinen (warum waren die denn nur so klein?) Fingern über die Überdecke ihres Bettes und seufzte. Man könnte, so fantasierte sie weiter, dem Mann auch seine Insel lassen, auf der er so unsinnige Dinge wie Autorennen (Gruß an meine idiotischen Brüder – dachte sie) oder Fußball (Gruß an alle die Wahnsinnigen auf diesem Schiff) machen ließ und wo man sich dann einmal im Jahr zum Begatten traf, denn die menschliche Rasse musste ja erhalten bleiben, oder?

Und während sie diese Balsamgedanken pflegte, merkte sie auf einmal wie sie selbst, Jean Doyle, das beste Motiv hatte, um die Menschen, die an Bord gestorben waren, zu töten. Und für einen kurzen und intensiven Moment blitzte in ihr der Gedanke auf, dass sie, ohne es zu wissen, getötet und vergessen hatte.

Sie warf sich auf ihr Bett und gab sich der Verzweiflung hin – denn das war der Gedanke, der die Schwachstelle in ihrem gedanklichen Konstrukt offenbarte: Alleine gelassen wäre sie dem Sog ihrer Emotionen ausgeliefert, würde fortgeschwemmt werden von diesem Strom, der endlos seine Erfüllung im Meer sucht, doch immer wieder vom Regenwasser angetrieben wird. Es gab keine Welt, die nur als Ozean funktioniert. Das Land, der Mann, gehörte dazu, brachte die Dinge in Ordnung, ins Reine, in ein überschaubares und kontrollierbares Zusammen. Was für ein Elend, dachte sie. Was für ein Elend. Warum konnte man nicht einfach alles haben, warum war man immer angewiesen auf etwas anderes, etwas, das außerhalb von einem selbst lag?

Auf seltsame Art und Weise beruhigte sie dieser Ausflug in die Tiefen des Selbstmitleids. Und vielleicht war es auch gar kein Selbstmitleid, denn sie hatte das Gefühl in ihrer Katharsis gereinigt worden zu sein, zumindest, wie sie dachte, bis zum nächsten Anfall von Verzweiflung. Es gab kein Entrinnen und in dem Wissen darum lag etwas Beruhigendes. Sie musste nicht mehr kämpfen. Es gab keinen Kampf. Es gab in dieser Angelegenheit ausschließlich die Niederlage, kein Gott dieser Welt konnte den im Nichts endenden Strudel des menschlichen Lebens verhindern.

Wie lange Zeit war vergangen, in der sie gekämpft und sanft zitternd verloren hatte? Sie wusste es nicht. Als sich die Vektoren ihrer Gedanken wieder zu einer Stromlinienförmigkeit vereint hatten, wurde sie ihrer Umgebung gewahr. Ein Bett, ein Fenster, ein Himmel, düster und grau, ein kaltes, unerbittliches Meer, das immerzu salzige Massen an die Scheiben klatschte. Der Mann, dachte sie, wer war der Mann? Sie erinnerte sich an das, was ihr Smeralda erzählt hatte.

Sie fand ihn im Raucherzimmer. Genießerisch hatte er es sich auf einem braunen Ledersessel bequem gemacht, der bei jeder feinen Bewegung leicht quietschte. Er blickte sie mit Adleraugen an, in dem Moment, als sie den roten Teppich des Saals betreten hatte, als hätte er sie erwartet. Ein überhebliches Lächeln umspielte seine Lippen, ein Lächeln, das in ihr normalerweise das kalte Feuer der Wut entfacht hätte. Im entspannten Gefühl einer Geläuterten aber marschierte sie auf den Mann zu, der an seinem Whiskyglas nippte und sie provozierend anschaute. Ein Mann saß neben ihm in einem anderen Sessel und für einen Moment war sie verunsichert, da sie sich dumm und klein vorkam, obwohl sie vor dem Mann stehengeblieben war. Er schien ihre Reste von Verunsicherung zu genießen.

„Auf den Geschmack gekommen?“, fragte er sie in gutem Englisch mit leichtem Akzent.

„Was?“

„Sie möchten auch eine kleine Bootsfahrt mit mir machen? Es tut mir leid, aber ich bin momentan beschäftigt."

Jean schnappte nach Luft. Der andere Mann nahm, sichtlich irritiert von der Konversation, die sich in seiner unmittelbaren Nähe abspielte, seine Zeitung, stand auf und suchte sich einen anderen Platz. Das gab Jean die Gelegenheit, sich hinzusetzen und Zeit zu gewinnen.

„Setzen Sie sich", sagte er nicht weniger spöttisch, als sein Lächeln war.

Jean war allerdings zu erschöpft und immer noch im Hochgefühl ihres durchstandenen Zusammenbruchs, als dass sie die unverschämten Worte des Mannes tiefgreifend irritieren konnten. Sie beschloss, dass die Zeit für Spielchen abgelaufen war.

„Wer sind Sie?"

Der Mann lachte kurz auf. „Und wer sind Sie, dass Sie mir eine solch impertinente Frage stellen? Ich hatte euch Engländer immer als äußerst höfliche Menschen in Erinnerung."

„Mein Name ist Doyle. Jean Doyle. Ich versuche, herauszufinden, wer oder was für die schrecklichen Morde, die hier an Bord stattfinden, verantwortlich ist."

Es war Jean so herausgerutscht. Sie hatte nicht geplant, offen und ehrlich zu sein, aber nun war es eben geschehen. Der ganze Raucherraum schien auf einmal in Stille zu verharren. Einige der umstehenden Herren schauten sie ausdruckslos an. Sie erkannte Herrn Kramer und Herrn Velg, die im Gespräch zusammengestanden hatten, nun aber ihre Köpfe in ihre Richtung neigten. Sie erkannte Eisenbeisser und Wetzel und noch einige Gesichter aus dem Essenssaal.

Als sie sich umdrehte, stellte sie mit Verwunderung fest, dass der Spott aus dem Gesicht des Mannes, den sie zur Rede stellen wollte, verschwunden war.

„Nun, ich nehme an, das ist Grund genug, unhöflich zu sein. Also gut, meine Beste. Ich heiße Winterstein. Ich reise mit der rumänischen Mannschaft und gebe ihr ein paar Ernährungstipps."

Jean schaute auf das Whiskeyglas und die im Aschenbecher liegende Zigarre, die in aller Friedlichkeit einen dünnen, weißen tanzenden Schwaden in die Höhe entließ. Der Mann bemerkte ihren Blick und fügte hinzu: „Man muss nicht tun, um zu lehren."

„Ernährung?", fragte Jean.

Der Mann nickte. Jean blickte in Richtung der rumänischen Spieler, die sich über einem Getränk auf Eis unterhielten und deren Konturen im Verlaufe der wenigen Tage schon deutlich rundere Formen angenommen hatten.

„Sie empfehlen Alkohol und Zigaretten? Und fettiges Essen?"

Der Mann setzte sich aufrecht hin.

„Hören Sie, Miss Doyle. Ich finde es durchaus anerkennend von Ihnen, sich der Auflösung einer Reihe von Morden anzunehmen. Ich kann ihnen hier und jetzt ein und für allemal sagen, dass ich nicht der gesuchte Mörder bin."

Jean lehnte sich zurück. Ihr war in diesem Moment klar, dass der Mann niemanden umgebracht hatte. Er spielte ein seltsames Spiel und es war deutlich, dass er etwas verheimlichte. Aber etwas in ihr sagte ihr, dass er nicht der Gesuchte war. Zu erschöpft, um sich anderen Dingen zuzuwenden, beschloss sie, dennoch sitzenzubleiben und mit dem seltsamen Mann zu sprechen. Sie bestellte sich beim vorbeikommenden Ober einen Gin und lehnte sich auf das knarzende Leder zurück.

„Naja, mir ist es egal, wer Sie sind oder was Sie tun, Herr Winterstein. Aber die Vorkommnisse auf diesem Schiff beunruhigen mich und lassen mich in einem seltsamen Zustand der Unausgeglichenheit zurück." Sie war von ihrer eigenen Offenheit überrascht.

Der Mann schaute sie einen kurzen Moment an, anscheinend überlegend, ob er etwas sagen wolle.

„Ich …", begann er, blickte dann aber zur Seite und als er sie wieder ansah und weitersprechen wollte, sah er zwei Menschen aus dem Eingangsbereich auf ihn zukommen.

„Ich glaube, da sind noch Spieler, die ich beraten muss." Mit diesen Worten stand er auf und nachdem er noch nicht einmal die Andeutung einer Verbeugung gemacht hatte, schlurfte er ohne ein Wort des Abschieds auf die beiden rumänischen Spieler zu. Jean nahm den Gin entgegen, der ihr serviert wurde und trank einen kurzen, tiefen Schluck, der ihr wie eine Wohltat vorkam. Sie würde sitzenbleiben, beschloss sie. Sitzen und trinken und dann zusehen, wie sich der Abend entwickeln würde. Das wäre, so dachte sie, ein schönes Lebenskonzept. Nichts mehr zu tun. Sitzen und sehen. Abwarten, bis sich irgendetwas verändert. Wie lange würde sie das aushalten können?

Sie gestand sich ein, dieses Experiment aushalten zu wollen, und es vergingen nur einige Momente, bis sie sich mit der anfänglichen Unbehaglichkeit, die sie in dieser neuen Position an dieser ungewohnten Stelle an diesem von Männern dominierten Ort ergriffen hatte, angefreundet hatte. Es schien, als würde sie die Mienen derer, die den Raum betraten und ihr als Frau mit misstrauischem Blicke begegneten, ertragen können. Eine hübsche Brünette mit Pagenschnitt lehnte am Tresen der Bar und unterhielt sich mit einem Mann im schwarzen Anzug. Ihr Kichern hallte von Zeit zu Zeit etwas zu laut durch den Saal. Eine Blondine in langem Kleid stand, ihr Gesicht hinter einem mit Olive garnierten Drink versteckend, an einer Wand und ließ sich von ein paar Fußballspielern, deren Nationalität Jean aus der Entfernung nicht ausmachen konnte, umgarnen. Das Beobachten entspannte sie, es brachte sie von einer Opferposition in die Lage eines Jägers, der auf einem Hochsitz das Gelände sondiert, das Gewehr anschlagbereit. Ihr Gewehr war in diesem Falle ihre Aufmerksamkeit, die, wie sie bemerkte, sonderlich geschärft war, vielleicht durch den Gin oder den vorher erlittenen Zusammenbruch? Sie wartete gespannt, wer würde ihre selbstauferlegte Trance beenden, wer würde sie herauszerren aus der Einsamkeit ihrer Eremitage?

Es war ihre eigene Erlebniswelt, die sie auf Abwege führte. Sie dachte an die Schule zurück, an die Mädchen, die hinter vorgehaltener Hand über den Sohn des Lehrers sprachen und dass Andrew doch sicherlich gut bestückt wäre und dass sie, Jean, die Bedeutung dieser Worte lange nicht erfasst hatte, bis sie eines Abends ihre Mutter gefragt hatte, was in einer schallenden Ohrfeige geendet hatte und Jeans absolutem Unverständnis, bis Denis sie darüber aufgeklärt hatte, dass die Erlebniswelt der Erwachsenen, in die sie dabei war, eingeführt zu werden, sich grundsätzlich und prinzipiell immer um eine Sache drehte, auch wenn man auf groteske Art und Weise immer versuchte, sich der Kraft und Macht dieser einen Sache zu entziehen. In der Tat schien es so, als drehe sich das Leben aller Anwesenden hier nur um die Befriedigung grundsätzlicher Bedürfnisse, eine Tatsache, mit der sich Jean beim besten Willen nicht anfreunden konnte, auch wenn sie grundsätzlich das Spiel der konträren Geschlechter nun nicht mehr als solches ablehnen musste.

Die nächste Ablenkung, die die Ausführung ihres Entschlusses, nichts zu tun, bedrohte, war das Erscheinen Moritz, der sich beim Betreten des Saales sichtlich bemühte, seine alte weltmännische Art zu präsentieren, was aber daran scheiterte, dass er über den flauschigen Teppich stolperte. Jean drehte sich zur Seite, um nicht gesehen zu werden. Sie wollte keine bekannten Gesichter, keine Menschen, die zu vertraut waren mit den von ihnen zur Schau gestellten Unzulänglichkeiten. Das war, wie sie sich eingestehen musste, ein unfaires Eingreifen in das von ihr erdachte Spiel, aber sie fand das gerechtfertigt, da sie sich als neue Person erleben wollte und das Alte in ihrer neuen Art des Daseins erst einmal keinen Platz hatte. Moritz schien sie indes gar nicht gesehen zu haben. Er gesellte sich zu den Rumänen an der Bar und schickte sich an, Teile seiner alten Redseligkeit zurückzugewinnen. Der Raum füllte sich nun zusehends. Es schien, als würden die Menschen vom Abendessen kommen, welches Jean vollkommen vergessen hatte. Nun, da sie die Erklärung für den zunehmenden Menschenauflauf hatte, regte sich auch ihr Magen in einem Ruf nach Bedürfnisbefriedigung.

Ihr Magen meldete sich mit einem lauten Knurren. Jetzt nicht, sagte sie sich selbst. Warum nur musste ihr Entschluss von so vielen Seiten torpediert werden? Sie stand auf.

5.

Sie konnte nicht anders – sie musste lächeln, als sie ihn vor ihrer Tür stehen sah, den erhobenen Zeigefinger vor seinem Mund als Zeichen, dass sie schweigen solle. Harrys Gesichtsausdruck ähnelte dem eines Clowns. All ihre Vorbehalte und Ideen von weiblicher Unabhängigkeit waren mit einem Mal ausgeräumt. Er nahm sie bei der Hand und führte sie aus dem Zimmer. Sie entschloss sich, sich führen zu lassen, ahnte schon, wohin es ging. An der nächsten Abzweigung, an der der Gang sich nach rechts und links teilte, lehnte sich Harry an die Wand und schaute vorsichtig um die Ecke, als erwarte er, von einer Salve Kugeln durchlöchert zu werden. Sie kicherte. Erneut legte er sich den Zeigefinger auf den Mund, diesmal mit übertrieben strenger Miene, was sie dazu veranlasste, sich mit gespieltem Ernst die flache Hand auf den Mund zu legen. Man konnte sagen, was man sollte – Harry machte Spaß. Sie huschten über Flure, versteckten sich hinter riesigen Palmenkübeln und tippelten dabei über die lärmdämpfenden Teppiche.

„Sie dürfen uns nicht sehen", flüsterte Harry.

„Wer?", fragte Jean im gleichen Flüsterton.

„Alle. Die Schiffsmannschaft und insbesondere der Mörder."

„Wieso die Schiffsmannschaft."

„Ausgangssperre."

„Und die Außerirdischen?"

Harry schaute sie erstaunt an. „Die wollen wir sehen. Deswegen gehen wir jetzt heimlich an Deck."

War es Zufall, dass am Himmel ein Vollmond den Himmel überstrahlte, umgeben von großen und kleinen heller und weniger hell schimmernden Sternen? Nach den stürmischen letzten Tagen schien diese Nacht wie geschaffen für eine Begegnung mit Wesen von außerhalb der Erde. Sie schienen ebenso geschaffen für ein romantisches Stelldichein, eingerahmt mit einer abenteuerlichen Note: Als Jean schon glaubte, dass sie am Ende ihres Ziels angekommen waren, deutete Harry auf eine im Mondschein hell glühende weiße Stahlwand. Jean schaute ihn fragend an. Harry deutete mit dem Finger nach oben.

„Da hoch?", fragte Jean ungläubig.

Als Antwort formte Harry mit seinen Händen eine Schaufel, auf die sie offensichtlich steigen sollte. Ungefähr in Hüfthöhe sah Jean eingelassene Stahlstufen, die weiter nach oben führten: Auf das Dach des A-Decks.

„Tarnoff war sehr deutlich in unserer Besprechung heute", sagte Harry, „zu der du schändlicherweise nicht erschienen bist. Wir lassen uns durch ein Ausgangsverbot nicht aufhalten. Es geht heute darum, eine neue Ära der Menschheit einzuleiten. Da lassen wir uns doch nicht von ein paar Morden von unserer Versammlung abhalten."

Es fühlte sich unwirklich an, als Jean sich schließlich auf das Dach hochstemmte – eine graue Fläche voller Buckel und Ausbuchtungen. Wie zwei Riesen türmten sich schwarz die massiven Schornsteine auf, zwischen ihnen glommen zwei große Vierecke wie entfernte Städte – die Dachfenster zu den darunterliegenden Speisesälen. Genau ihr gegenüber krabbelten zwei weitere Gestalten auf der anderen Seite das Dach hoch. Das konspirative Treffen ließ ihr einen Schauer über den Rücken laufen. So war es ihr gar nicht unangenehm, dass Harry kurz darauf seine Hand auf ihrer Schulter liegen ließ und mit seinen Fingern ganz leicht den Hals massierte.

Schatten bewegten sich über das Dach und als sie ein Stück weiter in die Mitte gingen, formten sich die Umrisse zu Personen, die Jean erkannte: Die hagere Gestalt von Madita Jörgensen, Bojan Tarnoffs bulliger Körper, der leicht gebeugte Gang von Herrn Kramer, der flatterhafte Schritt des Herrn Fietjestohl, die kantigen Bewegungen von Oberst von Woselitz, die geisterhafte Erscheinung von Brittany

Carlisle und all die anderen Figuren, die sie bei schier unendlichen Sitzungen und schrillen Séancen kennengelernt hatte. Sie alle standen oder fügten sich zu einem Kreis zusammen, der sich in der Mitte zwischen den beiden Glasdächern gebildet hatte. Von Woselitz salutierte kurz, als er sie sah. Der Kreis füllte sich zusehends mit Menschen, deren Antlitze ganz leicht und weich vom Lichterschein der Kerzen getönt wurden. Niemand sagte etwas, so als wären alle in ein geheimes Ritual instruiert, aber aus irgendeinem Grunde beunruhigte Jean das nicht. In der Mitte des Kerzenkreises standen die Dinge, die in den Sitzungen dazu bestimmt worden waren, den Außerirdischen als Geschenk angeboten zu werden: ein Korb mit Äpfeln, eine Flasche Champagner („Was ist, wenn die Flasche beim Öffnen knallt und sich die armen Wesen angegriffen fühlen?", hatte Frau Jörgensen zu bedenken gegeben) und ein in einem Topf liegender Puter, dessen Keulen mit weißen Papierkrönchen geziert war („Vielleicht sind es aber Tierliebhaber? Oder sie sehen selber aus wie Geflügel?" – Jörgensen). Sie sah Tarnoff, der ihr gegenüberstand und seinen Kopf mit geschlossenen Augen gen Himmel reckte. Harry hielt zu ihrer Rechten immer noch ihre Hand und eh sie sich versah, hatte auch jemand zu ihrer Linken ihre Hand gegriffen. Die Menschen bildeten um die Kerzen, die in der Mitte aufgestellt waren, einen Kreis und hielten sich dabei an den Händen. Für einen kurzen Augenblick kam in ihr die ganze Abneigung hoch, die sie an Tage und Nächte der Jagd nach mystischen Erkenntnissen ihres Vaters erinnerte, aber nun war sie alleine. Es gab niemanden, der ihr aufzwingen konnte, was sie fühlte und dachte. Und neben ihr stand ein Mann, der die Dinge ebenso kritisch und sarkastisch betrachtete wie sie und der ihre Hand, die, wie sie verschämt feststellte, feucht und glitschig wurde, mit einer Wärme und Beständigkeit hielt, die ihr gefiel.

Ihre Augen gewöhnten sich an den Schimmer, der von der Mitte ausging und hinter ihm erkannte sie nun mit Erstaunen den Mann, den sie vorher noch im Rauchersaal gesehen hatte. Wie war noch einmal sein Name gewesen? Winterstein? Seine große Gestalt überragte die der anderen, die sich zu diesem Kreis zusammengeschlossen hatten.

Jean schloss die Augen. Automatisch tat sie das, was alle zu tun schienen: Sie reckte ihr Gesicht nach oben und spürte den Atem des kalten Atlantikwinds auf ihrer Haut.

Und dann, auf einmal und ohne Vorwarnung, überkam sie das Gefühl. Sie öffnete ihren Mund leicht und stieß einen Seufzer aus. Sie erinnerte sich daran, dass sie diese Empfindung schon einmal gehabt hatte, irgendwann auf See auf einer der vielen Bootsfahrten, die sie mit ihrem Vater unternommen hatte. War es vor der Küste Ägyptens gewesen? Sie konnte sich nicht an Orte oder Namen erinnern, aber sie kannte das Ziehen im Bauch und das Kribbeln in den zuvor nur schlafenden tausenden von Zellen, die nun zu tanzen schienen.

Sie spürte den Ozean unter ihren Füßen. Sie spürte, wie das Schiff sich im Taumel der Wellen über die Massen von Wasser schob, gehalten von diesem, getragen und doch verloren in der Weite des Ozeans. Sie spürte das Einverständnis des Wassers, dieses Schiff zu leiten und zu führen, fühlte diesen Dampfer, der in seiner Einzigartigkeit Luft und Wasser verband. Sie spürte jeden einzelnen Meeresbewohner, von der glitzernden Makrele, die sich im Verbund mit ihrem Schwarm durch das vertraute Salz schlängelte, bis zum finstren Kraken, der in der Tiefe auf Opfer wartete, die sich in seinen langen Fangarmen verirren würden. Sie spürte den Tanz der Korallen, die Schönheit der Seeanemonen, die stoische Duldsamkeit der Seesterne, das ewige Auf und Ab des Sandes, der sich am Grund zu einem unendlichen Tanz einließ. Und dieser Tanz war nun ihr Tanz, den sie, ohne sich zu bewegen, vollführte. Und doch schwang sie im sanften Rhythmus des gezeitengesteuerten Schaukelns, gehalten von zwei Händen und getragen von einem monotonen Gesang, der sich nun in ihr Bewusstsein drängte.

Wann hatte dieser Ton angefangen? Und warum sang sie mit? Es war ein sonores Brummen, das sich um sie herum in die Lüfte aufschwang. Nur die tiefe Stimme Tarnoffs hob sich ab von den wortlosen Tönen, die die anderen von sich gaben.

„Oh, Wäsän aus där Tiefä däs Weltraums. Wo said ihr? Kommt zu uns."

Tarnoff schien die Worte nicht auswendig gelernt zu haben. Er murmelte irgendwelche Beschwörungsformeln in das Brummen des Schiffs und die summenden Gesänge der anderen. Aus einem ihr unbekannten Grund musste Jean nicht lachen, sondern schwang mit dem Rhythmus des Meeres mit, drückte die Hand neben sich, blinzelte verlegen zu Harry herüber, der selbst die Augen geschlossen hielt. Irgendein Zauber schien wohl auch ihn erfasst zu haben. Aus Neugierde blinzelte sie nun zur anderen Seite, um zu sehen, wer denn eigentlich ihre andere Hand hielt und da hätte sie fast einen Schrei losgelassen. Es war Rimet. Tarnoff musste in der Tat über einige Überredungskünste verfügen, dass er den schüchternen Präsidenten zu diesem Abenteuer überredet hatte. Oder erhoffte sich Rimet vielleicht selbst Erkenntnisse, was die Morde anging. Er schien ebenso in Trance zu sein wie alle, die mit geschlossenen Augen das Eintreffen der Wesen vom anderen Stern erwarteten.

Wieviel Zeit vergangen war, konnte Jean nicht sagen. Sie konnte sich später jedenfalls nicht mehr daran erinnern. Es könnte lediglich eine Minute gewesen sein oder vielleicht auch mehrere Stunden? Ihre Füße waren kalt geworden, ihre Hände leicht taub vom Wind und der Kälte und zwei der Kerzen waren, obwohl vom Glas geschützt, schon ausgegangen.

Auf jeden Fall hatte irgendwann auch der letzte der Anwesenden aufgehört, zu singen – Jean vermutete, dass es Kramer gewesen sein musste. Tarnoff stand mit erhobenen Händen da: „Kchommt! Kchoooooomt!" Sie war zu müde, um zu lachen, aber da passierte es. Da Schiff machte einen Ruck. Oder war es zuerst das Licht, das erschien? Für einen kurzen Moment schien der Himmel sich aufzuhellen in einem unnatürlichen bleichen Ton, aber das konnte später keiner mehr so genau sagen, denn der Moment war, als er gekommen war, auch schon wieder verschwunden. Und dann war da eben dieser Ruck. Es fühlte sich an, als wäre das Schiff auf Grund gelaufen. Der Kreis jedenfalls fiel auseinander, die meisten Leute fielen um. Jean fiel unangenehmerweise auf Rimet, der daraufhin stöhnte. Einige Menschen kreischten, sie konnte den hohen Ton von Frau Jörgensen ausmachen, die irgendeinen dänischen Fluch abließ, aber auch andere Frauen und Männer. In dem Moment, als sich Jean wieder auf allen Vieren befand, starrte sie nach oben, in der Erwartung, dass da tatsächlich eine Untertasse am Himmel erschienen war, aber sie konnte, so gut sie auch hinsah, was mit ihrer Kurzsichtigkeit nicht so einfach war, nichts erkennen. Und so rief sie Harrys Namen, der absurderweise „Hier“ rief wie ein Schüler, der aufgerufen worden war. „Was ist los?“, fragte sie und im gleichen Moment schon fragte sie sich, woher er denn das wissen solle. Und dann war auf einmal alles ruhig. Einfach alles.

Jean stand auf und sah um sich herum die Menschen, die in Zeit und Raum eingefroren schienen. Rimet, immer noch auf dem Rücken liegend, Harry, der sich mit seinen Händen auf den Knien abstützte. Tarnoff, der die Arme, obwohl er auf dem Boden saß, immer noch in die Höhe reckte. Sie bewegte sich wie im Traum durch die Reihen der Eingefrorenen. Und dann passierte noch etwas Außergewöhnliches. Immer, wenn sie an einer der Personen stehenblieb, kamen ihr Bilder hoch. Sie stellte sich vor Tarnoff und sah, wie ein kleiner Junge in einem kalten Zimmer, an dessen spärlichen holzgetäfelten Wänden ein einziges kleines Bild hing, in der Ecke stand und zitterte. Sie sah einen Mann in schwarzem Sonntagsanzug, Schnurrbart und Monokel, der den Jungen streng ansah. Sie ging weiter zu Madita Jörgensen und fand sich auf einmal auf einer grünen Wiese, auf der das kleine Mädchen herumlief und tanzte. Ein alter Mann, ihr Großvater, wie Jean aus irgendeinem Grunde wusste, saß auf einer entfernten Bank und lächelte. Dann sah sie die kleine Madita ganz in schwarz gekleidet an einem kalten, verschneiten Grab stehen. Und da erkannte Jean, was die Dänin auf dieses

Schiff geführt hatte. Sie hoffte, einen Kontakt zu ihrem geliebten Opa, den sie nie hatte loslassen können, herzustellen.

Sie ging zu Oberst von Woselitz und sah einen kleinen Jungen mit Holzsoldaten spielen und einen breit grinsenden, stolzen Vater, der den Kleinen bewundernd anschaute.

War sie in der Zeit eingefroren? Ein seltsames, dumpfes Licht flimmerte um sie herum. Die Sterne sahen größer aus als sonst. Schaute sie in den Nachthimmel, sah sie die raue Oberfläche eines staubigen Planeten, sah wabernde Gase, die ein rötliches Licht von sich gaben. Sie sah auf den Boden und sah die schweren Kolben, die von kochendem Diesel in unermüdlicher Ausdauer auf und ab getrieben wurden, sah die Arbeiter, die schwitzend die Gelenke ölten, und sah sogar Pupo, der auf einem dreibeinigen Hocker saß und in die Leere starrte. Ganz kurz kam in ihr der Gedanke hoch, dass sie nun, mit ihrer Gabe, den Mörder finden könnte, und schon wollte sie mit ihrem durchdringenden Blick das ganze Schiff durchleuchten, doch da hörte sie ein lautes, scharfes Knirschen hinter sich und ehe sie sich versah, machte das ganze Schiff einen erneuten Ruck und sie fand sich auf der kalten Salzkruste, die den metallischen Boden umhüllte, wieder. Innerlich schrie sie auf, wollte aufstehen und weiter die eingefrorene Nacht durchwandern, aber sie wusste, dass ihr dieses Geschenk vorläufig wieder weggenommen war.

Stattdessen sah sie neben sich eine helle Hand, auf deren Rücken sich ein paar flaumige Haare abzeichneten, und sie wusste, dass Harry dabei war, ihr aufzuhelfen. Sie nahm seine Hand und ließ sich wortlos von ihm fortführen, ärgerte sich dabei kurz, dass sie nicht die Zeit gehabt hatte, in seine Vergangenheit zu schauen, lief aber nichtsdestotrotz in seinem Schlepptau mit. Seine Schritte wurden auf einmal vorsichtiger und sie hörte ein Klacken, als er zwei Schritte machte. Sie traute ihren Augen nicht, aber da stand er, auf dem Dachfenster der Conte Verde und grinste sie auf unverschämte Weise an und natürlich wusste sie, was das zu bedeuten hatte, und sie folgte ihm, sah nach unten in einen mager beleuchteten Saal, der, so schien es, leergefegt war, denn außer dem Kronleuchter, der in der Mitte ein majestätisches Licht auf das Dach zimmerte, gab es keine Menschenseele zu sehen, sondern ein paar Tische, einen roten Teppich und kleine Punkte, die wie Stühle aussahen. Aber so genau schaute Jean nun gar nicht mehr hin, denn als sie weiter in die Mitte des riesigen Glasdaches gegangen waren, nun in deutlicher Entfernung vom Rand, zog Harry sie nach unten, auf den glatten, gläsernen Untergrund und legte die Hand auf ihren Rücken. Jean wusste, was nun geschehen würde, hatte diesen Moment erhofft und gefürchtet zugleich, hatte ihn sich in unzähligen Momenten ausgemalt, aber nie so, sondern profaner und doch auch irgendwie sicherer. In ihrer Fantasie lag sie auf weichem Waldboden oder auf dem roten Samtsofa im Wohnzimmer oder in einem sonnenbeschienenen Garten, vielleicht auch in einem Pavillon, aber niemals von solch surrealem Licht umgeben, so sichtbar für andere und doch so aufgehoben.

13. Tag, 1. Juli – Smeralda

1.

Das Meer, obwohl in seiner Gesamtheit doch scheinbar eine große Masse, war so wechselhaft und vielschichtig wie die Emotionen einer Frau. Vielleicht war das der Grund, dass Matrosen die See liebten? Der Atlantik schien äußerlich EIN Ding zu sein, EINE Ansammlung von Wassertropfen, EIN Hindernis, das es auf der Überfahrt zu durchqueren galt. Aber sobald man sich eindringlicher, und dazu hatte sie auf der langen Hin- und der noch nicht ganz so langen Rückfahrt genügend Zeit gehabt, mit ihm auseinandersetzte, erkannte man zwangsläufig, dass das Meer mal schwarz und wild, mal seicht und grün, mal frisch und blau war, um nur einige, oberflächliche Kategorien anzudenken. Eine Frau eben, dachte Smeralda. Heute war das Meer außergewöhnlich unruhig. Lilafarbene Wellen wiegten hin und her und schienen sich am Schiff zu reiben, als wollten sie es zwingen, den Kurs zu wechseln.

Sie spürte den Aufruhr, der das Schiff erfasst hatte, noch bevor das Geschnatter der verschiedenen Passagiere ihre müden Ohren erreichten. Und so wurde ihr Herz von einer unbestimmten Angst erfasst, die sich in Bildern von den verzerrten Gesichtern der Leichen, die sie schon gesehen hatte, äußerte. Eiligen Schrittes betrat sie den Speisesaal, der auf seltsame Art asymmetrisch wirkte und das lag daran, dass sich eine Menschentraube auf der rechten Seite des Saales gebildet hatte, dort wo normalerweise die silbernen Servierwägen der Bediensteten entlangfuhren, um Gäste mit den Freuden des Frühstücks zu beglücken.

Ihr erster Gedanke war, dass nun dort, wo die Menschen standen, ein weiterer Körper liegen musste, ein weiterer Beleg für den erbarmungslosen Ausbruch der mordenden Gewalt eines Wahnsinnigen. Aber beim Näherkommen sah sie, dass sie sich geirrt hatte, denn niemand der Beteiligten, die aus verschiedenen Gästen, Obern und Offizieren bestand, blickte auf den Boden. Die Menge der Menschen schaute nach oben, in das majestätisch erhöhte Glasdach, das

das milde glänzende Tageslicht in den Saal hereinließ. Was war da zu sehen? Ein dunkler Fleck, der beim genauen Hinschauen zunächst aussah, wie eine überdimensionierte Fliege, die auf einem Fenster saß, nur dass diese Fliege lediglich vier Beine zu haben schien. Fast wollte sie fragen, was denn da oben nun wirklich zu sehen sei, doch dann erkannte sie es: Es war ein Mensch – ausgestreckt auf dem Glasdach – keinesfalls mit vier Beinen, sondern mit zweien und zwei Armen.

Ihre Füße trugen sie schneller auf das oberste Deck, als sie sich selbst zugetraut hätte. Sie hoffte, Fischer zu treffen oder Jean, um sich auf den erneuten Schrecken vorzubereiten, aber sie wollte nicht die Zeit aufwenden, zu ihren Zimmern zu gehen, um dann letztendlich doch festzustellen, dass sie dort nicht zu finden waren. Sie eilte durch die für die Schiffsbesatzung reservierte Kombüse, ohne auf die Rufe zu hören, die ihr hinterherhallten, und stieg die eiserne Treppe auf das Dach des Schiffs hinauf.

Fast rannte sie in die zu Eis erstarrte Gestalt Pincetis, der vor dem Stahlrahmen stand, welcher das Glas trug, auf dem die unbekannte Person liegen musste. Er hielt sie mit einem starken, haarigen Arm davon ab, in das Glas zu stolpern und mühte sich ein Lächeln ab. „Vorsicht, Frau Cortazar. Ich weiß nicht, ob das Glas hält." In einer anderen Situation hätte sie sich jetzt spielerisch darüber beschwert, dass er sie offensichtlich für übergewichtig halten musste, aber ihr war nicht nach Neckereien zumute.

„Wer …?", fragte sie.

„Wir wissen es noch nicht", hauchte die raue Stimme des Kapitäns zurück. Ein dicklicher Schiffsjunge, der neben dem Kapitän gestanden hatte, hob den Arm zum Gruß und sagte: „Es scheint zu gefährlich zu sein, das Glas zu betreten, Capitano." Pinceti nickte, doch er sagte: „Und doch scheint es zumindest einen Menschen, wenn nicht zwei, zu tragen. Irgendwie muss die Person ja dahin gekommen sein."

Dann sah er mit einem neuen Ausdruck in seinem Gesicht Smeralda an: „Frau Cortazar. Wieviel wiegen Sie?“

Smeralda hatte ihre Lederschuhe ausgezogen und tastete sich nun auf weißen Söckchen auf der glatten Oberfläche entlang. Irgendwann auf dem Weg zu dem Körper, der auf dem Glasdach ausgestreckt lag, wie ein zum Austrocknen aufgehängter Oktopus, überkam sie eine Ahnung, die sogleich von Fakten zu einer Gewissheit verfestigt wurde: Dort lag Jean. Jean Doyle. Sie erkannte es an den hohen Schnürschuhen, dann an dem schwarzen, biederen Rock, der ausgebreitet vor ihr lag und sich mühsam in der Brise räkelte wie ein junges, pelziges Tier und letztlich, als sie immer näherkam, an den dünnen dunkeln Haaren, die im Wind flatterten, wie, so stellte sie es sich zumindest vor, es nur Jeans Haare tun konnten. Ein Stein ließ sich in ihrer Magengegend nieder und bis zu diesem Zeitpunkt hatte sie nicht gewusst, dass sie eine Verbindung zu Jean aufgebaut hatte, die über die skeptische Zurückhaltung hinausging, mit der sie bisher allen Frauen begegnet war.

Später, viele Jahre später, würde sie ihren Kindern sagen, dass sie in diesem Moment gespürt hatte, dass zwischen ihr und Jean eine tiefe Freundschaft hätte entstehen können, wenn sie die Zeit gehabt hätten, sich näher kennenzulernen. Dieser Gedanke aber lag nun weit entfernt von ihr, denn die Jean, die sie auf dem Glasdach sah, war tot.

Sie lag regungslos da. Smeralda hörte sich flehen: „Nein, nein.“ Von nun an kostete sie jede weitere Bewegung schier ungeheure Mühe, ihre Arme und Beine schienen ihr so schwer, dass sie fürchtete, direkt durch das Glasdach auf den Boden des Speisesaals zu krachen.

Nie in ihrem Leben hatte sie so gekichert, so ausgiebig gelacht und dabei Tränen vergossen, wie an jenem Tag auf dem Dach. Sie schmeckte das Salz, als sie ihre Wange an die ihrer Freundin rieb und diese so stark drückte, dass diese um Gnade bettelte.

„Aua, das tut weh.“

Jean schien gerade zu erwachen. Erst jetzt bemerkte Smeralda, dass sie vorsichtig sein musste. Jeans Augen waren nur halb geöffnet und sie schimmerten glasig. Ihre Arme hingen noch schlapp herunter, auch wenn sie glücklich lächelte, offenbar durch Smeraldas Lachen inspiriert.

„Was ist los? Wo bin ich?“

Jean kam Smeralda vor wie eine Porzellanpuppe. So zerbrechlich und schmal wirkte sie auf einmal.

„Du darfst dich nicht bewegen, Kleine. Wir liegen auf einem Glasdach?“

„Was?“

„Das Glasdach.“

„Wie bin ich hierhergekommen?“

„Ich weiß es nicht. Kannst du dich bewegen?“

Jean konnte, wenn auch nur mühsam. Smeralda krabbelte auf allen Vieren in die Richtung, von der sie gekommen war, wo nun einige Personen gebannt auf sie starrten. Sie wedelte mit den Armen und rief: „Alles gut. Wir kommen.“

Der Rückweg schien unendlich zu dauern. Smeralda musste an das Kinderbuch denken, das ihr ihr Vater an manchen Abenden vorgelesen hatte, in dem eine junge Prinzessin mit langen, blonden Haaren im weißen Kleide auf einem zugefrorenen See Schlittschuh fährt und so ausgelassen über die glatte Fläche tanzt, dass sie nicht merkt, dass sie weiter zur Mitte gelangt – dort, wo das Eis dünn ist. Die Prinzessin bricht schließlich durch. An dieser Stelle tat Smeraldas Vater immer so, als würde er das Buch weglegen, woraufhin die kleine Smeralda schrie, was dem Vater ein Lächeln abrang und er das Buch mit einem milden „Na gut“ wieder in die Hand nahm. Die Prinzessin taucht in eine Eiswelt, bekommt keine Luft, wird aber von einem dicken Fisch namens Oliver in die Tiefen des Sees geführt, wo sie den Palast der Fischmenschen betritt und dem jungen Prinz Pomposia vorgeführt wird. Die beiden heiraten, allerdings darf die Prinzessin nicht mehr an Land gehen. Als sie den König und die Königin aber eines Tages auf dem See angeln hört, hält sie es nicht aus, taucht vorsichtig ihren Kopf aus dem Wasser, um einen Blick auf ihre geliebten Eltern zu erhaschen. Diese sehen ihr blondes Haar und von da an ist die Prinzessin verflucht, einen Fischschwanz und einen menschlichen Oberkörper zu haben. Das Märchen geht dennoch gut aus, denn die Prinzessin darf ihren Eltern alles erklären und die Menschen des Reiches und die Fische im See leben in einer friedlichen Einheit miteinander.

Noch 20 Meter. Nun, da das Märchen in ihrem Kopf erzählt ist, sieht sie hinab, durch die nur spärlich spiegelnden Scheiben, dorthin wo kleine Köpfe sich nach ihr recken und sie mit aufgerissenen Augen anstarren. Ein Fehler. Ihr wird schwindelig und so sieht sie sich schnell nach Jean um, die immer noch wie benebelt wirkt, aber tapfer ein Knie vor das andere setzt – in einigem Abstand hinter ihr.

Ich bin leicht wie eine Feder, denkt sich Smeralda, und immerhin ringt ihr das ein kleines Lachen ab, denn selbstverständlich ist sie es nicht. Ihre wohlgeformten Körperrundungen sind sorgfältig gepflegt worden, damit sie die Blicke der Männer auf sich ziehen. Das Kichern wird zu einem Lachen, denn zu der absurden Aussage kommt das Bewusstsein der Unsinnigkeit der Situation, in der sie sich befindet. Eine Hure auf einem Glasdach. Was ist nur in sie gefahren? Und diese von der Macht des logischen Geistes losgelösten Leichtigkeit hilft ihr, den restlichen Weg über das Glas zu gehen. Auf der anderen Seite, als sie endlich herabsteigt vom in den Stahlstreben knirschenden Glas, sieht sie einen kreidebleichen Moritz, dessen blaue und lila Flecken nun vollständig einem geisterhaften Weiß gewichen sind und sie wirft sich in seine Arme. Zu spät erkennt sie, dass auch Pinceti dort steht und sie mit traurigem Blick mustert. Und sie sieht auch, dass Moritz‘ Blick weiter auf die andere Person gerichtet ist, die nun von der Kante des Metallrahmens steigt. So lässt sie ihn los und fühlt sich seltsamerweise betrogen, obwohl sie selbst keine

Ahnung hat, wer sie um was betrogen haben könnte.

Sie sieht, wie Moritz Jean auf die wackeligen Beine hilft und nimmt seinen besorgten Blick wahr. Aber Jean befindet sich in einem Dämmerzustand, der auch Moritz, der eben noch aussah, als wolle er sie umarmen, innehalten lässt.

Schließlich gehen die beiden Frauen in Smeraldas Kajüte, nachdem sie sich vorher vom bleichen Moritz verabschiedet haben. Smeralda hat immer eine Auswahl an Alkoholika in ihren großen Lederkoffern dabei. Der eine steht in der Mitte des Raums, geöffnet bietet er eine Sicht auf verschiedene Schubladen und eine Kleiderstange, von der bunt gefärbte Stoffe herabhängen. In einer der Schubladen befindet sich eine Flasche mit bestem Brandy, und Smeralda füllt zwei Gläser, die sie auf den Tisch stellt.

„Erzähl mir, was passiert ist, Kleines."

2.

„Es war eine magische Nacht. Ich kann mich an vieles gar nicht mehr so richtig erinnern. Aber es war, du wirst mich für verrückt halten, tatsächlich so, als hätte es da draußen etwas gegeben, was wir nicht kennen und was uns gesehen und besucht hat."

Smeralda erinnerte sich: Die Überquerung des Äquators. Die Zusammenkunft mit den Außerirdischen.

„Es ist nicht so, dass ich daran geglaubt habe. Ich weiß nicht, ob ich jetzt daran glaube. Aber etwas Seltsames ist vorgefallen in dieser Nacht."

„Du musst nicht drüber reden, wenn du nicht willst, Jean. Aber mich würde interessieren, wie du auf das Glasdach gekommen bist."

Smeralda stellte sich vor, wie außerirdische Lichtstrahlen ihre Freundin in die Lüfte gehoben und auf dem Dach abgelegt hätten.

„Wir waren alle zusammen. Ja, ich erinnere mich. Wir standen in einem Kreis. Selbst Rimet war dabei. Wir haben etwas gesungen. Und dann sind wir … Harry."

Smeralda brachte einen zweiten Brandy und noch einen dritten.

Es war einer der Vorteile den Beruf einer Prostituierten auszuüben, dass sich die Menschen ihr gegenüber ungewöhnlich offen zeigten, da sie wussten, dass sie mit ihren Darstellungen keine Scheu haben mussten.

Jean befand sich in einem unangenehmen, postkoitalen Schockzustand.

„War es schlimm?"

„Nein, eher komisch."

„Und wie war er?"

Jeans Zögern sagte Smeralda mehr, als Worte es hätten tun können.

„Die meisten Männer unter Vierzig haben keine Ahnung von dem, was sie tun", klärte Smeralda auf. „Erst mit der Zeit lernen manche, dass es noch eine zweite Person mit eigenen Bedürfnissen und Vorlieben gibt. Mach dir nichts draus, Schätzchen. Dazu kommen die Schmerzen. Ich kann dir nur sagen, dass es ab nun immer besser werden wird."

„Schlecht war es ja nun auch nicht."

„Umso besser. Aber die Frage ist, warum du dich so benebelt fühlst."

„Ich glaube, ich habe zu viel getrunken gestern."

„Mag sein. Aber warum hat er dich dort oben einfach liegen gelassen? Soll ich mal mit ihm reden?"

„Auf keinen Fall."

Zum ersten Mal an diesem Morgen sah Jean hellwach aus.

„Ich will ihn niemals wiedersehen."

Smeralda lachte laut auf. „Ist es nicht absonderlich", sagte sie, „dass die Männer beim Liebesspiel versagen und wir Frauen uns dafür schämen?"

Sie hatte Jean später fürsorglich zugedeckt, nachdem sie sie in ihre eigene Kabine gebracht hatte. Kaum lag die Decke über dem zarten Körper, fing Jean an, fürchterlich zu schnarchen. Smeralda lächelte, als sie in den Gang herausging. Wahrscheinlich hatte Gott dem Menschen das Schnarchen gegeben, damit er sich seiner Bedeutungslosigkeit bewusst wurde.

Als sie an Moritz' Tür klopfte, war sie seltsamerweise aufgeregt. In ihrer ersten nächtlichen Begegnung hatte sie ihn noch mit professioneller Distanz betrachten können. Nun aber wirkte er wie ein großer Teddybär, den sie beschützen wollte und dessen Schutz sie auch selbst erhoffte. Zumindest in dieser einen Sache. Wie jedes Mal, wenn sie ihm begegnete, hatte er einen leicht dümmlichen Ausdruck auf seinem Gesicht. Sein Mund stand etwas offen, was sie durchaus liebenswert fand. Als sie dann über die verschiedenen Decks gingen (sie nahmen sich eine alphabetisch angeordnete Reise vor), fand sie ihn seltsam passiv.

„Das mit dem Rußpulver hat uns doch gar nichts gebracht, Smeralda. Was sollen wir uns da weiter lächerlich machen. Die Menschen werden weiter getötet und wir können es nicht verhindern."

Smeralda überlegte sich kurz, ob sie die Einladung, zu widersprechen, annehmen sollte. Stattdessen beschloss sie, den Schornstein selbständig nach Spuren abzusuchen. Aber Moritz sollte ihr noch bei einer anderen Sache helfen.

„Ich würde gerne noch diese eine dubiose Persönlichkeit aufsuchen, Moritz. Irgendetwas stimmt mit dem nicht. Er ist immer bei der rumänischen Mannschaft."

Fischer nickte abwesend. Sie blieben an einer Stelle stehen, an der ihnen der Wind direkt ins Gesicht blies.

„Könntest du dir vorstellen", warf Fischer auf einmal ein, „gänzlich und beständig auf so einem Schiff zu leben?" Smeralda war verwirrt.

„Ich habe noch nie darüber nachgedacht. Es erscheint mir nicht besonders erstrebenswert."

„Es engt einen ein", stellte Fischer fest. „Es gibt kein Entkommen. Kein Verlassen des Schiffes, außer dem Tod."

„Du bist etwas morbide, Moritz." Smeralda hängte sich in seinen

Arm ein. Überrascht schaute er sie an.

„Stimmt. Du hast recht." Aber sein Blick ging weiter ins Leere.

„So ein Schiff", erklärte sie, „ist ja auch immer auf dem Weg. Es hat immer einen Heimathafen und es hat immer ein Ziel. Es trotzt der Natur, pflügt sich durch die rauschenden Wellen und behauptet sich in den unendlichen Wassermassen, die es umgeben. Ich finde, so ein Schiff ist etwas sehr Schönes, Mächtiges, Erhabenes. Also ja, ich könnte mir schon vorstellen, auf so einem Schiff zu leben."

„Du redest wie ein Leichtmatrose", lachte Fischer auf.

„Ich kann das verstehen."

„Was?", fragte er.

„Dass das mit Jean wehtut. Aber ich würde das noch nicht ganz aufgeben."

Fischer schaute sie an. Seine Augenbrauen zogen sich für einen kurzen Moment herab, dann entspannte sich sein Gesichtsausdruck.

„Ist es so offensichtlich?"

„Nicht für jeden, vermute ich."

„Ich fühle mich wie ein altes Wrack, verstehst du? Ich habe keinen Zugriff auf die Damenwelt mehr. Und das, wo Jean doch sowieso nicht wirklich meinem üblichen Geschmack entspricht. Meiner Arbeit als Vize komme ich praktisch gar nicht nach. Wenn ich Rimet sehe, verschwinde ich hinter der nächsten Ecke. Und dann haben wir diese Morde auf dem Schiff und es gelingt mir nicht ansatzweise, irgendetwas zur Aufklärung beizutragen. Und das Seltsame ist: Früher hat mir meine Ineffektivität nichts ausgemacht. Ich war glücklich und zufrieden damit, ein Mitläufer zu sein."

Sie legte ihre Hand, deren zartgliedrige Finger aus dem weißen Spitzenhandschuh hervorlugten, auf seine.

„Es ist nicht alles schlecht, Moritz. Du bist ein Mensch. Du bist fehlbar. Und neuerdings, und das ist schön, sorgst du dich um andere Menschen. Das kann verwirrend für jemanden sein, der immer nur an sich selbst gedacht hat. So, und jetzt zu meinem Plan."

3.

Es musste ein abgelegener Ort sein, sonst würde er sich nicht öffnen. Es musste irgendwo sein, wo er sich sicher fühlte und ungestört. Smeralda wusste nicht genau, was sie sich erhoffte, aber sie wusste, dass der Unbekannte irgendeine Rolle spielte. Auf die Rettungsboote hatte Smeralda allerdings aus verständlichen Gründen keine Lust mehr. Und so hatten Moritz und sie den Kapitän nach den Schlüsseln für das Krankenzimmer gefragt. Die Geschichte, die sie dem Mann servieren wollten, war etwas abenteuerlich, aber Smeralda setzte auf die Macht der Improvisation.

Sie sah ihn am Tresen stehen, wo er sich mit einer Dame mit Hut und schwarzen, glatten Haaren unterhielt. Er trug ein weites weißes Hemd unter einer grünen Wollweste, die mit Stickereien verziert war. Sie stellte sich daneben und blickte ihn an. Es dauerte nicht lange, bis er sich umdrehte. Sie ging hinaus, deutlich die Hüften schwingend und wartete im Gang auf ihn, neben einer Palme. Sie steckte sich eine Zigarette an und als er keine Minute später herauskam, blies sie ihm Rauch ins Gesicht und sagte:

„Es gibt eine Geschichte aus dem Dorf, wo ich herkomme, von fünf Freunden, die bei Sturm auf See fuhren. Sie wollten sich einen schönen Tag machen, an einem Strand landen und den Rum, den sie mit an Bord gebracht hatten, trinken. Aber der Sturm trieb sie auf die See und sie waren jung und unerfahren und hatten von Navigation keine Ahnung. Sie hatten bald sämtliche spärlichen Vorräte aufgebraucht, nach ein paar Tagen auch den Rum – immerhin ein ganzes Fass. Als das Boot zwei Wochen später an Land gespült wurde, war nur noch einer der Männer an Bord. Er hatte einen leeren Blick und hat nie wieder in seinem Leben ein Wort gesprochen. Was glauben Sie, ist auf hoher See passiert?“

Zum ersten Mal schaute sie den großen Mann mit dem schwarzen Schnurrbart an. Seine Augen schienen zu glühen.

„Warum erzählen Sie mir diese Geschichte? Um zu beweisen, dass wir auf See die Beherrschung verlieren? Komm her, du kleine

Schlange."

Smeralda riss sich fort von ihm und baute darauf, dass er das Spiel, sie zu verfolgen, genießen würde, und ihr damit die Zeit blieb, bis zum Sanitätszimmer zu kommen. Als sie sich an der ersten Treppe umblickte, sah sie, dass ihre Menschenkenntnis sie nicht getrogen hatte. Der Mann folgte ihr schnell genug, um sie im Blick zu behalten, aber nicht so schnell, dass er sie direkt einholte. Sie huschte über den Metallboden des Oberdecks und ließ sich dann schließlich lachend auf der Metallliege im Krankenzimmer fallen. Umgeben von Flaschen und Phiolen, die in dünnen Regalen kalt nebeneinandergestellt waren, als seien sie traurige Zeugen erfahrener Schmerzen, hörte sie die festen Schritte des Mannes, dessen Augen zu leuchten anfingen, als er das Zimmer betrat. Genüsslich schloss er die Tür. Smeralda wusste, dass Moritz einen Schlüssel hatte.

„Du treibst gerne Spielchen, was? Na gut, Teuflin. Ich hole mir, was ich brauche." Er trat zwei Schritte auf sie zu und griff sie an den Schultern. Die Hände waren groß und mit feinen Härchen bedeckt.

Smeralda hatte diese eine Stimme, die sie gelernt hatte, in unangenehmen Situationen zu benutzen. Es war eine laute, klare, hochtönige Art zu sprechen, die bisher jeden Mann hatte innehalten lassen. Vielleicht war es eine Art umgekehrter Mutterinstinkt. Männer schienen durch diese Stimme an die Vibrationen im Bauch erinnert zu werden. Wenn sie Zeit hatte, konnte sie diese Stimme immer einsetzen, um sich Gehör zu verschaffen. So war es auch jetzt.

„Ich pflege meine Liebhaber namentlich zu kennen."

Der Mann stutzte, schien mit sich zu ringen, als sei er kurz vor seinem Ziel bereit gewesen, sein Geheimnis preiszugeben, hätte es sich dann aber anders überlegt.

„Wählerisch, was?" Er lachte und nahm ihr Kinn in seine Hände.

„Ja. Das bin ich." Wieder die hohe Frequenz.

Der Mann verdrehte die Augen. „Manon Robinski." Ein schlecht ausgedachter Ersatzname, dachte sie.

„Falsch", entgegnete Smeralda.

„Komm jetzt her, du Luder." Er drückte ihren Kopf gegen seinen. Smeralda widerstand dem Instinkt, zu schreien. Stattdessen fingerte sie an ihrem Strumpfband herum und führte das Messer, das dort gesteckt hatte, an den Hals des Mannes. Wo blieb Moritz? Sie hoffte, er würde noch etwas warten. Noch war das Spiel nicht zu Ende gespielt.

„Name", sagte sie trocken.

Er schaute sie ungläubig an. Seine Augen bekamen nun einen eindeutig wütenden Ausdruck.

„Hör zu, Kleine. Ich habe bisher jedes Mädchen bekommen, das ich bekommen wollte. Sei froh, wenn ich dir nichts antue."

„Sie sind kein Ernährungsberater", sagte sie.

Es war offensichtlich, dass der großgewachsene Mann mit sich rang. Smeralda wurde jedoch in der Sekunde, als er innehielt, klar, dass sie sich verschätzt hatte. Der Rumäne, so gierig seine Augen auch glänzten, würde sein Geheimnis nicht preisgeben. Nicht so sehr, weil die Versuchung für ihn nicht groß genug war, sondern eher, weil er sonst der Forderung einer Frau nachgeben würde. Männer, dachte sie verbittert.

„Ich kann tausende Frauen haben, Metze", sagte der Mann mit einem nun deutlich weniger freundlichen Ausdruck. Er drehte sich zur Tür und schritt hinaus. Smeralda seufzte – enttäuscht angesichts der Niederlage. Dann aber tat es einen lauten Knall. Es rumpelte und jemand fluchte.

Als sie aus der Tür trat, sah sie Moritz und den Rumänen am Boden liegen. „Heiliges Sakrament", fluchte letzterer. Von der anderen Seite kamen zwei rumänische Fußballspieler um die Ecke gelaufen, die angesichts der Szene, die sich vor ihnen auftat, die Münder öffneten. Einen von ihnen kannte Smeralda als Nicolae Kovacs. Es war der andere, der laut „Majestate" ausrief.

Smeralda brauchte keine Übersetzung.

4.

Der Ober setzte die vier Gläser ab, verbeugte sich kurz und ließ die kleine Gesellschaft in der Kabine alleine. Der großgewachsene Rumäne, mittlerweile enttarnt, schaute missmutig hinterher, als wolle er sicherstellen, dass der Mann Fischers Zimmer auch wirklich verlassen hatte. Smeralda indes schaute rüber zum Bett, in dem sie eine kurze Nacht verbracht hatte. Neben ihr saß der andere rumänische Nationalspieler, der das Geheimnis preisgegeben hatte: Iosif Czako.

Der Mann mit dem weißen Hemd und der grünen Weste räusperte sich. Dann hob er zu seiner Rede an: „Was ich Ihnen nun sagen werde, muss unter allen Umständen in diesem Raum bleiben. Ich möchte dies deshalb betonen, da die Sicherheit einer ganzen Nation davon abhängt. Meiner Nation."

Smeralda nahm die Drohung, die in diesen Worten lag, durchaus wahr.

„Wie Sie es sich ja nun mittlerweile aufgrund des dummen Ausrutschers des fußballerisch ansonsten durchaus genialen Iosifs hier denken konnten" (der Angesprochene nickte, als er seinen Namen hörte, etwas dümmlich, da er dem Englisch des anderen nicht folgen konnte), „handelt es sich bei meiner Person nicht um irgendjemanden, weder um einen Betreuer der Mannschaft noch einen Koch oder sonst etwas. Sie haben hier den König Rumäniens vor sich sitzen: Carol, der Zweite."

Nun allerdings stand Iosif auf und verbeugte sich. Etwas unbeholfen machte Fischer ihm dies nach. Smeralda blieb kopfschüttelnd sitzen.

„Sie glauben mir nicht, Werteste. Nun gut. Ich will Ihnen erklären. Um es kurz zu machen: Der rumänische Fußballverband hat es mir zu verdanken, dass diese Mannschaft überhaupt an Bord ist. Ich habe, recht kurzfristig, zugegebenermaßen, dafür gesorgt, dass die Spieler von ihren Aufgaben, die sie als Familienväter und Versorger haben, unter voller Bezahlung entbunden wurden und ich habe auch weitere Kosten übernommen."

„Aber Majestät", unterbrach Fischer, der offensichtlich verwirrt schien, „Ihr habt doch erst am 8. Juni den Thron bestiegen."

König Carol trommelte mit den Fingern auf dem Tisch herum. „So ist es, so ist es. Wie Sie beide sicher wissen, habe ich eine gewisse Zeit in Paris im Exil verbracht. Nun ja, das ist Vergangenheit." Zum ersten Mal, seit sie ihn kannte, sah Smeralda bei Carol so etwas wie Unsicherheit, die aber schnell durch ein Anheben der Stimme beiseite gewischt wurde.

„Und nun", bohrte Fischer weiter, „seid Ihr schon wieder inkognito unterwegs?"

„Das ließ sich nicht vermeiden. Diese Fußballmannschaft liegt mir, wie sich leicht erkennen lässt, äußerst am Herzen. Ich musste, nachdem ich für diese Reise gesorgt hatte, unbedingt dabei sein, wenn das historische Turnier gespielt wird."

„Unsinn", blaffte Smeralda. „Moritz, das ist doch absoluter Unsinn. Dieser Mann soll ein König sein? Der schaut jedem Rock hinterher."

„Nun, äh …" Fischer schien etwas peinlich berührt.

„Mäßigung, Madame", sagte Carol. „Das wunderbare weibliche Geschlecht ist nun einmal meine andere Leidenschaft, wie ich gerne zugebe. Ich habe meinen Preis für meine Vorlieben bezahlt und bin nicht gewillt, mir von einer standlosen Person deswegen Vorhaltungen machen zu lassen."

„Er war", erklärte Fischer, „wegen seiner Vielweiberei im Exil."

„Aber das ist doch unmöglich", zweifelte Smeralda weiter.

„Nun, ich habe Vorkehrungen getroffen", erläuterte Carol II. „Es gibt einen Mann meines Vertrauens, der an meiner statt nun mein Bett hütet und eine Unpässlichkeit vortäuscht, solange ich fort bin. Statur und Stimme ähneln der meinigen. Er wird das Nötigste in meinem Interesse veranlassen. Mehr Details möchte ich an dieser Stelle nicht verraten, wie Sie wohl verstehen können."

„Dann, dann, …" Smeralda war vor Aufregung fast außer Atem,

„haben diese Morde wohl mit der Tatsache zu tun, dass Sie …“

Carol blickte sie an. „Das ist wohl durchaus möglich.“

„Davon abgesehen“, fuhr er fort, „erwarte ich von Ihnen strikte Geheimhaltung. Es wäre nicht auszudenken, was passieren würde, wenn die Öffentlichkeit mitbekäme …“

Nun lächelte Smeralda. „Das wäre wohl nicht gut für Sie, was?“

„Für Eure Majestät“, verbesserte Fischer sie.

„Ja, was auch immer.“ Sie wischte den Einwurf beiseite. „Ich möchte nur einmal kurz festhalten, dass unsere hochwohlgeborene Majestät hier ein echtes Interesse daran haben sollte, dass wir schweigen, stimmts?“ Sie schaute Carol an. Dieser nickte unbeholfen.

„Dann sollten Eure Majestät allerdings auch ein wenig kooperativ sein und dafür sorgen, dass wir alle Informationen bekommen, die wir zur Aufklärung des Falles benötigen.“

Wieder ein gequältes Lächeln.

„Die Sache ist die, Madame: Es kann niemand hier wirklich wissen, dass ich an Bord bin. Das ist faktisch unmöglich.“

„Aber die rumänische Mannschaft weiß es doch, nicht wahr?“, warf Fischer ein.

„Dieser habe ich mich aber erst im Zug nach Genua zu erkennen gegeben.“

„Genug Zeit, dass irgendjemand das Geheimnis ausgeplaudert haben könnte“, merkte Smeralda trocken an.

Während Iosif eher verängstigt zu sein schien und unbeteiligt vor sich hin stierte, warf Carol genervt die Arme nach oben. „Wozu aber, sollte jemand wahllos Fußballer umbringen? Was sollte das mit mir zu tun haben.“

Smeralda antwortete: „Was wäre, wenn jemand an Bord wäre, der wüsste, dass sich unter den zur Weltmeisterschaft Reisenden der König von Rumänien befindet. Diese Person, die dem Königshaus schaden möchte, weiß nicht genau, um wen es sich handelt, aber sie weiß, dass es irgendeiner, der mit Fußball zu tun hat, sein muss.“

„Daher auch Azincourt“, stimmte Fischer zu.

„Und diese Person mordet einfach alle an Bord befindlichen Spieler plus die Mannschaftsleiter, um irgendwann aus Zufall den König zu treffen? Wozu sollte man denn bitteschön einen Belgier töten?“

„Vielleicht weiß der Täter nur, dass sich der König unter den Fußballern befindet, aber nicht, in welcher Mannschaft.“

„Unwahrscheinlich“, sagte Carol. Smeralda musste ihm Recht geben. Aber auf der anderen Seite war sein Urteilsvermögen auch dadurch getrübt, dass er nicht wollte, dass er etwas mit den Morden zu tun haben könnte. Das würde sich in jedem Fall negativ auf seine noch frische Regentschaft auswirken.

„Es ist momentan unsere heißeste und einzige Spur“, bemerkte Fischer. „Also, Majestät, kennt Ihr irgendjemanden, der ein Interesse daran hätte, Euch zu töten?“

5.

Die Frage kam so überraschend, dass sie für einen Moment auflachen musste, was sie kurz darauf bedauerte, da sie sah, wie sie Moritz verletzt hatte. So waren sie, dachte sie, die Männer. Emotionslos wie ein Stein, um im nächsten Moment mit einem vollkommen unsinnigen Ausbruch von Emotionalität herauszuplatzen. Sie legte ihre Hand auf die von Moritz, der ihr gegenübersaß und dessen trübe Augen sie erwartungsvoll anblickten.

„Ob ich dich heiraten will? Moritz, ich …“

Sie wusste nicht, was sie sagen sollte. Es hatte schon einige Männer in ihrem Leben gegeben, die angestachelt von einer für sie überragenden Liebesnacht um ihre Hand angehalten hatten. Männer, die ihre Professionalität mit Liebe und Hingabe verwechselten. Männer, die sie zu keinem Zeitpunkt ernstgenommen hatte, auch wenn der Gedanke an ein geordnetes Leben verlockend gewesen war. Aber diese Männer waren ihr immer zu naiv, zu harmlos in ihrer völligen Unkenntnis des weiblichen Geschlechts gewesen. Mit Moritz war das anders. Anfangs hatte sie ihn auch für einen dieser lüsternen Idioten gehalten, die die Befriedigung ihrer Triebhaftigkeit mit Liebe gleichsetzten. Aber Moritz kannte sie nun. Und sie kannte Moritz. Und sie wusste, dass er zwar auf seine Art ein einfaches Gemüt hatte, dass er aber eines der wenigen Exemplare der Spezies war, das über ein echtes Herz verfügte.

Und doch – Liebeserklärungen von Männern rührten immer von einer Art Schwäche, die öfters schlicht mit postkoitaler Erschöpfung zu begründen war, manchmal auch darin, dass man sich in einer Abhängigkeits- oder Notsituation befand. Smeralda erinnerte sich an den Mann, den sie in den Slums von Montevideo zum Zahnarzt begleitet hatte. Er hatte sie den ganzen Nachmittag gebucht. Als der Arzt sich mit den Füßen gegen seine Schulter gestemmt hatte, um den faulen Zahn zu ziehen, hatte der Kunde sie mit Tränen in den Augen angeschaut und ihr seine Liebe gestanden, während er ihr die Hand gedrückt hatte. Als die Prozedur vorbei war, die Wunde mit einem dicken Stück Taschentuch gestillt, hatte der Mann in einem Hotelzimmer Liebe mit ihr gemacht und als sich Smeralda die blutigen Spuren vom Hals entfernt hatte, war der Mann verschwunden – ohne zu zahlen. Die Hotelrechnung hatte sie selbst bezahlen müssen.

„Ich weiß, dass ich nicht der Mann deiner Träume bin."

„Das ist es nicht. Nein. Du bist …"

„Fett. Ich weiß"

„Nein, ich meine, ja, du bist etwas beleibt."

Smeralda merkte, wie ihr das Gespräch entglitt. Sie wollte nett sein. Sie mochte Moritz. Aber sie musste auch Zeit gewinnen.

„Ich weiß auch, dass ich in deinen Augen lächerlich wirken muss."

„Nein, Moritz. Das stimmt nicht."

Nur nicht sagen, dass du ihn magst, dachte Smeralda. Sie wusste, wie tödlich beleidigend das auf Männer wirkte.

„Wenn dieses Turnier vorbei ist, dann kann ich dich mit nach Ungarn nehmen. Ich biete dir ein Zuhause. Niemand wird wissen, woher du kommst."

„Du meinst, niemand wird wissen, wer ich wirklich bin."
„Nein. Ich meinte nur, du könntest einen Neuanfang machen."
Smeralda versuchte, sich vorzustellen, wie sie in einem Vorgarten in einem kleinen ungarischen Dorf die Blumen gießen würde und eine Nachbarin sie grüßte. So sehr sie sich auch mühte. Sie bekam das Bild nicht zusammen.
„Moritz, ich …"
Moritz Gesichtsausdruck veränderte sich abrupt. Er lächelte sie an.
„Vergiss es."
„Was?"
„Ich … Ich habe nichts gesagt. Vergiss es einfach."
Dann stemmte er seine Arme auf die Lehnen des Liegestuhls, der unter ihm zu zittern schien, und stand langsam und ächzend auf.
„Ich muss mich noch mit Rimet treffen. Es gibt noch ein paar Details zu klären. Du weißt schon."
Er stapfte davon. Ohne es zu wollen und ohne es begründen zu können, schämte Smeralda sich. Sie blickte auf den weißen Brokat, der sich am Saum ihres schwarzen Rocks von der Kante abhob. Nach einer Minute hob sie den Blick in den sich verdunkelnden Himmel und erinnerte sich daran, weshalb sie ihren Beruf niemals würde aufgeben können. Das Eintauchen in Menschlichkeit war immer mit Schmerz verbunden. Ein beißend unsinniger Schmerz. Ein realer Schmerz. Wer würde sich so etwas aussuchen? Sie nicht.
Sie saß also noch eine Weile da und starrte. Anfangs hörte sie das Geschrei und Getobe nicht, so sehr war sie in ihrer eigenen Welt gefangen. Die Wellen klatschten unaufhörlich gegen den widerstehenden Stahl des Dampfers. Aber dann fiel es ihr doch auf: Rufe, triumphierend. Ein Lachen. Es war ein seltener Ausruf in den letzten Tagen und so stand sie auf und orientierte sich nach oben, von wo sie die Stimmen hörte.
Als sie auf das B-Deck kam, sah sie als erstes Abbad, der hinter dem Swimming Pool stand und sich hektisch umschaute. Dann erst

wurde ihr klar, weshalb Abbad so verzweifelt wirkte wie ein Kaninchen, das in der Falle sitzt. Vor ihm stand Oberst von Woselitz mit gezücktem Säbel, daneben Bruto Cavesi, welcher seine Arme wie ein Gorilla zu den Seiten ausgebreitet hatte und mit den Füßen tänzelte, was ihn, obwohl sicherlich nicht so beabsichtigt, noch lächerlicher scheinen ließ, als er es sowieso schon war. Dahinter stand ein französischer Fußballer, noch in weißen Hosen und einem Rollkragenpullover. Alle hatten angestrengte, ernste Gesichter, nur Cavesi grinste über beide Ohren. Es musste sein Lachen gewesen sein, das übers Deck gehallt war.

„Hahaha. Nun ist es vorbei. Jetzt haben wir dich, du schwarzes Ungeheuer."

Vielleicht war es das, was Cavesi dachte, aber Abbad schien nicht mit ihm übereinzustimmen. Er flitzte an den ausgebreiteten Armen des ersten Offiziers vorbei und lief über das von der Gischt mit dunklen Punkten benetzte Parkett in Richtung einer Eisentreppe, die auf das Deckdach führte. Cavesi stürmte als Erster hinterher, gefolgt von dem jungen Franzosen. Oberst Woselitz humpelte nach. Smeralda hängte sich an seine Seite. „Was ist hier los?"

Der Oberst schaute sie etwas missmutig an, als störe es ihn, von einer Person weiblichen Geschlechts ausgefragt zu werden. Er deutete mit ausgestrecktem Arm, an dem sein Degen hing in die Richtung des nach oben Flüchtenden. „Der Mörder", stieß er schwer atmend hervor.

Smeralda lief schneller. „Abbad", rief sie. „Abbad." Sie konnte nicht glauben, dass der Libyer jemanden getötet haben konnte. Sie schwang sich auf die klammen, weißgestrichenen Eisenstangen, die als Leiter aufs Dach dienten, auf dem sie am selben Morgen noch Jean vom Herabstürzen gerettet hatte. Irgendetwas stimmt mit deinem Leben nicht, dachte sie sich, als sie ihre Röcke noch im Hochsteigen zusammendrückte, damit der Oberst, den sie auf Deck überholt hatte, nicht auf dumme Gedanken kam.

Als sie ihren Kopf über den Boden streckte, stellte sie erfreut fest, dass ihr gegenüber ein anderer ihr bekannter Kopf gerade sichtbar wurde: Moritz. Offensichtlich hatte auch er den Lärm gehört. Sie lächelte. Der Oberst rief von unten: „Hopphopp." Als sie oben ankam, sah sie Abbad erneut in eine Ecke gedrängt. Er lehnte sich an einen der gigantischen Schornsteine und blickte um sich. Neben den ihr bekannten Gesichtern sah sie nun auch Kapitän Pinceti, der in einer beschwichtigenden Geste seine Hände bei ausgestreckten Armen immer wieder nach unten drückte.

„Abbad"

„Er war es, Kapitän. Ich habe es gesehen. Er war es."

„Was haben Sie gesehen, Cavesi?"

„Es ist wahr. Er hat versucht, einen Spieler zu vergiften. Ich habe es gesehen, Kapitän. Ich habe ihn beobachtet, diesen Hund."

Abbad blickte Pinceti mit großen Augen an.

„Ist das wahr, Abbad?"

Abbad schien in sich zusammenzusacken. Er flüsterte fast. „Nein, Kapitän. Wie lange fahre ich schon für Sie? Wie lange?"

„Ein weißes Pulver. In den Tee eines Franzosen."

„Stimmt das, Thepót?", fragte Fischer den Spieler im weißen Rollkragenpullover. Smeralda erinnerte sich. Der Mann war ihr als Torwächter vorgestellt worden.

„Das ist richtig", sagte dieser. „André ist ganz rot im Gesicht geworden. Cavesi hat ihm gottseidank die Tasse aus der Hand geschlagen."

Der Kreis um Abbad schloss sich dichter. Alle schienen einen Schritt weiter in Richtung des Schornsteins gemacht zu haben. Nur Smeralda blieb stehen, doch sie wusste nicht, was sie sagen sollte. Pinceti streckte seine Hand aus. „Komm Abbad. Wir reden erst einmal in Ruhe drüber."

Auf einmal wurde der Ausdruck in Abbads Gesicht wilder, fast zornig. Smeralda erinnerte sich daran, was Abbad ihr erzählt hatte: Wie er von den italienischen Besetzern Libyens den Frieden angeboten bekommen hatte, während Soldaten sein Dorf auslöschten.

Abbad schaute nach oben in den Himmel und sagte etwas Unverständliches. Als er wieder in die Runde blickte, war die Wut gewichen und er hatte einen traurigen Ausdruck im Gesicht. Pinceti entspannte sich und Cavesi stemmte triumphierend die Hände in die Hüften. Dann aber rannte Abbad, ohne dass es irgendjemand erwartet hätte, los. Im Nu war er zwischen dem Oberst und Smeralda hindurchgeschlüpft und lief in vollem Tempo auf die Kante des Decks zu.

„Was?“ Smeralda blickte ihm fassungslos nach. Dann sah sie Abbad springen. Sein kleiner Körper formte sich zu einer Kugel zusammen, die in Richtung der untergehenden Sonne abhob und sich drehte – wie der letzte Ball, den sie über Bord hatte gehen sehen. Sie stürmte, wie alle anderen auch, zum Rand des Decks, doch das lila schimmernde Wasser gab nicht preis, was das Eintauchen eines Körpers hätte andeuten können. Es schwappte fast friedlich vor sich hin.

Smeralda wollte schreien, weinen. Sie öffnete den Mund für ein entschiedenes „Nein“. Doch nichts kam heraus.

14. Tag, 2. Juli – Moritz

1.

„Wahrheit ist nicht, was passiert ist. Sondern das, was jemand glaubt."

Fischer dachte an die Worte von Jules Rimet, der damit die Kraft der Sportlichkeit betonen wollte. Wenn Menschen sich freundschaftlich messen können, so hatte er postuliert, dann siege der Glaube an den Wettkampf über echte Feindschaft.

Aber Fischer musste bei diesen Worten an Abbad denken, dem ein Mord unterstellt worden war. Diese ausgesprochene Wahrheit hatte über die „echte" gesiegt. Wie sich später herausgestellt hatte, hatte Abbad dem Torhüter Zucker in den Tee gemacht. Dieser wiederum hatte sich aufgrund des Wegschlagens der Tasse so erschrocken, dass er sich verschluckt hatte und zu würgen anfing. Alles war also, wie sich später herausgestellt hatte, ein furchtbarer Irrtum gewesen. Dass Kapitän Pinceti daraufhin den ersten Offizier degradiert hatte, war nur ein schwacher Trost gewesen.

Wahrheit. Wie einfach und doch schwer zu fassen sie war. Fischer fragte sich, ob er seinen Antrag an Smeralda überhaupt aus tiefstem Herzen vorgetragen hatte. Jetzt im Nachhinein schämte er sich. Wer hätte gedacht, alter Mann, so sinnierte er, dass es dich eines Tages so übel erwischen würde. Erst verliebst du dich in ein siebzehnjähriges Mädchen und dann in eine nicht viel ältere südamerikanische Prostituierte.

Jean war wohl für ihn verloren. Sie würde irgendwo in England eine kleine Familie gründen mit ihrem Harry, der Fischer zwar höchst unsympathisch war, den er aber doch als die bessere Partie anerkennen musste. Übermorgen würden sie in Montevideo einlaufen – endlich, und dann konnte er diese entsetzliche Bootsfahrt im Trubel einer Weltmeisterschaft hinter sich lassen. Er blickte aus seinem Sessel heraus hinaus auf die Küste Brasiliens, wo sie in der Nacht gelandet waren. Unweit des Hafens von Rio, an dem sie lagen, sah er durch sein Fenster ein paar belgische Spieler ausgelassen am Strand toben. Sie wirkten überglücklich, wieder festen Boden unter den Füßen zu haben. Die Belgier trugen weiße Wollstrickjacken, einige von ihnen hatten Schirmmützen auf. Einer wälzte sich sogar ausgelassen im Sand. Diese Überfahrt hatte an ihnen allen gezehrt. Die Freude war bei allen doppelt groß: Wie ein Lauffeuer hatte sich unter den Spielern aller Nationen die Nachricht verbreitet, der Mörder sei gefasst worden. Erst als Smeralda, Pinceti, Jean und er in Pincetis Kabine den Ablauf der Dinge erneut durchdacht hatten, waren sie zu dem Schluss gekommen, dass Abbad unmöglich der Mörder gewesen sein konnte. Die Reste des eben doch nicht vergifteten Tees waren durch Jean gesichert worden, um in einer späteren Laboranalyse untersucht zu werden. Aber Fischer wusste schon jetzt, wie diese Analyse ausfallen würde.

Er war müde und strich sich mit der Hand, die sich nicht auf dem Schreibtisch mit dem Ellenbogen abstützte, durch die Haare. Was hatten sie übersehen? Was hatte Azincourt gewusst?

Als wären seine Fragen erhört worden, klopfte es an der Tür. Als er ums Eintreten bat, war er nicht schlecht erstaunt, als eine rotbäckige Jean eintrat.

„Jean? Nanu. Was machst du hier?"

Seltsamerweise lächelte sie ihn nicht an, so wie gestern Abend, wo sie ausgesucht freundlich zu ihm gewesen war.

„Ich bin gekommen, um mich zu verabschieden."

„Was? Wieso das? Hochzeitsreise in Brasilien?" In dem Moment, als er es gesagt hatte, biss er sich auch schon auf die Lippen. Jean allerdings schien der Kommentar nicht groß zu stören.

„Hochzeit? Mit wem? Ach, Harry."

Fischer war ein bisschen erleichtert, dass seine Vermutung in Jeans Augen völlig abwegig schien.

„Nein. Ich habe Harry schon länger nicht gesehen. Es ist nur so … ich habe ein Telegramm bekommen."

„Oh." Wie immer wusste Fischer in bedeutsamen Momenten nichts Gescheites zu sagen.

„Meinem Vater geht es nicht gut."

„Arthur Conan Doyle?" Wieder biss er sich auf die Lippen.

„Ja, so heißt er. Ich soll nach Hause kommen. Es kann sein, dass er im Sterben liegt."

„Entschuldige. Das ist schrecklich."

Pause.

„Ich werde hier von Bord gehen und das nächste Schiff nach Europa nehmen."

„Oh Jean." Fischer nahm ihre Hände in seine. „Das tut mir leid."

Und da passierte es. Jean brach unvermittelt und umso heftiger in Tränen aus. Erst war es nur ein leichtes Schütteln, dann kam ein Schluchzen dazu. Am Ende war er aufgestanden und hatte sie in seine Arme genommen, wo sie sich kräftig ausweinte, während er ihr seine Hand auf dem Rücken schlug.

„Ich könnte … mit dir mitkommen und dich begleiten."

„Ach, Moritz. Du hast ein Weltmeisterschaftsturnier vor dir. Aber das ist lieb von dir", entgegnete sie, immer noch leicht schluchzend.

„Das", so sagte er entschlossen, „ist jetzt sowieso nicht mehr wichtig."

„Doch", sagte Jean, sodass Fischer sich in der seltsamen Rolle wiederfand, nun selbst der Getröstete zu sein. „Das ist wichtig. Sehr wichtig. Das ist der Beginn eines neuen Zeitalters. Wohingegen das kommende Ableben meines Vaters das Ende eines alten Zeitalters bedeutet. Ich schaffe das."

Fischer zog die linke Augenbraue hoch. „Kommt Harry mit?"

„Ich habe ihm noch gar nichts davon gesagt. Ich glaube nicht. Mal sehen."

„Komm, ich helfe dir Koffer tragen." Fischer wusste, dass es Stewards gab, aber er wollte sich am Ende ihrer Freundschaft noch irgendwie nützlich zeigen.

2.

Der Zuckerhut, der sie in der Bucht von Rio noch gegrüßt hatte, war von dem kleinen Café, in dem Moritz und Jean saßen, gar nicht zu sehen. Dafür schauten beide auf ein riesiges weißes Haus, das sich vor die Berge im Hinterland gesetzt hatte, wie ein trotziges Kind, das nicht mehr spazieren gehen will. „Man nennt es Hochhaus", erklärte Moritz. Jean nickte versonnen. Dann blickte sie auf die in der Bucht liegenden riesigen Dampfer, die darauf warteten, ihre aus fernen Ländern mitgebrachte Ware von Bord zu bringen.

Moritz wischte sich das schwarze Kaffeepulver aus dem Bart, welches beim Trinken dort hängengeblieben war. Er war in Gedanken versunken. Sein Problem war nur, dass er nicht wusste, was er dachte.

„Er möchte mit mir mitkommen."

„Was? Wer?"

„Harry. Ich hätte das nicht erwartet. Harry wirkt nicht wie jemand, der so etwas tut. Aber er hat um meine Hand angehalten."

„Was?" Moritz riss die Augen auf.

Jean schaute ihn finster an. „Tu nicht so überrascht, Moritz. Das ist beleidigend."

„Nein, ich … Nicht, dass nicht viele junge Männer um deine Hand anhalten werden, aber …"

„Aber?"

„Aber ich mag diesen Harry einfach nicht."

„Hm."

Moritz schaute auf die Schiffe.

„Ohne dich wird die Lösung des Falles unmöglich werden."

„Das tut mir wirklich leid. Du musst mir schreiben, wie es ausgeht."

„Vielleicht ist es ja so, wie Rimet sagt. Wahrheit ist das, was man glaubt. Wir können ja einfach weiter glauben, dass es Abbad war."

„Das wäre aber doch ziemlich naiv, oder?"

„Das wäre es."

„Was ist los, Moritz?“

Er schaute ihr kurz in die Augen, als müsse er eine Entscheidung treffen.

„Wir brauchen dich, Jean.“

„Wir?“

„Also. Ja.“

Moritz wusste nicht, was er sagen sollte. Er wollte sich nicht an zwei Tagen hintereinander zum Narren machen, also schwieg er. Jean klapperte mit dem Löffel gegen ihre Tasse.

„Wirklich gut, dieser Kaffee hier. Das hat sich gelohnt.“

Endlich wurden sie gerettet: Langenus, Balway und Christophe kamen um die Ecke gelaufen und grüßten höflich.

„Ah, Fischer“, sagte Langenus. „Wir wollen nicht stören. Aber Rimet sucht Sie.“

Fischer kratzte sich am Kopf. „Na dann werde ich mal. Ist er auf dem Schiff?“

Langenus nickte. „Vielleicht darf ich dafür Ihre Stelle einnehmen, Fischer? Damit die junge Dame nicht alleine in einem fremden Land auf sich selbst angewiesen ist.“

„Ich wollte auch gerade gehen“, kommentierte Jean und stand auf.

„Oh, wie schade. Na dann dürfen wir vielleicht ihre Sitzplätze übernehmen?“

Fischer nickte. „Selbstverständlich. Der Kaffee ist wirklich gut.“

„Ausgezeichnet. Ich werde wohl jetzt weiter meine Kolumne schreiben.“

„Kolumne?“

„Ja. Wussten Sie das nicht?“ Langenus‘ schmales Gesicht wandte sich nun ganz Fischer zu. Die heiße brasilianische Vormittagssonne spiegelte sich gelblich auf dessen bleicher Haut. „Ich schreibe für den ‚Kicker‘, dieses deutsche Fußballmagazin. Die wollen exklusive Berichte von der Weltmeisterschaft. Und natürlich auch von der Überfahrt.“

„Ach.“ Fischer hatte noch nie davon gehört. „Eine Fußballzeitschrift?“

„Ja." Langenus lachte. „Kommen Sie mal bei mir vorbei. Ich habe ein paar Exemplare bei mir auf dem Zimmer. Ein ganz netter Zeitvertreib. Die Deutschen nehmen sich zwar ziemlich wichtig, aber dennoch eine hervorragende Sache."

Jean war schon auf dem Weg zum Schiff und Fischer wollte sie nicht aus den Augen verlieren. „Mache ich. Einen schönen Tag noch."

Während Fischer sich immer noch wunderte, dass es eine Postille gab, die nur über Fußball geschrieben wurde, holte er Jean ein und ging still neben ihr her. Er dachte an die Zeit, die sie in Barcelona verbracht hatten. Und auf Madeira. Das war es, was ihre Gesellschaft auszeichnete: Man konnte neben ihr herlaufen und musste nicht sprechen, ohne dass es irgendwie seltsam war.

„Jean."

„Ja?" Sie schien gerade an etwas Schönes gedacht zu haben. Ihr Lächeln wirkte abwesend.

„Ich will nicht, dass du fährst."

„Ach Moritz", sagte sie und hängte sich bei ihm im Arm ein. Dann schwiegen sie weiter.

3.

„Es ist eine Katastrophe." Rimet raufte sich die Haare. Annette saß auf ihrem Bett und nähte. Fischer konnte allerdings nur ihren Kopf sehen – das ganze Bett war mit Tüll und Stoff übersät.

„Gab es wieder einen Toten?"

„Was? Es gab einen Toten?"

„Nein. Ich meine, das war meine Frage. Weil Sie, … du von einer Katastrophe gesprochen hast."

„Äh, ach so. Nein. Viel schlimmer. Also, nicht schlimmer, aber schlimm. Nicht ganz so, natürlich. Aber eine Katastrophe ist es."

„Aber was denn, Jules?"

Annette blickte nun auch auf. „Papa, du redest wieder unsinniges Zeug."

„Äh, ja. Entschuldige. Das Stadion. Das Stadion. Ich habe ein Telegramm bekommen. Das Stadion wird nicht fertig sein."

„Das Estadio de la Luz?"

„Ja. Eine Katastrophe."

Fischer setzte sich auf einen der Stühle. „Jules. Ich habe mich schon gefragt …"

Rimet durchwühlte einige der Formulare, die sich vor ihm auf dem Tisch auftürmten. „Wenn wir vielleicht das erste Spiel verlegen …"

„Jules."

„Was?"

„Ich habe mir überlegt, ob wir das Turnier nicht absagen sollten."

Nun schaute sogar Annette auf und legte die Nadel nieder. Sie schien sich auf seltsame Art zu freuen, so als genieße sie einen aufkommenden Sturm.

„Was?" Rimet schien nicht zu verstehen, was Fischer gesagt hatte.

„Es sind so viele Menschen gestorben. Vielleicht wäre es besser, das Turnier abzusagen."

„Das, das … Das ist absurd, Moritz."

Nun war Fischer ein wenig ungehalten. „Nein, das finde ich nicht. Ich fände es unanständig dieses Turnier abzuhalten. Viele Menschen haben ihr Leben verloren. Nur wegen eines Turniers."

„Das ist nicht gesagt. Es kann auch andere Gründe haben. Vielleicht ist einfach ein Irrer an Bord, der wahllos Menschen umbringt, und es hat gar nichts mit Fußball zu tun."

Annette lachte kurz auf.

„Aber Jules. Hier geht es eindeutig um Fußball. Denk doch nur an den armen Azincourt. Jemand möchte offensichtlich, dass das Turnier nicht stattfindet. Und es kann sein, dass er einfach weitermacht, bis es eben nicht stattfindet."

Rimets Gesicht, ansonsten blass und farblos, war auf einmal rötlich angelaufen, als er aufstand und mit erhobenem Zeigefinger sprach. „Das hieße, sich der Gewalt beugen. Und darüber hinaus wissen wir eben gar nicht, was der Mörder will. Gewalt darf niemals stattgegeben werden. Niemals."

Moritz versuchte ruhig zu bleiben. „Aber Jules. Selbst wenn die kleinste Möglichkeit besteht, ein Leben zu retten, sollten wir dann nicht alles Ermessliche tun, um genau dies zu erreichen?"

Der Angesprochene schien einen Punkt erreicht zu haben, an dem das enge Zusammenleben auf dem Schiff in einem Ausbruch des Wahnsinns kulminierte.

„Du willst also, dass dieses Turnier, auf das wir Jahre hingearbeitet haben, nun einfach so mir nichts dir nichts ausfällt?"

Fischer nickte.

„Aha. Aha." Rimet schnappte nach Luft. Annettes Augen leuchteten erfreut.

„Nicht genug, dass du und deine Metze dem Fußball aufs Übelste unterstellen, dass er von dunklen Mächten angetrieben wird. Nein. Nun also sorgt dieser arme, unschuldige Sport auch noch dafür, dass Menschen sterben. Ist es das, was du sagen willst?"

„Nicht direkt. Ich …"

„Aha. Aha. Mein lieber Herr Fischer. Jetzt ist es raus. Sie haben es von Anfang an auf meinen Posten abgesehen. Natürlich. Jetzt wird alles klar und deutlich. Sorgsam eingefädelt das Ganze. Schon seit Barcelona. Sie immer mit Ihren Sprachen. Ha, wie durchsichtig. Es würde mich gar nicht wundern, wenn …, wenn, …"

„Ja, Jules?"

„Hören Sie auf, mich Jules zu nennen. Es würde mich nicht wundern, wenn Sie selbst der Mörder sind. Oja, nun passt alles zusammen."

Fischer war kreidebleich. Er musste sich in diesem Moment eingestehen, dass er auch schon Überlegungen angestellt hatte, ob Rimet ein Motiv gehabt hätte … Aber diese Gedanken hatte er wegen ihrer Ungeheuerlichkeit schnell wieder verworfen. Dass nun der Präsident aber einen solchen Vorwurf offen aussprach, das war selbst für sein argloses Gemüt zu viel. Er drehte sich um und ging wortlos hinaus. Aus den Augenwinkeln sah er, dass wenigstens Annette sich zu amüsieren schien.

4.

Harry hielt sich den Hut. Er war auf ekelhafte Weise zufrieden und tat das durch ein unaufhörliches Grinsen kund. Jean dagegen schien eher besorgt zu sein. Hektisch blickte sie immer wieder den Gang herunter, während sie sich an der Planke der Gangway festhielt. Die Koffer waren schon unten aufgetürmt und standen da wie die Pyramiden von Gizeh.

„Ja, also, dann …“ Fischer streckte seine Hand aus. Jean schaute ein wenig überrascht.

„Ich schreibe“, sagte sie und nahm die ausgestreckte Hand in ihre.

„Gut“, sagte Fischer. Smeralda drückte Jean zwei Küsschen auf deren Wangen. „Alles Gute für deinen Papa“, sagte sie.

„Kapitän Pinceti hatte gesagt, ich solle unbedingt warten.“ Wieder schaute Jean über das Deck.

„Na komm, Schatz. Er scheint es wohl vergessen zu haben. Hat ja auch genug zu tun. Ab ins Hotel.“

Fischer wurde ein wenig schlecht, obwohl das Schiff ruhig im Hafen lag.

„Ja“, sagte Jean und wandte sich zum Gehen. Auf der Mitte der Gangway angelangt, drehte sie sich noch einmal um, als wäre sie sich ihrer Entscheidung unsicher. Fischer schluckte. Dann aber lächelte sie ihn an, winkte einmal kurz und ging weiter.

Harry und sie waren schon ganz unten angekommen, als Pinceti in Begleitung zweier Matrosen auf das Deck gehetzt kam. Er stupste Fischer kurz an den Arm und sagte: „Kommen Sie mit.“

Ohne zu zögern folgte Fischer dem Kapitän – mit Smeralda im Schlepptau. Die zwei Leichtmatrosen, die neben Pinceti herliefen, waren groß und gut gebaut und erinnerten Moritz an zwei Türsteher. Er fragte sich, was der Kapitän im Sinn hatte, als er geraden Schrittes hinter der Koffer tragenden Jean und den fröhlich plaudernden Harry hinterherlief. Harrys Laune schien sich mit einem Male zu verändern, als er die weißgekleideten Uniformen auf sich zukommen sah. Fischer konnte es nicht richtig erkennen, aber es schien, als stieß er Jean an, um ihr zu bedeuten, schneller zu machen. Im Gegensatz zu seinen Anweisungen stellte Jean aber die Koffer ab und schien etwas ungehalten zu sein. Harry redete kurz auf sie ein, blickte sich dabei immer wieder hektisch um, bis er schließlich und plötzlich wegrannte. Die Matrosen liefen, ohne einen besonderen Befehl vom Kapitän bekommen zu haben, hinterher.

Fischer blickte den Kapitän an und seine Augen leuchteten aufgeregt.

„Haben wir den Mörder?", fragte er.

„Ich fürchte nein", entgegnete Pinceti. „Aber Kleinvieh macht auch Mist."

Was er damit meinte, klärte sich, als Braithwaite an den Armen an die Stelle herbeigezogen wurde, wo eine verwirrte Jean dem Treiben zuschaute.

„Was ist hier los? Was soll das? Harry, warum bist du weggelaufen?"

Statt einer Antwort blickte Harry auf den staubigen Hafenboden.

„Jeremy Poulston, im Namen des mir an Bord angetragenen Rechts als Kapitän der SS Conte Verde verhafte ich Sie. Sie werden den zuständigen Behörden in Brasilien übergeben und in Ihr Heimatland abgeschoben werden."

Jeans Gesicht war kreidebleich.

„Was ist los?", fragte endlich Smeralda und brach somit den Bann. „Was hat der Mann getan? Und warum dieser komische Name?"

„Der komische Name ist sein Name."

Jean war den Tränen nahe. „Was?"

„Dieser Mann, Misses, heißt in Wirklichkeit Jeremy Poulston. Er hat …"

Pinceti schaute Harry an, der zu Boden schaute, während er in den Armen der Matrosen hing.

„… eine Frau und fünf Kinder in einer ärmlichen Gegend in Swindon. Außerdem steht er unter Verdacht, eine Ehe mit einer Lady Brombostol aus der Grafschaft Kent zu führen, des Weiteren ist er verheiratet mit Misses Dorothy Quince aus Middlethorpe. Er wird zudem als Trickbetrüger polizeilich gesucht. Ich habe bei einer Routineuntersuchung sein Konterfei auf einer Suchliste der Internationalen Kriminalpolizeikommission entdeckt. Es tut mir leid."

Damit lupfte er seine Kapitänsmütze und verbeugte sich vor Smeralda, die ihn mit einem seltsamen Blick musterte.

Jeans Gesicht wirkte steinern. Sie trat einen Schritt vor, was Harry dazu bewegte, seinen Kopf zu heben. Er schaute sie mit traurigem Blick an.

„Schatz, das hat nichts mit dir zu tun. Mit uns ist es anders, ehrlich. Ich habe noch nie in meinem Leben so eine tiefe ..."

Weiter kam Harry nicht. Die Ohrfeige, die Jean ihm verpasste, ließ ihn verstummen. Statt weiteren Worten liefen lediglich ein paar Tropfen Blut aus seinem Mund.

5.

Die Arme auf dem Geländer abgestützt schaute Fischer auf das emsige Treiben im Hafen. Wie alle Häfen in der ganzen Welt schien hier einer der Ursprünge des Lebens zu sein, eine Keimzelle einer pulsierenden Stadt. Matrosen in weißen Hemden und brauner Haut eilten durch die Menge, neugierige Passanten spazierten durch den Spätnachmittag und winkten den anliegenden Schiffen. Ein goldenes Licht flutete die Szenerie. Während eine leichte, aber dennoch kalte Brise durch seine Barthaare wehte, fühlte er einen Moment so etwas wie Zufriedenheit. Es war, als wären seine Sinne in das lärmende, aber zugleich – auf irgendeine, ihm noch völlig unbekannte Art – auch melancholische Leben eines entfernten Kontinents eingetaucht. Eine Möwe kreischte. Und dann formte sich aus der Szenerie, die er mit jedem tiefen Atemzug in sich hineinsog, eine langsame und doch rhythmische Melodie, die streng getaktet und doch zunächst leise und traurig in ihn drang. Er hörte Männerstimmen, aber anders als das, was er an Bord von Fjodor Iwanowitsch Tschaljapin gehört hatte, kein dunkler, dröhnender Bass, sondern eher eine stille und lähmende Mischung aus diversen Tonhöhen. Es waren Männerstimmen, die es schafften, gleichzeitig fröhlich und traurig zu sein, begleitet von Klatschen und trommelnden Schritten. Endlich sah er sie: Eine Gruppe von Männern in weißen Hosen und Mänteln lief im rhythmischen Trab über den Kai. Die Menschen um sie herum, die gerade noch ihrem gewohnten Tagesablauf nachgehangen hatten, hielten inne und blickten auf die Gruppe der hüftschwingenden Männer. Einer von ihnen hatte eine Ukulele, einer ein Tambourin und ein anderer wiederum eine Gitarre. Moritz war wie gebannt. Es dauerte eine Weile, bis ihm klar wurde, mit wem er es hier zu tun hatte. Dies war nicht etwa eine südamerikanische Musikkapelle, sondern es war die Fußballnationalmannschaft der Brasilianer.

Inzwischen standen die Passanten, Hafenarbeiter und Matrosen Spalier für die Gruppe, die sich langsam, aber sicher in Richtung Gangway vorarbeitete. Die Menge klatschte. Moritz selbst bemerkte, dass er über beide Ohren strahlte. Auf einmal war die düstere Stimmung, die sich über diese Fahrt gelegt hatte, vertrieben. Er löste sich vom Geländer, das er eben noch mit beiden Fäusten umschlossen hatte und wandte sich zum Gehen, um die Gruppe als Offizieller zu begrüßen, als er Rimet, gefolgt von Balway, die Planke hinabsteigen sah.

Er hielt inne. Nach seinem Streit mit Rimet hatte er nicht das Gefühl, dass seine Gegenwart erwünscht war. Aber wie wollte Rimet die Spieler begrüßen? Weder er noch Thomas Balway sprachen Portugiesisch. Unsicher darüber, ob er doch noch gehen sollte oder nicht, beobachtete Fischer nun drei weitere Figuren die Gangway hinuntergehen: Langenus, Christophe und eine Frau. Er hatte diese Frau noch nie gesehen. Wer war sie? Sie sah wuchtig aus, hatte breite Waden und eine ausladende Hüfte. Sie trug eine weiße Bluse, darüber eine schwarze Strickjacke, die die fleischigen Unterarme jedoch freiließ. In ihrer rechten Hand hielt sie einen Schirm, auf dem Kopf einen dazu passenden, altmodischen Hut, der die Form des Schiffes hatte, auf dem sie sich befanden. Also hatte Rimet sich schon Ersatz geholt, dachte Fischer verbittert, während er zusah, wie die Gruppe der Fußballer freundlich und lachend die Hände mit den vom Schiff Kommenden schüttelten.

Fischer beschlich ein ungutes Gefühl. Er konnte förmlich spüren, wie neues Unheil aufzog. Wenn der Mörder tatsächlich etwas mit der Fußballweltmeisterschaft zu tun hatte – und alles deutete darauf hin –, dann würde er sich seine Opfer auch im neuen Team suchen.

Das alles schien an den Männern, die nun einer nach dem anderen von der Conte Verde verschluckt wurden, vorbeizugehen. Fischer dachte nicht länger nach. Er riss sich los und stürmte über das Deck.

Die weiche Wolle des Teppichs, über den er lief, um den Brasilianern, die an Bord kamen, zu begegnen, dämpfte das Klappern seiner Sohlen. Rimet bemerkte ihn erst, als er direkt hinter ihm stand. Alle blieben abrupt stehen. Nur die Gruppe der brasilianischen Fußballer lief lachend und scherzend weiter.

Fischer bereute, dass er Rimet auf den Rücken getippt hatte.

„Was?" Rimets Frage war wie eine Ohrfeige. Langenus lächelte. Balway und Thomas schienen eher peinlich berührt zu sein.

„Diese jungen Männer …", stammelte der Vizepräsident, der sich wie ein kleiner Junge vorkam.

„Ja?"

„Sie finden den Tod."

Rimet blickte ihn einen Moment so an, als überlege er, wie man einem Affen das Sprechen beibringen könne.

„Wir alle finden den Tod, Monsieur. Aber die Braven und Tapferen unter uns fürchten ihn nicht. Wenn Sie mich nun entschuldigen würden, Monsieur? Im Gegensatz zu Ihnen bin ich mir meiner Rolle als Gastgeber bewusst."

Noch eine Ohrfeige. Balway und Thomas wandten sich ab und erst jetzt sah Fischer, dass auch die Frau Zeugin dieser unwürdigen

Szene geworden war. Sie hatte, bevor sie sich abwandte, den Mund zugespitzt und strahlte trotz offensichtlicher Abneigung ihm gegenüber doch eine kalte Zufriedenheit aus. Langenus klopfte ihm die Hand auf die Schulter. „Kommen Sie einfach mal vorbei, mein Bester, und entspannen Sie sich bei der Lektüre des ‚Kickers'."

Fischer sah die Gruppe, zu der er offensichtlich nicht mehr gehörte, den Gang hinunterlaufen und um die Ecke biegen, wobei ihm die Frau noch ein hämisches Lächeln mit auf den Weg schickte. Er schluckte. Sollte er aufgeben?

Er hätte am liebsten Jean oder Smeralda dabeigehabt, aber er wollte Jean in ihrem Trauerprozess nicht stören. Sie zu suchen, würde ihn unnötige Zeit kosten. Also fand er sich ohne seine Begleiterinnen auf der Kapitänsbrücke wieder.

Pinceti stand zusammen mit zwei weiteren Offizieren über den Karten. Als er aufblickte, lächelte er. „Signore Fischer. Was kann ich für Sie tun?"

Fischer stammelte erst ein wenig herum, bis Pinceti den Wink verstand und die zwei Anwesenden über den Karten stehen ließ, um mit dem Ungarn an die frische Luft zu gehen.

„Ich mache mir Sorgen, Herr Kapitän."

„Nun, das ist nur zu verständlich."

„Es geht um die Brasilianer, die Fußballer, meine ich. Ich …"

„Ja?"

„Ich würde sie gerne warnen. Dazu müsste ich wissen, wo sich der Kapitän der Mannschaft aufhält. Vielleicht kann ich ihn dazu bewegen, das Schiff zu verlassen."

„Ich verstehe." Pinceti nickte. „Es ist Ihre Weltmeisterschaft. Ich sehe, was ich für Sie tun kann."

Eine halbe Stunde später stand Fischer vor einer Tür und klopfte. Nach kurzer Zeit kamen Schritte auf die Tür zu, welche ruckhaft geöffnet wurde. „Ich komme schon, Ivan." Ein junges, energetisches Lächeln strahlte Fischer entgegen, um im nächsten Moment von einem Lachen abgelöst zu werden. Der Mann, der vor ihm stand, hatte ein europäisches Aussehen. Seine Haare standen voll und dicht nach oben und machten ihn um zehn Zentimeter größer.

„Entschuldigen Sie, Senhor. Ich habe Sie für meinen Freund gehalten. Also, es wäre schön, wenn Sie mir vielleicht einen Whiskey bringen könnten. Wann gibt es Abendessen?"

Fischer räusperte sich. „Entschuldigen Sie. Ich bin kein Steward."

„Oh." Die hellblauen Augen des Mannes leuchteten freundlich.

„Fischer. Moritz Fischer. Ich bin der Vizepräsident der Fußballvereinigung, die diese WM organisiert. Darf ich reinkommen?"

„Natürlich. Es ist mir äußerst peinlich, dass …"

Fischer winkte ab. „Machen Sie sich keine Sorgen, Senhor …?"

„João Coelho Neto. Man nennt mich auch Preguinho. Aber Sie dürfen mich auch einfach João nennen." Der dunkelhaarige Mann hatte einen durchdringenden, ernsten Blick. „Ich würde uns etwas zu trinken bestellen, Senhor, aber ich muss mich hier erst einmal einfinden."

Fischer hob beschwichtigend die Hände. Er ließ sich auf einen der samtbezogenen weißen Stühle plumpsen. „Lassen Sie, junger Mann. Ich brauche nichts. Ich würde gerne nur mit Ihnen reden."

Preguinho nahm sich einen anderen Stuhl und setzte sich Fischer gegenüber und lächelte ihn an. „Womit kann ich dienen?"

Und dann erzählte Fischer. Anfangs stotterte er noch etwas herum, was weniger daran lag, dass er nun auf Portugiesisch sprechen musste, sondern mehr daran, dass er nicht wusste, wie er seinem Gegenüber klarmachen sollte, dass dieser das Schiff verlassen sollte. Da Neto sich aber als ein guter Zuhörer erwies, der kaum durch Zwischenfragen oder Kommentare störte, kam Fischer immer mehr in einen Redefluss, der ihn so weit brachte, dass er nicht nur detailliert über die Mordserie, die das Schiff erschüttert hatte, berichtete, sondern auch fast dabei noch sein Herz ausgeschüttet hätte, als er Jean erwähnte.

„Das ist …" Neto schien ernsthaft erschüttert. „Das ist furchtbar, Senhor Fischer."

„Oh ja." Fischer war froh, dass der andere seiner Meinung war.

„Ich werde als Kapitän meiner Mannschaft selbstverständlich die notwendigen Schritte einleiten."

„Ich bin froh, João. Wirklich."

„Selbstverständlich, Senhor Fischer. Keiner soll sagen, dass die brasilianische Nationalmannschaft sich drücken würde. Dass sie feige vor dem Feind flieht."

„Was?"

Neto sprang auf. „Wir werden Ihnen helfen, den Täter zu finden."

„Aber …" Weiter kam Fischer nicht.

„Ich werde mit dem Mannschaftsleiter sprechen. Dann werde ich das Team zusammentrommeln. Es lebe Brasilien. Es lebe der Fußball." Netos lange, hochstehende Haare zitterten bei jedem Wort. Er schien geradezu entzückt, für eine große Sache kämpfen zu können.

„Warten Sie, junger Mann. Nein, ich wollte Sie einfach nur warnen." Fischer überkam, noch während er aufstand und versuchte, sich dem aufkommenden Eifer des Fußballers entgegenzustellen, eine lähmende Müdigkeit.

„Sie haben mich überzeugt, Senhor Fischer. Diese Mordserie wird ein Ende haben."

Neto drängte sich an Fischer vorbei aus seiner Kabine heraus und verschwand im Dunkel des Ganges, während Fischer noch japste. Warum nur, so fragte er sich, schien ihm auf diesem Schiff immer alles zu entgleiten?

Das Krankenzimmer war kahl wie immer. Dennoch wirkte es beruhigend auf Fischer. Vielleicht lag das daran, dass er die Umgebung gewohnt war. Vielleicht auch daran, dass er selbst hier auf der Pritsche gelegen hatte und das kalte Licht in sich aufgesogen hatte wie ein sich stärkender Säugling Muttermilch trinkt. Er wusste es nicht, aber er verspürte in sich eine gewisse Vorfreude.

Tatsächlich kamen Jean und Smeralda kurz nacheinander durch die knirschende Stahltür und setzten sich ihm gegenüber, was ihm einen Teil seines Unwohlseins wegnahm. Er verspürte auf einmal den Geschmack von Whiskey in seinem Mund, verstand selbst nicht, weshalb. Um sich abzulenken, kam er zur gleich zur Sache.

„Danke, dass ihr gekommen seid. Und ich freue mich, dass du noch hier bist, Jean."

Die Angesprochene wirkte auf entschlossene Art genervt.

„Ich habe keine Lust mehr, mein Leben nach anderen auszurichten. Die Geschichte mit Harry hat mir den Rest gegeben. Aber lasst uns nicht über mich reden. Wir hatten ja, bevor du deinen Unfall hattest, mal vor, uns jeden Morgen und Abend hier um sieben zu treffen. Das können wir ja einfach ab sofort so machen", schlug Jean vor.

Fischer schüttelte den Kopf. „Es sind nur noch zwei Tage bis zu unserer Ankunft. Und außerdem, und deshalb habe ich euch hierhergebeten, haben wir versagt."

Das Schiff schaukelte leicht, was Fischer einen weiteren Stich in der Magengegend versetzte. Die Brasilianer waren an Bord geblieben. Smeralda und Jean schauten ihn an, als erwarteten sie eine Erklärung. Er seufzte.

„Wir sind der Aufklärung der Morde kein einziges Stück nähergekommen. Insgesamt sind nun wie viele Leue gestorben? Sieben?"

„Sechs", berichtigte Jean.

„Ja. Das ist schlimm genug. Und dann ist noch Abbad ins Meer gesprungen. Und warum? Weil wir versagt haben."

Die Frauen blickten zu Boden, mitgerissen von seinem schlechten Gewissen. Hatte Fischer gehofft, dass sie ihm widersprechen würden? Falls es so war, taten sie sich extrem schwer damit.

„Wir haben doch alle unser Bestes gegeben", sagte Smeralda mit dünner Stimme, blickte dabei aber den feuchten Stahlboden an.

„Moritz hat Recht", warf Jean ein. „Was haben wir erreicht? Nichts. Wir haben ein paar Leute verdächtigt, wir haben ein paar Spuren verfolgt. Geführt haben sie alle ins Nichts. In zwei Tagen werden wir den Hafen von Montevideo anlaufen und dann wird der Mörder von Bord gehen und sich ins Fäustchen lachen."

„Es muss etwas geben, das wir übersehen haben“, sinnierte Smeralda.
„Wir hatten diesen Schauspieler in Verdacht …“
„Edmund Lowe.“
„Richtig. Davor noch Tarnoff. Dann diesen verrückten Anhänger Mussolinis. Dann den König von Rumänien.“
„Keinen einzigen Fußballer.“
Alle drei sahen sich entsetzt an.

Es ist ruhig. Das ist gut so. Die Fahrt war voller Mühen. So viel war zu tun gewesen. So viel musste erledigt werden. Und dann mit einer solch gewissenhaften Genauigkeit. Mehr als einmal hing alles an einem seidenen Faden. Aber dank der sorgfältigen Planung ist alles so gelaufen, wie es vorherbestimmt war. So wie es sein muss. Damit die Weltordnung wiederhergestellt ist. Und nun noch das Schlusswerk. Der letzte Akt. Der fast letzte. Vorher muss, der Gerechtigkeit wegen, noch einer der Brasilianer gehen. Aber das wird nur eine Ausschmückung des großen Finales sein, eine kleine Randnotiz.
Der Wind ruft. Er verlangt nach Blut.

15. Tag, 3. Juli – Jean

1.

Heute noch einmal das ganze Schiff durchqueren. Das wäre es. Morgen würden sie in Montevideo einlaufen. Jean wachte auf und war hin- und hergerissen zwischen der Freude, die ihr seltsamerweise jedes nahestehende Ende einer Reise bereitete, und dem bitteren Nachgeschmack der Affäre mit Harry.

Ich werde nicht weinen, sagte sie sich. Ich werde diesen Tag genießen und das Schiff noch einmal komplett auf den Kopf stellen. Von diesem Gedanken halbwegs beschwingt stellte sie ihre Füße auf den vom flauschigen Teppich gedämmten Stahlboden und streckte sich. Ein sanftes Licht schimmerte durch die ockerfarbene Gardine. Sie blickte auf ihre silberne Taschenuhr, die sie auf den Tisch gelegt hatte: 6:45 – nur, welche Zeit, fragte sie sich. Dann zog sie sich an und ging zum Oberdeck.

Fischer stand vor der unabgedeckten Plane in dem braunen Wollmantel, den sie in Madeira gekauft hatten. Er blickte grimmig drein, so als sei er empört über die kühlen Temperaturen. Die Hände hatte er in die breiten Seitentaschen des Mantels gesteckt. „Das sind höchstens 12 Grad“, schimpfte er. „Und dann dieser Wind.“

Der Holzboden war am Rand des Pools mit weißem Puder bedeckt. Jean fragte sich, ob es geschneit haben könnte. Jean strich sich ein paar Haare von der Stirn, die der Wind dorthin geweht hatte. „Etwas zu kalt zum Schwimmen, oder?“

Sie sah, wie Fischer mit sich rang. „Wir testen mal, wie kalt das Wasser wohl sein wird. Hilf mir.“ Während Jean zur einen Seite der Plane ging, erinnerte sie sich, wie sie Fischer dazu gebracht hatte, selbständig die Gurte zu lösen, das erste Mal, als sie sich hier getroffen hatten. Sie lächelte bei dem Gedanken. Gemeinsam gingen sie von der Vorder- zur Hinterseite des Pools. Ihr Lächeln gefror.

„Was ist das?“

Ein dunkler Schatten lag im Wasser. Moritz war zur gleichen Zeit wie sie stehen geblieben. Er blickte sie an. Wie gerne hätte sie ihn gehalten.

Später, als sie gemeinsam auf der Bank saßen, nebeneinander, mit Handtüchern umwickelt, da sie den leblosen Körper aus dem Wasser gefischt hatten, erinnerte sich Jean wieder an diesen Blick. Es war, als hätte das Entsetzen einen tiefen Krater in das Sein des Ungarn geschlagen. Der Blick war auf der einen Seite leer gewesen, auf der anderen Seite aber hatte er so viel ausgedrückt. Sie hatte eine Weigerung gesehen, anzuerkennen, dass ein weiterer Spieler ermordet worden war. Aber auch Verzweiflung über das eigene Unvermögen, dies zu verhindern. Nun saß Moritz neben ihr und hielt sich die Hände vor das Gesicht. Ein Impuls wollte sie dazu veranlassen, ihren Arm auf seine Schulter zu legen, aber sie fand das etwas unpassend.

„Ich habe ihn gestern noch gesehen", stammelte Fischer. „Habe versucht, sie alle davon abzuhalten."

„Wer war er?", fragte Jean, mehr aus Verlegenheit als aus echtem Interesse.

„Sein Name war Ignacio Callejo Palmeiro Del Campo. Ein Mittelfeldspieler."

Jean erinnerte sich an den relativ kleingewachsenen Mann mit weißer Haut, den sie aus dem Wasser gezogen hatten. Ein junger Mann, wahrscheinlich nicht älter als 20 Jahre. Wahrscheinlich hatte er einen Freudentanz veranstaltet, als er erfahren hatte, dass er nach Uruguay fahren durfte. Wahrscheinlich hatte, so dachte Jean, die ganze Familie ein Fest gegeben und Nachbarn, Freunde und Verwandte eingeladen, um den Jungen zu feiern. Er lag noch immer da – auf den nassen Dielen, ein weißes Tuch über seinem Körper. Der Schiffsboden zitterte. Es wirkte, als würde sich der Körper des Toten noch nicht damit abgegeben haben, seiner Funktion entledigt worden zu sein.

Fast lautlos setzte sich Pinceti neben Fischer auf die Bank. Sein Kopf neigte sich zum Boden, als er Fischer ansprach: „Wann haben Sie ihn denn gefunden, Signore Fischer?"

Fischers Stimme war leise. „Heute früh. Ich bin zum Baden hier raus gegangen. Ich weiß nicht genau, wie spät es war."

„Also, ich bin um sieben hier hochgekommen, Moritz."

Pinceti schaute sie an. „Und Herr Fischer war schon hier?"

„Ja. Warum?"

Pinceti antwortete mit einer Gegenfrage: „Wie haben Sie den Toten gefunden?"

„Moritz wollte Schwimmen gehen. Und dann haben wir die Plane vom Pool herabgezogen. Und da lag er."

Pinceti blickte auf den grauen Schiffsboden.

„Es ist so. Sein Zimmergenosse sagt, dass Del Campo erst um halb sieben das Zimmer verlassen hat."

Fischer blickte den Kapitän der Conte Verde verständnislos an. „Was bedeutet das?"

„Das bedeutet, dass Sie bitte mitkommen müssen, Herr Fischer."

Erst jetzt sah Jean die zwei Matrosen, die im Hintergrund mit hinter dem Rücken verschränkten Armen standen. An ihren Gürteln hingen Holzknüppel. Jean kannte die beiden Männer. Es waren dieselben, die Harry in Rio abgeführt hatten.

2.

Pinceti blickte hinaus auf die offene See. Die Hände hielt er hinter seinem Rücken. Sie wirkten fast zart, wie sie hinter den Krempen des weißen und gestärkten Hemdes hervorlugten.

„Es ist nicht so, dass ich für Herrn Fischer keine Sympathie empfinde. Ich würde sogar sagen, dass ich mich ihm auf seltsame Art verbunden fühle", erklärte der Kapitän.

„Aber Sie haben ihn verhaften lassen."

Nun drehte Pinceti sich um. „Ich muss. Vielleicht, Signora Doyle, hat er uns alle getäuscht."

Jean starrte ihn an. „Das ist absurd. Sie kennen ihn nicht."

„Kennen Sie ihn, Miss Doyle?"

Jean wollte etwas antworten, merkte aber, wie ihr die Worte fehlten.

„Sie glaubten auch, Ihren zukünftigen Ehemann zu kennen, nicht wahr?"

„Das ist … nicht mein zukünftiger …"

Jean war zu erregt, um die passenden Worte zu finden. Daher stand sie auf und verließ die Kabine, ohne sich zu verabschieden. Sie knallte die Tür hinter sich zu. Aber noch während sie den Gang herablief und die kleine, eiserne Treppe hinabstiefelte, wirkten die Worte des Kapitäns in ihr nach. Kannte sie Moritz wirklich? Sie lief durch die engen Gänge des vorderen A-Decks, auf dem sich die Unterkünfte der Offiziere befanden. Sie musste heraus, an die frische Luft. Als sie ihre Hände auf das kalte Geländer legte, dachte sie daran, dass Moritz auch beim ersten Mord, als Trampolini in das Motorgewinde geworfen wurde, in der Nähe gewesen war. Sie musste sich ablenken. Und sie wusste auch schon wie.

Der kleine, schmale Mann lag auf dem Tisch aufgebahrt, auf dem vor ein paar Tagen noch Fischer gelegen hatte, nachdem er mit dem Schlitten in die Mauer gerast war. Ein Mann in einem weißen Mantel mit einer dunklen, runden Brille stand vor einem der Eisenregale, die in die Wand eingelassen waren. Als er sich umdrehte, sah Jean, dass er ein Skalpell in der rechten Hand hielt, das an der Klinge bräunlich gefärbt war.

Der Mann auf der Bahre war bleich und wirkte, nackt wie er dalag, zerbrechlich wie eine Porzellanpuppe. Als Jean ihren Blick in Richtung Bauch wandern ließ, sah sie das dunkle Loch. Schnell sah sie den Mann mit dem Kittel an.

„Ich komme, um mir den Toten anzusehen."

„Miss Doyle, nicht wahr? Ich bin Dr. Bartoli."

„Richtig. Jean Doyle. Ich wollte wissen, wie er gestorben ist."

Der Mann, der ihr gegenüberstand, wischte sich mit dem Ellenbogen über die Wange, so dass die Brille leicht zu wackeln anfing, aber nach einem kurzen Zucken in ihre ursprüngliche Lage zurückrutschte.

„Das ist etwas ungewöhnlich", erklärte der Doktor. „Dies ist ja nicht die erste Leiche, die ich auf dieser Überfahrt zu sehen bekomme. Aber es ist wieder eine ungewöhnliche Art zu sterben. Oder vielleicht sollte ich sagen: eine grausame Art."

„Wie meinen Sie das?" Jean starrte intensiv auf die Nase des Mannes, damit ihr Blick nicht auf den offenen Magen der Leiche abrutschen konnte.

„Nun, der Mann war gefesselt, als er im Wasser lag."

„Er ist also ertrunken?"

„Ja. Aber das ist nicht das Ungewöhnliche. Bevor er in das Wasser geworfen wurde, hat ihm jemand gewaltsam Gips in den Rachen eingeflößt."

„Gips?"

„Richtig. Der Mann musste den trockenen Gips schlucken. Dann wurde er in den Pool geworfen. Wenn ein Mensch ins Wasser geworfen wird, wird er irgendwann den Mund aufmachen, um Luft zu bekommen. Daraufhin hat er eine nicht unerhebliche Menge an Wasser geschluckt, die sich dann im Magen mit dem Gips verbunden hat. Das ist der Grund, weshalb der Körper am Boden des Pools lag und nicht an der Oberfläche schwamm."

Jean hielt sich die Hand vor den Mund. „Oh Gott." Sie schaute erneut auf das bleiche Gesicht des jungen Mannes. „Was muss er durchgemacht haben?"

„In der Tat", pflichtete Bartoli ihr bei. „In der Tat."

Wenn es irgendeinen Ort gab, der ihr Trost spendete, war es die Kantine des Schiffes. Mit beruhigender Gleichmütigkeit bewegten sich die Bediensteten über die flüsternden Teppichböden, silberne Tabletts in der Hand und ein Ruhe ausstrahlendes Serviertuch über den Unterarm gelegt. Die schwarzen Westen, die sie über die weißen Hemden geknöpft hatten, hatten für Jean etwas Besänftigendes. Selbst das Geschirr, der weiße Teller mit dem Goldrand, dazu die passende Teetasse und die silberne Kanne, das klappernde Besteck – all diese Dinge ermöglichten ihr, sich so weit zu entspannen, dass sie sich einen tiefen Seufzer erlaubte. Die Erdbeermarmelade schmeckte süß, zusammen mit der Butter und dem sich in ihrem Mund aufweichenden Brötchen gaben sie ihr ein Gefühl von Heimat zurück, das sie dringend benötigte.

„Ich kann es einfach nicht glauben. Die ganze Zeit werden wir von einem Wahnsinnigen an der Nase herumgeführt und jetzt ist sogar noch Moritz verdächtigt. Das ist alles einfach zu absurd."

Smeralda schaute sie an. „Das ist es in der Tat, meine Liebe. Ich denke mal, dass es kein Zufall ist, dass wir die Berufe gewählt haben, die wir gewählt haben. Wir sind eben keine Polizisten, Detektive oder Ermittler."

„Und was ist, wenn uns Moritz doch die ganze Zeit an der Nase herumgeführt hat? Ich will und kann das gar nicht glauben – aber was, wenn es nun doch so ist?"

„Hör mir zu, Kleines." Smeraldas Stimme wurde zu einem Flüstern. „Ich habe mit diesem Mann eine Nacht verbracht. Und ich kann dir mit Bestimmtheit sagen, dass er kein Mörder ist. Ich würde sagen, dass ich mich einigermaßen mit Männern auskenne und insbesondere mit denen, die sich mir auf die ein oder andere Art außerhalb der gesellschaftlichen Zwänge und Regeln gezeigt haben. Moritz mag ein Genießer, ein Witzbold, ein Unterhalter sein. Aber er ist ganz gewiss kein Mörder. Und ein überzeugender Lügner ist er schon gar nicht. Du kannst ihn also als Täter kategorisch ausschließen."

Jean fühlte sich erleichtert.

„Manchmal beneide ich dich, Smeralda."

„Mich? Wofür das denn bitte?"

Jean schaute ihrem Gegenüber in die Augen.

„Du gehst so versiert durch diese Welt. Scheinst mit ihr zu spielen, kennst dich aus. Ich weiß nicht."

„Ich weiß nicht, ob es so ist. Kann sein. Aber wenn es so ist, Jean, dann habe ich einen hohen Preis dafür bezahlt. So, und jetzt wenden wir uns wieder unserem eigentlichen Problem zu: Wer kann unser Mörder sein?"

„Der Mörder hat Del Campo, bevor er ihn gefesselt in den Pool warf, erst mit Gips gefüttert. Er muss unglaublich kalt und grausam sein."

„Wo hatte er den Gips her?"

„Laut Pinceti sind überall auf dem Schiff kleine Säcke mit Gips verteilt."

„So? Wozu soll das gut sein?"

„Anscheinend werden erste kleine Rostflecken, die während einer Überfahrt entstehen, mit Gips abgedeckt. Auf dem Deck, wo Del Campo ermordet wurde, stand ebenfalls ein solcher Sack – nicht unweit vom Pool."

„Wenn aber Del Campo tatsächlich erst um 6.30 Uhr aufgestanden ist und die Kabine verlassen hat – du aber bereits um 6.45 am Pool angekommen bist, wo Moritz sich gerade zum Baden bereit gemacht hat, dann hatte der Täter überhaupt keine Zeit, das Opfer zu töten."

„Eben. Alles spricht dafür, dass es eben doch Moritz war."

„Unmöglich." Smeralda blickte aus dem Fenster. „Was ist mit Del Campos Kabinengenosse? Vielleicht hat er gelogen?"
„Warum sollte er", sagte Jean. „Es sei denn, er wäre selbst der Täter. Allerdings kann er ja nicht all die anderen ermordet haben, da er erst in Rio am Bord gekommen ist."

Sie schauten sich an und verzogen die Münder.

3.

Der Hafen von Santos war voller Landungsbrücken, Schiffsanlagen und Kränen, die eingerahmt waren von umliegenden bergigen Landzungen.

Als das Schiff in Santos angelegt hatte und eine weitere Ladung von Passagieren kofferbepackt die Planke herabgestiegen war, überkam Jean, die auf einem der oberen Decks stand, das Gefühl, dass sie fliegen könnte. Es war ein kurzer, seltsam leichter Moment, der sie erfasste. Sie lächelte, hob die Arme und sog die frische, kalte Luft ein. Dann war der Moment vorbei, nicht allerdings, ohne ein Gefühl der Leichtigkeit zu hinterlassen. Schade, dachte sie, die Realität sah anders aus.

Wahrscheinlich würde der Mörder die Möglichkeit nutzen, von Bord zu gehen, um einer abschließenden Untersuchung am Ende der Fahrt zu entgehen und wahrscheinlich würden alle, die an Bord gewesen waren, die Umstände und die Taten bedauern, aber nichts, aber auch gar nichts an ihrem Leben und ihrem Verhalten ändern. So war der Lauf der Zeit. Wenn dem Menschen nichts mehr einfiel, wurde er entweder radikal oder betäubt. Das war nicht richtig.

Sie wollte sich diesen zweiten, weniger erbaulichen Gedanken aus dem Hirn vertreiben und entschied sich, an Land zu gehen. Der Kaffee in Santos sei legendär, hatten ihr alle versichert. Diese Art von Ausflug wäre prädestiniert für einen gemeinsamen Ausflug mit Moritz gewesen, aber, und da musste sie wieder an die Widersprüchlichkeit menschlicher Erfüllung denken, dieser saß ja nun in Sicherheitsgewahrsam. Also alleine.

Als sie unten die Hafenmole in eine unbestimmte Richtung abwanderte, sah sie, wie die Conte Verde in all ihrer majestätischen Ruhe betankt wurde. Ein kleineres Dieselschiff war an sie herangefahren und ein langer schwarzer Schlauch wand sich aus dem kleinen Kahn hinüber zur Breitseite des Luxusdampfers. Auf mittlerer Höhe befand sich eine Klappe, die geöffnet worden war und die das Ende des Tankschlauches markierte. Es schien, als hole der Riese noch einmal tief Luft und atme eine Ladung Diesel ein, bevor er das letzte Kapitel der Reise antreten wollte.

Die Atmosphäre im Hafen war ruhig und gelassen. Die Menschen schienen fröhlich und entspannt zugleich zu sein. Sie sah einige der Belgier ausgelassen am Strand toben, winkte herüber und bekam einige grinsende Blicke zurück. Sie würde, das wurde ihr auf einmal klar, all diese Menschen vermissen. Sie waren ihr ans

Herz gewachsen, nicht nur Moritz und Smeralda, sondern auch diejenigen, die sie eben nur ein paarmal, aber eben immer wieder, gesehen hatte. Etwas beschwingt nickte sie nun auch einer Gruppe von Menschen zu, die sie aus dem Speiseraum kannte: Ein älteres Ehepaar, Velg und jemand von der Organisation, den sie nie mit Namen kennengelernt hatte. Velg sah ermattet aus und doch gleichzeitig zufrieden. Er winkte ihr zu. Ein Stück weiter hinten, in einem anderen Café, saß Edmund Lowe, der sie eher grimmig anschaute, was sie ihm nicht verdenken konnte. Sie bekam einen Klumpen in ihrem Magen, als sie an Lylian dachte und hoffte, dass es dieser gut ging. An einem anderen Tisch saßen weitere Gesichter, die sie erkannte, auch wenn sie sie nicht zuordnen konnte. Es war seltsam aber auch beruhigend, dass Ort und Zeit schon ausreichend waren, um ein Gemeinschaftsgefühl zu bilden.

Jean hatte allerdings keine Lust sich zu unterhalten, zog ein wenig weiter und setzte sich dann in ein Kaffee, vor dem nur drei einfache Holztische mit jeweils zwei einfachen Stühlen aufgebaut waren, an denen niemand saß. Sie blickte auf das nun etwas abseits von ihr liegende Treiben, ließ das Kreisen und Kreischen der Möwen hypnotisch auf sich einwirken und drückte sich in die Rückenlehne. Sie dachte darüber nach, warum sie sich bei den Reisen mit ihren Eltern eigentlich nie mit irgendjemandem verbunden gefühlt hatte, weder mit ihren Eltern noch mit ihren Brüdern, aber auch nicht mit irgendwelchen Mitreisenden, die sie zumeist als elitär und langweilig empfunden hatte. Ich war zu jung, dachte sie. Und mit einem Mal wurde ihr auch klar, dass ihre Eltern ihre beiden Brüder lieber hatten als sie. Obwohl ihre Brüder Denis und Adrian eigentlich niemals irgendetwas Gescheites zustande gebracht hatten, wurden sie von ihrer Mutter verhätschelt und von ihrem Vater für jede kleine Unsinnigkeit gelobt. Erst jetzt wurde ihr dabei bewusst, wie sehr sie das all die Jahre geschmerzt hatte. Seltsam aber war, dass ihr in diesem Moment, als sie die Ungerechtigkeit vor Augen hatte, diese nicht mehr so erdrückend war.

Schon jetzt blickte sie zurück auf eine Überfahrt, die einen anderen Menschen aus ihr gemacht hatte. Noch bevor sie diesen Gedanken vertiefen konnte, tauchte eine helles Sommersprossengesicht vor ihr auf, das sie unverhohlen angrinste.

„Annette. Was machst du hier? Wie schön dich zu sehen."

„Oh Jean. Mein Kleid ist fertig."

Jean lächelte das Mädchen an, das strahlend vor ihr stand. Sie wusste nicht genau, wovon Annette sprach, doch die Erfahrung hatte ich gezeigt, dass ein wissendes Lächeln Momente der Peinlichkeit sehr gut zu überbrücken weiß. Und in der Tat sprach Annette einfach weiter.

„Heute Abend, beim Ball, werde ich scheinen wie die Sonne."

„Ah." Jean erinnerte sich. An diesem Abend sollte es auf der Fahrt, die an Festlichkeiten nicht arm gewesen war, den letzten Ball geben.

„Ich habe mir meins selbst geschneidert. Ich hätte natürlich noch gerne etwas schönere Stoffe gehabt, Tüll und Seide, aber was soll's. Hast du kein Kleid, Jean?"

Jeans Stirn zog sich zusammen. Sie reiste immer nur mit einem Set von genau zwei Dingen, die sie abwechselnd anziehen konnte: Zwei Röcke, zwei paar Strümpfe, zwei Blusen, zwei Westen, zwei Hüten. Der Gedanke, sich für die Außenwelt attraktiv zu machen, etwas, das ihre Mutter längst aufgegeben hatte, ihr beizubringen, war ihr immer absurd vorgekommen. Zumindest bis sie Harry kennengelernt hatte. Oder vielleicht auch, bis sie Moritz kennengelernt hatte? Sie dachte darüber nach, wie dieser sie zum Lachen gebracht hatte. Wie der Blick, mit der er sie angesehen hatte, sie sich selber auf seltsame Weise anders betrachten ließ.

„Nein, ich habe nur ein einfaches Wollkleid."

„Oh." Annette schaute sie an, als habe sie gerade erklärt, dass sie eine tödliche Krankheit habe.

„Ist nicht so schlimm", versuchte Jean sie zu besänftigen. „Ich komme schon klar."

Ein alter Mann mit einem Gesicht voller Falten, die vom Salz, das in der Luft lag, fast kantig wirkten, stellte sich in seinen Sandalen vor sie, verschränkte die Arme und wartete.

„Kaffee", sagten Jean und Annette gleichzeitig und fingen beide an zu lachen.

Der Mann schlappte wieder in das kleine Häuschen, aus dem er gekommen war.

„Weißt du eigentlich, dass ich auch Annette heiße?" Jean hatte den Gedanken, alleine sein zu wollen, aufgegeben und war froh darum.

„Was? Das ist schön."

Jean blickte aufs Meer raus. „Lena Jean Annette Conan Doyle. Und dann habe ich mich auch noch Billy genannt – als wären das nicht genügend Namen gewesen."

„Ich habe einfach immer nur Annette geheißen. Annette Rimet."

Nach einer Pause fügte Annette hinzu: „Es tut mir leid wegen Herrn Fischer."

Jean nippte an ihrem Kaffee. „Er war es nicht."

„Mein Vater glaubt, dass er der Einzige ist, der in Frage kommt."

„Er war es nicht."

Annette lacht laut auf. „Naja, ich glaube es ja auch nicht. Aber wir werden es wahrscheinlich sehen."

„Sehen? Wieso?" Jean war etwas irritiert.

„Wenn es heute Nacht einen weiteren Mord gibt, meine ich. Dann wissen wir ja, dass er es nicht war. Und wenn es keinen gibt, naja …"

Jean schaute auf das Klatschen der Wellen auf den weißen Strand.

„Zahlen", sagte sie.

4.

Es war, als wären sich alle Passagiere darin einig, die Nacht zu nutzen, das Geschehene mit aller Macht vergessen zu machen. Der obere Speisesaal war erfüllt von schalem Gelächter und zu lauten Stimmen, die in tönender Einvernehmlichkeit zu einem Surren verschmolzen. Jean drängte sich vorbei an eitlen Männern, die protzend sich mit einer Hand den Bauch und mit der anderen ein Sektglas hielten, während ihr Zylinder schief auf dem Kopf saß, kichernden Damen, die in eng anliegenden Gewändern und weiten Schals an ihren dank der Zigarettenhalter weit von ihren Gesichtern entfernten Glimmstengeln sogen, an sich wie Schlangen durch das Gewusel windenden Obern – eine Hand unter einem bedrohlich schiefen Silbertablett, die andere nach vorne gestreckt –, um sich den Weg mit weißem Handschuh freizubahnen. Einige der Damen, die durch den Saal scharwenzelten, trugen einen weißen Zettel auf ihrem Rücken, auf dem eine Nummer stand.

Jean war froh, in der Ferne den großen Tisch, an dem der Kapitän saß, auszumachen. Sie fühlte sich selbst wie ein Schiff, das durch tosende Wellen ächzte, um ans Ziel zu kommen. Während die Herren in einvernehmlich schwarz-weiß gehaltenen Fracks umherstolzierten, übertrafen sich die Damen in schillernden Farben. Grün glitzernde Paillettenkleider, orangenfarbene Stoffe, zu bizarren Mustern gefaltet, Hüte, die von schlichter Rundheit bis zu wilder Federpracht reichten, alles war dabei, sodass Jean sich fragte, ob sie nicht besser Annettes Rat gefolgt wäre. Der von ihr zuhause gewohnheitsmäßig zur Schau getragene Protest gegen aufreizende Weiblichkeit kam ihr nun vor wie das trotzige Blöken eines fünfjährigen Kindes, das nicht spazieren gehen will.

Endlich am Tisch angekommen, plumpste sie neben Smeralda auf einen Stuhl.

„Ich bin so froh, dass du da bist", stöhnte sie.

Smeralda lächelte sie an – allerdings schien sie abwesend zu sein. „Ich auch."

Kaum hatte sie sich gesetzt, da wurde ihr wie von magischer Hand auch schon ein Sekt gereicht. Jean beobachtete das Treiben um sie herum missmutig.

„Wie können die nur so feiern, als sei nichts geschehen."

„Männer", kommentierte Smeralda.

„Diese Selbstgefälligkeit. Abstoßend." Jean schaute auf lachende

Gruppen von Frackträgern, schweißige Wangen und gelblich gefärbte Augen. Auf einmal hörte sie einen hohen, glockenartigen Ton. Neben ihr stand Amadeo Pinceti und schlug mit einem Messer gegen sein Kristallglas.

„Meine Damen und Herren. Liebe Passagiere." Es dauerte einen kurzen Moment, bis die Gespräche abebbten.

„Ich heiße Sie alle zu unserem Abschlussball willkommen."

Applaus.

„Bitte beachten Sie, dass wir uns nach dem Essen im Musiksaal treffen werden, wo wir noch einem kleinen Konzert beiwohnen werden und einer Einlage der uns schon bekannten Herren Langenus und Christophe."

Erneuter Applaus.

„In der Zwischenzeit bitte ich Sie, das schönste Kostüm des Abends zu wählen. Sie finden vor sich auf Ihrem Teller ein Kärtchen, auf das Sie die Nummer der Schönen, die Sie wählen wollen, eintragen."

Jean schaute noch einmal zu Smeralda und war erleichtert, als sie keinen Zettel auf dem Kleid ihrer Freundin fand. „Du machst bei dem Mist nicht mit", flüsterte sie, während Pinceti, der vor demselben Tisch stand, an dem sie saßen, ihnen einen dieser Blicke zuwarf, die sie sonst von ihrem strengen Vater kannte.

„Die Zettel geben Sie bitte bei einem der Servierer ab. Ansonsten wünsche ich Ihnen, meine Damen und Herren, einen schönen Abend. Es war mir ein Vergnügen, Sie auf dieser ereignisreichen Fahrt über den Ozean geführt zu haben, und verbleibe Ihr Kapitän."

Nun brandete tosender Applaus auf. Es war eine Mischung aus Erleichterung, dass die Fahrt nun bald zu Ende war und ein leichter Hauch von oberflächlicher Sympathie, die man, wenn man sich noch nicht zu gut kennt, gerne bereit ist, ohne Risiko zu gewähren.

Jean stellte sich auf einen ermüdenden Abend ein, doch Smeralda stupste sie mit einem Ellenbogen in die Seite. „Hast du etwas von Moritz gehört?"

Jean schüttelte mit dem Kopf. „Nein, er tut mir wirklich leid."

Wie auf Kommando tauchte zwischen den beiden ein weißer Samthandschuh auf, der ein silbernes Tablett hielt. „Crème Vichyssoise", sagte eine näselnde Stimme und setzte zwei weiße Suppenschalen ab.

„Es geht los", sagte Smeralda.

„Moritz würde das lieben", sagte Jean, während sie aus ihrem Löffel schlürfte. „Obwohl, die Suppe ist kalt."

„Sie wird so serviert, Madame. Und ich möchte in diesem Zusammenhang erwähnen, dass Signore Fischer selbstverständlich dieselben Gänge serviert bekommt, wie wir auch." Pinceti hatte seinem traurigen Gesicht eine bemühte Freundlichkeit aufgesetzt, um die Jean nichtsdestotrotz froh war.

„Wo ist er denn überhaupt, Kapitän?", fragte sie.

„Nun, er befindet sich selbstverständlich in seiner eigenen Kabine."

„Oh?" Smeralda blickte auf. Sie schien Pinceti vorher eher den kalten Rücken gezeigt zu haben.

„Wir haben mittlerweile leider keine zusätzlichen Räume mehr. Signore Fischer befindet sich im privaten Hausarrest."

„Sie kaltherziger Mensch", platzte es aus Smeralda heraus.

„Wenn Sie es so sehen." Pinceti wandte sich wieder der molligen Dame neben ihm zu, die auf ihrem gestrickten beigefarbenem Kleid die Nummer 18 trug und deren Lippen wie eine rote Boje leuchteten.

„Immerhin ist er in seinen eigenen Räumen", versuchte Jean zu beruhigen, die nicht ganz verstand, weshalb Smeralda die Schuld dem Kapitän zuschob. Smeralda leerte das Sektglas in einem Zug. „Das ist wie kalte Suppe essen", kommentierte sie und Jean musste lachen.

„Vielleicht können wir Fischer ja besuchen, um ihm die Zeitung zu bringen – damit er sich nicht langweilt."

Wieder mischte sich Pinceti ein, der wohl mitgehört haben musste, was der Dicken neben ihm nicht zu gefallen schien. „Keine Sorge, die Damen. Signore Fischer hat von Herrn Langenus schon einen ganzen Stapel mit Fußballzeitschriften aus Deutschland erhalten."

Smeralda ignorierte die Worte des Kapitäns. „Ober, noch ein Glas." Jean blickte auf nach links und sah hinter einer in einem Terracottabottich eingefassten Palme den Tisch mit den Granden der Fußballvereinigung. Der angesprochene Langenus ragte aus der Masse heraus wie ein einzelner Zinken einer Gabel. Jean sah noch einen lachenden Christophe, einen stummen Balway, natürlich Rimet und neben ihm im schillernden Weiß seine Tochter. Eine ältere Frau saß ebenfalls am Tisch, dazu ein paar Fußballer.

Schnell blickte sie in die andere Richtung des Saales, nur um weitere bekannte Gesichter zu entdecken. Am Fenster, weiter hinten, saßen die Mitglieder der Organisation, Tarnoff, Jörgensen, Oberst von Woselitz und die anderen – ebenfalls in seligem Wohlgefallen vereint. Auch hier vernahm sie Lachen und entspannte Gesichter.

„Das Leben geht wohl für alle hier weiter." Smeralda schien ihre Gedanken gelesen zu haben.

„Ja, so hat es den Anschein", stimmte Jean ihr zu. „Vielleicht sollte es das auch."

„Ja, vielleicht sollte es das."

Jean blickte Smeralda an, die immer noch etwas abwesend wirkte.

„Ich meine, ich weiß nicht. Entschuldige, dass ich das gesagt habe, Smeralda. Für dich ..."

„Was ist für mich?" Smeralda blickte sie scharf an.

„Nun, also ... vielleicht wünschst du dir ein ganz anderes Leben."

Die beiden Freundinnen schauten sich einen Moment lang an, ohne dass ein Wort fiel. Dann schob sich wieder wie magisch eine Hand zwischen sie und nahm in erstaunlicher Geräuschlosigkeit die Teller mit.

„Warum sollte ich mir ein anderes Leben wünschen?" Smeralda hatte die Stirn in Falten gezogen.

„Ich weiß nicht, ob ... dein Leben ... dich glücklich macht?" Pinceti unterhielt sich auf einmal sehr angestrengt mit der Molligen.

Smeralda schnappte Luft.

„Nun, mein Leben. Darum geht es? Ich sage dir was, Jean."

Jean wollte im Boden versinken, aber sie wusste, dass sie nun keine Chance mehr hatte, dem kommenden Gewitter zu entgehen.

„Gestern erst bist du bereit gewesen, dein ganzes Leben einem kleinen Würstchen, das dir ein paar schöne Augen gemacht hat, hinzugeben. Nehmen wir mal an, diese Karikatur von einem Mann wäre kein Betrüger gewesen, sondern der gute, liebe Harry Braithwaite. Was hätte dich denn erwartet, meine Liebe? Ein kleines Haus in einem kleinen Vorort auf einer verregneten Insel namens England. Du hättest seine Kinder bekommen und seinen Haushalt gemacht, Jean. Warum? Weil du bereit warst, den Lügen, die diese männliche Spezies nur allzu bereit ist, zu verbreiten, um an unsere Röcke zu gelangen, zu glauben."

Pinceti hustete. Die Mollige schaute entsetzt. Auch zu Jeans Linken blickte ein Mann mit Monokel äußerst ungehalten.

„Du wärst eine der Millionen gewesen, die für einen schönen Kuss, eine schöne Nacht, bereit gewesen wären, ihr Leben aufzugeben und wegzuwerfen. Und du fragst mich …"

„Noisettes d'Agneau – Reform", tönte die nasale Stimme erneut und ließ zwei Teller mit Lammkoteletts in dunkler Soße auf den Tisch herabschweben. Dennoch schaute niemand auf die dampfende Köstlichkeit am Tisch.

„Du fragst mich, ob ich denn gerne in mein Leben zurückgehe? Ich sage dir was. In meinem Leben bin ich diejenige, die die grausamen Greifer der Lust kontrolliert. Ich bestimme, ich lenke die Macht der Geilheit. Ich bin es, die am Hebel sitzt, verstehst du?"

„Oh, lecker", sagte eine ältere Dame gegenüber etwas zu laut. Smeralda leerte das nächste Sektglas und stierte vor sich hin. Jean wusste nicht, wie sie reagieren sollte. „Ich wollte nicht …"

„Nein, natürlich nicht. Keiner will irgendetwas. Zumindest nicht bewusst. Aber unbewusst wollen wir alle dasselbe, und da machst du, kleine Jean, auch keine Ausnahme: Wir wollen die Besten sein.

Und daher reden wir uns ein, dass die arme kleine Smeralda doch so ein schlimmes Leben führt, damit wir uns nur ein kleines bisschen besser fühlen können, angesichts der Tatsache, dass unser eigenes Leben so erbärmlich und eng ist."

Smeralda stand auf, warf die weiße Serviette, die auf ihrem Schoß gelegen hatte auf den jungfräulichen Teller und stand auf. Jean schaute sie an, ohne zu wissen, was sie sagen sollte. Ein Mann mit schwarzen, glatten Haaren kam auf Smeralda zu, verbeugte sich und fragte, offensichtlich ohne die Stimmung am Tische zu erfassen: „Madame, ich darf nach ihrer Nummer fragen? Für die Wahl heute Abend?"

„Meine Nummer? Ich habe keine Nummer." Smeraldas Augen funkelten.

„Oder haben Sie sie vielleicht unter den Röcken versteckt?" Der schmale Schnurrbart des Mannes bog sich in einem schmierigen Lächeln nach oben – allerdings nicht lange. Die Ohrfeige traf ihn ebenso hart wie unvermittelt.

„Widerlicher Ekel."

Jean musste nicht lange nachdenken. „Ekliger Widerling", rief sie, stand ebenfalls auf und trat dem Mann entschlossen auf den Fuß. Dieser jaulte auf und humpelte den Kopf schüttelnd und fluchend davon. Smeralda war mittlerweile in Richtung Ausgang geeilt. Jean lief hinterher. Der Ober, der ihr entgegenkam, rief ihr nach: „Aber Signora. Was ist mit dem ‚Wild a la Salmi'?" Jean winkte ihm ab und eilte weiter. Als sie um die Ecke stob, sah sie noch den Kapitän am Tisch stehen. Sie lief die Treppe hinauf und fand Smeralda bald ein Stück den Gang weiter.

Keuchend holte sie ihre Freundin ein und sagte: „Ich habe ihm auf den Fuß getreten."

Smeralda antwortete, ohne Jean anzusehen: „Wem, dem idiotischen Angeber oder dem Kapitän?"

„Wieso sollte ich denn den Kapitän treten?"

Smeralda blieb stehen. Endlich sah sie Jean an. „Weil er es verdient hat."

„Aber wieso denn?"

Smeralda schaute auf den Boden. „Er hat gefragt, ob ich ihn heiraten will."

5.

Smeralda lehnte sich gegen das Stuhlpolster, ihre schwarzen Lackschuhe hatte sie auf einem ihr gegenüberliegenden Stuhl abgelegt. Jean stand vor dem geöffneten Sekretär, auf dem eine offene Flasche Whiskey stand.

„Aber, was ist, wenn er es wirklich so meint?"

Smeralda starrte ins Leere.

„Er glaubt, Mitleid mit mir haben zu müssen – wie ihr alle. Warum hat er nicht vorher mit mir geredet, einen Annäherungsversuch gemacht – irgendetwas?"

„Vielleicht möchte er so beweisen, dass seine Absichten ehrlich sind und nichts mit deiner offensichtlichen Attraktivität zu tun haben?"

„Was sind denn das für unsinnige Gedanken. Als ob irgendein Mann jemals um die Ecke gedacht hätte ..."

Jean hob ein Bein und ließ es wieder auf den Boden sinken.

„Nun ja, mir kommt er nicht so vor, wie ein Mann, der sich mit einem Annäherungsversuch leichttut."

„Ach. Kaufen will er mich."

„Smeralda, wenn dich jemand kauft, dann sind es die anderen. Deine Kunden, oder wie immer man das nennt."

Smeralda nahm einen tiefen Schluck, sodass die Eiswürfel klimperten. Jean ließ nicht locker. „Könnte es vielleicht eher sein, dass du glaubst, es nicht verdient zu haben, geliebt zu werden?"

Smeralda war regungslos. Sie schnappte kurz Luft, als wollte sie etwas erwidern, schluckte stattdessen aber nur einmal heftig. Jean wartete, eine Minute, zwei Minuten. Dann sah sie wie eine einzelne

Träne an Smeraldas Wange herablief. Sie wusste nicht, was sie sagen sollte. Schon lag ihr eine schale Entschuldigung auf der Lippe, als Smeralda zu sprechen begann.

„Joaquin hat mir die Welt versprochen. Es war gar nicht so sehr, wie er aussah, wie er mich berührte. Es war die Art, wie er mich behandelte."

Jean goss sich nun selber ein Glas ein.

„Wenn er bei mir war, dann schien die Sonne. Und deshalb machte es mir nichts aus, für ihn zu arbeiten. Wenn die anderen mich berührten, stellte ich mir vor, es wären die zarten Hände von Joaquin. Aber dann kam er immer seltener vorbei. Er kaufte mir noch schöne Sachen, er stellte mich Freunden in anderen Kreisen vor. Ich war gut, Jean, weißt du? Wenn man liebt, dann kann man die Liebe so gut vortäuschen. Es ist nur eine Frage der Verschiebung von Zeit und Raum. Und obwohl ich mich entliebt habe von Joaquin, jage ich immer noch dem Schatten dieser Liebe hinterher."

„Was ist mit ihm passiert?"

„Er ist jetzt ein großer Junge. Er zählt Staatsmänner zu seinen Freunden, hat einen Bauch bekommen und seine Stimme ist mit einem Hauch von Wichtigkeit belegt. Ich weiß, dass er lügt, wenn er den Mund aufmacht. Das wissen die alle in diesen sogenannten gehobenen Kreisen. Aber es scheint ihnen nichts auszumachen."

„Die Frage ist, ob es dir etwas ausmacht, Smeralda."

Smeralda schaute Jean in die Augen. „Dafür ist jetzt keine Zeit. Wir müssen Moritz aus seinem Gefängnis heraushelfen."

„Wie willst du das denn machen? Er ist eingeschlossen."

Smeralda hielt einen funkelnden silbernen Schlüssel nach oben.

„Den hat er mir gegeben, ganz am Anfang. Ich glaube, er hat es selbst vergessen."

16. Tag, 4. Juli – Finale

1.

Die Reste des Nachtischs standen auf dem Mahagonitisch: Ein weißer Teller mit verschmierten Überbleibseln von Portweingallert und Orangenscheiben. Das erste Mal in seinem Leben hatte ein üppiges Mahl Moritz nicht zufriedenstellen können.

Seine rechte Faust schmerzte. Wie oft er gegen die Tür gehämmert hatte, wusste er nicht mehr. Sein Kopf schien zu platzen. Das Problem war: Er wusste, wer der Mörder war, und er wusste, dass er aus seinem Zimmer entkommen musste, um die letzte Tat des Mannes zu verhindern, der den Wahnsinn begonnen hatte.

Es half nichts. Er musste es weiter probieren. Sein Zimmer war ein einziges Chaos. Er hatte seine schrankgroßen Koffer aufgerissen, um verwertbaren Inhalt der massiven Art gegen die Tür zu schmeißen. Dummerweise hatte er die Lösung zu den Gräueltaten an Bord erst gefunden, nachdem er die Nachspeise zu sich genommen hatte und es war offensichtlich, dass keiner der Servierer mehr bereit war, den letzten Teller abzuräumen zu dieser fortgeschrittenen Stunde. Moritz vermutete, dass es schon weit nach Mitternacht war. Vielleicht war es eh schon zu spät und der Mörder würde sein Werk verrichten. Immerhin, so dachte er verbittert, während er die Tür anstierte, wäre er dann selbst vom Verdacht reingewaschen.

Sein massiver Bauch wölbte sich über den Gürtel seiner Hose und so kam zu dem Gefühl der Machtlosigkeit auch noch der Selbsthass. Moritz, du bist so ein schwacher Mensch, dachte er sich. Dann schaute er wieder auf die Tür. Warum nicht die sonst so frustrierenden Gesetze der Physik zu seinen Gunsten einsetzen, fragte er sich. Er stand auf, schaute die Tür an, als wollte er sie hypnotisieren und lief los. Mit einem dumpfen Krachen senkte sich sein Körper an der Tür entlang zu Boden. Sie hatte gebebt, immerhin. Ich muss es noch einmal versuchen, dachte er sich und rieb sich mit der rechten Hand über die linke, schmerzende Schulter.

Diesmal schob er den Stuhl, der ihm vorher noch im Weg gestanden hatte, beiseite und lief erneut an. Dabei versäumte er es, das Klicken im Schloss zu hören. Als er sich im vollen Lauf gegen die Tür warf, gab diese wie ein Blatt im Wind nach und so flog Moritz zum zweiten Male auf dieser Reise mit der ganzen Fülle seines Körpers durch die Luft und landete äußerst schmerzhaft an einer Metallwand, die keine Anstalten machte, seinem Gewicht länger als eine Sekunde nachzugeben. Kurz sah Moritz nur schwarz, dann stellte er seinen Arm auf den Teppichboden und stöhnte.

„Sie Idiot, können Sie nicht anklopfen", röchelte er.

„Wir sind also Idioten, weil wir dich befreien wollen?"

Moritz blickte nach oben. „Oh." Mehr fiel ihm erst einmal nicht ein.

Die zwei Frauen grinsten ihn an. „Wir wollten dir Gesellschaft leisten."

„Das ist schön", sagte Moritz, während er aufstand und sich in einer unsinnigen Geste den Anzug abklopfte. „Wir haben es etwas eilig, wenn ich das sagen darf. Insofern bedanke ich mich. Vielleicht schaffen wir es noch, den nächsten Mord zu verhindern."

„Was?", fragten Jean und Smeralda gleichzeitig.

Sie schlossen eilig Moritz' Zimmertür ab und bogen um die Ecke, um sich bei Smeralda zu besprechen. Anfangs verhaspelte Moritz sich, weil er aufgeregt war und auch noch etwas träge vom unverdauten Essen, das langsam anfing, eine gewisse Wohligkeit in seinem Magen zu verbreiten. Dann aber verteilte er klare Aufträge: Jean musste die Fußballmannschaften abklappern, während Smeralda sofort zum Kapitän eilen sollte, was ihr, wie Moritz feststellte, irgendwie nicht zu behagen schien. Aber zum Diskutieren war keine Zeit. Er selbst musste Rimet warnen. Wenn sein Verdacht richtig war, dann war der Fußballpräsident in großer Gefahr.

„Wie bist du denn nur auf den Mörder gekommen?", fragte Smeralda. „Keine Zeit", gab er zurück. „Nur so viel: Ich habe in diesen deutschen Zeitschriften geblättert. Und dann habe ich ihn erkannt."

Erst im Laufen merkte Fischer, dass ihm die Schulter immer noch ganz schön schmerzte. Er versuchte, das Pochen zu ignorieren. Rimets Zimmer war auf der anderen Seite des Bootes. Noch während er den Gang hinabtrabte, überlegte er, wie er den Fußballpräsidenten davon überzeugen konnte, ihn anzuhören. Als er vor der Zimmertür stand, hatte er ein ungutes Gefühl. Er sah durch den unteren Türschlitz, dass noch Licht brannte. Als er den goldenen Knauf umdrehte und die Tür quietschend aufdrückte, wusste er, dass etwas nicht stimmte. Dann stockte ihm der Atem.

In der Mitte des Raumes saß Jules Rimet bewegungslos auf einem Stuhl. Er war gefesselt. Neben ihm stand ein Mann, der die goldene Trophäe des Siegers über seinen Kopf gehoben hatte – offenbar in der Absicht, diese auf den Schädel des FIFA-Präsidenten niedersausen zu lassen.

„Halten Sie ein, Velg."

Der Deutsche drehte sich zu Fischer um und lächelte.

„Oder sollte ich besser sagen: Köttl? Hans Köttl?"

„Kommen Sie herein, Herr Fischer. Ich freue mich, dass endlich jemand hinter mein Geheimnis gekommen ist, um ehrlich zu sein. Es war etwas ermüdend und auch wirklich enttäuschend, dass Sie alle so ignorant waren."

Fischer trat in den Raum herein.

„Schließen Sie die Tür hinter sich, Herr Fischer, wenn Sie bitte so freundlich wären." Fischer tat wie ihm geheißen.

„Sie haben Recht, Herr Köttl. Ich hätte früher darauf kommen können: Der Name. Gunter Velg. Anders zusammengesetzt ergibt sich daraus Vergeltung. Leider bin ich erst darauf gekommen, als ich ihr Foto im Kicker gesehen habe. Im Spielbericht über die Begegnung zwischen Deutschland und Uruguay 1928 in Amsterdam."

„Nun, es war nicht zu erwarten, dass viele Menschen sich auf diesem Schiff mit der deutschen Sprache auskennen, Herr Fischer. Tatsächlich habe ich es Ihnen noch am ehesten zugetraut. Und siehe da, sie haben mich nicht enttäuscht."

Fischer schaute auf das Lächeln des Mannes, das er als freundlich in Erinnerung gehabt hatte. Nun aber sah er, dass er sich die ganze Zeit getäuscht hatte: Hans Köttl hatte einen grausamen Zug um die Lippen. Sein kantiges Gesicht wurde von zwei abstehenden Ohren konterkariert. Erst als sein Lächeln die Vorderzähne entblößte, sah man, dass diese schief waren und sein Ausdruck fast zu einer Fratze verkam. Rimet blickte Fischer hilflos an.

„Setzen Sie sich, Herr Fischer. Dann lasse ich den Franzosen noch etwas länger am Leben." Köttl ließ den goldenen Pokal in seinen Händen sinken. Fischer schaute sich um, nahm sich einen freien Stuhl und folgte der Aufforderung des Mannes, der jede seiner Bewegungen mit einem hämischen Grinsen verfolgte. Erst als er saß, sah er, dass Annette in jenem Bett lag, das zur Türseite mit einem Vorhang vor Blicken geschützt war. Sie lag in einem Nachthemd auf dem Bett – so wie ihr Vater gefesselt und geknebelt. Vor dem Bett sah Fischer das weiße Kleid, das sie selbst genäht und an diesem Tag getragen hatte.

„An jenem Morgen, als Sie sich zu uns gesetzt haben, zu mir und Miss Doyle, und uns nach dem Mord fragten, da haben Sie schon einiges riskiert, Köttl." Fischer versuchte, den Deutschen zum Reden zu bringen, um Zeit zu gewinnen.

„Ja", kicherte Köttl.

„Aber warum der Name Gunter Velg? Wofür wollten Sie Vergeltung üben?"

Köttls Lächeln gefror.

„Haben Sie den Spielbericht gelesen, Herr Fischer? Wir sind um den Sieg betrogen worden. So einfach ist das."

Fischer war vom plötzlichen Stimmungswandel des Deutschen überrascht. Er versuchte, das Thema zu wechseln.

„Sagen Sie mir, wen haben Sie zuerst umgebracht, den Maschinisten oder Moldoveanu?"

„Natürlich den Fußballer. Ich habe ihn an Deck angesprochen. Habe ihn in ein Gespräch verwickelt, natürlich über Fußball. Der arme Idiot hat nichts gemerkt, bis er mein Stilett schon in seinem Bauch hatte. Seine Leiche habe ich dann im Kohlehaufen im Maschinenraum entsorgt."

„Und dort wurden Sie von Trampolini ertappt."

„Dieses kleine Würstchen. Hat herumgeschrien und getobt, als er gesehen hatte, dass ich mit der Kohleschaufel hantiert habe. Aber der hat mich nicht mehr gestört als ein lästiges Insekt."

„Sie haben ihn in die Walze geworfen."

Köttl lachte. „Das gab ein paar unschöne Geräusche."

„Wie war es dann mit Brasson?"

„Ah, das." Köttls Augen bekamen einen träumerischen Glanz. „Vielleicht meine kühnste und schönste Tat. Der Mann hatte sich mit Ihrer Tochter verabredet – wussten Sie das eigentlich, Monsieur Le President?" Köttl lachte und Rimets Augen weiteten sich. „Er wollte sie verführen und die Kleine schien nicht abgeneigt, wenn ich das sagen darf. Sie verabredeten sich in einem kleinen Garten in Barcelona. Wissen Sie, Herr Fischer, es ist immer gut, wenn man als Zahnarzt sein Werkzeug dabeihat. So eine Sonde muss nur lang und spitz genug sein, um empfindliche Stellen im Körper zu treffen."

„Das habe ich gesehen, Herr Köttl. Das Herz, die Augen."

Annette wand sich auf dem Bett und schrie in ihren Knebel hinein.

„Die Augen habe ich erst durchstochen, nachdem er nicht mehr lebte. Sonst wäre er nicht ruhig genug geblieben."

Rimet stand mittlerweile die Angst auf der Stirn.

„Wie haben Sie van Gertnick umgebracht, Köttl?"

„Ah, das war einfach. Etwas Nux Vomica hilft sehr gut bei Zahnschmerzen, daher führe ich es immer bei mir. Nur sollte man nicht zu viel davon nehmen." Köttl lächelte versonnen vor sich hin.

„Sie haben van Gertwick das Pulver ins Essen geschüttet. Aber wie?"

„Ganz einfach, Herr Fischer. Ich bin an seinem Tisch vorbeigelaufen. Er hat weggesehen. Das Pulver ist fast geschmacksneutral.

Das ging schnell."

„Nun für den Spieler ging es nicht so schnell. Durch Strychnin zu sterben, ist ein qualvoller Tod."

„In der Tat, Herr Fischer. Das stimmt. Aber wir alle müssen Opfer bringen."

„Opfer? Wofür? Was treibt Sie an, Sie Wahnsinniger? Ein verlorenes Fußballspiel?"

Köttls Gesichtsausdruck veränderte sich für einen kurzen Moment. Das Lächeln verschwand und er schaute einen kalten Augenblick auf Fischer.

„Sie haben nicht gesehen, was ich gesehen habe, Herr Fischer."

„Was?"

„Die Untermenschen. Wie sie lügen und betrügen. Eine Bande Indios soll die erste Weltmeisterschaft ausführen? Sie beide sollten vor Scham in den Boden versinken. Aber zu Ihnen komme ich noch."

Erst jetzt sah Fischer, die Pistole, die auf seinen Bauch gerichtet war. Und ihm wurde klar, wie unvorbereitet er in diesen Raum getreten war. Er musste mehr Zeit gewinnen, bis Pinceti kam.

„Warum soll denn die erste Weltmeisterschaft bitte nicht in Uruguay stattfinden?"

Nun lächelte Köttl wieder.

„Oh, Sie stört das nicht, Herr Fischer. Sie haben ja schon von den Früchten Uruguays genascht." Er kicherte. „Aber ich habe gesehen, wie sie gegen die deutschen Tugenden mit Lug und Betrug vorgegangen sind. Es sind wir, wir Deutschen, wir Europäer, die dieses Turnier hätten austragen müssen."

„Dazu war nun einmal keins der europäischen Länder bereit. Niemand wollte die Kosten übernehmen."

„Und so haben Sie sich kaufen lassen, was? So schnell geht das. Ich sage Ihnen beiden: Dieses Turnier wird leider niemals stattfinden."

„Was ist mit Damian Stanciu?", eilte Fischer sich zu sagen. „Wie haben Sie ihn getötet?"

„Glauben Sie nicht, dass ich nicht merke, wie Sie mich hinhalten wollen, Fischer", sagte Köttl. „Aber ich will Ihnen nichts vorenthalten – keine Sorge. Wir haben noch etwas Zeit. Ich hatte den Eindruck, dass Stanciu ein wenig an Männern interessiert war – und in der Tat. So war er etwas unvorsichtig, als er sich mit mir trotz der Ausgangssperre an Deck traf. Ich habe ihn mit einem gezielten Kopfstoß bewusstlos geschlagen, bevor er an meine Wäsche konnte, haha."

„Dann haben Sie ihn in das Rettungsboot gezogen und dort gefesselt. Und nachts haben sie ihn so, wie er war, am Seil befestigt über Bord geworfen."

„Ja, so war es." Köttls Augen glänzten verträumt. „Sie konnten leider nicht helfend eingreifen, Fischer. Zu der Zeit waren Sie ja selbst im Krankenzimmer, um sich von ihrem schrecklichen Unfall zu erholen."

„Das waren auch Sie, stimmt's?"

„Natürlich." Köttl wirkte fast beleidigt. „Ich habe dem Lenker ihres Toboggans ein wenig Geld gegeben, damit er Sie alleine den Hang herabfahren lässt. Anfangs war ich etwas enttäuscht, dass Sie nicht schlimmeren Schaden genommen haben. Aber das gab mir wiederum Gelegenheit, Sie in Ruhe zu besuchen."

Fischer erinnerte sich an die Kälte, als er im Krankenzimmer aufgewacht war und die Anwesenheit des Mörders gespürt hatte.

„Sie wollten mich umbringen?"

„Früher oder später – natürlich. Dank Ihrer Mithilfe bekomme ich ja gleich direkt Gelegenheit dazu."

„Warum aber Azincourt?"

„Warum, warum? Was für eine unsinnige Frage. Ich bitte Sie, Herr Fischer. Denken Sie nach. Erstens natürlich, weil er Teil dieser völlig absurden Veranstaltung, die sich Weltmeisterschaft nennt, ist. Zum anderen, weil er mich erkannt hat."

„Erkannt?"

„Oh ja, Herr Fischer. Er war bei den Olympischen Spielen vor zwei Jahren in Amsterdam dabei. Er hat gesehen, wie ich mit einer roten Karte vom Platz gestellt wurde. Und er hat mich freundlicherweise auch darauf angesprochen."

„Er hat gesagt, dass er mich unbedingt sprechen müsse."

Köttl lachte. Es war ein dreckiges, unschönes Lachen und Fischer sah, wie sich Rimets Körper zusammenzog.

„Das habe ich gehört, Herr Fischer. Ich habe gehört, wie er Ihnen im Speisesaal zugeraunt hatte, dass er Sie sprechen müsste. So kam es zu meiner verwegensten Tat. Ich lockte ihn unter dem Vorwand, mit ihm zu sprechen und ihm die Aussicht zu zeigen, auf das Dach des Schiffes. Er blickte mich gespannt und dümmlich an, als ich ihm das Stilett in den Bauch rammte. Ich glaube, er lebte noch, als ich ihn mit einem Tau an den Schornstein band."

„Dann ließen Sie ihn elendig verbluten. Und das war Ihnen immer noch nicht genug, Köttl. Dann musste noch Del Campo sterben."

„Es ging mir um ausgleichende Gerechtigkeit. Diese Südamerikaner haben es sowieso mehr verdient als alle anderen."

„Weil sie besser Fußball spielen?"

Der Ausdruck in Köttls Gesicht bekam irrsinnige Züge. „Besser? Das sind minderwertige Kreaturen, Herr Fischer. Sehen Sie sie sich an. Viele sind weiß, aber wer weiß, wieviel Indioblut in denen steckt."

Fischer blickte sich um. Er wusste, dass er nun nicht mehr viel Zeit hatte.

„Und das ist das Problem mit euch Leuten vom Weltverband. Ihr versucht zu verbinden, zu vereinigen. Aber es geht um eine saubere Trennung. Der minderwertige Mensch muss vom Stamme der Arier ferngehalten werden. Aber das werden Sie nicht verstehen."

Fischer sah auf dem Tisch einen Haufen Papiere liegen – nichts, was ihm weiterhelfen konnte, dem drohenden Tod zu entkommen.

„Aber wie haben Sie es geschafft, ihn innerhalb von so kurzer Zeit mit Gips zu füttern? Er muss sich doch gewehrt haben."

„Oh, das hat er, Herr Fischer. Er hustete unaufhörlich. Es brauchte die ganze Überzeugungskraft meiner Pistole und ein paar Schläge auf seinen Hinterkopf."

„Das ist doch unmöglich." Fischer war verwirrt. „Sie können höchstens zehn Minuten Zeit gehabt haben."

„Falsch, Herr Fischer. Ich hatte eine ganze Stunde Zeit. Sehen Sie, man muss nur ein paar kleine Rädchen drehen und schon führt man die Menschen auf eine falsche Spur. Ich habe am Abend zuvor ein Gespräch mit den jungen Männern in diesem Zimmer geführt und ihnen vom Sonnenaufgang auf dem Oberdeck vorgeschwärmt. Die Sonne gehe um 6.30 Uhr auf, habe ich gesagt, woraufhin die jungen Brasilianer zugaben, dass keiner von ihnen eine Uhr besitze. Weil ich so ein überaus freundlicher Mensch bin, Herr Fischer, gab ich ihnen meine Uhr, nicht ohne sie eine Stunde nach vorne gestellt zu haben. Von den jungen Männern hat es nur einer geschafft, so früh aufzustehen. Warum es denn noch nicht hell sei, hat er gefragt, nachdem er mit mir auf dem Deck stand. Er sei doch um 6.30 aufgestanden. Ich erklärte ihm, dass ich ihn langsam und qualvoll umbringen werde. Aber er hat dennoch lieber den Gips gegessen, als direkt erschossen zu werden. Seltsam, die Menschen. Und das Schöne war: Ich wusste, dass man Ihnen die Schuld zuschieben würde, Herr Fischer, da sie ja um 6.30 zum Baden gehen."

Fischer starrte sein Gegenüber an.

„Nun kennen Sie die Wahrheit. Ich bin froh, dass Sie gekommen sind. Wieder mal hilft mir das Schicksal." Fischer schaute fragend.

„Ich hatte ursprünglich vor, Monsieur Rimet mit der Siegesgöttin zu erschlagen. Aber viel besser ist es, wenn Sie ihn erschießen werden und sich dann selbst richten. Ich bezweifle, dass diese WM dann noch stattfinden wird." Wieder lachte Köttl. Annette wand sich auf dem Bett.

„Ah, Mademoiselle Rimet. Sie hätte ich fast vergessen. Danke, dass Sie mich erinnern." Köttl wandte sich der im Bett Liegenden zu. Er deutete mit dem Lauf der Pistole auf ihren Kopf und führte ihn dann an ihrem Arm herab und wieder hinauf. Annette bebte. Fischer war erstarrt. Sein Körper war bereit, aufzuspringen und Köttl anzuspringen, doch er hatte zu viel Angst davor, dass sich dann ein Schuss lösen könnte. Wenn doch nur Pinceti käme. Aber draußen rührte sich nichts.

Dann passierte etwas Außergewöhnliches. Köttl hatte die Pistole wieder zum Kopf der jungen Frau bewegt. Annette biss in einer blitzschnellen Bewegung in das Handgelenk ihres Peinigers. Köttl schrie auf. Das war allerdings nichts gegen den Schrei, den Annette nun losließ. Dieser Schrei war so hochtönig, schrill und laut, dass sich alle, die konnten, die Ohren zuhielten: Fischer und Köttl. Rimets Augen schienen aus seinem Kopf zu platzen. Köttl taumelte nach hinten, dabei verfingen sich seine Füße im Ballkleid, das auf dem Boden gelegen hatte. Köttl fiel auf den Boden und stieß sich dabei den Kopf an einem der Stühle. Benommen blieb er liegen.

Fischer sprang auf. Er rannte zu Annette und löste ihre Fesseln. Hinter ihm hörte er das erstickte Grunzen von Rimet.

„Ich komm ja gleich", rief Fischer, der die Knoten an Annettes Rücken löste.

Wieder ein unterdrücktes Rufen.

„Ja doch."

Jetzt rief auch Annette: „Hinter Ihnen."

Fischer drehte sich um. Der eben noch still daliegende Deutsche hatte sich erhoben, hielt sich etwas benommen den Kopf und er blickte Fischer hasserfüllt an. Der suchte auf dem Bett nach der Pistole. Annette schrie erneut, sodass Fischer die Augen schließen musste. Als er sie wieder öffnete war Köttl in Richtung der Tür gelaufen, die er gerade öffnete. Dann war er verschwunden.

2.

Smeralda versuchte, ruhig zu bleiben. Sie hasste es, dass ihr Herz klopfte. Sie hasste es, dass sie schneller atmete als sonst. Das sind die Treppen, redete sie sich ein. Dennoch dauerte es einen Moment, bevor sie klopfte. Für einen kurzen Moment hatte sie die Hoffnung, dass der Kapitän nicht in seiner Kabine sein könnte, aber dann hörte sie seine Stimme. Sie holte Luft und trat ein.

Das war schon ein Grund, warum sie ihn nicht lieben konnte. Wie er auf dem Bett saß, seine Haare zerzaust, in ein zerknittertes Nachthemd gekleidet. Ein Grund, ihn nicht zu lieben – eindeutig, dachte Smeralda. Als er sie sah, lächelte er. Hatte sie ihn schon einmal lächeln sehen?

„Smeralda", sagte er. Bevor er das Thema auf sie beide lenken konnte, beeilte sich Smeralda, die Dringlichkeit ihrer Mission zu erläutern.

„Moritz weiß, wer der Mörder ist. Oder er glaubt es zu wissen."

„Was? Wieso?" Pinceti stand auf und legte sich das Admiralsjackett um, das auf der Lehne des Schreibtischstuhls gelegen hatte. „Ich verstehe nicht."

„Es ist ein Deutscher – dieser Velg."

„Moment einmal." Der Kapitän drehte sich in seiner absurden Erscheinung – unter seinem Jackett lugten der untere Rand des Nachthemds und seine behaarten Beine hervor – zu Smeralda um. „Smeralda. Woher willst du das wissen? Wieso hast du überhaupt mit Fischer geredet? Er ist ein …"

„Nein." Smeralda trat einen Schritt auf Amedeo, den Mann, den sie nicht ausstehen konnte, zu. Sie nahm das Revers seines Jacketts in ihre beiden Hände und spürte seinen warmen Atem auf ihnen.

„Nein." Sie zog den Mann, der sie tödlich beleidigt hatte, zu sich heran.

„Nein." Sie nahm den Kopf des ihr so verhassten Mannes in ihre rechte Hand und schob ihn zu sich herab.

„Nein", sagte sie nochmals und küsste ihn. Als seine Zunge nach anfänglicher Zurückhaltung fordernder wurde, schob sie ihn sanft ein Stück von sich weg.

„Nein. Nein."

„Was jetzt, nein? Ich verstehe gar nichts", sagte ein offensichtlich verwirrter Pinceti.

„Fischer hat den Mörder in einer Zeitschrift gesehen und daher ist er kein Verdächtiger mehr – das ist das momentane ‚Nein'. Über die anderen muss ich noch nachdenken. Velg ist der Mörder. Er ist ein Fußballspieler.“

Pinceti schaute sie an. Er schien nach einem Entschluss zu suchen und als er den Entschluss nicht finden konnte, versuchte er den Ansatz für einen Entschluss zu finden. Schließlich nickte er und bat Smeralda sich umzudrehen, damit er sich die Hose anziehen konnte. Smeralda kicherte.

„Eben drückst du mir deine harte Männlichkeit auf den Bauch und nun darf ich nicht zusehen, wie du dir die Hose anziehst? Ihr Männer …“

Pinceti beschloss, nicht auf diese ihm äußerst peinliche Richtung, in die das Gespräch ging, einzugehen. „Also los“, sagte er, während er sich seine Schuhe band. „Ich sage auf der Brücke Bescheid.“

So eilten sie spät nach Mitternacht durch das Schiff, was Smeralda eine ihr unbekannte Befriedigung gab. Sie hatte es am ersten Tag ihrer Reise einmal von oben bis unten durchlaufen und nun, da sie bald beendet war, konnte sie noch einmal die ihr so vertrauten Gänge und Hallen durchlaufen. Pinceti trommelte alle Männer, die Dienst hatten, zusammen: Matrosen, Offiziere, Leutnants, Fähnriche, Offiziersanwärter, Bootsmänner, Maate. Und diese wiederum bat er, alle anderen zu wecken.

Er stand in der Offiziersmesse, als müde und verschlafene Gesichter ihn anschauten, und bellte in die Nacht: „Der Mörder ist an Bord. Wir wissen mittlerweile, wer er ist und wie er heißt. Cavesi, Sie nehmen sich zwei Männer. Wir werden Gunter Velgs Kabine aufsuchen, obwohl ich bezweifle, dass er dort sein wird. Parnetti, Sie wecken den Commandante in secondo und erläutern ihm die Situation. Ich will, dass dieses Schiff von oben bis unten durchsucht wird. Finden Sie den Mann und machen Sie ihn unschädlich. Doch Vorsicht, er ist höchst gefährlich. Er trägt wahrscheinlich eine Waffe. Vergessen Sie nicht, was er auf diesem Schiff angerichtet hat und wie skrupellos er ist. Seien Sie also nicht übermütig. Los!“

Smeralda sah nun keinen Mann in Nachthemd mehr, sondern einen entschlossenen Kämpfer. Ihr wurde auf einmal klar, dass hinter der traurigen Miene, die ihn so zurückhaltend und einsam erscheinen ließ, ein klarer Verstand saß, der wohl notwendig war, um die Stärke seines Wesens zu zügeln. Es war eine unmittelbare und unerwartete Einsicht, die sie nicht unbedingt begrüßte.

„Giovanni, geh mit der Dame auf ihr Zimmer, stelle dich vor ihre Tür und halte Wache, bis ich dich von deiner Pflicht entlasse. Klar?" Giovanni Giotta salutierte. Smeralda war zu erschöpft, um Widerspruch zu leisten.

3.

Sechs Paar Augen blickten sie an. Sie setzte ein Lächeln auf, obwohl ihr, vielen Dank, englische Herkunft, eher nach Weglaufen zumute war. Drei Männer saßen am Tisch und spielten Karten, drei andere lagen im Bett und schauten sie mit schrägliegenden Köpfen an.

„Wollen Sie eine Runde mitspielen?", fragte ein blonder Kerl mit einem schelmischen Grinsen.

Ein etwas Beleibterer mit schwarzen, pomadierten Haaren ergänzte: „Wir spielen Strippoker." Alle lachten. Jean versuchte, sich ihren aufwallenden Ärger nicht anmerken zu lassen.

„Also, ich würde die Herren bitten ..." Erst jetzt merkte sie, dass sich niemand, sie selbst auch nicht, genaue Gedanken darum gemacht hatte, was sie eigentlich sagen sollte. Die Aufteilung war klar gewesen: Fischer geht zu Rimet, Smeralda zum Kapitän und sie zu den Fußballspielern. Aber auf einmal kam ihr die Absicht, die Männer, die zu sechst in einem Zimmer lagen, zu warnen, reichlich dümmlich vor.

„Ja?"

„Ich würde die Herren bitten, vorsichtig zu sein. Der Mörder, der sich hier an Bord befindet, ist identifiziert. Er ist noch an Bord und sehr gefährlich."

Einer der im Bett liegenden Belgier hatte sich aufgerichtet. Er wirkte gar nicht mehr müde, als er fragte: „Was sagen Sie? Wer ist es?“

„Also, ich weiß nicht, ob …“

Der Spieler am Tisch, der sie bisher nur interessiert angesehen hatte, erhob sich und sprach sie an. Sie kannte ihn. Er hatte eine hohe Stirn, die in einem Wusel schwarzer Haare endete. Pierre Braine hatte eine große Nase, die aber in sein ausdrucksstarkes Gesicht passte und ihm etwas Respekteinflößendes gab.

„Wer ist es, Frau Doyle?“

„Es ist dieser Deutsche, Velg. Aber das tut ja nichts zur Sache. Wie gesagt, ich denke, …“

Jean kam nicht dazu, den Satz zu beenden. Die Männer erhoben sich gleichzeitig vom Tisch, die anderen stiegen aus ihren Betten, als müssten sie zum Frühappell antreten. Einer der Belgier öffnete einen Schrank und nahm den darin befindlichen Kleidungsaufhänger, ein stattliches Metallrohr, heraus.

Jean stand in der Mitte der Kabine und sah zu, wie einer nach dem anderen sich schweigend, aber entschlossen anzog.

„Sagt den anderen Bescheid – los.“ Braine stürmte nach draußen, die anderen folgten ihm.

„Aber …“ Jean fühlte sich schrecklich. Sie hatte die Männer warnen wollen, und nun schien es, als habe sie in ein Wespennest getreten. Bevor sie sich versah, war die Kabine verlassen. Jean ging auf den Gang, immer noch stammelnd: „Warten Sie.“

Aber statt zu warten, hämmerten die Belgier gegen die anderen Türen auf dem Gang, die sich bald darauf öffneten, was zur Folge hatte, dass immer mehr Fußballer mit entschlossenem Blick auf den Gängen zu finden waren. Es dauerte nicht lange, bis die Franzosen, vom Lärm neugierig gemacht, sich der Suche anschlossen. Als Jean zu Fischer wollte, um ihn zu Hilfe zu holen, sah sie Rumänen und Brasilianer, die sich über das Schiff verteilten. Sie wollte in ihre eigene Kabine, doch dazu musste sie sich gegen einen Strom von wild entschlossenen Fußballern kämpfen. Ein großer Kerl, den sie im Dunkeln des Ganges nicht gesehen hatte, rannte sie um, sodass sie zu Boden ging.

„Aua", rief sie hinterher, allerdings mit wenig Überzeugung.

Auf einmal war es still. Um sie herum sah sie – nichts. Es war zumindest so dunkel, dass sie nur zwischen zwei verschiedenen Sorten von Schwarz unterscheiden konnte: sehr schwarz und nicht ganz so schwarz. „Hallo?", wisperte sie.

„Ist da jemand?" Sie zog sich an der Wand hoch. Noch immer hörte sie Getrappel, aber es schien sich von ihr zu entfernen. Darüber hinaus konnte sie nicht ausmachen, ob die Schritte unter ihr, neben ihr oder über ihr ertönten. Sie beschloss, sich an einer der Wände entlang zu tasten. Sie war nicht umsonst Tochter ihres Vaters und wusste, dass sie logischerweise irgendwann irgendwo herauskommen musste. Mit dem Rücken zur Wand schlich sie den Gang weiter, bis sie an eine Ecke kam. Sie beschloss, dem Verlauf der Wand zu folgen und bog ab – immer noch an die Wand gelehnt. Auch hier konnte sie nicht weiter sehen als ihre eigene Hand. „Hallo?"

Niemand antwortete – nicht, dass sie das erwartet hätte. Sie kam sich dumm vor: Losgeschickt, um die Fußballer vor dem bösen Mann zu warnen, und nun schlich sie alleine mit pochendem Herzen durch die Dunkelheit. Und dann spürte sie es: einen kalten Hauch, eine Präsenz. Und sie wusste, dass sie nicht alleine auf diesem Gang war.

„Hallo?" – Nichts.

„Ist da jemand?" – Ein leichtes Knirschen.

Die Hand, die sie dann am Hals packte, war kalt und feucht.

„Ei, ei, ei, wen haben wir denn da?", sagte eine Stimme mit deutschem Akzent.

Eine kalte Klinge drückte gegen ihren Hals, während er sie vor sich herschob. Sie gingen langsam, bedächtig, wie ein tanzendes Liebespaar. Am schlimmsten war der Geruch: eine Mischung aus Schweiß und ledrigem Moder. Sie versuchte, so wenig nach Luft zu schnappen wie möglich. Aber bei jeder falschen Bewegung drang das Stilett durch ihre dünne Haut, sodass ihr warmes Blut an der Schulter herablief. Sie merkte, dass sie weinte, und wusste nicht, ob aus Angst oder vor Schmerzen.

„Kleines englisches Miststück. Mit dir habe ich noch etwas ganz Besonderes vor." Sie wollte wimmern, konnte sich aber noch zurückhalten, um ihm nicht die Befriedigung zu geben. Auf einmal sehnte sie sich nach dem spießigen Elternhaus zurück, das sie so verachtet hatte. Nach der Schaukel im Garten und ihrer Mutter, die eine weiße Tischdecke ausbreitete und eine Glasflasche mit Limonade darauf abstellte. Sogar auf Denis würde sie sich freuen, wenn sie ihn das nächste Mal sähe.

„Tür auf", bellte er sie an und sie drückte den Knauf herab.

Der Schock der Kälte ließ sie kurz erstarren – bis die Klinge sie biss. Dann stolperte sie hinaus. Sie wusste nicht, auf welchem Deck sie waren, und offensichtlich erging es Köttl ebenso. Er blieb stehen und schien sich umzusehen. „Weiter."

Was für ein Elend es wäre, dachte Jean, wenn die eine Nacht mit Harry die einzige bleiben würde, die ihr beschieden war. Smeralda hatte gesagt, es gebe wunderschöne Momente. Das hatten auch Betty und Liz behauptet, wobei Jean bezweifelte, dass Liz mit George Belham tatsächlich so etwas wie Freude erlebt haben könnte. Der Junge war ein Angeber und sie konnte sich nicht vorstellen, dass er mit seinen fetten Fingern mehr Feingefühl als eine Lincolnshire Sausage haben könnte.

„Weiter." Jean stolperte sich vorwärts. Er hielt ihren Ellenbogen so fest, dass sie keine Chance hatte zu entkommen. Er schien einen Plan zu haben, das stand fest. In ihrer Vorstellung war sie jemand gewesen, der sich zu wehren gewusst hätte. Jemand, der mit einem gezielten Tritt in die Weichteile und einem darauffolgenden Handkantenschlag auf den Halswirbel dafür gesorgt hätte, dass alles gut ausging. Aber auf sehr ernüchternde Art musste sie feststellen, dass sie nicht der Typ für Mätzchen war. Sie hatte ganz einfach nur Angst.

„Bitte, tun Sie mir nichts." Sie hasste sich dafür, das gesagt zu haben.

„Keine Sorge, Schätzchen, noch nicht."

„Aber was …?" Zur Antwort drückte er das Stilett erneut ein kleines Stück in ihren Hals und sie keuchte kurz auf. Sie blieb stehen und nun wimmerte sie wirklich. „Ahhh, bitte."

„Halt's Maul, du blöde, kleine englische Schlampe. Los." Sie konnte nicht mehr und wollte nicht mehr und überlegte für einen kurzen Moment, ob es in Ordnung wäre, jetzt und hier zu sterben. Aber wieder musste sie an ihre Familie denken, und wieder merkte sie zu ihrem Erstaunen, wie sehr sie ihren Vater liebte.

„Mein Arm tut weh." Köttl schien etwas sagen zu wollen. Doch dann kam aus der Dunkelheit ein dünner Lichtkegel auf sie zu und Schritte waren zu hören. Köttl zog sie zur Schiffswand. „Küss mich." Jean wollte schreien. „Los." Sie drehte den Kopf dem breiten Gesicht zu, das vor ihr im Dunkeln lag und unter Aufbietung all ihrer Kräfte legte sie die Lippen auf die seinen. Sie spürte seine fleischige Zunge, die ihre Lippen auseinanderpressten, als eine Stimme hinter ihnen ertönte.

„Schönen guten Abend." Köttl hielt sich hinter ihrem Kopf versteckt.

„Guten Abend."

„So spät noch ein Stelldichein?"

„Wir wollen die letzte Nacht noch einmal genießen, Herr Offizier."

Jean kannte diese Stimme. Das war Cavesi. In hohem Ton piepste er in die Nacht: „Ich werde Sie zurückbegleiten. Es ist momentan nicht sicher hier draußen."

Auf einmal wurde Jean nach vorne geschmissen. Da der Stoß unerwartet kam, landete sie auf dem kalten und feuchten Dielenboden. Köttl hielt sein Stilett nun an Cavesis Hals und zischte: „Geben Sie mir Ihre Waffe."

„Bitte, tun Sie mir nichts. Meine Waffe ist in meinem Halfter, hier, an meiner Hüfte."

Köttl nestelte am Lederriemen und nahm den Revolver an sich, den er nun auf Cavesi richtete. „Das ist schon besser, Herr Offizier. Los, führen Sie mich zu den Rettungsbooten."

„Zu den …?" Cavesis Stimmchen überschlug sich.

„Vorwärts."

Cavesi ging voraus, dahinter Jean und dann Köttl, der seine Pistole vor sich hielt wie ein brunftiger Primat sein Glied. Jean betete, dass sie einer Rotte von Fußballern begegnen würden, die allerdings entweder ihre Suche aufgegeben oder an einen anderen Ort verlegt haben mussten. Sie stiegen schleichend die Metalltreppen hinauf, bis sie dem kalten Wind ganz ausgesetzt waren. Das Licht der Besatzungskabinen erhellte die Planken mit gedämpftem Schein.

„Wo ist die Tankluke?", wollte Köttl wissen.

„Was?" Cavesi schien verwirrt.

„Die Tankluke. Da, wo der Diesel reingefüllt wird."

„Weiter unten. An der Seite des Schiffes."

„Das weiß ich, Idiot. Auf welcher Höhe?"

„Das müsste …" Cavesi schien angestrengt nachzudenken. Jean fragte sich, was der Deutsche vorhaben mochte.

„Hören Sie auf, mich zu verarschen. Wie ist Ihr Name, Offizier?"

„Cavesi. Bruto Cavesi."

„Hören Sie zu, Bruto Cavesi. Ich werde diese Frau hier direkt über Bord werfen, wenn Sie mir nicht jetzt zeigen, auf welcher Höhe sich die Tankluke zum Befüllen des Schiffes mit Diesel befindet. haben Sie mich verstanden?"

Cavesi nickte heftig. „Ja, ja. Ich verstehe. Dahinten, beim Seilzug."

Köttl lächelte. „Na also, Cavesi. Guter Hund." Er lachte.

„Ihr Italiener seid ein schwaches Volk. Ihr wart mal groß, habt die Welt beherrscht. Aber nun kümmert ihr euch nur noch um euch selber."

Cavesi schien verletzt. „Wir sind immer noch ein großes Volk. Wir haben einen großen Führer, der uns zu unserer rechtmäßigen

Position führen wird.“

Köttl schaute den Offizier amüsiert an. „Vielleicht, Cavesi. Vielleicht haben Sie Recht. Aber habt ihr auch das Durchsetzungsvermögen? Die Bereitschaft, alles zu tun, was notwendig ist, um die Ordnung in der Welt wieder herzustellen?“

Cavesi schien angestrengt über eine Replik nachzudenken. Jean löste sich langsam aus Köttls festem Griff. Sie stand nun neben den beiden Männern und blickte verstohlen nach links. Als hätte Köttl ihre Gedanken gelesen, schnappte er erneut wortlos nach ihrem Arm. Er machte sich nicht einmal die Mühe, sie anzusprechen.

„Ein Mann wie Sie, Cavesi, sollte sich auflehnen. Ich habe Ihren Disput mit dem Kapitän im Speisesaal beobachtet. Sie haben sich abservieren lassen, wie ein räudiger Hund.“

„Was hätte ich tun sollen?“, schrie Cavesi, sichtlich verzweifelt.

„Das Notwendige. Das ist genau das, was ich nun tun werde. Es lohnt sich immer, das Richtige zu tun – auch wenn das Opfer erfordert. Aber die meisten wagen es nicht, sich über das Leben zu stellen, um neues, reineres Leben möglich zu machen. Lassen Sie das Rettungsboot zu Wasser, Cavesi.“

Wie ein getretener Hund mühte sich der Angesprochene an einer Kurbel. Langsam bewegte sich der Metallarm, der das Rettungsboot hielt, in die Länge, sodass das Boot in Richtung Wasser gehoben wurde.

Jean verschlug es die Sprache. „Sie wollen mit dem Boot fliehen?“

„Schnauze. Wir beide werden einen kleinen Ausflug zum Meer machen.“ Köttl lachte. „Los, auf die Seilwinde.“ Jean glaubte, ihren Ohren nicht zu trauen. „Ich soll auf dieses kleine Holzbrett?“

„Wir beide werden darauf gehen. Geben Sie mir Ihre Petroleumlampe, Cavesi. Und keine Dummheiten.“

Cavesi nickte eifrig, als wäre er ein folgsames Hündchen.

Jean zitterte am ganzen Körper, als sie über das Geländer kletterte und die wackelige Planke bestieg, die nur von zwei Seilen, die seitlich durch das Holz gingen, gehalten wurde. Köttl stellte sich neben sie. „Lassen Sie uns herab."

Köttl hielt sie an sich gedrückt, während sie, vom Wind geschüttelt, an der Seite langsam und schaukelnd, entlangglitten. Jean fragte sich, ob sie schon gestorben war und dies der Weg in die Hölle wäre.

4.

Es war zwei Uhr am Morgen. Fischer war noch nie so wach und müde gleichzeitig gewesen. Es war, als folge er einer inneren Melodie, die langsam, aber unaufhörlich, in ihm spielte und ihn immer weitertrieb. Er suchte, auch wenn er nicht genau wusste, wen oder was. War es Velg oder Smeralda oder Jean? Er irrte über die kalten Planken der Außenpromenade. Die Männer, die ihm entgegenkamen, liefen ihn misstrauisch beäugend an ihm vorbei – mal Matrosen, mal Fußballer, nie die, die er suchte. Nachdem er Annette zurückgelassen hatte, wollte er Pinceti über den Stand der Dinge informieren, nur um herauszufinden, dass dieser auf der Suche nach ihm war. Weder Jean noch Smeralda waren auf ihren Zimmern gewesen. Er hatte noch in den Sälen geschaut – aber ihm war bald klar, dass diese Suche aussichtslos war.

Er versuchte sich zu überlegen, wohin es Velg – seltsam, dass die Macht der Gewohnheit ihn immer noch dazu brachte, ihn so zu nennen – getrieben haben könnte. Es konnte sein, dass er sich irgendwo versteckt hielt, um in Montevideo unentdeckt von Bord zu gehen. Aber das schien kein Abgang für ihn zu sein. Fischer ahnte, dass der Deutsche noch eine Überraschung in petto hatte. Und so stürmte er durch das Schiff, ohne konkretes Ziel und dennoch hoffend.

„Gehen Sie ins Bett, Signore. Anweisung von oben." Er drehte sich um und sah Giovanni Giotta auf sich zukommen. Der Matrose hielt sich seinen Hut fest. Ein kalter Wind blies über das Deck.

„Haben Sie Miss Doyle gesehen?", fragte Fischer zurück, die Aufforderung sanft ignorierend.

„Nein, Signore. Ich kann mir nicht vorstellen, dass noch irgendjemand hier draußen rumläuft."

„Schon gut, Giovanni. Vielleicht begleitest du mich ja. Ich suche nur eine Freundin."

„Meinen Sie die hübsche Blonde?"

Fischer lächelte in sich hinein und stellte erfreut fest, dass ihn die Erinnerung an Smeralda nicht mehr schmerzte.

„Nein, junger Mann. Die meine ich nicht."

„Ah, die andere, mit der Sie manchmal rumlaufen, stimmt's?"

„Du hast ein ganz schön freches Mundwerk, junger Mann."

„Sagt der Kapitän auch immer zu mir. Entschuldigen Sie, Signore. Ich sag einfach immer, was ich denke."

„Das ist auch gar nicht das Schlechteste. Also, die junge Dame, hast du sie gesehen?"

„Jetzt, wo Sie es sagen, Signore. Ich glaube tatsächlich, ich habe sie mit einem anderen Mann gesehen. Und mit Cavesi. Sie schienen irgendwo hinzugehen."

Fischer blieb stehen.

„Was sagst du? Wo hast du sie gesehen?"

Er hatte das Gefühl, dass seine Beine aus Blei seien.

„Weiter oben, Signore." Giovanni bemerkte die Panik, die Fischer auf einmal ausstrahlte. „Habe mir nichts dabei gedacht. Habe sie nur von Weitem gesehen und da ja der Cavesi dabei war, bin ich schnell weiter."

„Führe mich hin, Giovanni."

Sie stürmten durch den Innenraum nach Backbord und von da aus nach oben. Fischer schnaufte – die Kälte war wie weggeblasen. Eine Gruppe von brasilianischen Fußballern starrte ihnen nach.

„Da. Da hinten steht er ja."

Fischer sah die kleine Gestalt Cavesis über das Geländer des Schiffes gebeugt. Sein weißer Offiziersfrack leuchtete vor dem dunklen Hintergrund des unendlichen Meeres.

Fischer merkte sofort, dass etwas nicht stimmte. Er wedelte mit den Armen und rief: „Cavesi.“ Seltsamerweise rührte sich der Offizier nicht, sondern schien über das Geländer ins Meer zu schauen.

„Was macht der da?“, fragte Fischer Giovanni, welcher mit den Schultern zuckte. Als sie näherkamen, schaute Cavesi endlich herüber, allerdings nur für einen kurzen Moment und seltsamerweise schien er sehr nervös zu sein. Fischer schaute seitlich an der Außenseite des Schiffes herab – tatsächlich, da war ein kleiner, zarter Schimmer, ein Hauch von Licht, am Bordrand zu erkennen, ein Schimmer, der sich im darunterliegenden Wellengang immer wieder brach.

Fischer japste Cavesi an: „Was ist das da unten?“

Cavesi schaute ihn mit einem Blick an, den Fischer nicht mehr vergessen würde. Zum ersten Mal sah er in den kleinen, unverletzbaren Augen so etwas wie Verzweiflung. Fischer packte Cavesi am Kragen. „Reden Sie.“

Aber Cavesi redete nicht. Er schaute Fischer weiter mit diesem fürchterlichen Hundeblick an. Erst jetzt sah Fischer hinter Cavesi das lange Tau, das an einem vorstehenden Haken festgebunden war und sich über eine Seilwinde in zwei Seile aufteilte, die hinab in die Tiefe führten.

„Wer ist da unten?“ Cavesi wimmerte unverständlich vor sich hin.

„Ich glaube da ist Miss Doyle, Signore. Und noch ein Mann. Da unten. Sie sind an der Tankluke.“

Tatsächlich schaukelte das von zwei Seilen gehaltene Brett, auf dem sich zwei Menschen befanden, bedrohlich nahe über der tosenden See. Es war, als saß jemand auf einem Karussell, das sich immer wieder um einen Punkt drehte – in diesem Fall um die Luke zum Befüllen des riesigen Schiffes.

Fischer war kein Mann der Tat. Eher jemand, der sich im Zweifelsfall gemütlich zurücklehnte und einen Witz von sich gab, um eine zerfahrene Lage zu entspannen. Was er nun tat, war vollkommen untypisch für ihn. Er streckte den Offizier vor sich mit einem Faustschlag nieder.

„Signore." Fischer schaute zu Giovanni rüber, der nach unten blickte. „Er hat die Tankluke geöffnet."

Fischer wusste, was das bedeutete und er wusste, was nun passieren würde.

„Wir müssen ihn aufhalten …" Aber Fischer wusste auch, dass dazu nun keine Zeit mehr war. Er bildete sich ein, das weiße Gesicht Jeans verzweifelt nach oben schauen zu sehen. So bemerkte er den großen, schwarzen Schatten nicht, der sich ihm genähert hatte. Auf einmal stand Pupo am Geländer und blickte hinab.

„Er wird das Schiff in die Luft sprengen", keuchte Fischer. Pupo blickte nur einmal kurz zu Fischer herüber, dann kletterte er über das Geländer. Er schien zu zielen, dann sprang er hinab – direkt auf das Brett, das von der Seilwinde gehalten wurde.

Es war ein langer Moment, in dem Pupo in einer konkaven Flugkurve nach unten sauste. Er erinnerte Fischer an ein Blatt, das vom Wind getragen wurde. Bevor der Riese aufschlug, sah Fischer, wie die Petroleumlampe, von Köttl geworfen, in der Tankluke verschwand. Aus einem vollkommen unsinnigen Reflex heraus warf sich Fischer auf den Boden.

Man sagt, dass am Ende eines Lebens, dieses an einem vorbeizieht wie ein Film. Tatsächlich nahm Fischer das Schiff um ihn herum nicht mehr wahr. Er sah sich seine wurstigen Finger über Smeraldas weiße Haut streichen, sah sich am Festbankett mit Rimet in Barcelona, sah sich durch Londons Gassen streifen und einen Bowler ausprobieren, und saß vor einem Teller köstlich duftender Gemüsesuppe seiner Mutter. Er sah sich sogar an einem offenen Fenster sitzen und hinaus in die strahlende Sonne starren. Er hatte keine Ahnung, dass er diese Erinnerung in sich trug. Und dann, als er das Warten auf den unheimlichen Knall nicht mehr ertragen konnte, hörte er die laute Stimme Pincetis neben sich.

„Alle Maschinen stopp!"

Fischer erhob sich und blickte über das Geländer. Auf dem Brett stand noch eine Person.

5.

Es war das erste Mal in ihrem Leben, dass sie neben zwei Menschen aufwachte, die sie gar nicht richtig kannte. Sie blickte nach rechts, wo ein Walross schnarchte, und nach links, wo ein Engel mit geschlossenen Augen lag. Für einen Moment zog sie in Betracht, gestorben zu sein. Das wäre auch nur logisch, nachdem sie gestern ein paar Meter über dem Meer auf einer Planke gestanden hatte, auf einem Schiff, dass in monströser Geschwindigkeit den Ozean zerpflügt hatte. Was für eine seltsame Art von Paradies dies nun wäre, dachte sie. Aber das Bett war warm und es fühlte sich wohlig an – das konnte nicht die Hölle sein. Der Engel legte im Schlaf seine Hand auf ihre Hüfte und Jean beschloss, nichts dagegen zu tun. Warum war sie hier? Und wo war sie? Die Frage ließ sich nur mit einem Aufrichten beantworten, was aber den Zauber des Moments zerstören würde und deshalb deckte sie sich noch ein bisschen im warmen Unwissen ein. Sie würde früh genug wieder ins kalte England zurückkehren.

Als Smeralda erwachte, schien ein einzelner Sonnenstrahl auf das Gesicht neben ihr. Jeans Haut war elfenbeinfarben. Kleine Staubkörner tanzten über ihrer Nase. Noch ein bisschen schlafen, das dachte Smeralda. Aufwachen wäre jetzt zu brutal.

Fischer erwachte von seinem eigenen Schnarchen. Es war nur ein einzelner Grunzer gewesen, aber eben ein lauter Grunzer. Erschreckt blickte er neben sich. Das letzte Mal, dass er neben zwei Frauen aufgewacht war – Barcelona, als sie diese verfluchte WM vergeben hatten. Er wollte sich zur Seite drehen, wusste aber, dass er damit die Statik des Betts so weit durcheinanderbringen würde, dass Jean und Smeralda aufwachen mussten. Er wollte noch sehr, sehr lange so liegen bleiben, auch wenn sein Rücken schmerzte. Er blickte auf die Decke seiner Kajüte und dachte daran, wie das Essen in Montevideo wohl sein würde. Und da ihn das davon überzeugte, immer noch der alte Mor Fischer zu sein, lächelte er.

Es war letztendlich das Klopfen an der Tür, das sie alle dazu zwang, das hinausgezögerte Aufstehen endlich anzugehen.

„Herr Fischer, wir laufen in drei Stunden im Hafen ein."

Fischer blickte zur Seite und sah, dass Jean und Smeralda ihn ansahen. Er hoffte, dass keine von ihnen irgendeine Art von Scham verspürte. Sie waren einfach alle hier auf seinem Bett eingeschlafen und das war, so fand Fischer, ein würdiger Abschluss ihres gemeinsamen Abenteuers. Er rollte sich zur Seite und setzte die Füße auf den brummenden Teppichboden. Jean, die in der Mitte gelegen hatte, stützte ihre Arme auf und Smeralda, wie die anderen noch vollkommen bekleidet, stand auf, um sich am Waschbecken etwas warmes Wasser im Gesicht zu verteilen.

„Wie geht es dir, Kleine?", fragte Smeralda. Und Jean überlegte.

Als sie ein letztes Mal am Frühstückstisch saßen und Jean erzählt hatte, was vorgefallen war und für Pupo eine Träne verdrückt hatte, salutierte Kapitän Pinceti vor ihrem Tisch.

„Darf ich mich setzen?"

Fischer klopfte auf den Platz an seiner Seite.

„Ich hoffe, Miss Doyle, Ihnen geht es gut?"

„Danke Kapitän. Ich bin ein bisschen mitgenommen. Aber auf der anderen Seite natürlich auch erleichtert. Jetzt, wo alles vorbei ist."

„Ich glaube, wir sind alle froh." Wie auf Kommando servierte ein Ober vier kleine Schnapsgläser mit kleinem Stiel.

„Ich glaube, den haben wir uns alle verdient. Prost, meine Damen. Herr Fischer."

Alle erhoben das Glas und stießen an. Smeralda konnte sich nicht länger zurückhalten. „Warum, Herr Pinceti, ist das Schiff nicht explodiert? Miss Doyle hat gesehen, wie Köttl die Petroleumlampe in den Tank warf."

„Das hätte Ihnen allen Pupo sicher besser als ich erklären können.

Aber es ist so. Diesel lässt sich als Stoff nicht entzünden. Was brennt, sind die Dämpfe, die erst durch Erhitzen entstehen. Der Diesel im Tank aber ist kalt und brennt daher nicht."

„Was für ein unglaubliches Glück", seufzte Fischer.

„Aber was genau ist mit Köttl geschehen?", fragte Pinceti.

Jean holte Luft. „Ich muss ehrlich sagen, Kapitän, ich weiß es nicht genau. Ich habe, nachdem Köttl die Lampe in den Tank geworfen hatte, auf einmal einen heftigen Stoß verspürt. Ich hatte mich glücklicherweise am Seil festgehalten, im Gegensatz zu Köttl, der von Pupo wohl in die Tiefe mitgerissen wurde."

„Er hatte noch ein Rettungsboot zu Wasser gelassen, oder?", fragte Smeralda.

„Das Boot war leer. Von Pupo oder Köttl keine Spur. Wir haben gesucht, Frau Doyle. Aber sie zu finden, hätte einem mittleren Wunder geglichen", erklärte der Kapitän.

„Was für ein Wahnsinn." Fischer schüttelte den Kopf. Die drei hatten kaum etwas gegessen und im Rückblick auf die Geschehnisse blieben die Teller im weiteren Verlaufe der Unterhaltung unberührt.

„Nun", sagte Fischer schließlich, „ich denke, ich werde mich noch einmal mit Monsieur Rimet unterhalten müssen."

„Das ist der andere Grund, weshalb ich komme", sagte Pinceti. „Rimet bittet Sie in sein Zimmer."

Die Kabine war in einer furchtbaren Unordnung. Annettes Ballkleid lag immer noch auf dem Fußboden, an der Stelle, an der Köttl gestolpert war. Rimet hatte dunkle Ränder unter den Augen. Er wirkte müde, wie er schief auf dem Stuhl saß, nachdem er Fischer hereingebeten hatte.

„Trinken Sie etwas, Fischer. Ich genehmige mir einen Armagnac."

Fischer war zu schüchtern, um abzulehnen, doch er hatte das Gefühl, Rimet hätte schon mehr als genug getrunken.

Sie nippten an ihren Kristallgläsern und Rimet räusperte sich.

„Herr Fischer, ach was, Maurice, natürlich Maurice, also, ja ... ich wollte sagen, dass ..."

Er hustete. „Wir sollten uns doch beim Vornamen nennen, so wie wir es schon getan haben, Maurice."

Fischer nickte. Trotz der Ansage traute er sich noch nicht, den Fußballpräsidenten mit Jules anzureden.

„Ich will es kurz machen, Maurice. Du hattest Recht. Mit allem. Ich war ein Idiot. Ich hätte auf dich hören sollen."

„Aber Monsieur. Ich meine, Jules. Ich habe auch Fehler gemacht."

Rimet blickte Fischer das erste Mal in die Augen.

„Wirklich? Nein, das kann ich mir nicht vorstellen. Ich hätte die ganze Sache abblasen und auf dich hören sollen. Ich war blind. Und deshalb möchte ich dich einladen, bei der Versammlung vorzusprechen und die Weltmeisterschaft abzusagen."

„Absagen?"

Rimet nickte. „Nichts anderes würde den Opfern gerecht werden."

Nun schüttete Fischer den Armagnac mit einem Schluck runter.

Erst jetzt sah er die Siegesgöttin auf dem Boden stehen, fast so, als hätte sie Köttl dort stehengelassen.

„Die Goldene Göttin", sagte Fischer. „Erzählen Sie mir von ihr."

Rimet blickte in die Ecke, wo sie auf dem Fußboden stand.

„Ich habe sie bei Abel Lafleur in Arbeit gegeben", fing er an. „Er war bei der École des Beaux-Arts in Paris gewesen und als ich ihm von der Idee erzählte, war er sofort Feuer und Flamme. Er wollte sie nach griechischem Vorbild anfertigen. Seine Inspiration war die Nike von Samothrake. Die stand als Gipskopie im Lichthof der École. Außerdem zierte sie eine uruguayische Briefmarke anlässlich der Olympischen Sommerspiele 1924. Ich war einverstanden. Die Nike überbringt symbolisch den Sieg und den Frieden. Bei beidem haben wir versagt, Maurice."

Fischer saß aufrecht da, als er sagte: „Das stimmt nicht, Jules. Letztendlich haben wir gesiegt. Wenn sie den Sieg bringt, so bedeutet das, dass es auch vorher einen Kampf gab. Diesen Kampf haben wir gehabt und wir haben überlebt."

Rimet schüttelte den Kopf. „Aber zu was für einem Preis."

Die Promenade der 2. Klasse am Heck des Schiffes war für Besucher gesperrt. Das Glasdach, das einen Blick hinunter in das Raucherzimmer gewährte und dieses gleichzeitig mit Licht versorgte, war mit einem schwarzen Tuch abgedeckt worden. Auf dem Tuch lagen vier Särge. Tepp van Gertnick, Damian Stanciu, Just Azincourt und Ignacio Callejo Palmeiro Del Campo wurde die letzte Ehre gewährt. Außerdem standen zwei gerahmte Fotos auf dem Podest. Die Gesichter von Pupo und Trampolini blickten wehmütig aus dem Jenseits.

Eine Reihe von Offizieren stand in Reih und Glied, über die Promenade verteilt Fußballer und Offizielle. Fischer und Rimet standen nebeneinander und hörten den dröhnenden Bass von Fjodor Iwanowitsch Schaljapin eine traurige Weise tönen. Es war kalt und unwirtlich, eine kühle Brise wehte über das Deck und Fischer musste daran denken, wie Jean und er einen Mantel auf Madeira gekauft hatten, wofür er nun ziemlich dankbar war. Als Schaljapin den letzten traurigen Ton von sich gegeben hatte, salutierten die Versammelten. Zwei Matrosen hielten ihre Gewehre am Körper angelegt in die Luft und feuerten fünf Schüsse ab. Vier Offiziere traten nach vorne und hoben den ersten Sarg an, um ihn auf eine Planke zu hieven, die am hinteren Rand des Bugs auf das Geländer gelegt worden war. Fischer sah zu, wie der erste Sarg mit einem kratzenden Rauschen ins Nichts rutschte. Der Schiffskaplan in schwarzer Robe sprach ein paar Worte, doch Fischer hörte nicht zu. Er blickte auf die Fußballer, die ihm gegenüberstanden, und fragte sich, was er ihnen sagen sollte. Sie schienen verloren hier draußen, inmitten eines riesigen Ozeans auf der anderen Seite der Erde. Wie absurd der Tod ist, dachte Fischer. Nicht für diejenigen, die verschieden sind, sondern für uns, die Übriggebliebenen, die mit diesem Rätsel nichts anzufangen wissen.

Fischer schüttelte sich. Der letzte Sarg wurde dem Wasser übergeben und eine erneute Salve von Schüssen vertrieb die ziellosen Gedanken, denen er ausgesetzt war.

Der Saal war gerappelt voll. Alle Fußballer waren in feinem Zwirn anwesend. Balway, Christophe und Langenus saßen ganz vorne und blickten Fischer erwartungsvoll an. Auch die Mannschaftskapitäne hatte man nach vorne beordert: Pierre Braine aus Belgien, Alexandre Villaplane aus Frankreich, Rudolf Wetzer aus Rumänien und João Coelho Neto, genannt Preguinho, aus Brasilien. Fischer nahm einen großen Schluck aus dem Wasserglas.

„Liebe Spieler aus aller Welt. Viele von euch habe ich im Laufe dieser Fahrt näher kennengelernt und mit Fug und Recht kann ich manche von euch nun als Freunde bezeichnen. Viele von euch hätte ich gerne noch näher kennengelernt. Ganz besonders muss ich das von denen sagen, die nun nicht mehr unter uns weilen."

In dem Moment, in dem Fischer dies sagte, musste er daran denken, dass die Särge mittlerweile tief im Ozean lagen – und er mühte sich, nicht zu lachen, da ihn nun der Gedanke triezte, dass sie eben doch unter ihnen weilten. Er schnappte nach Luft und tat so, als ob dies nicht von dem ungewollten Versprecher herrührte, sondern von seiner aufkommenden Trauer.

„Diese tapferen Spieler wurden zu früh aus dem Leben gerissen. Sie kamen, um zu Helden zu werden. Und deshalb sage ich: Sie sind für mich Helden. Lasst sie in unseren Herzen ewig Helden sein. Ohne es zu wissen oder zu wollen, haben sie ihr Leben gegeben. Ich bitte alle hier Anwesenden, immer an diese Menschen zu denken, wenn wir uns an die erste Weltmeisterschaft im Fußball erinnern. Ich will, dass wir sie lachen sehen, an Bord trainieren sehen, von mir aus auch, wie sie am Geländer des Schiffes standen und hinaus auf das Meer geschaut haben. Monsieur Rimet hatte eine wunderbare Idee, ihrer zu gedenken. Wir werden die Namen der Spieler, die ihr

Leben gelassen haben, auf die Unterseite des Fußes der Goldenen Göttin eingravieren – der Fuß, der auf dem Sockel steht. So wird ihr Leben und ihr Name auf immer mit der größten Trophäe des Fußballs verbunden sein."

Die Stille im Saal wurde von einem einzelnen Klatschen unterbrochen, dann kamen immer mehr Hände dazu, bis der Saal von einem zustimmenden Rauschen erfüllt war.

„Meine Freunde", fuhr Fischer fort, von einer Woge der Sympathie getragen, die er auf dieser Fahrt schon lange nicht mehr wahrgenommen hatte, „es ergibt sich für uns noch eine Frage. Die entscheidende Frage. Es ist keine einfache Frage. Monsieur Rimet und ich, ja wohl alle hier, haben sie sich schon seit vielen Tagen gestellt. Was werden wir nun tun? Was sollen wir tun, ja müssen wir tun? Was würden die tapferen Männer sagen, die nun auf dem Grunde des Meeres liegen? Was würden sie von uns fordern? Sollen wir sie würdigen, indem wir die Banalität des Fußballspieles einer angemessenen Trauer unterordnen? Oder sollen wir sie ehren, indem wir diese Spiele nutzen, um das, wofür sie angetreten sind, groß werden zu lassen? Liebe Freunde, lasst uns diese Überlegung nicht überhastet machen. Denn dies ist keine einfache Entscheidung, im Gegenteil. Dies ist eine wahrlich fordernde Wahl, die wir treffen müssen. Also denkt an unsere Freunde, bevor ihr sie trefft. Denn ihr sollt diesen Entschluss fassen. Ihr sollt dafür oder dagegen stimmen, dass wir dieses Schiff verlassen, um an einer wegweisenden Veranstaltung teilzunehmen. Bevor ihr aber darüber urteilt, lasst mich euch Folgendes nahelegen: Wenn wir uns dafür entscheiden, bei dieser Weltmeisterschaft zu spielen, dann müssen wir das Ableben der Spieler verheimlichen. Dann darf kein Wort dieses Schiff verlassen, darüber, was passiert ist. Die Aufregung wäre zu groß. Der Mörder hatte genau das vor: Er wollte dieses Turnier verhindern, indem er es mit schmutzigem Blut überzog. Er wollte es besudeln, sodass es nicht stattfinden könne. Wollen wir es also stattfinden lassen, dann dürfen wir niemals darüber reden, was passiert ist.

Wir müssen die Gräueltaten, die passiert sind, verheimlichen. Wir müssen schweigen. Selbstverständlich wird sich der Verband um die Angehörigen der Spieler kümmern, ihnen eine anständige Pension zukommen lassen und ihnen erklären, dass die Männer für eine gute Sache gestorben sind. Aber auch wir müssen unsere Wut darüber zügeln, was passiert ist. Wir tun das, wenn wir es tun, schweren Herzens und bringen dieses Opfer nur in dem Wissen, dass wir dabei sind, der Geburt von etwas Größerem beizustehen.

Das wäre alles, was ich zu sagen hätte, Männer. Bedenkt, dass es jeden einzelnen von euch ebenso gut hätte treffen können. Wenn ihr euch dafür entscheidet, das Turnier abzusagen, grollt euch niemand. Bleibt sitzen und gedenkt derer, die nicht mehr unter uns sind. Wenn ihr dafür seid, dass wir den Stern von Montevideo aufgehen sehen, so erhebt euch. Dies ist gleichbedeutend mit dem Preis des Schweigens."

Etwas außer Atem blickte Fischer in den Saal. Nun war es an den Spielern, zu entscheiden.

Das Schiff bebte, als sei es so aufgeregt wie er. Fischers Füße zitterten zusammen mit den Metallplatten, auf denen er stand. Menschen standen mit Koffern auf den Gängen und blickten hinaus auf den Hafen von Montevideo, der sich verheißungsvoll vor ihnen auftat. Der Dampfer fuhr nun sehr langsam und bedächtig, doch die hellgrauen Steine der Häuser am Hafen näherten sich schnell. Die Mole war übersäht von jubelnden Menschen, Fahnen und Konfetti. Fischer war diesmal sichergegangen, dass er Jean nicht verpasste, aber er hatte nun das Problem, dass er nicht wusste, was er sagen konnte. Jean hatte ihren Topfhut auf und trug einen schwarzen Mantel. Sie sah wieder aus wie an dem Tag, an dem er sie kennengelernt hatte – ein kleines, freches Mädchen, deren Haare im Wind wehten.

Er hielt sich mit einer Hand an der kalten Geländerstange fest, sodass seine Knöchel weiß hervortraten.

„Weißt du, Jean, ich …"

„Ja?"

Und dann sagten sie lange gar nichts mehr. So lange, bis der vorher starre Haufen sich langsam zu bewegen anfing. Er sah Rimet vorne auf der Brücke, der sich zu ihm umblickte und ihn mit einer Hand heranwedelte.

„Ich muss …"

„Ich weiß", sagte Jean und strahlte ihn an.

„Was wirst du nun tun?"

„Ich werde das nächste Schiff zurück nehmen zu meinem Vater. Ich habe eins gelernt, Mor."

„Was denn?" Rimet wedelte immer noch.

„Männer sind dumm, Moritz. Aber wir Frauen müssen ihnen verzeihen."

Fischer lachte.

„Ich habe auch etwas gelernt, Jean."

„Ja?"

„Frauen sind nicht vertrauenswürdig. Aber wir müssen ihnen dienen."

Statt einer Antwort stellte sich Jean auf ihre Zehenspitzen und gab ihm einen saftigen Kuss auf die Lippen. Fischer lächelte und legte seine Hände auf den Koffer, um ihn anzuschieben.

„Wir schreiben uns, ja?"

„Das machen wir."

„Ich …"

„Ja?"

Rimets Stimme hörte man über das ganze Deck. „Fiiiischer."

Moritz nickte ein letztes Mal und drängte sich an den dichtgedrängten Passagieren vorbei hinauf auf die Landungsbrücke, wo eine Delegation aus Fußballern und Funktionären darauf wartete, der tobenden Masse zu begegnen, die auf sie wartete.

Er drehte sich noch einmal um und meinte auf der Brücke Smeralda neben Kapitän Pinceti zu sehen, aber vielleicht hatte er sich auch getäuscht.

ENDE

Nachwort

Wer es bis hierher in diesem Buch geschafft hat, dem wird klar sein, dass ich mir die Freiheit genommen habe, dreist zu lügen. Dennoch beruhen einige der hier erwähnten Ereignisse auf Tatsachen, wobei man bedenken sollte, dass der Wahrheitsbegriff, je mehr man in der Vergangenheit zurückgeht, ins Relative verschwimmt.

Die Grundachsen der Geschichte sind historisch belegt: Die Conte Verde fuhr am 19. Juni 1930 von Genua aus in Richtung Montevideo und kam dort auch tatsächlich am 3. oder 4. Juli an. An Bord waren auch die Granden der FIFA sowie die Nationalmannschaften aus Rumänien, Belgien und Frankreich. Ebenfalls richtig ist, dass in Rio de Janeiro die Brasilianer den Tross komplettierten.

Ich habe mich bei der Darstellung der Örtlichkeiten auf dem Schiff darum bemüht, mich an die Fakten zu halten, so gut es geht. Für die Conte Verde konnte ich keinen Plan der Decks ausfindig machen, wohl aber vom Schwesterschiff, der Conte Rosso, die baugleich war. Historisch belegt ist auch der Kapitän des Dampfers, Amedeo Pinceti. Ebenfalls an Bord muss sich zu irgendeiner Zeit einmal der junge Giovanni Giotta befunden haben, welcher sich später seinen Traum erfüllte, indem er in San Francisco das Café und Franchise-Unternehmen „Café Trieste" eröffnete.

Andere Besatzungsmitglieder sind frei erfunden. Bruto Cavesi gab es nicht, ebenso wenig die Maschinisten Pupo oder Trampolini.

Die Abfahrts- und Ankunftszeiten der Conte Verde haben mich vor ein schier unlösbares Rätsel gestellt. Belegt ist die Abfahrt am 19. Juni von Genua aus. Auch die Ankunftszeiten in Villefranche-Sur-Mer und Barcelona sind wohl sicher. Wenn man aber bedenkt, dass diese kurze Strecke schon drei Tage der eigentlich 16-tägigen Reise in Anspruch nahm, kann ich mir bis zum heutigen Tag keinen Reim daraus machen, wie das Schiff dann noch in Lissabon Halt gemacht hat, danach auf Madeira und den Kapverdischen Inseln eingelaufen ist, sowie in Santos, Rio und eben Montevideo. Das sind acht Stationen für die umgerechnet deutlich geringste Strecke der Reise. Ich kann mir bis heute nicht erklären, wie das Schiff einerseits für die Strecke von Genau bis Villefranche-Sur-Mer drei Tage gebraucht hat, dann all die anderen Stationen angelaufen ist und noch die transatlantische Überquerung in insgesamt 16 Tagen geschafft haben könnte. Aus diesen und natürlich erzähltechnischen Gründen habe ich einige Stationen aus dem Reiseplan entfernt.

Aber zurück zu den beteiligen Personen.

Jean Doyle hätte rein theoretisch an dieser Reise zu dieser Zeit teilnehmen können, was allerdings selbstverständlich höchst unwahrscheinlich erscheint. Beim Alter und bei den familiären Verhältnissen habe ich mich, so gut es geht, an historische Begebenheiten gehalten. Tatsächlich war Jean Doyle zusammen mit ihrer Familie schon viel in der Welt unterwegs gewesen, da ihr Vater seinen Ruhm nutzte, um in der ganzen Welt Vorträge über das Übersinnliche zu halten. Die im Buch genannten Feen von Cottingley haben dabei wesentlich zur Schädigung Sir Arthur Conan Doyles Ruf als redlichem Denker beigetragen, allerdings erst nach seinem Ableben, als der Schwindel aufflog.

In seinen Memoiren beschreibt Arthur Conan Doyle die Umschiffung des afrikanischen Kontinents im Jahre 1928, bei dem die gesamte Familie Doyle auch in Madeira Station gemacht hat. Er beschreibt die Fahrt in einem Toboggan, aber auch seine Theorie, dass es sich bei der hohen Klippe auf Madeira um Überreste von Atlantis handeln könnte. Billies Aufregung während der Fahrt auf den Gipfel hat also zumindest ein paar historische Hintergründe.[1]

Jules Rimet muss wahrlich ein Mann der Visionen gewesen sein, der im Fußball tatsächlich das gesehen hat, was es potenziell sein kann und als Glanz immer wieder hervortritt: eine Möglichkeit, die kämpferischen Triebe im Menschen zu kanalisieren und spielerisch

[1] Vgl. Conan Doyle, Arthur: Our African Winter, Liverpool, 2001. Oder auch: https://www.arthur-conan-doyle.com/index.php?title=Our_African_Winter

und sportlich umzusetzen. Es ist interessant zu sehen, wie der Weltfußball sich zum Kommerziellen und insgesamt Negativen verändert hat, nachdem der von Rimet in Auftrag gegebene Pokal verschwunden war. Einige im Buch erwähnten Eckdaten stimmen mit Rimets Leben überein – dass er bei seinen Großeltern auf dem Land aufgewachsen ist, dass er dann in Paris bei seinen Eltern wohnte, dort focht, bevor er seine Liebe zum Fußball entdeckte.

Die anderen FIFA-Delegierten (bis auf Azincourt, der wie alle Opfer nur erfunden ist) sind ebenfalls belegt.

John Langenus, welcher übrigens später das Endspiel in Montevideo pfiff – allerdings nur unter der Voraussetzung, dass die Zuschauer vorher alle ihre Schusswaffen abgeben mussten –, hat mit seinem Kollegen Henri Christophe tatsächlich einige Varietés auf dem Dampfer abgehalten. Darüber hinaus hat er nebenbei für das Fußballmagazin „Kicker" geschrieben. Die Aussage Langenus', „these amateurs are shamateurs", bezieht sich auf die Begründung der Engländer, nicht zur Weltmeisterschaft zu fahren. Diese wehrten sich dagegen, dass der olympische Amateurgedanke während einer WM nicht ernst genug genommen würde, da die Spieler Aufwandsentschädigungen erhielten. Fälschlicherweise hat man den Engländern unterstellt, von einer Schande („shame") zu sprechen. Mit diesem Wortspiel haben sie aber eher auf das Wort „sham" zurückgegriffen, welches so etwas wie „Betrug" heißt.[2]

Interessant ist, dass sich die Quellen uneins darüber sind, ob Annettes Mutter, also Madame Rimet, an Bord war. Es scheint aber eher so zu sein, dass die Tochter von einigen mit der Mutter verwechselt wurde. Es ist aus heutiger Sicht schon ein wenig erschreckend, wie klein die Rolle der Frauen war, sodass sie nur als Anhängsel des Mannes galten.

Über Móric (Mór) Fischer gibt es seltsamerweise fast nichts zu finden – außer, dass er Ungar aus Vrbové war, neun Sprachen be-

---

[2] Vgl. Havekost, Folke; Stahl, Volker: Fußballweltmeisterschaft 1930 Uruguay, Kassel: 2005, S. 34

herrschte und für British Petroleum eine Zeit in London gearbeitet hat. Das war insofern für mich ein Vorteil, da ich mir in der Ausarbeitung seiner Persönlichkeit einige Freiheiten nehmen konnte. Ich gehe aber schon davon aus, dass er aufgrund seines Sprachtalents der geeignete Mann war, Rimet nach Uruguay zu begleiten.

Bei der Auswahl der Opfer habe ich zunächst mit dem Gedanken gespielt, echte Spieler heranzuziehen. Diesen Gedanken habe ich allerdings wieder verworfen. Keinen der tapferen Fußballer, die in diesem Buch den Tod gefunden haben, hat es gegeben. Auch den Täter habe ich frei erfunden. Das Fußballspiel zwischen Deutschland und Uruguay im Jahre 1928 in Amsterdam während der Olympischen Spiele hat aber tatsächlich stattgefunden. Die Deutschen haben 1:4 und zwei ihrer Spieler aufgrund einer roten Karte verloren.

Einige der Passagiere auf der Conte Verde waren zumindest zu irgendeinem Zeitpunkt an Bord. Edmund Lowe war tatsächlich auf der Conte Verde unterwegs, es gibt ein Foto, das ihn auf dem Schiff zeigt. 1931 hatte er eine Hauptrolle in dem Film „Transatlantic“, der auf einem Dampfer spielt – ein netter Zufall. Seine Frau, Lylian Tashman, war ebenso Schauspielerin, die mit frühen 37 Jahren an Krebs starb.

Auch die Opernsänger Fjodor Schaljapin und Marthe Nespoulous waren während dieser Reise an Bord. Im Jahr 1929 hat übrigens Josephine Baker für das kulturelle Abendprogramm gesorgt.

Die Organisation für interplanetarischen Frieden und Handel gab es tatsächlich und hat sich auch auf der Conte Verde aufgehalten – wann und wo das war, konnte ich aber nicht herausfinden. Ich habe sie als skurrile Beigabe zugemischt, da sie auch die Anwesenheit von Jean Doyle auf dem Schiff erklärt. Die Mitglieder der Organisation sind allerdings alle meinem Geiste entsprungen.

In einigen Quellen wird angedeutet, dass König Carol von Rumänien sich ebenfalls auf dem Schiff befunden haben könnte.[3]

[3] Vgl. https://ahalftimereport.com/2016/03/09/the-playboy-king-romania-at-the-1930-world-cup/

Oft wird er allerdings nicht erwähnt, weshalb davon auszugehen ist, dass er trotz seiner Begeisterung und seines Engagements wohl nicht wirklich diese Überfahrt angetreten hat. Ich habe versucht, zumindest die Möglichkeit seiner Anwesenheit im Sinne der Geschichte zu nutzen.

Die Conte Verde selbst hat eine ruhmreiche, aber auch tragische Geschichte. Zwischen 1938 und 1940 brachte sie ca. 17.000 jüdische Flüchtlinge aus Deutschland und Österreich nach Shanghai. Im Jahre 1942 diente sie als Transportschiff zum Austausch von Kriegsgefangenen und Bürgern zwischen den USA und Japan. Nachdem die Japaner sich das Schiff angeeignet und in „Kotobuki Maru" umbenannt hatten, wurde es bei einem Bombenangriff am 25. Juli 1945 so zerstört, dass es 1949 abgewrackt wurde.

Die glorreiche Fortsetzung der Reise mit dem eigentlichen Höhepunkt – der ersten Fußballweltmeisterschaft – ist nicht Teil dieses Buches. Hier gäbe es noch einige wunderbare Geschichten zu erzählen, z.B. dass die Mutter von Eisenbeisser diesen schon für tot wähnte, als er deutlich verspätet wieder zuhause eintraf.

Erwähnt werden sollte aber zumindest, dass am Ende Uruguay zum ersten Weltmeister gekürt wurde. Man kann sich heute das Spiel selbst, die Umstände und die Menschen, die den Fußball erlebt haben, nur schwer vorstellen. Ich bilde mir ein, dass Fußball noch von einer süßen Unschuld geprägt war, auch wenn er schon damals emotionale Ressentiments bei Spielern und Zuschauern hervorgerufen haben wird. Mir gefällt aber die Vision eines Jules Rimet, dass das Verbindende obsiegt und man dem Gegner stets mit Respekt und Hochachtung begegnet.

Literatur

Eine kleine Auswahl der Literatur, die ich zur Recherche herangezogen habe:

Luz, Antje: Das Geheimnis der Goldenen Göttin – Der erste FIFA-WM-Pokal, Zürich, 2018.

Jawad, Hyder: Four Weeks in Montevideo, Hertfordshire, 2009.

Eliseo, Maurizio: Transatlantici, Genova, 2001.

Miller, William: The First Great Ocean Liners in Photographs, New York, 1983.

Miller, William: The Fabulous Interiors of the Great Ocean Liners in Historic Photographs, New York, 1985.

Edington, Sarah: The Captain's Table – Life and Dining on the Great Ocean Liners, London, 2005.

Beyer, Bernd & Schulze-Marmeling Dietrich (Hg.): Das goldene Buch der Fußball Weltmeisterschaft, Göttingen, 2015.

Keifu, R. (Hg.): I. Fußballweltmeisterschaft 1930 in Uruguay, Kassel, 1993.

Havekost, Folke & Stahl, Volker (Hg.): Fußballweltmeisterschaft 1930 Uruguay, Kassel, 2005.

Conan Doyle, Arthur: Our African Winter, Liverpool, 2001.

Lycett, Andrew: Conan Doyle – The Man Who Created Sherlock Holmes, London, 2007.

Danksagung

Viele Menschen haben einen kleinen oder größeren Beitrag zur Entstehung des Buches geleistet. Dank an Sabine und Julina, außerdem dem Sachverstand, der Inspiration und dem Einsatz von Gerd, Volker, Simon und Lance. Besonderer Dank gilt Dean Lockyer, der sich als eine schier unendliche Quelle an historischen Fakten erwies. Ohne ihn wären mir viele Dinge im Verborgenen geblieben. Wer inspiriert ist, sollte sich unbedingt seine hervorragend recherchierte Webseite ansehen: http://worldcup1930project.blogspot.com.

Mein besonderer Dank gilt Carmelo Policicchio für viele inspirierende Fußballnachmittage und -abende, seinen Humor, seinen akkurat scharfen Sprüche, seine Liebe zum Fußball, sein gesamtes Wesen. Ruhe sanft in Deinem speziellen Swamp-Himmel, Chico!

Mehr von Konstantin Josuttis

Konstantin Josuttis
Die dunkle Seite des Balles
34 Spieltage und ein Finale
114 Seiten
ISBN 978-3-942468-92-3
12,- €

„Die dunkle Seite des Balles“ beleuchtet in 34 Spieltagen und einem spektakulären Finale auf unterhaltsame und zuweilen skurrile Weise die Verwerfungen, Auswüchse und Untiefen der Unterhaltungsbranche Fußball.

Wir lesen von der Macht der Ultras, von Korruption, Mobbing und verbotenen Mitteln und lernen die Einsamkeit, Ängste und Psychosen der Spieler, Trainer und anderer am Fußballleben beteiligter Personen kennen, die sie zu seltsamen Fehltritten auf und außerhalb des Platzes treiben.
Das Ganze mündet in einem vermeintlich absurden Finale im Maracanã-Stadion. Das führt zur unvermeidbaren Frage, ob die Wirklichkeit der Parallelwelt Fußball nicht längst unsere wildesten Fantasie überholt hat.

„Dieses auf den ersten Blick recht unscheinbare Büchlein hat es wahrlich in sich.“ (11 Freunde)

„35 Kleine Glanzlichter – Konstantin Josuttis schreibt serienreife Drehbuchskizzen in 17 Hin- und Rückgeschichten“ (Der Tödliche Pass, Heft 88)

Arete Verlag • Osterstr. 31-32 • 31134 Hildesheim • www.arete-verlag.de

Weitere Bücher aus dem Arete Verlag

Olaf Nett
Wie Andi Brehme meine Liebe zerstört hat
Oder: Warum Deutschland 2014
wirklich Weltmeister wurde
216 Seiten, kartoniert, € 18,–
ISBN 978-3-96423-060-7

Gerrit Lenssen
Himmel – Hölle – Fußball
Gelebte Geschichten eines Spielers und Fans
166 Seiten, kartoniert, € 16,00
ISBN 978-3-96423-055-3

Mark Hodkinson
Believe in the Sign
Eine Fußballjugend in Nordengland
192 Seiten, kartoniert, € 12,95
ISBN 978-3-942468-10-7

Christoph Rehm
Falscher Einwurf
Die eigenen Gesetze der Kreisliga
104 Seiten, kartoniert, € 10,–
ISBN 978-3-96423-003-4

Matthias Hunger
Abseits der Kreisklasse
Der Roman
212 Seiten, kartoniert, € 11,–
ISBN 978-3-942468-40-4

Stefan Langenbach
BVB und Rock'n'Roll
09 Geschichten eines Lebens zwischen
Westfalenstadion und Rockpalast
190 Seiten, kartoniert, € 12,95
ISBN 978-3-942468-66-4

Arete Verlag • Osterstr. 31-32 • 31134 Hildesheim • www.arete-verlag.de